INVENTAIRE
Y².24899

I0635435

Y²

# ŒUVRES

complètes

# de Mme Cottin.

3 Volumes

PUBLIÉES

PAR FIRMIN DIDOT FRÈRES

PARIS

# ŒUVRES

COMPLÈTES

DE

# M^ME^ COTTIN.

TOME I.

TYPOGRAPHIE DE FIRMIN DIDOT FRÈRES,

RUE JACOB, N° 24.

# ŒUVRES

COMPLÈTES

DE

# Mme COTTIN.

TOME PREMIER.

CLAIRE D'ALBE — MALVINA.

PARIS,

FIRMIN DIDOT FRÈRES, LIBRAIRES-ÉDITEURS,

RUE JACOB, N° 24.

M DCCC XXXVI.

# ŒUVRES

COMPLÈTES

DE

# M^ME^ COTTIN.

TOME PREMIER.

CLAIRE D'ALBE. — MALVINA.

PARIS,

FIRMIN DIDOT FRÈRES, LIBRAIRES-ÉDITEURS,

RUE JACOB, N° 24.

M DCCC XXVI.

# CLAIRE D'ALBE.

## PRÉFACE DE L'AUTEUR.

Le dégoût, le danger ou l'effroi du ıonde ayant fait naître en moi le besoin e me retirer dans un monde idéal, éja j'embrassais un vaste plan qui deait m'y retenir long-temps, lorsqu'une ırconstance imprévue, m'arrachant à ıa solitude et à mes nouveaux amis, ıe transporta sur les bords de la Seine, ux environs de Rouen, dans une suerbe campagne, au milieu d'une soiété nombreuse.

Ce n'est pas là où je pouvais travailer, je le savais; aussi avais-je laissé errière moi tous mes essais. Cependant ı beauté de l'habitation, le charme puisant des bois et des eaux, éveillèrent ıon imagination et remuèrent mon œur : il ne me fallait qu'un mot pour racer un nouveau plan; ce mot me fut it par une personne de la société, et ui a joué elle-même un rôle assez imortant dans cette histoire. Je lui demandai la permission d'écrire son récit, elle me l'accorda; j'obtins celle de l'imprimer, et je me hâte d'en profiter. Je me hâte est le mot; car, ayant écrit tout d'un trait, et en moins de quinze jours, l'ouvrage qu'on va lire, je ne me suis donné ni le temps ni la peine d'y retoucher. Je sais bien que pour le public le temps ne fait rien à l'affaire; aussi il fera bien de dire du mal de mon ouvrage s'il l'ennuie; mais, s'il m'ennuyait encore plus de le corriger, j'ai bien fait de le laisser tel qu'il est.

Quant à moi, je sens si bien tout ce qui lui manque, que je ne m'attends pas que mon âge ni mon sexe me mettent à l'abri des critiques; et mon amour-propre serait assez mal à son aise s'il n'avait une sorte de pressentiment que l'histoire que je médite le dédommagera peut-être de l'anecdote qui vient de m'échapper.

## LETTRE PREMIÈRE.

CLAIRE D'ALBE A ÉLISE DE BIRÉ.

Non, mon Élise, non, tu ne doutes ıas de la peine que j'ai éprouvée en te uittant; tu l'as vue, elle a été telle, que M. d'Albe proposait de me laisser avec toi, t que j'ai été prête à y consentir. Mais lors le charme de notre amitié n'eût-ıl pas été détruit? Aurions-nous pu être contentes d'être ensemble, en ne l'étant ıas de nous-mêmes? Aurais-tu osé parer de vertu, sans craindre de me faire rougir, et remplir des devoirs qui eussent été un reproche tacite pour celle qui abandonnait son époux, et séparait un père de ses enfants? Élise, j'ai dû te quitter, et je ne puis m'en repentir; si c'est un sacrifice, la reconnaissance de M. d'Albe m'en a dédommagée, et les sept années que j'ai passées dans le monde, depuis mon mariage, ne m'avaient pas obtenu autant de confiance de sa part, que la certitude que je ne te préfère pas à lui. Tu le sais, cousine, depuis mon union avec M. d'Albe, il n'a été jaloux que de mon amitié pour toi; il était donc essentiel de le rassurer sur ce point, et c'est à quoi j'ai parfaitement réussi. Élise, gronde-moi si tu veux; mais, malgré ton absence, je suis heureuse, oui, je suis heureuse de la satisfaction de M. d'Albe. « Enfin, me disait-il ce matin, j'ai acquis la plus entière sécurité sur votre attachement: il a fallu long-temps, sans doute; mais pouvez-vous vous en étonner? et la disproportion de nos âges ne vous rendra-t-elle pas indulgente là-dessus? Vous êtes belle et aimable; je vous ai vue dans le tourbillon du monde et des plaisirs, recherchée, adulée; trop sage pour qu'on osât vous adresser des vœux, trop simple pour être flattée des hommages: votre esprit n'a point été éveillé à la coquetterie, ni votre cœur à l'intérêt; et, dans tous les moments, j'ai reconnu en vous le désir sincère de glisser dans le monde sans y être aperçue: c'était là votre première épreuve; avec des principes comme les vôtres, ce n'était pas la plus difficile. Mais bientôt je vous réunis à votre amie, je vous donne l'espérance de vivre avec elle; déjà vos plans sont formés, vous confondez vos enfants, le soin de les élever double de charme en vous en occupant ensemble, et c'est du sein de cette jouissance que je vous arrache pour vous mener dans un pays nouveau, dans une terre éloignée: vous voilà seule à vingt-deux ans, sans autre compagnie que deux enfants en bas âge et un mari de soixante. Eh bien! je vous retrouve la même, toujours tendre, toujours empressée; vous êtes la première à remarquer les agréments de ce séjour; vous cherchez à jouir de ce que je vous donne pour me faire oublier ce que je vous ôte; mais le mérite unique, inappréciable, de votre complaisance, c'est d'être si naturelle et si abandonnée, que j'ignore moi-même si le lieu que je préfère n'est pas celui qui vous plaît toujours davantage. C'était ma seconde épreuve; après celle-ci, il ne m'en reste plus à faire; peut-être étais-je né soupçonneux, et vous aviez dans vos charmes tout ce qu'il fallait pour accroître cette disposition; mais, heureusement pour tous deux, vous aviez plus encore de vertus que de charmes, et ma confiance est désormais illimitée comme votre mérite. » « Mon ami, lui ai-je répondu, vos éloges me pénètrent et me ravissent; ils m'assurent que vous êtes heureux, car le bonheur voit tout en beau: vous me peignez comme parfaite, et mon cœur jouit de votre illusion, puisque vous m'aimez comme telle: mais, ai-je ajouté en souriant, ne faites pas à ce que vous nommez ma complaisance tout l'honneur de ma gaîté; vous n'avez pas oublié qu'Élise nous a promis de venir se joindre à nous, puisque nous n'avions pu rester avec elle, et cette espérance n'est pas pour moi le moins beau point de vue de ce séjour-ci. » En effet, mon amie, tu ne l'oublieras pas cette promesse si nécessaire à toutes deux, tu profiteras de ton indépendance pour ne pas laisser divisé ce que le ciel créa pour être uni, tu viendras rendre à mon cœur la plus chère portion de lui-même: nous retrouverons ces instants si doux, et dont l'existence fugitive a laissé de si profondes traces dans ma mémoire; nous reprendrons ces éternelles conversations que l'amitié savait rendre si courtes; nous jouirons de ce sentiment unique et cher qui éteint la rivalité et enflamme l'émulation; enfin l'instant heureux où Claire te reverra sera celui où il lui sera permis de dire *pour toujours*; et puisse le génie tutélaire qui présida à notre naissance, et nous fit naître au même moment, afin que nous nous aimassions davantage, mettre le sceau à ses bienfaits en n'envoyant qu'une seule mort pour toutes deux!

## LETTRE II.

### CLAIRE A ÉLISE.

J'ai tort, en effet, mon amie, de ne t'avoir rien dit de l'asile qui bientôt doit être le tien, et qui d'ailleurs mérite qu'on le décrive; mais que veux-tu? quand je prends la plume, je ne puis m'occuper que de toi, et peut-être pardonneras-tu un oubli dont mon amitié est la cause.

L'habitation où nous sommes est située à quelques lieues de Tours, au milieu d'un mélange heureux de coteaux et de plaines, dont les uns sont couverts de bois et de vignes, et les autres de moissons dorées et de riantes maisons; la rivière du Cher embrasse le pays de ses replis, et va se jeter dans la Loire: les bords du Cher, couverts de bocages et de prairies, sont riants et champêtres; ceux de la Loire, plus majestueux, s'ombragent de hauts peupliers, de bois épais et de riches guérets. Du haut d'un roc pittoresque, qui domine le château, on voit ces deux rivières rouler leurs eaux étincelantes des feux du jour dans une longueur de sept à huit lieues, et se réunir au pied du château en murmurant; quelques îles verdoyantes s'élèvent de leurs lits, un grand nombre de ruisseaux grossissent leur cours; de tous côtés on découvre une vaste étendue de terre riche de fruits, parée de fleurs, animée par les troupeaux qui paissent dans les pâturages. Le laboureur courbé sur la charrue, les berlines roulant sur le grand chemin, les bateaux glissant sur les fleuves, et les villes, bourgs et villages surmontés de leurs clochers, déploient la plus magnifique vue que l'on puisse imaginer.

Le château est vaste et commode; les bâtiments dépendant de la manufacture que M. d'Albe vient d'établir sont immenses; je m'en suis approprié une aile, afin d'y fonder un hospice de santé, où les ouvriers malades et les pauvres paysans des environs puissent trouver un asile; j'y ai attaché un chirurgien et deux gardes malades; et, quant à la surveillance, je me la suis réservée; car il est peut-être plus nécessaire qu'on ne croit de s'imposer l'obligation d'être tous les jours utile à ses semblables : cela tient en haleine, et même, pour faire le bien, nous avons besoin souvent d'une force qui nous pousse.

Tu sais que cette vaste propriété appartient depuis long-temps à la famille de M. d'Albe : c'est là que, dans sa jeunesse, il connut mon père et se lia avec lui; c'est là qu'enchantés d'une amitié qui les avait rendus si heureux, ils se jurèrent d'y venir finir leurs jours, et d'y déposer leurs cendres; c'est là enfin, ô mon Élise! qu'est le tombeau du meilleur des pères; sous l'ombre des cyprès et des peupliers repose son urne sacrée : un large ruisseau l'entoure, et forme comme une île où les élus seuls ont le droit d'entrer. Combien je me plais à parler de lui avec M. d'Albe! combien nos cœurs s'entendent et se répondent sur un pareil sujet! « Le dernier bienfait de votre père fut de m'unir à vous, me disait mon mari; jugez combien je dois chérir sa mémoire. » Et moi, Élise, en considérant le monde, et les hommes que j'y ai connus, ne dois-je pas aussi bénir mon père de m'avoir choisi un si digne époux?

Adolphe se plaît beaucoup plus ici que chez toi: tout y est nouveau, et le mouvement continuel des ouvriers lui paraît plus gai que le tête-à-tête des deux amies: il ne quitte point son père; celui-ci le gronde et lui obéit; mais qu'importe, quand l'excès de sa complaisance rendrait son fils mutin et volontaire dans son enfance? ne suis-je pas sûre que ses exemples le rendront bienfaisant et juste dans sa jeunesse?

Laure ne jouit point, comme son frère, de tout ce qui l'entoure : elle ne distingue que sa mère, et encore veut-on lui disputer cet éclair d'intelligence; M. d'Albe m'assure qu'aussitôt qu'elle a tété, elle ne me connaît pas plus que sa bonne; et je n'ai pas voulu encore en faire l'expérience, de peur de trouver qu'il n'eût raison.

M. d'Albe part demain; il va au-devant d'un jeune parent qui arrive du Dauphiné. Uni à sa mère par les liens du sang, il lui jura, à son lit de mort, de servir de guide et de père à son fils, et tu sais si mon mari sait tenir ses serments. D'ailleurs il compte le mettre à la tête de sa manufacture, et se soulager ainsi d'une surveillance trop fatigante pour son âge : sans ce motif, je ne sais si je verrais avec plaisir l'arrivée de Frédéric : dans le monde, un convive de plus n'est pas même une différence ; dans la solitude c'est un événement.

Adieu, mon Élise : il règne ici un air de prospérité, de mouvement et de joie qui te fera plaisir ; et, pour moi, je crois bien qu'il ne me manque que toi pour y être heureuse.

## LETTRE III.

CLAIRE A ÉLISE.

Je suis seule, il est vrai, mon Élise, mais non pas ennuyée ; je trouve assez d'occupation auprès de mes enfants, et de plaisir dans mes promenades, pour remplir tout mon temps : d'ailleurs M. d'Albe, devant trouver son cousin à Lyon, sera de retour ici avant dix jours ; et puis comment me croire seule quand je vois la terre s'embellir chaque jour d'un nouveau charme? Déja le premier-né de la nature s'avance, déja j'éprouve ses douces influences, tout mon sang se porte vers mon cœur qui bat plus violemment à l'approche du printemps ; à cette sorte de création nouvelle, tout s'éveille et s'anime ; le désir naît, parcourt l'univers, et effleure tous les êtres de son aile légère, tous sont atteints et le suivent ; il leur ouvre la route du plaisir, tous enchantés s'y précipitent ; l'homme seul attend encore, et diffèrent sur ce point des êtres vivants, il ne sait marcher dans cette route que guidé par l'amour. Dans ce temple de l'union des êtres, où les nombreux enfants de la nature se réunissent, désirer et jouir étant tout ce qu'ils veulent, ils s'arrêtent et sacrifient sans choix sur l'autel du plaisir ; mais l'homme dédaigne ces biens faciles entre le désir qui l'appelle et la jouissance qui l'excite ; il languit fièrement s'il ne pénètre au sanctuaire ; c'est là seulement qu'est le bonheur, et l'amour seul peut y conduire.... O mon Élise ! je ne te tromperai pas, et tu m'as devinée : oui, il est des moments où ces images me font faire des retours sur moi-même, et où je soupçonne que mon sort n'est pas rempli comme il aurait pu l'être : ce sentiment, qu'on dit être le plus délicieux de tous, et dont le germe était peut-être dans mon cœur, ne s'y développera jamais, et y mourra vierge. Sans doute, dans ma position, m'y livrer serait un crime, y penser est même un tort ; mais crois-moi, Élise, il est rare, très-rare que je m'appuie d'une manière déterminée sur ce sujet ; la plupart du temps je n'ai, à cet égard, que des idées vagues et générales, et auxquelles je ne m'abandonne jamais. Tu aurais tort de croire qu'elles reviennent plus fréquemment à la campagne ; au contraire, c'est là que les occupations aimables et les soins utiles donnent plus de moyens d'échapper à soi-même. Élise, le monde m'ennuie ; je n'y trouve rien qui me plaise ; mes yeux sont fatigués de ces êtres nuls qui s'entre-choquent dans leur petite sphère pour se dépasser d'une ligne : qui a vu un homme n'a plus rien de nouveau à voir ; c'est toujours le même cercle d'idées, de sensations et de phrases, et le plus aimable de tous ne sera jamais qu'un homme aimable. Ah ! laisse-moi sous mes ombrages ; c'est là qu'en rêvant un mieux idéal, je trouve le bonheur que le ciel m'a refusé. Ne pense pas pourtant que je me plaigne de mon sort : Élise, je serais bien coupable ; mon mari n'est-il pas le meilleur des hommes? Il me chérit, je le révère, je donnerais mes jours pour lui : d'ailleurs n'est-il pas le père d'Adolphe, de Laure? Que de droits à ma tendresse ! Si tu savais comme il se plaît ici, tu conviendrais que ce seul motif devrait m'y retenir ; chaque jour il se félicite d'y être, et me remercie de m'y trouver bien. Dans tous les lieux, dit-il, il serait heureux par sa Claire; mais ici il l'est par tout ce qui l'entoure : le soin de sa manufacture, la conduite de ses ouvriers, sont des occupations selon ses goûts : c'est un moyen d'ailleurs de faire prospérer son village; par-là il excite les paresseux et fait vivre les pauvres; les femmes, les enfants, tout travaille; les malheureux se rattachent à lui; il est comme le centre et la cause de tout le bien qui se fait à dix lieues à la ronde; et cette vue le rajeunit. Ah! mon amie, eussé-je autant d'attrait pour le monde qu'il m'inspire d'aversion, je resterais encore ici; car une femme qui aime son mari compte les jours où elle a du plaisir, comme des jours ordinaires, et ceux où elle lui en fait, comme des jours de fête.

## LETTRE IV.

### CLAIRE A ÉLISE.

J'ai passé bien des jours sans t'écrire, mon amie, et au moment où j'allais prendre la plume, voilà M. d'Albe qui arrive avec son parent. Il l'a rencontré bien en-deçà de Lyon; c'est pourquoi leur retour a été plus prompt que je ne comptais. Je n'ai fait qu'embrasser mon mari, et entrevoir Frédéric. Il m'a paru bien, très-bien. Son maintien est noble, sa physionomie ouverte; il est timide, et non pas embarrassé. J'ai mis dans mon accueil toute l'affabilité possible, autant pour l'encourager que pour plaire à mon mari. Mais j'entends celui-ci qui m'appelle, et je me hâte de l'aller rejoindre, afin qu'il ne me reproche pas que, même au moment de son arrivée, ma première idée soit pour toi. Adieu, chère amie.

## LETTRE V.

### CLAIRE A ÉLISE.

Combien j'aime mon mari, Élise! combien je suis touchée du plaisir qu'il trouve à faire le bien! Toute son ambition est d'entreprendre des actions louables, comme son bonheur est d'y réussir. Il aime tendrement Frédéric, parce qu'il voit en lui un heureux à faire. Ce jeune homme, il est vrai, est bien intéressant. Il a toujours habité les Cévennes, et le séjour des montagnes a donné autant de souplesse et d'agilité à son corps, que d'originalité à son esprit et de candeur à son caractère. Il ignore jusqu'aux moindres usages: si nous sommes à une porte, et qu'il soit pressé, il passe le premier; à table, s'il a faim, il prend ce qu'il désire, sans attendre qu'on lui en offre. Il interroge librement sur tout ce qu'il veut savoir, et ses questions seraient même souvent indiscrètes, s'il n'était pas clair qu'il ne les fait que parce qu'il ignore qu'on ne doit pas tout dire. Pour moi, j'aime ce caractère neuf qui se montre sans voile et sans détour, cette franchise crue qui le fait manquer de politesse, et jamais de complaisance, parce que le plaisir d'autrui est un besoin pour lui. En voyant un désir si vrai d'obliger tout ce qui l'entoure, une reconnaissance si vive pour mon mari, je souris de ses naïvetés, et je m'attendris sur son bon cœur. Je n'ai point encore vu une physionomie plus expressive; ses moindres sensations s'y peignent comme dans une glace. Je suis sûre qu'il en est encore à savoir qu'on peut mentir. Pauvre jeune homme! si on le jetait ainsi dans le monde, à dix-neuf ans, sans guide, sans ami, avec cette disposition à tout croire et ce besoin de tout dire, que deviendrait-il? Mon mari lui servira sans doute de soutien; mais, sais-tu que M. d'Albe exige presque que je lui en serve aussi? « Je suis un peu brusque, me disait-il ce matin, et la bonté de mon cœur ne rassure pas toujours sur la rudesse de mes manières. Frédéric aura besoin de conseils. Une femme s'entend mieux à les donner, et puis votre âge vous y autorise. Trois ans de plus entre vous font beaucoup: d'ailleurs, vous êtes mère de famille, et ce titre inspire le respect.» J'ai promis à mon mari de faire ce qu'il voudrait. Ainsi, Élise, me voilà érigée en grave précepteur d'un jeune homme de dix-neuf ans. N'es-tu pas tout émerveillée de ma nouvelle dignité? Mais, pour revenir aux choses plus à ma portée, je te dirai que ma fille a commencé hier à marcher; elle s'est tenue seule pendant quelques minutes. J'étais fière de ses mouvements : il me semblait que c'était moi qui les avais créés. Pour Adolphe, il est toujours avec les ouvriers; il examine les mécaniques, n'est content que lorsqu'il les comprend, les imite quelquefois, et les brise plus souvent, saute au cou de son père quand celui-ci le gronde, et se fait aimer de chacun en faisant enrager tout le monde. Il plaît beaucoup à Frédéric, mais ma fille n'a pas tant de bonheur. Je lui demandais s'il ne la trouvait pas charmante, s'il n'avait pas de plaisir à baiser sa peau douce et fraîche. « Non, m'a-t-il répondu naïvement, elle est laide, et elle sent *le lait aigre*. »

Adieu, mon Élise : je me fie à ton amitié pour rapprocher ces jours charmants que nous devons passer ici. Je sais que l'état d'une veuve qui a le bien de ses enfants à conserver demande beaucoup de sacrifices; mais, si le plaisir d'être ensemble est un aiguillon pour ton indolence, il doit nécessairement accélérer tes affaires. Mon ange, M. d'Albe me disait ce matin, que, si l'établissement de sa manufacture et l'instruction de Frédéric ne nécessitaient pas impérieusement sa présence, il quitterait femme et enfants pendant trois mois, pour aller expédier tes affaires et te ramener ici trois mois plus tôt. Excellent homme! il ne voit de bonheur que dans celui qu'il donne aux autres, et je sens que son exemple me rend meilleure. Adieu, cousine.

## LETTRE VI.

### CLAIRE A ÉLISE.

Ce matin, comme nous déjeûnions, Frédéric est accouru tout essoufflé. Il venait de jouer avec mon fils; mais, prenant tout à coup un air grave, il a prié mon mari de vouloir bien, dès aujourd'hui, lui donner les premières instructions relatives à l'emploi qu'il lui destine dans sa manufacture. Ce passage subit de l'enfance à la raison m'a paru si plaisant, que je me suis mise à rire immodérément. Frédéric m'a regardée avec surprise. « Ma cousine, m'a-t-il dit, si j'ai tort, reprenez-moi; mais il est mal de se moquer. » « Frédéric a raison, a repris mon mari; vous êtes trop bonne pour être moqueuse, Claire; mais vos ris inattendus, qui contrastent avec votre caractère habituel, vous en donnent souvent l'air. C'est là votre seul défaut : et ce défaut est grave, parce qu'il fait autant de mal aux autres que s'ils étaient réellement les objets de votre raillerie. » Ce reproche m'a touchée. J'ai tendrement embrassé mon mari, en l'assurant qu'il ne me reprocherait pas deux fois un tort qui l'afflige. Il m'a serrée dans ses bras. J'ai vu des larmes dans les yeux de Frédéric; cela m'a émue. Je lui ai tendu la main en lui demandant pardon; il l'a saisie avec vivacité, il l'a baisée; j'ai senti ses pleurs..... En vérité, Élise, ce n'était pas là un mouvement de politesse. M. d'Albe a souri. « Pauvre enfant! m'a-t-il dit, comment se défendre de l'aimer, si naïf et si caressant? Allons, ma Claire, pour cimenter votre paix, menez-le promener vers ces forêts qui dominent la Loire : il retrouvera là un site de son pays; d'ailleurs, il faut bien qu'il connaisse le séjour qu'il doit habiter. Pour aujourd'hui, j'ai des lettres à écrire : nous travaillerons demain, jeune homme. »

Je suis partie avec mes enfants. Frédéric portait ma fille, quoiqu'elle sentît le *lait aigre*. Arrivés dans la forêt, nous avons causé... causé n'est pas le mot, car il a parlé seul. Le lieu qu'il voyait, en lui rappelant sa patrie, lui a inspiré une sorte d'enthousiasme. J'ai été surprise que les grandes idées lui fussent aussi familières, et de l'éloquence avec laquelle il les exprimait. Il semblait s'élever avec elles. Je n'avais point vu encore autant de feu dans son regard. Ensuite, revenant à d'autres sujets, j'ai reconnu qu'il avait une instruction solide, et une aptitude singulière à toutes les sciences. Je crains que l'état qu'on lui destine ne lui plaise ni ne lui convienne. Une chose purement mécanique, une surveillance exacte, des calculs arides, doivent nécessairement lui devenir insupportables, ou éteindre son imagination; et cela serait bien dommage. Je crois, Élise, que je m'accoutumerai à la société de Frédéric. C'est un caractère neuf, qui n'a point été émoussé encore par le frottement des usages. Aussi présente-t-il toute la piquante originalité de la nature. On y retrouve ces touches larges et vigoureuses dont l'homme dut être formé en sortant des mains de la Divinité; on y pressent ces nobles et grandes passions qui peuvent égarer sans doute, mais qui, seules, élèvent à la gloire et à la vertu. Loin de lui ces petits caractères sans vie et sans couleur qui ne savent agir et penser que comme les autres, dont les yeux délicats sont blessés par un contraste, et qui, dans la petite sphère où ils se remuent, ne sont pas même capables d'une grande faute !

## LETTRE VII.

### CLAIRE A ÉLISE.

J'aurais été bien surprise si l'éloge très-mérité que j'ai fait de Frédéric ne m'eût attiré le reproche d'enthousiaste de la part de ma très-judicieuse amie ; car je ne puis dire les choses telles que je les vois, ni les exprimer comme je les sens, que sa censure ne vienne aussitôt mettre le *veto* sur mes jugements. Il se peut, mon Élise, que je n'aie vu encore que le côté favorable du caractère de Frédéric ; et, pour ne lui avoir pas trouvé de défauts, je ne prétends pas affirmer qu'il en soit exempt; mais je veux, par le récit suivant, te prouver qu'il n'y a du moins aucun intérêt personnel dans ma manière de le juger.

Hier, nous nous promenions ensemble assez loin de la maison. Tout-à-coup Adolphe lui demande étourdiment : « Mon cousin, qui aimes-tu mieux, mon papa ou ma maman? » Je t'assure que c'est sans hésiter qu'il a donné la préférence à mon mari. Adolphe a voulu en savoir la raison. « Ta maman est beaucoup plus aimable, a-t-il répondu, mais je crois ton papa meilleur, et à mes yeux un simple mouvement de bonté l'emporte sur toutes les graces de l'esprit. — Eh bien, mon cousin, tu dis comme maman ; elle ne m'embrasse qu'une fois quand j'ai bien étudié, et me caresse long-temps quand j'ai fait plaisir à quelqu'un, parce qu'elle dit que je ressemblerai à mon papa..... » Frédéric m'a regardée d'un air que je ne saurais trop définir ; puis, mettant la main sur son cœur : « C'est singulier, a-t-il dit à part soi, cela m'a porté là. » Alors, sans ajouter un mot, ni me faire une excuse, il m'a quittée, et s'en est allé tout seul à la maison. A dîner, je l'ai plaisanté sur son peu de civilité, et j'ai prié M. d'Albe de le gronder de me laisser ainsi seule sur les grands chemins. « Auriez-vous eu peur? a interrompu Frédéric : il fallait me le dire, je serais resté; mais je croyais que vous aviez l'habitude de vous promener seule. — Il est vrai, ai-je répondu ; mais votre procédé doit me faire croire que je vous ennuie, et voilà ce qu'il ne fallait pas me laisser voir. — Vous auriez tort de le penser. J'éprouvais, au contraire, en vous écoutant, une sensation agréable, mais qui me faisait mal : c'est pourquoi je vous ai quittée. » M. d'Albe a souri. « Vous aimez donc beaucoup ma femme, Frédéric? lui a-t-il dit. — Beaucoup? non. — La quitteriez-vous sans regret? — Elle me plaît, mais je crois qu'au bout de peu de jours je n'y penserais plus. — Et moi, mon ami? — Vous! s'est-il écrié en se levant, et courant se jeter dans ses bras, je ne m'en consolerais jamais ! — C'est bien, c'est bien, mon Frédéric, lui a dit M. d'Albe tout ému ; mais je veux pourtant qu'on aime ma Claire comme moi-même. — Non, mon père, a repris l'autre en me regardant, je ne le pourrais pas. »

Tu vois, Élise, que je suis un objet très-secondaire dans les affections de Frédéric. Cela doit être : je ne lui pardonnerais pas d'aimer un autre à l'égal de son bienfaiteur. Je crains de t'ennuyer en te parlant sans cesse de ce jeune homme. Cependant il me semble que c'est un sujet aussi neuf qu'intéressant. Je l'étudie avec cette curiosité qu'on porte à tout ce qui sort des mains de la nature. Sa conversation n'est point brillante d'un esprit d'emprunt ; elle est riche de son propre fonds : elle a surtout le mérite, inconnu de nos jours, de sortir de ses lèvres telle que la pensée la conçoit. La vérité n'est pas au fond du puits, mon Élise, elle est dans le cœur de Frédéric.

Cette après-midi nous étions seuls ; je tenais ma fille sur mes genoux, et je cherchais à lui faire répéter mon nom. Ce titre de mère m'a rappelé ce qui s'était dit la veille, et j'ai demandé à Frédéric pourquoi il donnait le nom de père à M. d'Albe. « Parce que j'ai perdu le mien, a-t-il répondu, et que sa bonté m'en tient lieu. — Mais votre mère est morte aussi, il faut que je devienne la vôtre. — Vous ? oh non ! — Pourquoi donc ? — Je me souviens de ma mère, et ce que je sentais pour elle ne ressemblait en rien à ce que vous m'inspirez. — Vous l'aimiez bien davantage ? — Je l'aimais tout autrement : j'étais parfaitement libre avec elle, au lieu que votre regard m'embarrasse quelquefois ; je l'embrassais sans cesse..... — Vous ne m'embrasseriez donc pas ? — Non ; vous êtes beaucoup trop jolie. — Est-ce une raison ? — C'est au moins une différence. J'embrassais ma mère sans penser à sa figure, mais auprès de vous je ne verrais que cela. » Peut-être me blâmeras-tu, Élise, de badiner ainsi avec lui ; mais je ne puis m'en empêcher ; sa conversation me divertit, et m'inspire une gaieté qui ne m'est pas naturelle. D'ailleurs, mes plaisanteries amusent M. d'Albe, et souvent il les excite. Cependant ne crois pas pour cela que j'aie mis de côté mes fonctions de moraliste ; je donne souvent des avis à Frédéric, qu'il écoute avec docilité, et dont il profite ; et je sens qu'outre le plaisir qu'éprouve M. d'Albe à me voir occupée de son élève, j'en trouverai moi-même un bien réel à éclairer son esprit sans nuire à son naturel, et à le guider dans le monde en lui conservant sa franchise.

Non, mon Élise, je n'irai point passer l'hiver à Paris. Si tu y étais, peut-être aurais-je hésité, et j'aurais eu tort ; car mon mari, tout entier aux soins de son établissement, ferait un bien grand sacrifice en s'en éloignant. Frédéric nous sera d'une grande ressource pour les longues soirées : il a une très-jolie voix, il ne manque que de méthode. Je fais venir plusieurs partitions italiennes. Quel dommage que tu ne sois pas ici ! Avec trois voix, il n'y a guère de morceaux qu'on ne puisse exécuter, et nous aurions mis notre bon vieux ami dans l'Élysée.

## LETTRE VIII.

CLAIRE A ÉLISE.

Cela t'amuse donc beaucoup que je te parle de Frédéric ? et, par une espèce de contradiction, je n'ai presque rien à t'en dire aujourd'hui. Depuis plusieurs jours je ne le vois guère qu'aux heures des repas ; encore, pendant tout ce temps, s'occupe-t-il à causer avec mon mari de ce qu'ils ont fait ou de ce qu'ils vont faire. Je suis même plus habituellement seule qu'avant son arrivée, parce que M. d'Albe, se plaisant beaucoup avec lui, sent moins le besoin de ma société. Pendant les premiers jours, cela m'a attristée. Pour être avec eux, j'avais rompu le cours de mes occupations ordinaires, et je ne savais plus le reprendre : il me semblait toujours que j'attendais quelqu'un, et l'habitude de la société désenchantait jusqu'à mes promenades solitaires. Nous sommes de vraies machines, mon amie ; il suffit de s'accoutumer à une chose pour qu'elle nous devienne nécessaire ; et, par cela seul que nous l'avons eue hier, nous la voulons encore aujourd'hui. Je crois qu'il y a dans nous une inclination à la paresse, qui est le plus fort de nos penchants ; et, s'il y a si peu d'hommes vertueux, c'est moins par indifférence pour la vertu que parce qu'elle tend toujours à agir, et nous toujours au repos. Mais aussi comme elle sait récompenser ceux dont le courage s'élève jusqu'à elle ! Si les premiers instants sont rudes, comme la suite dédommage des sacrifices qu'on lui fait ! Plus on l'exerce, plus elle devient chère : c'est comme deux amis qui s'aiment mieux à mesure qu'ils se connaissent davantage. Il est aussi un art de la rendre facile ; et ce n'est pas à Paris qu'il se trouve. Du fond de nos hôtels dorés, qu'il est difficile d'apercevoir la misère qui gémit dans les greniers ! Si la bienfaisance nous soulève de nos fauteuils, combien d'obstacles nous y replongent ! Au milieu de cette foule de malheureux qui fourmillent dans les grandes villes, comment distinguer le fourbe de l'infortuné ? On commence par se fier à la physionomie ; mais, bientôt revenu de cet indice trompeur, pour avoir été dupe de fausses larmes, on finit par ne plus croire aux vraies. Que de démarches, de perquisitions ne faut-il pas pour être sûr de ne secourir que les vrais malheureux ! En voyant leur nombre infini, combien l'ame est tristement oppressée de ne pouvoir en soulager qu'une si faible partie ! Et, malgré le bien qu'on a fait, l'image de celui qu'on n'a pu faire vient troubler notre satisfaction. Mais, à la campagne, où notre entourage est plus borné et plus près de nous, on ne court risque ni de se tromper, ni de ne pouvoir tout faire : si le but est moins grand, du moins laisse-t-il l'espoir de l'atteindre. Ah ! si chacun se chargeait ainsi d'embellir son petit horizon, la misère disparaîtrait de dessus la terre ; l'inégalité des fortunes s'éteindrait sans efforts et sans secousses, et la charité serait le nœud céleste qui unirait tous les hommes ensemble !

## LETTRE IX.

### CLAIRE A ÉLISE.

Tu connais le goût de M. d'Albe pour les nouvelles politiques : Frédéric le partage. Un sujet qui embrasse le bonheur des nations entières lui paraît le plus intéressant de tous ; aussi, chaque soir, quand les gazettes et les journaux arrivent, M. d'Albe se hâte d'appeler son ami pour les lire et les discuter avec lui. Comme cette occupation dure toujours près d'une heure, je profite assez souvent de ce moment pour me retirer dans ma chambre, soit pour écrire, ou pour être avec mes enfants. Durant les premiers jours, Frédéric me demandait où j'allais, et voulait que je fusse présente à la lecture : à la fin, voyant qu'elle était toujours pour moi le signal de ma retraite, il m'a grondée de mon indifférence sur les nouvelles publiques, et a prétendu que c'était un tort. Je lui ai répondu que je ne donnais ce nom qu'aux choses d'où il résultait quelque mal pour les autres ; qu'ainsi je ne pouvais pas me reprocher comme tel le peu d'intérêt que je prenais aux événements politiques. « Moi, faible atome perdu dans la foule des êtres qui habitent cette vaste contrée, ai-je ajouté, que peut-il résulter du plus ou moins de vivacité que je mettrai à ce qui la regarde ? Frédéric, le bien qu'une femme peut faire à son pays, n'est pas de s'occuper de ce qui s'y passe, ni de donner son avis sur ce qu'on y fait, mais d'y exercer le plus de vertus qu'elle peut. » « Claire a raison, a interrompu M. d'Albe : une femme, en se consacrant à l'éducation de ses enfants et aux soins domestiques, en donnant à tout ce qui l'entoure l'exemple des bonnes mœurs et du travail, remplit la tâche que la patrie lui impose. Que chacune se contente de faire ainsi le bien en détail, et de cette multitude de bonnes choses naîtra un bel ensemble. C'est aux hommes qu'appartiennent les grandes et vastes conceptions, c'est à eux à créer le gouvernement et les lois ; c'est aux femmes à leur en faciliter l'exécution, en se bornant strictement aux soins qui sont de leur ressort. Leur tâche est facile; car, quel que soit l'ordre des choses, pourvu qu'il soit basé sur la vertu et la justice, elles sont sûres de concourir à sa durée, en ne sortant jamais du cercle que la nature a tracé autour d'elles; car, pour qu'un tout marche bien, il faut que chaque partie reste à sa place.»

Élise, je recueille bien le fruit d'avoir rempli mon devoir en accompagnant M. d'Albe ici. Je m'y sens plus heureuse que je ne l'ai jamais été; je n'éprouve plus ces moments de tristesse et de dégoût dont tu t'inquiétais quelquefois. Sans doute c'était le monde qui m'inspirait cet ennui profond dont la vue de la nature m'a guérie. Mon amie, rien ne peut me convenir davantage que la vie de la campagne au milieu d'une nombreuse famille. Outre l'air de ressemblance avec les mœurs antiques et patriarcales, que je compte bien pour quelque chose, c'est là seulement qu'on peut retrouver cette bienveillance douce et universelle que tu m'accusais de ne point avoir, et dont les nombreuses réunions d'hommes ont dû nécessairement faire perdre l'usage. Quand on n'a avec ses semblables que des relations utiles, telles que le bien qu'on peut leur faire et les services qu'ils peuvent nous rendre, une figure étrangère annonce toujours un plaisir, et le cœur s'ouvre pour la recevoir; mais, lorsque, dans la société, on se voit entouré d'une foule d'oisifs, qui viennent nous accabler de leur inutilité, qui, loin d'apprendre à bien employer le temps, forcent à en faire un mauvais usage, il faut, si on ne leur ressemble pas, être avec eux ou froide ou fausse; et c'est ainsi que la bienveillance s'éteint dans le grand monde, comme l'hospitalité dans les grandes villes.

## LETTRE X.

CLAIRE A ÉLISE.

Ce matin on est venu m'éveiller avant cinq heures, pour aller voir la bonne mère Françoise, qui avait une attaque d'apoplexie; j'ai fait appeler sur-le-champ le chirurgien de la maison, et nous avons été ensemble porter des secours à cette pauvre femme. Peu à peu les symptômes sont devenus moins alarmants; elle a repris connaissance, et son premier mouvement, en me voyant auprès de son lit, a été de remercier le ciel de lui avoir rendu une vie à laquelle sa bonne maîtresse s'intéressait. Nous avons vu qu'une des causes de son accident venait d'avoir négligé la plaie de sa jambe; et, comme le chirurgien la blessait en y touchant, j'ai voulu la nettoyer moi-même. Pendant que j'en étais occupée, j'ai entendu une exclamation, et, levant la tête, j'ai vu Frédéric..... Frédéric en extase: il revenait de la promenade, et, voyant du monde devant la chaumière, il y était entré. Depuis un moment il était là; il contemplait, non plus sa cousine, m'a-t-il dit, non plus une femme belle autant qu'aimable, mais un ange! J'ai rougi et de ce qu'il m'a dit, et du ton qu'il y a mis, et peut-être aussi du désordre de ma toilette; car, dans mon empressement à me rendre chez Françoise, je n'avais eu que le temps de passer un jupon et de jeter un châle sur mes épaules; mes cheveux étaient épars, mon cou et mes bras nus. J'ai prié Frédéric de se retirer; il a obéi, et je ne l'ai pas revu de toute la matinée. Une heure avant le dîner, comme j'attendais du monde, je suis descendue très-parée, parce que je sais que cela plaît à M. d'Albe; aussi m'a-t-il trouvée très à son gré; et s'adressant à Frédéric: « N'est-ce pas, mon ami, que cette robe sied bien à ma femme, et qu'elle est charmante avec?—Elle n'est que jolie, a répondu celui-ci, je l'ai vue céleste ce matin.» M. d'Albe a demandé l'explication de ces mots; Frédéric l'a donnée avec feu et enthousiasme. « Mon jeune ami, lui a dit mon mari, quand vous connaîtrez mieux ma Claire, vous parlerez plus simplement de ce qu'elle a fait aujourd'hui: s'étonne-t-on de ce qu'on voit tous les jours? Frédéric, contemplez bien cette femme, parée de tous les charmes de la beauté, dans tout l'éclat de la jeunesse : elle s'est retirée à la campagne, seule avec un mari qui pourrait être son aïeul, occupée de ses enfants, ne songeant qu'à les rendre heureux par sa douceur et sa tendresse, et répandant sur tout un village son active bienfaisance : voilà quelle est ma compagne; qu'elle soit votre amie, mon fils; parlez-lui avec confiance; recueillez dans son ame de quoi perfectionner la vôtre; elle n'aime pas la vertu mieux que moi, mais elle sait la rendre plus aimable.» Pendant ce discours, Frédéric était tombé dans une profonde rêverie. Mon mari ayant été appelé par un ouvrier, je suis restée seule avec Frédéric; je me suis approchée de lui. « A quoi pensez-vous donc?» lui ai-je demandé. Il a tressailli, et, prenant mes deux mains en me regardant fixement, il a dit : « Dans les premiers beaux jours de ma jeunesse, aussitôt que l'idée du bonheur eut fait palpiter mon sein, je me créai l'image d'une femme telle qu'il la fallait à mon cœur. Cette chimère enchanteresse m'accompagnait partout; je n'en trouvais le modèle nulle part; mais je viens de la reconnaître dans celle que votre mari a peinte; il n'y manque qu'un trait : celle dont je me forgeais l'idée ne pouvait être heureuse qu'avec moi. — Que dites-vous, Frédéric ? me suis-je écriée vivement. — Je vous raconte mon erreur, a-t-il répondu avec tranquillité; j'avais cru jusqu'à présent qu'il ne pouvait y avoir qu'une femme comme vous; sans doute je me suis trompé, car j'ai besoin d'en trouver une qui vous ressemble.» Tu vois, Élise, que la fin de son discours a dû éloigner tout-à-fait les idées que le commencement avait pu faire naître. Puissé-je, ô mon amie! lui aider à découvrir celle qu'il attend, celle qu'il désire! elle sera heureuse! bien heureuse ! car Frédéric saura aimer.

Il faut donc m'y résigner, chère amie, encore six mois d'absence! Six mois éloignée de toi! que de temps perdu pour le bonheur! Le bonheur, cet être si fugitif que plusieurs le croient chimérique, n'existe que par la réunion de tous les sentiments auxquels le cœur est accessible, et par la présence de ceux qui en sont les objets; un vide l'empêche de naître, l'absence d'un ami le détruit. Aussi ne suis-je point heureuse, Élise, car tu es loin de moi, et jamais mon cœur n'eut plus besoin de t'aimer, et de jouir de ta tendresse. Je sais que, si l'amitié t'appelle, le devoir te retient, et je t'estime trop pour t'attendre; mais combien mes vœux aspirent à ce moment qui, les accordant ensemble, te ramènera dans mes bras! il me serait si doux de pleurer avec toi! cela soulagerait mon cœur d'un poids qui l'oppresse, et que je ne puis définir. Adieu.

## LETTRE XI.

### CLAIRE A ÉLISE.

Tu me demandes si j'aurais été bien aise que mon mari eût été témoin de ma dernière conversation avec Frédéric? Assurément, Élise, elle n'avait rien qui pût lui faire de la peine; cela est si vrai, que je la lui ai racontée d'un bout à l'autre. Peut-être bien ne lui ai-je pas rendu tout-à-fait l'accent de Frédéric; mais qui le pourrait ? M. d'Albe a mis à ce récit plus d'indifférence que moi-même; il n'y a vu que le signe d'une tête exaltée, et, a-t-il ajouté, c'est le partage de la jeunesse. « Mon ami, lui ai-je répondu, je crois que Frédéric joint à une imagination ardente un cœur infiniment tendre. La contemplation de la nature, la solitude de ce séjour doivent nourrir ses dispositions, et dès lors il serait peut-être nécessaire de les fixer. Puisque vous vous intéressez à son bonheur, ne pensez-vous pas qu'il serait à propos que j'invitasse alternativement de jeunes personnes à venir passer quelque temps avec moi? Ce n'est qu'ainsi qu'il pourra les connaître, et choisir celle qui peut lui convenir. — Bonne Claire! a repris mon mari, toujours occupée des autres, même à vos propres dépens; car je suis sûr, d'après vos goûts et l'âge de vos enfants, que la société des jeunes personnes ne doit point avoir d'attraits pour vous; mais n'importe, ma bonne amie, je vous connais trop pour vous ôter le plaisir de faire du bien à mon élève; je crois d'ailleurs vos observations à son égard très-vraies, et vos projets très-bien conçus. Voyons, qui invitez-vous? » J'ai nommé Adèle de Raincy; elle a seize ans, elle est belle, remplie de talents; je la demanderai pour un mois.... Je pense, mon Élise, que ce plan, ainsi que ma confiance envers M. d'Albe, répondent aux craintes bizarres que tu laisses percer dans ta lettre. Ne me demande donc plus s'il est bien prudent, à mon âge, de m'ensevelir à la campagne avec cet aimable, cet intéressant jeune homme : ce serait outrager ton amie que d'en douter; ce serait l'avilir que d'exiger d'elle des précautions contre un semblable danger. Où il y a un crime, Élise, il ne peut y avoir de danger pour moi, et il est des craintes que l'amitié doit rougir de concevoir. Élise, Frédéric est l'enfant adoptif de mon mari; je suis la femme de son bienfaiteur; ce sont de ces choses que la vertu grave en lettres de feu dans les ames élevées, et qu'elles n'oublient jamais. Adieu.

## LETTRE XII.

### CLAIRE A ÉLISE.

Il se peut, mon aimable amie, que j'aie appuyé trop vivement sur l'espèce de soupçon que tu m'as laissé entrevoir; mais que veux-tu? il m'avait révoltée, et je n'adopte pas davantage l'explication que tu lui donnes. Tu ne craignais que pour mon repos, et non pour ma conduite, dis-tu? Eh bien! Élise, tu as tort; il n'y a d'honnêteté que dans un cœur pur, et on doit tout attendre de celle qui est capable d'un sentiment criminel. Mais laissons cela; aussi bien j'ai honte de traiter si long-temps un pareil sujet; et pour te prouver que je ne redoute point tes observations, je vais te parler de Frédéric, et te citer un trait qui, par rapport à lui, serait fait pour appuyer tes remarques, si tu l'estimais assez peu pour y persister.

En sortant de table, j'ai suivi mon mari dans l'atelier, parce qu'il voulait me montrer un modèle de mécanique qu'il a imaginé, et qu'il doit faire exécuter en grand. Je n'en avais pas encore vu tous les détails, lorsqu'il a été détourné par un ouvrier. Pendant qu'il *lui* parlait, un vieux bonhomme qui portait un outil à la main, passe près de moi, et casse par mégarde une partie du modèle. Frédéric, qui prévoit la colère de mon mari, s'élance, prompt comme l'éclair, arrache l'outil des mains du vieillard, et par ce mouvement paraît être le coupable. M. d'Albe se retourne au bruit, et voyant son modèle brisé, il accourt avec emportement et fait tomber sur Frédéric tout le poids de sa colère. Celui-ci, trop vrai pour se justifier d'une faute qu'il n'a pas faite, trop bon pour en accuser un autre, gardait le silence, et ne souffrait que de la peine de son bienfaiteur. Attendrie jusqu'aux larmes, je me suis approchée de mon mari. « Mon ami, lui ai-je dit, combien vous affligez ce pauvre Frédéric! On peut acheter un autre modèle, mais non un moment de peine causé à ce qu'on aime. » En disant ces mots, j'ai vu les yeux de Frédéric attachés sur moi avec une expression si tendre, que je n'ai pu continuer. Les larmes m'ont gagnée. A ce même moment, le vieillard est venu se jeter aux pieds de M. d'Albe. « Mon bon maître, lui a-t-il dit, grondez-moi; le cher M. Frédéric n'est pas coupable; c'est pour me sauver de votre colère qu'il s'est jeté devant moi, quand j'ai eu cassé votre machine. » Ces mots ont apaisé M. d'Albe; il a relevé le vieillard avec bonté, et, prenant mon bras et celui de Frédéric, il nous a conduits dans le jardin. Après un moment de silence, il a serré la main de Frédéric, en lui disant : « Mon jeune ami, ce serait vous affliger que de vous faire des excuses sur ma violence, ainsi je n'en parlerai point. Sachez du moins, a-t-il ajouté, en me montrant, que c'est à la douceur de cet ange que je dois de n'en plus avoir que de rares et de courts accès. Quand j'ai épousé Claire, j'étais sujet à des emportements terribles qui éloignaient de moi mes serviteurs et mes amis; elle, sans les braver ni les craindre, a toujours su les tempérer. Au plus haut période de ma colère, elle savait me calmer d'un mot, m'attendrir d'un regard, et me faire rougir de mes torts sans me les reprocher jamais. Peu à peu l'influence de sa douceur s'est étendue jusqu'à moi, et ce n'est plus que rarement que je lui donne sujet de me moins aimer; n'est-ce pas, ma Claire?» Je me suis jetée dans les bras de cet excellent homme; j'ai couvert son visage de mes pleurs; il a continué en s'adressant toujours à Frédéric : « Mon ami, je crois être ce qu'on appelle un bourru bienfaisant; ces sortes de caractères paraissent meilleurs que les autres, en ce que le passage de la rudesse à la bonté rehausse l'éclat de celle-ci; mais, parce qu'elle frappe moins quand elle est égale et permanente, est-ce une raison pour la moins estimer? Voilà pourtant comment on est injuste dans le monde, et pourquoi on a cru quelquefois que mon cœur était meilleur encore que celui de Claire. — Je crois avoir partagé cette injustice, lui a répondu Frédéric; mais j'en suis bien revenu, et votre femme me paraît ce qu'il y a de plus parfait au monde. — Mon fils! s'est écrié M. d'Albe, puissé-je vous en voir un jour une pareille, former moi-même de si doux nœuds, et couler ma vie entre des amis qui me la rendent si chère! Ne nous quittez jamais, Frédéric; votre société est devenue un besoin pour moi. — Je le jure, ô mon père! a répondu le jeune homme avec véhémence et en mettant un genou en terre; je le jure à la face de ce ciel que ma bouche ne souilla jamais d'un mensonge, et au nom de cette femme plus angélique que lui.... Moi vous quitter! Ah Dieu! il me semble que, hors d'ici, il n'y a plus que mort et néant. — Quelle tête! s'est écrié mon mari. Ah! mon Élise, quel cœur! »

Le soir, m'étant trouvée seule avec Frédéric, je ne sais comment la conversation est tombée sur la scène de l'atelier. « J'ai bien souffert de votre peine, lui ai-je dit. — Je l'ai vu, m'a-t-il répondu, et de ce moment la mienne a disparu. — Comment donc? — Oui, l'idée que vous souffriez pour moi avait quelque chose de plus doux que le plaisir même; et puis quand, avec un accent pénétrant, vous avez prononcé mon nom, *Pauvre Frédéric!* disiez-vous; tenez, Claire, ce mot s'est écrit dans mon cœur, et je donnerais toutes les jouissances de ma vie entière pour vous entendre encore; il n'y a que la peine de mon père qui a gâté ce délicieux moment. »

Élise, je l'avoue, j'ai été émue; mais qu'en concluras-tu? Qui sait mieux que toi combien l'amitié est loin d'être un sentiment froid? N'a-t-elle pas ses élans, ses transports? mais ils conservent leur physionomie; et, quand on les confond avec une sensation plus passionnée, ce n'est pas la faute de celui qui les sent, mais de celui qui les juge. Frédéric éprouve de l'amitié pour la première fois de sa vie, et doit l'exprimer avec vivacité. Ne remarques-tu pas que l'image de mon mari est toujours unie à la mienne dans son cœur? Quand je le vois si tendre, si caressant auprès d'un homme de soixante ans, quand je me rappelle les effusions que nous éprouvions toutes deux, puis-je m'étonner de la vive amitié de Frédéric pour moi! Dis, si tu veux, qu'il ne faut pas qu'il en éprouve, mais non qu'elle n'est pas ce qu'elle doit être.

Ma petite Laure commence à courir toute seule; il n'y a rien de joli comme les soins d'Adolphe envers elle; il la guide, la soutient, écarte ce qui peut la blesser, et perd, dans cette intéressante occupation, toute l'étourderie de son âge. Adieu.

## LETTRE XIII.

### CLAIRE A ÉLISE.

Pourquoi donc, mon Élise, viens-tu, par des mots entrecoupés, par des phrases interrompues, jeter une sorte de poison sur l'attachement qui m'unit à Frédéric? Que n'es-tu témoin de la plupart de nos conversations! tu verrais que notre mutuelle tendresse pour M. d'Albe est le nœud qui nous lie le plus étroitement, et que le soin de son bonheur est le sujet inépuisable et chéri qui nous attire sans cesse l'un vers l'autre. J'ai passé la matinée entière avec Frédéric, et, durant ce long tête-à-tête, mon mari a été presque le seul objet de notre entretien. C'est dans trois jours la fête de M. d'Albe; j'ai fait préparer un petit théâtre dans le pavillon de la rivière, et je compte établir un concert d'instruments à vent dans le bois de peupliers où repose le tombeau de mon père. C'est là qu'ayant fait descendre ma harpe, ce matin, je répétais la romance que j'ai composée pour mon mari. Frédéric est venu me joindre; ayant deviné mon projet, il avait travaillé de son côté, et m'apportait un duo dont il a fait les paroles et la musique. Après avoir chanté ce morceau, que j'ai trouvé charmant, je lui ai communiqué mon ouvrage; il en a été content; si M. d'Albe l'est aussi, jamais auteur n'aura reçu un prix plus flatteur et plus doux. Il commençait à faire chaud: j'ai voulu rentrer, Frédéric m'a retenue. Assis près de moi, il me regardait fixement, trop fixement; c'est là son seul défaut, car son regard a une expression qu'il est difficile.... j'ai presque dit dangereux de soutenir. Après un moment de silence, il a commencé ainsi: « Vous ne croiriez pas que ce même sujet qui vient de m'attendrir jusqu'aux larmes, enfin que votre union avec M. d'Albe m'avait inspiré, avant de vous connaître, une forte prévention contre vous. Accoutumé à regarder l'amour comme le plus bel attribut de la jeunesse, il me semblait qu'il n'y avait qu'une ame froide ou intéressée qui eût pu se résoudre à former un lien dont la disproportion des âges devait exclure ce sentiment. Ce n'était point sans répugnance que je venais ici, parce que je me figurais trouver une femme ambitieuse et dissimulée; et, comme on m'avait beaucoup vanté votre beauté, je plaignais tendrement M. d'Albe, que je supposais être dupe de vos charmes. Pendant la route que je fis avec lui, il ne cessa de m'entretenir de son bonheur et de vos vertus. Je vis si clairement qu'il était heureux, qu'il fallut bien vous rendre justice; mais c'était comme malgré moi; mon cœur repoussait toujours une femme qui avait fait vœu de vivre sans aimer; et rien ne put m'ôter l'idée que vous étiez raisonnable par froideur, et généreuse par ostentation. J'arrive, je vous vois, et toutes mes préventions s'effacent. Jamais regard ne fut plus touchant, jamais voix humaine ne m'avait paru si douce. Vos yeux, votre accent, votre maintien, tout en vous respire la tendresse, et cependant vous êtes heureuse; M. d'Albe est l'objet constant de vos soins, votre ame semble avoir créé pour lui un sentiment nouveau: ce n'est point l'amour, il serait ridicule; ce n'est point l'amitié, elle n'a ni ce respect ni cette déférence: vous avez cherché dans tous les sentiments existants ce que chacun pouvait offrir de mieux pour le bonheur de votre époux, et vous en avez formé un tout qu'il n'appartenait qu'à vous de connaître et de pratiquer. O aimable Claire! j'ignore quel motif ou quelle circonstance vous a jetée dans la route où vous êtes; mais il n'y avait que vous au monde qui pussiez l'embellir ainsi. »
Il s'est tu, comme pour attendre ma réponse; je me suis retournée, et montrant l'urne de mon père: « Sous cette tombe sacrée, lui ai-je dit, repose la cendre du meilleur des pères. J'étais encore au berceau lorsqu'il perdit ma mère: alors, consacrant tous ses soins à mon éducation, il devint pour moi le précep-

teur le plus aimable et l'ami le plus tendre, et fit naître dans mon cœur des sentiments si vifs, que je joignais pour lui à toute la tendresse filiale qu'inspire un père, toute la vénération qu'on a pour un Dieu. Il me fut enlevé comme j'entrais dans ma quatorzième année. Sentant sa fin approcher, effrayé de me laisser sans appui, et n'estimant au monde que le seul M. d'Albe, il me conjura de m'unir à lui avant sa mort. Je crus que ce sacrifice la retarderait de quelques instants, je le fis ; je ne m'en suis jamais repentie. O mon père ! toi qui lis dans l'ame de ta fille, tu connais le vœu, l'unique vœu qu'elle forme. Que le digne homme à qui tu l'as unie n'éprouve jamais une peine dont elle soit la cause, et elle aura vécu heureuse.... — Et moi aussi, s'est écrié Frédéric dans une espèce de transport, et moi aussi, mes vœux sont exaucés ! Chaque jour j'en formais pour le bonheur de mon père. Mais que peut-on demander pour celui qui possède Claire ? Le ciel, par un tel présent, épuisa sa munificence, il n'a plus rien à donner..... » Un moment de silence a succédé ; j'étais un peu embarrassée ; mes doigts, errant machinalement sur ma harpe, rendaient quelques sons au hasard. Frédéric m'a pris la main, et la baisant avec respect : « Est-il vrai, est-il possible, m'a-t-il dit, que vous consentiez à être mon amie ? mon père le voudrait, je désire. De tous les bienfaits qu'il m'a prodigués, c'est celui qui m'est le plus cher ; pour la première fois, seriez-vous moins généreuse que lui ? » Élise, chère Élise, comment lui aurais-je refusé un sentiment dont mon cœur était plein, et qu'il mérite si bien ? Non, non, j'ai dû lui promettre de l'amitié, je l'ai fait avec ferveur : eh ! qui peut y avoir plus de droit que lui ? lui, dont tous les penchants sont d'accord avec les miens, qui devine mes goûts, pressent ma pensée, chérit et vénère le père de mes enfants ! Et toi, mon Élise, toi la bien-aimée de mon cœur, quand viendras-tu, par ta présence, me faire goûter dans l'amitié tout ce qu'elle peut donner de félicité ? Que ce sentiment céleste me tienne lieu de tous ceux auxquels j'ai renoncé ; qu'il anime la nature ; que je le retrouve partout. Je l'écouterai dans les sons que je rendrai, et leur vibration aura son écho dans mon cœur ; c'est lui qui fera couler mes larmes, et lui seul qui les essuiera. Amitié, tu es tout ! la feuille qui voltige, la romance que je chante, la rose que je cueille, le parfum qu'elle exhale ! Je veux vivre pour toi, et puissé-je mourir avec toi !

## LETTRE XIV.

### CLAIRE A ÉLISE.

Si mes deux dernières lettres ont ranimé tes doutes, cousine, j'espère que celle-ci les détruira tout-à-fait. Adèle de Raincy est arrivée depuis trois jours, et déja elle a fait une assez vive impression sur Frédéric. Je voulais lui laisser ignorer qu'elle dût venir, afin de le surprendre, et j'ai réussi. Aussitôt qu'Adèle fut arrivée, je la conduisis dans le pavillon que baigne la rivière, et je fis appeler Frédéric. Il accourt ; mais, voyant Adèle près de moi, un cri lui échappe, et la plus vive rougeur couvre son visage ; il s'approche pourtant, mais avec embarras, et son regard craintif et curieux semblait lui dire : Êtes-vous celle que j'attends ? Adèle, par un souris malin, allait achever de le déconcerter, lorsque j'ai dit en souriant : « Vous êtes surpris, Frédéric, de me trouver avec une pareille compagne ? — Oui, m'a-t-il répondu en la regardant, j'ignorais qu'on pût être aussi belle. » Ce compliment flatteur, et qui, dans la bouche de Frédéric, avait si peu l'air d'en être un, a changé aussitôt les dispositions d'Adèle ; elle lui a jeté un coup d'œil obligeant, en lui faisant signe de s'asseoir auprès d'elle ; il a obéi avec vivacité, et a commencé une conversation qui ne ressemble guère, ou je suis bien trompée, à celle que cette jeune personne entend tous les jours; aussi répondait-elle fort peu; mais son silence même enchantait Frédéric; il lui a paru une preuve de modestie et de timidité, et c'est ce qui lui plaît par-dessus tout dans une jeune personne. Adèle, de son côté, me paraît très-disposée en sa faveur. L'admiration qu'elle lui inspire la flatte, l'agrément de ses discours l'attire, et le feu de son imagination l'amuse. D'ailleurs, la figure de Frédéric est charmante: s'il n'a pas ce qu'on appelle de *la tournure,* il a de la grace, de l'adresse et de l'agilité: tout cela peut bien faire impression sur un cœur de seize ans. Depuis un an que je n'avais vu Adèle, elle est singulièrement embellie; ses yeux sont noirs, vifs et brillants; sa brune chevelure tombe en anneaux sur un cou éblouissant; je n'ai point vu de plus belles dents ni des lèvres si vermeilles; et, sans être amant ni poète, je dirai que la rose humide des larmes de l'aurore n'a ni la fraîcheur ni l'éclat de ses joues; son teint est une fleur, son ensemble est une Grace. Il est impossible, en la voyant, de ne pas être frappé d'admiration; aussi Frédéric la quitte-t-il le moins qu'il peut. Vient-il dans le salon, c'est toujours elle qu'il regarde, c'est toujours à elle qu'il s'adresse. Il a laissé bien loin toutes mes leçons de politesse, et le sentiment qui l'inspire lui en a plus appris en une heure que tous mes conseils depuis trois mois. A la promenade, il est toujours empressé d'offrir son bras à Adèle, de la soutenir si elle saute un ruisseau, de ramasser un gant quand il tombe; car c'est un moyen de toucher sa main, et cette main est si blanche et si douce! Je ne sais si je me trompe, Élise, mais il me semble que ce gant tombe bien souvent.

Ce matin, Adèle examinait un portrait de Zeuxis qui est dans le salon: « Cela est singulier, a-t-elle dit, de quelque côté que je me mette, je vois toujours les yeux de Zeuxis qui me regardent. — Je le crois bien, a vivement répondu Frédéric, ne cherchent-ils pas la plus belle? » Tu vois, mon amie, comment le plus léger mouvement de préférence forme promptement un jeune homme; et j'espère que désormais tu ne seras plus inquiète de son amitié pour moi. Ce mot amitié est même trop fort pour ce que je lui inspire; car dans mes idées l'amour même ne devrait pas faire négliger l'amitié, et je ne puis me dissimuler que je suis tout-à-fait oubliée. Un seul mot d'Adèle, oui, un seul mot, j'en suis sûre, ferait bientôt enfreindre cette promesse jurée si solennellement de ne jamais nous quitter. En vérité, Élise, je me blâme de la disposition que j'avais à m'attacher à Frédéric. Quand une fois le sort est fixé, comme le mien, aucune circonstance ne pouvant changer les sentiments qu'on éprouve, ils restent toujours les mêmes. Mais lui, dans l'âge des passions, pouvant être entraîné, subjugué par elles, peut-on compter de sa part sur un sentiment durable? Non, l'amitié serait bientôt sacrifiée, et j'en ferais seule tous les frais. Malheur à moi, alors! car, nous le savons, mon Élise, ce sentiment exige tout ce qu'il donne. Puissé-je voir Frédéric heureux! mais tranquillise-toi, cousine, il n'a pas besoin de moi pour l'être. Adieu.

## LETTRE XV.

CLAIRE A ÉLISE.

Si je ne t'ai pas écrit depuis près de quinze jours, ma tendre amie, c'est que j'ai été malade. En finissant ma dernière lettre, je me sentais oppressée, triste, sans savoir pourquoi, et faisant une très-maussade compagnie à la vive et brillante Adèle. Je remettais chaque jour à t'écrire, à cause de l'abattement qui m'accablait; enfin la fièvre m'a prise. J'ai craint que le dérangement de ma santé ne nuisît à ma fille, j'ai voulu la sevrer. Le médecin, tout en convenant que je faisais bien pour elle, m'a objecté que j'avais tort pour moi, parce que, dans un moment où les humeurs étaient en mouvement, le lait pouvait passer dans le sang, et causer une révolution fâcheuse. Mon mari a vivement appuyé cet avis : j'ai oersisté dans le mien. A la fin il s'est emporté, et m'a dit qu'il voyait bien que je ne me souciais ni de son repos ni de son bonheur, puisque je faisais si peu de cas de ma vie ; qu'au surplus il me défendait de sevrer tout-à-coup. Je tenais ma fille entre mes bras, je me suis approchée de lui, et la mettant dans les siens : « Cette enfant est à vous, mon ami, lui ai-je dit, et vos droits sur elle sont aussi puissants que les miens ; mais oubliez-vous qu'en lui donnant la vie nous prîmes l'engagement sacré de lui sacrifier la nôtre ? Et, si nous la perdons, croyez-vous pouvoir oublier que vous en serez la cause, ni m'en consoler jamais ? Par pitié pour moi, pour vous-même, souvenez-vous que devant l'intérêt de nos enfants le nôtre doit être compté pour rien. » Il m'a rendu ma fille. « Claire, m'a-t-il dit, vous êtes libre ; malheur à qui pourrait vous résister ! » J'ai promis à M. d'Albe de le dédommager de sa condescendance, en usant de tous les ménagements possibles ; et c'est ce que j'ai fait : aussi ma santé va-t-elle mieux, et j'espère avant peu de jours être tout-à-fait rétablie. Adèle me disait ce matin : « Je vois bien, madame d'Albe, à quel point je suis loin de pouvoir faire encore une bonne mère ; j'ai été effrayée l'autre jour des devoirs que vous vous êtes imposés envers vos enfants. Quoi ! vous croyez leur devoir le sacrifice de votre existence ! J'ai été si surprise quand vous l'avez dit, que j'ai été tentée de vous croire folle..... — Folle ! s'est écrié Frédéric, dites sublime, mademoiselle ! — Vous ne le croiriez pas, mon jeune ami, a interrompu M. d'Albe ; mais dans le monde ces deux mots sont presque synonymes : vous y verrez taxer de bizarre et d'esprit systématique celui dont l'ame élevée dédaigne de copier les copies qui l'entourent. »

Cela est bien vrai, mon Élise, cette injustice est une suite de ce petit esprit du monde, qui tend toujours à rabaisser les autres pour les mettre à son niveau. Je me rappelle que, dans ces assemblées insipides où l'oisiveté enfante la médisance, et où la futilité parvient à tout dessécher, j'ai souvent pensé que ce sot usage de s'asseoir en rond pour faire la conversation était la cause de tous nos torts et la source de toutes nos sottises.... Mais je sens ma tête trop faible pour en écrire davantage. Adieu, mon ange.

## LETTRE XVI.

### CLAIRE A ÉLISE.

Adèle a voulu aller au bal ce soir ; Frédéric lui donne la main, et mon mari leur sert de Mentor. Mes deux amis désiraient bien rester avec moi ; Frédéric surtout a insisté auprès d'Adèle pour l'empêcher de me quitter. Il a voulu lui faire sentir que, ne me portant pas bien, il était peu délicat à elle de me laisser seule ; mais l'amour de la danse a prévalu sur toutes ses raisons, et elle a déclaré que le bal étant son unique passion, rien ne pouvait l'empêcher d'y aller. « D'ailleurs, a-t-elle ajouté avec un souris moqueur, vous savez que madame d'Albe n'aime pas qu'on se gêne ; et puis, comment craindrions-nous qu'elle s'ennuie ? ne la laissons-nous pas avec ses enfants ? » Elle a appuyé sur ce dernier mot avec une sorte d'ironie. Frédéric l'a regardée tristement. « Il est vrai, a-t-il répondu, c'est là son plus doux plaisir, et je vois qu'il n'appartient pas à tout le monde de savoir l'apprécier. Vous avez raison, mademoiselle, il faut que chacun prenne la place qui lui convient : celle de madame d'Albe est d'être adorée en remplissant tous ses devoirs ; la vôtre est d'éblouir, et le bal doit être votre triomphe. » Adèle n'a vu qu'un éloge de sa beauté dans cette phrase ; j'y ai démêlé autre chose. Je vois trop que, malgré les charmes séduisants d'Adèle, si son ame ne répond pas à sa figure, elle ne fixera pas Frédéric. Cependant que ne peut-on pas espérer à son âge? Élise, je veux mettre tous mes soins à cacher des défauts que le temps peut corriger. Nous sommes invitées dans trois jours à un autre bal: si je n'y vais pas, Adèle me quittera encore, et Frédéric ne le lui pardonnera pas. Je suis donc décidée à l'accompagner : d'ailleurs, il est possible que la danse et le monde me distraient d'une mélancolie qui me poursuit et me domine de plus en plus. J'éprouve une langueur, une sorte de dégoût qui décolore toutes les actions de la vie. Il me semble qu'elle ne vaut pas la peine que l'on se donne pour la conserver. L'ennui d'agir est partout, le plaisir d'avoir agi nulle part. Je sais que le bien qu'on fait aux autres est une jouissance; mais je le dis plus que je ne le sens, et, si je n'étais souvent agitée d'émotions subites, je croirais mon âme prête à s'éteindre. Je n'ai plus assez de vie pour cette solitude absolue, où il faut se suffire à soi-même. Pour la première fois, je sens le besoin d'un peu de société, et je regrette de n'avoir point été au bal. Adieu, la plume me tombe des mains.

## LETTRE XVII.

### CLAIRE À ÉLISE.

Adèle peint supérieurement pour son âge: elle a voulu faire mon portrait, et j'y ai consenti avec plaisir, afin de l'offrir à mon mari. Ce matin, comme elle y travaillait, Frédéric est venu nous joindre. Il a regardé son ouvrage, et a loué son talent, mais avec un demi-sourire qui n'a point échappé à Adèle, et dont elle a demandé l'explication. Sans l'écouter ni lui répondre, il a continué à regarder le portrait, et puis moi, et puis le portrait, ainsi alternativement. Adèle, impatiente, a voulu savoir ce qu'il pensait. Enfin, après un long silence : « Ce n'est pas là madame d'Albe, a-t-il dit : vous n'avez pas même réussi à rendre un de ses moments. — Comment donc? a interrompu Adèle en rougissant; qu'y trouvez-vous à redire? Ne reconnaissez-vous pas tous ses traits? — J'en conviens, tous ses traits y sont; si vous n'avez vu que cela en la regardant, vous devez être contente de votre ouvrage. — Que voulez-vous donc de plus? — Ce que je veux? qu'on reconnaisse qu'il est telle figure que l'art ne rendra jamais, et qu'on sente du moins son insuffisance. Ces beaux cheveux blonds, quoique touchés avec habileté, n'offrent ni le brillant, ni la finesse, ni les ondulations des siens. Je ne vois point, sur cette peau blanche et fine, refléter le coloris du sang ni le duvet délicat qui la couvre. Ce teint uniforme ne rappellera jamais celui dont les couleurs varient comme la pensée. C'est bien le bleu céleste de ses yeux, mais je n'y vois que leur couleur : c'est leur regard qu'il fallait rendre. Cette bouche est fraîche et voluptueuse comme la sienne; mais ce sourire est éternel, j'attends en vain l'expression qui le suit. Ces mouvements nobles, gracieux, enchanteurs, qui se déploient dans ses moindres gestes, sont enchaînés et immobiles..... Non, non, des traits sans vie ne rendront jamais Claire; et là où je ne vois point d'âme, je ne puis la reconnaître. — Eh bien! lui a dit Adèle avec dépit, chargez-vous de la peindre; pour moi, je ne m'en mêle plus. » Alors, jetant brusquement ses pinceaux, elle s'est levée et est sortie avec humeur. Frédéric l'a suivie des yeux d'un air surpris; et puis, laissant échapper un soupir, il a dit : « Dans quelle erreur n'ai-je pas été en la voyant si belle! J'avais cru que cette femme devait avoir quelque ressemblance avec vous; mais, pour mon malheur, mon éternel malheur, je le vois trop, vous êtes unique..... » Je ne puis te dire, Élise, quel mal ces mots m'ont fait; cependant, me remettant de mon trouble, je me suis hâtée de répondre. « Frédéric, ai-je dit, gardez-vous de porter un jugement précipité et de vous laisser atteindre par des préventions qui pourraient nuire au bonheur qui vous est peut-être destiné. Parce qu'Adèle n'est pas en tout semblable à la chimère que vous vous êtes faite, devez-vous fermer les yeux sur ce qu'elle vaut? Ne savez-vous pas d'ailleurs combien on peut changer? Croyez que telle personne qui vous plaît quand elle est formée vous aurait peut-être paru insupportable quelques années auparavant. Vous voulez toujours comparer; mais, parce que le bouton n'a pas le parfum de la fleur entièrement éclose, oubliez-vous qu'il l'aura un jour, et mille fois plus doux peut-être? Frédéric, pénétrez-vous bien que dans celle que vous devez choisir, dans celle dont l'âge doit être en proportion avec le vôtre, vous ne pouvez trouver ni des qualités complètes ni des vertus exercées : un cœur aimant est tout ce que vous devez chercher; un penchant au bien, tout ce que vous devez vouloir; quand même il serait obscurci par de légers travers, faudrait-il donc se rebuter? De même qu'il est peu de matins sans nuages, on ne voit guère d'adolescence sans défaut; mais elle s'en dégage tous les jours, surtout quand elle est guidée par une main aimée. C'est à vous qu'appartiendra ce soin touchant; c'est à vous à former celle qui vous est destinée, et vous ne pourrez y réussir qu'en la choisissant dans l'âge où l'on peut l'être encore. Mais, ô Frédéric! ai-je ajouté avec solennité, au nom de votre repos, gardez-vous bien de lever les yeux sur toute autre. » En disant ces mots, je suis sortie de la chambre sans attendre sa réponse.

Élise, je n'ose te dire tout ce que je crains; mais l'air de Frédéric m'a fait frémir : s'il était possible?.... Mais non, je me trompe assurément; inquiète de tes craintes, influencée par tes soupçons, je vois déjà l'expression d'un sentiment coupable où il n'y a que celle de l'amitié, mais ardente, mais passionnée, telle que doit l'éprouver une ame neuve et enthousiaste. Néanmoins je vais l'examiner avec soin; et, quant à moi, ô mon unique amie! bannis ton injurieuse inquiétude, fie-toi à ce cœur qui a besoin, pour respirer à son aise, de n'avoir aucun reproche à se faire, et à qui le contentement de lui-même est aussi nécessaire que ton amitié.

## LETTRE XVIII.

CLAIRE A ÉLISE.

Élise, comment te peindre mon agitation et mon désespoir? C'en est fait, je n'en puis plus douter, Frédéric m'aime! Sens-tu tout ce que ce mot a d'affreux dans notre position? Malheureux Frédéric! mon cœur se serre, et je ne puis verser une larme. Ah Dieu! pourquoi l'avoir appelé ici? Je le connais, mon amie, il aime, et ce sera pour la vie; il traînera éternellement le trait dont il est déchiré; et c'est moi qui cause sa peine! Ah! je le sens, il est des douleurs au-dessus des forces humaines. Comment te dire tout cela? comment rappeler mes idées? dans le trouble qui m'agite, je n'en puis retrouver aucune. Chère, chère Élise, que n'es-tu ici? je pourrais pleurer sur ton sein!

Aujourd'hui, à peine avons-nous eu dîné, que mon mari a proposé une promenade dans les vastes prairies qu'arrose la Loire. Je l'ai acceptée avec empressement; Adèle d'assez mauvaise grace, car elle n'aime point à marcher; mais n'importe, j'ai dû ne pas consulter son goût quand il s'agissait du plaisir de mon mari. J'ai pris mon fils avec moi, et Frédéric nous a accompagnés. Le temps était superbe; les prairies, fraîches, émaillées, remplies de nombreux troupeaux, offraient le paysage le plus charmant. Je le contemplais en silence, en suivant doucement le cours de la rivière, quand un bruit extraordinaire est venu m'arracher à mes rêveries. Je me retourne : ô Dieu! un taureau échappé, furieux, accourait vers nous, vers mon fils!..... Je m'élance au-devant de lui, je couvre Adolphe de mon corps. Mon action, mes cris effraient l'animal; il se retourne, et va fondre sur un pauvre vieillard. Enfin mon mari aussi allait être sa victime, si Frédéric, prompt comme l'éclair, n'eût hasardé sa vie pour le sauver. D'une main vigoureuse il saisit l'animal par les cornes, ils se débattent : cette lutte donne le temps aux bergers d'arriver, ils accourent; le taureau est terrassé, il tombe! Alors seulement j'entends les cris d'Adèle et ceux du malheureux vieillard : j'accours à celui-ci ; son sang coulait d'une épouvantable blessure; je l'étanche avec mon mouchoir; j'appelle Adèle pour me donner le sien; elle me l'envoie par Frédéric, en ajoutant qu'elle n'approchera pas, que le sang lui fait horreur, et qu'elle veut retourner à la maison. « Quoi! sans avoir secouru ce malheureux! lui dit Frédéric.— N'y a-t-il pas assez de monde ici? répond-elle. Pour moi, je n'ai pas la force de supporter la vue d'une plaie; j'ai besoin de respirer des sels pour calmer la violente frayeur que j'ai éprouvée; et, si je reste un moment de plus ici, je suis sûre de me trouver mal.» Pendant qu'elle parlait, le pauvre vieillard gémissait sur le sort de sa femme et de ses enfants, que sa mort allait réduire à la mendicité. Entraînée par le désir de consoler cette malheureuse famille, j'ai prié mon mari de ramener Adèle et Adolphe à la maison, et de m'envoyer tout de suite le chirurgien de l'hospice dans le village que le vieillard m'indiquait, et où Frédéric et moi allions nous charger de le faire conduire. « Quoi! vous restez ici, M. Frédéric? lui a dit Adèle d'un air chagrin.— Si je reste! a-t-il répondu d'un ton terrible, et qui m'a remuée jusqu'au fond de l'ame...... Allez, mademoiselle, a-t-il ajouté plus doucement, allez vous reposer, ce n'est point ici votre place.» Elle est partie avec M. d'Albe. Deux bergers nous ont aidés à faire un brancard; ils y ont placé le pauvre vieillard, que nous avons conduit dans sa chaumière, à une lieue de là. Ah! mon Élise, quel spectacle que celui de cette famille éplorée! quels cris déchirants en voyant un père, un mari, dans cet état! J'ai pressé ces infortunés sur mon sein; j'ai mêlé mes larmes aux leurs ; je leur ai promis secours et protection, et mes efforts ont réussi à calmer leur douleur. Le chirurgien est arrivé au bout d'une heure, il a mis un appareil sur la blessure, et a assuré qu'elle n'était pas mortelle. Je l'ai prié de passer la nuit auprès du malade, et j'ai promis de revenir les visiter le lendemain. Alors, comme il commençait à faire nuit, j'ai craint que mon mari ne fût inquiet, et nous avons quitté ces bonnes gens, Frédéric et moi, comblés de leurs bénédictions.

Le cœur plein de toutes les émotions que j'avais éprouvées, je marchais en silence, et en me retraçant le dévouement héroïque avec lequel Frédéric s'était presque exposé à une mort certaine pour sauver son père : j'ai jeté les yeux sur lui ; la lune éclairait doucement son visage, je l'ai vu baigné de larmes. Attendrie, je me suis approchée, mon bras s'est appuyé sur le sien, il l'a pressé avec violence contre son cœur ; ce mouvement a fait palpiter le mien. « Claire, Claire, a-t-il dit d'une voix étouffée, que ne puis-je payer de toute ma vie la prolongation de cet instant ! je la sens là, contre mon cœur, celle qui le remplit en entier; je la vois, je la presse.» En effet, j'étais presque dans ses bras. « Écoute, a-t-il ajouté dans une espèce de délire, si tu n'es pas un ange qu'il faille adorer, et que le ciel ait prêté pour quelques instants à la terre; si tu es réellement une créature humaine, dis-moi pourquoi toi seule as reçu cette ame, ce regard qui la peint, ce torrent de charmes et de vertus qui te rendent l'objet de mon idolâtrie?..... Claire, j'ignore si je t'offense; mais, comme ma vie est passée dans ton sang, et que je n'existe plus que par ta volonté, si je suis coupable, dis-moi : *Frédéric, meurs*, et tu me verras expirer à tes pieds.» Il y était tombé en effet; son front était brûlant, son regard égaré. Non, je ne peindrai pas ce que j'éprouvais; la pitié, l'émotion, l'image de l'amour enfin, tel que j'étais peut-être destinée à le sentir, tout cela est entré trop avant dans mon cœur : je ne me soutenais plus qu'à peine, et me laissant aller sur un vieux tronc d'arbre dépouillé : « Frédéric, lui ai-je dit, cher Frédéric, revenez à vous, reprenez votre raison : voulez-vous affliger votre amie ? » Il a relevé sa tête, il l'a appuyée sur mes genoux. Élise, je crois que je l'ai pressée, car il s'est écrié aussitôt : « O Claire ! que je sente encore ce mouvement de ta main adorée qui me rapproche de ton sein ! il a porté l'ivresse dans le mien. » En disant cela il m'a enlacée entre ses bras, ma tête est tombée sur son épaule, un déluge de larmes a été ma réponse, l'état de ce malheureux m'inspirait une pitié si vive !.... Ah ! quand on est la cause d'une pareille douleur, et que c'est un ami qui souffre, dis, Élise, n'a-t-on pas une excuse pour la faiblesse que j'ai montrée ?.... J'étais si près de lui.... j'ai senti l'impression de ses lèvres qui recueillaient mes larmes. A cette sensation si nouvelle, j'ai frémi, et repoussant Frédéric avec force : « Malheureux ! me suis-je écriée, oublies-tu que ton bienfaiteur, que ton père est l'époux de celle que tu oses aimer ? Tu serais un perfide, toi ! ô Frédéric ! reviens à toi, la trahison n'est pas faite pour ton noble cœur. » Alors, se levant vivement et me fixant avec effroi : « Qu'as-tu dit ? ah ! qu'as-tu dit, inconcevable Claire ? j'avais oublié l'univers près de toi ; mais tes mots, comme un coup de foudre, me montrent mon devoir et mon crime. Adieu, je vais te fuir, adieu ; ce moment est le dernier qui nous verra ensemble. Claire, Claire, adieu !..... » Il m'a quittée. Effrayée de son dessein, je l'ai rappelé d'un ton douloureux ; il m'a entendue, il est revenu. « Écoutez, lui ai-je dit, le digne homme dont vous avez trahi la confiance ignore vos torts : s'il les soupçonnait jamais, son repos serait détruit : Frédéric, vous n'avez qu'un moyen de les réparer, c'est d'anéantir le sentiment qui l'offense. Si vous fuyez, que croira-t-il ? que vous êtes un perfide ou un ingrat ; vous, son enfant ! son ami ! Non, non, il faut se taire, il faut dissimuler enfin : c'est un supplice affreux, je le sais, mais c'est au coupable à le souffrir ; il doit expier sa faute en en portant seul tout le poids.... » Frédéric ne répondait point, il semblait pétrifié. Tout-à-coup un bruit de chevaux s'est fait entendre ; j'ai reconnu la voiture que M. d'Albe envoyait au-devant de moi. « Frédéric, ai-je dit, voilà du monde : si la vertu vit encore dans votre ame, si le repos de votre père vous est cher, si vous attachez quelque prix à mon estime, ni vos discours, ni votre maintien, ni vos regards ne décèleront votre égarement..... » Il ne répondait point : toujours immobile, il semblait que la vie l'eût abandonné. La voiture avançait toujours, je n'avais plus qu'un moment, déjà j'entendais la voix de M. d'Albe ; alors me rapprochant de Frédéric : « Parle donc, malheureux, lui ai-je dit ; veux-tu me faire mourir ?.....» Il a tressailli..... « Claire, a-t-il répondu, tu le veux, tu l'ordonnes, tu seras obéie ; du moins pourras-tu juger de ton pouvoir sur moi. » Comme il prononçait ces mots, mes gens m'avaient reconnue, et la voiture s'est arrêtée ; mon mari est descendu. « J'étais bien inquiet, m'a-t-il dit ; mes amis, vous avez tardé bien longtemps ; si la bienfaisance n'était pas votre excuse, je ne vous pardonnerais pas d'avoir oublié que je vous attendais. » Sens-tu, Élise, tout ce que ce reproche avait de déchirant dans un pareil instant ? Il m'a atterrée ; mais Frédéric... ô amour ! quelle est donc ta puissance ! ce Frédéric si franc, si ouvert, à qui jusqu'à ce jour la feinte fut toujours étrangère, le voilà changé ; un mot, un ordre a produit ce miracle ! Il répond d'un air tranquille, mais pénétré : « Vous avez raison, mon père, nous avons bien des torts, mais ce seront les derniers, je vous le jure : au reste, c'est moi seul qui ai été entraîné ; votre femme ne vous a point oublié. — Vous vous vantez, Frédéric, a répondu M. d'Albe ; je connais le cœur de Claire sur ce sujet, il était aussi entraîné que le vôtre ; et, si elle a pensé plus tôt à moi, c'est qu'elle me doit davantage ; n'est-ce pas, bonne Claire ?..... » Élise, je ne pouvais répondre ; jamais, non jamais, je n'ai tant souffert : serais-je donc coupable ? Nous avons remonté en voiture ; en arrivant, j'ai demandé la permission de me retirer. Ah! je ne feignais pas en disant que j'avais besoin de repos! Dis, Élise, pourquoi dois-je porter la punition d'une faute dont je ne suis pas complice? Quand j'ai exigé de Frédéric qu'il tût la vérité, je ne savais pas tout ce qu'il en coûte pour la déguiser. Je crains les regards de mon mari, de cet ami que j'aime, et que mon cœur n'a pas trahi; car le ciel m'est témoin que l'amitié seule m'intéresse au sort de Frédéric. Je crains qu'il ne m'interroge, qu'il ne me pénètre; le moindre soupçon qu'il concevrait à cet égard me fait trembler; le bonheur de sa vie entière serait détruit; il faudrait éloigner ce Frédéric dont l'esprit et la société répandent tant de charmes sur ses jours; il faudrait cesser d'aimer le fils de son adoption; il faudrait jeter dans le vague du monde l'orphelin qu'il a promis de protéger : il lui semblerait entendre sa mère lui crier d'une voix plaintive : « Tu t'étais chargé du sort de mon fils, cette espérance m'avait fait descendre en paix dans la tombe, et tu le chasses de chez toi, sans ressources, sans appui, consumé d'un amour sans espoir! Regarde-le, il va mourir! Est-ce donc ainsi que tu remplis tes serments? » Élise, mon mari ne soutiendra jamais une pareille image. Plutôt que d'être parjure à sa foi, il garderait Frédéric auprès de lui; mais alors plus de paix; la cruelle défiance empoisonnerait chaque geste, chaque regard; le moindre mot serait interprété, et l'union domestique à jamais troublée. Moi-même serais-je à l'abri de ses soupçons? Hélas! tu sais combien il a douté long-temps que je puisse l'aimer. Enfin, après sept années de soins, j'étais parvenue à lui inspirer une confiance entière à cet égard : qui sait si cet événement ne la détruirait pas entièrement? Tant de rapports entre Frédéric et moi, tant de conformité dans les goûts et les opinions, il ne croira jamais qu'une ame neuve à l'amour comme la mienne ait pu voir avec indifférence celui que j'inspire à un être si aimable..... Il doutera du moins; je verrais cet homme respectable en proie aux soupçons! ce visage, image du calme et de la satisfaction, serait sillonné par l'inquiétude et les soucis! elle s'évanouirait cette félicité que je me promettais à le voir heureux par moi jusqu'à mon dernier jour! Non, Élise, non; je sens qu'en achetant son repos au prix d'une dissimulation continuelle, c'est plus que le payer de ma vie; mais il n'est point de sacrifices auxquels je ne doive me résoudre pour lui. Que Frédéric cherche un prétexte de s'éloigner, me diras-tu; mais comment en trouver un? Tu sais qu'à l'exception de M. d'Albe, la mère de Frédéric était brouillée avec tous ses autres parents, et que son père était un étranger. Il n'a donc de famille que nous, de ressource que nous, d'amis que nous : quelle raison alléguer pour un pareil départ, surtout au moment où il vient d'être chargé presque seul de la direction de l'établissement de M. d'Albe? Que veux-tu que pense celui-ci? Il le croira fou ou ingrat; il m'en parlera sans cesse; que lui répondrai-je? Ou plutôt il soupçonnera la vérité; il connaît trop Frédéric, pour ignorer que la crainte de nuire à son bienfaiteur est le seul motif capable de l'éloigner de cet asile; mais, du moment que les soupçons seront éveillés sur lui, ils le seront aussi sur moi : il se rappellera mon trouble, je ne pourrai plus être triste impunément, et dès lors toutes mes craintes seront réalisées. Non, non, que Frédéric reste, et qu'il se taise; j'éviterai soigneusement d'être seule avec lui; et, quand je m'y trouverai malgré moi, mon extrême froideur lui ôtera tout espoir d'en profiter. Mais crois-tu qu'il le désire? Ah! mon amie, si tu connaissais comme moi l'âme de Frédéric, tu saurais que, si la violence des passions l'a subjuguée un moment, elle est trop noble pour y persister. . . . . .

Pourquoi le ciel injuste l'a-t-il poussé vers une femme qui ne s'appartient pas? Sans doute que celle qui eût été libre de faire son bonheur eût été trop heureuse.... Mais je ne sais pas ce que je dis; pardonne, Élise, ma tête n'est point à moi; l'image de ce malheureux me poursuit; j'entends encore ses accents, ils retentissent dans mon cœur. Hélas! si sa peine venait d'une autre cause, l'humanité m'ordonnerait de l'adoucir par toute la tendresse que permet l'amitié; et parce que c'est moi qu'il aime, parce que c'est moi qui le fais souffrir, il faut que je sois dure et barbare envers lui! Combien une pareille conduite choque les lois éternelles de la justice et de la vérité!... Écris-moi, Élise, guide-moi; je ne sais que vouloir, je ne sais que résoudre; je me sens malade, je ne quitterai point ma chambre. Adieu.

## LETTRE XIX.

### CLAIRE A ÉLISE.

Je n'ai point sorti encore de mon appartement; l'idée de voir Frédéric me fait frémir. J'ai dit que j'étais malade, je le suis en effet; ma main tremble en t'écrivant, et je ne puis calmer l'agitation de mes esprits. Qu'est-ce donc que ce terrible sentiment d'amour, si sa vue, si la pitié qu'il inspire jettent dans l'état où je suis? Ah! combien je bénis le ciel de m'avoir garantie de son pouvoir! Va, mon amie, c'est *bien* à présent que je suis sûre d'être toujours indifférente: je l'étais moins quand je croyais que les passions pouvaient être une source de félicité; mais à présent que j'ai vu avec quelle violence elles entraînent à la folie et au crime, j'en ai un effroi qui te répond de moi pour la vie.

Élise, ô mon Élise! c'est lui, je l'ai vu, il vient d'entr'ouvrir la porte, il a jeté un billet et s'est retiré avec précipitation; son regard suppliant me disait: *lisez*. Mais le dois-je? je n'ose ramasser ce papier.... Cependant si on venait, qu'on le vît... Je l'ai lu, ah! mon amie! voilà les premières larmes que j'ai versées depuis hier; j'en ai inondé ce billet, je vais tâcher de le transcrire.

### FRÉDÉRIC A CLAIRE.

« Pourquoi vous cacher? pourquoi fuir le jour? c'est à moi d'en avoir horreur: vous! vous êtes aussi pure que lui. »

Adieu, Élise, j'entends mon mari; je vais m'entourer de mes enfants; je ne sais si je répondrai, je ne sais ce que je répondrai. Non, il vaut mieux se taire. Adieu.

### FRÉDÉRIC A CLAIRE.

« Vous m'évitez, je le vois; vous êtes malade, j'en suis cause; je dissimule avec un père que j'aime; j'offense dans mon cœur le bienfaiteur qui m'accable de ses bontés. Claire, le ciel ne m'a pas donné assez de courage pour de pareils maux. »

### CLAIRE A FRÉDÉRIC.

« Qu'osez-vous me faire entendre, malheureux? Une faiblesse nous a mis sur le bord de l'abîme, une lâcheté peut nous y plonger: vous aurais-je trop estimé, en supposant que vous pouviez réparer vos torts; et ne ferez-vous rien pour moi? »

### FRÉDÉRIC A CLAIRE.

« Je ne suis pas maître de mon amour, je le suis de ma vie; je ne puis cesser de vous offenser qu'en cessant d'exister; chaque battement de mon cœur est un crime, laissez-moi mourir. »

### CLAIRE A FRÉDÉRIC.

« Non, on n'est pas maître de sa vie quand celle d'un autre y est attachée. Malheureux! frémis du coup que tu veux porter, il ne t'atteindrait pas seul. »

### FRÉDÉRIC A CLAIRE.

« Je ne résiste point... Le ton de votre billet, ce que j'y ai cru voir... Ah! Claire, s'il était possible... Puisque vous persistez à ne point me voir seul, permettez du moins que j'écrive pour m'expliquer; peut-être vous paraîtrai-je alors moins coupable. Demain matin, quand il me sera permis d'entrer chez vous pour savoir de vos nouvelles, daignez recevoir ma lettre. »

## LETTRE XX.

FRÉDÉRIC A CLAIRE.

Dans l'abîme de misère où je suis descendu, s'il est un lien qui puisse me rattacher à la vie, je le trouve dans l'espoir de regagner votre estime; en vous montrant mon cœur tel qu'il fut, tel qu'il est, animé par vous, peut-être ne rougirez-vous pas de l'autel où vous serez adorée jusqu'à mon dernier jour.

Vous le savez, Claire, je fus élevé par une mère qui s'était mariée malgré le vœu de toute sa famille; l'amour seul avait rempli sa vie, elle me fit passer son ame avec son lait. Sans cesse elle me parlait de mon père, du bonheur d'un attachement mutuel; je fus témoin du charme de leur union, et de l'excessive douleur de ma mère, lors de la mort de son mari; douleur qui la consumant peu à peu, la fit périr elle-même quelques années après.

Toutes ces images me disposèrent de bonne heure à la tendresse; j'y fus encore excité par l'habitation des montagnes. C'est dans ces pays sauvages et sublimes que l'imagination s'exalte et allume dans le cœur un feu qui finit par le dévorer; c'est là que je me créai un fantôme auquel je me plaisais à rendre une sorte de culte. Souvent après avoir gravi une de ces hauteurs imposantes, où la vue plane sur l'immensité : Elle est là, m'écriais-je dans une douce extase, celle que le ciel destine à faire la félicité de ma vie. Peut-être mes yeux sont-ils tournés vers le lieu où elle embellit pour mon bonheur; peut-être que dans ce même instant où je l'appelle, elle songe à celui qu'elle doit aimer : alors je lui donnais des traits; je la douais de toutes les vertus; je réunissais sur un seul être toutes les qualités, tous les agréments dont la société et les livres m'avaient offert l'idée. Enfin, épuisant sur lui tout ce que la nature a d'aimable, et tout ce que mon cœur pouvait aimer, j'imaginai Claire!.. Mais non, ce regard, le plus puissant de tes charmes; ce regard, que rien ne peut ni peindre ni définir, il n'appartenait qu'à toi de le posséder; l'imagination même ne pouvait aller jusque-là.

Ma mère avait gravé dans mon ame les plus saints préceptes de morale, et le plus profond respect pour les nœuds sacrés du mariage : aussi, en arrivant ici, combien j'étais loin de penser qu'une femme mariée, que la femme de mon bienfaiteur pût être un objet dangereux pour moi! J'étais d'autant moins sur mes gardes, que, quoique votre premier regard eût fait évanouir toutes mes préventions, et que je vous eusse trouvée charmante, un souris fin, j'ai presque dit malin, qui effleure souvent vos lèvres, me faisait douter de l'excellence de votre cœur. Aussi, n'avez-vous pas oublié peut-être que, dans ce temps-là, j'osai vous dire plus d'une fois que votre mari m'était plus cher que vous; ce n'est pas que je n'éprouvasse dès lors une sorte de contradiction entre ma raison et mon cœur, et dont je m'étonnais moi-même, parce qu'elle m'avait toujours été étrangère. Je ne m'expliquais point comment aimant votre mari davantage, je m'en sentais plus attiré vers vous; mais, à force de m'interroger à cet égard, je finis par me dire que, comme vous étiez plus aimable, il était tout simple que je préférasse votre conversation à la sienne, quoiqu'au fond je lui fusse plus réellement attaché. Peu à peu je découvris en vous, non pas plus de bonté que dans M. d'Albe, nul être ne peut aller plus loin que lui sur ce point, mais une ame plus élevée, plus tendre et plus délicate; je vous vis alternativement douce, sublime, touchante, irrésistible; tout ce qu'il y a de beau et de grand, vous est si naturel, qu'il faut vous voir de près pour vous apprécier; et la simplicité avec laquelle vous exercez les vertus les plus difficiles, les ferait paraître des qualités ordinaires aux yeux d'un observateur peu attentif. Dès lors je ne cessai plus de vous contempler ; je m'enorgueillissais de mon admiration ; je la regardais comme le premier des devoirs, puisque c'était la vertu qui me l'inspirait ; et tandis que je croyais n'aimer qu'elle en vous, je m'enivrais de tous les poisons de l'amour. Claire, je l'avoue, dans ce temps-là je sentis plusieurs fois près de vous des impressions si vives qu'elles auraient pu m'éclairer ; mais vous ignorez sans doute combien on est habile à se tromper soi-même, quand on pressent que la vérité nous arrachera à ce qui nous plaît ; un instinct incompréhensible donne une subtilité à notre esprit qu'il avait ignorée jusqu'alors ; à l'aide des sophismes les plus adroits, il éblouit la raison et subjugue la conscience. Cependant la mienne me parlait encore, j'éprouvais un mécontentement intérieur, un malaise confus, dont je ne voulais pas voir la véritable cause ; ce fut sans doute le motif secret de la joie que je ressentis à l'arrivée de mademoiselle de Raincy ; en la voyant brillante de tous vos charmes, je lui prêtai toutes vos vertus, et je me crus sauvé. Je fus plusieurs jours séduit par sa figure, elle est plus régulièrement belle que vous ; j'osai vous comparer... Ah ! Claire, si la terre n'a rien de plus beau qu'Adèle, le ciel seul peut m'offrir votre modèle !

Vous m'estimez assez, j'espère, pour penser qu'il ne me fallût pas long-temps pour mesurer la distance qui sépare vos caractères. Je me rappelle qu'un jour où vous me fîtes son éloge, en me laissant entrevoir le dessein de nous unir, je fus humilié que vous pussiez penser qu'après vous avoir connue je pusse me contenter d'Adèle, et que vous m'estimassiez assez peu pour croire que, si la beauté pouvait m'émouvoir, il ne me fallût pas autre chose pour me fixer. « O Claire ! m'écriai-je souvent en m'adressant à votre image, si vous voulez qu'on puisse aimer une autre femme que vous, cessez d'être le parfait modèle qu'elles devraient toutes imiter : ne nous montrez plus qu'elles peuvent unir l'esprit à la franchise, l'activité à la douceur, et remplir avec dignité tous les petits devoirs auxquels leur sexe et leur sort les assujettissent... » Claire, je ne m'avouais point encore que je vous aimais ; mais souvent, lorsque, attiré vers vous par mon cœur, encouragé par la touchante expression de votre amitié, je me sentais prêt à vous serrer dans mes bras, par un mouvement dont je ne me rendais pas compte, je m'éloignais avec effort, je n'osais ni vous regarder, ni toucher votre main, je repoussais même jusqu'à l'impression de votre vêtement ; enfin je faisais par instinct ce que j'aurais dû faire par raison : cependant un jour..... Claire, oserai-je vous le dire ? un jour vous me priâtes de dénouer les rubans de votre voile : en y travaillant, mes yeux fixèrent vos charmes ; un mouvement plus prompt que la pensée m'attira, j'osai porter mes lèvres sur votre cou ; je tenais Adolphe entre mes bras, vous crûtes que c'était lui ; je ne vous détrompai pas ; mais j'emportai un trouble dévorant, une agitation tumultueuse ; j'entrevis la vérité, et j'eus horreur de moi-même.

Enfin, ce jour, ce jour fatal où ma lâche faiblesse vous a appris ce que vous n'auriez jamais dû entendre, combien j'étais éloigné de penser qu'il dût finir ainsi ! Dès le matin j'avais été parcourir la campagne, et, m'élevant avec une piété sincère vers l'auteur de mon être, je l'avais conjuré de me garantir d'une séduction dont la cause était si belle et l'effet si funeste. Ces élans religieux me rendirent la paix ; il me sembla que Dieu venait de se placer entre nous deux, et j'osai me rapprocher de vous.

De même qu'un calme parfait est souvent le précurseur des plus violentes tempêtes, un repos qui m'était inconnu depuis long-temps avait rempli ma journée. J'acceptai avec empressement la promenade proposée par M. d'Albe, afin de revoir cette nature dont la bienfaisante influence m'avait été si salutaire le matin ; mais je la revis avec vous, et elle ne fut plus la même : la terre ne m'offrait que l'empreinte de vos pas, le ciel que l'air que vous respiriez ; un voile d'amour répandu sur toute la nature m'enveloppait délicieusement, et me montrait votre image dans tous les objets que je fixais. Enfin, Claire, à cet instant où je vous vis prête à sacrifier vos jours pour votre fils, et où je craignis pour votre vie, alors seulement je sentis tout ce que vous étiez pour moi. Témoin de la sensibilité courageuse qui vous fit étancher une horrible blessure, de cette inépuisable bonté qui vous indiquait tous les moyens de consoler des malheureux, je me dis que le plus méprisable des êtres serait celui qui pourrait vous voir sans vous adorer, si ce n'était celui qui oserait vous le dire.

Ce fut dans ces dispositions, Claire, que je sortis de cette chaumière où vous aviez paru comme une déité bienfaisante. La faible lueur de la lune jetait sur l'univers quelque chose de mélancolique et de tendre; l'air, doux et embaumé, était imprégné de volupté; le calme qui régnait autour de nous n'était interrompu que par le chant plaintif du rossignol; nous étions seuls au monde..... Je devinai le danger, et j'eus la force de m'éloigner de vous; ce fut alors que vous vous approchâtes, je vous sentis et je fus perdu; la vérité, renfermée avec effort, s'échappa brûlante de mon sein, et vous me vîtes aussi coupable, aussi malheureux qu'il est donné à un mortel de l'être. Dans ce moment où je venais de me livrer avec frénésie à tout l'excès de ma passion; dans ce moment où vous me rappeliez combien elle outrageait mon bienfaiteur, où l'image de mon ingratitude, tout horrible qu'elle était, ne combattait que faiblement la puissance qui m'attirait vers vous, je vois mon père..... Égaré, éperdu, je veux fuir; vous m'ordonnez de rentrer et de feindre. Feindre, moi! Je crus qu'il était plus facile de mourir que d'obéir : je me trompai; l'impossible n'est plus quand c'est Claire qui le commande; son pouvoir sur moi est semblable à celui de Dieu même, il ne s'arrête que là où commence mon amour.

Claire, je ne veux pas vous tromper; si dans vos projets sur moi vous faites entrer l'espoir de me guérir un jour, vous nourrissez une erreur; je ne puis ni ne veux cesser de vous aimer; non, je ne le veux point, il n'est aucune portion de moi-même qui combatte l'adoration que je te porte. Je veux t'aimer, parce que tu es ce qu'il y a de meilleur au monde, et que ma passion ne nuit à personne; je veux t'aimer enfin, parce que tu me l'ordonnes; ne m'as-tu pas dit de vivre?

Écoutez, Claire, j'ai examiné mon cœur, et je ne crois point offenser mon père en vous aimant. De quel droit voudrait-il qu'on vous connût sans vous apprécier? et qu'est-ce que mon amour lui ôte? Ai-je jamais conçu l'espoir, ai-je même le désir que vous répondiez à ma tendresse? Ah! gardez-vous de le croire! j'en suis si loin, que ce serait pour moi le plus grand des malheurs; car ce serait le seul, l'unique moyen de m'arracher mon amour : Claire méprisable n'en serait plus digne; Claire méprisable ne serait plus vous; cessez d'être parfaite, cessez d'être vous-même, et de ce moment je ne vous crains plus.

D'après cette déclaration, étonnante peut-être, mais vraie, mais sincère, que risquez-vous en vous laissant aimer? Permettez-moi de toujours adorer la vertu, et de lui prêter vos traits pour m'encourager à la suivre; alors il n'y a rien dont elle ne me rende capable. Ma raison, mon ame, ma conscience, ne sont plus qu'une émanation de vous; c'est à vous qu'appartient le soin de ma conduite future. Je vous remets mon existence entière, et vous rends responsable de la manière dont elle sera remplie; si votre cruauté me repousse, s'il m'est défendu de vous approcher, tous les ressorts de mon être se détendent; je tombe dans le néant. Éloigné de vous, je me perds dans un vague immense, où je ne distingue plus la vertu, l'humanité ni l'honneur. O céleste Claire! laisse-moi te voir, t'entendre, t'adorer; je serai grand, vertueux, magnanime; un amour chaste comme le mien ne peut offenser personne, c'est un enfant du ciel à qui Dieu permet d'habiter la terre.

Je ne quitterai point ce séjour, j'y veux employer chaque instant de ma vie à vous imiter, en faisant le bonheur de mon père. Ce digne homme se plaît avec moi; il m'a prié de diriger les études de son fils. Claire, je m'attache à votre maison, à votre sort, à vos enfants; je veux devenir une partie de vous-même, en dépit de vous-même: c'est là mon destin; je n'en aurai point d'autre. Ne me parlez plus de liens, de mariage, tout est fini pour moi, et ma vie est fixée.

Je vous promets de révérer en silence l'objet sacré de mon culte; dévoré d'amour et de désirs, ni mes paroles, ni mes regards ne vous dévoileront mon trouble; vous finirez par oublier ce que j'ai osé vous dire, et je vous jure de ne jamais vous rappeler ce souvenir. Claire, si ma situation vous paraissait pénible, si votre tendre cœur était ému de compassion, ne me plaignez point; il est dans votre dernier billet un mot!... Source d'une illusion ravissante, il m'a fait goûter un moment tout ce que l'humanité peut attendre de félicité! O Claire! ne m'ôte point mon erreur! qu'y gagnerais-tu? Je sais que c'en est une, mais elle m'enchante, me console; c'est elle qui doit essuyer toutes mes larmes; laisse-moi ce bien précieux, ce n'était pas ta volonté de me le donner; je l'ai saisi afin de pouvoir t'obéir quand tu m'as commandé de vivre, aurais-tu la barbarie de me l'arracher?

## LETTRE XXI.

### CLAIRE A FRÉDÉRIC.

Votre lettre m'a fait pitié: si ce n'était celle d'un malheureux qu'il faut guérir, ce serait celle d'un insensé que je devrais chasser de chez moi; le délire de votre raison peut seul vous aveugler sur les contradictions dont elle est remplie. Ce mot que je devrais désavouer, ce mot qui seul vous a rattaché à la vie, n'est-il pas le même qui rendrait Claire méprisable à vos yeux, si elle osait le prononcer? et jamais amour chaste fut-il dévoré de désirs, et déroba-t-il de coupables faveurs? Malheureux! rentrez en vous-même, votre cœur vous apprendra qu'il n'est point d'amour sans espoir, et que vous nourrissez le criminel désir de séduire la femme de votre bienfaiteur: il se peut que la faiblesse que j'ai eue de vous écouter, de vous répondre, celle que j'ai de tolérer votre présence après l'inconcevable serment que vous faites de m'aimer toujours, autorise votre téméraire espoir; mais sachez que, quand même mon cœur m'échapperait, vous n'en seriez pas plus heureux, et que Claire serait morte avant d'être coupable.

Je répondrai dans un autre moment à votre lettre, je ne le puis à présent.

## LETTRE XXII.

### CLAIRE A ÉLISE.

Ah! qu'as-tu dit, ma tendre amie? de quelle horrible lumière viens-tu frapper mes yeux? Qui, moi, j'aimerais! tu le penses, et tu me parles encore! et tu ne rougis pas de ce nom d'amie que j'ose te donner? Quoi! sous les yeux du plus respectable des hommes, mon époux, parjure à mes serments, j'aimerais le fils de son adoption? le fils que sa bonté a appelé ici, et que sa confiance a remis entre mes mains? Au lieu des vertueux conseils dont j'avais promis de pénétrer son cœur, je lui inspirerais une passion criminelle? au lieu du modèle que je devais lui offrir, je la partagerais?..... O honte! chaque mot que je trace est un crime, et j'en détourne la vue en frémissant. Dis, Élise, dis-moi, que faut-il faire? Si tu m'estimes encore assez pour me guider, soutiens-moi dans cet abîme dont tu viens de me découvrir toute l'horreur; je suis prête à tout; il n'est point de sacrifice que je ne fasse; faut-il cesser de le voir, le chasser, percer son cœur et le mien? Je m'y résoudrai, la vertu m'est plus chère que ma vie, que la sienne. L'infortuné! dans quel état il est! Il se tait, il se consume en silence; et, pour prix d'un pareil effort, je lui dirais : « Sors d'ici; va expirer de misère et de désespoir : tu ne voulais que me voir, ce seul bien te consolait de tout; eh bien! je te le refuse..... » Élise, il me semble le voir les yeux attachés sur les miens : leur muette expression me dit tout ce qu'il éprouve, et tu m'ordonnerais d'y résister! Quoi! ne peut-on chérir l'honnêteté sans être barbare et dénaturée? et la vertu demanda-t-elle jamais des victimes humaines? Laisse, laisse-moi prendre des moyens plus doux : pourquoi déchirer les plaies, au lieu de les guérir? Sans doute je veux qu'il s'éloigne, mais il faut que mon amitié l'y prépare; il faut trouver un prétexte; le goût des voyages en est un; c'est une curiosité louable à son âge, et je ne doute pas que M. d'Albe ne consente à la satisfaire. Repose-toi sur moi, Élise, du soin de me séparer de Frédéric. Ah! j'y suis trop intéressée pour n'y pas réussir!

Comment t'exprimer ce que je souffre? Adèle est partie hier, et depuis ce moment mon mari, inquiet sur ma santé, me quitte le moins qu'il peut; il faut que je dévore mes larmes; je tremble qu'il n'en voie la trace, et qu'il n'en devine la cause; il s'étonne de ce que j'interdis ma chambre à tout le monde. « Ma bonne amie, me disait-il tout à l'heure, pourquoi n'admettre que moi et vos enfants auprès de vous? est-ce que mon Frédéric vous déplaît? » Cette question si simple m'a fait tressaillir; j'ai cru qu'il m'avait devinée et qu'il voulait me sonder. O tourments d'une conscience agitée! c'est ainsi que je soupçonne dans le plus vrai, le meilleur des hommes, une dissimulation dont je suis seule coupable; et je vois trop que la première peine du méchant est de croire que les autres lui ressemblent.

## LETTRE XXIII.

### CLAIRE A ÉLISE.

Ce matin, pour la première fois, je me suis présentée au déjeûner : j'étais pâle et abattue; Frédéric était là; il lisait auprès de la cheminée. En me voyant entrer il a changé de couleur, il a posé son livre, et s'est approché de moi; je n'ai point osé le regarder; mon mari a avancé un fauteuil; en le retournant, mes yeux se sont fixés sur la glace; j'ai rencontré ceux de Frédéric, et, n'en pouvant soutenir l'expression, je suis tombée sans force sur mon siége. Frédéric s'est avancé avec effroi, et M. d'Albe, aussi effrayé que lui, m'a remise entre ses bras pendant qu'il allait chercher des sels dans ma chambre. Le bras de Frédéric était passé autour de mon corps; je sentais sa main sur mon cœur, tout mon sang s'y est porté, il le sentait battre avec violence. « Claire, m'a-t-il dit à demi-voix, et moi aussi, ce n'est plus que là qu'est le mouvement et la vie..... Dis-moi, a-t-il ajouté en penchant son visage vers le mien, dis-moi, je t'en conjure, que ce n'est pas la haine qui le fait palpiter ainsi. » Élise, je respirais son souffle, j'en étais embrasée, je sentais ma tête s'égarer..... Dans mon effroi, j'ai repoussé sa main, je me suis relevée. « Laissez-moi, lui ai-je dit, au nom du ciel, laissez-moi, vous ne savez pas le mal que vous me faites. » Mon mari est rentré, ses soins m'ont ranimée; quand j'ai été un peu remise, il m'a exprimé toute l'inquiétude que mon état lui cause. « Je ne vous ai jamais vue si étrangement souffrante. Ma Claire, m'a-t-il dit, je crains que la cause de ce changement ne soit une révolution de lait; laissez-moi, je vous en conjure, faire appeler quelque médecin éclairé. » Élise, mon cœur s'est brisé; il ne peut soutenir le pesant fardeau d'une dissimulation continuelle; en voyant l'erreur où je plongeais mon mari, en sentant près de moi le complice trop aimé de ma faute, j'aurais voulu que la terre nous engloutît tous deux. J'ai pressé les mains de M. d'Albe sur mon front. « Mon ami, lui ai-je répondu, je me sens en effet bien malade; mais ne me refusez pas vos soins, guérissez-moi, sauvez-moi, remettez-moi en état de consacrer mes jours à votre bonheur; quels qu'en soient les moyens, soyez sûr de ma reconnaissance. » Il a paru surpris; j'ai frémi d'en avoir trop dit : alors, tâchant de lui donner le change, j'ai attribué au bruit et au grand jour la faiblesse de ma tête, et j'ai demandé à rentrer chez moi. Il a prié Frédéric de lui aider à me soutenir; je n'aurais pu refuser son bras sans éveiller des soupçons qu'il ne faut peut-être qu'un mot pour faire naître; mais, Élise, te le dirai-je? en levant les yeux sur Frédéric, j'ai cru y voir quelque chose de moins triste que d'attendri; j'ai même cru y démêler un léger mouvement de plaisir..... Ah! je n'en doute plus! ma faiblesse lui aura révélé mon secret. Mon trouble devant M. d'Albe ne lui aura point échappé; il aura vu mes combats, ils lui auront appris qu'il est aimé, et peut-être jouissait-il d'un désordre qui lui marquait son pouvoir... Élise, cette idée me rend à la fierté et au courage : crois-moi, je saurai me vaincre et le désabuser; il est temps que ce tourment finisse : ta lettre m'a dicté mon devoir, et du moins suis-je digne encore de t'entendre. Je vais lui écrire; oui, ma tendre amie, j'y suis résolue, il partira : qu'il se distraie, qu'il m'oublie, le ciel m'est témoin que ce vœu est sincère; et moi, pour retrouver des forces contre lui, je vais relire cette lettre où tu me peins les devoirs d'épouse et de mère, sous des couleurs qu'il n'appartenait qu'à ma digne amie de savoir trouver. Adieu.

## LETTRE XXIV.

CLAIRE A FRÉDÉRIC.

J'ignore jusqu'où la vertu a perdu ses droits sur votre ame, et si l'amour que je vous inspire vous a dégradé au point de n'être plus capable d'une action courageuse et honnête; mais je vous déclare que, si dans deux jours vous n'avez pas exécuté ce que je vais vous prescrire, Claire aura cessé de vous estimer.

Mon mari vous aime et en fait son bonheur; j'ai voulu, et je veux encore lui laisser ignorer un égarement qui détruirait son repos, et peut-être son amitié; mais, en lui taisant la vérité, j'ai dû m'imposer la loi d'agir comme il le ferait si elle lui était connue. Partez donc, Frédéric; quittez un lieu que vous remplissez de trouble; allez purifier votre cœur; et surtout oubliez une femme que les plus saints devoirs vous ordonnaient de respecter; je ne vous reverrai qu'alors.

Le goût des voyages est un des plus vifs chez les jeunes gens; prenez ce prétexte pour vous éloigner d'ici; exprimez à votre père le désir d'aller vous instruire en parcourant de nouvelles contrées : l'excellent homme que vous offensez s'affligera de votre absence, mais sacrifiera son propre plaisir à celui d'un ingrat qui l'en récompense si mal. Aussitôt que vous aurez obtenu sa permission, que je hâterai de tous mes efforts, vous vous éloignerez sans tarder. Je vous défends de me voir seule, je ne recevrai point vos adieux : ne vous imaginez pas néanmoins que je croie cette précaution nécessaire à mon repos : non, l'honnêteté est un besoin pour moi, et non pas un effort; et, si elle pouvait être jamais ébranlée, ce ne serait pas par l'homme qui, se laissant dominer par un penchant coupable, l'excuse au lieu de le combattre, et humilie celle qui en est l'objet, en la rendant cause de l'avilissement où il est réduit.

## LETTRE XXV.

FRÉDÉRIC A CLAIRE.

Qu'est-il nécessaire d'insulter avec froideur la victime qu'on dévoue à la mort? Qu'aviez-vous besoin, pour me la donner, de me parler de votre haine? L'ordre de mon départ suffisait; mais il vous était doux de me montrer à quel point je vous suis odieux : je n'ai point reconnu Claire à cette barbarie.

Vous le voyez, je suis de sang-froid ; votre lettre a glacé les terribles agitations de mon sang, et je suis en état de raisonner.

Pourquoi dois-je partir, Claire ? Si c'est pour votre époux, et que le sentiment que je porte en mon cœur soit un outrage pour lui, où trouverez-vous un point de l'univers où je puisse cesser de l'offenser ? Sous les pôles glacés ; sous le brûlant tropique, tant que mon cœur battra dans mon sein, Claire y sera adorée ; si c'est une froide pitié qui vous intéresse à moi, je la rejette : ce n'est point elle qui trouvera les moyens d'adoucir mes maux, et vous me rendez trop malheureux pour que je vous laisse l'arbitre de mon sort.

Claire, l'intérêt de votre repos pouvait seul me chasser d'ici ; mais votre estime même est trop chère à ce prix, et, s'il faut m'éloigner de vous, je ne connais plus qu'un asile.

## LETTRE XXVI.

CLAIRE A ELISE.

Où suis-je, Elise, et qu'ai-je fait ? une effrayante fatalité me poursuit ; je vois le précipice où je me plonge, et il me semble qu'une main invisible m'y pousse malgré moi ; c'était peu qu'un criminel amour eût corrompu mon cœur, il me manquait d'en faire l'aveu. Entraînée par une puissance contre laquelle je n'ai point de force, Frédéric connaît enfin l'excès d'une passion qui fait de ton amie la plus méprisable des créatures.... Je ne sais pourquoi je t'écris encore : il est des situations qui ne comportent aucun soulagement, et ta pitié ne peut pas plus m'arracher mes remords que tes conseils réparer ma faute. L'éternel repentir s'est attaché à mon cœur ; il le déchire, il le dévore ; je n'ose mesurer l'abîme où je me perds, et je ne sais où poser les bornes de ma faiblesse..... J'adore Frédéric, je ne vois plus que lui seul au monde ; il le sait, je me plais à le lui répéter ; s'il était là, je le lui dirais encore, car dans l'égarement où je suis en proie je ne me reconnais plus moi-même..... Je voulais t'écrire tout ce qui vient de se passer ; mais je ne le puis, ma main tremblante peut à peine tracer ces lignes mal assurées..... Dans un instant plus calme, peut-être..... Ah ! qu'ai-je dit ? le calme, la paix, il n'en est plus pour moi.

## LETTRE XXVII.

CLAIRE A ÉLISE.

Depuis trois jours, Élise, j'ai essayé en vain de t'écrire ; ma main se refusait à tracer les preuves de ma honte ; je le ferai pourtant, j'ai besoin de ton mépris, je le mérite et le demande ; ton indulgence me serait odieuse, ma faute ne doit pas rester impunie, et le pardon m'humilierait plus que les reproches. Songe, Élise, que tu ne peux plus m'aimer sans t'avilir, et laisse-moi la consolation de m'estimer encore dans mon amie.

La lettre de Frédéric [1], que tu trouveras ci-jointe, m'avait rendu une sorte de dignité ; je m'étonnais d'avoir pu craindre un homme qui osait me dire qu'il dédaignait mon estime : impatiente de lui prouver qu'il l'avait perdue, j'ai vaincu ma faiblesse pour paraître à dîner ; mon air était calme et imposant ; j'ai fixé Frédéric avec hauteur, et, uniquement occupée de mon mari et de mes enfants, j'ai répondu à peine à deux ou trois questions qu'il m'a adressées, et je trouvais une jouissance cruelle à lui montrer le peu de cas que je faisais de lui. En sortant de table, Adolphe s'est assis sur mes genoux : il m'a rendu compte des différentes études qui l'avaient occupé pendant mon indisposition ; c'était toujours son cousin qui lui avait appris ceci, cela ; jamais une leçon ne l'ennuie quand c'est son cousin Frédéric qui la donne. « C'est si amusant de lire avec lui, me disait mon fils ; il m'ex-

[1] Lettre XXV.

plique si bien ce que je ne comprends pas : cependant, ce matin, il n'a jamais voulu m'apprendre ce que c'était que la *vertu*; il m'a dit de te le demander, maman. — C'est la force, mon fils, lui ai-je répondu, c'est le courage d'exécuter rigoureusement tout ce que nous sentons être bien, quelque peine que cela nous fasse ; c'est un mouvement grand, généreux, dont ton père t'offre souvent l'exemple, dont la seule idée m'attendrit, mais dont ton cousin ne pouvait pas te donner l'explication. » En disant ces derniers mots, que Frédéric seul a entendus, j'ai jeté sur lui un regard de dédain... O mon Élise ! il était pâle, des larmes roulaient dans ses yeux, tous ses traits exprimaient le désespoir ; mais, soumis à sa promesse de dissimuler toutes ses sensations devant mon mari, il continuait à causer avec une apparence de tranquillité. M. d'Albe, les yeux fixés sur un livre, ne remarquait pas l'état de son ami, et répondait sans le regarder. Pour moi, Élise, dès cet instant toutes mes résolutions furent changées : je trouvai que j'avais été dure et barbare : j'aurais donné ma vie pour adresser à Frédéric un mot tendre qui pût réparer le mal que je lui avais fait ; et, pour la première fois, je souhaitai de voir sortir M. d'Albe... Le jour baissait ; plongée dans la rêverie, j'avais cessé de causer, et mon mari n'y voyant plus à lire, me demande un peu de musique. J'y consens ; Frédéric m'apporte ma harpe : je chante, je ne sais trop quoi ; je me souviens seulement que c'était une romance, que Frédéric versait des pleurs, et que les miens, que je retenais avec effort, m'étouffaient en retombant sur mon cœur. A cet instant, Élise, un homme vient demander mon mari ; il sort ; un instinct confus du danger où je suis me fait lever précipitamment pour le suivre ; ma robe s'accroche aux pédales, je fais un faux pas ; je tombe : Frédéric me reçoit dans ses bras ; je veux appeler, les sanglots éteignent ma voix, il me presse fortement sur son sein... A ce moment, tout a disparu, devoirs, époux, honneur ; Frédéric était l'univers, et l'amour, le délicieux amour, mon unique pensée. « Claire, s'est-il écrié, un mot, un seul mot : dis quel sentiment t'agite ? — Ah ! lui ai-je répondu, éperdue ; si tu veux le savoir, crée-moi donc des expressions pour le peindre ! » Alors je suis retombée sur mon fauteuil, il s'est précipité à mes pieds ; je sentais ses bras autour de mon corps ; la tête appuyée sur son front, respirant son haleine, je ne résistais plus. « O femme idolâtrée ! a-t-il dit, quelles inexprimables délices j'éprouve en ce moment ; la félicité suprême est dans mon ame : oui, tu m'aimes, oui, j'en suis sûr ; le délire du bonheur où je suis n'était réservé qu'au mortel préféré par toi. Ah ! que je l'entende encore de ta bouche adorée, ce mot dont la seule espérance a porté l'ivresse dans tous mes sens ? — Si je t'aime, Frédéric ! oses-tu le demander ? imagine ce que doit être une passion qui réduit Claire dans l'état où tu la vois : oui, je t'aime, avec ardeur, avec violence ; et dans ce moment même, où j'oublie pour te le dire les plus sacrés devoirs, je jouis de l'excès d'une faiblesse qui te prouve celui de mon amour. » O souvenir ineffaçable de plaisir et de honte ! A cet instant les lèvres de Frédéric ont touché les miennes ; j'étais perdue, si la vertu, par un dernier effort, n'eût déchiré le voile de volupté dont j'étais enveloppée : en m'arrachant d'entre les bras de Frédéric, je suis tombée à ses pieds. « Oh ! épargne-moi, je t'en conjure ! me suis-je écriée ; ne me rends pas vile, afin que tu puisses m'aimer encore. Dans ce moment de trouble, où je suis entièrement soumise à ton pouvoir, tu peux, je le sais, remporter une facile victoire ; mais si je suis à toi aujourd'hui, demain je serai dans la tombe ; je le jure au nom de l'honneur que j'outrage, mais qui est plus nécessaire à l'ame de Claire que l'air qu'elle respire. Frédéric, Frédéric, contemple-la, prosternée, humiliée à tes pieds, et mérite son éternelle reconnaissance en ne la rendant pas la dernière des créatures ! — Lève-toi ; m'a-t-il dit, en s'éloignant, femme angélique, objet de ma profonde vénération et de mon immortel amour ! Ton amant ne résiste point à ta douleur ; mais, au nom de ce ciel dont tu es l'image, n'oublie pas que le plus grand sacrifice dont la force humaine soit capable, tu viens de l'obtenir de moi. » Il est sorti avec précipitation, je suis rentrée chez moi, égarée ; un long évanouissement a succédé à ces vives agitations. En recouvrant mes sens, j'ai vu mon époux près de mon lit, je l'ai repoussé avec effroi, j'ai cru voir le souverain arbitre des destinées qui allait prononcer mon arrêt. « Qu'avez-vous, Claire ? m'a-t-il dit d'un ton douloureux ; chère et tendre amie, c'est votre époux qui vous tend les bras. » J'ai gardé le silence, j'ai senti que si j'avais parlé, j'aurais tout dit : peut-être l'aurais-je dû, mon instinct m'y poussait, l'aveu a erré sur mes lèvres ; mais la réflexion l'a retenu. Loin de moi cette franchise barbare, qui soulageait mon cœur aux dépens de mon digne époux ! En me taisant, je reste chargée de mon malheur et du sien ; la vérité lui rendrait la part des chagrins qui doivent être mon seul partage. Homme trop respectable ! vous ne supporteriez pas l'idée de savoir votre femme, votre amie, en proie aux tourments d'une passion criminelle ; et l'obligation de mépriser celle qui faisait votre gloire, et de chasser de votre maison celui que vous aviez placé dans votre cœur, empoisonnerait vos derniers jours ; je verrais votre visage vénérable, où ne se peignit jamais que la bienfaisance et l'humanité, altéré par le regret de n'avoir aimé que des ingrats, et couvert de la honte que j'aurais répandue sur lui ; je vous entendrais appeler une mort que le chagrin accélérerait peut-être, et je joindrais ainsi au remords du parjure tout le poids d'un homicide. O misérable Claire ! ton sang ne se glace-t-il pas à l'aspect d'une pareille image ? est-ce bien toi qui es parvenue à ce comble d'horreur ! et peux-tu te reconnaître dans la femme infidèle qui n'oserait avouer ce qui se passe dans son cœur, sans porter la mort dans celui de son époux ? Quoi ! un pareil tableau ne te fera-t-il pas abjurer la détestable passion qui te consume ? ne te fera-t-il pas abhorrer l'odieux complice de ta faute, Frédéric ?... Frédéric ! qu'ai-je dit ? moi le haïr ! moi renoncer à ce bonheur pour lequel il n'est point d'expression ! à ce bonheur de l'entendre dire qu'il m'aime ! le chasser de cet asile, ne plus l'espérer, ni le voir, ni l'entendre ! Hé ! quels sont les crimes qui ne seraient pas trop punis par de pareils sacrifices ? et comment ai-je mérité de me les imposer ? Retirée du monde, j'étais paisible dans ma retraite, heureuse du bonheur de mon mari, je ne formais aucun désir : il m'amène un jeune homme charmant, doué de tout ce que la vertu a de grand, l'esprit d'aimable, la candeur de séduisant : il me demande mon amitié pour lui, il nous laisse sans cesse ensemble ; le matin, le soir, partout je le vois, partout je le trouve ; toujours seuls, sous des ombrages, au milieu des charmes d'une nature qui s'anime, il aurait fallu que nous fussions nés pour nous haïr, si nous ne nous étions pas aimés. Imprudent époux ! pourquoi réunir ainsi deux êtres qu'une sympathie mutuelle attirait l'un vers l'autre ? deux êtres qui, vierges à l'amour, pouvaient en ressentir toutes les premières impressions sans s'en douter ? Pourquoi surtout les envelopper de ce dangereux voile d'amitié, qui devait être un si long prétexte pour se cacher leurs vrais sentiments ? C'était à vous, à votre expérience, à prévoir le danger et à nous en préserver : loin de là, quand votre main elle-même nous en approche, le couvre de fleurs, et nous y pousse, pourquoi, terrible et menaçant, venir nous reprocher une faute qui est la vôtre, et nous ordonner de l'expier par le plus douloureux supplice ?... Qu'ai-je dit, Élise ? c'est Frédéric que j'aime, et c'est mon époux que j'accuse ! Ce Frédéric, qui m'a vue entre ses bras, faible et sans défense, c'est lui que je veux garder ici ! O Élise ! tu seras bien changée, si tu reconnais ton amie dans celle qu'une pareille situation peut laisser incertaine sur le parti qu'elle doit prendre.

## LETTRE XXVIII.

### FRÉDÉRIC A CLAIRE.

Femme, femme trop enchanteresse, qui es-tu, pour faire entrer dans mon cœur les sentiments les plus opposés? pour me faire passer tout-à-coup de l'excès du bonheur à celui de l'infortune? Ces yeux si touchants, qu'il est impossible de regarder sans la plus vive émotion; ces yeux qui n'appartiennent qu'à Claire, l'idole chérie de mon cœur, la première femme que j'aie aimée, la seule que j'aimerai jamais; ces yeux, où elle me permettait hier de lire l'expression de la tendresse, sont voilés aujourd'hui par la douleur et la sévérité; et mon ame, où tu règnes despotiquement, mon ame, qui n'a maintenant plus de sentiments que tu n'aies fait naître, gémit de ta peine sans en connaître la cause. O ma douce, ma charmante amie! garde-toi bien de te croire coupable, ni de t'affliger du bonheur que tu m'as donné : le repentir ne doit point entrer dans une ame dont le mal n'approcha jamais. Toi, craindre le crime, Claire! ton seul regard le tuerait. Femme adorée et trop craintive, oses-tu penser que la Divinité, qui te forma à son image, nous entraîne vers le vice par tout ce que la félicité a de plus doux? Non, non; ces élans, ces transports, ces émotions enchanteresses, me rassurent contre le remords, et je me sens trop heureux pour me croire criminel. Ah! laisse-moi retrouver ces instants où, t'enlaçant dans mes bras, et respirant ton souffle, j'ai recueilli sur tes lèvres tout ce que l'immensité de l'univers et de la vie peut donner de félicité à un mortel.

Claire, tu m'as éloigné de toi, mais je ne t'ai point quittée; mon imagination te plaçait sur mon sein, je t'inondais de caresses et de larmes; ma bouche avide pressait la tienne; Claire ne s'en défendait point, Claire partageait mes transports; sans autre guide que son cœur et la nature, elle oubliait le monde, ne sentait que l'amour, ne voyait que son amant : nous étions dans les cieux. Ah! Claire, ce n'est pas là qu'est le crime!

Claire je t'idolâtre avec frénésie : ton image me dévore, ton approche me brûle : trop de feux me consument : il faut mourir ou les satisfaire. Laisse-moi te voir, je t'en conjure, ne me fuis point, laisse-moi te presser encore une fois entre mes bras; je les étends pour te saisir, mais c'est une ombre qui m'échappe. Je t'écris à genoux, mon papier est baigné de mes pleurs : ô Claire! un de tes baisers, un seul encore! il est des plaisirs trop vifs pour pouvoir les goûter deux fois sans mourir.

## LETTRE XXIX.

### FRÉDÉRIC A CLAIRE.

Je ne puis dormir; j'erre dans ta maison, je cherche la dernière place que tu as occupée; ma bouche presse ce fauteuil où ton bras reposa long-temps; je m'empare de cette fleur échappée de ton sein; je baise la trace de tes pas; je m'approche de l'appartement où tu dors, de ce sanctuaire qui serait l'objet de mes ardents désirs, s'il n'était celui de mon profond respect. Mes larmes baignent le seuil de ta porte; j'écoute si le silence de la nuit ne me laissera pas recueillir quelqu'un de tes mouvements.... J'écoute.... O Claire, Claire! je n'en doute pas, j'ai entendu des sanglots. Mon amie, tu pleures : qui peut donc causer ta peine [1]? Quand je te dois un bonheur dont le reste du monde ne peut concevoir l'idée, puisque nul mortel ne fut aimé de toi, qui peut t'affliger encore? Claire, que ton amour est faible s'il te laisse une pensée ou un sentiment qui ne soit pas pour lui, et si sa puissance n'a pas anéanti toutes les autres facultés de ton ame! Pour moi, il n'est plus de passé ni d'avenir : absorbé par toi, je ne vois que toi; je n'ai plus un in-

1 S'il ne faisait pas cette question, il serait un monstre; car la folie de l'amour ne serait pas complète.

stant de ma vie qui ne soit à toi; tous les autres êtres sont nuls et anéantis; ils passent devant moi comme des ombres; je n'ai plus de sens pour les voir, ni de cœur pour les aimer. Amitié, devoir, reconnaissance, je ne sens plus rien : l'amour, l'ardent amour a tout dévoré; il a réuni en un seul point toutes les parties sensibles de mon être, et il y a placé l'image de Claire : c'est là le temple où je te recueille, où je t'adore en silence quand tu es loin de moi; mais, si j'entends le son de ta voix, si tu fais un mouvement, si mes regards rencontrent tes regards, si je te presse doucement sur mon sein....., alors ce n'est plus seulement mon cœur qui palpite, c'est tout mon être, c'est tout mon sang, qui frémissent de désir et de plaisir : un torrent de volupté sort de tes yeux et vient inonder mon ame. Perdu d'amour et de tendresse, je sens que tout moi s'élance vers toi : je voudrais te couvrir de baisers, recevoir ton haleine, te tenir dans mes bras, sentir ton cœur battre contre mon cœur, et m'abîmer avec toi dans un océan de bonheur et de vie...... Mais, ô ma Claire! seule tu réunis ce mélange inconcevable de décence et de volupté qui éloigne et attire sans cesse, et qui éternise l'amour; seule tu réunis ce qui commande le respect et ce qui allume les désirs. Mais comment exprimer ce qu'est et ce qu'inspire une femme enchanteresse, la plus parfaite de toutes les créatures, l'image vivante de la Divinité? et quelle langue sera digne d'elle? Je sens que mes idées se troublent devant toi comme devant un ange descendu du ciel : rempli de ton image adorée, je n'ai plus d'autre sentiment que l'amour et l'adoration de tes perfections; toute autre pensée que la tienne s'évanouit; en vain je cherche à les fixer, à les rassembler, à les éclaircir; en vain je cherche à tracer quelques lignes qui te peignent ce que je sens; les termes me manquent, ma plume se traîne péniblement; et, si mon dernier besoin n'était pas de verser dans ton cœur tous les sentiments qui m'oppressent, effrayé de la grandeur de ma tâche, je me tairais, accablé sous ta puissance, et sentant trop pour pouvoir penser.

## LETTRE XXX.

### CLAIRE A FRÉDÉRIC.

Non, je ne vous verrai point : trop de présomption m'a perdue, et je suis payée pour n'oser plus me fier à moi-même. Je vous écris, parce que j'ai beaucoup à vous dire, et qu'il faut un terme enfin à l'état affreux où nous sommes.

Je devrais commencer par vous ordonner de ne plus m'écrire, car ces lettres si tendres, malgré moi je les presse sur mes lèvres; je les pose contre mon cœur; c'est du poison qu'elles respirent... Frédéric, je vous aime, et n'ai jamais aimé que vous : l'image de votre bonheur, de ce bonheur que vous me demandez, et que je pourrais faire, égare mes sens et trouble ma raison; pour le satisfaire, je compterais pour rien la vie, l'honneur et jusqu'à ma destinée future : vous rendre heureux et mourir après, ce serait tout pour Claire, elle aurait assez vécu; mais acheter votre bonheur par une perfidie! Frédéric, vous ne le voudriez pas..... Insensé! tu veux que Claire soit à toi, uniquement à toi! est-elle donc libre de se donner? s'appartient-elle encore? Si tes yeux osent se fixer sur ce ciel que nous outrageons, tu y verras les serments qu'elle a faits; c'est là qu'ils sont écrits! Et qui veux-tu qu'elle trahisse? son époux et ton bienfaiteur, celui qui t'a appelé dans son sein, qui te nourrit, qui t'éleva et qui t'aime; celui dont la confiance a remis dans nos mains le dépôt de son bonheur? Un assassin ne lui ôterait que la vie, et toi, pour prix de ses bontés, tu veux souiller son asile, ravir sa compagne, remplacer par l'adultère et la trahison la candeur et la vertu qui régnaient ici, et que tu en as chassées. Ose te regarder, Frédéric, et dis, qu'est-ce qu'un monstre ferait de plus que toi? Quoi! ton cœur est-il sourd à cette voix qui te crie que tu violes l'hospitalité et la reconnaissance? ton regard ose-t-il se porter sur cet homme respectable que tu dois frémir de nommer ton père ? ta main peut-elle presser la sienne sans être déchirée d'épines ? Enfin n'as-tu rien senti en voyant hier des larmes dans ses yeux ? Ah ! que n'ai-je pu les payer de tout mon sang ! Tu étais agité, j'étais pâle et tremblante. Il a tout vu, il sait tout, c'en est fait, et l'innocent porte la peine due au vice ! Malheureuse Claire ! était-ce donc pour empoisonner sa vie que tu juras de lui consacrer la tienne ? Femme perfide, te sied-il d'accuser un autre quand tu es toi-même si coupable ? Frédéric, vous fûtes faible et je suis criminelle ; il me semble que toute la nature crie après moi et me réprouve ; je n'ose regarder ni le ciel, ni vous, ni mon époux, ni moi-même. Si je veux embrasser mes enfants, je rougis de les presser contre un cœur dont l'innocence est bannie ; les objets qui me sont le plus chers sont ceux que je repousse avec le plus d'effroi..... Toi-même, Frédéric, c'est parce que je t'adore que tu m'es odieux ; c'est parce que je n'ai plus de forces pour te résister que ta présence me fait mourir ; et mon amour ne me paraît un crime que parce que je brûle de m'y livrer. O Frédéric ! éloigne-toi ; si ce n'est pas par devoir, que ce soit par pitié : ta vue est un reproche dont je ne peux plus supporter le tourment. Si ma vie et la vertu te sont chères, fuis sans tarder davantage. Quelles que soient tes résolutions, de quelque force que l'honneur les soutienne, elles ne résisteraient point à l'occasion ni à l'amour : songe, Frédéric, qu'un instant peut faire de toi le dernier des hommes, et me faire mourir déshonorée, et que, si, après y avoir pensé, il était nécessaire de te répéter encore de fuir, tu serais si vil à mes yeux, que je ne te craindrais plus.

Je vous le répète, je suis sûre que mon mari a tout deviné ; ainsi je n'ai malheureusement plus à redouter les soupçons que votre départ peut occasioner. D'ailleurs, vous savez que les affaires d'Élise s'accumulent de plus en plus, et lui donnent le besoin d'un aide : soyez le sien, Frédéric ; devenez utile à mon amie ; allez mériter d'elle le pardon des maux que vous m'avez faits : vous trouverez dans cette femme chérie une autre Claire, mais sans faiblesse et sans erreurs. Montrez-vous tel à ses yeux, qu'elle puisse dire qu'il n'y avait qu'une Élise ou un ange capable de vous résister ; que vos vertus m'obtiennent ma grace, et que votre travail me rende mon amie ; que ce soit à vous que je doive son retour ici, afin que chaque heure, chaque minute où je jouirai d'elle soit un bienfait que je vous doive, et que je puisse remonter à vous comme à la source de ma félicité. Frédéric, il dépend de vous que je m'enorgueillisse de la tendresse que j'éprouve et de celle que j'inspire : élevez-vous par elle au-dessus de vous-même ; qu'elle vous rattache à toutes les idées de vertu et d'honneur, pour que je puisse fixer mes yeux sur vous chaque fois que l'idée du bien se présentera. Enfin, en devenant le plus grand et le meilleur des hommes, forcez ma conscience à se taire, pour qu'elle laisse mon cœur vous aimer sans remords. O Frédéric ! s'il est vrai que je te sois chère, apprends de moi à chérir assez notre amour pour ne le souiller jamais par rien de bas ni de méprisable. Si tu es tout pour moi, mon univers, mon bonheur, le dieu que j'adore ; si la nature entière ne me présente plus que ton image ; si c'est par toi seul que j'existe, et pour toi seul que je respire ; si ce cri de mon cœur, qu'il ne m'est plus possible de retenir, t'apprend une faible partie du sentiment qui m'entraîne, je ne suis point coupable. Ai-je pu l'empêcher de naître ? suis-je maîtresse de l'anéantir ? dépend-il de moi d'éteindre ce qu'une puissance supérieure alluma dans mon sein ? Mais, de ce que je ne puis donner de pareils sentiments à mon époux, s'ensuit-il que je ne doive point lui garder la foi jurée ? Oserais-tu le dire, Frédéric ? oserais-tu le vouloir ? L'idée de Claire livrée à l'opprobre ne glace-t-elle pas tous tes désirs, et ton amour n'a-t-il pas plus besoin encore d'estime que de jouissance? Non, non, je la connais bien cette ame qui s'est donnée à moi; c'est parce que je la connais que je t'ai adoré. Je sais qu'il n'est point de sacrifice au-dessus de ton courage; et, quand je t'aurai rappelé que l'honneur commande que tu partes, et que le repos de Claire l'exige, Frédéric n'hésitera pas.

## LETTRE XXXI.

### FRÉDÉRIC A CLAIRE.

J'ai lu votre lettre, et la vérité, la cruelle vérité, a détruit les prestiges enchanteurs dont je me berçais; les tortures de l'enfer sont dans mon cœur, l'abîme du désespoir s'est ouvert devant moi : Claire ordonne que je m'y précipite; je partirai.

Ce sacrifice, que la vertu ne m'eût jamais fait faire, et que vous seule pouviez obtenir de moi; ce sacrifice, auquel nul autre ne peut être comparé, puisqu'il n'y a qu'une Claire au monde, et qu'un cœur comme le mien pour l'aimer; ce sacrifice, dont je ne peux moi-même mesurer l'étendue, quel que soit le mal qu'il me cause; je te jure, ô ma Claire! de ne jamais attenter à des jours qui te sont consacrés et qui t'appartiennent; mais, si la douleur, plus forte que mon courage, dessèche les sources de ma vie, me fait succomber sous le poids de ton absence, promets-moi, Claire, de me pardonner ma mort, et de ne point haïr ma mémoire. Sois sûre que l'infortuné qui t'adore eût préféré t'obéir, en se dévouant à des tourments éternels et inouïs, que de descendre dans la paix du tombeau que tu lui refuses.

## LETTRE XXXII.

### CLAIRE A ÉLISE.

Élise, il me quitte demain, et c'est chez toi que je l'envoie : en le remettant dans tes bras, je tiens encore à lui, et, près de mon amie, il ne m'aura pas perdue tout-à-fait. Soulage sa douleur, conserve-lui la vie, et, s'il est possible, fais plus encore, arrache-moi de son cœur. Élise, Élise, que l'objet de ma tendresse ne soit pas celui de ton inimitié! Pourquoi le mépriserais-tu, puisque tu m'estimes encore? pourquoi le haïr quand tu m'aimes toujours? pourquoi ton injustice l'accuse-t-elle plus que moi? S'il a troublé ma paix, n'ai-je pas empoisonné son cœur? ne sommes-nous pas également coupables? que dis-je? ne le suis-je pas bien plus? son amour l'emporte-t-il sur le mien? ne suis-je pas dévorée en secret des mêmes désirs que lui? Il voulait que Claire lui appartînt; eh! ne s'est-elle pas donnée mille fois à lui dans son cœur? Enfin que peux-tu lui reprocher dont je sois innocente? Nos torts sont égaux, Élise, et nos devoirs ne l'étaient pas : j'étais épouse et mère, il était sans liens; je connaissais le monde, il n'avait aucune expérience; mon sort était fixé et mon cœur rempli : lui, à l'aurore de sa vie, dans l'effervescence des passions, on le jette à dix-huit ans dans une solitude délicieuse, près d'une femme qui lui prodigue la plus tendre amitié, près d'une femme jeune et sensible, et qui l'a peut-être devancé dans un coupable amour. J'étais épouse et mère, Élise, et ni ce que je devais à mon époux, à mes enfants, ni respect humain, ni devoirs sacrés, rien ne m'a retenue; j'ai vu Frédéric, et j'ai été séduite. Quand les titres les plus saints n'ont pu me préserver de l'erreur, tu lui ferais un crime d'y être tombé! Quand tu me crois plus malheureuse que coupable, l'infortuné qui fut appelé ici comme une victime, et qui s'en arrache par un effort dont je n'aurais pas été capable peut-être, ne deviendrait pas l'objet de ta plus tendre indulgence et de ton ardente pitié! O mon Élise! recueille-le dans ton sein; que ta main essuie ses larmes. Songe qu'à dix-neuf ans il n'a connu des passions que les douleurs qu'elles causent et le vide qu'elles laissent; qu'anéanti par ce coup, il aurait terminé ses jours, s'il n'avait craint pour les miens. Songe, Élise, que tu lui dois ma vie..... Tu lui dois plus peut-être : il m'a respectée quand je ne me respectais plus moi-même; il a su contenir ses transports quand je ne rougissais pas d'exhaler les miens; enfin, s'il n'était pas le plus noble des hommes, ton amie serait peut-être à présent la plus vile des créatures.

## LETTRE XXXIII.

### CLAIRE A ÉLISE.

Inexprimables mouvements du cœur humain! il est parti, Élise, et je n'ai pas versé une larme; il est parti, et il semble que ce départ m'ait donné une nouvelle vie; j'éprouve une force inconnue qui me commande une activité continuelle; je ne puis rester en place, ni garder le silence, ni dormir; le repos m'est impossible, et je sens que la gaîté même est plus près de moi que le calme. J'ai ri, j'ai plaisanté avec mon mari; j'étais montée sur un ton extraordinaire; je ne savais pas ce que je faisais, je ne me reconnaissais plus moi-même. Si tu pouvais voir comme je suis loin d'être triste! je n'éprouve pas non plus cette satisfaction douce et paisible qui naît de l'idée d'avoir fait son devoir, mais quelque chose de désordonné et de dévorant, qui ressemblerait à la fièvre, si je n'étais d'ailleurs en parfaite santé. Croirais-tu que je n'ai aucune impatience d'avoir de ses nouvelles, et que je suis aussi indifférente sur ce qui le regarde que sur tout le reste du monde? Je t'assure, mon Élise, que ce départ m'a fait beaucoup de bien, et je me crois absolument guérie..... N'est-ce pas ce matin qu'il nous a quittés? Je ne sais plus comment marche le temps : il me semble que tout ce qui s'est passé dans mon ame depuis hier n'a pu avoir lieu dans un espace aussi court..... Cependant, il est bien vrai, c'est ce matin que Frédéric s'est arraché d'ici; je n'ai compté que douze heures depuis son départ. Pourquoi donc le son de l'airain a-t-il pris quelque chose de si lugubre? Chaque fois qu'il retentit, j'éprouve un frémissement involontaire..... Pauvre Frédéric! chaque coup t'éloigne de moi; chaque instant qui s'écoule repousse vers le passé l'instant où je te voyais encore; le temps l'éloigne, le dévore : ce n'est plus qu'une ombre fugitive que je ne puis saisir; et ces heures de félicité que je passais près de toi, sont déja englouties par le néant. Accablante vérité! Les jours vont se succéder, l'ordre général ne sera pas interrompu, et pourtant tu seras loin d'ici! La lumière reparaîtra sans toi, et mes tristes yeux, ouverts sur l'univers, n'y verront plus le seul être qui l'habite. Quel désert, mon Élise! Je me perds dans une immensité sans rivage; je suis accablée de l'éternité de la vie; c'est en vain que je me débats pour échapper à moi-même; je succombe sous le poids d'une heure; et, pour aiguiser mon mal, la pensée, comme un vautour déchirant, vient m'entourer de toutes celles qui me sont encore réservées..... Mais pourquoi te dis-je tout cela? mon projet était autre : je voulais te parler de son départ; qu'est-ce donc qui m'arrête? Lorsque je veux fixer ma pensée sur ce sujet, un instinct confus le repousse; il me semble, quand la nuit m'environne, et que le sommeil pèse sur l'univers, que peut-être ce départ aussi n'est qu'un songe..... Mais je ne puis m'abuser plus long-temps : il est trop vrai, Frédéric est parti; ma main glacée est restée sans mouvement dans la sienne; mes yeux n'ont pas eu une larme à lui donner, ni ma bouche un mot à lui dire..... J'ai vu sur ces lambris son ombre paraître et s'effacer pour jamais; j'ai entendu le seuil de la porte retentir sous ses derniers pas, et le bruit de la voiture qui l'emportait se perdre peu à peu dans le vide et le néant.....

Mon Élise, j'ai été obligée de suspendre ma lettre; je souffrais d'un mal singulier : c'est le seul qui me reste; j'en guérirai sans doute. J'éprouve un étouffement insupportable, les artères de mon cœur se gonflent, je n'ai plus de place pour respirer : il me faut de l'air : j'ai été dans le jardin; déja la fraîcheur commençait à me soulager, lorsque j'ai vu de la lumière dans l'appartement de M. d'Albe; j'ai cru même l'apercevoir à travers ses croisées; et, dans la crainte qu'il n'attribuât au départ de Frédéric la cause qui troublait mon repos, je me suis hâtée de rentrer; mais, hélas! mon Élise, je suis presque sûre, non seulement qu'il m'a vue, mais qu'il sait tout ce qui se passe dans mon cœur. J'avais espéré pourtant l'arracher au soupçon en parlant la première du départ de Frédéric, et, par un effort dont son intérêt seul pouvait me rendre capable, je le fis sans trouble et sans embarras. Dès le premier mot, je crus voir un léger signe de joie dans ses yeux; cependant il me demanda gravement quels motifs me faisaient approuver ce projet: je lui répondis que, tes affaires demandant un aide, et ce moment-ci étant un temps de vacance pour la manufacture, je pensais que c'était celui où Frédéric pouvait le plus s'absenter; que, pour moi, je souhaitais vivement qu'il allât t'aider à venir plus tôt ici. Frédéric était là quand j'avais commencé à parler, mais il n'avait pas dit un mot; il attendait, pâle et les yeux baissés, la réponse de M. d'Albe: celui-ci, nous regardant fixement tous deux, me répondit: « Pourquoi n'irais-je pas à la place de Frédéric? j'entends mieux que lui le genre d'affaires de votre amie, au lieu qu'il est en état de suivre les miennes ici; d'ailleurs, il dirige les études d'Adolphe avec un zèle dont je suis très-satisfait, et j'ai été touché plus d'une fois en le voyant auprès de cet enfant user d'une patience qui prouve toute sa tendresse pour le père.....» Ces mots ont atterré Frédéric; il est affreux sans doute de recevoir un éloge de la bouche de l'ami qu'on trahit, et une estime que le cœur dément avilit plus que l'aveu même d'avoir cessé de la mériter. Nous avons tous gardé le silence; mon mari attendait une réponse; ne la recevant pas, il a interrogé Frédéric. « Que décidez-vous, mon ami? a-t-il dit; est-ce à vous de rester? est-ce à moi de partir? » Frédéric s'est précipité à ses pieds, et les baignant de larmes: « Je partirai, s'est-il écrié avec un accent énergique et déchirant, je partirai, mon père, et du moins une fois serai-je digne de vous! » M. d'Albe, sans avoir l'air de comprendre ces derniers mots, ni en demander l'explication, l'a relevé avec tendresse, et le pressant dans ses bras: « Pars, mon fils, lui a-t-il dit; souviens-toi de ton père, sers la vertu de tout ton courage, et ne reviens que quand le but de ton voyage sera rempli. Claire, a-t-il ajouté en se retournant vers moi, recevez ses adieux et la promesse que je fais en son nom de ne jamais oublier la femme de son ami, la respectable mère de famille; ce sont là les traits qui ont dû vous graver dans son ame: l'image de votre beauté pourra s'effacer de sa mémoire, mais celle de vos vertus y vivra toujours. Mon fils, a-t-il continué, je me charge du soin de vous parler de vos amis; il me sera si doux à remplir, que je le réserve pour moi seul..... » Ce mot, Élise, est une défense, je l'ai trop entendu; mais je n'en avais pas besoin: quand je me sépare de Frédéric, nul n'a le droit de douter de mon courage. Ah! sans doute, cet inconcevable effort me relève de ma faiblesse; et plus le penchant était irrésistible, plus le triomphe est glorieux! Non, non, si le cœur de Claire fut trop tendre pour être à l'abri d'un sentiment coupable, il est trop grand peut-être pour être soupçonné d'une lâcheté. Pourquoi M. d'Albe paraissait-il donc craindre de me laisser seule avec Frédéric dans ces derniers moments? Croyait-il que je ne saurais pas accomplir le sacrifice en entier? ne m'a-t-il pas vue regarder d'un œil sec tous les apprêts de ce départ? ma fermeté m'a-t-elle abandonnée depuis? Enfin, Élise, le croiras-tu? je n'ai point senti le besoin d'être seule, et de tout le jour je n'ai pas quitté M. d'Albe; j'ai soutenu la conversation avec une aisance, une vivacité, une volubilité qui ne m'est pas ordinaire; je parlais de Frédéric comme d'un autre; je crois même que j'ai plaisanté; j'ai joué avec mes enfants; et tout cela, Élise, se faisait sans effort; il y a seulement un peu de trouble dans mes idées, et je sens qu'il m'arrive quelquefois de parler sans penser. Je crains que M. d'Albe n'ait imaginé qu'il y avait de la contrainte dans ma conduite, car il n'a cessé de me regarder avec tristesse et sollicitude. Le soir il a passé la main sur mon front, et l'ayant trouvé brûlant : « Vous n'êtes pas bien, Claire, m'a-t-il dit, je vous crois même un peu de fièvre ; allez vous reposer, mon enfant. — En effet, ai-je repris, je crois avoir besoin de sommeil. » Mais, ayant fixé la glace en prononçant ces mots, j'ai vu que le brillant extraordinaire de mes yeux démentait ce que je venais de dire, et, tremblant que M. d'Albe ne soupçonnât que je faisais un mensonge pour m'éloigner de lui, je me suis rassise. « Je préférerais passer la nuit ici, lui ai-je dit, je ne me sens bien qu'auprès de vous. — Claire, a-t-il repris, ce que vous dites là est peut-être plus vrai que vous ne le pensez vous-même : je vous connais bien, mon enfant, et je sais qu'il ne peut y avoir de paix, et par conséquent de bonheur pour vous, hors du sentier de l'innocence. — Que voulez-vous dire ? me suis-je écriée. — Claire, a-t-il répondu, vous me comprenez, et je vous ai devinée. Qu'il vous suffise de savoir que je suis content de vous ; ne me questionnez pas davantage : à présent, mon amie, retirez-vous, et calmez, s'il se peut, l'excessive agitation de vos esprits. » Alors, sans ajouter un mot, ni me faire une caresse, il est sorti de la chambre ; je suis restée seule. Quel vide ! quel silence ! partout je voyais de lugubres fantômes ; chaque objet me paraissait une ombre, chaque son un cri de mort ; je ne pouvais ni dormir, ni penser, ni vivre. J'ai erré dans la maison pour me sauver de moi-même ; ne pouvant y réussir, j'ai pris la plume pour t'écrire. Cette lettre, du moins, ira où il est, ses yeux verront ce papier que mes mains ont touché ; il pensera que Claire y aura tracé son nom, ce sera un lien, c'est le dernier fil qui nous retiendra au bonheur et à la vie..... Mais, hélas ! le ciel ne nous ordonne-t-il pas de les briser tous ? et cette secrète douceur que je trouve à penser qu'au milieu du néant qui nous entoure nos ames conserveront une sorte de communication n'est-elle pas le dernier nœud qui m'attache à ma faiblesse ? Ah ! faut-il donc que mes barbares mains les anéantissent tous ? Faut-il enfin cesser de penser à lui, et vivre étrangère à tout ce qui fait vivre ? O mon Élise ! quand le devoir me lie sur la terre et me commande d'oublier Frédéric, que ne puis-je oublier aussi qu'on peut mourir !

## LETTRE XXXIV.

### ÉLISE A M. D'ALBE.

Mon amie, en s'unissant à vous, m'ôta le droit de disposer d'elle : je puis vous donner des avis, mais je dois respecter vos volontés : vous m'ordonnez donc de lui taire l'état de Frédéric, j'obéirai. Cependant, mon cousin, s'il y a des inconvénients à la vérité, il y en a plus encore à la dissimulation ; l'exemple de Claire en est la preuve : il nous apprend que celui qui se sert du mal, même pour arriver au bien, en est tôt ou tard la victime. Si, dès le premier instant, elle vous eût fait l'aveu de l'amour de Frédéric, cet infortuné aurait pu être arraché à sa destinée ; ma vertueuse amie serait pure de toute faiblesse, et vous-même n'auriez pas été déchiré par l'angoisse d'un doute. Et pourtant où fut-il jamais des motifs plus plausibles, plus délicats, plus forts que les siens pour se taire ? Le bonheur de votre vie entière lui semblait compromis par cet aveu : quel autre intérêt au monde était capable de lui faire sacrifier la vérité ? Qui saura jamais apprécier ce qu'il lui en a coûté pour vous tromper ? Ah ! pour user de dissimulation, il lui a fallu toute l'intrépidité de la vertu.

Moi-même, lorsqu'elle me confia ses raisons, je les approuvai ; je crus qu'elle aurait le temps et la force d'éloigner Frédéric avant que vous eussiez soupçonné les feux dont il brûlait. J'espérais encore que le vœu unique et permanent de Claire, ce vœu de n'avoir été pour vous pendant sa vie qu'une source de bonheur, pouvait être rempli.... Un instant a tout détruit : ces mots échappés à mon amie, dans le délire de la fièvre, éveillèrent vos soupçons, l'état de Frédéric les confirma. Vous fûtes même plus malheureux que vous ne deviez l'être, puisque vous crûtes voir dans l'excessive douleur de Claire la preuve de son ignominie. Ses caresses vous rassurèrent bientôt; vous connaissiez trop votre femme pour douter qu'elle n'eût repoussé les bras de son époux si elle n'avait pas été digne de s'y jeter. J'ai approuvé la délicatesse qui vous a dicté de ne point l'aider dans le sacrifice qu'elle voulait faire, afin qu'en ayant seule le mérite, il pût la raccommoder avec elle-même; mais je suis loin de redouter comme vous le désespoir de Claire; cet état demande des forces, et, tant qu'elle en aura, elles tourneront toutes au profit de la vertu. En lui peignant Frédéric tel qu'il est, je donnerais sans doute plus d'énergie à sa douleur; mais, dans les ames comme la sienne, il faut de grands mouvements pour soutenir de grandes résolutions; au lieu que, si, fidèle à votre plan, je lui laisse entrevoir qu'elle a mal connu Frédéric; que non seulement il peut l'oublier, mais qu'une autre est prête à la remplacer; si je lui montre léger et sans foi ce qu'elle a vu noble et grand; enfin si j'éveille sa défiance sur un point où elle a mis tout son cœur, la vérité, l'honneur même ne seront plus pour elle qu'un problème. Si vous lui faites douter de Frédéric, craignez qu'elle ne doute de tout, et qu'en lui persuadant que son amour ne fut qu'une erreur, elle ne se demande si la vertu aussi n'en est pas une. Mon ami, il est des ames privilégiées qui reçurent de la nature une idée plus exquise et plus délicate du beau moral; elles n'ont besoin ni de raison ni de principes pour faire le bien, elles sont nées pour l'aimer, comme l'eau pour suivre son cours, et nulle cause ne peut arrêter leur marche, à moins qu'on ne dessèche leur source; mais, si, remontant pour ainsi dire vers le point visuel de leur existence, vous parvenez, en l'effaçant entièrement, à ébranler l'autel qu'elles se sont créé, vous les précipitez dans un vague où elles se perdent pour jamais; car, après l'appui qu'elles ont perdu, elles ne peuvent plus en trouver d'autre : elles aimeront toujours le bien; mais, ne croyant plus à sa réalité, elles n'auront plus de forces pour le faire; et cependant, comme cet aliment seul était digne de les nourrir, et qu'après lui l'univers ne peut rien offrir qui leur convienne, elles languissent dans un dégoût universel, jusqu'à l'instant où le Créateur les réunit à leur essence.

Mon cousin, je ne risque rien à vous montrer Claire telle qu'elle est; dans aucun moment elle ne perdra à se laisser voir en entier, et il n'est point de faiblesse que ses angéliques vertus ne rachètent. J'oserai donc tout vous dire : le mépris qu'elle concevra pour Frédéric pourra lui arracher la vie, mais le devoir seul peut lui ôter son amour : fiez-vous à elle pour y travailler, personne ne le veut davantage; si elle n'y réussit pas, nulle n'aurait réussi; et du moins, si tous les moyens échouent, réservez-vous la consolation de n'en avoir employé que de dignes d'elle.

Je ne lui écris point aujourd'hui; j'attends votre réponse pour lui parler de Frédéric.

Je le connais donc enfin cet étonnant jeune homme : jamais Claire ne me l'a peint comme il m'a paru : c'est la tête d'Antinoüs sur le corps de l'Apollon, et le charme de sa figure n'est pas même effacé par le sombre désespoir empreint dans tous ses traits. Il ne parle point, il répond à peine; enfin, jusqu'au nom de Claire, rien ne l'arrache à son morne silence. Les grandes blessures de l'ame et du corps ne saignent point au moment qu'elles sont faites, elles n'impriment pas si tôt leurs plus vives douleurs, et, dans les violentes commotions, c'est le contre-coup qui tue.

La seule excuse de ce jeune homme,

mon cousin, est dans l'excès même de sa passion : s'il n'en était pas tyrannisé au point de n'avoir pas une idée qui ne fût pour elle, si les désirs que Claire lui inspire n'étouffaient pas jusqu'au sentiment de ce qu'il vous doit, s'il pouvait en l'aimant se ressouvenir de vous, ce ne serait plus un malheureux insensé, mais un monstre. Vous avez tort, je crois, de ne point permettre que Claire lui écrive : dans ce moment il ne peut entendre qu'elle; elle seule l'a fait partir, seule elle peut pénétrer dans son ame, lui rappeler ses devoirs et le faire rougir des torts affreux dont il s'est rendu coupable. Mon ami, je ne crains point de le dire, en interceptant toute communication entre ces deux êtres, vous les isolez sur la terre; aucune voix ne pourra ni les sauver ni les guérir, car nulle autre n'arrivera jusqu'à eux. Croyez-moi, pour un sentiment comme celui-là, il faut d'autres moyens que ceux qui réussissent à tout le monde : laissez-les déifier leur amour, en le rendant la base de toutes les vertus; peu à peu la vérité saura briser l'idole et se substituer à sa place.

Frédéric est arrivé hier; j'avais du monde chez moi, je me suis esquivée pour l'aller recevoir : je voulais qu'il ne parût point, qu'il restât dans son appartement, parce que je sais que, dans les passions extrêmes, l'instinct dicte des cris, des mouvements et des gestes qui donnent un cours aux esprits, et font diversion à la douleur; mais il s'est refusé à tous ces ménagements. « Non, m'a-t-il dit, au milieu du monde comme ici, partout je suis seul; elle n'y est plus. » Il est descendu avec moi; son regard avait quelque chose de si sinistre, que je n'ai pu m'empêcher de frémir en lui voyant manier des pistolets qu'il sortait de la voiture; il a deviné ma pensée. « Ne craignez rien, m'a-t-il dit avec un sourire affreux, je lui ai promis de n'en pas faire usage. » Le reste de la soirée il a paru assez tranquille; cependant je ne le perdais pas de vue. Tout-à-coup je me suis aperçue qu'il pâlissait, sa tête a fléchi, et en un instant il a été couvert de sang; des artères comprimées par la violence de la douleur s'étaient brisées dans sa poitrine. J'ai fait appeler des secours, et, d'après ce qu'on m'a dit, il est possible que cette crise de la nature, en l'affaiblissant beaucoup, contribue à le sauver. Je réponds de lui si je peux l'amener à l'attendrissement; mais comment l'espérer, si un mot de Claire ne vient lui demander des larmes? car il ne peut plus en verser que pour elle.

Mon ami, en vous ouvrant tout mon cœur sur ce sujet, je vous ai donné la plus haute preuve d'estime qu'il soit possible de recevoir : de pareilles vérités ne pouvaient être entendues que par un homme assez grand pour se mettre au-dessus de ses propres passions, afin de juger celles des autres; assez juste pour que ce qu'il y a de plus vif dans l'intérêt personnel ne dénature pas son jugement; assez bon pour que le mal dont il souffre n'endurcisse pas son cœur contre ceux qui le lui causent; et il n'appartenait qu'à l'époux de Claire d'être cet homme-là.

## LETTRE XXXV.

### ÉLISE A M. D'ALBE.

Je gémis de votre erreur, et je m'y soumets; puissiez-vous ne vous repentir jamais d'avoir assez peu apprécié votre femme pour croire que ce qui pouvait être bon pour une autre pouvait lui convenir! J'ai éprouvé une répugnance extrême à déguiser la vérité à mon amie; c'est la première fois que cela m'arrive; mon cœur me dit que c'est mal, et il ne m'a jamais trompée. Croyez néanmoins que je sens toute la force de vos raisons, et que je n'ignore pas combien il est dangereux pour Claire de lui laisser croire qu'aimer Frédéric, c'est aimer la vertu. Ce coloris pernicieux dont la passion embellit le vice est assurément le plus subtil des poisons, car il sait s'insinuer dans les ames honnêtes, mettre la sensibilité de son parti, et intéresser à tous ses égarements. Je m'indigne comme vous du pouvoir de l'imagination, qui, à l'aide de sophismes adroits et touchants, nous fait pardonner des choses qui feraient horreur si on les dépouillait de leur voile. Ainsi ne croyez pas que, si je voyais Claire chercher des illusions pour colorer ses torts, ma lâche complaisance autorisât son erreur; mais l'infortunée a senti toute l'étendue de sa faute, et son cœur gémit écrasé sous ce poids. Ah! que pouvons-nous lui dire dont elle ne soit pénétrée? Qui peut la voir plus coupable qu'elle ne se voit elle-même? Accablée de vos bontés et de votre indulgence, tourmentée du remords affreux d'avoir empoisonné vos jours, elle voit avec horreur ce qui se passe dans son ame, et tremble que vous n'y pénétriez; et ne croyez pas que cet effroi soit causé par la crainte de votre indignation; non, elle ne redoute que votre douleur. Si elle ne pensait qu'à elle, elle parlerait; il lui serait doux d'être punie comme elle croit le mériter, et les reproches d'un époux outragé l'aviliraient moins, à son gré, qu'une indulgence dont elle ne se sent pas digne; mais elle croit ne pouvoir effacer sa faiblesse qu'en l'expiant, ni s'acquitter avec la justice qu'en portant seule tout le poids des maux qu'elle vous a faits.

Sa dernière lettre me dit qu'elle commence à soupçonner fortement que vous êtes instruit de tout ce qui se passe dans son cœur; mais elle ne rompra le silence que quand elle en sera sûre. Croyez-moi, allez au-devant de sa confiance; relevez son courage abattu; joignez à la délicatesse qui vous a fait attendre, pour le départ de Frédéric, qu'elle l'eût décidé elle-même, la générosité qui ne craint point de le montrer aussi intéressant qu'il l'est; qu'elle vous voie enfin si grand, si magnanime, que ce soit sur vous qu'elle soit forcée d'attacher les yeux pour revenir à la vertu. Enfin, si les conseils de mon ardente amitié peuvent ébranler votre résolution, le seul artifice que vous vous permettrez avec Claire sera de lui dire que je vous avais suggéré l'idée de la tromper, mais que l'opinion que vous avez d'elle vous a fait rejeter tout moyen petit et bas, que vous la jugez digne de tout entendre, comme vous l'êtes de tout savoir. En l'élevant ainsi, vous la forcez à ne pas déchoir sans se dégrader; en lui confiant toutes vos pensées, vous lui faites sentir qu'elle vous doit toutes les siennes; et, pour vous les communiquer sans rougir, elle parviendra à les épurer. O mon cousin! quand nos intérêts sont semblables, pourquoi nos opinions le sont-elles si peu, et comment ne marche-t-on pas ensemble quand on tend au même but?

Vous trouverez ci-jointe la lettre que j'écris à Claire, et où je lui parle de Frédéric sous des couleurs si étrangères à la vérité. Depuis son accident il n'a pas quitté le lit; au moindre mouvement le vaisseau se rouvre: une simple sensation produit cet effet. Hier, j'étais près de son lit, on m'apporte mes lettres, il distingue l'écriture de Claire. A cette vue, il jette un cri perçant, s'élance et saisit le papier; il le porte sur son cœur: en un instant il est couvert de sang et de larmes. Une foiblesse longue et effrayante succède à cette violente agitation. Je veux profiter de cet instant pour lui ôter le fatal papier; mais par une sorte de convulsion nerveuse, il le tient fortement collé sur son sein: alors j'ai vu qu'il fallait attendre, pour le ravoir, que la connaissance lui fût revenue. En effet, en reprenant ses sens, sa première pensée a été de me le rendre en silence, sans rien demander, mais en retenant ma main comme ne pouvant s'en détacher, et avec un regard!..... Mon cousin, qui n'a pas vu Frédéric, ne peut avoir l'idée de ce qu'est l'expression; tous ses traits parlent; ses yeux sont vivants d'éloquence; et, si la vertu elle-même descendait du ciel, elle ne le verrait point sans émotion. Et c'est auprès d'une femme belle et sensible que vous l'avez placé, au milieu d'une nature dont l'attrait parle au cœur, à l'imagination et aux sens! c'est là que vous les laissiez tête à tête, sans moyens d'échapper à eux-mêmes! Quand tout tendait à les rapprocher, pouvaient-ils y rester impunément? Il eût été beau de le pouvoir, il était insensé de le risquer, et vous deviez songer que toute force employée à combattre la nature, succombe tôt ou tard. Dans une pareille situation, il n'y avait qu'une femme supérieure à tout son sexe, qu'une Claire enfin, qui pût rester honnête; mais, pour n'être pas sensible, ô mon imprudent ami! il fallait être un ange!

En vous engageant à n'user d'aucune réserve avec Claire, je ne vous peins que les avantages qui doivent résulter de la franchise; mais qui peut nombrer les terribles inconvénients de la dissimulation, s'ils viennent à la découvrir? et c'est ce qui arrivera infailliblement, quels que soient les moyens que nous emploierons pour les tromper : deux cœurs animés d'une semblable passion ont un instinct plus sûr que notre adresse; ils sont dans un autre univers, ils parlent un autre langage; sans se voir ils s'entendent; sans se communiquer ils se comprennent : ils se devineront et ne nous croiront pas. Prenez garde de mettre la vérité de leur parti, et de les approcher en leur faisant sentir que, hors eux, tout les trompe autour d'eux; prenez garde enfin d'avoir un tort avec Claire; ce n'est pas qu'elle s'en prévalût, elle n'en a pas le droit, et ne peut en avoir la volonté; mais ce n'est qu'en excitant dans son ame tout ce que la reconnaissance a de plus vif, et l'admiration de plus grand, que vous pouvez la ramener à vous, et l'arracher à l'ascendant qui l'entraîne.

## LETTRE XXXVI.

CLAIRE A ÉLISE.

L'univers entier me l'eût dit, j'aurais démenti l'univers! Mais toi, Élise, tu ne me tromperais pas, et, quelque changée que je sois, je n'ai pas appris encore à douter de mon amie..... Frédéric n'est point ce qu'il me paraissait être; ardent et impétueux dans ses sensations, il est léger et changeant dans ses sentiments : on peut captiver son imagination, émouvoir ses sens, et non pénétrer son cœur! C'est ainsi que tu l'as jugé, c'est ainsi que tu l'as vu; c'est Élise qui le dit, et c'est de Frédéric qu'elle parle! O mortelle angoisse! si ce sentiment profond, indestructible, qui me crie qu'il est toujours vertueux et fidèle, qu'on me trompe et qu'on le calomnie; si ce sentiment, qui est devenu l'unique substance de mon ame, est réel, c'est donc toi qui me trahis? Toi, Élise! quel horrible blasphème! toi, ma sœur, ma compagne, mon amie, tu aurais cessé d'être vraie avec moi? Non, non; en vain je m'efforce à le penser, en vain je voudrais justifier Frédéric aux dépens de l'amitié même; la vertu outragée étouffe la voix de mon cœur, et m'empêche de douter d'Élise. Ce mot terrible que tu as dit a retenti dans tout mon être, chaque partie de moi-même est en proie à la douleur, et semble se multiplier pour souffrir : je ne sais où porter mes pas, ni où reposer ma tête; ce mot terrible me poursuit, il est partout, il a séché mon ame et renversé toutes mes espérances. Hélas! depuis quelques jours ma passion ne m'effrayait plus : pour sauver Frédéric, je me sentais le courage d'en guérir. Déjà, dans un lointain avenir, j'entrevoyais le calme succéder à l'orage; déja je formais des plans secrets pour une union qui, en le rendant heureux, lui aurait permis de se réunir à nous; notre pure amitié embellissait la vie de mon époux, et nos tendres soins effaçaient la peine passagère que nous lui avions causée. Combien j'avais de courage pour un pareil but! nul effort ne m'eût coûté pour l'atteindre, chacun devait me rapprocher de Frédéric! Mais, quand il a cessé d'aimer, quand Frédéric est faux et frivole, qu'ai-je besoin de me surmonter? ma tendresse n'est-elle pas évanouie avec l'erreur qui l'avait fait naître? et que doit-il me rester d'elle, qu'un profond et douloureux repentir de l'avoir éprouvée? O mon Élise! tu ne peux savoir combien il est affreux d'être un objet de mépris pour soi-même. Quand je voyais dans Frédéric la plus parfaite des créatures, je pouvais estimer encore une ame qui n'avait failli que pour lui ; mais, quand je considère pour qui je fus coupable, pour qui j'offensai mon époux, je me sens à un tel degré de bassesse, que j'ai cessé d'espérer de pouvoir remonter à la vertu.

Élise, je renonce à Frédéric, à toi, au monde entier ; ne m'écris plus, je ne me sens plus digne de communiquer avec toi ; je ne veux plus faire rougir ton front de ce nom d'amie que je te donne ici pour la dernière fois : laisse-moi seule ; l'univers et tout ce qui l'habite n'est plus rien pour moi : pleure ta Claire, elle a cessé d'exister.

## LETTRE XXXVII.

CLAIRE A ÉLISE.

Hélas ! mon Élise, tu as été bien prompte à m'obéir, et il t'en a peu coûté de renoncer à ton amie ! ton silence ne me dit que trop combien ce nom n'est plus fait pour moi ; et cependant, tout en étant indigne de le porter, mon ame déchirée le chérit encore, et ne peut se résoudre à y renoncer. Il est donc vrai, Élise, toi aussi tu as cessé de m'aimer ? La misérable Claire se verra donc mourir dans le cœur de tout ce qui lui fut cher, et exhalera sa vie sans obtenir un regret ni une larme ! Elle, qui se voyait naguère heureuse mère, sage épouse, aimée, honorée de tout ce qui l'entourait, n'ayant point une pensée dont elle pût rougir, satisfaite du passé, tranquille sur l'avenir, la voilà maintenant méprisée par son amie, baissant un front humilié devant son époux, n'osant soutenir les regards de personne : la honte la suit, l'environne ; il semble que, comme un cercle redoutable, elle la sépare du reste du monde, et se place entre tous les êtres et elle. O tourments que je ne puis dépeindre ! quand je veux fuir, quand je veux détourner mes regards de moi-même, le remords, comme la griffe du tigre, s'enfonce dans mon cœur et déchire ses blessures. Oui, il faut succomber sous de si amères douleurs ; celui qui aurait la force de les soutenir ne les sentirait pas. Mon sang se glace, mes yeux se ferment, et, dans l'accablement où je suis, j'ignore ce qui me reste à faire pour mourir..... Mais, Élise, si mon trépas expie ma faute, et que ta sagesse daigne s'attendrir sur ma mémoire, souviens-toi de ma fille ; c'est pour elle que je t'implore : que l'image de celle qui lui donna la vie ne la prive pas de ton affection ; recueille-la dans ton sein, et ne lui parle de sa mère que pour lui dire que mon dernier soupir fut un regret de n'avoir pu vivre pour elle.

## LETTRE XXXVIII

CLAIRE A ÉLISE.

Pardonne, ô mon unique consolation ! mon amie, mon refuge, pardonne, si j'ai pu douter de ta tendresse ! Je t'ai jugée, non sur ce que tu es, mais sur ce que je méritais ; je te trouvais juste dans ta sévérité, comme tu me parais à présent aveugle dans ton indulgence. Non, mon amie, non, celle qui a porté le trouble dans sa maison et la défiance dans l'ame de son époux ne mérite plus le nom de vertueuse, et tu ne me nommes ainsi que parce que tu me vois dans ton cœur.

Malgré tes conseils, je n'ai point parlé avec confiance à mon mari : je l'aurais désiré, et plus d'une fois je lui ai donné occasion d'entamer ce sujet ; mais il a toujours paru l'éloigner : sans doute il rougirait de m'entendre ; je dois lui épargner la honte d'un pareil aveu, et je sens que son silence me prescrit de guérir sans me plaindre. Élise, tu peux me croire, le règne de l'amour est passé ; mais le coup qu'il m'a porté a frappé trop violemment sur mon cœur, je n'en guérirai pas : il est des douleurs que le temps peut user ; on se résigne à celles émanées du ciel ; on courbe sa tête sous les décrets éternels, et le reproche s'éteint quand il faut l'adresser à Dieu. Mais ici tout conspire à rendre ma peine plus cuisante, je ne peux en accuser personne ; tous les maux qu'elle cause refoulent vers mon cœur, car c'est là qu'en est la source..... Cependant je suis calme, car il n'y a plus d'agitation pour celui qui a tout perdu. Néanmoins je vois avec plaisir que M. d'Albe est content de l'espèce de tranquillité dont il me voit jouir. Il a saisi cet instant pour me parler de la lettre où tu lui apprends la réunion imprévue d'Adèle et de Frédéric : pourquoi donc m'en faire un mystère, Élise? Si cette charmante personne parvient à le fixer, crains-tu que je m'en afflige? crois-tu que je le blâme? Non, mon amie; je pense, au contraire, que Frédéric a senti que, quand l'attachement était un crime, l'inconstance devenait une vertu, et il remplit, en m'oubliant, un devoir que l'honneur et la reconnaissance lui imposaient également; c'est ce que j'ai fait entendre à M. d'Albe lorsqu'il est entré dans les détails de ce que tu lui écrivais : j'ai vu qu'il était étonné et ravi de ma réponse; son approbation m'a ranimée, et l'image de son bonheur m'est si douce, que j'en remplirais encore tout mon avenir, si je ne sentais mes forces s'épuiser, et la coupe de la vie se retirer de moi.

## LETTRE XXXIX.

### CLAIRE A ÉLISE.

Non, mon amie, je ne suis pas malade, je ne suis pas triste non plus; mes journées se déroulent et se remplissent comme autrefois : à l'extérieur, je suis presque la même; mais l'extrême faiblesse de mon corps et de mes esprits, le profond dégoût qui flétrit mon ame, m'apprennent qu'il est des chagrins auxquels on ne résiste pas. La vertu fut ma première idole, l'amour la détruisit; il s'est détruit à son tour, et me laisse seule au monde : il faut mourir avec lui. Ah! mon Élise! je souffre bien moins du changement de Frédéric que de l'avoir si mal jugé : tu ne peux comprendre jusqu'où allait ma confiance en lui : enfin, te le dirai-je? il a été un moment où j'ai pensé que tu étais d'accord avec mon époux pour me tromper, et que vous vous réunissiez pour me peindre sous des couleurs infidèles et odieuses l'infortuné qui expirait de mon absence; il me semblait voir ce malheureux, que j'avais envoyé vers toi pour reposer sa douleur sur ton sein, abusé par tes fausses larmes, confiant entre tes bras, tandis que tu le trahissais auprès de ton amie : enfin mon criminel amour, répandant son venin sur tes lettres et sur les discours de mon époux, m'y faisait trouver des signes nombreux de fausseté. Élise, conçois-tu ce qu'est une passion qui a pu me faire douter de toi? Ah! sans doute, c'est là son plus grand forfait!

Mon amie, le coup qui me tue est d'avoir été trompée sur Frédéric : je croyais si bien le connaître! il me semblait que mon existence eût commencé avec la sienne, et que nos deux ames, confondues ensemble, s'étaient identifiées par tous les points. On se console d'une erreur de l'esprit, et non d'un égarement du cœur : le mien m'a trop mal guidée pour que j'ose y compter encore, et je dois voir avec inquiétude jusqu'aux mouvements qui le portent vers toi. O Frédéric! mon estime pour toi fut de l'idolâtrie; en me forçant à y renoncer, tu ébranles mon opinion sur la vertu même; le monde ne me paraît plus qu'une vaste solitude, et les appuis que j'y trouvais que des ombres vaines qui échappent sous ma main. Élise, tu peux me parler de Frédéric; Frédéric n'est point celui que j'aimais : semblable au païen qui rend un culte à l'idole qu'il a créée, j'adorais en Frédéric l'ouvrage de mon imagination; la vérité ou Élise a déchiré le voile, Frédéric n'est plus rien pour moi; mais, comme je peux tout entendre avec indifférence, de même je peux tout ignorer sans peine, et peut-être devrais-je vouloir que tu continues à garder le silence, afin de pouvoir consacrer entièrement mes dernières pensées à mon époux et à mes enfants.

## LETTRE XL.

CLAIRE A ÉLISE.

Je n'en puis plus, la langueur m'accable, l'ennui me dévore, le dégoût m'empoisonne ; je souffre sans pouvoir dire le remède ; le passé et l'avenir, la vérité et les chimères ne me présentent plus rien d'agréable ; je suis importune à moi-même ; je voudrais me fuir, et je ne puis me quitter : rien ne me distrait ; les plaisirs ont perdu leur piquant, et les devoirs leur importance. Je suis mal partout : si je marche, la fatigue me force à m'asseoir ; quand je me repose, l'agitation m'oblige à marcher. Mon cœur n'a pas assez de place, il étouffe, il palpite violemment : je veux respirer, et de longs et profonds soupirs s'échappent de ma poitrine. Où est donc la verdure des arbres ? Les oiseaux ne chantent plus. L'eau murmure-t-elle encore ? Où est la fraîcheur ? où est l'air ? Un feu brûlant court dans mes veines et me consume ; des larmes rares et amères mouillent mes yeux et ne me soulagen pas. Que faire ? où porter mes pas ? pourquoi rester ici ? pourquoi aller ailleurs ? J'irai lentement errer dans la campagne ; là, choisissant des lieux écartés, j'y cueillerai quelques fleurs sauvages et desséchées comme moi, quelques soucis, emblèmes de ma tristesse : je n'y mêlerai aucun feuillage, la verdure est morte dans la nature, comme l'espérance dans mon cœur. Dieu ! que l'existence me pèse ! l'amitié l'embellissait jadis, tous mes jours étaient sereins ; une voluptueuse mélancolie m'attirait sous l'ombre des bois ; j'y jouissais du repos et du charme de la nature. Mes enfants ! je pensais à vous alors ; je n'y pense plus maintenant que pour être importunée de vos jeux, et tyrannisée par l'obligation de vous rendre des soins. Je voudrais vous ôter d'auprès de moi, je voudrais en ôter tout le monde, je voudrais m'en ôter moi-même..... Lorsque le jour paraît, je sens mon mal redoubler. Que d'instants comptés par la douleur ! Le soleil se lève, brille sur toute la nature, et la ranime de ses feux : moi seule suis importunée de son éclat ; il m'est odieux et me flétrit : semblable au fruit qu'un insecte dévore au cœur, je porte un mal invisible.....; et pourtant de vives et rapides émotions viennent souvent frapper mes sens ; je me sens frissonner dans tout mon corps : mes yeux se portent du même côté, s'attachent sur le même objet ; ce n'est qu'avec effort que je les en détourne : mon ame, étonnée, cherche et ne trouve point ce qu'elle attend ; alors, plus agitée, mais affaiblie par les impressions que j'ai reçues, je succombe tout-à-fait, ma tête penche, je fléchis, et, dans mon morne abattement, je ne me débats plus contre le mal qui me tue.

## LETTRE XLI.

ÉLISE A M. D'ALBE.

Votre lettre m'a rassurée, mon cousin, j'en avais besoin ; et je me féliciterais bien plus des changements que vous avez observés chez Claire, si je ne craignais qu'abusé par votre tendresse, vous ne prissiez l'affaissement total des organes pour la tranquillité, et la mort de l'ame pour la résignation.

Je ne m'étonne point de ce que vous inspire la conduite de Claire ; je reconnais là cette femme dont chaque pensée était une vertu, et chaque mouvement un exemple. Son cœur a besoin de vous dédommager de ce qu'il a donné involontairement à un autre, et elle ne peut être en paix avec elle-même qu'en vous consacrant tout ce qui lui reste de force et de vie. Vous êtes touché de sa constante attention envers vous, de l'expression tendre dont elle l'anime ; vous êtes surpris des soins continuels de son active bienfaisance envers tout ce qui l'entoure. Eh ! mon cousin, ignorez-vous que le cœur de Claire fut créé dans un jour de fête, qu'il s'échappa parfait des mains de la nature, et que, son essence étant la bonté, elle ne peut cesser de faire le bien qu'en cessant de vivre ?

Je ne vous peindrai point le mal que m'ont fait ses lettres; je rejette avec effroi cette confiance sans bornes qui, lui faisant étouffer jusqu'à l'instinct de son cœur, me rend responsable de sa vie. Elle se reproche comme un forfait d'avoir pu douter de son époux et de son amie, et ce forfait, il faut le dire, c'est nous qui l'avons commis, car c'en est un de tromper une femme comme elle : ses torts furent *involontaires*, les nôtres sont calculés ; elle repousse les siens avec horreur, nous persistons dans les nôtres de sang-froid. Animée par un motif sublime, elle put se résoudre à taire la vérité. Nous, nous l'avons souillée par de méprisables détours, sans avoir même la certitude de réussir; cependant je ne me reproche rien; et, la vie de Claire dût-elle être le prix de l'exécution de vos volontés, en m'y soumettant, en la sacrifiant elle-même au moindre de vos désirs, je remplis son vœu, je ne fais que ce qu'elle m'eût prescrit, que ce qu'elle ferait elle-même avec transport.

Ne pensez pas pourtant que je fusse d'avis de changer de plan : non, à présent il faut le suivre jusqu'au bout, et il n'est plus temps de reculer, une nouvelle secousse l'épuiserait. Mais n'attendez pas que je persiste à lui donner des détails imaginaires sur l'état de Frédéric; non, elle-même ayant senti que la raison nous engageait à n'en parler jamais, je me bornerai à garder un silence absolu sur ce sujet.

Depuis que Frédéric commence à se lever, il m'a conjurée de lui donner le détail de mes affaires : je l'ai fait avec empressement, dans l'espérance de le distraire ; il les a saisies avec intelligence, il les suit avec opiniâtreté : comment s'en étonner ? Claire lui ordonna ce travail.

Il a reçu hier votre lettre, celle où, sans lui parler directement de votre femme, vous la lui peignez à chaque page gaie et tranquille. J'ignore l'effet que ces nouvelles ont produit sur lui, il ne m'en a rien dit; j'observe seulement que son regard est plus sombre, et son silence plus absolu : il concentre toutes ses sensations en lui-même; rien ne perce, rien ne l'atteint, rien ne le touche. Ce matin, tandis qu'il travaillait auprès de moi, pour le tirer de sa morne stupeur, j'ai sorti le portrait de Claire de mon sein, et l'ai posé auprès de lui ; son premier mouvement a été de me regarder avec surprise, comme pour me demander ce que cela signifiait; et puis, reportant ses yeux sur l'objet qui lui était offert, il l'a contemplé longtemps; enfin me le rendant avec froideur : « Ce n'est pas elle, » m'a-t-il dit; puis il s'est tu, et s'est remis à l'ouvrage. Quelques heures se sont passées dans un mutuel silence; il ne me questionne que sur mes affaires; si je l'interroge sur tout autre sujet que Claire, il n'a pas l'air de m'entendre, ou bien il me répond par un signe ou un monosyllabe : j'écarte avec grand soin toute conversation tendante à une entière confiance, car je ne me sentirais pas la force de continuer à le tromper. A chaque instant la pitié m'entraîne à lui ouvrir mon cœur; c'est un besoin qui s'accroît de jour en jour, et mon courage n'est pas à l'épreuve de sa douleur : je n'ai pourtant rien dit encore; mais il ne faut peut-être qu'un mot de sa part, qu'un instant d'épanchement pour m'arracher votre secret. Ah ! mon cousin, pardonnez mon incertitude; mais voir souffrir un malheureux, pouvoir le soulager d'un mot, et se taire, c'est un effort auquel je ne peux pas espérer d'atteindre. Puis-je même le désirer ? voudrais-je étouffer dans mon ame cet ascendant qui nous pousse à adoucir les maux d'autrui ? Ah ! si c'est là une faiblesse, je ne sais quel courage la vaudrait ! Il y a une heure que j'étais avec Frédéric; les cris de ma fille m'ayant forcée à sortir avec précipitation, j'ai oublié sur ma cheminée une lettre de Claire, que je venais de recevoir. L'idée que Frédéric pouvait la lire m'a fait frémir, je suis remontée comme un éclair, il la tenait dans sa main. « Frédéric, qu'avez-vous fait? me suis-je écriée. — Rien qu'elle ne m'eût permis, m'a-t-il répondu. — Vous n'avez donc pas lu cette lettre? ai-je repris. — Non, elle m'aurait méprisé, » m'a-t-il dit en me la remettant. J'ai voulu louer sa discrétion, sa délicatesse; il m'a interrompue. « Non, Élise, vous vous méprenez; je n'ai plus ni délicatesse, ni vertu; je n'agis, ne sens et n'existe plus que par elle; et peut-être eussé-je lu ce papier, si la crainte de lui déplaire ne m'eût arrêté. » En finissant cette phrase, il est retombé dans son immobilité accoutumée. Que ne donnerais-je pas pour qu'il exhalât ses transports, pour l'entendre pousser des cris aigus, pour le voir se livrer à un désespoir forcené! combien cet état serait moins effrayant que celui où il est! Concentrant dans son sein toutes les furies de l'enfer, elles le déchirent par cent forces diverses, et ces blessures qu'il renferme s'aigrissent, s'enveniment sur son cœur, et portent dans tout son être des germes de destruction. L'infortuné mérite votre pitié; et, quelle que fût son ingratitude envers vous, son supplice l'expie et l'emporte sur elle.

## LETTRE XLII.

CLAIRE A ÉLISE.

Élise, je crois que le ciel a béni mes efforts, et qu'il n'a pas voulu me retirer du monde avant de m'avoir rendue à moi-même : depuis quelques jours un calme salutaire s'insinue dans mes veines; je souris avec satisfaction à mes devoirs; la vue de mon mari ne me trouble plus, et je partage le contentement qu'il éprouve à se trouver près de moi; je vois qu'il me sait gré de toute la tendresse que je lui montre, et qu'il en distingue bien toute la sincérité. Son indulgence m'encourage, ses éloges me relèvent, et je ne me crois plus méprisable quand je vois qu'il m'estime encore; mais, à mesure que mon ame se fortifie, mon corps s'affaiblit. Je voudrais vivre pour mon digne époux, c'est là le vœu que j'adresse au ciel tous les jours, c'est là le seul prix dont je pourrais racheter ma faute; mais il faut renoncer à cet espoir. La mort est dans mon sein, Élise, je la sens qui me mine, et ses progrès lents et continus m'approchent insensiblement de ma tombe. O mon excellente amie! ne pleure pas sur mon trépas, mais sur la cause qui me le donne; s'il m'eût été permis de sacrifier ma vie pour toi, mes enfants ou mon époux, ma mort aurait fait mon bonheur et ma gloire; mais périr victime de la perfidie d'un homme, mais mourir de la main de Frédéric!.... O Frédéric! ô souvenir mille fois trop cher! Hélas! ce nom fut jadis pour moi l'image de la plus noble candeur; à ce nom se rattachaient toutes les idées du beau et du grand; lui seul me paraissait exempt de cette contagion funeste que la fausseté a soufflée sur l'univers; lui seul me présentait ce modèle de perfection dont j'avais souvent nourri mes rêveries; et c'est de cette hauteur où l'amour l'avait élevé qu'il tombe..... Frédéric, il est impossible d'oublier si vite l'amour dont tu prétendais être atteint; tu as donc feint de le sentir? L'artifice d'un homme ordinaire ne paraît qu'une faute commune, mais Frédéric artificieux est un monstre : la distance de ce que tu es à ce que tu feignais d'être, est immense, et il n'y a point de crime pareil au tien. Mon plus grand tourment est bien moins de renoncer à toi que d'être forcée de te mépriser, et ta bassesse était le seul coup que je ne pouvais supporter.

Mon amie, cette lettre-ci est la dernière où je te parlerai de lui : désormais mes pensées vont se porter sur de plus dignes objets; le seul moyen d'obtenir la miséricorde céleste, est sans doute d'employer le reste de ma vie au bonheur de ce qui m'entoure : je visite mon hospice tous les jours; je vois avec plaisir que ma longue absence n'a point interrompu l'ordre que j'y avais établi. Je léguerai à mon Élise le soin de l'entretenir; c'est d'elle que ma Laure apprendra à y veiller à son tour : puisse cette fille chérie se former auprès de toi à toutes les vertus qui manquèrent à sa mère! Parle-lui de mes torts, surtout de mon repentir; dis-lui que, si je t'avais écoutée, j'aurais vécu paisible et honorée, et que je t'aurais value peut-être. Que ses tendres soins dédommagent son vieux père de tout le mal que je lui causai; et, pour payer tout ce qu'elle tiendra de toi, puisse-t-elle t'aimer comme Claire!... Adieu, mon cœur se déchire à l'aspect de tout ce que j'aime; c'est au moment de quitter des objets si chers que je sens combien ils m'attachent à la vie. Élise, tu consoleras mon digne époux, tu ne le laisseras pas isolé sur la terre, tu deviendras son amie, de même que la mère de mes enfants; ils n'auront pas perdu au change.

## LETTRE XLIII.

### CLAIRE A ÉLISE.

Ne t'afflige point, mon amie, la douce paix que Dieu répand sur mes derniers jours m'est un garant de sa clémence; quelques instants encore, et mon ame s'envolera vers l'éternité. Dans ce sanctuaire immortel, si j'ai à rougir d'un sentiment qui fut involontaire, peut-être l'aurai-je trop expié sur la terre pour en être punie dans le ciel. Chaque jour, prosternée devant la majesté suprême, j'admire sa puissance et j'implore sa bonté; elle enveloppe de sa bienfaisance tout ce qui respire, tout ce qui sent, tout ce qui souffre; c'est là le manteau dont les malheureux doivent réchauffer leurs cœurs... Mais, quand la nuit a laissé tomber son obscur rideau, je crois voir l'ombre du bras de l'Éternel étendu vers moi; dans ces instants d'un calme parfait, l'ame s'élance vers le ciel et correspond avec Dieu, et la conscience, reprenant ses droits, pèse le passé et pressent l'avenir. C'est alors que, jetant un coup d'œil sur ces jours engloutis par le temps, on se demande, non sans effroi, comment ils ont été employés, et, en faisant la revue de sa vie, on compte par ses actions les témoins qui déposeront bientôt pour ou contre soi. Quel calcul! qui osera le faire sans une profonde humilité, sans un repentir poignant de toutes les fautes auxquelles on fut entraîné? O Frédéric! comment supporteras-tu ces redoutables moments? Quand il se pourrait qu'innocent d'artifice, tu aies cru sentir tout ce que tu m'exprimais, songe, malheureux, que, pour t'absoudre de ton ingratitude envers ton père, il aurait fallu que le ciel lui-même eût allumé les feux dont tu prétendais brûler, et ceux-là ne s'éteignent point. Et toi, mon Élise, pardonne si le souvenir de Frédéric vient encore se mêler à mes dernières pensées; le silence absolu que tu gardes à ce sujet me dit assez que je devrais t'imiter; mais, avant de quitter cette terre que Frédéric habite encore, permets-moi du moins de lui adresser un dernier adieu, et de lui dire que je lui pardonne; s'il reste à cet infortuné quelques traits de ressemblance avec celui que j'aimai, l'idée d'avoir causé ma mort accélérera la sienne, et peut-être n'est-il pas éloigné l'instant qui doit nous réunir sous la voûte céleste. Ah! quand c'est là seulement que je dois le revoir, serais-je donc coupable de souhaiter cet instant?

## LETTRE XLIV.

### ÉLISE A M. D'ALBE.

Il est donc vrai, mon amie s'affaiblit et chancelle, et vous êtes inquiet sur son état! Ces évanouissements longs et fréquents sont un symptôme effrayant, et un obstacle au désir que vous auriez de lui faire changer d'air. Ah! sans doute je volerai auprès d'elle, je confierai mes deux fils à Frédéric, c'est une chaîne dont je l'attacherai ici. Je dissimule ma douleur devant lui; car, s'il pouvait soupçonner le motif de mon voyage; s'il se doutait que tout ce que vous lui dites de Claire n'est qu'une erreur; s'il voyait ces terribles paroles que vous n'avez point tracées sans frémir, et que je n'ai pu lire sans désespoir, *déja les ombres de la mort couvrent son visage*, aucune force humaine ne le retiendrait ici.

Non, mon ami, non, je ne vous fais point de reproches, je n'en fais pas même à l'auteur de tous nos désastres. Dès qu'un être est atteint par le malheur, il devient sacré pour moi, et Frédéric est dans un état trop affreux pour que l'amertume de ma douleur tourne contre lui; mais mon ame est brisée de tristesse, et je n'ai point d'expressions pour ce que j'éprouve. Claire était le flambeau, la gloire, le délice de ma vie: si je la perds, tous les liens qui me restent me deviendront odieux; mes enfants, oui, mes enfants eux-mêmes ne seront plus pour moi qu'une charge pesante: chaque jour, en les embrassant, je penserai que c'est eux qui m'empêchent de la rejoindre; dans ma profonde douleur, je rejette et leurs caresses, et les jouissances qu'ils me promettaient, et tous les nœuds qui m'attachent au monde; et mon ame désespérée déteste les plaisirs que Claire ne peut plus partager.

Ah! croyez-moi, laissez-lui remplir tous ses exercices de piété; ce n'est point eux qui l'affaiblissent: au contraire, les ames passionnées comme la sienne ont besoin d'aliment, et cherchent toujours leurs ressources ou très-loin ou très-près d'elles, dans les idées religieuses ou dans les idées sensibles, et le vide terrible que l'amour y laisse, ne peut être rempli que par Dieu même.

Annoncez-moi à Claire, je compte partir dans deux ou trois jours. Fiez-vous à ma foi, je saurai respecter votre volonté, ma parole et l'état de mon amie, et elle ignorera toujours que son époux, cessant un moment de l'apprécier, la traita comme une femme ordinaire.

## LETTRE XLV.

### ÉLISE A M. D'ALBE.

O mon cousin! Frédéric est parti, et je suis sûre qu'il est allé chez vous, et je tremble que cette lettre, que je vous envoie par un exprès, n'arrive trop tard, et ne puisse empêcher les maux terribles qu'une explication entraînerait après elle.... Comment vous peindre la scène qui vient de se passer? Aujourd'hui, pour la première fois, Frédéric m'a accompagnée dans une maison étrangère; muet, taciturne, son regard ne fixait aucun objet, il semblait ne prendre part à rien de ce qui se faisait autour de lui, et répondait à peine quelques mots au hasard aux différentes questions qu'on lui adressait. Tout-à-coup un homme inconnu prononce le nom de madame d'Albe; il dit qu'il vient de chez elle, qu'elle est mal, mais très-mal.... Frédéric jette sur moi un œil hagard et interrogatif, et, voyant des larmes dans mes yeux, il ne doute plus de son malheur. Alors il s'approche de cet homme et le questionne. En vain je l'appelle, en vain je lui promets de lui tout dire, il me repousse avec violence en s'écriant: « Non, vous m'avez trompé, je ne vous crois plus. » L'homme qui venait de parler, et qui n'avait été chez vous que pour des affaires relatives à votre commerce, *étourdi* de l'effet inattendu de ce qu'il a dit, hésite à répondre aux questions pressantes de Frédéric. Cependant, effrayé de l'accent terrible de ce jeune homme, il n'ose résister ni à son ton ni à son air. « Ma foi, dit-il, madame d'Albe se meurt, et l'on assure que c'est à cause d'une infidélité d'un jeune homme qu'elle aimait, et que son mari a chassé de chez elle. » A ces mots, Frédéric jette un cri perçant, renverse tout ce qui se trouve sur son passage, et s'élance hors de la chambre; je me précipite après lui, je l'appelle, c'est au nom de Claire que je le supplie de m'entendre, il n'écoute rien; nulle force ne peut le retenir, il écrase tout ce qui s'oppose à sa fuite; je le perds de vue. Je ne l'ai pas revu, et j'ignore ce qu'il est devenu; mais je ne doute point qu'il n'ait porté ses pas vers l'asile de Claire; je tremble qu'elle ne le voie; la surprise, l'émotion, épuiseraient ses forces. O mon ami! puisse ma lettre arriver à temps pour prévenir un pareil malheur! L'insensé! dans son féroce délire, il ne songe pas que son apparition subite peut tuer celle qu'il aime. Ah ! s'il se peut, empêchez-les de se voir, repoussez-le de votre maison, qu'il ne retrouve plus en vous ce père indulgent qui justifiait tous ses torts ; faites tonner l'honneur outragé, accablez-le de votre indignation : que vous fait sa fureur, ses imprécations, sa douleur même ? Songez que c'est lui qui est le meurtrier de Claire, que c'est lui qui a porté le trouble dans cette ame céleste, et qui a terni une réputation sans tache : car enfin les discours de cet homme inconnu ne sont-ils pas l'écho fidèle de l'opinion publique ? Ce monde barbare, odieux et injuste, a déshonoré mon amie : sans égard pour ce qu'elle fut, il la juge à la rigueur sur de trompeuses apparences, mais ne distingue pas la femme tendre et irréprochable de la femme adultère. Eh ! quand ma Claire retrouverait toutes ses forces contre l'amour, en aurait-elle contre la perte de l'estime publique ? Celle qui la respecta toujours, qui la regardait comme le plus bel ornement de son sexe, pourrait-elle vivre après l'avoir perdue ? Non, Claire, meurs, quitte une terre qui ne sut pas te connaître, et qui n'était pas digne de te porter ; abreuvée de larmes et d'outrages, va demander au ciel le prix de tes douleurs, et que les anges, empressés auprès de toi, ouvrent leurs bras pour recevoir leur semblable.

Ici finissent les lettres de Claire, le reste est un récit écrit de la main d'Élise ; sans doute elle en aura recueilli les principaux traits de la bouche de son amie, et elle les aura confiés au papier pour que la jeune Laure, en les lisant un jour, pût se préserver des passions dont sa déplorable mère avait été la victime.

---

Il était tard, la nuit commençait à s'étendre sur l'univers ; Claire, faible et languissante, s'était fait conduire au bas de son jardin, sous l'ombre des peupliers qui couvrent l'urne de son père, et où sa piété consacra un autel à la Divinité. Humblement prosternée sur le dernier degré, le cœur toujours dévoré de l'image de Frédéric, elle implorait la clémence du ciel pour un être si cher, et des forces pour l'oublier. Tout-à-coup une marche précipitée l'arrache à ses méditations ; elle s'étonne qu'on vienne la troubler, et, tournant la tête, le premier objet qui la frappe c'est Frédéric ; Frédéric, pâle, éperdu, couvert de sueur et de poussière. A cet aspect, elle croit rêver, et reste immobile comme craignant de faire un mouvement qui lui arrache son erreur. Frédéric la voit et s'arrête ; il contemple ce visage charmant qu'il avait laissé naguère brillant de fraîcheur et de jeunesse ; il le retrouve flétri, abattu ; ce n'est plus que l'ombre de Claire, et le sceau de la mort est déja empreint dans tous ses traits ; il veut parler et ne peut articuler un mot ; la violence de la douleur a suspendu son être. Claire, toujours immobile, les bras étendus vers lui, laisse échapper le nom de Frédéric : à cette voix, il retrouve la chaleur et la vie, et, saisissant sa main décolorée : « Non, s'écrie-t-il, tu ne l'as pas cru, que Frédéric ait cessé de t'aimer ; non, ce blasphème horrible, épouvantable, a été démenti par ton cœur. O ma Claire ! en te quittant, en renonçant à toi pour jamais, en supportant la vie pour t'obéir, j'avais cru avoir épuisé la coupe amère de l'infortune ; mais, si tu as douté de ma foi, je n'en ai goûté que la moindre partie..... Parle donc, Claire, rassure-moi, romps ce silence mortel qui me glace d'effroi. » En disant ces mots, il la pressait sur son sein avec ardeur. Claire, le repoussant doucement, se lève, fixe les yeux sur lui, et, le parcourant long-temps avec surprise : « O toi, dit-elle, qui me présentes l'image de celui que j'ai tant aimé ! toi, l'ombre de ce Frédéric dont j'avais fait mon dieu ! dis, descends-tu du céleste séjour pour m'apprendre que ma dernière heure approche ? et es-tu l'ange destiné à me guider vers l'éternelle région ? — Qu'ai-je entendu ? lui répond Frédéric ; est-ce toi qui me méconnais ? Claire, ton cœur est-il donc changé comme tes traits, et reste-t-il insensible auprès de moi ? — Quoi ! il se pourrait que tu sois toujours Frédéric ! s'écrie-t-elle, mon Frédéric existerait encore ? On me l'avait dit perdu ; l'amitié m'aurait-elle donc trompée?—Oui, interrompit-il avec véhémence, une affreuse trahison me faisait paraître infidèle à tes yeux, et te peignait à moi gaie et paisible; on nous faisait mourir victimes l'un de l'autre, on voulait que nous enfonçassions mutuellement le poignard dans nos cœurs. Crois-moi, Claire, amitié, foi, honneur, tout est faux dans le monde; il n'y a de vrai que l'amour, il n'y a de réel que ce sentiment puissant et indestructible qui m'attache à ton être, et qui, dans ce moment même, te domine ainsi que moi: ne le combats plus, ô mon ame! livre-toi à ton amant; partage ses transports, et, sur les bornes de la vie où nous touchons l'un et l'autre, goûtons, avant de la quitter, cette félicité suprême qui nous attend dans l'éternité.» Frédéric dit; et, saisissant Claire, il la serre dans ses bras, il la couvre de baisers, il lui prodigue ses brûlantes caresses; l'infortunée, abattue par tant de sensations, palpitante, oppressée, à demi vaincue par son cœur et par sa faiblesse, résiste encore, le repousse et s'écrie: «Malheureux! quand l'éternité va commencer pour moi, veux-tu que je paraisse déshonorée devant le tribunal de Dieu? Frédéric, c'est pour toi que je t'implore, la responsabilité de mon crime retombera sur ta tête.—Eh bien! je l'accepte, interrompit-il d'une voix terrible; il n'est aucun prix dont je ne veuille acheter la possession de Claire; qu'elle m'appartienne un instant sur la terre, et que le ciel m'écrase pendant l'éternité!» L'amour a doublé les forces de Frédéric, l'amour et la maladie ont épuisé celles de Claire...... Elle n'est plus à elle, elle n'est plus à la vertu; Frédéric est tout, Frédéric l'emporte...... Elle l'a goûté dans toute sa plénitude cet éclair de délice qu'il n'appartient qu'à l'amour de sentir; elle l'a connue cette jouissance délicieuse et unique, rare et divine comme le sentiment qui l'a créée: son ame, confondue dans celle de son amant, nage dans un torrent de volupté: il fallait mourir alors; mais Claire était coupable, et la punition l'attendait au réveil. Qu'il fut terrible! quel gouffre il présenta à celle qui vient de rêver le ciel! Elle a violé la foi conjugale! elle a souillé le lit de son époux! La noble Claire n'est plus qu'une infâme adultère! Des années d'une vertu sans tache, des mois de combats et de victoires sont effacés par ce seul instant! Elle le voit, et n'a plus de larmes pour son malheur; le sentiment de son crime l'a dénaturée; ce n'est plus cette femme douce et tendre, dont l'accent pénétrant maîtrisait l'ame des êtres sensibles, et en créait une aux indifférents; c'est une femme égarée, furieuse, qui ne peut se cacher sa perfidie, et qui ne peut la supporter. Elle s'éloigne de Frédéric avec horreur, et, élevant ses mains tremblantes vers le ciel: «Éternelle justice! s'écrie-t-elle, s'il te reste quelque pitié pour la vile créature qui ose t'implorer encore, punis le lâche artisan de mon malheur; qu'errant, isolé dans le monde, il y soit toujours poursuivi par l'ignominie de Claire et les cris de son bienfaiteur. Et toi, homme perfide et cruel, contemple ta victime, mais écoute les derniers cris de son cœur: il te hait, ce cœur, plus encore qu'il ne t'a aimé; ton approche le fait frémir, et ta vue est son plus grand supplice. Éloigne-toi, va, ne me souille plus de tes indignes regards.» Frédéric, embrasé d'amour et dévoré de remords, veut fléchir son amante: prosterné à ses pieds, il l'implore, la conjure; elle n'écoute rien; le crime a anéanti l'amour, et la voix de Frédéric ne va plus à son cœur. Il fait un mouvement pour se rapprocher d'elle; effrayée, elle s'élance auprès de l'autel divin, et, l'entourant de ses bras, elle dit: «Ta main sacrilége osera-t-elle m'atteindre jusqu'ici? Si ton ame basse et rampante n'a pas craint de profaner tout ce qu'il y a de saint sur la terre, respecte au moins le ciel, et que ton impiété ne vienne pas m'outrager jusque dans ce dernier asile. C'est ici, ajouta-t-elle dans un transport prophétique, que je jure que cet instant où je te vois est le dernier où mes yeux s'ouvriront sur toi: si tu demeures encore, je saurai trouver une mort prompte ; et que le ciel m'anéantisse à l'instant où tu oserais reparaître devant moi. »

Frédéric, terrassé par cette horrible imprécation, et frémissant que le moindre délai n'assassine son amante, s'éloigne avec impétuosité. Mais, à peine est-il hors de sa vue, qu'il s'arrête ; il ne peut sortir du bois épais qui les couvre sans l'avoir entendue encore une fois, et, élevant la voix, il s'écrie : « O toi que je ne dois plus revoir ! toi qui, d'accord avec le ciel, viens de maudire l'infortuné qui t'adorait ! toi qui, pour prix d'un amour sans exemple, le condamnes à un exil éternel ; toi enfin dont la haine l'a proscrit de la surface du monde ; ô Claire ! avant que l'immensité nous sépare à jamais, avant que le néant soit entre nous deux, que j'entende encore ton accent, et, au nom du tourment que j'endure, que ce soit un accent de pitié !..... » Il se tait ; il ne respire pas, il étouffe les horribles battements de son cœur pour mieux écouter, il attend la voix de Claire..... Enfin ces mots faibles, tremblants, et qui percent à peine le repos universel de la nature, viennent frapper ses oreilles et calmer ses sens : *Va, malheureux, je te pardonne.*

L'indignation avait ranimé les forces de Claire, l'attendrissement les anéantit ; subjuguée par l'ascendant de Frédéric, à l'instant où, en lui pardonnant, elle sentit qu'elle l'aimait encore, elle tomba sans mouvement sur les degrés de l'autel.

Cependant M. d'Albe, qui n'avait point reçu la lettre d'Élise, et qui était sorti pour quelques heures, apprend à son retour que Frédéric a paru dans la maison : il frémit, et demande sa femme ; on lui dit qu'elle est allée, selon son usage, se recueillir près du tombeau de son père. Il dirige ses pas de ce côté ; la lune éclairait faiblement les objets, il appelle Claire, elle ne répond point ; sa première idée est qu'elle a fui avec Frédéric ; la seconde, plus juste, mais plus terrible encore, est qu'elle a cessé d'exister. Il se hâte d'arriver. Enfin, à la lueur des rayons argentés qui percent à travers les tremblants peupliers, il aperçoit un objet..... une robe blanche..... il approche..... c'est Claire étendue sur le marbre et aussi froide que lui. A cette vue, il jette des cris perçants ; ses gens l'entendent et accourent. Ah ! comment peindre la consternation universelle ! Cette femme céleste n'est plus ; cette maîtresse adorée, cet ange de bienfaisance n'est plus qu'une froide poussière ! La désolation s'empare de tous les cœurs : cependant un mouvement a ranimé l'espérance ; on se hâte, on la transporte, les secours volent de tous côtés. La nuit entière se passe dans l'incertitude ; mais le lendemain une ombre de chaleur renaît, et ses yeux se rouvrent au jour, au moment même où Élise arrivait auprès d'elle.

Cette tendre amie avait suivi sa lettre de près, mais sa lettre n'était point arrivée ; un mot de M. d'Albe l'instruit de tout, elle entre éperdue. Claire ne la méconnaît point, elle lui tend les bras ; Élise se précipite, Claire la presse sur son cœur déja atteint des glaces de la mort. Elle veut que l'amitié la ranime et lui rende la force d'exprimer ses dernières volontés : son œil mourant cherche son époux, sa voix éteinte l'appelle ; elle prend sa main, et, l'unissant à celle de son amie, elle les regarde tous deux avec tristesse, et dit : « Le ciel n'a pas voulu que je meure innocente. L'infortunée que vous voyez devant vous s'est couverte du dernier opprobre, mes sens égarés m'ont trahie, et un ingrat, abusant de ma faiblesse, a brisé les nœuds sacrés qui m'attachaient à mon époux. Je ne demande point d'indulgence ; ni lui ni moi n'avons droit d'y prétendre ; il est des crimes que la passion n'excuse pas, et que le pardon ne peut atteindre..... » Elle se tait ; en l'écoutant, l'ame d'Élise se ferme à toute espérance ; elle est sûre que son amie ne survivra pas à sa honte.

M. d'Albe, consterné de ce qu'il entend, ne repousse pas néanmoins la main qui l'a trahi. « Claire, lui dit-il, votre faute est grande sans doute, mais il vous reste encore assez de vertus pour faire mon bonheur, et le seul tort que je ne vous pardonne pas est de souhaiter une mort qui me laisserait seul au monde. » A ces mots, sa femme lève sur lui un œil attendri et reconnaissant : « Cher et respectable ami, lui dit-elle, croyez que c'est pour vous seul que je voudrais vivre, et que mourir indigne de vous est ce qui rend ma dernière heure si amère. Mais je sens que mes forces diminuent, éloignez-vous l'un et l'autre, j'ai besoin de me recueillir quelques moments, afin de vous parler encore. »

Élise ferme doucement le rideau et ne profère pas une parole; elle n'a rien à dire, rien à demander, rien à attendre : l'aveu de son amie lui a appris que tout était fini, que l'arrêt du sort était irrévocable, et que Claire était perdue pour elle.

M. d'Albe, qui la connaît moins, s'agite et se tourmente; plus heureux qu'Élise, il craint, car il espère; il s'étonne de la tranquillité de celle-ci, sa muette consternation lui paraît de la froideur; il le dit, et s'en irrite. Élise, sans s'émouvoir de sa colère, se lève doucement, et, l'entraînant hors de la chambre : « Au nom de Dieu! lui dit-elle, ne troublez pas la solennité de ces moments par de vains secours qui ne la sauveront point, et calmez un emportement qui peut rompre le dernier fil qui la retient à la vie. Craignez qu'elle ne s'éteigne avant de nous avoir parlé de ses enfants : sans doute son dernier vœu sera pour eux; tel qu'il soit, fût-il de lui survivre, je jure de le remplir. Quant à son existence terrestre, elle est finie : du moment que Claire fut coupable, elle a dû renoncer au jour; je l'aime trop pour vouloir qu'elle vive, et je la connais trop pour l'espérer. » L'air imposant et assuré dont Élise accompagna ces mots fut un coup de foudre pour M. d'Albe, il lui apprit que sa femme était morte.

Élise se rapprocha du lit de son amie : assise à son chevet, toujours immobile et silencieuse, il semblait qu'elle attendît le dernier souffle de Claire pour exhaler le sien.

Au bout de quelques heures, Claire étendit la main, et prenant celle d'Élise : « Je sens que je m'éteins, dit-elle, il faut me hâter de parler : fais sortir tout le monde, et que M. d'Albe reste seul avec toi. » Élise fait un signe, chacun se retire; le malheureux époux s'avance sans avoir le courage de jeter les yeux sur celle qu'il va perdre; il se reproche intérieurement d'avoir peut-être causé sa mort en la trompant. Claire devine son repentir, et croit que son amie le partage; elle se hâte de les rassurer. « Ne vous reprochez point, leur dit-elle, de m'avoir déguisé la vérité, votre motif fut bon, et ce moyen pouvait seul réussir; sans doute il m'eût guérie, si l'effrayante fatalité qui me poursuit n'eût renversé tous vos projets. » Élise ne répond rien, elle sait que Claire ne dit cela que pour calmer leur conscience agitée, et elle ne se justifie pas d'un tort qui retomberait en entier sur M. d'Albe; mais celui-ci s'accuse, il rend à Élise la justice qui lui est due en apprenant à Claire qu'elle n'a cédé qu'à sa volonté. Elle est dédommagée de sa droiture, un léger serrement de main, que M. d'Albe n'aperçoit pas, la récompense sans le punir. Claire reprend la parole. « O mon ami! dit-elle en regardant tendrement son mari, nul n'est ici coupable que moi; vous, qui n'eûtes jamais de pensées que pour mon bonheur, et que j'offensai avec tant d'ingratitude, est-ce à vous à vous repentir? » M. d'Albe prend la main de sa femme et la couvre de larmes; elle continue : « Ne pleurez point, mon ami, ce n'est pas à présent que vous me perdez : mais, quand, par une honteuse faiblesse, j'autorisai l'amour de Frédéric; quand, par un raisonnement spécieux, je manquai de confiance en vous pour la première fois de ma vie; ce fut alors que, cessant d'être moi-même, je cessai d'exister pour vous. Dès l'instant où je m'écartai de mes principes, les anneaux sacrés qui les liaient ensemble se brisèrent, et me laissèrent sans appui dans le vague de l'incertitude; alors la séduction s'empara de moi, fascina mes yeux, obscurcit le sacré flambeau de la vertu, et s'insinua dans tous mes sens; au lieu de m'arracher à l'attrait qui m'entraînait, je l'excusai, et dès lors la chute devint inévitable. O toi, mon Élise! continua-t-elle avec un accent plus élevé, toi qui vas devenir la mère de mes enfants, je ne te recommande point mon fils, il aura les exemples de son père; mais veille sur ma Laure, que son intérêt l'emporte sur ton amitié. Si quelques vertus honorèrent ma vie, dis-lui que ma faute les effaça toutes; en lui racontant la cause de ma mort, garde-toi bien de l'excuser, car dès lors tu l'intéresserais à mon crime : qu'elle sache que ce qui m'a perdue, est d'avoir coloré le vice des charmes de la vertu; dis-lui bien que celui qui la déguise est plus coupable encore que celui qui la méconnaît; car, en la faisant servir de voile à son hideux ennemi, on nous trompe, on nous égare, et on nous approche de lui quand nous croyons n'aimer qu'elle..... Enfin, Élise, ajouta-t-elle en s'affaiblissant, répète souvent à ma Laure que, si une main courageuse et sévère avait dépouillé le prestige dont j'entourais mon amour, et qu'on n'eût pas craint de me dire que celle qui compose avec l'honneur l'a déja perdu, et que jamais il n'y eut de nobles effets d'une cause vicieuse, alors sans doute j'eusse foulé aux pieds le sentiment dont j'expire aujourd'hui..... » Ici Claire fut forcée de s'interrompre, en vain elle voulut achever sa pensée, ses idées se troublèrent, et sa langue glacée ne put articuler que des mots entrecoupés..... Au bout de quelques instants, elle demanda la bénédiction de son époux; en la recevant, un éclair de joie ranima ses yeux. « A présent je meurs en paix, dit-elle, je peux paraître devant Dieu..... Je vous offensai plus que lui, il ne sera pas plus sévère que vous. » Alors, jetant sur lui un dernier regard, et serrant la main de son amie, elle prononça le nom de Frédéric, soupira et mourut.

Quelques jours après, M. d'Albe reçut ce billet écrit par Élise et dicté par Claire :

CLAIRE A M. D'ALBE.

« Je ne veux point faire rougir mon époux en prononçant devant lui un nom qu'il déteste peut-être; mais pourra-t-il oublier que cet infortuné voulait fuir cet asile, et que mon ordre seul l'y a retenu; que, dans notre situation mutuelle, ses devoirs étant moindres, ses torts le sont aussi, et que mon amour fut un crime quand le sien n'était qu'une faiblesse? Il est errant sur la terre, il a vos malheurs à se reprocher, il croira avoir causé ma mort, et son cœur est né pour aimer la vertu. O mon époux! mon digne époux! la pitié ne vous dit-elle rien pour lui, et n'obtiendra-t-il pas une miséricorde que vous ne m'avez pas refusée? »

---

Pour remplir les dernières volontés de sa femme, M. d'Albe s'informa de Frédéric dans tous les environs; il fit faire les perquisitions les plus exactes dans le lieu de sa naissance; tout fut inutile, ses recherches furent infructueuses; jamais on n'a pu découvrir où il avait traîné sa déplorable existence, ni quand il l'avait terminée; jamais nul être vivant n'a su ce qu'il était devenu. On dit seulement qu'aux funérailles de Claire, un homme inconnu, enveloppé d'une épaisse redingote, et couvert d'un large chapeau, avait suivi le convoi dans un profond silence; qu'au moment où l'on avait posé le cercueil dans la terre, il avait tressailli, et s'était prosterné la face dans la poussière, et qu'aussitôt que la fosse avait été comblée, il s'était enfui impétueusement en s'écriant : « A présent je suis libre, tu n'y seras pas long-temps seule! »

FIN DE CLAIRE D'ALBE.

# MALVINA.

## AVERTISSEMENT.

JAMAIS il n'y eut d'avertissement d'une utilité plus bornée que celui-ci, car il ne regarde que le petit nombre de lecteurs de Claire d'Albe, et l'infiniment plus petit nombre de ceux qui s'en souviennent : c'est donc eux seulement que j'avertis que, s'ils s'imaginent trouver dans Malvina l'ouvrage que j'annonce dans la préface de Claire, ils se trompent : le sentiment de mon insuffisance ne m'a pas permis de l'achever. Un roman en lettres, où chaque style doit être aussi distinct que le caractère de ceux qui écrivent, me paraît la plus grande difficulté de ce genre d'ouvrage, et, pour tenter de la vaincre, j'attendrai encore quelque temps.

Cependant, comme différents motifs, que je ne veux point énoncer ici, m'engageaient à écrire, j'ai essayé la forme par chapitres, comme la plus aisée. Ma première intention avait été de ne pas donner plus d'étendue au roman de Malvina qu'à celui de Claire; si j'ai été entraînée plus loin, c'est que le sujet m'a paru susceptible d'un plus grand intérêt. Puissé-je n'être pas la seule de mon avis!

## CHAPITRE PREMIER.

ADIEUX, DÉPART, ARRIVÉE.

« ADIEU, terre chérie, asile sacré qui renferme tout ce que mon cœur aima! adieu, restes précieux de mon amie, de ma compagne, de ma sœur! disait la triste Malvina de Sorcy en arrosant de ses larmes le tombeau de l'amie qu'elle venait de perdre; adieu, ombre chère et éternellement regrettée! le sort, qui s'attache à me poursuivre, me refuse jusqu'à la triste douceur de pleurer chaque jour sur ta cendre. Je m'éloigne, et bientôt la ronce sauvage, en s'étendant sur la pierre qui te couvre, la rendra méconnaissable à l'œil même de ton amie. Je m'éloigne, et les frivoles adorateurs de ta jeunesse oublieront bientôt que tu passas sur la terre : mais, tant que le ciel, en me retenant à la vie, m'empêchera de rejoindre la plus chère partie de moi-même, le cruel instant qui nous arracha l'une à l'autre ne s'effacera point de mon souvenir. Je verrai toujours ce sourire qui voulait me consoler, ce regard qui s'éteignit en me parlant encore.....—Madame, la chaise est prête, » s'écria un jeune enfant, en venant interrompre Malvina au milieu de ses gémissements. Il fut bientôt suivi d'une femme d'un certain âge, qui, voyant Malvina à genoux sur la neige, la poitrine collée sur une pierre glacée, fit une exclamation de douleur. « Bon Dieu! madame, voulez-vous donc mourir auprès de milady? Que le ciel soit béni de l'obligation où vous êtes de vous éloigner d'ici! durant un hiver aussi rigoureux, vous n'auriez pas résisté aux visites que vous faites la nuit et le jour à ce tombeau. » Malvina se leva sans lui répondre, à peine l'avait-elle entendue; car il est des douleurs qui isolent du reste du monde; l'état de celui qui en est atteint ressemble si peu à ce que les autres lui en disent, qu'il ne comprend même plus la langue qu'on lui parle.

Malvina de Sorcy était Française : veuve à vingt-un ans d'un homme qu'elle n'avait point aimé, le premier usage qu'elle fit de son indépendance fut de quitter sa patrie, et d'aller se réunir à une amie qu'elle aimait avec excès, et qui était mariée en Angleterre : durant trois ans elles vécurent ensemble, et durant trois ans le charme qu'elles trouvèrent dans leur amitié fut tel, que plus d'une fois il fit oublier à milady Sheridan les chagrins que la conduite dépravée de son mari lui donnait, et à Malvina l'impossibilité de rentrer dans sa patrie après un si long séjour en Angleterre. Quelques amis lui rappelèrent pourtant qu'il fallait choisir entre son amie ou la fortune qu'elle avait en France : elle n'hésita point; et ce sacrifice fut si loin d'être un effort, que, si milady Sheridan n'avait pas cru devoir lui en montrer toute l'étendue, jamais Malvina n'aurait cru en avoir fait un. Mais, dès lors, n'ayant pour toute fortune que les fonds qu'elle avait apportés, et qui, placés chez un banquier, lui formaient un assez médiocre revenu, elle renonça aux parures comme aux amusements de son âge, et ne vécut plus que pour le plaisir de voir et d'aimer son amie.

En la perdant, elle ne songea point qu'elle allait se trouver sur une terre étrangère, isolée, sans amis et sans parents : il lui était indifférent d'être là ou ailleurs; et son malheur lui semblait si grand, qu'il n'était au pouvoir d'aucune circonstance étrangère de l'adoucir, ni même de l'aggraver.

En mourant, milady Sheridan avait obtenu de son époux que leur fille, âgée de cinq ans, serait remise entre les mains de Malvina, et qu'elle seule dirigerait son éducation. Il y avait consenti, non par égards pour sa femme, mais pour se soustraire à un devoir qui aurait pu gêner, par moments, son goût effréné pour le jeu et le plaisir. Il était bien aise de pouvoir assembler chez lui ses bruyants compagnons de débauche : la présence de sa fille eût été par la suite un obstacle à ces réunions; et celle de Malvina, qu'il regardait comme un censeur, lui devint même assez à charge pour qu'il lui fît entendre qu'elle ferait bien de chercher un autre domicile. Malvina, satisfaite de pouvoir emmener avec elle la fille de son amie, le fut aussi de quitter une maison où elle était révoltée de voir les ris indécents d'une bande joyeuse remplacer le deuil, insulter à sa douleur, et outrager les mânes de son amie.

Cependant elle hésitait sur le parti qu'elle devait prendre; lors même qu'elle n'eût pas été trop jeune pour vivre seule, sa fortune ne lui aurait pas permis de prendre une maison. Elle était bien sûre, d'après le caractère de milord Sheridan, qu'il ne fallait pas compter beaucoup sur les secours qu'il donnerait à sa fille; et puis elle se faisait un secret plaisir de fournir elle seule à l'entretien de l'enfant de Clara. Dans cette incertitude, elle écrivit à une parente de sa mère, établie dans les provinces septentrionales de l'Écosse, pour lui faire part de sa situation, de son goût pour la retraite, ainsi que du désir qu'elle aurait d'aller vivre chez elle, moyennant une pension. Mistriss Birton lui répondit qu'elle acceptait sa proposition avec d'autant plus d'empressement, qu'ayant été longtemps négligée par sa famille, elle était fière de pouvoir se venger de cet oubli par un service, et que, quoiqu'elle eût été souvent dupe de son obligeance, elle ne pouvait s'empêcher de mettre encore au rang de ses premiers plaisirs le devoir d'être utile à ses semblables, et de protéger ses parents. Dans un autre moment, Malvina aurait peut-être trouvé un peu d'emphase dans la manière dont mistriss Birton avait accueilli sa demande; mais, dans celui où elle se trouvait, la douleur ne lui laissa pas le loisir d'y songer. Il fallait quitter cette maison où elle avait goûté les seuls instants heureux de sa vie, cesser de répandre ses larmes sur la froide argile qui couvrait les restes de Clara, et dire un adieu éternel à ce tombeau qui, seul dans l'univers, lui parlait encore de son amie. C'est là que, le jour même de son depart, elle fut redire à l'ombre de milady Sheridan le serment qu'elle avait prononcé sur son lit de mort; elle fut s'engager une seconde fois à consacrer sa vie entière à l'éducation de Fanny, à ne jamais partager son temps et son affection entre elle et un autre objet. Elle fut promettre enfin de renoncer pour jamais à l'amour; serment téméraire sans doute, que l'exaltation de l'amitié dicta avec ferveur, qu'une mère mourante reçut avec transport, et que la certitude d'avoir adouci par lui les derniers moments de son amie fit renouveler à Malvina avec un pieux enthousiasme.

Elle le répétait encore lorsque miss Tomkins, sa femme de chambre, vint l'arracher à ce tombeau: elle se laissa conduire en silence à la chaise qui l'attendait; en y montant elle ne pleurait plus : il est des chagrins qui n'ont ni plaintes ni larmes.

On était alors à la fin de novembre; les arbres dépouillés de leurs feuilles, et le vaste tapis de neige qui couvrait la terre, offraient à l'œil attristé un austère et monotone tableau; le froid excessif retenait chacun sous son toit, de sorte que les chemins paraissaient déserts, et les villages inhabités; les oiseaux se taisaient, et l'onde demeurait immobile; le sifflement des aquilons et l'airain retentissant interrompaient seuls le silence universel; seuls ils disaient au monde que le repos de la nature n'est pas celui de la mort; mais ces images plaisaient à Malvina, elles sympathisaient avec sa douleur; cependant elles étaient encore moins sombres que son deuil, moins tristes que son ame. Ensevelie dans de profondes méditations, son regard, sans se fixer sur aucun objet, parcourait tous ceux qui s'offraient successivement à sa vue; tous devenaient pour elle une source de réflexions affligeantes: « Hélas! disait-elle, encore quelques jours, et les arbres retrouveront leur verdure, et les fleurs leur parfum; un feu secret circule dans toutes les sèves; tout vit dans cette mort apparente; tout renaîtra pour aimer, moi seule je n'aimerai plus, et le temps en s'écoulant ne peut plus m'apporter d'autre bien que de m'approcher de mon dernier jour. »

Miss Tomkins, Pierre, vieux domestique français, et la petite Fanny, étaient les seuls compagnons de voyage de Malvina : elle avait fait monter Pierre dans la voiture, aimant mieux retarder sa marche d'une journée, que de le laisser exposé au froid. Vivement touchés de l'état de leur maîtresse, ni lui, ni miss Tomkins n'osaient interrompre son silence, et la respectaient trop pour hasarder de la consoler : la seule petite Fanny osait lui parler; et cette voix qui avait déja quelque ressemblance avec celle de sa mère, tout en faisant frémir le cœur de Malvina, lui apportait le seul plaisir qu'elle fût susceptible de goûter encore.

Au bout de dix jours, Malvina arriva au lieu de sa destination, dans la province de Bread Alben, qui sépare l'Écosse septentrionale de la partie méridionale. Le château de mistriss Birton était situé à quelques milles de Killinen; son extérieur gothique, les hautes montagnes couvertes de neige qui le dominaient, et l'immense lac de Tay qui baignait ses murs, rendaient son aspect aussi imposant que sauvage. Cependant Malvina voyait avec une sorte d'intérêt cette ancienne Calédonie, patrie des bardes, et qui brille encore de l'éclat du nom d'Ossian. Nourrie de cette lecture, il lui semblait voir la forme de son amie à travers les vapeurs qui l'entouraient : le vent sifflait-il dans la bruyère, c'était son ombre qui s'avançait; écoutait-elle le bruit lointain d'un torrent, elle croyait distinguer les gémissements de sa bien-aimée; son imagination malade était remplie des mêmes fantômes dont ce pays était peuplé jadis; son nom même, ce nom porté jadis par la fille d'Ossian, lui semblait un nouveau droit aux prodiges qu'elle espérait. Ce n'est pas cependant qu'on pût reprocher à Malvina d'avoir une de ces têtes ardentes et exaltées, amies du merveilleux, qui le cherchent sans cesse et se perdent souvent à sa poursuite : mélancolique et tendre, dans ce moment sa douleur seule l'égarait : sans doute, aux jours de son bonheur, son imagination était vive et brillante; mais alors même on n'en disait rien; ce n'était que de son cœur qu'on parlait.

Il était près de neuf heures du soir lorsqu'elle arriva chez mistriss Birton : tout reposait dans un profond silence. Le postillon, en s'avançant au bord des larges fossés qui entouraient cet asile, aperçut tous les ponts-levis déjà remontés. Pierre, inquiet de voir sa maîtresse si tard dans ces chemins, se hâte de descendre pour chercher un passage; il marche à tâtons, et se trouve bientôt auprès d'un mur qui le conduit à une large porte garnie de fer : il frappe inutilement; ce bruit que les échos répercutent de montagne en montagne, interrompt un moment la solitude de ce lieu, et bientôt tout rentre dans le silence. Il essaie, autant que ses forces le lui permettent, de grimper sur les barreaux de la porte, et, en s'aidant de quelques rameaux de lierre desséchés, il trouve une corde, il la tire; le son lugubre d'une cloche retentit dans le château, et mit tous ses habitants en mouvement. On entendit des voix s'appeler et se répondre; des lumières vont et viennent et percent l'obscurité; les portes s'ouvrent, et bientôt la voiture de Malvina roule dans les cours. Mistriss Birton l'attendait dans le vestibule; en la voyant, elle fit un geste de surprise; mais, se remettant bientôt, elle lui dit avec beaucoup d'affabilité, « qu'un si long voyage, entrepris dans une pareille saison, demandait beaucoup de repos, et qu'elle allait se hâter de la conduire dans son appartement avant de lui présenter aucune des personnes qui habitaient le château. » Malvina ne demandait pas mieux; elle suivit aussitôt sa cousine dans la chambre qui lui était destinée.

Mistriss Birton ne voulut entrer dans aucune conversation avec elle; après lui avoir fait prendre quelques aliments, elle la força de se coucher, en lui disant « que, tout empressée qu'elle était de la connaître et de jouir de sa société, elle exigeait que sa belle cousine consacrât au repos les premiers jours de son arrivée. » Elle appuya sur ce mot de *belle*, en fixant Malvina avec un regard inquiet; celle-ci, absorbée par sa douleur, ne s'en aperçut point, et ne pensa qu'à remercier mistriss Birton de la liberté qu'elle lui laissait, sentant bien que, dans ces premiers moments, le fardeau d'une conversation lui aurait paru pénible à soutenir. Aussitôt qu'elle eut couché la petite Fanny dans son berceau, et l'eut placée près d'elle, elle souhaita le bonsoir à mistriss Birton, qui la quitta : alors elle se mit dans son lit, où, soit à cause de la fatigue du voyage ou des insomnies qui l'agitaient depuis deux mois, elle ne tarda pas à s'endormir.

## CHAPITRE II.

### PORTRAIT [1].

INFORTUNÉE Malvina ! enfin tu as cessé de souffrir; enfin le repos apporte son baume sur ta profonde blessure; et quelques instants, du moins, tu vas oublier que tu es restée seule au monde : mais, durant ce moment de calme, je veux

[1] Quelques personnes ont prétendu me faire un reproche de la longueur de ce portrait; peut-être l'eussé-je abrégé beaucoup, s'il n'eût été que l'ouvrage de mon imagination; mais presque tous ses principaux traits étant pris dans un caractère qui m'est bien connu, je n'ai pu me résoudre à en sacrifier aucun.

dire ce qu'était Malvina; je veux rendre, s'il est possible, quelques traits de cette femme charmante, dont les qualités, l'esprit et la figure formaient un ensemble qui n'a appartenu qu'à elle, et que la terre n'offrira pas deux fois. Mais où trouver des couleurs pour la peindre? Il en est de fraîches pour la beauté, de suaves pour les graces, de brillantes pour l'esprit; mais, pour ce charme pénétrant qui savait tout enlacer, et faire aimer jusqu'à ses défauts, où en est-il?

Ce n'est point en disant ce qu'était, mais ce qu'inspirait Malvina, qu'on pourrait la faire connaître; ce ne sont point les éloges qui accompagnaient son nom, mais l'émotion avec laquelle on le prononçait, qu'il faudrait rendre. Tout être qui, admis dans son intérieur, avait pu la voir et l'écouter, éprouvait, en pensant à elle, un sentiment différent que pour toute autre personne, et dont il ignorait le nom; car ce qui plaisait le plus en elle n'en avait point : avec beaucoup d'esprit, elle possédait quelque chose de mieux qui le faisait oublier; et, tandis que beaucoup de femmes s'enorgueillissent des louanges qu'on donne au leur, Malvina aurait beaucoup perdu si on avait pensé au sien.

Je ne prétends pas dire que Malvina fût sans défauts; mais chez elle ils semblaient un attrait de plus : je n'en saurais donner d'autres raisons, que de dire qu'ils étaient ceux de Malvina, et qu'on ne la voulait pas mieux, parce qu'on ne la voulait pas autre. Ce n'était ni tel agrément ni telle qualité qu'on remarquait en elle; car, à l'exception de cette bonté qui suppose tant de vertus, et qui n'en paraît pas une, rien ne semblait saillant dans son caractère, parce que tout était en harmonie.

Malvina possédait cette complaisance que la politesse copie et n'imite point : ce n'était ni par effort, ni par calcul, qu'elle pliait son goût à celui des autres, mais parce que l'image du plaisir d'autrui lui arrivait toujours avant celle du sien.

Malvina obligeait un étranger comme on sert un ami; mais, en servant ses amis, elle trouvait pour eux quelque chose de mieux encore : sans doute il faudrait avoir été cher à Malvina, il faudrait avoir été milady Sheridan elle-même, pour connaître dans toute son étendue ce qu'est le dévouement de l'amitié : celle-là seule à qui elle avait donné le nom d'amie pouvait dire avoir été véritablement aimée, puisqu'elle avait inspiré ce sentiment, inconnu de nos jours, qui donne sa fortune sans calcul, comme sa vie sans effort.

Afin de finir le portrait de Malvina, je ne parlerai point de sa bienfaisance, car ce sujet serait inépuisable; je n'aurais jamais assez dit le charme secret et doux qu'elle trouvait à être l'auteur de la prospérité d'autrui, ni comment un long usage de ce plaisir y rendait chaque jour son cœur plus sensible, au point de lui faire croire qu'elle perdait tout ce qu'elle ne donnait pas.

S'il est vrai que les vertus nous furent données par l'Être suprême comme une lumière pour le connaître et un moyen de nous rapprocher de lui, qui plus que Malvina devait avoir cette confiance profonde de l'existence d'un Dieu, et cette piété sincère qui ne fait voir dans cette vie qu'un moyen d'en obtenir une plus heureuse?

Quoique douée d'un cœur tendre et même passionné, Malvina n'avait jamais aimé que son amie. Habituée dès son enfance à ne vivre que pour elle, à ne jouir que de son amitié, elle ne se figurait pas qu'il existât d'autres biens. Sans doute une vive passion aurait pu l'arracher à cette erreur; mais l'homme auquel on l'avait unie n'était pas propre à la lui inspirer, tant à cause de la disproportion des âges que du peu de rapport des caractères : aussi Malvina ne recueillit-elle d'autre fruit d'une union si désassortie, qu'une douceur à toute épreuve, et la conscience d'avoir rempli ses devoirs avec la plus austère rigidité. Elle avait fini même par gagner la confiance de son mari; car, si sa touchante beauté faisait naître les désirs, sa pudeur les enchaînait. Timide, modeste, rougissant d'être remarquée, ses yeux, toujours baissés, lui laissaient ignorer qu'elle était l'objet de tous les regards; et comme il n'y avait point de femme qu'elle n'effaçât par ses charmes, il n'en était point qu'elle ne surpassât davantage par ses vertus : tous le voyaient avec admiration, elle seule n'en savait rien.

Sans doute ceux qui l'avaient aimée en silence durant son mariage, osèrent le lui dire lorsqu'elle fut libre; mais son âme, fatiguée par une longue tyrannie, avait plus besoin de repos que d'agitation : elle ne voulait, ne désirait que l'amitié. Milady Sheridan était l'idole qu'elle déifiait; elle vola dans ses bras, et ne voulut plus d'autre plaisir : son amie était malheureuse, sa tendresse redoubla. Ah! sans doute, qui n'a pas vu souffrir ce qu'il aime, ne sait point encore jusqu'où il peut aimer!

Ainsi Malvina, arrivée à vingt-quatre ans sans avoir connu l'amour, ne se croyait pas susceptible d'en éprouver; mais, pour y avoir été étrangère, on n'y est pas inaccessible. Hélas! pourquoi l'ignorait-elle?

Non seulement elle croyait avoir la certitude que ce sentiment ne pouvait rien sur elle, mais elle y joignait la ferme résolution de le repousser. N'avait-elle pas promis de servir de mère à Fanny? ne devait-elle pas consacrer sa vie entière à remplir ce devoir? et n'aurait-elle pas regardé comme un crime tout ce qui aurait pu l'en distraire? Dans ces dispositions, rien ne pouvait lui convenir davantage que la retraite où elle se trouvait : aussi, l'idée d'y vivre loin du monde, et de pouvoir s'y livrer entièrement à ses regrets et à son enfant, avait-elle répandu une sorte de douceur sur l'amertume de sa peine.

## CHAPITRE III.

### UNE PLUS AMPLE CONNAISSANCE.

Il était fort tard le lendemain lorsque Malvina se leva. A peine avait-elle passé sa robe, qu'en s'approchant d'une des croisées de son appartement elle fut frappée du superbe spectacle qui s'offrait à ses regards : les eaux bleuâtres et transparentes du lac s'étendaient au loin, et les vapeurs qui s'élevaient de son sein ne permettaient pas d'apercevoir ses bornes. Sur un de ses côtés, les montagnes, couvertes d'une forêt de noirs sapins, dont les têtes robustes défiaient la fureur des tempêtes, entrecoupées de profonds ravins, du sein desquels de vastes et impétueux torrents se versaient à grand bruit, faisaient un contraste frappant avec le silence qui régnait sur les montagnes de l'autre rive; celles-ci, encombrées d'énormes blocs de granit entassés les uns sur les autres, et sans aucun vestige de végétation, offraient à l'œil attristé l'image du chaos et de la destruction.

Tandis que Malvina considérait attentivement ce tableau, elle fut interrompue par une voix caressante qui s'informait d'elle avec intérêt; elle se retourne et aperçoit mistriss Birton dans le déshabillé le plus élégant, et qui, lui souriant, lui dit : « Ah! ma belle cousine, ce ne sont point ici les aspects toujours doux et fertiles de notre France; c'est là seulement que se déploient tous les bienfaits de la nature : nous n'avons ici que ses rigueurs; mais, en attendant que la belle saison vienne un peu égayer nos montagnes, j'ai eu soin de faire placer ici différents tableaux des meilleurs maîtres des écoles italienne et flamande. Croyez-moi, il vaut mieux regarder le beau ciel de France et d'Italie en peinture que celui d'Écosse en réalité. » Malvina leva les yeux, et aperçut en effet plusieurs jolis paysages disposés avec goût sur le papier vert qui ornait son cabinet. Touchée de cette attention, et l'attribuant au bon cœur de mistriss Birton, elle lui prit la main et lui dit : « Je suis bien reconnaissante, ma cousine, de tout ce que vous faites pour moi : ces soins attentifs, dont je suis l'objet, me disent tout ce que vous êtes :

qui s'occupe ainsi d'une étrangère doit faire le bonheur de tout ce qui l'entoure. — C'est du moins le but où j'aspire, lui répondit mistriss Birton, et c'est la principale raison qui m'a engagée à vivre dans cette solitude : cette terre étant seigneuriale, et ayant un grand nombre de vassaux, je veille sur eux, je les soulage ; et, comme ils voient en moi l'arbitre de leur destinée, je fais en sorte qu'ils y voient aussi la source de leur bonheur. » Malvina applaudit à ce discours, que mistriss Birton avait prononcé avec un peu d'emphase ; mais elle n'en fut point attendrie, et elle se reprocha intérieurement de n'être pas plus sensible au mérite de mistriss Birton. Peut-être qu'un observateur moins indulgent ou plus éclairé aurait pensé que, quand la bonté se montre au lieu de se laisser voir, elle doit être honorée encore, mais qu'elle ne peut plus toucher.

« Puisque vous m'avez permis, dit Malvina, de passer quelques jours sans descendre, je vais en profiter dès aujourd'hui, et rester chez moi, loin du monde, que j'ai quitté depuis longtemps...... — Vous êtes libre, entièrement libre, ma cousine, interrompit mistriss Birton : j'ai toujours su mettre mes amis si à leur aise chez moi, qu'ils croyaient être chez eux, et je ne ferai certainement pas d'exception pour vous. Au reste, je vous engage d'autant moins à m'accompagner dans le salon, que j'ai, pour quelques jours encore, une société qui ne vous conviendrait guère, des jeunes gens très-gais, très-bruyants... Mais, quand nous serons en famille, vous nous reviendrez. »

Malvina fit une inclination, et sa cousine la quitta. Durant plusieurs jours elle la vit fort peu, et ne s'en plaignit point. Le malheur avait beaucoup exalté sa dévotion habituelle, et cette disposition, si naturelle aux ames tendres, lui faisait chérir la solitude avec passion : car on sait que la solitude est le séjour auguste que la religion s'est réservé dans tous les siècles, que c'est là qu'elle communique ses inspirations, que coulent les larmes de contrition, et que les soupirs du cœur sont entendus des cieux.

Cependant la bonne miss Tomkins n'était pas contente de voir sa maîtresse toujours renfermée dans son appartement ; il lui semblait que la distraction pouvait être employée avec succès contre la douleur, et trouvait très-mauvais que mistriss Birton laissât pleurer sa cousine toute seule, tandis que la joie régnait dans le salon. Elle se hasarda un matin à en parler à Malvina en lui apportant son déjeuner. « Est-ce que madame ne descendra pas aujourd'hui ? Tout le monde part demain ; et, si j'osais dire mon avis, je crois que madame pourrait s'amuser là-bas. — Hé ! ma bonne Tomkins, vous savez bien que je ne suis pas disposée à m'amuser. — Mais si madame voulait essayer seulement..... D'ailleurs, on a tant de désir de la voir ! — Mais je ne suis connue de personne ici. — Qu'est-ce que cela fait ? on a entendu parler de madame, et on est impatient de la connaître. Chacun me questionne : Pourquoi votre maîtresse ne paraît-elle pas ? est-ce qu'elle est malade ? pourquoi se cache-t-elle ? est-ce qu'elle est laide ?.... Ha ! ha ! comme je leur ai répondu avec dédain, qu'ils parcourraient en vain leurs trois royaumes avant d'y trouver une figure comme la vôtre ! cela n'a fait que redoubler la curiosité. — Et vous croyez que, pour la satisfaire, je quitterai ma retraite tant qu'on m'y laissera en paix ? — Ma bonne, interrompit la petite Fanny, dites-donc à maman qui était ce joli lord, celui qui avait le plus d'envie de la voir, qui m'a tant caressée et m'a donné tous ces bonbons. — C'est sir Edmond Seymour, repartit miss Tomkins, le neveu de mistriss Birton : il est beau comme un ange, et puis si affable, si gracieux envers tout le monde ! Il est vrai qu'on dit que c'est un franc libertin ; mais, pour moi, je n'en sais rien ; je ne me mêle point de tous les caquets des domestiques. — Et vous faites bien, ma chère Tomkins ; évitez autant que vous le pourrez ces sortes de conversations, si vous voulez vivre tranquille : ma cousine me paraît une excellente femme, et..... — Quant à cela, madame, interrompit miss Tomkins, ce n'est pas ce que tout le monde dit ici, et on m'a déjà raconté des choses !..... mais Dieu me préserve de dire du mal de mon prochain ; on le connaît toujours assez tôt. Je voudrais seulement que madame consentît à se distraire ; quand je la vois toujours pleurer, il me semble que je suis plus vieille de dix ans. — Ma bonne Tomkins, reprit doucement Malvina, laissez-moi le choix de mes distractions, je vous prie, et croyez que j'en trouve davantage dans ma solitude que dans le monde. » Miss Tomkins secoua la tête, comme n'étant pas convaincue de ce que sa maîtresse lui disait ; mais, n'osant pas la presser davantage, elle sortit sans ajouter un mot.

Le surlendemain, mistriss Birton fit dire à sa cousine qu'elle l'attendait à déjeuner dans son appartement. Quoique cette invitation contrariât un peu Malvina, elle ne crut pas devoir s'y refuser, et descendit. Elle trouva mistriss Birton seule dans un salon où le déjeûner était préparé. « Enfin, ma chère Malvina, lui dit-elle en la voyant entrer, toute ma société est partie, et je peux jouir du plaisir de me trouver avec vous. — Je crains bien, ma cousine, reprit Malvina, d'être peu propre à vous en procurer, et je vous plaindrais si vous n'aviez d'autre société que moi. — Pourquoi donc, ma cousine ? vous me paraissez très-aimable. Au reste, je ne suis pas absolument seule dans mon château, et vous ferez connaissance, à dîner, avec ceux qui y résident avec moi ; mais, pour cette matinée, je vous l'ai réservée tout entière. » Malvina se sentit plus gênée que reconnaissante de cette attention : elle aurait voulu y répondre ; mais, n'ayant presque rien à dire à sa cousine, elle ne fut frappée que de l'idée d'avoir une conversation de plusieurs heures à soutenir, et l'effroi qu'elle en conçut augmenta encore la difficulté qu'elle y trouvait.

Dans cette disposition, elle s'assit assez tristement auprès du feu, devant une table servie avec profusion ; mistriss Birton ne la pressa point de manger avec affectation, mais lui fit remarquer avec soin ce qu'il y avait de plus délicat, et tâcha d'exciter son appétit ainsi que sa gaîté. Malvina la remerciait toujours, et cependant, fatiguée de tant d'attentions, elle aurait préféré le plus négligent oubli à ces prévenances officieuses qui ne laissent pas respirer un moment ; car mistriss Birton avait beau vouloir se faire bonne, comme la nature ne l'y portait pas, ses soins manquaient toujours de cette cordialité qui met à son aise, et ses discours, de cet abandon qui s'insinue dans le cœur.

Le déjeuner étant fini, et la conversation épuisée, mistriss Birton proposa à sa cousine de parcourir l'intérieur du château, et la conduisit d'abord dans un joli salon de musique ; elle lui montra des orgues, des pianos, des harpes, enfin toutes les sortes d'instruments possibles. De là elles passèrent dans une spacieuse bibliothèque qui les conduisit à une vaste galerie de tableaux : des poêles souterrains échauffaient ces pièces, et leurs différents tuyaux se réunissant auprès de l'appartement de mistriss Birton, elle avait fait construire au-dessus une petite serre chaude où elle cultivait, en toutes saisons, les arbrisseaux odorants que des climats plus doux ne voient naître que l'été. Par une ouverture ménagée avec art, la rose, l'oranger et l'héliotrope exhalaient leurs parfums aromatiques dans son boudoir. Cette petite pièce, peinte à fresque sur le mur, représentait un bocage de verdure entremêlé de touffes de fleurs, si bien imitées, que chacun, trompé par leurs couleurs et séduit par l'odorat, se croyait au milieu des champs ; quelques glaces, dont les bordures étaient cachées par des feuillages découpés, égayaient encore ce séjour, et dans le fond une ottomane placée dans une alcôve, et cachée par un rideau de crêpe, présentait l'asile de la volupté.

Quoique Malvina eût été accoutumée à l'opulence dans sa patrie, et chez milady Sheridan, jamais néanmoins l'image d'un luxe aussi recherché n'avait frappé ses regards; il lui eût paru inconvenable à Paris et à Londres, qu'était-il donc dans le nord de l'Écosse? Que de frais pour faire venir tous ces ornements! que d'ouvriers pour les mettre en œuvre! que de soins pour les entretenir! Il n'aurait pas fallu la moitié autant de peine et de dépense pour fonder un hospice; dans un pays aussi sauvage, il eût été un bienfait : ce boudoir n'y semblait qu'un choquant contraste. Tandis que Malvina faisait toutes ces réflexions, mistriss Birton, comme si elle eût deviné sa pensée, lui dit : « Ma belle cousine, vous semblez surprise, je le vois, de trouver quelques commodités dans le fond de cette province, et peut-être me blâmez-vous d'avoir donné trop à mon goût à cet égard; mais sachez, du moins, que je ne m'y suis livrée qu'après avoir fondé des établissements utiles. J'ai dans une aile de mon château une école pour les enfants, une infirmerie pour les malades, et une forge où je distribue gratis, aux pauvres habitants de ma terre du fer et des outils pour gagner leur vie. — Ah! oui, ma cousine, répondit Malvina attendrie, voilà qui rachète bien l'extrême élégance de vos appartements; il est permis de donner un peu à son penchant quand on a commencé par faire du bien aux autres. Mais, je vous en prie, allons voir ces honorables institutions : ici on peut louer votre goût, sans doute, mais c'est là qu'on doit apprécier votre cœur. — Je voudrais fort vous obliger, reprit mistriss Birton, mais, ayant fixé de n'aller que deux fois par mois visiter ces établissements, je craindrais que ceux chargés d'y veiller ne s'autorisassent de mon exemple si je manquais moi-même à l'ordre prescrit : ainsi nous attendrons au jour marqué. — Comme il vous plaira, répliqua Malvina un peu surprise; mais ne pourrais-je pas y aller seule? — Non, ma chere, je ne veux pas me priver du plaisir de vous y conduire, et vous me désobligeriez si vous y alliez jamais sans moi. »

Malvina n'insista pas, et, sans trouver précisément rien à blâmer dans le ton et les discours de mistriss Birton, elle sentit qu'il y avait là quelque chose qui ne lui plaisait pas; car, si son esprit était plus disposé que tout autre à l'indulgence, son cœur avait une pénétration rapide, qui lui faisait saisir dans l'instant les secrets motifs de ceux qui lui parlaient. Avant d'avoir réfléchi, avant même d'avoir pensé, l'impression était reçue : souvent il lui arrivait de se blâmer de ces mouvements involontaires, mais elle ne pouvait les vaincre; en vain, à force de raisonner, se persuadait-elle de leur injustice, son cœur ne se rendait pas à ses raisons; et, s'il était facile de tromper son jugement, il ne l'était pas d'échapper à son instinct.

Comme elle se disposait à quitter sa cousine, celle-ci lui dit : « Ma chère Malvina, afin de vous faire oublier, s'il est possible, que vous n'êtes point ici chez vous, je voudrais que vous me dissiez avec franchise si vous préférez manger dans votre appartement : on pourra trouver cela un peu singulier; mais n'importe, je veux me prêter à tous vos goûts. » Malvina fut tentée un instant d'accepter la proposition; cependant, en réfléchissant qu'elle serait obligée de donner quelques moments à sa cousine, elle trouva plus convenable de choisir l'heure des repas, et lui dit que, « quoique l'excessive tristesse qui l'accablait lui fît craindre d'être une compagnie bien maussade, néanmoins, si sa cousine n'en était pas effrayée, elle descendrait dîner. — Pourvu que cela vous convienne, ma chère Malvina, pourvu que vous veniez de votre plein gré, soyez sûre de tout le plaisir que je trouverai à me réunir à vous. D'ailleurs, pourquoi redouterais-je votre tristesse? la douleur d'autrui peut-elle m'être étrangère? Ah! ne craignez pas d'exhaler la vôtre dans mon sein; j'ai trop souffert moi-même, je connais trop les maux dont la sensibilité est la source, pour ne pas compatir aux vôtres. » Malvina le crut, et plaignit sa cousine des chagrins dont elle disait avoir été la victime; mais elle sentit en même temps que ce n'était pas à mistriss Birton qu'elle aimerait à parler des siens.

## CHAPITRE IV.

### DE NOUVELLES CONNAISSANCES.

Depuis que Malvina avait perdu son amie, c'était la première fois qu'elle avait soutenu une si longue conversation : fatiguée de l'effort qu'elle venait de faire, elle se rendait avec précipitation dans sa chambre, lorsqu'en enfilant un corridor elle fut saluée par un homme d'environ trente ans, d'une figure noble, et dont les manières paraissaient respectueuses et polies : elle se contenta de lui faire une légère inclination, et passa son chemin sans s'arrêter. Il n'en fut pas de même de M. Prior; quoiqu'il eût été le seul dans la maison qui n'eût éprouvé aucune curiosité de connaître madame de Sorcy, il ne put la voir sans être frappé : en effet, comment eût-il été possible de l'envisager avec indifférence? quel être sur la terre aurait pu rencontrer sans émotion ces yeux si vifs et si touchants, et les perdre de vue sans regret? Quand Malvina fut passée, M. Prior se retourna pour la regarder encore : quand elle eut tourné dans la galerie qui conduisait à son appartement, il avança quelques pas, allongea le cou pour la voir plus long-temps, resta un moment immobile à sa place lorsqu'elle eut disparu, et puis continua sa route plus lentement, et en rêvant à la charmante personne auprès de laquelle il allait vivre. M. Prior était d'une noble famille écossaise; ses parents, chargés de beaucoup d'enfants, et sans fortune, lui avaient fait prendre l'état ecclésiastique, et il s'était conformé d'autant plus volontiers à leur volonté, qu'aimant passionnément l'étude et la littérature, il espérait pouvoir se livrer aisément à ses goûts dans son état : mais ce n'était pas le moyen d'y réussir. Dans celui-là, comme dans tout autre, les talents font moins que l'intrigue; et M. Prior, avec le cœur le plus droit, l'esprit le plus cultivé et les mœurs les plus pures, n'avait pu trouver une place qui lui donnât de quoi vivre; il était dans cette situation, lorsque le hasard lui procura la connaissance de mistriss Birton, dans un voyage qu'elle fit à Édimbourg : elle avait assez d'esprit pour apprécier celui de M. Prior; et, flattée de retirer chez elle un homme d'une famille noble, elle lui offrit une place de chapelain dans son château, avec cent guinées d'appointements. Séduit par l'air gracieux de mistriss Birton, et par l'espérance de consacrer tous ses moments à l'étude, dans les montagnes escarpées et sauvages de Bread-Alben, il accepta avec enthousiasme l'offre qui lui était faite. Charmé de la position solitaire de son nouvel asile, son étonnement, en voyant l'intérieur, surpassa beaucoup celui de Malvina, et l'élégante somptuosité de ce lieu lui fit naître des soupçons que l'expérience rectifia peut-être dans la suite; mais, quel que fût le jugement qu'il porta sur mistriss Birton, jamais il ne s'ouvrit sur ce sujet à personne; ce secret était concentré dans son cœur : peut-être appartiendra-t-il à la seule Malvina d'en recevoir la prompte confidence.

Lorsque Malvina descendit pour le dîner, elle trouva dans le salon, outre M. Prior, deux dames qu'elle ne connaissait pas, et qui, aussitôt qu'elle parut, la regardèrent avec une avide curiosité. Mistriss Birton se leva pour aller au-devant d'elle, et lui dit : « Permettez, ma belle cousine, que je vous présente les amis de ma solitude, qui seront sans doute charmés de la nouvelle compagne qu'ils vont avoir. Voici d'abord M. Prior, chapelain de ma maison, et dont la noble naissance est le moindre mérite : les fonctions qu'il remplit ici sont bien au-dessous de ses talents, et je dois rendre grace à sa mauvaise fortune qui l'a forcé de s'y réduire. Voici, continua-t-elle en se retournant vers une vieille dame de cinquante ans, mistriss Melmor, ancienne amie de ma mère : veuve d'un homme de qualité, et ruinée par un procès, elle est venue partager ma retraite avec sa fille que vous voyez avec elle. Cette jeune personne, quoique âgée à peine de dix-sept ans, a déja de rares talents, et ses soins pourront vous être utiles pour la jeune orpheline que vous avez auprès de vous. » Malvina répondit avec douceur qu'elle serait charmée de jouir des talents de miss Melmor pour son propre compte, mais qu'elle serait bien fâchée d'employer un seul de ses moments à la tâche pénible d'enseigner un enfant; qu'un pareil soin ne pouvait être pris que par une mère. « Mais, si je ne me trompe, madame, lui dit mistriss Melmor, cette jeune miss n'est pas votre fille? — Non, madame, répondit Malvina en retenant ses larmes; mais le malheur l'a rendue plus qu'une fille pour moi. — Ah! j'entends : sa mère était votre amie, et vous l'avez adoptée à sa mort..... — De grace, n'interrogez pas ma cousine sur un article aussi délicat, interrompit mistriss Birton; je n'ai pas osé moi-même lui en parler encore; je sais trop qu'il est des blessures que le temps seul peut guérir. — Mais il en est, ajouta Malvina, sur lesquelles le temps passe en vain, il ne les guérit pas. — Ne désespérons de rien, ma chère, lui dit mistriss Birton en la baisant doucement sur le front, nous verrons un jour ce que pourra sur vous le zèle de ma sincère amitié. » Durant cette conversation M. Prior n'avait point ouvert la bouche ni cessé de regarder Malvina. Ce visage abattu et décoloré lui paraissait ce qu'il avait vu de plus touchant au monde : chaque mot qu'elle prononçait remuait vivement son cœur; et il s'étonnait que d'autres voix osassent se mêler aux doux sons de la sienne. En vain cherchait-il à se rappeler les plus intéressantes femmes qu'il avait connues, aucune ne pouvait entrer en comparaison avec Malvina. Miss Melmor fut la première à s'apercevoir ou du moins à remarquer sa préoccupation. « Je me trompe fort, dit-elle, si la tristesse de madame de Sorcy n'a pas déja gagné M. Prior, et s'il n'est pas au moment de pleurer avec elle sur des malheurs qu'il ne connaît pas encore : que sera-ce donc si elle les lui raconte ?— Et que pourrai-je apprendre que je ne sache déja ? s'écria vivement M. Prior : l'accent, le maintien, la physionomie, ne sont-ils pas les plus éloquents interprètes de la douleur ? Ah! si les infortunés n'avaient que des paroles pour la peindre, ils ne seraient jamais entendus. » Malvina leva ses beaux yeux sur M. Prior avec un léger signe d'approbation : elle ne l'avait point remarqué encore; en le regardant davantage, elle se sentit prévenue en sa faveur. Sa physionomie, quoique grave et austère, avait quelque chose d'extrêmement sensible qui ne pouvait pas échapper à l'œil de Malvina : mais, pour y découvrir ce caractère, peut-être fallait-il y participer soi-même; et, d'après cela, miss Melmor ne l'aurait jamais aperçu, quand bien même elle eût passé sa vie avec M. Prior.

Pendant le dîner, elle interrogea plusieurs fois Malvina sur les divers amusements de Londres. « Je les ai peu connus, répondit celle-ci; milady Sheridan n'allait jamais dans les lieux publics que par complaisance pour son mari; il était rare qu'il l'exigeât, et je ne sortais jamais sans elle. — Ah! bon Dieu! reprit miss Melmor, comment se peut-il qu'on fasse un si triste usage de sa liberté, et qu'on se prive des bals, des spectacles, des fêtes, quand on est maîtresse d'en jouir? J'avoue, pour moi, que je ne désire pas d'autres plaisirs... — Croyez, ma chère, interrompit mistriss Birton, qu'on s'en lasse bien vite : j'en ai joui avec excès dans ma jeunesse : on m'a enivrée de tout ce que les triomphes de l'amour-propre ont de plus doux ; mais, revenue de ces chimères, dont j'ai bientôt connu le vide, j'ai quitté le monde avant qu'il m'eût quittée. En vain il a cherché à me rappeler dans son sein, j'ai résisté à toutes ses avances pour me consacrer aux seules jouissances réelles, la bienfaisance et l'amitié ; et, à présent que je ne suis plus ni jeune ni jolie, je me trouve bien de n'avoir pas donné toutes mes années au plaisir. » Mistriss Melmor se répandit en éloges sur la haute sagesse de son amie ; Malvina les trouva si outrés, qu'ils lui ôtèrent l'envie d'en donner aucun : d'un autre côté, apercevant sur les lèvres de M. Prior un léger mouvement qui retenait un sourire, elle s'en étonna, car le discours de sa cousine lui avait paru fort sensé. Mais toutes ces idées furent bientôt écartées par les souvenirs douloureux qui la poursuivaient sans cesse, et avant la fin du repas elle demanda et obtint la permission de se retirer.

## CHAPITRE V.

### LA BIBLIOTHÈQUE.

Malvina n'ayant point apporté de livres avec elle, descendit un matin chez sa cousine pour lui demander la permission d'en prendre quelques-uns dans sa bibliothèque. « Ma chère, lui répondit mistriss Birton, comme je me plais à n'avoir que les plus belles éditions, mon usage n'est pas de prêter mes livres aux femmes, qui ordinairement n'en ont aucun soin ; mais cependant je consens à faire une exception en votre faveur, et vous êtes libre de choisir ceux qui vous conviendront. » Malvina la remercia sans plaisir, car cette complaisance qui cherche si bien à faire valoir ce qu'elle accorde est souvent pire qu'un refus : elle se promit d'en faire peu d'usage ; et, entrant dans la bibliothèque avant de remonter dans sa chambre, elle s'arrêta devant un rayon qui contenait tous les auteurs français : c'étaient les bons amis de sa jeunesse ; c'était entre eux et milady Sheridan qu'elle avait passé les plus beaux moments de sa vie. Elle pleura en voyant Montaigne ; son imagination la transporta à l'instant dans la fertile France, sous le toit paternel, où, pour la première fois, elle avait lu son chapitre de l'Amitié. Elle n'était pas mariée alors, non plus que sa Clara, qui était de moitié dans cette lecture. A chaque phrase leurs yeux se rencontraient et semblaient se dire : C'est là ce que nous éprouvons ; mais leurs bouches timides n'osaient encore en faire l'aveu : une pudeur secrète, fidèle compagne des premières émotions de l'ame, le retenait au fond de leurs cœurs. Étonnées et ravies, la nature leur paraissait plus belle depuis qu'elles l'admiraient ensemble, les fleurs plus fraîches depuis qu'elles les cueillaient l'une pour l'autre. Heureuses de s'aimer, elles se livraient avec délices au sentiment qui les entraînait, sans se rendre compte de la source de leur bonheur ; et, dans ces ames simples et ingénues, l'amitié pure et innocente avait tout l'embarras, tous les charmes de l'amour naissant. Ces souvenirs se succédèrent avec rapidité dans l'esprit de Malvina, et chacun, en passant, frappait douloureusement son cœur. « O premiers moments de la vie, s'écria-t-elle en versant un torrent de larmes, moments charmants, trop tôt passés, et éternellement regrettés, que votre existence fugitive a laissé de profondes traces dans ma mémoire ! » Comme elle parlait encore, la porte s'ouvrit, et M. Prior parut chargé de quelques livres qu'il venait rapporter. En voyant Malvina, il s'inclina respectueusement, et fit quelques pas pour se retirer ; mais elle, en se levant aussitôt, lui fit un signe de la main, et, le cœur encore gros de soupirs, lui dit à voix basse : « Ne vous dérangez pas, je me retire. » M. Prior, en la voyant passer la tête baissée sur son sein, joignit les mains et s'écria : « O Providence ! voilà donc les créatures que tu châties, tandis que le méchant prospère et a plus que son cœur ne désire ! » Attendrie par cette exclamation, Malvina se retourna vers M. Prior, les yeux baignés de larmes : « Oui, dit-elle, j'ai été cruellement, bien cruellement châtiée, et pourtant je vivais innocente, et ne méritais pas, je crois, une si terrible punition. — Ne murmurez pas, reprit-il, contre celui qui peut tout; mais approchez-vous de lui, et il s'approchera de vous : invoquez-le, et il vous répondra; car il habite avec le cœur humble et contrit; il ne cache pas sa face lorsque l'affligé crie, il en prend soin et bande ses plaies [1]. — Je vois, répondit Malvina, que vous êtes bon et compatissant, et que votre habit ne trompe point quand il nous dit que vous êtes le soutien des affligés et le père des malheureux. — Ah! reprit M. Prior, s'il m'était permis d'envisager l'espoir d'apporter quelques consolations dans votre ame, d'aujourd'hui seulement la vie me paraîtrait un bienfait. — Je ne suis qu'une bien faible partie du troupeau confié à vos soins, répondit-elle, mais j'accepte avec reconnaissance vos pieux secours, ils m'apprendront peut-être à supporter une mort qui m'a laissée seule au monde. — Ce n'est pas en moi que vous les trouverez, lui dit-il, mais bien dans cette idée sublime qui fut la consolation de tous les hommes et de tous les âges, dans cet espoir de l'immortalité qui est comme *l'ancre de l'ame* [2] au milieu de ce *tabernacle de poussière* [3] où nous sommes incessamment battus par l'orage des passions : la mort n'est que l'abandon de notre maison terrestre; détachez-en vos regards pour les élever vers cette maison qui n'a pas été bâtie par la main des hommes, et qui subsiste de toute éternité dans les cieux; c'est là que vous retrouverez votre amie. — Ah ! reprit Malvina, je sens que votre conversation me soulage : sans doute je n'ai jamais douté que, si Dieu nous eût faits mortels, il ne nous eût pas faits malheureux; mais je le crois plus encore quand vous me le dites; et j'emporte, en vous quittant, le sentiment et la reconnaissance du bien que vous m'avez fait. »

Malvina, satisfaite d'avoir trouvé une personne avec qui elle s'entendait si bien, se promit beaucoup d'agréments dans la société de M. Prior, et descendit sans peine à l'heure du dîner. Elle trouva dans le salon mistriss Melmor qui travaillait devant un métier de tapisserie, et sa fille qui lisait une brochure : elle s'approcha de celle-ci, qui posa aussitôt son livre avec empressement. « Eh bien ! Kitty, lui dit sa mère, serez-vous en état de rendre compte à mistriss Birton de ce qu'elle vous a donné à lire ? — Assurément, maman ; et, si elle n'exigeait pas plus des autres que d'elle-même, je crois que je pourrais recevoir quelques louanges de sa part; mais qui les veut toutes pour soi n'en a pas une à donner. — Qu'est-ce, Kitty ? oubliez-vous de qui et devant qui vous parlez ? — En vérité, maman, j'ignore comment on peut se contraindre toujours ; mais, quant à moi, la vie qu'on mène ici et les lectures qu'on m'y fait faire me causent un ennui que je ne peux plus dissimuler. — Eh ! pourquoi le cacheriez-vous ? lui dit Malvina ; les plaisirs et la gaîté sont l'apanage de votre âge, et mistriss Birton est trop juste pour s'étonner de vos regrets. — Si elle ne faisait que s'en étonner, reprit la jeune fille en parlant très-vite, je me soucierais fort peu de sa surprise; mais pourrait-elle me pardonner l'irrémissible faute de me déplaire dans sa maison ? Elle n'est déja que trop portée à me rendre l'objet de ses caprices, depuis que sir Edmond Seymour a paru me remarquer avec intérêt à son dernier voyage. Ce n'est pas, au fond, que j'attache un grand prix à la préférence de sir Edmond ; je sais combien il est léger, qu'il ne sait aimer aucune femme, qu'il

[1] Peut-être le langage de M. Prior ne surprendra-t-il point, si l'on réfléchit un moment combien les citations, les maximes et les comparaisons, sont familières aux hommes érudits, exaltés et accoutumés à la retraite.

[2] Expressions du prophète-roi.

[3] *Idem.*

adresse à toutes les mêmes choses qu'il me dit; mais, quand il en serait autrement (ce qui pourtant est très-possible), ne suis-je pas sûre que mistriss Birton ne permettra jamais à son neveu de faire un autre choix que celui qu'elle aura prescrit? et vous verrez, maman, que la dot qu'elle m'a promise ne me sera donnée que si je prends un mari à son goût, et non au mien....» Sans doute elle ne se serait pas arrêtée si tôt, si sa mère n'eût profité du premier moment où elle reprenait haleine pour l'interrompre. « Taisez-vous, Kitty, lui dit-elle avec un ton qu'elle voulait rendre solennel et qui n'était qu'emphatique; taisez-vous, et apprenez à respecter l'amie généreuse qui nous a donné un asile. — Eh mon Dieu, maman! quel scrupule vous prend? reprit étourdiment sa fille: ne vous ai-je pas entendue dire mille fois plus de mal encore? — Cela se peut, interrompit mistriss Melmor, rouge de colère; mais du moins je sais à qui je m'adresse. — J'espère, madame, lui dit gravement Malvina, que vous ne soupçonnez pas que je puisse faire un mauvais usage de ce que j'entends; je dois m'en étonner, sans doute, mais c'est tout. — Je le crois, je le crois assurément de votre part, reprit mistriss Melmor en s'adoucissant; qui possède autant de vertus doit être discrète; mais je reprends ma fille de parler aussi librement devant des personnes qu'elle ne connaît pas; car vous devez sentir avec quelle prudence on doit se plaindre de ceux de qui on attend tout. — Non, madame, je ne le sens pas, répondit Malvina un peu sèchement; car je croyais qu'on ne devait rien recevoir de ceux qu'on ne pouvait pas aimer. »

Mistriss Melmor ouvrait la bouche pour répondre lorsque mistriss Birton entra. « Bonjour, mes bonnes amies, leur dit-elle; je suis charmée de vous voir réunies, et je regrette les moments que j'ai perdus loin de vous; mais du moins étais-je présente à votre esprit? pensiez-vous à moi? — En pouvez-vous douter? lui répondit mistriss Melmor d'un ton doucereux; n'êtes-vous pas ici l'ame de tout? » Ces paroles flatteuses venaient d'obtenir un sourire gracieux de mistriss Birton et un regard méprisant de Malvina, lorsque M. Prior entra, un recueil de papiers sous le bras. « Que nous apportez-vous là? lui demanda mistriss Birton. — Toutes les poésies galliques que j'ai pu recueillir, madame. — Ah! fi! interrompit miss Melmor : comment avez-vous eu le courage d'écrire toutes ces tristes psalmodies? — Et comment se peut-il que vous donniez un pareil nom aux sublimes ouvrages qui ont immortalisé le nom d'Ossian? s'écria M. Prior. Est-ce sur la terre qui le porta, au milieu de ces montagnes qui vivront encore par son génie quand la main du temps les aura détruites, est-ce sur le sol de l'ancienne Calédonie, enfin, qu'on ose porter atteinte à la gloire du fils de Fingal? Ne craignez-vous pas...? — Que l'esprit des collines, monté sur un coursier de vapeurs, ne me transperce de sa lance de brouillard? interrompit miss Melmor en ricanant. Non, en vérité; et, quand le soir viendra, que le vent sifflera dans la forêt, que les météores s'élèveront du sein du lac, et que les dogues hurleront dans la basse-cour, ce ne sera pas de la colère d'Ossian dont je serai effrayée. — Miss Melmor, lui dit mistriss Birton avec un peu de hauteur, pour se mêler de juger un pareil ouvrage, il faut être en état d'en sentir les beautés, et en avoir lu plus de quelques pages avant de se hasarder d'en parler. — En ce cas, dit miss Melmor tout bas en se penchant vers l'oreille de Malvina, elle ferait bien de n'en rien dire. » Sans l'avoir entendue, mistriss Birton fut choquée de son action; et mistriss Melmor, qui s'aperçut du mécontentement de son amie, tâcha de la calmer en accusant sa fille la première. « Je vous l'ai dit souvent, ma chère mistriss Birton, que votre excessive indulgence pour Kitty produirait un mauvais effet; mais vous n'avez jamais voulu me croire; et, entre nous deux, si votre fraîcheur et votre beauté avaient pu le laisser supposer, on vous eût prise pour sa mère, tant les affections de votre cœur sont vives et généreuses : c'est là votre seul défaut, ma chère mistriss Birton; permettez-moi de vous le dire avec cette franchise qui m'est naturelle, c'est là votre seul défaut. — On n'est pas maître de ses sentiments, ma chère, répondit son amie; il est des ames que l'expérience ne corrige pas, et qui seront éternellement dupes de leur sensibilité. — Madame de Sorcy connaît-elle l'ouvrage dont il s'agit? lui demanda M. Prior en lui présentant le recueil qu'il tenait. — Je n'en ai lu que la traduction française. — Vous ne connaissez donc pas Ossian. Vous ne le connaîtrez pas encore après avoir lu celle de M. Macpherson, ni la mienne, que voici. Si les difficultés ne vous rebutent pas, permettez-moi de vous donner quelques leçons de langue erse, afin que vous puissiez, quand les beaux jours renaîtront, aller entendre les descendants de Morven chanter les exploits de leurs pères dans toute la pureté de leur langue primitive. » Malvina accepta cette proposition avec grand plaisir; et mistriss Birton ajouta qu'étant bien aise aussi de prendre quelques leçons, elle donnait rendez-vous le lendemain matin à sa cousine et à M. Prior dans sa bibliothèque.

Vers la fin de la soirée, un domestique apporta une lettre à mistriss Birton, qui parut l'occuper beaucoup; elle la lut plusieurs fois, regarda miss Melmor avec inquiétude, et Malvina, qui était près d'elle, l'entendit se dire tout bas : « Qui peut l'attirer ici? pourquoi revient-il déja? » Enfin, après une très-longue pause, elle serra sa lettre et dit : « Edmond m'écrit qu'il sera ici dans quelques jours.—En vérité? » interrompit miss Melmor en faisant un cri de joie. Mistriss Birton la regarda sévèrement, et ajouta : « Je pense qu'il revient pour me consulter sur divers articles relatifs à son mariage avec lady Sumerhill; car enfin j'espère que, soumis à ma volonté, il sentira tout l'avantage d'un pareil établissement; et je ne pense pas que personne ait ici l'imprudence ni la présomption de chercher à l'en dissuader. » Miss Melmor rougit, sa mère la regarda avec inquiétude; M. Prior rêva; mistriss Birton parut agitée; Malvina seule resta à peu près indifférente à ce qui se disait autour d'elle. Exacte au rendez-vous donné par mistriss Birton, elle se rendit le lendemain à la bibliothèque; M. Prior y était déja : ils causèrent en attendant mistriss Birton, et avec assez d'intérêt pour oublier qu'elle ne venait pas : cependant elle leur fit dire, à la fin, qu'elle les priait de remettre la leçon à quelques jours, parce qu'elle n'avait pas le temps aujourd'hui, et que le lendemain était fixé pour aller visiter les établissements publics du château. Malvina lui fit répondre qu'elle l'attendrait, et se préparait à sortir, lorsque M. Prior la retint : « Allez-vous vous retirer si tôt? lui demanda-t-il. — Mais il me semble, répliqua-t-elle, que je suis restée assez long-temps. — Peut-être avez-vous raison; cependant il ne me le semble pas : les moments qu'on passe auprès de vous sont doux comme la vapeur du matin, et s'évanouissent comme la rosée de l'aube du jour. — Je vous assure, M. Prior, que je trouve beaucoup d'intérêt dans votre société, et, s'il est vrai que la confiance puisse apporter quelques soulagements à la douleur, je crois que c'est à vous seul que je le devrai pendant mon séjour ici. — Avec les personnes qui nous entourent, je ne puis m'enorgueillir de cette préférence; mais, si elle tient un peu à l'accord de nos idées, et non pas uniquement à la comparaison que vous faites de moi aux autres, je la regarderai comme le don le plus précieux que le ciel puisse m'accorder. »

Malvina fut surprise de ce qu'elle entendait : l'air modeste de M. Prior ne s'alliait pas avec l'opinion qu'il semblait avoir de sa supériorité; et, tandis qu'elle cherchait, avant de répondre, à démêler la cause d'un pareil contraste, sa physionomie parla pour elle, et M. Prior ayant deviné ce qui l'occupait, se hâta de répondre à sa pensée. « Vous vous étonnez, je le vois, de l'idée que je parais avoir de moi-même, et vous êtes tentée de m'accuser de vanité; mais, avant peu, vous reconnaîtrez votre erreur, et vous sentirez que j'ai dû croire que, l'esprit seul ne pouvant vous entendre, votre ame ne doit s'ouvrir que là où vous en trouviez une. »

Malvina, de plus en plus surprise d'un discours qui semblait accuser mistriss Birton d'insensibilité, surtout de la part d'un homme qui devait la regarder comme sa bienfaitrice, ne savait plus qu'augurer du caractère de M. Prior, et était prête à lui retirer son estime, lorsque, lisant encore dans ses yeux les divers mouvements qui l'agitaient, il lui dit avec vivacité : « Au nom du ciel, madame, suspendez votre opinion, et n'abusez pas de l'étrange ascendant que vous avez pris sur moi pour me juger à la rigueur; j'ignore comment il se fait qu'un secret que les questions réitérées de mes plus intimes amis n'ont jamais pu m'arracher s'échappe devant vous sans que vous l'ayez demandé; mais cette faute, si c'en est une, n'est pas la mienne, c'est celle de la confiance que vous m'inspirez : il n'appartenait qu'à vous de me rendre coupable d'indiscrétion, mais croyez que nul autre au monde ne me reprochera un pareil tort; car qui n'a pu être entraîné que par vous ne court pas risque de l'être deux fois. — Toute mauvaise que soit votre excuse, monsieur, répondit-elle, peut-être suis-je la seule qui n'aie pas le droit de la trouver telle, et ce sentiment de confiance, quoique prématuré, quoique indiscret peut-être, ne laisse pas le courage de le blâmer à celle qui en est l'objet; mais, si je ne vous fais point de reproches, votre conscience ne vous en fait-elle aucun? Est-ce la généreuse mistriss Birton, la bienfaitrice de tout ce qui l'entoure, que vous accusez de n'avoir point d'ame? Celle qui a dédaigné les vains plaisirs du monde pour venir répandre son opulence sur les malheureux habitants de ces contrées sauvages n'est-elle pas animée du noble amour du bien? et, si ma confiance ne répond pas à ses caresses, croyez que je l'attribue bien plus à la distance qui nous sépare (distance tout à son avantage) qu'à la cause que vous semblez lui donner.—Aimable femme, reprit M. Prior, les yeux baignés de larmes, j'aurais été bien trompé si vous n'aviez pas pensé ainsi; de même que je serais dans une grande erreur si mistriss Birton ne voyait, dans l'expression de votre *douleur*, le seul désir de paraître *intéressante*; car alors il faudrait douter de ce grand principe, que chacun juge d'après son propre cœur. — C'en est assez, répondit Malvina en se levant, j'ignore quel peut être le motif de vos injustes préventions; mais je croirais y participer si je vous écoutais plus long-temps. Permettez-moi de vous dire seulement que, lorsque je vois le bien que mistriss Birton répand autour d'elle et sur celui-là *même qui l'accuse*, il faudrait que je fusse étrangement aveuglée pour mettre les torts de son côté.—Je ne suis point ingrat, madame, répliqua gravement M. Prior, je ne suis pas même sévère : quand vous aurez mieux observé, peut-être me relèverai-je dans votre esprit, et aurez-vous quelque regret du reproche amer que vous m'avez adressé aujourd'hui. » Il sortit en disant ces mots : Malvina resta interdite : quelque évidents que fussent les torts de M. Prior, il lui semblait que sa peine les effaçait tous : d'ailleurs, il était nouveau pour elle d'avoir affligé quelqu'un, et ce poids pesait tellement sur son cœur, qu'elle chercha, dans le courant de la soirée, par quelques mots pleins d'aménité, à faire oublier à M. Prior ce qu'elle lui avait dit de dur le matin; mais il lui répondit à peine, parut rêveur, préoccupé, et se retira de bonne heure dans sa chambre.

## CHAPITRE VI.

### LES HOSPICES.

Le lendemain, Malvina, accompagnée de sa cousine et de M. Prior, fut visiter l'infirmerie, l'école et la forge, et elle y mena sa petite Fanny, afin d'ouvrir de bonne heure son ame aux douces émotions de la pitié. Elle fut assez contente de l'ordre et de la propreté qui régnaient dans les divers établissements qu'elle parcourut; mais elle remarqua avec surprise que la personne de mistriss Birton, loin de répandre la joie, inspirait la crainte : on la saluait avec respect, au lieu de la bénir avec reconnaissance, et le visage des malheureux qui l'entouraient exprimait bien plus l'air craintif de quelqu'un qui attend un bienfait que l'air touché de quelqu'un qui l'a reçu.

Il est vrai que mistriss Birton, de son côté, paraissait indifféremment au milieu des malades : si elle en questionnait quelques-uns, c'était plutôt pour les faire souvenir de ce qu'elle était que par intérêt pour eux : souvent elle n'attendait pas la réponse, ou l'écoutait d'un air distrait; nul n'osait se plaindre ni raconter des souffrances qu'elle paraissait si peu disposée à partager. De cette manière elle eut bientôt fait le tour de la chambre, et se préparait à sortir, lorsqu'en se retournant pour parler à sa cousine elle la vit arrêtée auprès du lit d'une pauvre femme qui, par ses gestes, tâchait de se faire comprendre. Malvina ne parlait point le dialecte écossais des montagnards, mais son visage avait quelque chose de si bienveillant, son accent était si doux, son regard si humain, que chacun se sentait encouragé auprès d'elle, et voyait sans peine ce qu'elle voulait dire, car la langue du cœur n'a pas besoin de mots pour être comprise, c'est dans les yeux qu'elle est écrite. Mistriss Birton revint vivement sur ses pas, et voyant que Malvina donnait quelques pièces de monnaie à la pauvre femme, et que celle-ci la remerciait moins encore de ses dons que de la douce pitié qui les accompagnait, elle s'écria avec humeur : « Ma cousine, tous les malheureux que je reçois ici sont parfaitement soignés, et n'ont pas besoin d'aumônes étrangères : d'ailleurs, si l'on donne à l'un d'eux, tous réclament leur portion, à moins qu'on ne sache faire un choix éclairé; ce qui est difficile quand on se mêle de le faire au hasard.—Je n'aurais pas cru, madame, répliqua Malvina, qu'il eût été besoin de réfléchir pour une action aussi simple; cette pauvre créature m'a paru plus souffrante que les autres : elle a tâché de m'expliquer sa peine, et moi de l'adoucir; si d'autres sont aussi misérables qu'elle, il est facile de les soulager au même prix. — Mais savez-vous, ma cousine, reprit mistriss Birton avec un peu de hauteur, que jusqu'à présent tous les étrangers que j'ai conduits ici ne se sont pas cru le droit de suivre leur penchant ni de déroger aux règles que j'y ai établies sans avoir commencé par obtenir mon aveu? — Pour moi, madame, j'avoue que je croyais répondre à vos vues, et n'avoir pas besoin de vos ordres pour faire un peu de bien. » Pendant ce dialogue, la pauvre femme ayant compris que mistriss Birton grondait sa cousine de lui avoir donné de l'argent, voulut rendre ce qu'elle avait reçu; mais Malvina s'écria vivement : « Non, je ne le reprendrai pas, et j'espère que ce ne sera pas dans un asile consacré à la bienfaisance que, pour la première fois de ma vie, il m'aura été défendu de secourir une infortunée. » Mistriss Birton sentit la force de ce reproche, et sans répondre à sa cousine, elle tira sa bourse, et donna à la pauvre femme le double de ce qu'elle avait reçu de Malvina; mais le don de la vanité, comme celui de la vertu, eurent chacun leur prix, et la pauvre femme aurait donné de grand cœur tout ce qu'elle tenait de mistriss Birton pour une simple marque de compassion de Malvina.

Durant le reste de la visite, Malvina se

sentit atteinte de cette gêne qu'elle avait cru remarquer sur le visage de chacun, et, en entrant à l'école, elle laissa mistriss Birton s'entretenir avec le maître, et passa dans le jardin, où elle vit plusieurs petites filles assises en rond. La plus grande, debout au milieu de ses compagnes, leur chantait une chanson; Malvina s'approcha de ce petit groupe, et leur fit signe de continuer. Si son abord les avait intimidées, son air les rassura bientôt, et la petite chanteuse se hasarda même jusqu'à lui prendre la main et à la faire asseoir : Malvina y consentit, et, attirant l'enfant sur ses genoux, elle lui demanda comment il se faisait qu'elle parlât si bien l'anglais, tandis que ses compagnes ne l'entendaient seulement pas. « C'est mon parrain qui me l'apprend, madame, quand il est ici; et puis, quand il s'en va, il paie le maître pour qu'on me le fasse parler quelquefois. — Et qui est votre parrain, mon enfant? — C'est sir Edmont Seymour, madame; c'est lui qui m'a donné mon bel habit des dimanches : il ne vient jamais ici sans m'apporter quelque chose. — Mais, s'il ne donne qu'à vous, vos compagnes doivent être jalouses? — Oh! pardonnez-moi, il n'oublie personne : voyez-vous ce fichu à Peggy, ce jupon à Mol, ces ciseaux à Suky? c'est lui qui a acheté tout cela pour elles. — Si votre parrain est si bon, vous devez l'aimer beaucoup? — Ah! oui, madame, je l'aime; je ne suis contente que quand je le vois : il me prend aussi sur ses genoux comme vous; tout le monde est heureux quand il est ici. — Elle a raison, ajouta M. Prior, qui était debout derrière Malvina : sir Edmond a de grands vices, mais il est réellement bienfaisant, et, sans les dons qu'il répand ici, ces pauvres établissements manqueraient de tout. — Je vous attends depuis une heure, » s'écria mistriss Birton, en rejoignant sa cousine, et à sa vue, tous les enfants s'envolèrent comme une nuée d'oiseaux; la seule petite fille que Malvina avait près d'elle resta à sa place, comme si cet asile l'eût rassurée contre la crainte qu'inspirait mistriss Birton : celle-ci, surprise de sa confiance, s'approcha, et, la tirant brusquement par le bras, lui dit que le maître l'attendait. La petite fille se leva tristement, et, saisissant la main de Malvina, qu'elle baisa de tout son cœur, elle rejoignit ses compagnes. Fanny, qui l'avait prise en amitié, courut après elle pour l'empêcher de s'en aller, et la petite fille hésitait à revenir, lorsque mistriss Birton, ne pouvant vaincre l'impatience qu'elle éprouvait, dit à Malvina : « Ma cousine, rappelez miss Sheridan, je vous prie, et si vous m'en croyez, ne lui donnez plus l'exemple de détourner les enfants de leurs devoirs. »

Lorsqu'il s'agissait de l'intérêt d'autrui, Malvina savait réprimer l'injustice par une repartie prompte, et souvent piquante; mais quand il n'était question que d'elle, l'extrême bonté de son cœur interdisait à son esprit toute réponse de ce genre; aussi se contenta-t-elle de dire à mistriss Birton : « Ne craignez point, ma cousine, que je donne un tel exemple à Fanny; je pense, au contraire, que c'est en me mêlant avec elle aux innocentes récréations de ces enfants, que je pourrai lui apprendre un jour à les encourager par son exemple, et à quitter le jeu pour l'étude. »

Elles sortirent de l'école pour se rendre à la forge, et mistriss Birton ne manqua pas d'y trouver encore l'occasion de blâmer Malvina. Celle-ci examinait chaque chose avec attention, et, par l'organe de M. Prior, questionnait chaque ouvrier avec intérêt. Son extrême beauté, et la noblesse de son maintien, prêtaient un charme de plus à la touchante bonté de ses questions. Elle demandait le nom de chacun, s'informait du nombre de ses enfants et de ses moyens d'existence. Au milieu de cette fournaise ardente, de ces misérables couverts de haillons, brûlés et noircis par le feu, elle semblait un ange descendu du ciel, du moins ils paraissaient le croire; tous l'entouraient, enchantés et surpris qu'elle daignât entrer dans de pareils détails; car, pour être un sauvage habitant des montagnes, on n'en est pas moins sensible au plaisir d'être compté pour quelque chose; et Malvina, en se communiquant à eux, et en ayant l'air de se croire de leur espèce, les élevait à leurs propres yeux, et faisait plus pour leur bonheur que tout l'or de mistriss Birton. C'est ainsi, disait M. Prior à part lui, que l'amour-propre répand les richesses, mais que la vertu seule sait les donner; c'est ainsi que l'amour-propre ne fait le bien qu'à l'aide de la fortune, et que la vertu trouve toutes les ressources en elle-même; l'un ne soulage qu'avec des dons, l'autre soulage bien plus avec sa pitié: aussi, tandis que les bienfaits du premier font de la reconnaissance la plus lourde des chaînes, ceux de la vertu en font le plus doux des liens.

En réfléchissant ainsi M. Prior regardait Malvina avec une émotion respectueuse, et, tandis qu'elle était tournée, il pressa sa robe contre ses lèvres en la mouillant de larmes. Rien n'échappe à l'inquiète jalousie, et mistriss Birton, qui souffrait depuis long-temps de l'effet que Malvina produisait sur tous les cœurs, quoique éloignée d'elle à ce moment, aperçut pourtant l'action de M. Prior, et ce dernier coup la lui rendit odieuse. « Allons, allons, ma belle cousine, lui dit-elle avec ironie, il est temps de nous retirer, les moments de ces ouvriers sont comptés, c'est assez leur en faire perdre; en s'amusant à converser sur leurs travaux, on les oblige à les suspendre, et d'oiseuses et inutiles questions sur leur vie ne la leur font pas gagner. » Là-dessus elle sortit sans attendre de réponse: Malvina la suivit; mais comme sa cousine marchait fort vite, elle fut long-temps à la rejoindre; pendant cet intervalle, M. Prior s'approcha d'elle, et lui dit à voix basse: « Madame de Sorcy me trouve-t-elle toujours aussi coupable? ne commence-t-elle pas à soupçonner que je pourrais avoir bien jugé? » Malvina le regarda en silence; M. Prior n'en demanda pas davantage, et sut respecter l'indulgence qui doutait encore, et la délicatesse qui eût craint d'accuser.

Pendant le dîner, mistriss Birton ne cessa de jeter des sarcasmes sur ceux qui se parent du voile de la douleur pour se rendre intéressants, et qui, par une affectation de bonté déplacée, réussissent à capter l'admiration. Malvina était trop loin de mériter un semblable reproche pour songer à faire aucune application; mais M. Prior, qui sentit le coup qu'on voulait lui porter, ne put s'empêcher de répondre avec vivacité: « Il est des douleurs si vraies, madame, et une bonté si touchante, que nul ne peut s'y méprendre; et, si vous examinez le monde avec attention, vous verrez que ces mouvements, si naturels au cœur de l'homme, ne sont jamais supposés faux que par ceux capables de les feindre. » Mistriss Birton fut confondue de cette réponse; c'était la première fois que M. Prior lui en faisait une pareille: l'effet qu'elle en éprouva ne peut se rendre; la suite, en développant son caractère, pourra le faire concevoir. Malvina, surprise du propos de M. Prior, et n'en comprenant point le secret motif, lui dit avec un accent très-sérieux: « Il me semble, M. Prior, que jamais moment ne fut moins propre à établir cette opinion; et quand bien même mille exemples l'eussent confirmée, un seul devrait la détruire. » En finissant ces mots, elle regarda sa cousine pour désigner de qui elle parlait, et avec une expression de tendresse qui semblait vouloir réparer l'injustice de M. Prior. Celui-ci, quoique affligé de l'opinion qu'elle prenait de lui, ne l'en aima que davantage; mais mistriss Birton sentit qu'il lui était plus impossible encore de pardonner la réponse de Malvina que celle de M. Prior: l'une l'avait offensée, il est vrai, mais l'autre l'humiliait. En lui disant une vérité dure, M. Prior avait rempli son ame de désirs de vengeance; en prenant son parti, Malvina la forçait à en rougir. Quand la bonté ne touche pas, elle irrite ; la haine s'accroît par le bien qu'on lui veut faire ; et, de toutes les souffrances de l'amour-propre, la pire de toutes, et celle qu'il ne pardonne jamais, est d'être forcé à la reconnaissance par la personne qui le contraint avec lui-même à l'aveu secret de son infériorité.

Un long silence succéda à la réponse de Malvina ; en se prolongeant il devint embarrassant, chacun paraissait craindre de le rompre. Miss Melmor avait peu compris ce qu'on avait dit, et ne s'en souciait guère : sa mère tâchait en vain de deviner dans les yeux de mistriss Birton ce qu'il fallait faire pour l'adoucir. Quoiqu'elle fût bien sûre de n'être pas l'objet de son mécontentement, néanmoins elle en était intimidée, et tremblait, en élevant la voix, de le faire tourner contre elle.... A cet instant la cloche d'entrée sonna ; mistriss Birton prêta l'oreille avec inquiétude ; bientôt on entendit dans la cour un bruit de chevaux et de voitures. « C'est sans doute sir Edmond Seymour, s'écria miss Melmor, en rougissant et se levant pour aller à la fenêtre. — Et quand cela serait, Kitty, lui dit mistriss Birton avec sévérité, convient-il que vous couriez ainsi au-devant de lui ? — Restez à votre place, ma fille, » ajouta mistriss Melmor, comme charmée d'avoir trouvé une phrase qui convînt à mistriss Birton. Un domestique entra pour annoncer que sir Edmond Seymour venait d'arriver. Le dîner étant presque achevé, Malvina se leva et demanda la permission de se retirer ; ce que mistriss Birton lui accorda avec un air plus gracieux que la conversation précédente n'aurait dû le faire présumer.

## CHAPITRE VII.

### UNE EXPLICATION.

Vers le soir, Malvina se préparait à descendre, lorsque mistriss Birton entra dans sa chambre. « Ma belle cousine, lui dit-elle avec assez d'amitié, l'empressement que vous avez mis à nous quitter lorsque Edmond est arrivé me montre assez la répugnance que le monde vous inspire. Ne croyez pas que je la blâme ; au contraire, elle me paraît si naturelle dans votre situation, que je me prêterai à tout ce qui pourra la satisfaire : en conséquence, vous êtes libre de rester chez vous tout le temps qu'Edmond passera ici, et j'ai déjà donné des ordres pour qu'on vous servît dans votre appartement. — Vous êtes trop bonne, madame, reprit Malvina un peu surprise ; mais j'aime mieux me réunir à vous que de causer un pareil embarras dans votre maison. — Non, non, belle cousine ; vous savez qu'il est dans mon caractère de condescendre à tous les goûts de mes amis, et j'aime mieux me priver du plaisir de votre société pendant le peu de temps qu'Edmond sera ici que gêner votre liberté. Ainsi voilà une affaire arrangée..... Point de compliment, ajouta-t-elle en interrompant Malvina : je suis trop sûre que cela vous convient, et rien au monde ne pourrait empêcher mistriss Birton de se sacrifier pour ses amis. » Et en parlant ainsi, elle s'échappa sans attendre la réponse de Malvina. Celle-ci trouva quelque chose de singulier dans la conduite de sa cousine ; mais comme au fond, sa proposition lui convenait, elle y souscrivit sans peine, et sans chercher à en approfondir la cause. En conséquence, elle s'arrangea pour ne point sortir de sa retraite ; et partageant tout son temps entre son enfant et l'étude, elle trouva auprès de l'un de quoi remplir son cœur, dans l'autre une nourriture pour son esprit ; et dans sa solitude, les moments les plus doux qu'elle eût connus depuis qu'elle était chez mistriss Birton.

Deux jours s'écoulèrent ainsi avec assez de rapidité ; le troisième, vers le soir, elle entendit frapper à sa porte. Miss Tomkins fut ouvrir, et M. Prior parut. Il s'approcha de Malvina avec un peu d'embarras. « Madame de Sorcy me pardonnera-t-elle de venir ainsi troubler sa solitude? lui dit-il; mais, n'ayant point oublié le désir qu'elle a manifesté de prendre quelques leçons de langue erse, j'ai imaginé qu'elle serait peut-être bien aise de profiter de la retraite pour s'en occuper. Voici un abrégé clair et commode de différentes grammaires, que j'ai fait pour lui sauver l'ennui des premières difficultés : s'il m'était permis de venir ici chaque jour pour l'aider dans ce travail?... »

En achevant ces mots, il hésitait, comme s'il eût craint d'exprimer un désir qui pouvait amener un refus. Malvina, reconnaissante de la peine qu'il avait prise, se hâta de le rassurer. « Ce serait avec grand plaisir, M. Prior, que je m'occuperais tout de suite de l'étude en question, si mistriss Birton ne devait être fâchée que nous ne l'eussions pas attendue. — Mistriss Birton, madame, a pu, dans un moment de caprice, se persuader qu'elle avait le désir d'apprendre; mais moi, qui la connais bien, je vous assure que, si vous ne voulez marcher qu'avec elle, vous n'irez jamais plus loin que la première leçon. — J'espère, pour ma cousine, que l'assurance où vous êtes de la bien connaître est un peu hasardée. Mais, au reste, n'entamons point ce sujet; j'ai eu plusieurs occasions de voir qu'à cet égard nous ne nous entendions pas. — Pardonnez-moi, madame, répondit M. Prior en s'asseyant auprès d'elle; mais votre estime m'est si précieuse, qu'il m'est impossible de ne pas répondre à l'accusation que vous avez portée contre moi dans votre cœur, et mistriss Birton vous est trop étrangère pour que je puisse craindre de vous blesser en la peignant telle qu'elle est..... — Arrêtez, M. Prior, interrompit Malvina : quand ce ne serait pas un abus de confiance de dévoiler les torts de ceux avec qui l'on vit tous les jours, n'est-ce pas un manque de délicatesse quand ils regardent ceux chez qui l'on consent à vivre? — J'y consens, moi! s'écria-t-il. Ah! si je n'avais été retenu, enchaîné ici, croyez-vous que, dès l'instant où j'ai connu mistriss Birton, j'y fusse resté un jour de plus? — Eh! qui peut vous retenir, vous enchaîner ici? lui demanda Malvina avec intérêt. — Je vais vous le dire, madame : mes pensées brûlent de s'exhaler devant vous : votre accent, votre physionomie commandent la confiance, et le besoin que vous avez fait naître en moi de vous donner la mienne est si vif, si impérieux, qu'il ne vous est plus permis désormais de la repousser. » Il prononça ces mots avec une émotion si vive, qu'il réveilla un tendre souvenir dans l'ame de Malvina : elle reconnut, elle crut du moins reconnaître le ton de l'amitié, et ses larmes coulèrent en abondance. « M. Prior, lui dit-elle, c'est ainsi que s'exprimait milady Sheridan. — Que dites-vous? s'écria-t-il; quoi! j'ai pu vous la rappeler? Ah! si je pouvais prétendre à la moindre portion de ce qu'elle vous inspirait; s'il était possible que la main d'un ami rendît vos douleurs moins aiguës, et que vos yeux, sans cesse levés vers le ciel, se baissassent quelquefois vers la terre pour pleurer avec moi la compagne de votre jeunesse, de quelles jouissances inattendues vous combleriez mon existence! et peut-être vous-même y trouveriez quelques douceurs; car l'intime ami aime en tout temps, dit le sage, et il tient lieu de frère dans la détresse. — La place que Clara occupa dans mon cœur ne sera jamais remplie, répondit Malvina; mais sachez, du moins, que jusqu'ici vous êtes le seul avec qui j'aie aimé à la pleurer : cette préférence, je ne sais sur quoi elle s'appuie, car je vous connais si peu..... — Et ce peu vous paraît mériter si peu d'estime, interrompit-il en souriant! mais peut-être me jugerez-vous autrement quand j'aurai repris le discours que l'attendrissement de mon cœur m'a forcé de suspendre. Il y a trois ans que je vins ici, madame; il n'avait fallu qu'un mot de mistriss Birton pour me persuader qu'elle était tout ce qu'elle veut paraître, c'est-à-dire bonne, généreuse, au-dessus de son sexe par ses vertus et ses lumières, et je me faisais une image charmante d'habiter auprès d'elle. La somptueuse élégance de ce séjour lui fit tort dans mon opinion, mais ne détruisit pas entièrement l'enthousiasme qu'elle m'avait inspiré. A cette époque, un de mes frères, ayant mal fait ses affaires, fut arrêté pour dettes : mon père et ma mère voulurent vendre leur petit mobilier pour le délivrer; mais, cette ressource étant insuffisante, je m'adressai à mistriss Birton, qui consentit à m'avancer trois années de mes appointements. Charmé de sa générosité, je signai avec joie l'obligation de rester trois années auprès d'elle, et je ne crus pas avoir jamais sujet de m'en repentir : je fus bientôt détrompé. A peine me vit-elle enchaîné, que ses manières changèrent; ce n'était plus cette gracieuse affabilité qui me subjuguait, mais une sorte de despotisme capricieux auquel il fallait m'asservir. Je ne sais point courber la tête sous aucun joug; aussi, à peine eus-je senti le sien, que je voulus m'éloigner, moyennant une promesse de la payer de ses avances avec le fruit de mes épargnes et de mes veilles : mais elle s'y opposa impérieusement; et, montrant l'écrit qu'elle avait dicté, et que, dans l'effusion de ma reconnaissance, j'avais signé aveuglément, je vis qu'elle avait le droit de me retenir, et qu'à moins de manquer à ma parole, je ne pouvais sortir de chez elle sans son aveu. Je me résignai à mon sort; mais de ce moment mes yeux furent dessillés, et je vis ce qu'était mistriss Birton : néanmoins, comme je lui devais la liberté de mon frère, je vous jure, au nom de cette amitié qui vous unissait à lady Sheridan, que nul autre que vous n'a seulement soupçonné le jugement que j'avais porté sur elle; et c'est sans doute en faveur de ma discrétion et des longues peines que j'ai endurées que le ciel a permis que je trouvasse enfin un cœur dans lequel je pusse épancher le mien. — Votre sort me touche, monsieur, répondit Malvina; et je conviens que ma cousine vous a donné lieu de vous plaindre d'elle; mais comment expliquer son peu de générosité à votre égard, avec cette bienfaisante munificence qu'elle prodigue autour d'elle? — Ne vous y trompez point, madame, le bien qu'elle fait est *infiniment* moins grand qu'il ne le paraît : les établissements que vous avez été voir manquent de tout; elle le sait et n'y remédie point; pourvu qu'on dise qu'elle soulage les malheureux, elle ne se soucie guère qu'ils le soient en effet. — Mais, interrompit Malvina, si la charité ne la guide point, quel motif a pu fixer sa retraite dans ces sauvages montagnes? — L'amour-propre a été, je le crains bien, le seul et unique mobile de cette action : elle a espéré qu'en créant des asiles de bienfaisance auprès d'un palais de fée, dans les stériles montagnes de Bread-Alben, son nom deviendrait célèbre : ce fut le calcul d'un amour-propre éclairé qui éleva des hospices, et cependant tout y manque; ce fut le penchant qui orna les appartements, et tout y fut prodigué : c'est ainsi que les ouvrages de l'amour-propre gardent toujours leur empreinte, et que plus ils font d'efforts pour ressembler à la vertu, plus ils nous apprennent qu'elle ne peut être imitée.—Mon Dieu, monsieur, que vos observations sont sévères! — Ajoutez qu'elles sont justes, madame, et convenez qu'à votre insu c'est peut-être là le motif du peu de penchant que vous inspire mistriss Birton. — Je ne nie point que mon goût pour elle n'ait été moindre que l'estime dont elle me paraissait digne; mais convenez du moins que, malgré la vanité dont vous la taxez, il est impossible d'avoir moins de prétentions sur son extérieur : à l'entendre, ne la croirait-on pas moins jeune et moins belle qu'elle ne l'est en effet? — Lorsqu'on ne peut plus espérer d'éloges sur une beauté et une jeunesse qui finissent, madame, on cherche à en obtenir en feignant de se mettre au-dessous de ce qu'on vaut encore : soyez bien sûre que cette grande humilité ne s'étale que pour être contredite. On n'est point dupe de celle qui se déprécie trop; sa franchise est la dernière chose à laquelle on doit croire; et, pour moi, je ne mets pas en doute que, quand l'habitude de l'adulation a donné le besoin d'occuper de soi, on n'aime mieux en dire du mal que d'être oublié. Voyez comme elle a transporté tous les vices de la société dans sa retraite, et comme on peut dire que, lors même qu'elle est seule, elle habite au milieu du monde : l'ambition ne vient-elle pas la dévorer jusqu'ici? n'est-elle pas agitée de crainte que l'union de sir Edmond avec lady Sumerhill ne se fasse pas, et de haine contre miss Melmor à cause du goût qu'elle a inspiré à ce jeune homme? enfin ne peut-on pas lui appliquer ce passage de l'Écriture [1] : *Les richesses ont été son partage, mais elle a oublié la main de qui elle les tenait, et n'a sacrifié qu'au monde; c'est pour cela que, même en riant, son cœur est triste, et que sa joie finit par l'ennui?*— M. Prior, répliqua Malvina en souriant, cette Écriture dont vous parlez n'a-t-elle pas dit aussi quelque part : *Cherchez à acquérir cette charité qui ne pense point le mal, qui dispose à l'indulgence sans dégénérer en crédulité, et peut voir une erreur sans la changer en crime.* » M. Prior rougit, et Malvina le fit aisément convenir qu'un des premiers préceptes de son état étant d'épargner son prochain, il était plus coupable qu'un autre de le juger sans rémission; mais le pli était pris, et les injustices dont il avait été la victime avaient aigri son caractère et donné à son humeur une sévérité rigide dont il ne pouvait plus se corriger. Tandis qu'ils discutaient encore, la cloche du souper sonna, et ils s'aperçurent avec surprise du temps qui s'était écoulé depuis qu'ils étaient ensemble. M. Prior, qui n'avait jamais connu de si doux instants, demanda la permission de venir le lendemain, sinon continuer leur conversation, du moins commencer les premières leçons; et Malvina, qui avait éprouvé auprès de lui un léger mouvement de la confiance que la seule milady Sheridan lui avait inspirée, y consentit avec plaisir. Les jours suivants, M. Prior fut donc admis chez elle; il y passait plusieurs heures de suite; elles fuyaient pour lui avec la rapidité de l'éclair : contempler Malvina, espérer son amitié, parler sans cesse de la sienne, lui paraissait au-dessus de toutes les joies célestes dont il entretenait les fidèles dans les jours de solennité.

Pour Malvina, il ne faut point s'étonner si elle ignorait les conséquences d'une pareille intimité : c'est moins l'âge que le caractère qui donne l'expérience; et telle arrive à vingt-quatre ans, qui en sait moins que telle autre à dix-huit. Une femme douée d'un cœur tendre et d'une imagination très-vive verra long-temps le monde avant d'apprendre à le connaître; car il y a si loin d'elle à lui, qu'en suivant l'instinct qui porte chacun à se regarder soi-même pour juger les autres, elle doit marcher d'erreur en erreur, de chute en chute, et vivre la moitié de sa vie avec ses chimères avant de les reconnaître pour telles. Il est si difficile d'être éclairée! il est si pénible de l'être! Mais que sera-ce donc si cette femme, ainsi que Malvina, a passé sa jeunesse livrée à un sentiment que partageait un être fait comme elle, si cette union de leurs cœurs a confirmé le jugement de leur esprit, et si, absorbées par leur tendresse, elles ont marché dans le monde sans regarder autour d'elles ni s'apercevoir de ce qui s'y fait? Qui pourra s'étonner alors de leur inexpérience, et ne pas les plaindre en les voyant dupes de leur propre cœur? Malvina, dans l'innocence de ses pensées, était bien loin de supposer qu'on pût trouver à redire aux visites de M. Prior. Les idées d'amour lui étaient trop étrangères pour qu'elle pût craindre de lui en inspirer; d'ailleurs, il était prêtre, catholique romain [2] comme elle, et cela seul

[1] Proverbes, 14.

[2] Presque tout le nord de l'Écosse a conservé cette croyance; ce n'est que dans la partie méridionale, du côté de l'Angleterre, que la religion presbytérienne devient dominante; de sorte que la plus grande partie des vassaux de mistriss Birton étaient attachés au culte catholique, qu'elle professait elle-même, étant d'origine française.

eût suffi pour faire évanouir ses doutes, s'il eût été dans son caractère d'en concevoir.

## CHAPITRE VIII.

### UNE ENTREVUE.

CEPENDANT plus de huit jours s'étaient écoulés depuis que Malvina, renfermée chez elle, n'avait point vu mistriss Birton. Elle craignit de la fâcher en prolongeant plus long-temps sa retraite, et se décida à descendre un matin pour lui faire une visite avant le déjeûner. Elle se présenta à la porte de son appartement; mais ses femmes lui dirent que leur maîtresse s'habillait, et ne pourrait la recevoir que dans une demi-heure. Malvina se retira en les priant de l'avertir lorsque mistriss Birton serait prête. En s'en retournant elle traversa le salon de musique, et, voyant auprès d'une harpe un cahier de romances françaises, elle s'arrêta pour les regarder. Cette langue natale, cette langue chérie qui avait exprimé ses premiers sentiments, avait un attrait si puissant pour elle, qu'il lui fut impossible de ne pas lire toutes ces romances; et, afin de les mieux entendre, elle s'assit devant la harpe et les chanta en s'accompagnant : tout-à-coup les doux sons d'une flûte vinrent se mêler à sa voix; étonnée, elle s'interrompt, se retourne, et aperçoit derrière sa chaise un jeune homme qu'elle ne connaissait pas. Elle rougit et voulut se retirer; il la conjura de ne pas le priver si tôt du plaisir qu'il goûtait à l'entendre. Elle leva les yeux sur celui qui lui faisait cette prière, et les baissa aussitôt en rougissant encore davantage. C'était une de ces physionomies où tout le feu de l'esprit s'unit au charme de la sensibilité, et qu'il ne faut pas regarder deux fois quand on veut conserver sa tranquillité. L'innocente Malvina ignorait ce danger, et ce qui aurait dû l'engager à fuir fut précisément ce qui la fit rester. Mais si l'aspect de sir Edmond Seymour l'avait surprise agréablement, comment peindre ce qu'il éprouva en la voyant? Il entend de loin Malvina, il s'approche, écoute, et cette voix retentit jusqu'à son cœur et lui apprend qu'il en a un; il entre, elle se retourne, et le charme s'achève. Ses beaux cheveux blonds, dont les boucles ondoyantes tombent sans art sur ses épaules; ce teint semblable à ces roses blanches qui, nuancées d'un léger incarnat, laissent l'œil incertain sur leur véritable couleur; ce cou d'albâtre, que relève encore la robe lugubre dont elle est habillée; ces yeux noirs bordés de longues paupières de soie, et dont le regard tendre et prolongé va toujours frapper au cœur; cette contenance modeste et timide, tout l'étonne, l'enchante; l'univers qu'il a connu disparaît, un nouveau monde vient de s'ouvrir pour lui; il s'y précipite sans examen, il y vivra avec délices si Malvina veut l'habiter avec lui.

Ces mouvements, quoique vifs et rapides, étaient trop confus pour qu'il s'en rendît compte; d'ailleurs une impression de ce genre a quelque chose de si excessivement doux, que, par un instinct secret, on a soin d'écarter d'elle tout ce qui pourrait la détruire ou l'altérer; on veut ignorer qu'elle existe, afin de la laisser exister, et, dès sa naissance, les autres puissances de l'ame se retirent en arrière, comme par respect et pour ne pas troubler la souveraine qui vient régner sur elles.

Malvina s'était rapprochée de la chaise, mais ne paraissait pas encore décidée à s'asseoir, lorsque mistriss Birton entra. Elle fit un mouvement de surprise en voyant sir Edmond Seymour, et s'adressant à Malvina avec un peu d'ironie : « J'accourais, ma belle cousine, pour vous sauver l'ennui d'une trop longue attente; mais je vois avec plaisir que vous avez trouvé le moyen d'y remédier. — En sortant de chez vous, madame, reprit Malvina, j'ai trouvé ces romances; elles sont nées dans ma patrie, j'ai cru m'y transporter en les chantant : pendant que j'en étais occupée, monsieur est entré..... — Oh! il est des hasards très-heureux.—Oui, sans doute, il en est, s'écria sir Edmond, je ne l'ai jamais pensé autant qu'aujourd'hui. — Et vous n'êtes peut-être pas le seul, » ajouta mistriss Birton avec humeur. Malvina comprit ce qu'elle voulait dire, et, blessée d'un pareil soupçon, fit une inclination pour se retirer. Sa cousine la laissait aller, lorsque sir Édmond, effrayé de son intention, s'approcha d'elle et lui dit avec vivacité : « Quoi! madame, nous allons vous perdre ! N'aurez-vous paru un instant que pour nous apprendre tout ce qu'on souffre en votre absence? Pourquoi cette cruelle retraite? pourquoi demeurer invisible à tous les regards? craignez-vous, en vous laissant voir, d'être trop adorée? » Mistriss Birton rougit de dépit; Malvina rougit aussi, mais non pas de dépit : un sentiment doux, mais inconnu, écarta un instant les sombres nuages dont elle était enveloppée; et peut-être aurait-elle voulu céder aux instances de sir Edmond; mais elle sentit qu'elle ne le devait pas, et que, puisque mistriss Birton se taisait, c'était lui dire assez qu'elle ne désirait pas sa présence : aussi persista-t-elle dans son intention, et elle quitta la chambre aussitôt.

M. Prior monta chez elle de bonne heure dans l'après-midi. « Savez-vous, lui dit-il en souriant, que votre rencontre de ce matin a fait un grand effet, et que sir Edmond n'a pas pu parler d'autre chose pendant le dîner? — En vérité? reprit-elle en rougissant. — Cela est très-vrai; mais, au reste, cela ne peut étonner que vous; car quiconque vous voit un instant doit sentir que là où vous êtes on ne peut s'occuper d'autre chose. — Mais, M. Prior, interrompit-elle timidement, qu'est-ce donc qu'on a dit de moi à table, et comment ai-je été le sujet de la conversation? — Je suis bien aise de voir ce petit mouvement de curiosité à ma charmante amie; il me fait espérer que cette mortelle douleur qui jetait un voile d'indifférence sur tous les objets commence un peu à s'éclaircir. » Ces mots firent rougir Malvina : si on lui en avait demandé la cause, sans doute elle n'aurait pas su la dire, car elle ignorait que la curiosité seule n'avait pas dicté sa question; mais apparemment que quelque chose en elle le savait, et c'était ce quelque chose qui la faisait rougir. « Sachez donc, continua M. Prior, que sir Edmond a fait mille questions sur vous : il a voulu savoir quel motif vous avait conduite ici, et pourquoi, renfermée dans votre appartement, vous sembliez fuir tout le monde. » De longs malheurs ayant altéré la santé de madame de Sorcy et augmenté sa timidité naturelle, a répondu mistriss Birton, elle se sent déplacée dans le monde, et c'est pour cela qu'elle le craint et le fuit.—Je m'étonne, a repris sir Edmond, qu'on puisse craindre ce qu'on embellit; il n'est point de cercle dont madame de Sorcy ne fît l'ornement; et, quant à moi, depuis que j'existe, je n'ai rien vu qu'on pût lui comparer. » Malvina fit un mouvement; M. Prior, l'attribuant à la surprise, ajouta : «Vous êtes étonnée, je le vois, de la franchise de sir Edmond envers une femme aussi vaine d'elle-même que mistriss Birton; mais, je dois l'avouer à son avantage, au milieu de la légèreté de ses goûts, de son amour pour les plaisirs, et de tous les défauts qu'on peut lui reprocher, il a conservé une sincérité rare; et même auprès de mistriss Birton, dont il connaît le caractère, et dont son sort dépend en partie, il n'a jamais su déguiser la vérité. — C'est un éloge pour tous les deux, reprit Malvina; car il est peut-être aussi rare de savoir l'entendre que d'oser la dire. — Mais comme il est le seul jusqu'ici qui ait eu ce privilége.....— C'est peut-être la faute des autres, interrompit encore Malvina : souvent on est injuste en croyant n'être que vrai; et, quand on accuse à tort, il ne faut pas s'étonner d'être repoussé avec aigreur. —Non, répliqua M. Prior, soyez sûre que mistriss Birton ne supporterait de personne ce qu'elle souffre de sir Edmond; mais elle le ménage, parce que l'objet de toute son ambition dépend entièrement de lui. Vous savez peut-être qu'elle a promis de lui assurer sa fortune, à la condition qu'il épouserait lady Sumerhill : et ne pensez pas que ce soit dans la vue de faire son bonheur; non, ce n'est pas elle qui s'occupe d'une pareille misère; mais la famille des Sumerhill est une des plus anciennes de l'Écosse et une des plus en faveur à la cour de Londres; mais lord Stafford, oncle de la jeune personne, a promis, si ce mariage avait lieu, de faire siéger sir Edmond au parlement, et de joindre à cette terre-ci un fief qui donnerait à mistriss Birton le droit de prendre le titre de lady; et voilà les motifs qui la déterminent. Mais sir Edmond résiste : quoique jouissant d'une fortune assez médiocre, il préfère son indépendance aux richesses et aux dignités. Sans rejeter précisément cette alliance, il la remet de jour en jour; et la crainte qu'il n'y renonce, et de perdre par là un titre qui fait depuis long-temps l'objet de ses plus violents désirs, rend mistriss Birton douce et flexible avec lui. Cette circonstance lui donne donc une sorte d'empire sur elle; et je dois convenir que, lorsqu'il est ici, il n'en use que pour faire du bien, et qu'il force sa tante à répandre sur les pauvres de ce canton les dons qu'elle voudrait lui prodiguer pour se l'attacher. — Savez-vous, M. Prior, qu'un caractère qui use ainsi de son pouvoir doit être noble et généreux; et que je n'arrange point tant d'estimables qualités avec les vices qu'on lui attribue? — Sir Edmond a eu le malheur, madame, d'être maître de lui de trop bonne heure; et, jeté dans le monde sans guide, faute d'avoir su réprimer ses premiers mouvements, ils sont devenus une source de corruption. Assurément son âme est grande et belle; je l'ai vu même, dans plus d'une occasion, porter l'enthousiasme du bien jusqu'au délire : sa parole est inviolable et sacrée, et nulle puissance ne l'y ferait manquer. Courageux jusqu'à la témérité, l'honneur lui est plus cher que la vie; et son désintéressement est tel, que son peu de fortune vient du sacrifice qu'il a fait de la sienne à sa sœur, afin de faciliter divers arrangements qui s'opposaient à un mariage qu'elle désirait. — Eh bien! M. Prior, lui dit Malvina émue et en se penchant vers lui comme pour écouter plus attentivement. — Eh bien! madame, c'est du sein de tant de vertus que s'élève une passion si désordonnée pour les femmes, jointe à une telle dépravation de principes, que, tandis qu'il est honnête et vrai pour le reste du monde, il les séduit et les trompe sans remords. Ce n'est pas seulement un penchant irrésistible qui l'entraîne, c'est un calcul raisonné qui le conduit; et, comme le désir ne naît chez lui que de l'attrait du sexe, et non du choix du cœur, il n'a connu que ces intrigues que l'occasion commence, que le plaisir achève, et que le dégoût détruit. L'amour, le véritable amour lui fut et lui sera toujours inconnu : ce n'est pas dans un cœur profané par la débauche qu'il allumera jamais ses feux. »

Pendant la fin de ce discours, Malvina était tombée dans une profonde rêverie, et ne semblait plus écouter M. Prior; celui-ci paraissait aussi plongé dans la méditation, lorsque miss Tomkins, ouvrant brusquement la porte, demanda si miss Fanny était là. « Je la croyais avec vous, lui répondit Malvina avec une vivacité mêlée d'inquiétude. — Non, madame, je ne l'ai point vue depuis le dîner, et je l'ai cherchée en vain chez mistriss Birton. — Ah! mon Dieu! » s'écria Malvina; et, s'élançant aussitôt hors de l'appartement, elle parcourut toute la maison, mais inutilement. M. Prior, témoin de son inquiétude, sortit dans les cours pour chercher l'enfant; et Malvina, remontant en désordre en appelant à haute voix *Fanny! Fanny!* entendit une voix qui lui répondait : elle croit reconnaître la voix de sa fille; elle marche de ce côté, ouvre plusieurs portes, et, entrant dans un appartement qui lui était inconnu, aperçoit sir Edmond Seymour, seul avec la petite Fanny sur ses genoux. Le plaisir de la retrouver, l'inquiétude qu'elle avait eue, et la surprise qu'elle éprouva, lui causèrent une telle impression, que ses forces ne lui permirent pas d'avancer : pâle et tremblante, elle tomba sur une chaise auprès de la porte, en tendant les bras à son enfant. Fanny vint aussitôt s'y jeter, et Malvina, la pressant sur son sein, l'accabla des plus tendres caresses. Sir Edmond s'approcha d'elle très-ému. « Que je suis coupable! lui dit-il; je vois, à votre agitation, quelles cruelles alarmes je vous ai causées : me serait-il possible d'en obtenir le pardon? — Je l'ai retrouvée, répondit-elle en montrant Fanny, je la vois, je la tiens dans mes bras, et je me sens trop heureuse pour songer à me plaindre de personne..... » Sir Edmond la regarda long-temps en silence; ses yeux se mouillèrent de larmes, puis il dit : « Se peut-il que de tels sentiments ne sortent pas du cœur d'une mère? Non, ajouta-t-il ensuite avec plus de vivacité, ce n'est pas là la nature, mais c'est mieux qu'elle. — Le croyez-vous possible? lui demanda Malvina avec douceur. — Oui, d'aujourd'hui seulement; il n'appartenait qu'à vous de m'apprendre qu'on pouvait la surpasser. — Malheur à qui voudrait le tenter! reprit-elle; le bien n'est que là où est la vérité : qui veut aller plus loin, s'égare. — Assurément, répliqua-t-il, d'autres ont dit cela avant vous, mais nul ne l'a dit comme vous..... La surprise que vous faites naître peut seule égaler le plaisir qu'on ressent à vous voir; tout ce que le monde offre d'aimable ne m'avait point donné l'idée de ce que j'ai trouvé ici, et..... Vous aurais-je fâchée, madame? ajouta-t-il vivement en voyant que Malvina se levait pour se retirer, et me punissez-vous d'avoir été trop sincère? — Trop peu accoutumée au monde pour en comprendre le langage, lui dit-elle, je ne sais point y répondre, et je vous aurais su gré d'une distinction qui me l'aurait épargné. » Et elle s'éloignait toujours. Sir Edmond, la suivant d'un air agité, s'écria : « Et croyez-vous qu'il soit possible de le parler avec vous? Telle habitude qu'on en ait, ne doit-on pas la perdre en vous voyant? » Cette espèce d'aveu rappela à Malvina ce que lui avait dit M. Prior, et un demi-sourire effleura ses lèvres. Sir Edmond le vit, et ajouta : « Je respecte votre silence, et n'ose vous interroger sur votre sourire; mais j'ai lieu de craindre qu'on ne m'ait peint à vous sous des couleurs odieuses. — Rassurez-vous, dit-elle en badinant; si on m'en a dit du mal, on m'en a dit plus de bien encore. » Et, en parlant, elle se rapprochait de la porte, et sir Edmond la suivait toujours, prêt à lui prendre la main, mais sans jamais oser le tenter. « Et peut-être aurez-vous cru l'un plutôt que l'autre? lui demanda-t-il. — Au contraire; lorsqu'on me parle d'un étranger, je vous assure que je suis toujours plus disposée à croire le bien que le mal. — Assurément, je ne suis qu'un étranger pour vous.—Mais il me semble qu'oui, » ajouta-t-elle en souriant et tournant le bouton de la porte pour sortir. Au moment où elle l'ouvrait, celle qui donnait sur le corridor s'ouvrit aussi; une femme parut et la referma aussitôt en faisant un cri. A cette voix, Malvina crut reconnaître miss Melmor, et, songeant combien il devait lui paraître extraordinaire de la trouver chez sir Edmond, elle ne pensa pas qu'il pouvait l'être pour le moins autant d'y voir entrer miss Melmor. Sir Edmond feignit de n'avoir vu ni entendu personne; mais, saluant respectueusement Malvina, il ne la retint plus. Elle descendit aussitôt chez mistriss Birton, où elle trouva M. Prior, et elle leur raconta avec tant de simplicité le hasard qui l'avait conduite chez sir Edmond, que ni l'un ni l'autre n'en conçurent aucun soupçon.

Celui-ci les rejoignit bientôt; Malvina ne songea pas à se retirer, et mistriss Birton ne crut pas devoir l'en faire souvenir. Ce n'est pas qu'elle ne fût inquiète de voir son neveu auprès d'une si charmante femme. Depuis l'instant où Malvina était entrée dans sa maison, elle s'était vivement repentie de l'y avoir reçue, et ne s'était occupée que des moyens d'empêcher sir Edmond de la voir; car, outre le penchant qu'elle lui connaissait pour les femmes en général, elle sentait qu'il y avait dans Malvina de quoi inspirer plus qu'un goût, et par conséquent de quoi la faire trembler pour l'union projetée avec lady Sumerhill. Mais, d'un autre côté, il était essentiel de ne pas heurter l'humeur indépendante de ce fier jeune homme, en lui laissant voir que c'était à dessein qu'elle éloignait Malvina. Elle savait trop que c'eût été pour lui une raison de plus de vouloir la connaître, et que, ne s'étant jamais soumis à la volonté d'autrui, s'opposer à un de ses désirs, était risquer de l'exciter : aussi mettait-elle tout son art à lui persuader qu'elle s'efforçait d'attirer madame de Sorcy au milieu d'eux, mais que ses efforts étaient vains, parce que le caractère de sa cousine, sauvage et misanthrope, ne cédait jamais à la complaisance. En les trouvant ensemble le matin, la crainte de voir tous ses projets détruits l'avait empêchée de contenir le premier mouvement d'humeur; mais, en réfléchissant, elle avait compris que pour pouvoir tromper Edmond, il fallait feindre un air satisfait lorsqu'un hasard, qu'elle n'aurait pu éviter, le réunirait à Malvina. Ainsi, dominant l'anxiété qu'elle éprouvait, elle fit beaucoup de caresses à sa cousine, et de frais pour être aimable : elle l'était beaucoup quand elle le voulait; chacun s'en aperçut, et elle plus qu'un autre : alors son amour-propre satisfait lui fit un peu oublier ses craintes, et la mit dans une situation intérieure assez douce pour donner de la grace à tout ce qu'elle disait. La conversation, vive et brillante avec sir Edmond, devenait instructive et sentencieuse dans la bouche de M. Prior; ce qui l'aurait même rendue un peu grave, si Malvina n'eût tempéré cet effet en y répandant la teinte touchante et voluptueuse d'une tristesse qui n'était presque plus que de la mélancolie. Quant à mistriss Melmor, si, à chaque phrase de mistriss Birton, elle n'eût murmuré tout bas : *Charmant! charmant!* en regardant les autres, comme pour leur dire : *Que répondez-vous à cela?* sa présence eût produit à peu près l'effet d'un meuble de plus dans l'appartement. Pour sa fille, qui ne savait causer qu'à l'aide de la plaisanterie et de ces petites phrases entrecoupées à l'usage des esprits frivoles et superficiels, elle était peu propre à prendre un rôle dans une conversation sérieuse et suivie : aussi ne manquait-elle jamais l'occasion de se moquer de ceux qui y trouvaient du plaisir; et, sur ce point, depuis longtemps madame de Sorcy et M. Prior étaient l'objet de sa raillerie. Elle avait espéré mettre sir Edmond dans son parti, parce qu'étant connu par son talent pour le persifflage, rarement ce genre s'unit-il à un fond solide. Mais il possédait tous les genres d'esprit, et savait être profond dans la solitude, comme brillant dans le grand monde. Elle s'en aperçut avec dépit; et, irritée du plaisir qu'il semblait prendre à discuter avec Malvina, et du silence qu'elle était obligée de garder, elle se mit à bouder dans un coin. A plusieurs reprises, Malvina lui adressa la parole et lui fit plusieurs prévenances; mais toutes furent repoussées avec aigreur, et le ton sec de ses réponses détermina Malvina à ne plus lui parler. A la fin miss Melmor s'ennuya d'un rôle qui convenait si peu à son goût, et, se levant avec humeur, elle fut s'asseoir devant un piano qui était au bout de la chambre, et préluda quelques airs. Malvina fut la première à se rapprocher d'elle pour l'écouter; elle loua beaucoup son talent et sa brillante exécution. Miss Melmor, la regardant, comme si elle eût fait peu de cas de ses éloges, appela sir Edmond, et lui proposa de chanter un duo italien. « Non, non, dit mistriss Birton, puisque nous voilà réunis, exécutons plutôt quelques morceaux de ces partitions d'opéra français. — Quoi! vous avez ici Armide, Alceste, OEdipe, tous ces immortels chefs-d'œuvre de notre scène? s'écria Malvina en parcourant les cahiers qui étaient devant elle. O chère mistriss Birton! on voit bien que vous avez toujours le cœur un peu français. — Pour moi, reprit miss Melmor dédaigneusement, je ne connais rien de plus triste et de plus froid que cette langue, et je ne pense pas qu'on puisse jamais rien dire d'aimable avec elle. — Priez madame de Sorcy d'en prononcer quelques mots, répondit sir Edmond, et je suis sûr que votre incrédulité cessera. — Peut-être que non, ajouta-t-elle d'un air plus dédaigneux encore, mais en baissant la voix; ma tête ne s'exalte pas si facilement, un mot ne me la fait pas perdre. — Ah! ce n'est pas la tête qui est en danger auprès d'elle. — Le cœur, voulez-vous dire, reprit-elle avec ironie : heureusement, pour certaines gens, qu'ils n'ont rien à risquer de ce côté-là; mais ils lui diront que si, et elle les croira comme tant d'autres, et, comme tant d'autres, ils la tromperont. » Pendant cette conversation, que Malvina n'était pas censée entendre, mais dont elle ne perdait pas un mot, mistriss Birton était passée dans sa chambre pour chercher la partition d'OEdipe : elle rentra avant que sir Edmond eût eu le temps de répondre; ce qui le fâcha sans doute, mais moins que Malvina. « Voyons, Kitty, dit mistriss Birton en posant la musique sur le pupitre, accompagnez-nous ce beau trio. » Miss Melmor essaya; mais elle était exécutrice et non pas musicienne; elle jouait comme un maître, et déchiffrait comme une écolière; de sorte qu'il lui fut impossible de faire ce qu'on lui demandait. « Je suis sûr que madame de Sorcy réussira mieux, lui dit sir Edmond. — Quand cela serait, répondit-elle, je n'y aurais aucun mérite, j'ai été nourrie avec cette musique dès mon enfance. — Je ne m'étonne pas alors que vous ayez l'air si languissant, reprit miss Melmor, car c'est assurément une triste nourriture. — Mais, si la musique italienne vous plaît mieux, nous n'avons qu'à laisser celle-ci, lui répondit Malvina avec douceur. — Non, non, cousine, repartit mistriss Birton, prenez la place, et que cette céleste mélodie nous fasse oublier les horreurs de ces sauvages montagnes, et nous transporte un moment dans notre patrie. » Miss Melmor se leva aussitôt, et, poussant brusquement sa chaise, elle fut s'asseoir bien loin de là, comme déterminée à ne pas écouter. A l'aide d'une main légère, et d'une oreille délicate, Malvina rendit les partitions les plus compliquées avec goût et facilité : on pouvait avoir une exécution plus rapide, mais non pas un jeu plus agréable. Cependant mistriss Birton fut bientôt fatiguée; elle voulait qu'on crût qu'elle aimait passionnément la musique, mais une heure d'harmonie était tout ce qu'elle pouvait supporter : d'ailleurs, la présence de Malvina lui pesait, ses talents la chagrinaient, et, pour faire cesser une situation assez pénible, elle feignit une migraine, et, sous ce prétexte, engagea chacun à se retirer.

## CHAPITRE IX.

### LA NOURRICE.

Sans en attribuer la cause à personne en particulier, Malvina sentait bien que cette soirée n'avait point été sans attrait pour elle; elle croyait même y avoir montré assez de plaisir pour que mistriss Birton ne dût pas craindre de la gêner en l'engageant à reprendre l'habitude de descendre tous les jours. En conséquence, elle attendit le lendemain avec une curiosité mêlée d'inquiétude, pour voir si sa cousine ne lui ferait rien dire à cet égard; mais elle n'en entendit point parler. Son dîner lui fut servi comme à l'ordinaire; et le soir, tentée de joindre la société, elle ne l'osa point, précisément parce qu'elle en avait envie; elle se disait bien qu'elle ne le désirait que par l'espoir de distraire sa tristesse; mais, si elle n'avait eu que ce motif, elle n'aurait pas tant réfléchi pour descendre : elle n'hésitait que parce qu'au fond elle en avait un autre, et que, sans le démêler elle-même, l'instinct lui faisait craindre que les autres ne le divinassent.

La voilà donc encore solitaire; les jours se passent: mistriss Birton vient la voir souvent, dans le but secret de lui ôter tout prétexte de descendre; elle évite de lui parler d'une réunion que Malvina n'ose pas proposer, et feint, auprès de son neveu, de ne jamais monter chez sa cousine sans employer les sollicitations les plus puissantes pour l'engager à l'accompagner, mais infructueusement.

Les choses en étaient là, lorsqu'un dimanche matin la petite Fanny entra, en sautant, dans la chambre de sa mère, et lui dit, tout essoufflée: « Azoleta est en bas, maman; comme l'école est fermée aujourd'hui, elle vient jouer avec moi: veux-tu que nous allions faire ensemble des boules de neige dans la cour? — Et qu'est-ce qu'Azoleta, mon enfant? — C'est la petite fille si jolie qui chante si bien, et qui parle comme nous. — La filleule de sir Edmond? reprit Malvina en rougissant un peu. — Oui, maman; mais est-ce que cela empêche qu'elle ne puisse être bonne? — Non, mon enfant; au contraire, sir Edmond est fort bon lui-même, je crois. — Eh bien! maman, imagine-toi que ma bonne dit toujours que non, que c'est un menteur, et qu'il fait semblant d'être aimable pour attraper les autres, et puis encore tout plein de choses que j'ai oubliées. — Tu fais bien, ma Fanny, d'oublier le mal qu'on te dit des autres; mais va joindre ta petite compagne, j'irai vous trouver dans un instant. » La petite sortit, et Malvina, se tournant aussitôt vers miss Tomkins, lui dit: « Pourquoi répétez-vous à cet enfant des propos, des contes que vous ne devriez pas écouter vous-même? — Je peux bien assurer madame, que ce ne sont pas des contes, et que très-certainement je ne dis pas la moitié de ce que je sais. — Mais j'espère, en effet, que ce n'est pas Fanny que vous prendriez pour confidente de tous les rapports qu'on s'amuse à vous faire. — Assurément, madame; car, lorsque mistriss Tass vient dans ma chambre, nous avons toujours soin de nous entretenir à voix basse..... Ah! si madame savait la manière dont sir Edmond se conduit ici!..... — Dispensez-vous de me le dire, Tomkins, répondit-elle, je ne suis point curieuse de le savoir. »

Malvina sortit alors de sa chambre, non sans éprouver un léger mouvement de curiosité sur la manière dont sir Edmond se conduisait; mais, eût-il été plus fort encore, elle aurait rougi de le satisfaire par le rapport d'un domestique, ou le bavardage d'une femme-de-chambre. Sans savoir précisément quels étaient les torts dont on accusait sir Edmond, elle devinait assez de quelle espèce ils pouvaient être, et, malgré son indulgence ordinaire, elle ne se sentait pas disposée à leur en accorder. Tout en rêvant ainsi, elle se trouva dans la cour. Azoleta vint se jeter à son cou avec une tendre ingénuité, et Fanny ne tarissait pas sur les bonnes qualités de sa nouvelle petite compagne. Tandis que, pour s'échauffer, Malvina s'amusait à courir avec les enfants, sir Edmond parut à quelque distance; il marchait fort vite: en la voyant, il la salua, mais passa son chemin sans s'arrêter. Malvina ne s'attendait pas à le voir, et, dans la disposition où elle était à son égard, peut-être n'en avait-elle pas envie; mais elle s'attendait encore moins au peu d'attention qu'il lui marquait. Surprise de ce procédé, elle le suivait des yeux en silence, lorsque Azoleta vint lui dire tout bas à l'oreille: « Je parie que je devine où va mon parrain. — Peut-être ne veut-il pas qu'on le sache, Azoleta. — Assurément, car il ne veut jamais qu'on dise quand il fait plaisir à quelqu'un: mais venez avec moi, et vous verrez si je me trompe. »

La petite fille se mit à courir; Fanny la suivit et Malvina aussi, non pour aller surprendre sir Edmond, mais pour retenir les enfants et les empêcher de commettre une indiscrétion: elle les appelait, ils n'en tenaient compte et couraient toujours. Arrivés à la porte d'une petite maison basse qui se trouvait dans une des basses-cours les plus reculées, Azoleta s'arrêta, et mettant le doigt sur la bouche : « Paix ! dit-elle à Malvina, il va vous entendre; » et puis, poussant doucement la première porte, marchant sur la pointe du pied, et prenant Malvina par la main, elle lui montra, à travers une porte vitrée, dans le fond d'une chambre assez propre, sir Edmond appuyé sur le dos d'un fauteuil où était étendue une vieille femme pâle et souffrante. « C'est la bonne Norton, la nourrice de mon parrain, dit tout bas Azoleta : elle s'est trouvée bien mal ce matin; sans doute on aura été le dire au château; c'est pour cela que mon parrain accourait si vite, car il est si bon! et elle l'aime tant!..... »

Attendrie au dernier point de voir ce jeune homme, qu'on lui avait peint comme si frivole, remplissant de pieux devoirs auprès d'une femme misérable et infirme, Malvina ne pouvait assez se reprocher l'opinion désavantageuse qu'elle avait été au moment de prendre de lui. Oh! combien elle lui pardonnait de ne s'être pas arrêté auprès d'elle! Que son motif lui semblait respectable, et combien elle eût été fâchée de le lui avoir fait oublier! Car Malvina n'était point de ces femmes superbes qui ne sont satisfaites qu'autant que tout cède à leur pouvoir; c'est la vanité seule qui prétend à cet empire : l'amour, quelque violent qu'il soit, quand il règne dans un cœur honnête, rougirait que ses droits l'emportassent sur ceux de l'humanité.

Ce n'est pas que Malvina aimât sir Edmond; je dis seulement que, l'eût-elle aimé, lui ou tout autre, il était dans son caractère, sans doute, de vouloir être préférée à tout, mais que la vertu le fût à elle; et, pour ce cœur insensible jusqu'alors, et décidé à l'être toujours, la vue d'une belle action qu'elle admirait sans défiance était bien plus dangereuse que des expressions passionnées contre lesquelles sa raison aurait su l'armer. Tandis que toute son attention était captivée par le touchant tableau qu'elle avait devant les yeux, Fanny, glacée par le froid et s'ennuyant de l'immobilité de sa mère, la tira par son jupon en la priant de s'en aller. Malvina, préoccupée, ne l'entendait pas; l'enfant éleva la voix : à ce bruit, sir Edmond tourna la tête et s'avança vers la porte pour voir ce qui le produisait. Malvina, alarmée d'être surprise par lui, épiant, pour ainsi dire, sa conduite, aurait voulu fuir, mais il n'était plus temps. Elle sentit qu'avoir l'air de se cacher semblerait plus déplacé encore que d'être vue; et, quoi qu'il lui en coûtât, elle resta à sa place. En la voyant, sir Edmond fit un cri, et Malvina, les yeux baissés, les joues colorées du plus vif incarnat, lui dit timidement : « Prenez-vous-en à la tendresse de votre filleule de mon indiscrétion; c'est elle qui m'a amenée ici, sans doute pour me faire voir son parrain dans toute sa gloire. — Entrez, madame, entrez, répondit sir Edmond très-ému; ce spectacle, tout affligeant qu'il est, ne vous effraiera pas : venez fortifier ma pauvre nourrice contre les terreurs de la mort; elle implore la miséricorde divine, et y croira sans doute davantage en voyant un ange auprès d'elle. — Est-elle donc si mal? dit Malvina en s'avançant; peut-être serait-il à propos d'envoyer chercher M. Prior. » La bonne femme l'entendit, et élevant avec peine sa faible voix : « Non, non, dit-elle, c'est inutile; ses belles paroles me soulageraient bien moins que la bonne amitié de mon cher fils. » Combien, aux yeux de Malvina, ce nom, cet éloge étaient honorables! combien ils couvraient les torts du volage Edmond! De grosses larmes inondaient ses joues; et prenant la main desséchée de la malade : « Vous souffrez donc beaucoup, ma pauvre mère? » lui dit-elle. Malvina avait un accent si excessivement doux, qu'il suffisait de l'entendre pour être ému. La nourrice, la regardant aussitôt, lui dit : « Vous êtes, je crois, la dame que mistriss Birton a menée voir les pauvres et les malades il y a quelque temps; ils m'ont tous parlé de vous; vous leur avez fait distribuer des secours; chacun vous bénit : je remercie le ciel de ne m'avoir pas retirée à lui avant de vous avoir vue. — Ne parlez pas tant, ma mère, interrompit sir Edmond, qui paraissait uniquement occupé de l'état de la malade, n'épuisez pas vos forces; prenez quelques gouttes de ces cordiaux; et voyez si vous souhaitez la présence de M. Prior. —Azoleta a été le chercher, dit Fanny, qui se cachait sous la robe de sa mère, n'osant pas regarder la vieille Norton, de peur de la voir mourir. — Mais je m'étonne que lorsque quelqu'un est malade, M. Prior n'en soit pas le premier instruit, demanda Malvina à une femme qui paraissait être une parente de la vieille Norton.—Oh! madame, répondit-elle, il est si occupé, qu'on craint de le déranger : on le trouve toujours à écrire dans son cabinet..... de beaux discours, assurément, mais qui ne lui laissent pas le temps de venir nous voir..... Ce n'est pas qu'il ait jamais refusé personne, lorsqu'on a été le chercher..... Non, je ne puis pas dire cela, et alors il sait dire de bien belles choses..... » L'entrée de M. Prior interrompit le discours de cette femme. Le premier objet qui le fixa fut moins la malade que Malvina; et, s'approchant de celle-ci, il lui dit : « Vous êtes donc venue être témoin de ce moment terrible, de ce moment critique où l'ame inquiète et tremblante arrive sur les frontières d'un monde inconnu? — M. Prior, lui dit sir Edmond tout bas et en montrant la nourrice, tâchez de trouver quelques paroles de paix à la portée de son intelligence, et qui raffermissent son cœur. »

Malvina se leva, et, cédant à M. Prior la place qu'elle occupait auprès de la malade, elle s'appuya sur le dos du fauteuil auprès de sir Edmond. « Eh bien! ma pauvre Norton, lui dit M. Prior, votre cœur et votre chair défaillent; mais que Dieu soit votre force, et il sera votre portion à jamais; dussiez-vous marcher dans la vallée de la mort, ne craignez aucun mal tant qu'il sera avec vous; que son bâton et *sa houlette vous rassurent*[1].—Ah! monsieur, que sa volonté soit faite, et non la mienne; je m'y soumets sans murmurer; et puisse notre divin Sauveur intercéder pour moi! — Confiez-vous dans la clémence du Très-Haut, bonne Norton, car c'est un bon père qui sait de quoi nous sommes faits, qui se rappelle que nous ne sommes que poudre, et avec lequel il y a pardon, afin qu'il puisse être aimé autant qu'il est craint. — Et pourquoi douterais-je de sa miséricorde? Il est témoin que je n'ai jamais fait de mal à personne; mais, si je regrette la vie, c'est à cause de ma pauvre famille, qui reste dans la misère : tant que j'ai vécu, j'ai partagé avec elle les bienfaits de mon fils Seymour; mais, en me perdant, que lui restera-t-il? — Moi, ma bonne mère, moi, reprit vivement sir Edmond : soyez sûre qu'elle ne manquera jamais de rien tant que je posséderai quelque chose. — Je sais que mon Edmond a un excellent cœur, reprit la vieille nourrice en versant ses dernières larmes, et je compte sur ses promesses; mais il n'est presque jamais ici, et alors..... — Moi, j'y serai toujours, interrompit Malvina, et je tâcherai de suppléer à ce que l'éloignement de votre fils ne lui permettra pas de faire.—Oui, ma mère, ajouta sir Edmond, ému et satisfait de pouvoir prendre un engagement de concert avec Malvina; nous vous jurons tous deux de nous entendre et de nous réunir pour veiller à la prospérité de vos enfants. » Malvina avança la main pour prouver qu'elle était de moitié dans le serment, et sir Edmond, la saisissant avec vivacité, la posa entre les siennes sur les genoux de la malade; celle-ci, touchée de leur action, et tranquille sur le sort de sa famille, articula faiblement ces paroles : « *Laissez-moi désormais, Seigneur, aller en paix*[2], » et expira au bout de quelques minutes.

En s'en retournant au château, la physionomie de M. Prior était plus grave, celle de Malvina plus recueillie; sir Edmond lui-même était plus sérieux;

[1] Ps. XXIII, v. 4.

[2] Cantique de Siméon.

mais, reprenant sa vivacité à mesure qu'il s'éloignait de ce triste et funèbre spectacle, il s'écria : « Les gens d'église auront beau faire, ils ne me persuaderont jamais comment il est utile à l'ordre général qu'une honnête créature qui a passé sa vie dans le travail la termine dans la misère sans avoir joui de son existence. — Eh! qui vous dit qu'elle n'en a pas joui ? reprit M. Prior : le bonheur n'appartient-il pas bien plus aux disciples de la vertu qu'aux favoris de la fortune ? et, à ce titre, mistriss Norton n'a-t-elle pas dû vivre plus satisfaite que.... que vous peut-être ? — Ma foi, cela se peut bien, repartit sir Edmond ; de la manière dont les choses sont arrangées ici-bas, je conviens que les conditions, pour être brillantes, n'en sont pas plus heureuses : aussi, dans le cours d'une vie qu'on regarde comme fortunée, et où j'ai compté bien plus d'heures d'ennui que de plaisir, ai-je souvent eu occasion de douter de la bonté d'une puissance qui nous donne si peu de biens pour tant de maux. » Ces paroles irritèrent M. Prior; et, regardant sir Edmond avec indignation, il lui dit d'un ton véhément : « Et qui es-tu, fils de l'homme, toi qui n'es sorti de la poussière que du jour d'hier, pour élever une voix téméraire contre ton Créateur ? Où sont tes titres pour critiquer l'arrangement de l'univers, toi dont le partage est si fort au-dessus de ce que tes vertus te donnent le droit d'attendre ? — Je vous assure, M. Prior, répondit sir Edmond en souriant, que je sens fort bien le peu que je vaux, et que j'ai une très-faible idée de mon mérite; mais, si Dieu me voulait sans tache, que ne m'a-t-il créé parfait? Pourquoi m'envoie-t-il d'aimables tentations, s'il doit me punir d'y avoir cédé? et de quoi puis-je être coupable, quand je ne fais qu'user de ce qu'il me donne ? — Peut-être l'êtes-vous, reprit Malvina avec un regard touchant, si vous avez été averti par la conscience en même temps que tenté par les passions, si vous avez vu le bien en faisant le mal, et si, en succombant, vous avez senti que vous pouviez résister. » Sir Edmond rougit, et se retournant du côté de M. Prior : « Écoutez bien, lui dit-il, voilà ce qu'il faut dire et comment il faut dire, lorsque, dans votre chaire apostolique, vous voulez réveiller la conscience du pécheur et ouvrir les yeux de l'impie; mais il faudrait y joindre ce regard, cet accent et *ces lèvres charmantes où les grâces reposent près de la sagesse*[1]. » En parlant ainsi, ils arrivaient au château; M. Prior les quitta, et Malvina se préparait à monter chez elle, lorsque sir Edmond la retint et lui dit : « Eh quoi, madame, toujours nous fuir! toujours inaccessible à nos vœux et aux instances de mistriss Birton! — Quelles instances? reprit-elle un peu surprise. — Mais vous n'ignorez pas, sans doute, que votre cousine se désespère de l'obstination (passez-moi ce mot, c'est elle qui le dit) avec laquelle vous refusez de vous joindre à nous. » Malvina sourit. « Vous plaisantez, sir Edmond; assurément ma cousine ne porte point de pareilles plaintes contre moi. — Je vous assure, madame, que, comme il n'y a point de jour où je ne lui demande plusieurs fois pourquoi nous ne vous voyons jamais, il n'y en a pas où elle ne me réponde que tous ses efforts pour vous attirer dans le salon sont aussi répétés qu'inutiles. » Malvina, voyant l'intention de sa cousine sans en comprendre le motif, répondit avec assez d'embarras : « Mais, s'il était vrai que j'eusse résisté aux prières de mistriss Birton, comment supposez-vous ?.... — Que vous cédiez aux miennes, interrompit-il vivement : non, madame, je ne suis pas si présomptueux; mais, comme vous ne viviez pas aussi solitaire avant mon arrivée, c'est me dire assez que ma présence vous rend ce séjour désagréable, et que vous désirez me le voir quitter. — Vous interprétez mal ma conduite, monsieur, répondit-elle un peu troublée; ce n'est pas vous, mais de bien chers souvenirs, qui me retiennent dans

[1] Dryden.

ma solitude; et, si je croyais que mon éloignement affligeât mistriss Birton, je pourrais bien.... — Ma tante! ma tante! s'écria sir Edmond en prenant la main de Malvina et l'entraînant dans l'appartement de mistriss Birton, voilà madame de Sorcy qui prétend que je plaisante lorsque je l'assure que vous vous désolez d'être privée de sa société: joignez vos prières aux miennes, ma chère tante, et peut-être l'emporterons-nous. » Mistriss Birton rougit, mais prenant son parti sur-le-champ: « Ma cousine sait, dit-elle, combien sa présence m'est chère: si je n'ai point voulu gêner son goût extrême pour la retraite, elle aura apprécié, j'espère, le désintéressement qui me faisait préférer son repos à mon plaisir; mais, puisqu'elle commence à se lasser de cette vie retirée, je suis prête à accueillir son changement avec une grande joie. » La réponse équivoque de mistriss Birton laissait Malvina incertaine, lorsque sir Edmond, impatient d'en avoir une positive, s'écria: « Je vois assez clairement, ma tante, qu'il faut me décider à vous quitter; tant que je serai près de vous, madame de Sorcy n'y viendra qu'à contre-cœur.... — J'adopte votre projet, Edmond, interrompit vivement mistriss Birton, vous perdez votre temps ici: des devoirs, des engagements vous appellent à Édimbourg; retournez-y; alors, du moins, ma belle cousine sera libre.... — Ce ne sera point monsieur qui pourra gêner ma liberté, interrompit Malvina à son tour avec un peu de gravité; qu'il reste ou qu'il parte, mon goût ne m'en portera pas moins à rester seule, de même que sa présence ne m'empêchera pas de céder à votre désir, s'il est vrai, ma cousine, que vous attachiez quelque prix à ma société. » Mistriss Birton n'avait aucun motif de se refuser à cette ouverture; d'ailleurs, elle songea que, puisqu'elle ne pouvait éviter que sir Edmond ne vît Malvina, il valait encore mieux que ce fût en sa présence; et, de ce moment, il fut convenu que Malvina se réunirait à la société, comme elle avait fait avant l'arrivée de sir Edmond.

## CHAPITRE X.

### DES CONVERSATIONS.

DURANT le dîner seulement, mistriss Birton apprit que la mort de la bonne Norton avait causé l'entrevue de sir Edmond et de Malvina; elle ne savait seulement pas que cette femme fût malade. Comme elle ne s'intéressait à personne, personne ne lui venait raconter ses maux; et les vassaux, qu'elle se vantait de protéger, souffraient et mouraient le plus souvent sans qu'elle en fût informée. Dévorée par l'ambition, elle entretenait une correspondance active avec milord Stafford, afin qu'il restât fidèle à leurs engagements, et pressait vivement son neveu d'aller les remplir; mais, chaque jour, sir Edmond trouvait de nouveaux prétextes pour éluder son départ. Jamais il n'avait fait un si long séjour à Birton-Hall: miss Melmor s'en faisait tous les honneurs; mais mistriss Birton, qui entrevoyait la vérité, était dans des transes continuelles, et ne rêvait qu'aux moyens d'éloigner son neveu, ou de se brouiller avec Malvina; mais avec un caractère indépendant comme celui du premier, il fallait user de persuasion et non d'autorité, et le caractère despotique de mistriss Birton se prêtait peu à ce moyen. D'un autre côté, avec le caractère doux de Malvina, comment parvenir à se brouiller avec elle sans lui donner de justes sujets de plainte qui la rendraient plus intéressante aux yeux d'Edmond? et d'ailleurs, en l'éloignant, qu'y gagnait-elle? Malvina n'était-elle pas libre de se fixer où elle voulait? Pourrait-elle empêcher que son neveu ne la vît avec plus de liberté peut-être qu'à Birton-Hall, et qu'il ne vînt à découvrir alors les ruses qu'elle avait employées pour l'éloigner de Malvina? Dans cette perplexité, elle se détermina à s'ouvrir à sa cousine sur les projets d'alliance qu'elle nourrissait avec tant d'ardeur; elle lui peignit sir Edmond comme un jeune homme très-dissipé, sans mœurs, amoureux d'intrigues, et qui ne fuyait l'honorable mariage qui lui était proposé que parce qu'il le regardait comme un frein à ses débordements. « Voyez quelle est ma peine, ma chère cousine, lui disait-elle avec une feinte confiance: malgré les écarts sans nombre de mon neveu, je l'aime tendrement; et, pour lui procurer un établissement qui l'élève aux dignités et l'arrache à ses misérables intrigues, je lui assurais tous mes biens, je m'en dépouillais en sa faveur. Plein de reconnaissance pour mes dons, il avait souscrit à ma volonté, et, sûre de son aveu, j'avais engagé ma parole et répondu de la sienne; et, c'est après m'être avancée à ce point, lorsque lady Sumerhill vient de refuser, à cause de lui, les plus grands partis d'Édimbourg, qu'il me donnera peut-être l'inexprimable humiliation de manquer à une promesse dont j'ai assuré la validité! Ne m'aiderez-vous pas, bonne cousine, à lui faire sentir ses torts, ainsi que la nécessité où il est de se rendre à Édimbourg? — Mon Dieu! madame, répondit Malvina, quelle influence puis-je avoir sur les volontés et les opinions de sir Edmond? — Fort peu, je le crois; car j'ai remarqué qu'il avait moins d'attrait et d'attention pour vous que pour toutes les femmes qu'il a connues, parce qu'apparemment vous n'êtes pas une de ces jeunes folles vives et brillantes qui l'amusent et qui lui ressemblent; mais enfin, s'il n'a pas de goût, du moins a-t-il beaucoup d'estime pour vous; je ne serais pas étonnée qu'il ne fît quelques sacrifices pour acquérir la vôtre; et, au surplus, si vos réflexions sont sans succès, du moins ne peuvent-elles pas nuire. — Je vous assure, madame, répliqua Malvina, que je me trouve fort embarrassée pour vous obliger: il semblera très-singulier à sir Edmond que je me mêle d'une affaire à laquelle je suis absolument étrangère, et que je lui donne des conseils quand il ne m'en demande point. — Aussi, ma chère, n'est-ce que d'idées générales qu'il faut s'entretenir devant lui: répétez qu'un homme qui a donné des espérances de mariage à une femme est inexcusable de les tromper; qu'une union ne peut être heureuse que par l'opulence et les dignités.... Mais le voici: n'ayons pas l'air de nous entendre, et ayez soin d'appuyer ce que je dirai, à moins, ajouta-t-elle en voyant l'incertitude de Malvina et la fixant d'un air significatif, que quelques causes particulières ne vous en éloignent. »

Le soupçon que cette dernière phrase renfermait n'échappa point à Malvina: l'appuierait-elle en se taisant, ou parlerait-elle d'un lien qui lui semblait bien plus propre à contenter l'ambition de mistriss Birton qu'à faire le bonheur de sir Edmond? Dans cette incertitude, elle se tut, et attendit ce que la suite de la conversation pourrait lui fournir de convenable à dire.

Mistriss Birton n'avait encore fait que quelques questions insignifiantes, lorsque miss Melmor entra, une gazette à la main. « Ah! bon Dieu! s'écria-t-elle, quelle superbe fête on va donner à Édimbourg, chez milord Stanholpe! — Chez milord Stanholpe, frère de lady Sumerhill? demanda mistriss Birton à son neveu. — Oui, répondit-il assez négligemment. — Ah! quelle serait ma joie si je pouvais y assister! s'écria miss Melmor. — Sans doute, vous ne vous dispenserez pas de vous y rendre, Edmond? demanda assez sévèrement mistriss Birton. — Eh quoi! madame, vous croyez que je pourrais quitter la société où je me trouve, et braver le temps qu'il fait, pour courir à une de ces fêtes que l'oisiveté rend nécessaires peut-être, mais que l'habitude rend insipides? — Si ce n'est pour la fête, Edmond, ce sera pour y faire partie de cette société brillante et choisie qui s'y réunira. — Ah! madame, si vous connaissiez la fastidieuse monotonie qui règne à présent dans le grand monde !..... — Mais les femmes, Edmond; se peut-il que vous oubliiez cette charmante moitié du monde ? — Les femmes, madame, ne se donnent plus la peine de l'embellir; elles sont devenues si nonchalamment frivoles, que tout ce qui ne les berce pas les fatigue. — Vous êtes devenu bien difficile, reprit mistriss Birton en contenant son humeur; et je serais curieuse de connaître la cause d'un changement aussi inattendu. » A ces mots, miss Melmor se rengorgea avec orgueil, comme pour dire que c'était elle; Malvina, qui se croyait bien loin d'être intéressée dans tout cela, continua son ouvrage sans changer d'attitude; sir Edmond ne répondit point à sa tante, et celle-ci ajouta, après un moment de réflexion : « Au reste, s'il est vrai que les plaisirs vous fatiguent, et que les femmes vous ennuient, j'en tire un heureux auguré pour votre réforme; dès l'instant que le monde déplaît, et que la solitude a des charmes, on cherche à l'embellir en y appelant une compagne, et je dois croire qu'enfin vous n'êtes pas si éloigné d'un lien sérieux, et que vous allez penser à tenir la parole que vous avez donnée..... — Dites donc que vous me conseillez de donner, madame. — Vous faites là une subtile chicane, Edmond; car, sans vous être positivement engagé, vous savez bien que la famille de lady Sumerhill regarde votre mariage comme une affaire arrangée : et, je vous le demande, n'êtes-vous pas sûr que cette jeune personne vous attend à la fête de son frère; et, si vous lui avez donné lieu d'y compter, n'êtes-vous pas coupable de tromper ses espérances ? — Ma foi, madame, répondit-il vivement, je ne lui ai jamais adressé que de ces galanteries qu'on distribue au hasard à toutes les femmes, sur lesquelles on surfait par habitude comme on rabat par expérience : c'est une monnaie dont tout le monde connaît la valeur; et, lorsqu'on s'y trompe, c'est bien plus la faute de celle qui la reçoit que de celui qui la donne. »

Malvina leva la tête, le regarda fixement : il parut embarrassé, s'agita sur sa chaise, et mistriss Birton reprit : « Peut-être n'accuseriez-vous pas lady Sumerhill d'avoir cru trop facilement à vos protestations, si vous vouliez vous rappeler l'air dont vous les avez faites ; et, puisque vous êtes si profond dans l'art de tromper les femmes, il n'est pas généreux de les blâmer lorsqu'elles sont victimes de vos dangereux artifices. — En vérité, madame, interrompit-il, troublé de s'entendre faire de pareils reproches devant Malvina, je ne fus jamais ni faux ni perfide : sans doute j'usai souvent de finesse auprès des femmes; mais, tel usage que j'en aie pu faire, j'ai toujours été en reste avec elles; et dans ce monde, où leur coquetterie nous tient sans cesse en état de guerre, il faut bien, pour s'en défendre, se servir de leurs propres armes : d'ailleurs, lorsqu'elles se font une gloire de la finesse, pourquoi m'en feraient-elles un crime, et appelleraient-elles chez moi un tort du cœur ce qu'elles nomment chez elles un avantage de l'esprit ? — Je crois, répondit assez sérieusement Malvina, que, si la finesse est regardée avec indulgence chez les femmes, c'est qu'il semble que la nature leur permette ce moyen de dérober quelques instants à la dépendance où elle les condamne : mais les hommes ne s'abaissent-ils pas en usant de cette arme des êtres faibles ? Eux, libres et indépendants, pourquoi ne sont-ils pas sincères ? Quand le besoin ne commande pas l'adresse, on ne l'emploie que pour tromper : ainsi je crois que, lorsqu'ils dissimulent, ce n'est pas pour sauver du mal, mais pour en faire aux autres. — Madame de Sorcy a raison, ajouta mistriss Birton, et ce n'est que pour déchirer le cœur de lady Sumerhill que vous avez cherché à vous en faire aimer. — Ah ! mon Dieu, ma tante ! trêve de pitié, reprit sir Edmond ; les femmes, à présent, n'ont plus le cœur si faible ; comment le déchirerait-on ? on ne le touche même pas ; la vanité le tient sous sa garde ; c'est un rempart inexpugnable qui empêche tout autre sentiment d'y pénétrer. — Est-ce vous, Edmond, qui osez faire un semblable reproche? vous qui n'avez séduit lady Sumerhill que par vanité, qui ne restez ici que pour affliger cette intéressante personne, et augmenter son penchant en excitant son inquiétude; et cela, je vous le dirai, est une bien pitoyable vanité. Qu'en pensez-vous, ma cousine? me trouvez-vous trop sévère? — Pas dans votre jugement, madame, répondit Malvina, mais dans votre supposition; car vous ne devez pas mettre en doute que sir Edmond, l'excellent fils de la digne mistriss Norton, ne se hâte d'aller mettre fin *aux tourments de l'intéressante femme dont il est aimé.* » A ces mots, miss Melmor jeta sur Malvina un regard de colère et de reproche ; et se levant, elle marcha dans la chambre, comme ne pouvant plus commander à son impatience. « La distinction de madame est très-pressante, répondit sir Edmond d'un ton piqué, et sans doute je m'y serais rendu, si je ne voyais, par l'annonce de cette fête, qu'elle doit avoir lieu dans trois jours, et par conséquent il n'est plus temps de partir. — En vérité? ajouta mistriss Birton en parcourant la feuille d'un air inquiet; mais du moins, Edmond, si ce n'est plus pour le fête que vous retournerez à Édimbourg, que ce soit par considération pour la jeune personne; elle doit être si surprise de ne vous avoir pas vu chez son frère, qu'il y aurait de la barbarie à la faire souffrir plus long-temps...... Ne le pensez-vous pas aussi, cousine? — Je ne sais, madame, jusqu'à quel point les affections de cette jeune personne sont engagées; mais, pour peu qu'elles le soient, et que sir Edmond s'avoue à lui-même y avoir volontairement contribué, je l'estime trop pour croire qu'il se fasse un jeu des peines qu'on souffre pour lui, et..... — Ma chère, interrompit vivement miss Melmor, n'entendez-vous pas votre petite Fanny qui crie? sans doute elle s'est fait grand mal. — Je n'entends rien, dit Malvina en se levant et prêtant l'oreille. — Oh! je suis bien sûre de ne me pas tromper, et je vais y aller voir. » Malvina, inquiète, sortit avec miss Melmor; mais à peine furent-elles hors du salon, que la dernière s'arrêta, et dit : « Je n'ai feint d'entendre crier Fanny que pour rompre une conversation qui m'était insupportable, et pour vous demander, ma chère, quel intérêt vous excite à éloigner sir Edmond. Si c'est pour faire votre cour à mistriss Birton, je vous dirai que cela ne répond pas à ce caractère de grandeur et de générosité qu'on vous attribue, et dont M. Prior nous rebat sans cesse les oreilles. — Pour votre propre intérêt, ma chère, reprit Malvina avec un souris presque dédaigneux, je vous engage à ne pas former des soupçons qui tournent plutôt au détriment de celui qui les conçoit que de celui qui en est l'objet ; et quant à ce qui regarde sir Edmond, il me semble que ce que j'ai dit est si naturel et si simple, que je m'étonnerais, au contraire, que vous n'ayez pas appuyé mon avis. — En vérité, je dois en être fort tentée, reprit miss Melmor, lorsque sir Edmond ne reste ici qu'à cause de moi; quand il m'aime passionnément, que son intention est de m'épouser, et qu'il m'a promis d'abandonner lady Sumerhill en ma faveur! Mais ceci est un secret, et je ne vous le confie que pour vous faire sentir combien vos sermons doivent nous être insupportables à tous deux. — Mais, si les choses en sont à ce point, reprit très-froidement Malvina, qu'avez-vous à craindre? Supposez-vous que l'opinion d'une femme qui est aussi étrangère que moi à sir Edmond puisse l'emporter sur la passion qu'il a pour vous? — Non, pas précisément, madame, reprit miss Melmor; mais il pourrait peut-être se laisser troubler par de grandes phrases, des airs sentencieux; et, à moins que vous ne vouliez lui faire impression pour votre propre compte, je vous serai obligée de ne plus vous charger du soin de le prêcher. » En achevant ces mots, elle rentra précipitamment dans le salon, sans attendre sa réponse.

Malvina, dépositaire des confidences de mistriss Birton et de celles de miss Melmor, déjà en butte aux malignes interprétations de toutes deux, se serait trouvée dans une véritable perplexité, si la droiture de ses intentions et la pureté de sa conscience ne l'eussent mise au-dessus des difficultés de sa situation. Ne connaissant point assez la vérité des choses dont on lui parlait, pour savoir de quel côté était la justice, elle se résolut à rester absolument neutre sur tous les intérêts qui s'agitaient autour d'elle; mais ce parti, le seul qui convînt à son caractère, désobligeait également mistriss Birton et miss Melmor; et, s'il ne lui en fit pas dès lors deux ennemies, du moins il les disposa à le devenir.

Depuis la confidence de miss Melmor, Malvina était peut-être plus froide et plus réservée avec sir Edmond. Elle ne descendait jamais que lorsque toute la société était réunie, et même alors feignait de ne pas entendre les choses flatteuses qu'il ne perdait jamais l'occasion de lui adresser : elle ne se sentait à son aise qu'avec M. Prior; et, quand il venait chaque matin chez elle la faire travailler à la langue erse, l'amitié et la confiance prolongeaient bien souvent l'heure de la leçon jusqu'à celle du dîner.

L'usage de la maison était qu'après le déjeuner, qui se faisait en commun, chacun se retirât toute la matinée dans sa chambre, et Malvina était plus exacte que personne à le suivre : un matin cependant, ne voyant point Fanny auprès d'elle à l'heure où elle avait coutume de lui donner quelques leçons, elle descendit pour la chercher, et la trouva dans le salon, qui jouait avec sir Edmond Seymour. En le voyant, elle fit quelques pas en arrière, et, appelant l'enfant, elle se disposait à se retirer, lorsque sir Edmond s'avança vers elle, et lui dit : « Puisque le hasard me fournit l'heureuse occasion d'être un moment seul avec vous, madame, permettez-moi de tâcher de ne pas la manquer et d'obtenir de vous une audience de quelques minutes. » Malvina rougit, fit une légère inclination; sir Edmond ne demanda pas un consentement plus formel, et, fermant la porte, il la conjura de s'asseoir, se plaça auprès d'elle, et lui parla ainsi : « L'espoir de vous voir prendre quelque intérêt à ma situation, madame, n'est point ce qui m'engage à vous parler; je sais trop que vous ne m'avez pas jugé digne de vous en inspirer; mais, comme vous parûtes appuyer l'autre jour le désir que mistriss Birton manifestait de me voir retourner à Édimbourg, je voudrais savoir (s'il n'y a pas d'indiscrétion du moins) jusqu'à quel point ma tante vous a instruite des affaires qui peuvent m'y appeler. — Je n'ai su d'elle, reprit Malvina, que ce qui a été dit devant vous : que vous avez promis votre main à une jeune personne charmante qui vous aime; que vous l'abandonnez précisément parce qu'elle vous aime, et pour mille autres qui ne la valent pas; voilà tout, monsieur. — Voilà tout, répliqua sir Edmond en la regardant avec un mélange d'inquiétude et de tendresse; et c'est bien assez, je suppose, pour avoir fixé définitivement votre opinion sur mon compte. — Puisque vous m'interrogez, répondit-elle, je conviendrai que j'ai été surprise qu'on pût reprocher au bienfaiteur de tant de malheureux, au parrain d'Azoleta, au fils de la digne Norton, de mettre sa gloire à manquer auprès des femmes de cette noble franchise, de cette délicate probité qui, à mon gré, constituent le véritable homme d'honneur. — Je ne prétends point me disculper de tous les torts qu'on m'attribue, madame, répondit-il : sans doute j'en ai eu beaucoup, et j'avoue même qu'en arrivant ici j'étais loin de les considérer du même œil dont je les vois à présent; mais, sans entrer dans les motifs d'un changement que celle qui en est cause refuserait peut-être d'écouter, je me contenterai de rectifier plusieurs erreurs que le récit de mistriss

Birton a dû faire naître dans votre esprit : je n'ai jamais pris aucun engagement avec lady Sumerhill, madame, et je ne l'ai jamais aimée ; quoique parfaitement belle, elle n'a point ce qui touche et qui plaît. *Jamais, a dit un de nos poëtes, vous n'assignerez de cause à l'amour, elle n'est point dans les traits du visage, mais dans le cœur de l'amant*[1] : le mien a toujours été muet pour elle ; et, comme son caractère nonchalant et frivole n'est susceptible d'aucun sentiment vif, j'ai lieu de croire que la sorte de préférence qu'elle a daigné m'accorder ne peut nuire à son repos. — Alors, monsieur, répliqua Malvina, peut-être mistriss Birton vous blâmera-t-elle de ne l'avoir pas avertie plus tôt de vos dispositions, et de lui avoir laissé faire des avances que vous n'étiez pas sûr de confirmer. — Si je n'ai point déclaré dès le premier moment que je refusais de m'unir à lady Sumerhill, répondit sir Edmond, c'est que, n'ayant alors aucune idée sur le bonheur conjugal, je croyais que, comme tant d'autres, je pourrais me résoudre à prendre une compagne comme on fait un marché, et, sous ce point de vue, lady Sumerhill me convenait assez ; mais, depuis qu'un événement inattendu a changé toutes mes idées et mes principes, et qu'un choix, que je regardais si indifféremment, me paraît aujourd'hui si précieux, que toute ma destinée en dépend, j'ai dû renoncer à lady Sumerhill ; je l'ai fait du fond de mon cœur, et avec d'autant moins de scrupule, que, comme je vous l'ai déja dit, jamais je n'ai donné de parole à cet égard ni à elle ni à sa famille : si ma tante a donné la sienne, c'est sa faute, je ne l'en avais pas chargée, et je ne crois pas devoir payer son inconséquence du bonheur de toute ma vie. Ne le pensez-vous pas, madame ? — Oui, monsieur, répondit Malvina, convaincue que tout ce qu'il faisait entendre se rapportait à miss Melmor ; et je pense aussi que votre nouveau choix n'éprouvera aucun obstacle de la part de mistriss Birton, si elle peut croire qu'il vous rende heureux ; sans doute il ne vous manque que de le lui annoncer pour le voir confirmer ; et, quant à moi, monsieur, touchée de la confiance que vous venez de me témoigner, soyez assuré de la sincérité de mes vœux pour l'accomplissement des vôtres. » Ce compliment fit assez connaître à sir Edmond combien elle était loin de le comprendre ; mais l'air excessivement froid dont elle le prononça lui donna quelques espérances ; ce ton était si peu naturel à Malvina, que, pour le prendre, il fallait qu'elle fût affectée d'un sentiment très-particulier ; il ne voulut pas s'expliquer davantage avant d'en être sûr ; et ils se séparèrent sans que la conversation eût été poussée plus loin.

[1] Dryden.

## CHAPITRE XI.

### QUELQUES LÉGERS INCIDENTS.

Sir Edmond ne négligeait jamais l'occation de dire une chose tendre ou agréable à Malvina, mais toujours un peu voilée ; de sorte qu'elle ne voyait dans cette obscurité qu'un moyen indirect qu'il prenait pour s'adresser à miss Melmor ; et, sous l'ombre de cette certitude, elle se permettait de l'écouter, de le trouver aimable, de se plaire avec lui, de prendre le plus vif intérêt à tous les éloges et aux récits d'Azoleta : cependant le trait s'enfonçait ; aura-t-elle la force de l'arracher, lorsque la chimère de miss Melmor s'évanouira, et qu'elle verra distinctement que c'est elle, elle Malvina, qui est l'objet aimé ?

Un soir, après le thé, la conversation roulait sur les mœurs du temps et la corruption générale, lorsqu'elle fut interrompue par des lettres qui obligèrent mistriss Birton de passer dans son cabinet ; M. Prior, dont l'esprit était assez porté vers les comparaisons et les maximes, continua le sujet dont on s'était entretenu, en disant : « C'est ainsi que les voluptés des sens ressemblent à un torrent écumeux. — Ah ! bon Dieu ! M. Prior, s'écria vivement miss Melmor, allez-vous prêcher ? épargnez-nous, de grace, et laissez-nous profiter de l'absence de mistriss Birton pour causer de choses moins mortellement ennuyeuses. » Et aussitôt elle se mit à faire plusieurs frivoles questions à sir Edmond, qui lui répondit sur le même ton. M. Prior haussa les épaules et sortit; Malvina se mit à lire dans un coin de la cheminée, et mistriss Melmor resta sans rien dire : c'est ce qu'elle pouvait faire de mieux.

« Apprenez-moi, sir Edmond, combien de temps vous a fixé la femme que vous avez le plus aimée? lui demanda miss Melmor dans le courant de la conversation. — Je serais fort embarrassé de vous le dire, répondit-il en feuilletant un livre qu'il tenait entre ses mains; car il me semble à présent que je n'en ai jamais aimé aucune. » A ces mots, Malvina continua d'avoir toujours les yeux sur son livre, mais elle ne lisait plus. « Quoi ! de toutes celles à qui vous l'avez dit, nulle ne vous a fait brûler d'une ardeur véritable ? — Peut-être leur vanité se l'est-elle imaginé, et me le suis-je figuré moi-même; mais comment oser donner le nom d'amour à ces *ardeurs éternelles* qui durent à peine quelques mois ? — Puis-je croire qu'au milieu de toutes les beautés qui embellissent les fêtes de Londres et d'Édimbourg, aucune ne vous ait paru digne d'attachement ? — Aucune, du moins, ne m'en a inspiré. — Comment faut-il donc être pour vous plaire ? » reprit-elle en contenant sa joie, et sûre qu'il allait lui dire à l'oreille *comme vous*. Au lieu de cela, il ouvrit le livre qu'il tenait et lut avec chaleur le morceau suivant : « Nombre de femmes ont attiré mes vœux et intéressé mon ame; plus d'une fois la mélodie de leur voix captiva mon oreille trop attentive à les écouter; plusieurs belles me plurent, l'une pour une vertu, l'autre pour une autre; mais une beauté parfaite, je ne la trouvai jamais : toujours quelque défaut jaloux à côté de la plus belle de ses graces en détruisait les charmes. Mais elle ! elle incomparable, accomplie en tout, le ciel la forma du trait le plus parfait de chacune de ses créatures [1] ! » Il appuya sur cette dernière phrase, en jetant sur Malvina un regard si tendre et si expressif, qu'elle en fut troublée jusqu'au fond de l'ame; et de ce moment elle entrevit que, s'il eût réellement aimé miss Melmor, c'eût été elle qu'il eût regardée ainsi.

Sans doute cette jeune personne fit la même réflexion, car elle bouda tout le monde le reste de la soirée, et particulièrement Malvina. « A propos, Edmond, lui dit mistriss Birton au moment où chacun se préparait à se retirer, votre nouvel appartement ne tardera pas à être prêt, et à votre retour vous pourrez l'occuper. — Non, non, répondit-il vivement, réservez-le pour un autre, je ne veux point quitter le mien, il est désormais consacré, » ajouta-t-il d'une voix basse et en regardant fixement Malvina, auprès de qui il était assis, afin de lui rappeler l'instant où elle y était venue. Mistriss Birton n'entendit pas ces derniers mots, et sortit en lui disant qu'il était libre; mais Malvina n'avait que trop compris sir Edmond, et aussitôt une secrète émotion s'était emparée de son cœur : distraite, troublée, elle ne songeait plus à se retirer, lorsque miss Melmor, tourmentée de la voir ainsi auprès de sir Edmond, s'écria étourdiment : « Si c'est le voisinage de sir Edmond qui retient madame de Sorcy, je crois qu'il doit en être fier; car, depuis qu'elle est avec nous, voilà la première fois qu'elle s'est oubliée. » Cette réflexion, qui n'était que trop vraie, fit son effet sur tous ceux qui l'entendirent; la seule mistriss Melmor resta la même qu'auparavant.

Malvina se leva un peu confuse, et, s'avançant pour prendre son sac à ouvrage qui était sur une table, elle posa sa main, par inadvertance, sur celle de sir Edmond; et, la retirant bien vite,

1 Shakspeare, dans *la Tempête*.

elle s'éloignait précipitamment, lorsqu'en se retournant elle aperçut dans la glace sir Edmond qui portait à ses lèvres la place qu'elle avait touchée : ce léger mouvement, qui ne fut aperçu que d'elle, augmenta encore son émotion; son cœur palpita, ses joues s'animèrent, et, surprise de ce qu'elle éprouvait, elle se hâta de se retirer : chacun la suivit; mais à peine sir Edmond se fut-il éloigné, que miss Melmor s'écria : « Je ne sais quel caprice peut attacher autant sir Edmond à son appartement : ne serait-ce pas qu'il le trouve assez commode pour recevoir des visites? Qu'en pensez-vous, ma chère? » ajouta-t-elle en regardant Malvina ironiquement. M. Prior, indigné qu'on osât rappeler ce souvenir dans l'intention d'attaquer la candeur de son amie, répondit, avec plus de franchise qu'il ne l'aurait dû peut-être : « Oui, miss Kitty, il doit le trouver tel, et je ne pensais pas vous en voir faire la remarque. » Ces mots déconcertèrent tellement miss Melmor, que M. Prior fut au moment de se repentir de les avoir dits : elle rougit, balbutia, et, prenant le bras de sa mère, qui écoutait bien et ne comprenait guère, elle monta brusquement dans sa chambre.

Malvina, surprise et pensive, suivit lentement son chemin, sans entendre M. Prior, qui lui souhaitait le bonsoir. Elle se coucha et ne dormit point; mille pensées roulaient dans sa tête. Mistriss Birton avait parlé du retour de sir Edmond : il allait donc partir? Que signifiait cette réponse singulière de M. Prior à miss Melmor? ne semblait-elle pas dire que cette jeune personne allait quelquefois chez sir Edmond? En effet, c'était elle qui avait ouvert la porte le soir que Malvina y était allée chercher Fanny. Mais, puisqu'un hasard l'y avait attirée, un autre hasard ne pouvait-il pas y avoir conduit miss Melmor? Cependant pourquoi s'était-elle échappée si vite, comme si elle eût craint d'être reconnue? D'ailleurs, la réponse de M. Prior signifiait beaucoup : quoique sévère dans ses jugements, on ne pouvait pas lui reprocher d'être tout-à-fait injuste; et, s'il exagérait le mal, il ne le supposait jamais. Eh quoi! pensait Malvina, se pourrait-il que, jusque sous les yeux d'une mère, sir Edmond fût capable de séduire une fille simple et innocente; que, sans égard pour celle qui le reçoit, sans respect pour le lieu qu'il habite, il osât violer les lois sacrées de l'hospitalité, les lois plus saintes de l'honneur?.... Mais n'est-ce pas ainsi qu'on le peint, comme un homme qu'aucune considération ne peut empêcher de se livrer à ses penchants? Eh quoi! ce regard tendre et sincère est donc un artifice? cette voix, qui semble partir du cœur, et qui y arrive, est donc étudiée? Ah! si c'est ainsi qu'est fait le mensonge, quelle vérité peut le valoir?

Tandis que Malvina, en proie à l'insomnie, se livrait à ces réflexions, sir Edmond, au milieu du silence de la nuit, écrivait la lettre suivante à son ami :

SIR EDMOND SEYMOUR A SIR CHARLES WEYMARD.

« Si tu veux mettre fin à l'extrême surprise que te cause la prolongation de « mon séjour ici, viens, hâte-toi, et, « quand tu l'auras vue, si tu t'étonnes « encore, ce ne sera que de l'idée que « j'aurais pu la quitter. Malvina! nom « charmant dont le son enchanteur m'attendrit, m'enflamme et fait palpiter « mon cœur du premier sentiment de la « vie! Malvina! femme angélique en qui « l'univers ne voit rien à désirer, et s'étonne de trouver toutes les beautés « et les vertus réunies! O Malvina! aime, « c'est le seul trait qui manque à tes perfections, car il appartient à l'amour « seul d'embellir ce qui semble ne pouvoir pas être embelli.

« Je revins ici, tu le sais, Charles, « poussé par la curiosité de connaître « cette mystérieuse beauté que nous n'avions pu entrevoir à notre dernier « voyage; tout ce qu'on m'avait dit d'elle « exalta mon imagination, et je résolus « de ne point quitter Birton-Hall avant « de m'être assuré si sa conquête valait

« la peine de la tenter; mais, comme le « moment pouvait être lent à venir, je « pensai que miss Melmor m'aiderait à « prendre patience; et, comme elle s'at« tribua la promptitude de mon retour, « je ne jugeai pas à propos de la détrom« per : Kitty est jolie, tu le sais, j'ai lieu « de le savoir mieux que toi encore; et « je te dirai même que l'obligation où je « me suis trouvé de ne m'occuper que « d'elle seule pendant près d'un grand « mois m'a fait découvrir que, si elle « s'efforçait d'être moins facile, elle « pourrait devenir une assez piquante « créature, et je crois que j'aurai la cha« rité de l'en avertir, pour la récompen« ser de son amour, lorsque je n'y at« tacherai plus de prix.

« Mais ces plaisirs que je trouve au« près d'elle, joints à tous ceux que « d'autres femmes peuvent donner, que « sont-ils auprès d'un seul regard de « Malvina? Malvina m'a changé, ami; « elle a éveillé en moi des sensations « qui m'étaient inconnues, elle a fait ré« sonner dans mon cœur des cordes « muettes jusqu'à présent : je ne m'ap« proche du lieu où elle est qu'avec le « frémissement religieux qu'on éprouve « en entrant dans un temple; je dépose « à son aspect tout sentiment, toute « pensée qui ne seraient pas dignes « d'elle; son souffle divin épure tout ce « qui l'approche, et, tant que je suis sous « l'ombre de ses regards, je me sens à « l'abri du démon. O Charles! cette « beauté touchante parle bien plus à « mon cœur qu'à mes sens, et j'aspire « moins à en jouir qu'à en être aimé. « Ses traits sont enchanteurs sans doute; « mais je crois qu'elle serait plus belle « encore si on pouvait mettre son ame « sur son visage; et en la regardant j'ai « souvent dit avec Dryden : *Contemplez « ce temple majestueux, il fut élevé par « des mains célestes; son ame est la di« vinité qui l'habite, et l'édifice n'est « pas indigne du dieu.*

« Je ne sais point encore si j'ai touché « le cœur de Malvina; mais, si j'y par« viens un jour, je le saurai long-temps « avant elle, et elle le saura long-temps « avant de me l'avouer : voilà précisé« ment ce qui me plaît et me la fait ai« mer au-dessus de toutes les femmes : « m'aurait-elle changé si elle leur res« semblait?

« Je soupçonne mistriss Birton d'avoir « eu le dessein secret de m'empêcher de « voir sa cousine, dans la crainte, sans « doute, que cet assemblage de perfec« tions et de charmes ne me dégoûtât de « sa favorite, lady Sumerhill : mais, en « vérité, je n'avais pas besoin de com« parer cette triste beauté à Malvina « pour apprécier son peu de valeur, et « avoir effroi d'un joug qu'il m'aurait « fallu porter avec elle; d'ailleurs, la re« connaissance dont ma tante prétend « m'enchaîner en m'assurant tous ses « biens, le droit qu'en conséquence elle « croit devoir prendre sur mes actions, « et l'obligation qu'elle me fait de ce « lien, suffiraient seuls pour me le faire « rompre : j'ai un cœur fier, ami, et tous « les trésors de Salomon (pourvu néan« moins que les sept cents femmes n'y « fussent pas comprises) ne m'engage« raient pas à aliéner la plus légère por« tion de mon indépendance.

« Kitty m'embarrasse cependant; la « petite folle regarde une simple pro« messe de mariage comme une obliga« tion indispensable, et elle exige impé« rieusement que je la remplisse : ce « n'est pas qu'accoutumé à ces sortes « de sommations, je me tourmentasse « beaucoup des siennes, si je ne craignais « que l'étourdie ne se plaignît tout haut, « et ne me perdît à jamais dans l'esprit « de madame de Sorcy; car, si cette ai« mable femme était informée de mes « relations avec miss Melmor, sa con« science est si délicate, qu'elle serait « capable (m'aimât-elle) de prendre le « parti de sa rivale, et de renoncer à « moi pour toujours. Il est donc impor« tant qu'elle ignore tout ce qui se passe, « et mon premier soin pour cela va être « d'éloigner Kitty au plus vite. J'avais « bien pensé, en cas de besoin, à la faire « enlever par un de vous; mais j'ai

« trouvé un moyen plus décent, et qui « me réussit; le voici : Je feins, sous les « yeux de mistriss Birton, et loin de « ceux de madame de Sorcy, une *si vive* « *ardeur* pour miss Melmor, que mon « inquiète tante en est effrayée, et que, « pour me conserver *pur* à lady Sumer-« hill, elle va s'occuper de trouver quel-« que espèce de mari à sa pupille : elle « m'en parlera sans doute; j'aurai l'air « de me soumettre humblement à sa vo-« lonté, et, de concert avec elle, je pré-« texterai un voyage la veille du jour où « elle donnera ses ordres à sa stupide « amie pour le mariage de sa pétulante « fille : celle-ci n'ayant, après mon dé-« part, personne à qui recourir, et « pressée entre les menaces de mistriss « Birton et un mari, se sauvera des unes « auprès de l'autre..... à moins qu'il ne « lui prenne fantaisie de courir après « moi, ce dont elle serait bien capable; « mais, pour prévenir son humeur va-« gabonde, j'aurai soin de jeter quelques « soupçons à cet égard dans l'esprit de « mistriss Birton, afin qu'elle la fasse « surveiller sévèrement; et, comme je « veux que rien ne transpire, j'insinue-« rai à ma tante que, pour la tranquil-« lité de lady Sumerhill, il est essentiel « d'ensevelir le secret de *mes amours* « dans le plus profond mystère. Séduite « par un pareil motif, elle recommandera « le silence à miss Melmor, de ce ton « qui se fait obéir des caractères faibles; « et, comme celui de ma jolie Kitty n'a « rien à désirer à cet égard, elle sera « épouvantée de la colère de mistriss « Birton, et, ne me voyant plus, prendra « le mari et se taira..... Et alors, ô ma « céleste Malvina ! je reviendrai près de « toi, et j'obtiendrai, à force de soins, « de persévérance et d'amour, ce bien « délicieux dont la possession doit m'é-« lever au-dessus de tous les monarques « de la terre. Charles, lorsque je con-« temple cette aimable innocence, cette « douce fraîcheur, cette beauté sans « tache, image de la nature au premier « printemps du monde [1], sans doute je « ne me crois pas digne de la posséder; « mais en même temps je jure au fond « de mon ame que nul autre que moi « ne la possédera jamais. »

[1] Rowe.

## CHAPITRE XII.

### SOUPÇONS CONFIRMÉS; PROMENADE.

Il était donc vrai qu'avant d'avoir vu Malvina, un moment de caprice avait engagé sir Edmond à faire quelques tentatives auprès de miss Melmor; elles avaient réussi beaucoup plus vite qu'il ne s'y attendait lui-même; car cette jeune personne, séduite par l'espoir de l'épouser et de sortir la dépendance de mistriss Birton, s'était enflammée au premier mot. Craignant d'être surpris chez elle, il l'avait fait consentir à se rendre chez lui, sous prétexte de causer de leur prochaine union, et ses fréquents rendez-vous, auxquels la légèreté de sir Edmond et l'imprudence de miss Melmor ne mettaient pas assez de mystère, avaient été soupçonnés par M. Prior. Cependant, comme il ne faisait que les soupçonner, il se trouvait répréhensible d'avoir laissé entrevoir ses doutes avant que le temps les eût confirmés; et, craignant que Malvina ne les blâmât aussi, il attendit impatiemment l'heure de son lever, afin de se présenter chez elle.

Il la trouva qui déjeûnait avec sa petite Fanny. Surprise, mais non fâchée de le voir de si bonne heure, elle lui offrit de prendre du thé avec elle, et jamais invitation, faite avec autant de négligence, ne fut acceptée avec plus d'empressement. Il s'assit auprès de son amie, et lui ouvrit son cœur sur le motif qui l'amenait. Quoique Malvina se fût promis de ne point l'interroger là-dessus, à peine eut-il entamé ce sujet, qu'elle oublia sa résolution, et que, poussée par le désir d'éclaircir des doutes qui l'intéressaient plus qu'elle ne le croyait elle-même, elle lui fit plusieurs questions. M. Prior, qui aurait trouvé aussi impossible que coupable de lui cacher la moindre de ses pensées, ne fit aucune difficulté de lui faire part de ses soupçons. En l'écoutant, une vive rougeur couvrit son visage, et elle s'écria : « Comment se peut-il que le sévère M. Prior tolère de pareilles faiblesses ? comment n'a-t-il pas déja éclairé cette jeune personne, sa mère et mistriss Birton, sur le danger qu'elle court ? comment, du moins, n'a-t-il pas accablé de son indignation l'homme vil qui, sous le toit de la vertu, ne rougit pas de corrompre l'innocence ? — Il ne faut avertir et réprimander, répondit-il, que lorsqu'il peut en résulter du bien ; mais, quand mes paroles doivent être sans fruit, il faut alors laisser agir la justice divine, qui permet que les méchants aient leur malice pour les punir, et leur débauche pour les châtier. J'étais sûr, en m'adressant à sir Edmond, qu'il rirait de mes remontrances, et n'en mettrait que plus d'activité dans ses poursuites. Mistriss Melmor est une imbécile qui ne voit que par les yeux de sa fille, et qui, si elle eût tant fait que d'oser la gronder, aurait fini par lui en demander pardon. Mistriss Birton, par l'excessive froideur de son ame et de son tempérament, ayant toujours été à l'abri de toute faiblesse, s'est fait, d'une vertu qui lui est si facile, la vertu par excellence ; et toute femme soupçonnée de manquer à la chasteté est regardée par elle comme l'opprobre du genre humain : si elle était instruite de la conduite de miss Melmor, non seulement elle ne se contenterait pas de la chasser avec mépris, mais elle dévoilerait sa honte publiquement. Quant à miss Melmor, ce n'est qu'une jolie poupée, sans principes, sans délicatesse, qui ne manque ni d'esprit ni d'adresse, mais qui, joignant un cœur froid à une mauvaise tête, serait capable de s'évader avec sir Edmond, si elle se croyait soupçonnée. Que deviendrait-elle alors ? délaissée avant peu par son séducteur, un autre l'aurait bientôt remplacé ; et, comme on ne peut pas dire où s'arrêtera celle qui ose faire le premier pas dans cette carrière, après avoir commencé par se donner, peut-être finirait-elle par se vendre, et augmenter ainsi le nombre de ces femmes avilies qui rougissent d'abord au nom de vertu, et bientôt après ne rougissent plus de rien. — Mais, reprit timidement Malvina, pourquoi sir Edmond n'épouserait-il pas miss Melmor ? — Parce qu'elle ne lui convient sous aucun rapport. Malgré les innombrables écarts de sir Edmond, son caractère a des aspects brillants, et son ame est pleine de noblesse et d'énergie : mais celle de miss Melmor est dépourvue de toute espèce d'élévation ; je lui vois déja tous les vices que la faiblesse entraîne après elle, et aucune qualité qui les rachète ; la beauté et l'esprit sont ses seuls avantages, et je me trompe fort s'ils ne servent à la rendre un jour la plus fausse et la plus dangereuse coquette du monde. — Cependant ne croyez-vous pas que sir Edmond l'aime ? — Il en a l'air, du moins ; mais, quoique tout me le prouve, je ne puis encore le concevoir : le cœur humain est un abîme, et, depuis quinze ans que j'y regarde, la tête m'en tourne. — Pour moi, je crois qu'il a pour elle une passion véritable. — Désabusez-vous, mon amie, sir Edmond n'est susceptible que d'une fantaisie ; l'habitude de la débauche a éteint son cœur ; mais, lors même qu'il pourrait éprouver un attachement profond, il faudrait une autre femme que miss Melmor pour produire un pareil effet. Je n'en connais qu'une, ajouta-t-il en la regardant fixement, qui réunisse tout ce qu'il faudrait pour cela ; mais, comme la distance qui les sépare est incommensurable, jamais il n'osera lever les yeux jusqu'à elle, parce qu'il sentira fort bien qu'elle ne daignerait pas abaisser les siens jusqu'à lui. »

Malvina rougit : la dernière phrase de M. Prior l'avait mise mal à son aise ; et, pour cacher son trouble et éviter de répondre, elle se leva, fut à sa croisée, revint à la bibliothèque, ouvrit quelques livres, les referma aussitôt, et retournant à la fenêtre : « M. Prior, dit-elle, je crois que, malgré l'excessive rigueur du froid, le soleil est si brillant, qu'il ferait beau au bord du lac ; je n'y ai point été encore, et j'ai envie d'y hasarder une petite promenade. — Vous n'irez point seule, répondit-il ; vous me permettrez de vous y accompagner. — Assurément, et je vais même proposer à mistriss Birton d'y venir. » Et, passant aussitôt dans son cabinet, elle se couvrit, ainsi que Fanny, d'une robe doublée de fourrures, et, prenant son enfant par la main, elle descendit.

En entrant dans le salon, elle aperçut miss Melmor debout devant une harpe ; sir Edmond, assis auprès d'elle, lui parlait bas et d'un air animé ; et mistriss Birton, assise devant la cheminée, tenait un livre à la main, et tout en feignant de lire, regardait dans la glace ce qui se passait derrière elle, et décidait dans son ame la destinée future de miss Melmor.

L'entrée de Malvina changea la disposition de tous les esprits. Sir Edmond, craignant que son air d'intimité avec miss Melmor n'eût donné des soupçons à Malvina, éprouva un moment de trouble, se leva, s'approcha d'elle en laissant échapper quelques expressions d'étonnement et de plaisir sur sa visite inattendue ; miss Melmor, cruellement contrariée d'un incident qui rompait une conversation si précieuse pour elle, salua Malvina avec un souris amer, sans presque la regarder ; et mistriss Birton, à qui son dépit n'échappa point, se sentit soulagée de la peine qu'elle éprouvait, et en accueillit Malvina avec plus de bonté qu'à son ordinaire.

La promenade fut proposée : mistriss Birton l'accepta avec une complaisance affectée ; sir Edmond avec ce vif empressement que fait naître la vue d'un bonheur soudain et inattendu ; et miss Melmor avec ce mécontentement vague qui semble prévoir une situation pénible sans donner les moyens de l'éviter.

Les arbres et les rochers, hérissés de glaçons et frappés par les rayons du soleil, brillaient des plus vives couleurs de l'arc-en-ciel ; la neige qui couvrait le haut des montagnes scintillait de feux si éclatants, que les yeux étaient réellement éblouis de l'aspect de la campagne. « En admirant les superbes effets de l'astre qui nous éclaire, s'écria M. Prior, en les admirant surtout dans ces montagnes, qui ne répétera pas avec moi cette sublime invocation dont Ossian les fit retentir jadis : « O toi ! qui roules « au-dessus de nos têtes, rond comme « le bouclier de nos pères, d'où partent « tes rayons ? O soleil, d'où vient ta « lumière éternelle ? Tu t'avances dans « ta beauté majestueuse : les étoiles se « cachent dans le firmament ; la lune, « pâle et froide, se plonge dans l'occi- « dent. Tu te meus seul, ô ciel ! Qui « pourrait être le compagnon de ta « course ? Les chênes des montagnes « tombent ; les montagnes elles-mêmes « sont détruites par les années ; l'Océan « s'élève et s'abaisse tour à tour ; la lune « se perd dans les cieux : toi seul es « toujours le même. Tu te réjouis sans « cesse dans ta carrière éclatante : lors- « que le monde est obscurci par les « orages, lorsque le tonnerre roule et « que l'éclair vole, tu sors de la nue « dans toute ta beauté, et tu te ris de « la tempête [1]. » Tandis que M. Prior récitait cette tirade avec enthousiasme, Malvina, plongée dans la rêverie, pensait à l'embarras qu'avait éprouvé sir Edmond en la voyant entrer dans le salon. Assurément elle était très-loin d'être fâchée de son goût pour miss Melmor ; mais pourquoi craindre de le laisser paraître devant elle ? Voudrait-il donc la tromper aussi ? Son ame fière se révoltait à l'idée d'être l'objet d'une pareille entreprise, et elle se promettait bien, par son extrême froideur pour sir Edmond, de lui ôter, dès les premiers instants, tout espoir de réussir. Ce n'est pas tout, elle cherchait dans son esprit des raisons pour le déprécier, et établissait un parallèle entre lui et M. Prior, tout à l'avantage de celui-ci. Assurément, si les deux personnes qui étaient l'objet de ses réflexions avaient pu deviner ce qui se passait dans son

[1] Ossian, poème de Carthon.

esprit, M. Prior aurait été satisfait de son partage ; mais, s'ils avaient percé jusqu'au fond de l'ame, peut-être sir Edmond n'aurait-il pas été mécontent du sien. Cependant elle les écoutait discuter, et leurs opinions la confirmaient dans son jugement. « Pourquoi, disait sir Edmond, exigez-vous qu'on montre aux hommes puissants le mépris qu'ils nous inspirent lorsque par leur crédit on peut être utile et obliger ses semblables ? Cette âpre franchise que vous vantez ne servirait qu'à les livrer aux flatteurs qui les entourent, et à ôter aux gens honnêtes tout moyen de faire le bien. — Eh quoi ! avait interrompu vivement M. Prior, quand le fourbe puissant, le fripon enrichi se verront accueillis par l'honnête homme, ne seront-ils pas fondés à croire qu'ils ont bien fait de tout sacrifier à la fortune ? En leur dissimulant le mépris qu'ils inspirent, ne les enfonce-t-on pas dans le vice, et n'encourage-t-on pas ceux qui balançaient à les imiter ? Non, non, celui qui sent toute la dignité du nom d'homme n'en profanera jamais le caractère, et quiconque ose composer avec la vertu donne le droit de dire qu'il ne la connut jamais. — Quelle terrible condamnation ! reprit sir Edmond en souriant. Savez-vous, M. Prior, que, si on voulait juger les hommes d'après la rigidité de vos maximes, il se trouverait si peu d'élus, qu'on courrait risque de s'ennuyer furieusement en paradis ? — Je conviens, dit alors Malvina, que les principes de M. Prior sont un peu sévères, mais je les compare à ce que Sterne dit de ses sermons : ce sont des houzards qui frappent lestement un coup à gauche et à droite, et qu'on voit toujours servir d'auxiliaires à la vertu. »

A cet instant la conversation fut interrompue par l'aspect d'un homme qui parut sur une des hauteurs de la montagne. Il paraissait âgé, et sa marche incertaine pouvait faire présumer qu'il était aveugle. « Ce maintien vénérable, s'écria M. Prior, cette barbe argentée, cette marche incertaine, et jusqu'à ce bâton qui l'aide au défaut de ses yeux, tout, dans ce vieillard, me rappelle l'image d'Ossian : tel il errait jadis dans ces mêmes lieux. Oh ! que n'ai-je ici des couleurs pour fixer sur la toile cette superbe tête ! — Ce malheureux est entouré de précipices, reprit sir Edmond ; les roches sont glissantes, il n'y voit pas : je crois qu'il vaut mieux le secourir que le peindre. » Et, en disant ces mots, il s'élança sur la montagne, la gravit légèrement, mais non sans danger, à cause du verglas, et au bout d'une demi-heure, il parut auprès du vieillard : on le vit lui prendre le bras, le guider avec précaution, serpenter, en le soutenant, tous les détours de la montagne, et prendre avec lui une route opposée, où bientôt la distance les fit perdre de vue. Mistriss Birton, après avoir attendu quelque temps, voyant qu'il ne revenait pas, reprit le chemin du château. Cette scène n'avait point été perdue pour Malvina : l'élan généreux de sir Edmond l'avait vivement émue, et, en s'en retournant, elle pensait que la théorie et la pratique de la vertu n'étaient peut-être pas toujours réunies, et que ceux qui en parlaient le plus pouvaient bien ne pas être ceux qui l'exerçaient le mieux.

## CHAPITRE XIII.

INQUIÉTUDES, RETOUR.

On attendit en vain sir Edmond à l'heure du dîner; il ne parut point. Chacun s'étonnait de sa longue absence, et, pour la première fois, Malvina ne remonta point dans sa chambre en sortant de table. Elle était inquiète ; bientôt elle le devint davantage en voyant le jour décliner. Enfin, quand les heures, se succédant l'une à l'autre, eurent enlevé toute espérance de revoir sir Edmond avant la nuit, Malvina ne sut plus contenir ses craintes. « Le temps était si froid, les chemins si dangereux ! Peut-être sir Edmond s'était-il égaré ; peut-être était-il sans asile :

pourquoi n'enverrait-on pas des domestiques avec des flambeaux l'appeler, le chercher, le secourir? — Il tombe une neige affreuse, lui dit M. Prior : comment avoir le courage de mettre des hommes dehors à cette heure-ci? — Et comment avoir celui de laisser sir Edmond exposé à toutes les rigueurs d'une pénible nuit? s'écria Malvina. Il aura peut-être conduit ce vieillard bien loin; il sera revenu tard; l'obscurité l'aura surpris en route; le froid va le saisir; peut-être dans ce moment n'a-t-il pas une roche pour mettre sa tête à couvert; peut-être est-il sans abri contre les vents impétueux; peut-être la neige va-t-elle l'engloutir : faut-il qu'un homme si généreux devienne la victime de sa bienfaisance? »

En parlant ainsi Malvina était émue, agitée; quelques larmes même coulaient le long de ses joues. M. Prior, touché de son inquiétude, s'approcha d'elle, et lui dit : « Je suis prêt à vous obéir; désirez-vous que je réunisse tous les hommes de la maison, et qu'à leur tête j'aille à la recherche de sir Edmond? daignez me donner vos ordres. — Ah! M. Prior, répondit-elle vivement, je me trompe fort, ou sir Edmond n'eût pas attendu les miens pour vous secourir. » M. Prior, cruellement blessé de cette réponse, ne sortait pas moins pour remplir les intentions de Malvina, lorsque mistriss Birton l'arrêta. « Sans l'extraordinaire émotion de ma cousine, dit-elle, je pourrais peut-être m'étonner de vous voir l'un et l'autre disposer de mes gens sans mon aveu; mais, tout en vous excusant, permettez-moi de m'opposer à une folie qui pourrait faire beaucoup souffrir mes domestiques, sans être d'aucune utilité à sir Edmond : il faut croire qu'il n'aura pas eu l'imprudence de s'exposer à revenir si tard, et qu'il se sera décidé à passer la nuit dans une cabane de montagnard. — Il est dommage, madame, reprit Malvina avec amertume, que vous n'ayez pas parlé ainsi ce matin, et persuadé à sir Edmond *qu'il fallait croire* que le vieillard trouverait son chemin tout seul; peut-être se serait-il englouti dans quelque précipice; mais qu'importe? grace à une réflexion si prudente, votre neveu n'aurait été exposé à aucun danger. — Ma chère, répéta mistriss Birton avec ironie, après l'avoir considérée un moment en silence, à quoi bon cet emportement de sensibilité? n'avez-vous pas assez montré que vous êtes sensible, excessivement sensible? nous n'avons pas besoin de nouvelles preuves! — Eh quoi! interrompit Malvina avec chaleur, c'est vous, vous, dans un pareil moment, quand la vie d'un homme, de votre neveu, est peut-être en danger, qui supposez qu'on peut s'occuper de soi. — Mon Dieu, ma chère, reprit mistriss Birton, ne savons-nous pas qu'il est des gens qui ne se perdent jamais de vue? — Oui, sans doute, il en est, ajouta vivement M. Prior, et je ne conçois pas comment madame de Sorcy peut en douter encore. » Ce discours, dont mistriss Birton pénétra facilement l'intention, l'offensa cruellement; elle allait y répondre avec colère, quand, par une présence d'esprit rapide, elle sentit que se fâcher d'un pareil propos, était presque avouer qu'il la regardait; et, ne voulant pas avoir l'air d'admettre la possibilité d'une pareille application, elle se calma avec effort, et répondit avec douceur : « Il se peut, ma chère Malvina, que j'aie été injuste; mais, lorsque j'ai plus sujet que personne d'être inquiète, puisque personne n'aime ici mon neveu autant que moi, il me paraît déplacé que vous vouliez avoir l'air de m'indiquer ce que j'ai à faire, et que vous taxiez de froide prudence un refus que la seule humanité me prescrit. — L'humanité! s'écria Malvina étonnée. — Assurément, continua mistriss Birton; car de quel droit irais-je sacrifier plusieurs personnes à la sûreté d'un seul? C'est donc par devoir que je sacrifie le désir, l'impérieux désir d'envoyer mes gens au secours de sir Edmond; et croyez, ma chère Malvina, que personne ne m'aurait prévenue dans ce mouvement, si je n'avais pas senti la nécessité d'y résister. »

Au fond, mistriss Birton ne pensait pas un mot de ce qu'elle disait : si l'idée de faire courir au-devant de sir Edmond lui était venue la première, elle l'aurait exécutée sur-le-champ, en aurait parlé avec emphase, se serait alarmée avec excès; mais adopter un pareil conseil était convenir qu'une autre avait été plus vivement affectée qu'elle, et c'est à quoi mistriss Birton ne pouvait consentir.

Il était fort tard quand la compagnie se sépara; Malvina monta chez elle, en proie aux plus vives alarmes : elle fit coucher miss Tomkins, et resta seule au coin de son feu; l'inquiétude la tenait éveillée, et l'agitation l'empêcha de pouvoir s'occuper. Effrayée de la violence du vent, qui faisait craquer ses croisées, elle se levait, regardait le temps, et voyait la neige tomber à gros flocons. Elle se figurait qu'il y en avait au moins deux pieds d'épaisseur sur la terre, et que sir Edmond allait y être englouti : les torrents qui mugissaient au loin lui semblaient des cris plaintifs, et le sinistre croassement des hiboux des appellations douloureuses; elle pleurait, et, élevant ses mains avec ferveur, elle demandait au ciel de veiller sur lui, et de le garantir de tout danger. Malvina, quoique aussi extrêmement inquiète, trouvait si naturel de l'être, et comprenait si peu qu'on ne le fût pas, que, loin de faire des retours sur elle-même, et de s'interroger sur la cause d'une agitation si vive, elle ne doutait pas que toute autre personne qui se fût trouvée dans la position de sir Edmond ne l'eût intéressée au même point; et peut-être avait-elle raison : il est des ames où la voix de l'humanité parle si haut, que celle de la tendresse même ne pourrait s'y faire mieux entendre.

Le jour paraissait depuis une heure, et Malvina, brisée d'agitation et de fatigue, s'était jetée sur une chaise longue, où un léger assoupissement venait de fermer ses paupières, lorsqu'elle entendit la cloche d'entrée retentir dans tout le château, elle se lève aussitôt, sort précipitamment de sa chambre pour regarder à une des croisées qui donnaient sur la cour, et la première chose qu'elle aperçoit, c'est sir Edmond couvert de neige, et entouré de tous les gens de la maison, qui paraissaient le questionner avec autant de curiosité que d'intérêt. En le voyant, elle fit un cri de joie, et, rentrant bien vite dans sa chambre, l'attendrissement succéda à l'inquiétude, et, les yeux baignés de larmes, elle remercia le ciel de l'avoir sauvé.

Cependant, quelques instants après, le bruit qui se fit dans la maison, et les voix confuses de mistriss Birton, M. Prior et miss Melmor, lui ayant appris que tout le monde était réuni auprès de sir Edmond, l'idée d'aller les joindre la troubla; le souvenir de l'inquiétude qu'elle avait manifestée la fit rougir, et elle se sentit embarrassée de paraître devant ceux qui en avaient été témoins; d'ailleurs elle redoutait que le bavardage de mistriss Melmor et de sa fille ne révélât à sir Edmond tout ce qu'elle avait souffert en son absence. Ce n'est pas qu'elle soupçonnât encore qu'il y eût plus qu'un intérêt ordinaire dans ce qu'elle éprouvait, mais peut-être sir Edmond en jugerait autrement : on le disait présomptueux, il était à craindre qu'il ne se méprît sur la cause de son inquiétude. Pendant qu'elle réfléchissait, sa porte s'ouvrit tout-à-coup, et sir Edmond parut, les habits mouillés et en désordre, le visage pâle et fatigué, mais les yeux animés et brillants de tout ce que l'espoir a de plus vif, et la tendresse de plus doux. « Eh quoi! madame, s'écria-t-il, ne m'a-t-on pas trompé? serait-il vrai que mon sort vous eût intéressée, et que votre ame généreuse ait daigné s'occuper de moi? Cette espérance, que j'étais si loin d'oser concevoir, m'a fait oublier toutes mes souffrances, me les a rendues chères : ah! ne refusez pas de la confirmer; que j'entende de votre bouche que j'ai été présent à votre pensée et l'objet de votre pitié! » En prononçant ces mots avec la plus grande vivacité, il avait pris la main de Malvina, et fixait les yeux sur les siens avec une tendre sollicitude, et une ardeur qui la fit rougir. Surprise, émue, incertaine, elle répondit en hésitant : « Assurément j'ai été inquiète..... qui ne l'eût pas été?..... la nuit était si affreuse..... — Assurément, sir Edmond, s'écria miss Melmor en accourant tout essoufflée, vous ne vous êtes pas fait dire deux fois d'aller rassurer madame de Sorcy : hé bien, a-t-elle été bien pathétique dans le récit de son inquiétude? Mais, en vérité, ajouta-t-elle en voyant que le lit de Malvina n'était point défait, je crois qu'elle ne s'est point couchée; vraiment on ne peut porter plus loin l'intérêt. Mon Dieu, ma chère, comme vous êtes changée! comme vos yeux sont battus! vous n'êtes pas jolie le moins du monde aujourd'hui. — Ah! s'écria sir Edmond transporté, et en la regardant avec un attendrissement qu'il ne pouvait contenir, jamais elle ne m'a paru si belle! » Malvina, confuse, balbutiait quelques phrases : « Son inquiétude avait été comme celle des autres..... on l'exagérait beaucoup. » Mais miss Melmor, piquée de l'extrême préférence que sir Edmond donnait à Malvina, cherchait à s'en venger en accablant celle-ci de piquantes railleries; elle contrefaisait assez plaisamment son accent, et cherchait finement à jeter sur ses discours une teinte de ridicule qui la rendît moins aimable aux yeux de son amant; et peut-être aurait-elle atteint ce but, si l'espoir d'être aimé de Malvina n'avait entièrement absorbé toutes les pensées de sir Edmond : l'embarras qu'elle éprouvait, son trouble, sa rougeur, étaient un spectacle ravissant pour lui; il en jouissait délicieusement; mais, comme avec le véritable amour la délicatesse s'était glissée dans son cœur, il ne voulait déja plus d'un plaisir acheté aux dépens de celle qu'il aimait; et, renfermant sa joie dans son sein, il se hâta de la quitter sans paraître remarquer son désordre, et en la priant d'excuser la liberté qu'il avait prise d'entrer si brusquement chez elle.

Durant quelques jours, miss Melmor se fit un malicieux plaisir d'embarrasser Malvina, en revenant toujours sur ce sujet; mais sir Edmond le détournait avec tant de modestie et d'adresse, que Malvina ne pouvait s'empêcher de le remarquer et de lui en savoir gré au fond de l'ame. Un jour où il venait d'en être question encore, le hasard ayant éloigné tout le monde du salon, elle saisit l'instant où elle se voyait à l'abri des railleries pour lui demander quelques détails sur cet événement, et s'il était vrai qu'il eût marché une partie de la nuit. « Oui, lui répondit-il; la neige et la tempête ne pouvaient m'arrêter, quand c'était ici que je revenais : j'ai dû sacrifier le plaisir d'être auprès de vous au besoin qu'un malheureux avait de moi; mais, pour vous revoir un instant plus tôt, on peut risquer sa vie. » Ces mots n'eurent pas l'air d'un compliment, et n'en étaient pas un; sir Edmond était pénétré de ce qu'il disait. Cependant le souvenir de miss Melmor empêche Malvina de le croire, et elle soupire de ce qu'il paraît la confondre avec toutes les femmes en lui adressant ces compliments exagérés qu'il s'accuse lui-même de leur prodiguer. Ce soupir ne fut pas perdu pour lui; il regarde Malvina avec une tendre inquiétude; il cherche à deviner son silence. « Quelle pensée occupe votre esprit? lui demanda-t-il. Ah! que ne m'est-il donné de lire dans votre cœur! — Et qu'y verriez-vous, reprit-elle, que deuil et que tristesse? Hélas! plus je connais le monde, plus je ressens toute l'étendue de la perte que j'ai faite. Il fut un cœur tendre et vrai, sir Edmond, un seul, sans doute, que le mensonge ne souilla jamais; le ciel l'offrit de bonne heure à mes regards, j'appris à l'aimer en commençant à vivre. Dans l'ame de Clara régnait la franchise, la pureté; on eût dit que toutes les vertus s'y étaient réfugiées; et en la perdant, comme l'Ève de Milton chassée de l'Éden, je suis descendue sur une terre malheureuse et désenchantée par de pénibles comparaisons. — Ah! reprit sir Edmond avec émotion, ignorez-vous donc qu'il est un autre Éden que celui de l'amitié, mille fois plus doux, plus enchanteur, autant au-dessus du sien que le bonheur l'est du repos? — Quand je le croirais, répliqua-t-elle en s'efforçant de sourire, je n'en serais pas plus heureuse, puisque j'ai juré de n'y jamais entrer. — Et pensez-vous, reprit-il, que vous soyez enchaînée par un serment que la nature réprouve? Vous fûtes coupable de le prêter, vous le seriez bien plus de le tenir. — Brisons là-dessus, interrompit-elle; c'est un sujet sur lequel je ne sais point badiner, et qui est trop grave pour vous. — Et supposez-vous, madame, que je ne puisse pas être sérieux quelquefois? J'oserais affirmer qu'en dépit de la légèreté qu'on m'attribue, il est des choses qui peuvent m'affecter plus profondément qu'un autre peut-être. — Malvina répondit en souriant qu'il fallait alors en féliciter miss Melmor. — Miss Melmor! interrompit-il étonné : pourquoi miss Melmor? quel rapport peut-il y avoir entre nous deux? — Mais je pense que ce n'est pas à moi à vous l'apprendre. — Je vois, madame, reprit-il gravement, qu'on m'a calomnié près de vous. — Calomnié, sir Edmond! lorsqu'on vous suppose attiré, séduit par les graces d'une jeune personne toute charmante, cette calomnie n'a-t-elle pas tout l'air d'une vérité? — Sans vouloir rien ôter aux charmes de miss Melmor, madame, je vous dirai que si, durant mon séjour ici, c'eût été elle qui m'eût fixé, je serais presque méprisable à mes propres yeux. Moi, aimer miss Melmor! ah! Dieu! tout mon cœur se révolte contre une pareille accusation. — Cependant, ajouta Malvina en souriant encore, je crois que vous êtes le seul ici qui en doutiez. — Je serais bien fâché que miss Melmor le crût, madame, mais moins que si vous le pensiez vous-même. Oserai-je vous demander, madame, si c'est vous qui avez remarqué l'inclination que vous me supposez pour elle? — Non, monsieur; et sans doute je n'y aurais pas songé, si chacun n'en parlait pas. — Et ce chacun est, madame....? — Mais à peu près tous ceux qui vous voient.... Au reste, ajouta-t-elle, je ne sais pourquoi vous vous défendez, comme d'un tort, d'un sentiment aussi naturel : miss Melmor est jolie, aimable; son caractère est gai, vif comme le vôtre. — Oui, madame, interrompit encore sir Edmond, je sais qu'on m'a reproché souvent d'être gai jusqu'à la folie; mais croyez pourtant que j'ai dans l'ame tout ce qu'il faut pour ne l'être pas toujours. »

Et voilà précisément la cause secrète qui, à l'insu de Malvina, l'avait invisiblement subjuguée : tandis qu'elle croyait n'avoir rien à redouter de sir Edmond, à cause de l'opposition de leurs humeurs, elle n'avait pas prévu tout l'attrait qu'a pour une femme sensible un esprit habituellement gai, et qu'elle sait rendre sérieux; un caractère léger, et qu'elle parvient à fixer.

Ce tour qu'avait pris la conversation commençait à embarrasser Malvina. Le reste de la soirée elle fut rêveuse, elle le fut encore le lendemain. Déja le souvenir de son amie se perd dans le lointain, sa douleur est suspendue, son sang, plus agité, se porte vers son cœur; elle n'a plus de pensées que pour un objet, elle est toute à lui, et ne s'en doute point encore; elle ne s'en apercevra que lorsque les premières atteintes de la douleur lui feront connaître un mal mille fois plus cruel que tous ceux qu'elle a éprouvés. L'infortunée alors voudra s'y soustraire, il ne sera plus temps; car l'amour, cette puissance enchanteresse et dominatrice, subjugue avec un attrait invincible et si doux, qu'on est soumis avant d'avoir pensé à se défendre, entraîne avec tant de rapidité, que souvent on est au bout de la carrière quand on se croit libre de n'y pas entrer, et choisit toujours, pour déployer l'étendue de ses forces, l'instant où on n'en a plus pour lui résister.

Qui pouvait éclairer Malvina sur le penchant qu'elle éprouvait? L'expérience? elle n'en a point. L'amitié? milady Sheridan n'est plus, et M. Prior ne peut la remplacer. Outre que, dans une pareille situation, l'amitié des hommes a toujours l'air intéressé, ils n'ont pas cette délicatesse de tact qui pressent ce qu'on voudrait dire, qui devine ce qu'on n'ose avouer, et éclaire sans jamais faire rougir. D'ailleurs, M. Prior ne suppose pas possible que l'amour puisse naître entre Malvina et sir Edmond; leurs caractères ont si peu de rapport, que, plus il approfondit ce qui les compose, plus il voit ce qui les sépare : l'une est si constante et l'autre si changeant! l'un traite avec tant de légèreté ce que l'autre regarde comme si important! sir Edmond ne veut que du plaisir, Malvina ne demande que de la tendresse : un moment, en passant, est tout ce qu'il faut au premier; la vie entière de l'autre suffirait à peine au besoin de son cœur. Là où il n'y a aucun accord, peut-on se sentir attiré? et aime-t-on ce qu'on n'entend pas? Voilà ce que pensait M. Prior; mais il ignorait que, si l'amour naît de la sympathie, il naît aussi des contrastes, et qu'il se plaît souvent à réunir, par les liens les plus étroits, ceux que la nature semblait destiner à ne se rapprocher jamais.

## CHAPITRE XIV.

### INTRIGUE ÉCLAIRCIE.

Il était extrêmement rare que sir Edmond se trouvât seul avec Malvina : celle-ci, quoique beaucoup moins solitaire, consacrait néanmoins une partie de sa journée à l'éducation de Fanny; et, quand elle descendait dans le salon, mistriss Birton et miss Melmor ne manquaient jamais de s'y trouver. Si un témoin indifférent gêne la tendresse, combien n'est-elle pas plus gênée encore devant un témoin intéressé? L'inquiète ambition de mistriss Birton et la jalouse curiosité de miss Melmor surveillaient tous les mouvements de sir Edmond, et interprétaient malignement ceux de Malvina. Se trouvait-elle placée par hasard auprès de sir Edmond? un regard de mistriss Birton l'en faisait rougir. Sir Edmond saisissait-il l'occasion de lui dire un mot? miss Melmor glissait sa tête entre eux pour entendre la réponse. Malvina, ne pensant point avoir rien de secret à dire, se croyait indifférente à cette sorte d'espionnage; et cependant, sans se rendre compte du motif, chaque jour elle descendait plus tôt, se retirait plus tard, et ne fuyait plus les occasions d'être seule avec sir Edmond. Assurément, elle ne disait alors que les mêmes choses qu'elle eût dites devant les autres; mais on peut présumer que ce n'était pas du même ton. Seule avec ce qu'on aime, sans s'en douter on prend un autre accent; sans s'en douter, on trouve, avec un seul regard, le moyen de laisser deviner sa pensée sans avouer son secret : mais cette même physionomie, dont il est alors si doux et si commode d'oublier l'expression, devant un tiers on la redoute comme un délateur, et on joint à la peine de la réprimer la crainte de la laisser voir.

Cependant sir Edmond souffrait impatiemment la tyrannie que mistriss Birton et miss Melmor exerçaient sur lui. Peu accoutumé à se vaincre, moins accoutumé encore à se contraindre auprès d'une femme qui lui plaisait, l'obligation de dissimuler son goût pour Malvina lui devenait de plus en plus insupportable; et il résolut de se défaire au plus tôt, sinon du témoin le plus incommode, au moins du plus dangereux. D'ailleurs, son but était de se faire aimer de Malvina : pour y réussir, l'essentiel était d'éloigner miss Melmor, avec qui il avait des torts, se souciant ensuite fort peu de la colère de mistriss Birton, qui n'en avait aucun à lui reprocher.

En conséquence, comme l'ardeur qu'il avait feinte pour miss Melmor dans l'absence de Malvina n'avait point eu auprès de mistriss Birton tout le succès qu'il s'en promettait, parce qu'elle avait assez de tact pour sentir que ce n'était pas de ce côté qu'elle devait avoir le plus de craintes, il insinua à miss Melmor un esprit de hauteur et d'indépendance tel, que le despotisme de mistriss Birton ne pouvait pas le supporter longtemps. Cette jeune personne, enorgueillie des soins de sir Edmond, ne doutant point qu'il ne finît par l'épouser, et excitée par ses conseils, ne ménageait plus la vanité de mistriss Birton, et bravait son autorité avec toute la fierté de quelqu'un qui se croit sûr de ses succès.

Mistriss Birton aurait cessé d'être elle-même si l'humiliation de miss Melmor n'était devenue nécessaire à son repos. Elle ne craignait pas précisément que sir Edmond voulût l'épouser, mais cette jeune personne semblait s'y attendre; et l'insupportable orgueil qu'une pareille idée lui inspirait ne pouvait être toléré par mistriss Birton: aussi résolut-elle d'y mettre fin. A l'aide d'une dot médiocre, elle lui eut bientôt trouvé un mari; et, prenant mistriss Melmor en particulier, elle lui déclara, en présence de sir Edmond, qu'il fallait obtenir l'aveu de sa fille pour ce mariage, ou se résoudre, l'une et l'autre, à sortir de chez elle. Sir Edmond espérait bien ce fruit de ses soins, mais ne s'attendait pas pourtant à le recueillir si tôt: aussi fut-il agréablement surpris de la déclaration de mistriss Birton; et, feignant de lui cacher son trouble, il pencha son visage dans ses mains pour lui dérober sa joie.

Mistriss Melmor, à qui sa fille avait persuadé qu'elle allait devenir lady Seymour, resta tout interdite de la proposition de mistriss Birton: elle regardait sir Edmond, et s'étonnait de son silence; le peu de facultés qu'elle avait s'anéantissait devant le mécontentement empreint dans les yeux de mistriss Birton, et sa langue, enchaînée par la crainte, ne pouvait articuler aucune réponse. Son amie, peu accoutumée à la voir hésiter lorsqu'elle avait parlé, lui réitéra ses ordres avec plus de sévérité, et mistriss Melmor, faisant un effort, lui dit en bégayant: « Je croyais, ma chère..... je supposais..... en vérité, je m'étais figuré que vous destiniez ma fille à sir Edmond. — Que miss Melmor ait eu l'absurde vanité d'y prétendre, répondit dédaigneusement mistriss Birton, c'est ce qui est difficile à concevoir; mais il est inouï qu'elle ait réussi à vous faire partager sa folie: au reste, sir Edmond est ici, qu'il s'explique, c'est pour lui en donner les moyens que j'ai voulu vous parler devant lui; mais je le préviens que s'il était capable de renoncer, pour un caprice d'un jour, au mariage avantageux qui l'attend, ni lui, ni votre fille n'auraient jamais rien à espérer de moi. »

Dans toute autre situation, sir Edmond se serait révolté de cette menace, et il n'y eût vu qu'un motif de s'attacher davantage à celle qu'on aurait cru lui ôter par de semblables moyens; mais les ordres de mistriss Birton répondaient trop à ses vues pour qu'il refusât d'y souscrire, et il déclara formellement qu'il renonçait à ses prétentions sur le cœur de miss Melmor. « Pourquoi avez-vous donc dit à ma fille que vous l'épouseriez? s'écria mistriss Melmor en colère: pourquoi l'avoir engagée à aller dans votre appartement? était-ce donc pour l'abandonner après l'avoir séduite? » Sir Edmond resta confondu en voyant mistriss Melmor instruite de cette intrigue, et dévoilant ainsi la honte de sa fille aux yeux de tout le monde; mais mistriss Birton releva vivement cet aveu, et demanda, avec indignation, ce que signifiait cette accusation, et s'il était possible qu'on l'eût outragée au point de profaner sa maison en la rendant l'asile d'une honteuse intrigue. « Non, non, répondit mistriss Melmor, ma fille n'a rien à se reprocher; cela est sûr, car elle me l'a dit; mais je blâme sir Edmond de l'avoir attirée dans son appartement pour causer ensemble des préparatifs de leur mariage, avant d'avoir obtenu votre permission pour l'épouser. Ne trouvez-vous pas que j'ai raison, ma chère? — Vous convenez que votre fille a eu l'imprudence d'aller trouver sir Edmond chez lui, interrompit mistriss Birton en élevant la voix à mesure qu'elle parlait, et vous doutez encore que votre fille ne soit perdue, déshonorée, et indigne de respirer un instant de plus auprès de moi? — Ah! mon Dieu! ma chère amie, répliqua mistriss Melmor en tremblant, je vous assure que vous m'effrayez beaucoup; cependant permettez-moi de vous dire que si l'on était perdue pour s'enfermer avec un homme, je ne sais ce qu'il faudrait penser de madame de Sorcy. » A ce nom, sir Edmond sentit tout son sang s'agiter avec violence, et une sorte d'effroi involontaire l'empêchait de parler, quand mistriss Birton s'écria : « Au nom de Dieu! expliquez-vous : que se passe-t-il? Se pourrait-il que ma cousine.... mon propre sang.... sous mes yeux.... avec cet air d'innocence?.... Non, non, je ne puis le croire. — Je ne veux pas dire précisément que madame de Sorcy soit coupable, reprit mistriss Melmor; mais je sais bien que, chaque matin, M. Prior se rend chez elle, qu'il y passe au moins deux heures, et qu'ils ont l'air d'être fort bien ensemble. Il ne faut pas toujours se fier à cet air doucereux de madame de Sorcy; et je ne serais pas étonnée qu'avec ses belles phrases, ce fût elle qui eût enlevé le cœur de sir Edmond à ma pauvre fille; mais le ciel est juste, et j'espère vivre assez long-temps pour la voir abandonnée à son tour. »

Mistriss Birton garda un moment le silence; puis poussant un profond soupir : « Il est donc vrai, dit-elle, que l'exemple de la vertu est sans effet! J'avais cru que mon approche devait faire rougir le vice et l'indécence, inspirer l'amour de la sagesse et des bonnes mœurs; mais, je le vois, il n'y a plus d'abri désormais contre la corruption générale; et ce n'est qu'en me repliant en moi-même, que je puis croire encore à la vertu. » Sir Edmond, qui se souciait fort peu de celle de mistriss Birton, attendait avec impatience que sa phrase fût finie, pour demander à mistriss Melmor sous quel prétexte M. Prior se rendait tous les jours chez madame de Sorcy. « Il prétend, dit-elle, que c'est pour lui donner des leçons (Dieu sait de quoi!) pour moi, je ne décide rien sur ce qui se passe entre eux; je suis bonne, et Dieu défend de médire de son prochain. — Je crois bien, en effet, reprit sir Edmond avec émotion, que ce n'est pas sur de si misérables motifs qu'on se permettrait d'attaquer la réputation de madame de Sorcy. » Et en parlant ainsi, son cœur était déchiré de jalousie; car malheureusement les penchants qu'il avait eus et les choix qu'il avait faits jusqu'à ce jour, ne l'ayant approché que de femmes légères et faibles, il doutait qu'il y en eût de vertueuses, et ce doute atteignait Malvina elle-même; mais s'il ne pouvait s'empêcher d'être inquiet de son intimité avec M. Prior, il n'aurait pas supporté qu'un autre que lui osât montrer les mêmes craintes : mistriss Birton, étonnée de la véhémence avec laquelle il s'exprimait là-dessus, lui dit : « Je ne sais, Edmond, pourquoi vous prétendez élever si haut la sagesse de madame de Sorcy : je conviens que son âge et le caractère de M. Prior la rendent plus excusable que miss Melmor; néanmoins elle est coupable d'avoir mis les apparences contre elle, et j'aurai soin de lui en dire mon avis. Quant à votre fille, ma chère, continua-t-elle en se retournant du côté de mistriss Melmor, je consens, à cause de vous, en faveur de notre longue amitié, à ne point approfondir ce honteux mystère; mais qu'elle n'hésite pas à obéir, car elle se repentirait toute sa vie d'avoir été rebelle à mes ordres. »

Mistriss Melmor l'assura, de l'air le plus soumis, de la parfaite obéissance de sa fille; et sir Edmond, craignant l'éclat des reproches de miss Melmor, si elle pouvait les lui adresser, résolut de s'éloigner promptement, et dit, en conséquence, à mistriss Birton, que, pour éviter les regrets de part et d'autre, il s'absenterait jusqu'à ce que cette triste cérémonie fût achevée. Mistriss Birton ne fut point dupe de l'air chagrin qu'il affecta en prononçant ces mots; elle le regarda d'un air de doute; mais, charmée de le voir partir, quel qu'en fût le motif, il fut convenu entre eux qu'on ne parlerait de rien à miss Melmor qu'après le départ de sir Edmond, et il fut fixé au lendemain.

Il se retira dans sa chambre, en proie à la plus pénible agitation. L'intimité de Malvina et de M. Prior lui était insupportable; il aurait voulu en connaître la cause, surtout l'effet, afin de pouvoir juger du plaisir qu'y trouvait Malvina. Ce n'est pas précisément qu'il conçût une pensée injurieuse contre elle, mais le plus léger mouvement de sa tendresse pour un autre lui semblait un vol impardonnable; il voulait être le seul qui occupât son imagination, qui fît palpiter son cœur: il eût été jaloux de milady Sheridan, si elle avait existé; il l'était presque de son souvenir. Il aurait donné sa vie pour s'éclaircir sur les sentiments secrets de Malvina; cependant, par un orgueil qu'avaient nourri des succès brillants et nombreux, du moment qu'il avait des doutes sur la tendresse d'une femme, il aurait dédaigné d'avouer un amour qu'il n'eût pas été sûr de voir partager: aussi la jalousie pouvait bien le déchirer, mais non le forcer à se plaindre; et, s'il avait quelquefois laissé percer la sienne, c'était comme malgré lui, et dans des moments où le cri de la nature était plus fort que celui de la vanité.

Assurément, le sentiment que lui inspirait Malvina ne ressemblait en rien à tous ceux qu'il avait éprouvés jusqu'alors; mais, tout puissant qu'il était, il aurait su en contenir l'aveu, si la douce émotion qu'il lisait dans les regards de celle qu'il aimait ne lui eût fait espérer qu'elle l'écouterait sans peine: il attendait avec impatience le moment de s'expliquer plus clairement, lorsque mistriss Melmor vint arrêter l'élan de sa tendresse, et le décida à ne pas ouvrir son cœur avant d'avoir vu, par lui-même, si cette accusation était fondée; et, s'il la trouvait telle, si un autre avait pu un seul instant le balancer dans le cœur de Malvina, il se promit, non pas de l'oublier, mais de n'en jamais faire sa femme.

## CHAPITRE XV.

### LA VEILLE D'UN DÉPART.

Le soir, chacun se réunit auprès de la table à thé. Mistriss Birton, occupée du plaisir d'humilier miss Melmor par son mariage, et de la crainte que lui causait Malvina, rêvait comment elle pourrait réussir à se défaire encore de celle-ci. Mistriss Melmor, pressée entre la colère de mistriss Birton et la peur que lui faisait celle de sa fille, cherchait à penser quelque chose pour se tirer d'embarras, et croyait réfléchir parce qu'elle ne disait rien. Sir Edmond, triste et rêveur, le coude appuyé sur la cheminée, tenait une gazette qu'il feignait de lire, et, absorbé par sa tendresse pour Malvina, était également bouleversé par le regret de la quitter et la crainte de n'en être pas aimé. De l'autre côté de la table, Malvina, assise auprès de son enfant, lui montrait des estampes dont elle lui expliquait les sujets à demi-voix; miss Melmor regardait nonchalamment par-dessus son épaule, et M. Prior, se promenant à grands pas dans la chambre, réfléchissait.

Le silence fut interrompu par miss Melmor, qui, comme la plus jeune, s'approcha de la table pour faire le thé. Elle avait servi tout le monde, et Malvina tenait sa tasse entre ses mains, lorsque mistriss Birton, s'adressant à sir Edmond, lui dit: « Vous ne comptez partir que demain après le déjeûner, n'est-ce pas? » Il fit une inclination. « Et où allez-vous donc? lui demanda aussitôt miss Melmor. — Des affaires pressées m'appellent à Édimbourg. — Ah! maman, tu m'as brûlée, s'écria Fanny en pleurant et secouant ses petits doigts sur lesquels Malvina, troublée par ce qu'elle entendait, avait répandu son thé. — Et comptez-vous y faire un long séjour? reprit miss Melmor avec dépit. — Mais, répondit-il en regardant Malvina, j'ignore si je ne serai pas obligé d'aller jusqu'à Londres. » A ces mots, Malvina pâlit, elle sentit son cœur se serrer et des larmes rouler dans ses yeux. Sir Edmond ne perdait aucun de ses mouvements; il s'approcha d'elle comme pour la débarrasser de sa tasse, et, sous ce prétexte, il prit sa main, qu'il trouva froide et humide. Une émotion si vive, si prompte, lève à l'instant tous ses doutes; il voit clairement qu'il est aimé; et, touché de reconnaissance, il s'assied auprès d'elle, enivré du bonheur de posséder les affections d'une si charmante créature. Malvina, absorbée par la plus douloureuse sensation, ne dit rien, ne pense point qu'il l'observe : l'image de ce départ, qui ne s'était pas encore présentée à elle, en lui portant un coup sensible, vient d'éveiller mille pensées; toutes se succèdent sans qu'elle ose les approfondir; elle voudrait douter encore, mais elle ne peut plus se dérober à elle-même; plus son cœur est déchiré, plus son esprit s'éclaire, et c'est du sein même de la douleur que jaillit la vérité. O funeste lumière! ô faiblesse impardonnable! ô mon enfant! telles furent les idées qui, par un mouvement spontané, se présentèrent d'abord à Malvina. L'effet de la dernière fut de lui faire serrer Fanny contre son sein, comme pour empêcher qu'aucun sentiment vînt se placer entre elles deux : sir Edmond pénétra facilement la cause de son élan; il ne l'en aima que davantage, et ne sentit que mieux combien il serait doux et glorieux pour lui de l'emporter, dans un cœur tel que celui de Malvina, sur le souvenir d'une amie, la foi d'un serment et le sentiment du devoir.

Cette scène muette n'avait duré qu'une minute, mais c'était une de ces minutes uniques dans l'existence, où la vie se verse par torrents, et qui renferment dans leur sein le germe d'une destinée entière; c'était un de ces points du temps, si différents dans la manière dont ils sont sentis, si inégaux par celle dont ils sont calculés, et qui décident du sort de quelques êtres, tandis qu'ils glissent, inaperçus pour les autres, dans la nuit du passé.

Tandis que la pensée de Malvina venait de parcourir un espace si vaste, miss Melmor était restée immobile d'étonnement de la réponse de sir Edmond. « Jusqu'à Londres! s'écria-t-elle après un moment de silence; et quel est l'événement qui vous porte à un parti si étrange et si inattendu? — Edmond vous doit-il compte de ses actions, Kitty? lui demanda impérieusement mistriss Birton, et faut-il toujours vous faire apercevoir de l'indiscrétion de vos questions? — Quels que soient les motifs qui me déterminent à ce voyage, reprit sir Edmond, il faut qu'ils soient bien puissants, puisqu'ils me forcent à m'éloigner d'ici : j'y laisse les objets les plus aimables, les plus propres à m'y retenir et à m'y rappeler..... — Edmond, interrompit vivement mistriss Birton (qui craignait presque également que Malvina et miss Melmor ne s'appliquassent ce compliment, et qui prévoyait qu'elle empêcherait difficilement la conversation de continuer sur ce sujet si elle n'y faisait diversion), loin de nous appuyer sur les regrets que votre départ nous cause mutuellement, ne serait-il pas plus à propos de s'en distraire par un peu de musique? — Très-volontiers, répliqua-t-il avec empressement, dans l'espérance qu'en allant d'un salon à l'autre, il trouverait le moment de dire un mot en particulier à Malvina. — Ne comptez pas sur moi pour chanter, reprit aigrement miss Melmor, je n'y suis pas disposée. — On pourra s'en passer, » lui répondit mistriss Birton sur le même ton. Mistriss Melmor, voyant son amie fâchée, fit à sa fille un signe d'intelligence, comme pour lui dire que tout ceci cachait bien un mystère, mais qu'elle ne s'en inquiétât pas, qu'il serait bientôt éclairci. « Chère tante, dit sir Edmond, soyez assez bonne pour nous aller chercher ce nouveau recueil de romances françaises que vous avez reçu hier matin. » Et, voyant qu'elle hésitait, il ajouta à voix basse : « Parce que, si elles sont jolies, je vous prierai de me les laisser emporter, afin de les présenter à lady Sumerhill. » Mistriss Birton ne balança plus, et y fut. « Toujours ce maudit français ! « s'écria miss Melmor en se levant avec humeur. Sir Edmond s'approcha d'elle, et, la regardant avec tendresse, en l'éloignant adroitement du reste de la compagnie, lui dit, de manière à n'être entendu que d'elle, et fort vite : « Qu'est-ce que cela vous fait ? ne pouvez-vous pas rester seule ici ? ne puis-je pas y revenir ? » Miss Melmor le comprit, ou du moins crut le comprendre; et, se rasseyant aussitôt, elle déclara qu'elle n'irait pas avec les autres. Mistriss Melmor, espérant satisfaire sa fille en suivant son exemple, dit qu'elle ne se souciait pas de musique; et sir Edmond, charmé d'être débarrassé de ces deux témoins, et prenant le silence de Malvina pour un consentement, lui présenta la main pour passer dans le salon de musique; mais elle était si loin de se sentir en état de chanter, que, miss Tomkins étant venue à cet instant chercher Fanny pour la coucher, elle se leva pour suivre son enfant. Sir Edmond, s'apercevant de son intention, fit un mouvement pour la retenir, et, comme elle venait de recevoir une forte commotion, à peine fut-elle debout, que, sentant ses genoux trembler, dans la crainte de tomber elle s'appuya sur le bras de sir Edmond. Il pénétra sur-le-champ tout ce qu'avait d'heureux pour lui et la cause et l'effet de ce mouvement; et, ne donnant pas le temps à Malvina de délibérer davantage, il profita de sa faiblesse pour la conduire, comme malgré elle, dans le salon de musique.

Cependant Fanny, qui avait vu l'intention de sa mère, pleurait pour qu'elle vînt la coucher; et Malvina allait sans doute céder à ses larmes, lorsque sir Edmond, retournant vers M. Prior, qui les suivait, lui dit en lui présentant un cornet de bonbons : « Cher M. Prior, veuillez, avec ceci, apaiser le chagrin de cette enfant; d'ailleurs, il suffirait de vos caresses pour y réussir, car Fanny vous aime tendrement, et vous êtes le seul ici qui puissiez la consoler de l'absence de sa mère. »

M. Prior, flatté d'un compliment qui, dans son opinion, devait le rendre cher à Malvina, revint aussitôt sur ses pas, et, prenant Fanny dans ses bras, il la porta dans sa chambre, et sir Edmond, parvenu enfin à se trouver seul avec Malvina, passa avec elle dans le salon de musique : il l'engagea à s'asseoir devant le piano; elle le fit machinalement; mais, dans la confusion de ses pensées, elle ne pouvait distinguer une seule note. Sir Edmond ouvrit la partition d'Armide, au duo de la fin, et, regardant Malvina, il chanta, avec cet accent tendre qui n'était donné qu'à lui, *Armide, je vais vous quitter :* en changeant ainsi ces mots, l'application devenait si claire, que l'émotion de Malvina augmenta au point de ne pouvoir plus la dominer; malgré ses efforts, ses larmes la trahirent; sir Edmond le vit, et, pressant aussitôt sa main contre ses lèvres avec ardeur, s'écria : « Oh ! s'il est vrai, s'il est possible que mon départ ne soit pas indifférent à la plus charmante, la plus adorée des femmes, qu'elle juge ce qu'il doit avoir de cruel pour moi; qui m'éloigne sans que ma bouche ait osé lui exprimer tout ce qu'elle m'inspire, ni lui demander ce qu'elle éprouve ! pour moi, qui la laisse en proie aux préventions qu'on lui inspirera contre un caractère ardent, impétueux sans doute, mais dont les écarts ne furent dus qu'à l'inquiétude d'un cœur passionné, qui en cherchait un qui sût aimer ! pour moi enfin, qui la laisse auprès d'un homme aimable, vertueux, digne de l'apprécier, et qui seul est admis tous les jours chez elle! » A ces mots, Malvina se retourna vers sir Edmond, et, le regardant avec surprise, lui dit : « Ai-je donc mal fait de recevoir M. Prior chez moi? — Vous ne pouvez jamais mal faire, répliqua-t-il vivement, mais vous pouvez m'affliger beaucoup. — Ah! s'écria-t-elle, emportée par son cœur, je ne veux point vous affliger. » Sir Edmond, enchanté de ce qui venait de lui échapper, et plus encore de l'expression qu'elle y avait mise, ouvrait la bouche pour répondre, lorsque M. Prior entra dans le salon. Peu accoutumée à dissimuler ses émotions, Malvina n'aurait pas réussi à cacher les siennes aux yeux de M. Prior, si sir Edmond, habile et exercé dans ce genre, ne lui en eût facilité les moyens; il changea tout-à-coup la conversation avec tant d'aisance et de gaîté, que l'observateur le plus pénétrant aurait eu peine à croire qu'il venait d'être ému l'instant d'auparavant. Malvina ne répondait rien à tout ce qu'il disait; et, tournant tous les feuillets de la partition l'un après l'autre, elle semblait chercher un air auquel elle ne pensait certainement pas. M. Prior s'avança près du piano, et, s'asseyant vis-à-vis de Malvina, il la regarda, et s'écria aussitôt : « Qu'avez-vous donc? vous êtes bien pâle! » Cette question la fit subitement rougir; à peine savait-elle encore qu'elle eût un secret, et déja elle croyait que chacun l'avait pénétré : parce qu'un seul objet l'occupait exclusivement, il lui semblait que toutes les idées des autres devaient s'y rapporter aussi, et qu'il était impossible qu'on ne lût pas dans ses yeux ce qu'elle commençait à voir si clairement dans son cœur. M. Prior, ayant attendu vainement une réponse, crut que Malvina ne l'avait pas entendu, et lui demanda une seconde fois, et avec plus d'intérêt encore, pourquoi elle était si changée, et ce qu'elle avait. Malvina, interdite, se hâta de répondre qu'elle se portait à merveille et était comme à son ordinaire; mais, en prononçant ces mots, une rougeur brûlante couvrit son front, car elle mentait pour la première fois de sa vie; elle mentait à M. Prior, qu'elle regardait comme un ami, et devant sir Edmond, qui ne pouvait pas être dupe de cette réponse, et qu'elle semblait mettre de moitié dans son secret en taisant la vérité devant lui.

Pendant ce dialogue, mistriss Birton était revenue, et Malvina s'était hâtée de commencer le concert; mais il fut tout de travers : chacun, distrait et préoccupé, chantait sans attention, et écoutait sans plaisir; il était déja question de finir, lorsque mistriss Birton, jetant les yeux par hasard sur un des recueils de romances qu'on n'avait pas parcourus, remarqua, en bâillant, que l'auteur était une femme. M. Prior, prenant aussitôt le cahier, dit à Malvina qu'elle ne pouvait pas quitter sans avoir rendu un hommage à une de ses compatriotes. Sir Edmond, souriant d'un air d'approbation, ouvrit le livre devant elle, et Malvina, hors d'état de résister à ce qu'il désirait, commença par ces paroles :

ROMANCE.

Pour surmonter tendre langueur
Avec courage,
Ai fui souvent dans l'épaisseur
Du bois sauvage:
Las! y portais avec mon cœur
Ta douce image.

Cruel! quand vas fuir le séjour
De ton amante,
Devrais t'oublier sans retour:
En vain le tente;
Plus veux éteindre mon amour,
Plus il augmente.

Mais, du moins, quand t'éloigneras,
Regrette et pleure
Ces longs jours où plus ne seras
Dans ma demeure,
Et dont loin de toi vais, hélas!
Compter chaque heure.

Ces paroles firent une si vive impression sur Malvina, qu'en les finissant sa voix tremblante ne pouvait plus se faire entendre. « Allons, lui dit mistriss Birton, finissons; je vois que vous n'êtes pas bien disposée aujourd'hui, et je ne vous entendis jamais si mal chanter. » Un regard de sir Edmond apprit à Malvina qu'il était loin de penser ainsi, et, avançant sa tête comme pour regarder les couplets qui étaient sur le pupitre, il feignit de les lire à demi-voix; mais, au lieu de paroles, il disait ces mots, qui n'étaient entendus que d'elle : « Que vos accents sont délicieux ! ils promettent la félicité suprême au mortel préféré par vous. Me laisserez-vous partir sans espoir, tandis qu'un mot, un regard peuvent me mettre dans les cieux? » Malvina baissa les yeux, car elle sentait qu'un regard serait une réponse; mais elle ignorait que le silence en était une aussi : sir Edmond ne s'y méprit pas.

Enfin, lorsque chacun se leva pour rentrer dans le salon, Malvina, brisée par les impressions qu'elle avait reçues, demanda à sa cousine la permission de se retirer; ce qui lui fut bientôt accordé. « Quoi ! vous nous quittez déjà ? lui demanda vivement sir Edmond : du moins ne vous verrai-je pas demain avant mon départ? et, si vous ne descendez pas déjeûner, me serait-il permis d'aller prendre congé de vous dans votre appartement? » Malvina, troublée, lui répondit de ne point se donner cette peine, que sans doute elle descendrait, et se sauva aussitôt. La voici dans son appartement, elle s'y promène à grands pas, elle tremble de descendre dans son cœur; et, dans l'excès de son agitation, elle laissa échapper ces mots : « Le bonheur est loin de moi, et la paix encore davantage. Pourquoi suis-je si agitée? Je tremble, et ne puis suivre une idée..... Qu'ai-je vu? Un être a-t-il tant de pouvoir sur un autre? Pourquoi celui-là vient-il éveiller dans mon cœur des émotions si puissantes?..... Aimerais-je? Non, non, je n'aime pas; je le crois, j'en suis sûre : je n'ai point de plaisir à le voir; au contraire, je le fuirais plutôt..... Oh! pars, pars, Edmond ! délivre-moi de ta cruelle vue; j'ai bien assez de ton image. » Après un moment de silence, elle continua : « N'est-ce point un rêve? étais-tu là tout à l'heure? Là, devant moi, tes regards ont rencontré les miens; mon cœur bat violemment à ce souvenir..... Peut-être demain te reverrai-je encore..... A chaque pas qui te rapproche de moi, je sens que mon ame me quitte; je perds la vie quand tu es là; une oppression insupportable agit sur tous les points de mon existence. Ote-toi, va; ta présence me ferait mourir. »

Un cri de Fanny la rappelle à elle-même; elle se précipite vers son berceau. « Ah! s'écrie-t-elle, n'ai-je pas juré de consacrer mes jours à cette enfant? Clara, sur son lit de mort, n'a-t-elle pas reçu mes serments? Du haut des cieux, elle me les rappelle encore; mais, dans l'état où je suis, peut-elle me reconnaître? suis-je digne encore d'être mère et amie? O ange tutélaire! esprit saint! vois mes pleurs, et aies-en pitié; prête-moi des forces contre ma faiblesse; sans doute c'est pour me sauver que tu éloignes d'ici cet homme dangereux : j'entends ta voix, elle a percé la voûte immense des cieux pour arriver jusqu'à moi; tu m'ordonnes de ne plus le voir; j'obéirai. »

L'infortunée alors se jette sur son lit, et enveloppe dans le silence ses douloureux combats.

## CHAPITRE XVI.

AGITATIONS, CONFIDENCES, EXPLICATIONS.

Le lendemain elle persista dans sa résolution, ne descendit point; et, pour avoir un prétexte d'éviter la visite de sir Edmond, elle fit dire qu'elle était un peu indisposée. En vain retarda-t-il son départ de quelques heures, dans l'espérance de la voir, elle ne parut point; et il fallut qu'il se décidât à quitter cette maison sans avoir revu celle qui était devenue la souveraine de sa destinée.

Ce ne fut point sans peine qu'il s'y détermina; mais, blessé du manque de parole de Malvina, et plus encore de lui voir la volonté de résister et la force de le pouvoir, il partit sans s'être présenté chez elle, et sans lui avoir fait dire un mot de simple politesse. Elle ne s'y attendait point; en se souvenant de ce qu'il lui avait exprimé la veille, il lui semblait impossible qu'il ne fît pas quelques tentatives pour la voir; et durant toute la matinée, malgré elle son cœur battit chaque fois que quelque bruit se faisait entendre à la porte; et, en se voyant trompée dans son attente, malgré elle encore elle éprouvait un mouvement d'impatience contre la personne qui avait causé ce bruit. Bientôt le roulement fatal de la voiture retentit à ses oreilles, et lui ôta tout espoir; mais elle se rattacha à l'idée que sir Edmond, craignant que sa porte ne lui fût fermée, avait préféré lui écrire un billet; aussi, chaque fois que miss Tomkins entrait dans sa chambre, elle épiait tous ses gestes, suivait tous ses mouvements, espérant toujours que le billet attendu allait lui être présenté; et ses regards interrogatifs avaient une telle expression, que miss Tomkins en fut frappée au point de lui demander à plusieurs reprises ce qu'elle désirait. Enfin, quand la nuit arriva, et que la triste Malvina ne put plus douter que sir Edmond ne fût parti sans penser à elle, un sombre découragement s'empara de son ame; malgré les devoirs qui l'enchaînaient, elle n'avait pu cesser de s'occuper de lui; et lui, qu'aucun motif ne retenait, partait comme s'il l'eût oubliée; il fallait donc qu'ils fussent bien différemment affectés, car, dans sa situation, elle n'eût pas agi comme lui. Voilà ce que pensait Malvina, et ce fut la première épreuve qui lui apprit qu'une femme tendre qui s'attend à recevoir autant qu'elle donne, et qui juge du cœur des hommes d'après le sien, est dans une erreur que l'expérience doit lui arracher tôt ou tard.

L'indisposition qu'elle avait prétextée le matin lui servit d'excuse pour rester renfermée tout le jour : la crainte de la déranger empêcha M. Prior de monter chez elle; mais qu'il eut de peine à s'en abstenir! Un jour passé sans voir Malvina n'était plus un jour pour lui, c'était un siècle, une éternité; rien au monde ne pouvait remplacer ce qu'il perdait; et cependant, tout en sentant que l'air qu'il respirait lui était moins précieux qu'un mot, un regard de son amie, il était loin de s'alarmer sur les suites de cette amitié : l'impossibilité de prétendre à un autre sentiment l'empêchait de le craindre; ses vœux, sa religion, lui semblaient une barrière imprescriptible et insurmontable que nulle puissance ne pouvait briser : tranquille sous un abri si chancelant, il ne voyait pas qu'un simple fil l'attachait au ciel, tandis qu'un gouffre était à ses pieds. L'idée d'obtenir plus que de l'amitié de Malvina lui était absolument étrangère, je doute même qu'il l'eût supportée; il est des biens si vifs qu'ils nous causent comme une sorte d'effroi, l'image d'un trop grand bonheur nous trouble; et il semble que, se défiant de la faiblesse de nos organes, notre ame se détourne des jouissances trop exquises, comme nos yeux de la lumière du soleil.

M. Prior hâtait donc, de tous ses vœux, la journée du lendemain : ainsi, dans notre téméraire ignorance, nous appelons souvent à grands cris l'instant qui va commencer la chaîne de nos malheurs.

Levé avec le jour, il s'était présenté chez Malvina à l'heure où elle descendait ordinairement; mais le plus profond silence régnait dans son appartement, et il fut obligé de revenir chez lui. Enfin l'horloge avait sonné midi, lorsque, repassant pour la sept ou huitième fois devant cette porte, que ses désirs ouvraient depuis si long-temps, il trouva miss Tomkins qui sortait; il lui demanda aussitôt « si madame de Sorcy était levée, et s'il pouvait entrer. — Ah! bon Dieu! répondit-elle, depuis le jour je l'ai entendue marcher dans sa chambre; elle dort si peu, qu'elle finira par se rendre malade; depuis deux soirs elle m'oblige de me coucher, et veille..... Dieu sait jusqu'à quelle heure! Elle ne cesse pas de pleurer : aussi elle est d'un changement!..... Tenez, mon bon Monsieur, s'il faut que je la voie toujours aussi triste et abattue, il n'y aura plus de joie pour moi dans le monde..... » M. Prior ne lui répondit pas, et entra chez Malvina. Elle était assise, la tête penchée, dans une triste mélancolie, le coude appuyé sur un genou, et le front couvert de sa main; elle se leva aussitôt en le voyant, et vint au-devant de lui : ses yeux rouges et cernés attestaient la triste insomnie de la nuit. « Vous êtes malade, mon amie; vous êtes affligée, lui dit-il : votre cœur ne confiera-t-il pas au mien tout ce qui l'oppresse? — Il est vrai, répondit-elle, je suis un peu indisposée; c'est ce qui m'a décidée hier à ne pas quitter ma chambre, et à ne recevoir personne, quoique je craignisse qu'on ne trouvât ma conduite extraordinaire, ou du moins impolie. — Qui donc l'aurait trouvée? répliqua M. Prior; sir Edmond tout au plus. » Et ce tout au plus était pour Malvina; mais, de peur de le laisser voir, elle n'osa ni ajouter un mot ni faire une question. « J'ai bien souffert hier, lui dit M. Prior après un moment de silence; la crainte de vous déranger m'a empêché de monter chez vous, j'ai passé tout le jour sans vous voir : qu'il m'a semblé long! Mais du moins, chère Malvina, avez-vous plaint votre ami privé de votre présence? — Il faut que je vous ouvre mon cœur, M. Prior, répondit-elle : assurément votre amitié m'est chère, et vous avez dû voir le plaisir que je prenais dans vos entretiens; mais ne craignez-vous point qu'ils ne soient mal interprétés, et qu'on ne s'étonne de nous voir si souvent ensemble? — Bon Dieu! d'où peuvent vous être nées de pareilles idées? s'écria M. Prior en la regardant avec surprise. — Mais de la nature même des choses, répliqua-t-elle en rougissant; des visites si assidues dans mon appartement peuvent paraître singulières. — Mais qui y songe? — On l'a remarqué. — Qui donc vous l'a dit? » Cette question directe déconcerta Malvina; mais, comme il fallait faire un mensonge, ou nommer sir Edmond, elle n'hésita pas. A ce nom, M. Prior, frappé d'un coup inattendu, s'écria vivement : « Eh! de quel droit sir Edmond fait-il des remarques sur votre conduite? comment ose-t-il vous les communiquer? et par quel inconcevable motif mon amitié sera-t-elle sacrifiée au conseil d'un homme comme lui? » L'air de mépris qu'il mit dans cette dernière phrase donna à Malvina le courage de la relever, et elle répondit vivement : « Quelle que soit l'opinion que vous ayez de sir Edmond, le croyez-vous donc incapable de faire une remarque juste? et est-on coupable pour l'écouter et y avoir égard? — Mais, reprit-il avec agitation, un semblable conseil suppose de l'intimité, et vous ne m'aviez pas dit qu'il en existât entre vous et lui. — Je ne crois pas qu'il en existe non plus, reprit-elle avec embarras. — Vous ne le croyez pas! O Malvina! vous n'en êtes donc pas sûre? Que dois-je penser? que dois-je croire?..... Se pourrait-il que votre tristesse..... le trouble où je vous vois.....? Malvina! vous ne répondez point : quel affreux trait de lumière! O Malvina! chère et malheureuse amie, prenez garde à vous, défiez-vous de cet homme perfide : actif et ingénieux pour tout ce qu'il désire, il sait déconcerter les mesures les plus sages, ruiner la vertu la mieux établie, *car sa langue distille le miel, et il charme l'oreille.* A présent je vois, je pénètre la cause de sa bizarre et mystérieuse conduite; il voulait vous plaire, vous séduire, sans consentir pourtant à perdre miss Melmor. Se peut-il que, quand on a vu Malvina, on puisse s'occuper d'une autre? se peut-il que, quand vous êtes là, le reste du monde soit encore quelque chose? Et cependant jamais il n'a été aussi empressé auprès de miss Melmor que depuis qu'il vous voyait plus souvent. Je sais bien que, quand vous étiez présente, ses manières changeaient tout-à-coup; mais, loin de vous, il était tout à elle, il lui prodiguait des soins si passionnés, de l'adoration!..... » A ces mots, Malvina devint si pâle, que M. Prior en fut effrayé.

« O mon amie! lui dit-il en la faisant asseoir, ne croyez point que la crainte de perdre votre amitié me fasse calomnier sir Edmond; s'il n'était pas léger, faux, indigne d'un cœur comme le vôtre, s'il pouvait faire votre bonheur, ou seulement vous apprécier, je voudrais moi-même l'amener à vos pieds, dussiez-vous m'oublier après..... » A cet instant, M. Prior fut interrompu par le bruit d'une personne qui ouvrait la porte, et mistriss Birton parut devant eux : toute autre qu'elle, en voyant le trouble de M. Prior et l'agitation de Malvina, aurait pu concevoir des soupçons sur leur intimité; qu'on juge donc si en cet instant les siens durent se confirmer. Elle s'arrêta un moment en silence, comme n'ayant pas de termes pour sa surprise, et, après les avoir considérés long-temps, elle s'écria : « On me l'avait dit, et je refusais de le croire; mais je le vois, on ne m'a point trompée. — Et que vous a-t-on dit, madame? interrompit vivement M. Prior; sur quoi ne vous a-t-on pas trompée? quels soupçons osez-vous former? — Des soupçons? reprit dédaigneusement mistriss Birton, m'est-il permis d'en avoir encore? et l'état où je vous trouve l'un et l'autre peut-il me laisser aucun doute sur le sujet qui vous occupait? — Prenez garde, madame, répondit M. Prior avec un accent un peu appuyé, prenez garde de vous laisser égarer par de lâches passions; car alors le jugement se pervertit, la conscience s'aveugle, et la lumière qui est dans le cœur se change en ténèbres. — D'où vous vient tant de présomption, M. Prior? répliqua mistriss Birton en le regardant avec mépris de la tête aux pieds, et depuis quand vous croyez-vous permis de me réprimander? D'ailleurs, c'est assez de vous défendre; j'imagine que vous ne vous chargerez pas du soin de répondre pour madame. — A mon égard, reprit-il aussitôt, il m'importe peu d'être jugé par vous ou par quelque jugement humain, à Dieu seul appartient ce droit; mon témoin est au ciel, et mon appui est le Tout-Puissant : mais, quant à cette angélique créature, qui, par son sexe, est asservie au jugement des hommes, si je n'ai pas le pouvoir de la défendre contre ceux qui ont aiguisé leur langue comme le dard du serpent, et qui portent le poison des vipères sous leurs lèvres, ô mon Dieu! tu seras son recours, et tu la délivreras du méchant qui médite le mal dans son cœur..... — Sortez d'ici, monsieur, interrompit mistriss Birton, pâle et tremblante de colère; sortez à l'instant de cet appartement, si vous ne voulez me faire croire que vous avez plus de droits que moi pour y rester. » A cet ordre, M. Prior hésitait encore, lorsque Malvina, s'avançant avec ce calme qui vient de la conscience, et cette dignité qui naît de la vertu, lui dit : « Retirez-vous, M. Prior, vous voyez que ma cousine veut être seule avec moi; retirez-vous sans inquiétude; il est des reproches qui n'embarrassent point. »

Il est aussi un ton qui persuade plus que les discours; celui de Malvina venait de produire cet effet sur mistriss Birton : elle pouvait bien feindre de douter encore, mais dans le fond de son ame elle ne doutait plus. Ce changement n'échappa point à M. Prior; et, satisfait du triomphe de Malvina, il sortit de la chambre sans ajouter un mot.

A peine Malvina se vit-elle seule avec sa cousine, qu'elle la pria de s'expliquer sur les étranges idées qu'elle paraissait avoir conçues sur son compte. Mistriss Birton, un peu déconcertée, lui dit : « Croyez, ma chère, que je n'ai point adopté tous les soupçons qu'on a jetés dans mon esprit contre vous, et que je n'ai jamais voulu croire qu'une femme de ma famille, de mon sang, vécût dans le désordre..... » A ce mot de désordre, le visage de Malvina se couvrit du rouge de l'indignation; et interrompant mistriss Birton d'une voix émue : « Malgré tout l'honneur qu'il peut y avoir à vous appartenir, madame, je serais bien tombée à mes propres yeux si je ne tenais que de lui l'estime que vous me devez : expliquez-vous donc, madame, et sur les doutes que vous avez formés, et sur les personnes qui les ont fait naître, afin que je puisse détruire les uns et confondre les autres. »

L'accent de Malvina, quoique grave et modeste, avait quelque chose de pressant auquel mistriss Birton ne put résister; et, quoique venue avec l'intention de rejeter toute espèce d'interrogation, elle se vit comme forcée de faire l'aveu de l'accusation de mistriss Melmor; et de plus, subjuguée par l'ascendant que l'innocence donnait à Malvina, elle se défendit d'avoir ajouté foi à cette calomnie, et assura qu'elle ne lui en parlait que pour lui donner les moyens de ne pas s'exposer aux malignes interprétations du monde. « Je ne croyais pas être ici dans le monde, reprit Malvina, et sans doute j'aurais donné plus d'attention aux apparences si j'avais pu prévoir que dans votre maison je ne devais être jugée que par elles. — On n'est nulle part à l'abri de la médisance, ma chère, répliqua mistriss Birton. Je me trompe fort si les observations de mistriss Melmor n'ont pas inspiré à Edmond une forte prévention contre vous : et qui peut répondre qu'il ne s'amusera pas à vos dépens dans le monde? — L'en supposez-vous capable, madame? répondit Malvina en rougissant. Pour moi, quelle que soit votre opinion sur son compte, je lui crois trop d'esprit pour avoir adopté les idées de votre amie, et trop de loyauté pour les répandre. — Pour moi, ma chère, interrompit mistriss Birton, je vous crois beaucoup plus d'indulgence pour lui qu'il n'en a pour vous, et vous me permettrez de vous dire qu'il faut avoir les yeux extrêmement fascinés pour tenter de l'excuser dans cette occasion-ci; car, lorsqu'on ose faire de ma maison un lieu de débauche, et avoir sous mes propres yeux une intrigue avec une jeune fille que je protégeais..... — Peut-être, interrompit vivement Malvina, la condamnation de miss Melmor a-t-elle été prononcée aussi sur les *apparences;* et pour avoir été imprudente, on la regarde comme criminelle. Qui donc l'accuse? — Sa mère. Dupe des artifices de sa fille, elle la croit encore innocente; mais, quand elle convient de ses fréquents rendez-vous chez Edmond, qui pourra penser comme elle? — S'il la savait accusée, il la défendrait sans doute, reprit timidement Malvina. — C'est devant lui que j'ai accusé miss Melmor d'être perdue, et il ne l'a pas nié. — Il ne l'a pas nié? s'écria Malvina indignée; mais du moins n'a-t-il pas promis de réparer ses torts en épousant celle qu'il a séduite? — Il est coupable sans doute, mais bien moins que miss Melmor : je croirais encourager le vice en récompensant cette méprisable fille par un mariage au-dessus de ses espérances; et, si je tais sa honteuse faiblesse, c'est bien plus par respect pour moi que par aucun sentiment de pitié pour elle. — Ainsi, repartit vivement Malvina, votre profond mépris sera son partage, tandis que vous conserverez votre bienveillance à l'homme pervers qui l'a perdue? Jeune, sans expérience, elle n'a pas prévu une défaite dont elle gémira toute sa vie, et le monde la rejettera de son sein, tandis qu'il accueillera le séducteur qui a médité sa chute, et qui se réjouit de son déshonneur..... — Vous prenez vivement le parti des femmes coupables, interrompit mistriss Birton. — Dites des infortunées, s'écria Malvina. — Enfin, ma cousine, quel que soit le motif d'une si généreuse défense, reprit l'autre avec ironie, apprenez que votre protégée, sans obtenir la récompense que vous lui désirez, ne sera pas dévouée à la honte qu'elle mérite : dans peu de jours elle sera mariée..... — Mariée à un autre, et sir Edmond le souffrira? — Il se résoudra d'autant plus facilement à voir passer en d'autres mains une si méprisable conquête, que lui-même n'est retourné à Édimbourg que pour presser son mariage avec lady Sumerhill; et je compte l'y aller joindre avant peu, afin d'assister à une union qui doit approcher mon neveu d'une des premières dignités du royaume, et lui mériter enfin les biens que je veux répandre sur lui. »

Tant de coups venaient de frapper successivement sur le cœur de Malvina, qu'elle n'avait plus de force pour répondre; il ne lui en restait que pour souffrir. Mistriss Birton s'aperçut de son altération, et lui dit : « Je vois que cette conversation vous fatigue; mais, avant de la terminer, je vous préviendrai que mon intention est de ne pas garder plus long-temps M. Prior dans ma maison : quoique persuadée qu'il n'y a rien de suspect dans vos liaisons, néanmoins la morgue insolente que lui a donnée votre amitié l'a rendu intolérable, et je ne pense pas que vous vous opposiez à son départ. — Moi, madame, reprit Malvina étonnée, n'êtes-vous pas seule maîtresse ici? Personne a-t-il le droit de résister à vos volontés? Mais, au reste, l'eussé-je, ce n'est pas dans cette occasion que j'en userais, » continua-t-elle, en se souvenant que, dans le commencement de sa liaison avec M. Prior, il lui avait dit que c'était malgré lui qu'il restait chez mistriss Birton. Celle-ci parut satisfaite de la réponse de sa cousine; et, l'embrassant avec toutes les marques d'une réconciliation sincère, elle la quitta.

## CHAPITRE XVII.

### SITUATION INTÉRIEURE DE CHACUN.

LA douloureuse surprise que venait d'éprouver Malvina en recevant la confirmation de l'intimité de sir Edmond avec miss Melmor paraîtra peut-être étonnante, d'après ce que lui en avait dit antérieurement M. Prior : ce n'est pas pourtant qu'elle eût oublié les accusations de celui-ci, mais c'est qu'elle n'y croyait plus; elle n'y pensait jamais que pour le taxer d'injustice et d'erreur, et ne lui en parlait pas, afin d'éviter de motiver un changement d'opinion qui ne reposait que sur l'air tendre et passionné de sir Edmond envers elle. Si on accuse Malvina d'avoir été trop promptement entraînée par un penchant que la raison condamnait, je répondrai que, sans en excepter *Clarisse*, on a toujours remarqué dans les femmes de la vertu la plus sévère une sorte de prédilection envers les hommes de caractère ardent, passionné, quoique de mœurs un peu relâchées, soit qu'elles espèrent, en les arrachant à leurs erreurs, faire tourner au profit de la vertu toute l'activité de leurs passions, soit que l'équité de la nature veuille rapprocher les extrêmes pour qu'il n'y ait nulle part ni mal sans ressource ni bien sans mélange : telle est la marche du cœur humain; celui de Malvina suivit la règle générale. Sans doute la terre offrait peu de femmes qu'on pût lui comparer, mais enfin elle était sur la terre. Qui pourrait peindre les douloureuses réflexions de Malvina! En vain cherchait elle à n'attribuer sa tristesse qu'au repentir d'avoir été sur le point d'oublier ses serments en se livrant à un sentiment qu'ils condamnaient : ce souvenir ne lui arrivait que par effort; mais celui toujours présent à sa pensée était d'avoir été peut-être mal jugée par sir Edmond, et plus encore d'avoir été confondue par lui avec la foule des autres femmes, puisqu'il s'était amusé a feindre auprès d'elle un accent si tendre, une émotion si vive, au même moment où il allait en épouser une autre, et où il s'occupait à séduire miss Melmor. Peut-être pourrait-on pardonner l'artifice des discours; mais celui de la physionomie est inexcusable; car, lorsque les yeux, ces derniers asiles de la vérité, parviennent à être faux, le cœur entier est corrompu, et la perversité incurable.

Mais, malgré les apparences, sir Edmond n'était point un homme perfide, et Malvina n'avait point été trompée; elle ne devait pas le croire, j'en conviens, et c'est pourquoi sa raison le condamnait; mais, sans doute une secrète voix le justifiait dans son cœur, et c'est pourquoi elle l'aimait encore. En proie à tant d'agitations diverses, elle s'appesantissait de nouveau sur la perte de son amie; car il semble qu'un chagrin rappelle tous les autres, et qu'on se plaise à les réunir tous, afin de souffrir davantage : d'ailleurs, il fallait bien que ce souvenir vînt justifier aux yeux de Malvina la douleur où elle était plongée; il fallait bien se rejeter dans le passé, puisque sir Edmond la laissait sans avenir, et, en s'élançant vers son amie, chercher des ressources dans le ciel, puisqu'il ne lui en restait plus sur la terre.

Miss Melmor écouta la proposition de sa mère avec plus de tranquillité qu'on ne l'aurait présumé. Le départ subit de sir Edmond lui apprit aisément qu'elle n'avait rien à espérer de ce côté-là; la perte d'un pareil époux lui parut un malheur sans doute, mais en trouver un autre lui sembla une consolation : c'en était une surtout, que d'entrer dans le monde, et de s'y montrer avec éclat; et l'image des parures, des plaisirs et des conquêtes, vint bientôt remplir son imagination, au point de n'y pas laisser une place au souvenir de sir Edmond; mais, réfléchissant sur elle-même avec plus de suite que sa légèreté habituelle ne devait le faire supposer, elle sentit que, pour avoir plus de moyens de satisfaire sa vanité, il était essentiel de regagner la faveur de mistriss Birton, et qu'elle ne pouvait y réussir qu'en paraissant se plier à toutes ses volontés. La chute de ses espérances, en éclairant son esprit, venait de lui montrer la cause de ses torts; elle chercha les moyens de les réparer : tout étourdie qu'elle était, l'intérêt personnel sut lui donner, avec le talent de former un plan, la constance de le suivre; et c'est ainsi que, quand la sottise est guidée par un mauvais cœur, elle a assez de tact pour saisir ce qui lui est bon, écarter ce qui lui nuit, et faire son chemin dans le monde.

L'espoir d'une brillante conquête avait rendu miss Melmor insolente; l'adversité en fit une hypocrite : elle entra chez mistriss Birton les yeux baissés, et lui dit, avec une contenance modeste et timide : « Ma mère m'a fait part de vos intentions, madame; vous me voyez prête à y souscrire et à expier, par une prompte obéissance, l'imprudence de ma conduite; mais croyez que la légèreté a été ma seule faute, et que je ne me suis jamais oubliée au point de m'être rendue indigne de vos bonnes graces et du vertueux exemple que vous nous donnez. » Mistriss Birton, adoucie par la soumission, fut désarmée par la flatterie; *elle aimait trop les louanges pour douter de la sincérité de miss Melmor : plus elles devinrent outrées, plus elle le crut*; car, dans les caractères comme le sien, l'amour-propre est comme un animal vorace qui dévore, sans choix, tout ce qu'on lui jette.

Dans l'espace d'un mois, miss Melmor fut mariée à M. Fenwich, mistriss Birton décidée à partir pour Édimbourg, et M. Prior renvoyé de la maison.

Six mois plus tôt il eût quitté cet asile avec joie, mais tout était changé pour lui quand il y laissait Malvina : néanmoins, trop fier pour s'abaisser à aucune sollicitation, au premier mot de mistriss Birton, son parti fut pris, et il ne resta dans la maison que le temps nécessaire pour emporter ses effets, et faire demander à Malvina la permission de lui dire un dernier adieu.

Quand il partait, elle n'hésita point à le recevoir et à adoucir, par les assurances de la plus tendre amitié, la peine qu'il éprouvait à la quitter. « En m'éloignant de vous, s'écria-t-il, je me sens comme plongé dans un séjour de ténèbres, et mon ame est abattue et sans courage. O Malvina! ne vous détournez pas de moi dans ce jour d'affliction : hélas! en vous quittant il ne me reste d'autres biens que votre souvenir et vos lettres : le premier est attaché à mon cœur; nul ne peut me l'arracher : l'autre dépend de vous; me sera-t-il refusé? »

Ah! si, par égard pour l'opinion d'une

femme hautaine et d'un homme dépravé, Malvina eût rejeté cette touchante prière, elle n'aurait plus été la bonne, l'excellente créature qui s'oubliait toujours pour les autres : d'ailleurs, elle satisfaisait sa raison autant que son cœur, donnant plus aux devoirs de l'amitié qu'aux convenances sociales; car elle avait toujours pensé que, s'il est bien de mettre l'opinion publique au-dessus de tous les sacrifices qui ne coûtent qu'à soi, il est mieux encore de la mettre au-dessous de tous ceux qui peuvent affliger l'amitié.

M. Fenwich était un petit négociant d'Édimbourg, de quarante ans à peu près; brun, court et épais; humoriste chez lui, gai chez les autres; pauvre d'idées, mais riche de mémoire; n'intéressant point par son esprit, mais faisant rire par ses contes; flattant tout le monde et n'aimant personne. En épousant miss Melmor, il n'avait point pensé si elle était jolie, ni si son caractère lui convenait, et encore moins s'il la rendrait heureuse; mais, en revanche, il avait pesé mûrement que mistriss Birton était vaine, riche et sans enfants; qu'une union qui le rapprochait d'elle pouvait avoir d'incalculables avantages, et qu'il se sentait dans le caractère tout ce qu'il fallait pour tirer parti de celui de mistriss Birton.

Quelques années auparavant, dans l'éclat de la jeunesse et de la beauté, mistriss Birton, accoutumée à l'encens le plus délicat, aurait rejeté dédaigneusement celui de M. Fenwich; mais l'âge, en lui ôtant le droit d'y prétendre, lui en avait laissé le besoin, et elle aimait mieux encore en respirer un grossier que d'en être privée tout-à-fait; et M. Fenwich, en ayant l'air de traiter sa femme comme un enfant, sa belle-mère comme une idiote, Malvina comme une visionnaire, et de n'estimer au monde que la seule mistriss Birton, s'attira de celle-ci des égards et une confiance qui auraient été une énigme pour tous ceux qui connaissaient la finesse de son esprit, si l'excès de son amour-propre ne leur en eût donné le mot.

En renvoyant aussi brusquement M. Prior, son intention n'avait pas été seulement de se venger des vérités dures qu'il avait osé lui dire, et de l'enthousiasme que lui inspirait Malvina; son véritable but était d'insinuer à sir Edmond que cette rupture subite n'avait d'autre cause que l'intimité honteuse existante entre Malvina et M. Prior. Déja, sous le sceau du secret, elle avait confié ce qu'elle appelait ses découvertes à mistriss Tap, sa femme de chambre, et à mistriss Melmor; et ce bruit, répété par ces deux échos, s'était répandu sourdement dans toute la maison : mais ce n'était pas assez pour mistriss Birton; il fallait, pour la satisfaire, qu'il arrivât jusqu'aux oreilles de sir Edmond. En conséquence, elle se détermina à envoyer mistriss Melmor et mistriss Tap en avant, à Edimbourg, comme pour préparer son hôtel à la recevoir, mais toutes deux bien instruites de la manière dont il fallait rendre compte à sir Edmond du renvoi de M. Prior. Ce n'est pas qu'elle ne connût assez son neveu pour ignorer qu'il pourrait fort bien ne pas croire un mot de tout ce qu'on lui dirait; mais c'était beaucoup de lui montrer Malvina perdue à tous les yeux, car elle le savait assez fier pour dédaigner, comme épouse, toute femme qui aurait été seulement soupçonnée.

## CHAPITRE XVIII.

### NOUVELLE CONNAISSANCE.

Ce fut dans les premiers jours d'avril que Malvina partit, avec une société qu'elle n'aimait guère, pour une ville dont elle ne se souciait pas du tout, et où elle allait revoir un homme qu'elle craignait beaucoup; mais qui sait si cette dernière considération, si déterminante pour n'y point aller, ne fut pas précisément celle qui l'engagea, à son insu, à passer par-dessus les deux autres ? à son insu, sans doute, car elle ne doutait pas que la raison seule n'eût dicté ce parti : elle ne s'y était arrêtée que par la conviction qu'une image trop chère est plus dangereuse dans l'éloignement, où on l'embellit comme on veut, qu'en sa présence, où on la voit telle qu'elle est; il lui semblait qu'en étant témoin des empressements de sir Edmond auprès de toutes les femmes, ainsi que de son union avec lady Sumerhill, elle n'aurait plus rien à craindre de lui. C'est ainsi que Malvina raisonnait : lorsque la passion cherche un prétexte pour ses faiblesses, l'imagination en a toujours un tout prêt à lui offrir; de tous ses abus, c'est le plus terrible sans doute, car, lorsque l'imagination nous égare et nous perd, c'est moins quand elle s'abandonne à ses écarts que quand elle prétend les justifier, et l'excès de son délire même est moins à craindre que les sophismes de sa logique.

Le troisième jour de leur voyage, mistriss Birton prévint ses compagnes qu'elle s'arrêterait avec elles, le soir, chez mistriss Clare, dont le château se trouvait sur leur chemin. « J'ai connu jadis cette dame à Édimbourg, dit-elle, au moment où un mariage très-avantageux venait de la jeter dans le plus grand monde; depuis j'ai appris qu'étant devenue veuve, elle s'est retirée à la campagne, où elle vit avec son père. Le monde l'accuse d'avoir une humeur un peu sauvage, et prétend même qu'elle met une sorte d'ostentation dans son goût pour la retraite; et il faut bien que le monde ait raison, car moi, qui aime la solitude plus que personne, comme je suis naturelle et vraie, jamais il n'a songé à me faire le même reproche. Malvina ne répondit rien; elle ne pouvait défendre une femme qu'elle ne connaissait pas de l'accusation qu'on portait contre elle; mais elle pouvait moins encore accorder à mistriss Birton les louanges qu'elle semblait demander.

Le soir on arriva chez mistriss Clare : Malvina vit une femme jeune encore; ses manières étaient simples, et sa conversation animée et naturelle. S'il y avait beaucoup de modestie dans son maintien, il y avait une grande fierté sur son front, et tant de franchise dans toute sa personne, qu'il lui fut également impossible de dissimuler son éloignement pour mistriss Birton, son indifférence pour mistriss Fenwich, et son penchant pour Malvina. Celle-ci, soit par sympathie ou par reconnaissance, éprouva de son côté une sorte d'intérêt très-vif pour mistriss Clare. Le lendemain matin, se trouvant réunies de très-bonne heure dans le salon, elles parurent également charmées de ce tête-à-tête; et, pour le prolonger plus long-temps, elles furent dans le jardin; et, en se promenant dans des bosquets qu'une naissante verdure commençait à ombrager, elles causèrent avec une intimité qui semblait dater de plus d'un jour.

## CHAPITRE XIX.

### CURIOSITÉ NON SATISFAITE.

DANS une si douce conversation, mistriss Clare ne songeait plus aux hôtes qui l'attendaient, et même, y eût-elle pensé, il était dans son caractère de les négliger en faveur de Malvina; mais celle-ci, qui n'oubliait jamais les autres, et qui sentait que la bonté, plus encore que la politesse, oblige une maîtresse de maison à s'occuper des étrangers qu'elle reçoit, fit souvenir mistriss Clare qu'il était tard, et que sans doute mistriss Birton s'étonnerait de sa longue absence : elle en convint, et toutes deux reprirent le chemin de la maison.

En effet, elles trouvèrent toute la société réunie dans le salon, et les attendant depuis long-temps. Mistriss Clare fit quelques excuses assez froides; mistriss Birton les reçut du même ton, et ajouta que madame de Sorcy avait sans doute trouvé agréable de l'enlever aux autres, afin de la fixer tout entière. « Il est vrai, répliqua mistriss Clare, que c'est votre charmante cousine qui est cause de ma négligence; mais aussi je lui dois de ne l'avoir pas réparée plus tard; car, si elle ne m'eût rappelée à moi-même, je m'oubliais tout-à-fait auprès d'elle. Au reste, ce n'est pas ses heureux amis, ceux qui ont le bonheur de la connaître comme vous, qui pourront s'étonner de l'effet qu'elle a produit sur moi. »

Cet éloge, qui fut prononcé avec chaleur, loin de diminuer le mécontentement de mistriss Birton, ne servit qu'à l'augmenter. Monsieur et mistriss Fenwich, attentifs à ce qui pouvait lui plaire, conformèrent leur ton au sien; de sorte que la conversation devint bientôt gênée, languissante; l'ennui ne tarda pas à s'emparer de tout le monde, et mistriss Birton, dont le premier projet avait été de passer quelques jours chez mistriss Clare, se décida à partir dès le lendemain : celle-ci fit beaucoup d'instances pour la retenir, non qu'elle trouvât aucun plaisir dans sa société, mais afin de jouir plus long-temps de celle de Malvina. Ses efforts furent vains; mistriss Birton persista à partir, et donna, pour raison de son empressement, le désir de hâter le mariage de lady Sumerhill avec son neveu *sir* Edmond Seymour. « Sir Edmond Seymour va épouser lady Sumerhill! s'écria mistriss Clare, dont les joues se couvrirent à l'instant du rouge le plus vif. — Est-ce que vous le connaissez? lui demanda mistriss Birton en la regardant avec surprise. — Je les ai connus tous deux, il y a quelques années, à Édimbourg, répondit-elle assez tranquillement, et alors je n'imaginais pas qu'ils se convinssent; mais depuis j'ai eu plus d'un motif de penser autrement, et ce que vous me dites me le confirme. — Eh! pourquoi ne se conviendraient-ils pas? reprit assez aigrement mistriss Birton; tous deux sont jeunes, aimables, riches, et issus du plus noble sang d'Écosse; ils semblent faits l'un pour l'autre. — Ah! madame, je ne forme aucun doute à cet égard, repartit mistriss Clare avec un souris amer, et je vois même entre eux des points de ressemblance, et des causes de rapprochement plus frappantes encore que tout ce que vous venez de citer. — Non pas à leur désavantage, j'espère? interrompit mistriss Birton. — Le monde y applaudit depuis trop long-temps, ajouta mistriss Clare, pour qu'il soit permis à personne d'en juger autrement. »

Mistriss Birton ne poussa pas plus loin les questions, et mistriss Clare changea de discours. Mais combien ce court entretien avait produit d'effet sur Malvina! que n'aurait-elle pas donné pour avoir l'explication des réponses évasives de mistriss Clare! combien ne désirait-elle pas se trouver seule avec elle, afin de la remettre adroitement sur ce sujet! Mais comment le faire sans lui donner lieu de soupçonner l'intérêt qu'elle y mettait? Et, en effet, pourquoi en mettait-elle? Que lui importaient l'union de sir Edmond avec lady Sumerhill et ses rapports avec mistriss Clare? N'était-il pas jugé déja dans son esprit? et un homme de ce caractère méritait-il d'occuper un seul instant sa pensée? Tout en disant cela, elle y songeait sans cesse, se plaisait à faire l'énumération de ses torts, afin d'avoir un prétexte de penser encore à lui, et préférait peindre son souvenir des couleurs les plus odieuses que de l'écarter tout-à-fait.

Malgré ses résolutions, un instinct secret lui fit saisir toutes les occasions de se trouver seule avec mistriss Clare; mais ce fut en vain : mistriss Fenwich, toujours importune et indiscrète, ne les quitta pas de la journée, et Malvina fut obligée de se retirer le soir sans avoir éclairci des doutes qui pesaient péniblement sur son cœur.

Le lendemain, l'aurore la trouva à sa fenêtre, attendant avec impatience ce bruit, ce mouvement qui annoncent que chacun s'éveille, que la journée commence, et que la réunion s'approche. Aussitôt qu'elle crut pouvoir se montrer sans paraître extraordinaire, elle descendit dans le salon; des domestiques s'occupaient à le ranger, et mistriss Clare n'y était point encore. Elle sortit dans le jardin avec un peu d'impatience, et s'y promenait depuis environ une demi-heure, lorsque mistriss Clare vint la joindre. « J'ai su, lui dit celle-ci, que vous aviez été bien matinale aujourd'hui, et, quand je joins cette idée à l'aimable empressement avec lequel vous venez de m'accueillir, à certains regards que je vous ai surpris hier, au secret désir que vous paraissiez avoir de me parler, j'ai dû supposer que vous aviez quelque chose à me dire; me trompé-je? » Cette ouverture retint sur les lèvres de Malvina les questions qu'elle était prête à faire. Les remarques de mistriss Clare lui firent sentir que l'interroger sur sir Edmond était presqu'un aveu de l'intérêt qu'elle prenait à lui, et elle aima mieux ne rien savoir que de s'exposer à de pareils soupçons. En conséquence, renfermant sa curiosité dans son cœur, elle répondit quelques phrases insignifiantes, et entama une de ces conversations pénibles, où l'on parle de tout, hors de ce qu'on voudrait dire, où l'on écarte sans cesse un sujet que chaque mot semble ramener, et où l'on trouve pourtant un plaisir secret et indéfinissable par l'idée de prolonger l'occasion favorable et unique de savoir ce qui intéresse le plus, quoique bien résolu à ne pas en profiter.

Elles furent bientôt rejointes par mistriss Fenwich. L'idée de quitter la campagne et d'arriver peut-être le jour même à Édimbourg l'avait éveillée de bonne heure, pour la première fois de sa vie. Elle accourait avec empressement pour hâter le moment d'une réunion qui devoit rapprocher celui du départ. Mistriss Clare s'aperçut aisément de ce qui se passait dans l'ame de cette jeune personne, et trouva tout simple qu'à son âge elle se sentît appelée vers les plaisirs. « Sans doute, lui dit-elle, le mariage de sir Edmond Seymour va faire naître les bals, les spectacles, les fêtes de toute espèce, et vous avez une figure à en faire le plus brillant ornement. — Ah! c'est tout ce que j'espère, reprit étourdiment mistriss Fenwich; je ne serai contente qu'en éclipsant toutes les femmes d'Édimbourg, et surtout cette odieuse lady Sumerhill. — Et pourquoi lui en voulez-vous? interrompit mistriss Clare; lui envieriez-vous la gloire d'avoir fixé sir Edmond? — Je ne crois pas qu'elle doive s'enorgueillir de ce triomphe, répondit mistriss Fenwich; et la manière dont il m'a parlé d'elle dernièrement m'assure assez que sa fortune est le seul charme qu'il lui trouve. — Je crois votre supposition bien injuste, madame, reprit Malvina un peu vivement. Au milieu de tous les défauts qu'on reproche à sir Edmond, jamais du moins ne fut-il accusé d'avoir l'ame intéressée, et il me semble, au contraire, que la noblesse et la générosité font l'essence de son caractère. — Est-ce que vous le connaissez? lui demanda mistriss Clare un peu émue. — Pouvez-vous en douter? répliqua ironiquement mistriss Fenwich. A la manière dont elle le peint, ne connaissez-vous pas une main amie? Oui, madame de Sorcy le connaît beaucoup; ils ont passé trois mois ensemble, cet hiver, chez mistriss Birton. Au reste, ce qui m'étonne, c'est que, malgré les charmes de madame, les égards distingués qu'elle avait pour lui, et le goût qu'il a pour toutes les femmes, elle ne l'ait pas fixé *un seul instant*, sérieusement, s'entend. N'est-ce pas, ma chère, ce n'est jamais qu'en badinant qu'il vous a parlé d'amour? du moins me l'a-t-il dit. » Mistriss Clare feignit de ne pas remarquer le trouble de Malvina, et s'adressant à mistriss Fenwich : « Je suis sûre, lui dit-elle, qu'il n'a pas même osé lui en parler en riant. Sir Edmond se rend trop justice pour pouvoir être à son aise auprès de madame de Sorcy, et il doit sentir que l'amant de toutes les femmes ne saurait être le sien. »

Depuis cet instant mistriss Clare devint pensive; elle regardait Malvina avec tendresse et sollicitude, et paraissait écouter à peine ce que chacun lui disait.

Le déjeûner venait de finir, lorsque les voitures s'avancèrent dans la cour. Au bout de quelques minutes, mistriss Birton se leva et donna le signal du départ. Comme chacun s'y préparait, mistriss Clare profita de ce mouvement pour s'approcher de Malvina, qui était debout et immobile devant la cheminée; et la serrant dans ses bras : « Si je vous ai devinée, que je vous plains, lui dit-elle, et que je regrette de n'avoir pas pu vous parler!..... Pourquoi ne consentiriez-vous pas à rester ici? ce serait un asile contre les dangers que vous ne prévoyez peut-être pas..... Mais tout-à-coup, peut-être cela pourrait-il sembler bizarre; du moins, promettez-moi que, si quelques circonstances vous font désirer de quitter Édimbourg avant mistriss Birton, ce sera ici que vous viendrez l'attendre. » Malvina s'y engagea avec reconnaissance, et, lui disant un dernier adieu, elle allait joindre la voiture, lorsque mistriss Clare ajouta avec un peu d'embarras : « Promettez-moi encore de ne point dire à sir Edmond que je vous ai parlé de lui; et, je vous en conjure, ne l'interrogez jamais sur moi. » Malvina l'assura qu'elle se conformerait à ses désirs, mais avec un air d'étonnement qui lui disait assez tout ce qu'elle trouvait d'extraordinaire dans cette mystérieuse défense. Peut-être mistriss Clare allait-elle ajouter un mot, mais mistriss Birton, choquée de leur long *à parte*, ne lui en donna pas le temps; et, prenant congé d'elle avec la plus froide politesse, elle pria Malvina de ne pas la faire attendre plus long-temps.

---

## CHAPITRE XX.

QUELQUES SCÈNES DU MONDE.

Elles arrivèrent le lendemain au soir à Édimbourg, et, dès le matin suivant, mistriss Birton sortit pour des affaires, mistriss Fenwich pour des emplettes; et Malvina, décidée, autant par goût que par raison, à vivre très-sédentaire, était descendue chercher quelques livres dans le parloir, lorsqu'à travers la porte elle entendit la voix de sir Edmond, qui s'informait à mistriss Tap depuis quand ces dames étaient arrivées, et si elles étaient visibles. « Ma maîtresse est sortie avec mistriss Fenwich, répondit la femme de chambre, mais madame de Sorcy est à la maison, et, si vous souhaitez entrer, vous pourrez la voir. — Non, non, cela est inutile, répondit sir Edmond, je reviendrai une autre fois. »

Assurément Malvina ne désirait pas qu'il entrât; l'idée même de se trouver seule avec lui l'avait fait frémir; et, pour éviter de le voir, elle aurait consenti à tous les moyens..... à tous, excepté peut-être à celui-là seul qu'il venait d'employer. Refuser de la voir quand elle était si près, quand elle était seule! Que penser d'un pareil procédé? Pouvait-elle douter encore de son indifférence? et, en se conduisant ainsi, ne semblait-il pas même vouloir qu'elle n'en doutât pas? Que de douleurs entrèrent à la fois dans l'ame de Malvina! Partagée entre la honte d'avoir été trompée, le repentir de sa faiblesse et le regret de son erreur, elle versa des larmes amères; mais les essuyant bientôt avec fierté : « Ah! sir Edmond, s'écria-t-elle, si votre but, en feignant des sentiments que vous n'éprouviez pas, a été de faire une victime, et de jouir de son malheur, il n'est pas rempli, j'en peux guérir. » Mistriss Birton rentra quelques moments après avec un jeune homme d'une assez jolie figure, quoique d'un maintien un peu dédaigneux. En voyant Malvina, il parut surpris; et la saluant avec respect : « Voilà, sans doute, dit-il à mistriss Birton, l'aimable parente que vous avez amenée avec vous? Je suis sûr que ma sœur sera charmée de faire connaissance avec elle. — Ma cousine en sera assurément très-flattée, » repartit mistriss Birton en regardant Malvina, comme pour lui demander de confirmer ce qu'elle disait; mais, n'en recevant aucune réponse, elle ajouta un peu vivement : « Ma chère, à quoi pensez-vous donc? savez-vous que c'est milord duc de Stanholpe, frère de lady Sumerhill, qui est devant vous, et que j'ai l'honneur de vous présenter? » Malvina fit une inclination, et continua à garder le silence. « Comme j'espère que madame de Sorcy viendra orner la fête que mon oncle prépare, lui dit milord Stanholpe, et qu'assurément l'honneur de danser avec elle sera vivement disputé, elle permettra que je sois un des premiers à lui demander sa main pour ce jour-là, afin de n'avoir que des envieux et point de rivaux. — Excusez-moi, milord, lui dit-elle; mais, comme je compte n'assister à aucune fête pendant le très-court séjour que j'ai le projet de faire à Édimbourg, je ne puis accepter votre obligeante invitation. » Et, en disant ces mots, elle fit une profonde révérence et se retira. « Quelle bizarre créature! s'écria aussitôt mistriss Birton. — Bizarre, peut-être, reprit lord Stanholpe, mais divinement jolie. Chère mistriss Birton, il faut que vous obteniez d'elle de venir chez mon oncle; il le faut absolument : je veux connaître cette femme. Que le ciel me confonde, si j'en ai jamais vu une qui m'ait fait la même impression! — Vous faites beaucoup d'honneur à ma cousine, milord, reprit mistriss Birton, et je vous promets de faire tous mes efforts pour l'engager à répondre à votre flatteuse invitation; mais, quoique assez douce, elle est quelquefois si opiniâtre sur certains points, et d'ailleurs d'une humeur si sauvage.....— Eh tant mieux, interrompit lord Stanholpe en riant, je ne connais rien de plus séduisant que ces beautés farouches quand on est parvenu à les apprivoiser. — Prenez garde, milord, répliqua mistriss Birton; celle-ci n'est pas de celles qu'on apprivoise; c'est une femme de mon sang, et ce titre doit la mettre à l'abri de toute tentative peu honorable. — Allez, allez, mistriss Birton, repartit lord Stanholpe avec un de ces airs de protection qui ne sont jamais si choquants que quand ils veulent paraître affables, donnez-moi seulement l'occasion de la voir souvent, qu'elle me paraisse aussi aimable qu'elle est belle, et alors..... Je suis libre, vous le savez : qui peut répondre de l'avenir? peut-être suis-je destiné à me lier doublement à votre famille. Mais, je vous en conjure, allez la décider, afin que je sache sa réponse avant de sortir de chez vous. » Mistriss Birton, docile aux désirs de lord Stanholpe, et fière d'un espoir qui pouvait contribuer à illustrer encore sa famille, monta aussitôt chez Malvina. « Vous ne pouvez, ma chère, lui dit-elle, vous dispenser de paraître à la fête de milord Stafford, ni d'être présentée à la charmante personne qui entrera bientôt dans ma famille : je l'ai prévenue en votre faveur; elle brûle de vous connaître. » Malvina voulut s'en défendre, sous prétexte qu'une fête ne convenait ni à sa situation ni à son goût. « Je vous en conjure, ne me refusez pas, répliqua mistriss Birton, j'ai promis que vous y viendriez; lady Sumerhill y compte..... — Si c'était vous qui le désiriez, ma cousine, interrompit Malvina, peut-être aurais-je pu céder; mais pour satisfaire une fantaisie de lady Sumerhill..... — Vous avez résolu de me désobliger apparemment, reprit vivement mistriss Birton, et je vois que, sous un voile de douceur, vous cachez une volonté opiniâtre : on est bien malheureux, continua-t-elle en joignant les mains, de ne pouvoir rien obtenir de certaines gens. — C'est que certaines gens, répliqua Malvina, résistent aussi *fermement* au caprice et à la volonté qu'ils céderaient avec promptitude à un désir obligeant ou à un mot de bienveillance. » Mistriss Birton fut surprise de ce ton, car elle ignorait que le cœur de Malvina, froissé par la conduite de sir Edmond, et par l'idée de servir de spectacle à lady Sumerhill, devait répandre sur ses discours l'aigreur dont il était plein. Loin de s'en offenser, elle se radoucit, car les caractères les plus violents deviennent souvent les plus faibles quand on leur résiste, et se soumettent à une dureté, tandis qu'ils auraient bravé la douceur. Mistriss Birton eut donc recours à la prière, et Malvina, qui se repentait déjà d'avoir eu un mouvement d'humeur, ne crut pouvoir le réparer qu'en accordant à sa cousine ce que celle-ci lui demandait.

Cependant, comme la fête ne devait avoir lieu que dans huit jours, Malvina obtint la permission de passer tout cet intervalle sans paraître à aucune assemblée. Son motif, en se conduisant ainsi, était non seulement de satisfaire son goût, qui la portait à la retaite, son devoir, qui la fixait près de son enfant, mais de contenter aussi sa fierté, qui lui demandait de prouver à sir Edmond qu'elle était loin de chercher les occasions de le voir. Pendant plusieurs jours, mistriss Birton et mistriss Fenwich furent presque continuellement dehors; elles ne voyaient Malvina qu'aux heures de repas, et encore ce temps était-il employé au récit de ce qu'elles avaient vu; mistriss Fenwich, surtout, ne tarissait pas sur les plaisirs qu'elle goûtait. Malvina, qui avait espéré, en ne voyant point de monde, retrouver à Édimbourg la paix de Birton-Hall, s'aperçut, au bout de quelques jours, combien la solitude de la ville ressemble peu à celle des champs. Dans celle-ci, l'éloignement du monde permet de l'oublier tout-à-fait, ou, si l'on se souvient de son existence, ce n'est que pour apprécier sa valeur, et se féliciter d'en être séparé; au lieu que le solitaire de la ville voit toujours sa tranquillité troublée par l'approche des faux plaisirs; le bruit qu'ils font l'étourdit; les éloges qu'on leur donne l'inquiètent; quand tout rit et chante autour de lui, le repos lui paraît un vide, le silence de la retraite un désert effrayant; il n'est plus seul comme au sein de la nature, il est isolé.

Les heures avaient cessé de couler rapidement pour Malvina, ses occupations habituelles avaient perdu leurs charmes, et elle en était distraite sans cesse par le bruit qui se faisait autour d'elle : il n'entrait personne dans la maison qu'elle n'écoutât attentivement qui ce pouvait être. Croyait-elle reconnaître la démarche de sir Edmond, son trouble l'empêchait de pouvoir se fixer à aucune autre idée, et elle n'entendait point marcher sur son escalier sans tressaillir; enfin la crainte de le rencontrer, l'incertitude du motif qui le retenait, la curiosité de savoir s'il avait demandé de ses nouvelles, était l'objet continuel sur lequel son imagination s'exerçait. Dans ces instants, elle regretta plus d'une fois M. Prior : c'était par lui qu'elle avait su autrefois mille détails relatifs à sir Edmond, tandis qu'il lui semblait que mistriss Birton et mistriss Fenwich mettaient une sorte d'affectation à n'en jamais parler.

Le jour du bal approchait; Malvina venait d'entendre entrer sir Edmond chez sa cousine. Elle ne l'avait pas revu encore, et se promettait bien de ne pas se trouver avec lui, si elle pouvait s'en dispenser, lorsqu'on vint la prier de descendre de la part de mistriss Birton et de mistriss Fenwich, pour les aider à choisir des bonnets que la marchande de modes venait d'apporter; n'ayant aucun motif plausible pour refuser, elle répondit qu'elle allait y aller : mais à peine l'eut-elle promis, que l'idée de rencontrer sir Edmond lui causa une émotion si vive, que tous ses traits en furent altérés. Honteuse de son trouble, elle voulut se donner le temps de le calmer, mais ce fut en vain; et, voyant que plus elle pensait à l'entrevue qui l'attendait, plus son agitation augmentait, elle se décida à descendre sur-le-champ.

En entrant chez mistriss Birton, elle trouva dans l'antichambre une femme du commun, mais de bonne mine, et qui pleurait amèrement. Elle s'approcha d'elle aussitôt, et lui demanda ce qu'elle avait, avec un air plein de compassion et de bonté. « Ah ! madame, lui répondit-elle, j'étais venue dans l'espoir que mistriss Birton ferait quelque chose pour moi : on la disait si bienfaisante ! Mais elle a bien assez de ses pauvres, dit-elle; et pourtant Dieu sait que je ne venais pas demander l'aumône, mais seulement, la prier de parler pour moi à milord Stanholpe. — Et quelle affaire pouvez-vous avoir avec milord Stanholpe? lui demanda Malvina. — Que vous êtes bonne de daigner vous en informer, madame! Ah! sans doute, si toutes les personnes qui sont là-dedans avaient votre cœur, je n'aurais pas été renvoyée si durement. — Toutes vous ont-elles également maltraitée? lui demanda Malvina avec inquiétude, en songeant que sir Edmond était du nombre. — Hélas! madame, mistriss Birton, au lieu de me répondre, a sonné seulement pour gronder de ce qu'on m'avait laissée entrer; une jeune dame s'amusait à choisir des bonnets sans daigner me regarder; milord Stanholpe, à qui j'ai voulu m'adresser, m'a repoussée avec hauteur, en me disant que cette affaire regardait son intendant; enfin un petit homme, d'un air assez grossier, me prenait par le bras pour me faire sortir de la chambre, lorsqu'un jeune lord (que Dieu le bénisse!) s'est approché de moi, et, me glissant ceci dans la main (montrant un billet de dix livres sterling), m'a demandé mon adresse, et m'a promis de prendre soin de moi. — Eh bien! ma bonne, lui dit Malvina, le cœur soulagé par cette dernière phrase, la générosité de ce bon jeune homme n'a-t-elle pas adouci votre peine? — Assurément, madame: mais je ne sais quand je le verrai, et c'est après-demain qu'on nous renvoie! — Comment? qu'on vous renvoie! — Oui, madame: je tiens des chambres garnies dans une maison appartenante à milord Stanholpe, et, comme elle est dans un quartier commerçant, j'y trouve de quoi gagner ma vie, et élever ma nombreuse famille: c'est pour cela que M. Bingham, intendant de milord Stanholpe, refuse de me renouveler le bail de cette maison, et me le retire pour le donner à un de ses neveux; et, comme, dans l'espoir de la garder, j'y avais fait faire beaucoup de réparations, qu'on refuse de me payer, je me trouve ruinée, ainsi que mes pauvres enfants. — Consolez-vous, ma bonne, lui dit affectueusement Malvina; puisque milord Stanholpe est chez ma cousine, je vous promets, quoique je le connaisse à peine, de lui parler en votre faveur. » Mistriss Moody, touchée de cette promesse, prit la main de Malvina, et la pressa contre ses lèvres. A cet instant, sir Edmond sortit de chez mistriss Birton: en voyant Malvina, il tressaillit; mais, se remettant aussitôt, il se contenta de lui faire une froide inclination, et passa son chemin sans lui adresser la parole. Malvina demeura immobile; tant d'émotions, de pensées l'assaillirent à la fois, qu'elle ne put plus songer à autre chose: ce n'était pas seulement de l'indifférence qu'elle remarquait dans les procédés de sir Edmond, mais une affectation d'incivilité dont elle ne pouvait deviner la cause. Quoi! il n'avait pas un mot à lui dire, et c'était l'instant où elle allait descendre chez mistriss Birton qu'il choisissait pour en sortir! N'y avait-il pas une sorte de présomption à lui à se conduire ainsi? ne semblait-il pas faire entendre par là qu'il se croyait le droit d'agir impoliment avec elle? et qui le lui avait donné? quand donc s'était-elle montrée assez faible pour le lui laisser prendre? En revenant ainsi sur le passé, elle se rappelait avec confusion les *instants de bienveillance* (c'est ainsi qu'elle les nommait) où elle lui avait montré *quelque* intérêt: la honte de l'avoir distingué, celle d'avoir été dupe de la préférence qu'il avait feint de lui donner, repassaient tour à tour dans son cœur, et l'accablaient d'amertume. Sans doute sa crédulité n'avait point échappé aux yeux orgueilleux de sir Edmond: qui sait s'il n'en riait pas maintenant? et c'était assurément pour la détromper, qu'il se conduisait vis-à-vis d'elle avec une froideur si marquée. Oh! que cette pensée était pénible pour une ame fière et délicate comme celle de Malvina! Elle était encore plongée dans ces rêveries, lorsque M. Fenwich parut. « Eh! que faites-vous donc là? lui dit-il; j'allais vous chercher: depuis une heure on vous attend. » Ces mots rappelèrent Malvina à elle-même, et, faisant un salut plein de bonté à mistriss Moody, elle entra chez sa cousine. « Vous ne devineriez jamais, madame, s'écria M. Fenwich, en faveur de qui madame de Sorcy vous a fait attendre si long-temps ? Croiriez-vous que je l'ai trouvée en *tête-à-tête* dans l'antichambre avec cette vieille pleureuse qui est venue nous rompre la tête tout-à-l'heure ? — Cela ne m'étonne pas, reprit ironiquement mistriss Birton; depuis long-temps je connais à ma cousine un goût tout particulier pour la société de ces gens-là. — Du moins, madame, répliqua Malvina un peu vivement, si j'y trouve quelque plaisir, je crois n'avoir dérobé celui de personne ici. — Sans doute, répondit mistriss Birton en rougissant, vous vous imaginez qu'il n'y a que vous qui sachiez prêter l'oreille aux plaintes des malheureux..... — Mais est-ce que madame de Sorcy s'intéresse particulièrement à la requête de la vieille Moody ? interrompit lord Stanholpe : s'il est ainsi, elle n'a pu choisir un meilleur avocat; et, de ce moment, sans savoir ce qu'elle veut, je donnerai des ordres pour que tout ce qu'elle demande lui soit accordé. — Je croyais, milord, reprit Malvina, qu'elle vous avait expliqué à vous-même ce qu'elle désirait obtenir de vous. — Ma foi, cela se peut, reprit milord Stanholpe; mais que je meure si j'ai entendu un mot de ce qu'elle m'a dit; les vieilles figures font une si laide grimace en pleurant, que je me retourne toujours d'un autre côté quand je les vois. — Mon Dieu ! ma chère, s'écria mistriss Fenwich, aurez-vous bientôt fini cet ennuyeux colloque? Venez donc voir toutes ces charmantes choses ! En lui montrant divers chiffons : Voici un bonnet pour le jour du bal : n'est-il pas délicieux ? Vous êtes venue si tard, qu'il ne vous restera que celui-ci. » Et elle lui présenta un bonnet d'assez mauvais goût. Malvina le prit, et, quoique assez occupée d'autres objets, à l'aide de quelques épingles et du goût exquis qu'elle avait apporté de France, elle donna un tour si gracieux à ce chiffon, que mistriss Fenwich en fut jalouse. « Sans doute, lui dit-elle, en retouchant aussi un de ces chapeaux, vous aurez l'art d'avoir le plus élégant de tous ceux qui paraîtront à la partie de demain. — Quelle partie ? demanda-t-elle. — Nous avons le projet d'aller promener sur le golfe d'Édimbourg, lui dit milord Stanholpe, afin de faire voir la mer à mistriss Fenwich; et j'espère avoir l'honneur de vous conduire dans mon phaéton. — J'y serai avec vous, ma cousine, lui dit mistriss Birton en voyant qu'elle hésitait. » Malvina alors répondit qu'elle irait avec plaisir, et s'approcha du carton pour choisir un des chapeaux. Mistriss Fenwich se penchant vers elle, elle lui dit à demi-voix : « Vous allez avec milord Stanholpe, parce que sir Edmond a exigé que j'occupasse la seconde place dans le phaéton où il doit conduire lady Sumerhill; il paraissait craindre qu'on ne voulût vous la donner; assurément, il ne paraît pas empressé de se trouver avec vous : cela ne vous semble-t-il pas bizarre ? — Non, en vérité, répondit-elle avec une tranquillité affectée; il y a tant de raisons pour que votre société lui soit plus agréable que la mienne ! — Et quelles sont ces raisons ? lui demanda mistriss Fenwich d'un air moqueur : ce n'est pas assurément le prix que j'y attache, ni les frais que je fais pour lui plaire; et je crois que celle qui a si bien su arranger ce chapeau, ajouta-t-elle en le tournant sur sa main d'un air d'envie, est plus occupée que moi du soin de s'embellir. — Si vous préférez celui-ci aux autres, lui dit Malvina, qui pénétrait sa pensée, vous n'avez qu'à le prendre, ou, si vous voulez me confier le vôtre, je tâcherai de l'arranger plus à votre gré..... — Ah ! vous m'obligerez beaucoup, interrompit mistriss Fenwich avec empressement; réellement, ma chère, vous êtes extrêmement bonne. » Malvina sourit; et, tandis qu'elle s'occupait à satisfaire mistriss

Fenwich, milord Stanholpe s'approcha d'elle, et baisant sa main avec respect, « Il n'y a que les Françaises, lui dit-il, pour mettre autant de graces à tout ce qu'elles font. — Et il n'y a que les Anglais pour tenir strictement leur parole, n'est-ce pas, milord? lui répondit-elle en souriant. — Je vous entends, madame, reprit-il, et vous allez voir que je n'oublie pas votre protégée. » Aussitôt, prenant une feuille de papier dans sa poche, il y traça les mots suivants avec un crayon :

*J'ordonne à Bingham de souscrire à tous les arrangements qui conviendront à mistriss Moody, relativement à la maison que je lui loue.*

Henry, duc de Stanholpe.

« Cela vous convient-il, madame? dit-il en présentant le papier à Malvina. — A moi, milord? répondit-elle en rougissant; mais, assurément, c'est pour obliger une pauvre mère de famille, et non pour me faire plaisir, que vous avez tracé cet écrit. — Sur mon Dieu! vous vous trompez; je n'ai pensé qu'à vous. — Quoi! milord, en faisant le bien vous vous refusez sa plus heureuse récompense, celle de penser à la joie de toute une pauvre famille qui se croyait ruinée, et qu'un mot de votre bouche va rendre au bonheur et à la vie? — Que je meure si je me suis jamais occupé de pareilles choses! Cependant vous en parlez avec tant d'agrément, que vous me donneriez presque l'envie d'y penser; et si j'avais le temps..... Mais pas un moment à disposer! et j'oublie même auprès de vous qu'on m'attend pour une course de cheval..... Quoi! déja deux heures? s'écria-t-il en tirant sa montre : ah! mon Dieu, quelle querelle on va me faire! Je me sauve avec regret, avec un vif regret, ajouta-t-il d'un air léger et en baisant la main de Malvina. A demain, mesdames, à demain. »

Malvina sortit quelques instants après lui, pour voir si mistriss Moody était encore dans la maison. Ne la trouvant plus, elle envoya chez elle miss Tomkins, avec le billet de milord Stanholpe; lorsque celle-ci revint, elle lui fit une peinture animée de la joie de mistriss Moody, de tous ses enfants, et lui porta leur humble requête pour que leur généreuse bienfaitrice vînt les voir dans la maison qu'ils devaient à ses soins. Malvina n'hésita pas à leur faire un plaisir où elle trouvait tant de douceur; et dès le soir même, aussitôt que sa cousine fut partie pour le spectacle, elle se rendit chez mistriss Moody. Cette bonne femme, après s'être livrée à toute l'effusion de sa reconnaissance, lui dit : « Un bien n'arrive jamais seul, madame; car, un instant avant que vous entriez, je venais d'avoir la visite de ce bon jeune homme..... — Sir Edmond? interrompit vivement Malvina. — Je ne sais point comment il s'appelle, madame. Il venait s'informer de ce qu'il pouvait faire pour moi : il a été bien surpris, je vous assure, quand je lui ai montré le billet de milord Stanholpe; il m'a demandé comment je l'avais obtenu. Je lui ai dit que je le devais aux prières d'une des dames de chez mistriss Birton. Laquelle? laquelle? m'a-t-il dit bien vite. Hélas! je ne savais pas votre nom; mais je lui ai répondu qu'assurément c'était la meilleure, et que je croyais aussi que c'était la plus jolie. Cela ne peut être que madame de Sorcy, a-t-il répliqué (apparemment, madame, que vous vous nommez ainsi). Ce jeune homme paraît vous connaître beaucoup, madame, et vous être bien attaché, car il m'a dit encore : « Écoutez, ma chère : chaque fois que vous aurez une peine, confiez-la à madame de Sorcy, et vous serez soulagée; si quelque malheureux est dans la détresse, adressez-vous à elle, et il sera consolé; enfin, quand vous voudrez exprimer d'un seul mot tout ce qu'il y a de bon, de généreux, d'aimable, de céleste au monde, nommez Malvina de Sorcy. » En vérité, madame, je crois qu'il avait les larmes aux yeux en parlant ainsi, et il paraissait si ému..... tenez, tout comme vous voilà à présent. Alors je lui ai dit que je vous attendais, que vous m'aviez fait promettre de venir; mais à peine ai-je eu fini cette parole, qu'il s'est enfui si vite, que je n'ai pas eu le temps de le remercier de toutes ses bontés, car il m'a encore apporté de l'argent. » Que devait penser Malvina de ce récit? que devait-elle conclure des éloges que sir Edmond lui donnait et du soin qu'il mettait à l'éviter? Mais, loin de chercher à éclaircir une conduite si bizarre, et trop fière pour daigner s'occuper de lui quand il paraissait décidé à la fuir, elle ne fit pas une seule question à mistriss Moody sur ce que celle-ci venait de lui raconter, et la quitta sans avoir prononcé le nom de sir Edmond.

Le lendemain matin, elle était encore dans sa chambre, lorsqu'un bruit de voiture l'ayant fait approcher de sa fenêtre, elle vit les deux phaétons de milord Stanholpe et de sir Edmond qui entraient dans la cour de mistriss Birton. Un instant après, on vint l'avertir qu'on l'attendait. Elle descendit promptement, et, au bas de l'escalier, elle rencontra sir Edmond qui donnait la main à mistriss Fenwich; et celle-ci, tout en courant, lui dit : « Nous partons devant pour aller prendre lady Sumerhill; mais hâtez-vous de paraître, car votre très-humble adorateur, milord Stanholpe, vous attend. » Sir Edmond, après lui avoir fait une légère inclination, se contenta d'ajouter avec un air qu'il croyait être froid, et qui n'était que piqué : « Eh! qui ne serait pas celui de madame? En lui adressant ses vœux, milord Stanholpe subit la loi générale..... » Malvina n'attendit pas la fin de sa phrase, et, saluant mistriss Fenwich sans lui répondre, elle entra dans le phaéton.

Pendant toute la promenade, elle n'eut point l'occasion de voir sir Edmond, ni d'être présentée à lady Sumerhill, car aucune des dames ne voulut sortir des voitures pour se promener à pied. Malvina, déterminée à écarter absolument l'image de sir Edmond, tâcha de ne s'occuper que des objets qu'elle voyait, et, pour ne pas se livrer à la rêverie, s'efforça de prendre part à la conversation; de sorte qu'elle charma milord Stanholpe, au point qu'il ne put s'empêcher de dire à demi-voix à mistriss Birton : « En vérité, je suis plus qu'à moitié fou; et, si cela continue, il faudra me résoudre à perdre ma liberté. »

Mais en faisant des frais pour paraître aimable, est-il bien sûr que Malvina n'avait d'autre motif que de se distraire du souvenir de sir Edmond? L'espoir d'exciter sa jalousie, en plaisant à milord Stanholpe, n'y entrait-il pour rien? Je ne le crois pas : Malvina avait l'ame si pure! mais elle était femme, et ce mot me rend tous mes doutes.

## CHAPITRE XXI.

### UN BAL.

Enfin, le fameux jour du bal arriva. Peut-être au fond Malvina n'en fut-elle pas fâchée, et peut-être aussi, sans se l'avouer, mit-elle à sa toilette plus de soin et de temps qu'elle n'avait coutume de le faire. Comme elle descendait chez sa cousine, elle apprit, par mistriss Tap, qu'il y avait beaucoup de monde dans le salon; mais, sachant que sir Edmond n'y était pas, elle entra sans embarras. Plusieurs hommes entouraient le fauteuil de mistriss Birton, d'autres voltigeaient auprès de mistriss Fenwich; mais, en apercevant Malvina, tous, frappés d'admiration, n'eurent d'yeux que pour elle.

Assurément son habillement n'était ni riche ni recherché. Une simple robe de crêpe faisait toute sa parure; mais il régnait dans sa manière de se mettre un certain goût indéfinissable, qui ne se donne point, qui s'imite mal, et qui est comme la physionomie de la toilette.

Lorsque mistriss Birton se leva pour partir, lord Stanholpe offrit la main à Malvina, afin de la conduire à la voiture, et profita de cet instant pour lui rappeler l'engagement qu'elle avait pris de ne danser qu'avec lui; mais elle s'en excusa, sous prétexte qu'elle ne connaissait point les danses écossaises. En entrant dans l'assemblée, mistriss Birton fut se placer auprès de lady Sumerhill, et lui présenta Malvina. Lady Sumerhill était une jeune personne de vingt ans à peu près, blonde, blanche et belle, mais de cette beauté régulière qu'aucune expression n'anime, et qui fait l'admiration de ceux qui la contemplent, bien plus que le bonheur de ceux qui la possèdent. Elle examina Malvina avec une attention assez soutenue pour être presque incivile; puis, lui prenant la main avec vivacité, elle lui dit « qu'elle était ravie de la voir, de faire connaissance avec une aussi charmante personne, » et ensuite ne lui parla plus de toute la soirée.

Malvina, au milieu d'un cercle qu'elle voyait pour la première fois, et ne s'intéressant à aucun de ceux qui le composaient, s'ennuyait beaucoup, quoique milord Stanholpe fût toujours auprès d'elle, occupé à lui prodiguer ses hommages. Voyant pourtant qu'elle répondait à peine à toutes ses galanteries, il chercha à captiver son attention en lui racontant quelques historiettes amusantes sur chaque personne qui passait; et, comme c'était le genre qu'il traitait le mieux, il obtint, par moments, un léger sourire de Malvina; mais elle n'était ni plus satisfaite d'être au bal, ni moins empressée de le quitter, lorsque tout changea autour d'elle : sir Edmond parut.

Il s'approcha de lady Sumerhill d'un air galant et aisé, et lui adressa quelques mots à demi-voix, qu'elle parut entendre avec plaisir : alors, se retournant pour saluer mistriss Birton, il aperçut Malvina; mais ce n'était plus cette Malvina triste, pâle, dont un profond négligé ensevelissait les charmes : à présent, mise avec autant de noblesse que d'élégance, les yeux et le teint animés par les lumières, la chaleur et l'émotion, elle lui parut si séduisante et si belle, qu'il ne fut pas maître de son premier mouvement; et, au lieu d'engager lady Sumerhill à danser, comme c'était son projet, ce fut Malvina qu'il pria de l'honorer de sa main pendant tout le bal. Malvina, surprise de son invitation, troublée de retrouver dans ses regards la même expression qu'elle y avait vue autrefois, mais offensée en même temps des manières d'un homme qui semblait se faire un jeu de la jeter dans l'incertitude, elle lui répondit très-froidement « que, si elle se décidait à danser, elle était engagée avec milord Stanholpe. — Mais, du moins, lui dit-il en la regardant avec tendresse et inquiétude, si milord Stanholpe est l'heureux mortel que vous favorisez maintenant, après le souper on commencera les danses françaises, et celles-ci, inconstantes comme tout ce qui vient de ce pays, permettent de changer de danseur. » Malvina se contenta de lui jeter un regard dédaigneux, et ne répondit point. Il ajouta : « Vous ne dites rien, madame; que dois-je augurer de votre silence? faut-il l'interpréter comme un refus, et la seule distinction qu'il me soit permis d'attendre de vous sera-t-elle de n'oser aspirer à l'honneur de votre main pendant une seule danse? — Sir Edmond est apparemment si accoutumé aux distinctions, répondit-elle en s'efforçant de sourire, qu'il en aperçoit encore là où l'on songe le moins à en mettre; mais, afin de ne lui en donner d'aucune espèce, je lui promets de danser avec lui, comme avec un autre. — Et comme un autre, madame, répliqua-t-il d'un air piqué, je puis donc compter sur vous pour la première contre-danse française? » Malvina fit une inclination et sir Edmond s'éloigna.

On se souvient qu'il avait quitté Birton-Hall, irrité contre Malvina, sur le point de douter de sa tendresse, mais confiant en ses vertus, et n'aspirant qu'au moment de la revoir. Depuis son retour à Édimbourg, les autres femmes n'étaient plus les mêmes à ses yeux; et, si un reste d'habitude le poussait encore vers elles, son cœur, tout plein d'un autre objet, laissait à peine à son esprit quelque chose à leur dire. Ses amis s'étonnaient de le voir souvent rêveur, quelquefois mélancolique; ils accusaient son voyage dans les sombres montagnes de Bréad-Alben de lui avoir enlevé sa gaîté, et ses amis avaient raison; mais ils avaient tort de le plaindre, car il ne s'était jamais trouvé si heureux que depuis qu'il avait l'air de ne plus l'être. Il aimait!..... de quel charme l'univers ne s'était-il pas embelli pour lui? Il aimait! et dès lors que lui importaient les succès de l'amour-propre, les jouissances fugitives, les voluptés les plus exquises? Où trouver un plaisir digne d'occuper le cœur que l'image de Malvina remplissait entièrement? Portant en tous lieux ce souvenir avec lui, les femmes les plus jolies ne lui semblaient telles que parce qu'il croyait leur trouver quelques traits de ressemblance avec Malvina; les plus aimables ne s'attiraient son attention que parce que Malvina se serait peut-être exprimée comme elles : tout ce que le monde contient de charmes, d'harmonie, de fraîcheur, n'était, selon lui, qu'une portion de Malvina; et c'est ainsi que, même loin d'elle, il la retrouvait partout. Mais à peine eut-il appris l'arrivée de mistriss Melmor à Édimbourg, qu'il se hâta de l'aller voir pour s'informer de ce qui se passait à Birton-Hall. La vieille dame, après lui avoir fait part du mariage de sa fille, y joignit quelques reproches sur la manière dont il s'était conduit avec elle, ainsi que plusieurs détails sur la colère de mistriss Birton. « Mais, ajouta-t-elle, cette colère a bientôt changé d'objet, et la légèreté de ma fille ne lui a plus semblé qu'une bagatelle, en comparaison de l'inconduite de madame de Sorcy. — L'inconduite de madame de Sorcy! avait interrompu sir Edmond enflammé de courroux : qu'osez-vous dire? quelle horrible calomnie! — Eh! mon Dieu, avait repris mistriss Melmor, ce n'est pas un secret, tout le monde vous le dira comme moi; cela a fait un esclandre!..... Il a fallu chasser M. Prior, et, sans la considération que mistris Birton a pour sa famille, je ne sais si sa cousine elle-même...... » A ces mots, sir Edmond l'avait quittée brusquement, en l'assurant qu'il ne croyait pas un mot de ce qu'elle lui disait; mais, en s'en allant, il avait trouvé mistriss Tap sur son chemin, et celle-ci, fidèle aux ordres qu'elle avait reçus, lui confirma tout ce que mistriss Melmor venait de lui raconter. Il avait appris d'elle comment mistriss Birton, ayant surpris M. Prior et madame de Sorcy dans un tendre tête-à-tête, avait chassé l'un de chez elle, et vertement réprimandé l'autre; comment celle-ci, après s'être excusée de sa faute, avait promis, pour la réparer, de ne plus voir M. Prior, mais que, du moins, elle s'en dédommageait en lui écrivant. « Cela est si vrai, avait ajouté mistriss Tap en sortant une lettre de sa poche, que voici un billet qui vient d'arriver pour elle, et qui est de lui, ou je suis bien trompée. »

Sir Edmond, anéanti par tout ce qu'il venait d'entendre, confondu de reconnaître l'écriture de M. Prior sur une lettre adressée à Malvina, ouvrit son ame à tous les soupçons, et commença à croire tout ce qu'on lui disait [1]. Ce premier moment de doute fut affreux. Furieux d'avoir été dupe d'une femme, blessé dans son orgueil, déchiré dans sa tendresse, il jura de ne s'occuper de Malvina que pour lui faire sentir, par le plus froid dédain, qu'elle n'avait jamais eu de pouvoir sur son cœur, et que, s'il lui avait dit le contraire, c'était par habitude, et qu'il ne s'en souvenait déja plus. Tant qu'il ne la vit pas, il sut garder sa colère; mais elle ne tint point contre le premier regard de Malvina : cependant il avait eu la force d'éviter les occasions de lui parler; et, quoique l'histoire de mistriss Moody eût attendri son cœur, il persistait encore dans ses résolutions, lorsqu'en entrant dans le bal, il n'eut pas jeté les yeux sur Malvina, qu'il se sentit entièrement subju-

[1] Peut-être trouverait-on sir Edmond trop crédule, si on ne se souvenait que les hommes les plus immoraux sont ceux qui doutent le plus facilement de la vertu des femmes; ils prétendent qu'en ayant connu beaucoup, ils sont plus propres que personne à les juger. Mais moi, je prétends que l'attrait sympathique qui les rapproche toujours de celles qui leur ressemblent, et l'orgueil blessé qui tait discrètement le dédain des femmes honnêtes, sont deux puissants motifs d'appeler du jugement de pareils hommes.

gué, et que le charme irrésistible de cette femme enchanteresse agit sur lui avec tant de promptitude, que, hors elle, tout fut oublié dans le monde. Mais la froideur de ses réponses le rappela à lui-même, et à peine se fut-il éloigné d'elle, que tous les discours de mistriss Melmor lui revinrent dans l'esprit, et le firent repentir d'avoir si facilement renoncé à sa vengeance. Honteux, d'ailleurs, d'une faiblesse qui prouvait à Malvina tout le pouvoir qu'elle conservait sur lui, il résolut de lui ôter cette idée en feignant d'oublier l'engagement qu'il venait de prendre avec elle; et, au moment où les contre-danses s'ouvrirent, il vint, jusque sous ses yeux, prendre la main de lady Sumerhill : celle-ci accepta avec empressement, et, comme elle se levait pour aller prendre sa place, sir Edmond regarda Malvina, dans l'espoir de la braver; mais, loin de réussir, elle lui jeta un coup d'œil froid et tranquille qui le terrassa, et accepta la main d'un jeune Français qui causait avec elle depuis un moment.

La figure et surtout les graces de Malvina attirèrent bientôt tous les spectateurs autour d'elle; il n'était question, dans la salle, que de la charmante Française; on montait sur les chaises pour la mieux voir; et, si son air noble et décent n'eût imposé à toute l'assemblée, on lui eût prodigué mille applaudissements. La contre-danse de lady Sumerhill était déserte, et, quoique son amour-propre en fût cruellement blessé, celui de sir Edmond en souffrait plus encore. L'ascendant de Malvina l'emportait donc sur lui; il avait voulu l'humilier, et elle triomphait; et, au milieu de ce concert d'éloges, quel regret pouvait-elle éprouver de l'indifférence qu'il lui avait montrée? Rempli de ces idées, sir Edmond n'écoutait rien de ce que lui disait lady Sumerhill, lui répondait tout de travers, brouillait toute la contre-danse, et attendait avec impatience qu'elle fût finie, lorsque le marquis de Weymouth, jeune homme aussi distingué par son rang et son esprit que par sa figure, s'approchant de lady Sumerhill, lui dit avec un peu d'émotion : « Au nom du ciel! madame, apprenez-moi qui est cette délicieuse femme : elle est tombée du ciel pour nous enchaîner tous. Ah! si c'est là le sort qu'elle nous destine, je sens que j'ai déja subi le mien, et, loin d'y résister, je ne désire qu'une occasion de le lui apprendre. » Ces mots courroucèrent vivement sir Edmond : il ne pouvait supporter que personne au monde osât espérer d'obtenir le cœur de Malvina; et il répondit très-sèchement à milord Weymouth « que madame de Sorcy vivait très-retirée, qu'elle paraissait au bal pour la première fois, et que, sans doute, elle serait fort embarrassée de l'éclat qu'une conquête comme celle de milord Weymouth répandrait sur elle. — La connaissez-vous donc particulièrement, Seymour? lui demanda le marquis. —Oui, milord, lui répondit-il : j'ai passé deux mois avec elle à la campagne cet hiver. — Voilà, répliqua l'autre, la plus mauvaise nouvelle que j'aie entendue de ma vie; mais n'importe, il faut tout tenter. »

En parlant ainsi, il s'éloigna : sir Edmond le suivit des yeux; il l'aperçut qui s'arrêtait auprès de Malvina et lui adressait quelques mots auxquels elle répondait par une inclination. Il trembla qu'elle ne se fût engagée à danser avec lui, car il sentait bien que les soins de milord Weymouth étaient autrement dangereux que ceux de milord Stanhope; et, en effet, il eut le mortel chagrin de les voir prendre place ensemble lorsque les autres contre-danses recommencèrent.

Alors une si vive agitation s'empara de lui, qu'il lui fut impossible de danser davantage, ni de s'éloigner d'un pas de cette même femme à laquelle il voulait renoncer l'instant d'auparavant. Il épiait toutes ses paroles, il interprétait tous ses mouvements : vaincu lui-même par son invincible beauté, il lui faisait un crime des hommages qu'on lui rendait, et ne lui pardonnait pas de paraître aimable à tous les yeux. Mille fois il fut sur le point de s'approcher d'elle pour implorer son pardon et la faveur d'un entretien où il pourrait expliquer les motifs de sa conduite; mais la crainte d'être refusé le retenait, car l'orgueil dominait encore, et la possibilité même de perdre Malvina ne pouvait le résoudre à plier. Quand elle eut fini de danser, il la suivit jusqu'à sa place; et, sans lui dire un mot, il se tenait debout devant elle, comme pour empêcher que personne ne l'approchât.

Soit que Malvina eût été habituée aux éloges dès son enfance, soit qu'occupée d'un autre objet, elle n'eût point écouté tout ce qu'on lui avait dit de flatteur, elle semblait ignorer l'effet qu'elle produisait: c'était la première fois que sir Edmond voyait une femme insensible à une pareille gloire; mais, tout en s'étonnant de cette indifférence, il ne doutait pas de sa sincérité; car il y avait dans la physionomie de Malvina quelque chose de si naturel et de si ingénu, qu'on sentait, en la voyant, que ce qu'il y avait de plus impossible au monde était de douter de sa franchise.

Elle avait été vivement offensée du procédé de sir Edmond, et s'était bien promis de le ressentir en le traitant dorénavant avec le plus froid dédain; et, réunissant toute sa fermeté pour cacher la peine qu'elle éprouvait, elle y réussit assez bien pour en imposer à tout le monde. Mais, tandis que toutes les femmes qui l'entouraient, témoins de ses succès, enviaient son sort, elle réfléchissait tristement que la solitude lui ayant paru insupportable à Édimbourg, et le monde plus insupportable encore, elle n'avait rien de mieux à faire que d'accepter l'invitation de mistriss Clare, et de retourner auprès d'elle le plus tôt possible. Ce plan venait d'être à peu près déterminé dans sa tête, lorsque mistriss Birton lui fit signe qu'elle allait se retirer; elle se leva promptement pour la suivre; et, comme milord Weymouth s'avançait, dans l'intention de lui offrir la main, sir Edmond, qui le vit, ne fut plus maître de lui, et, par un mouvement aussi prompt qu'involontaire, il s'empara du bras de Malvina, et le mettant sous le sien, « Du moins, s'écria-t-il, personne ne l'aura. » A peine ces mots lui furent-ils échappés, qu'il s'étonna et de ce qu'il avait dit et de ce qu'il avait fait. Malvina, pour le moins aussi surprise que lui, marchait incertaine si elle devait le suivre ou le quitter. Tous deux gardaient le silence, et se trouvaient dans une position aussi pénible qu'embarrassante. Parvenus au bas de l'escalier, la foule les obligeant de se tenir un peu à l'écart en attendant les voitures, ce tête-à-tête redoubla encore leur gêne mutuelle. S'était-on jamais retrouvé ainsi quand on s'était quitté comme eux? En vain voulaient-ils tâcher d'oublier le passé; cette importune image revenait sans cesse; et, pour comble de tourments, ils lisaient dans leurs regards qu'ils en étaient mutuellement occupés. A la fin, sir Edmond, ne pouvant plus commander à l'émotion qu'il éprouvait, serra vivement la main qu'il tenait, en disant à voix basse: « Ah! pourquoi, pourquoi m'en suis-je jamais séparé? » Malvina, qui ne lisait pas dans son ame, et qui ne voyait dans ses procédés qu'une suite de caprices offensants, retira sa main avec hauteur, et détourna sa tête sans lui répondre. Sir Edmond, blessé à son tour par ce geste méprisant, ne fit aucune tentative pour reprendre sa main, et lui dit simplement: « Votre triomphe a été complet ce soir, madame, et, chaque fois que vous vous montrerez, vous en obtiendrez sans doute de nouveaux. — Je compte rester trop peu à Édimbourg, reprit-elle, pour assister à aucune fête. — Comment! interrompit-il vivement, mistriss Birton ne compte-t-elle pas passer toute la saison ici? — C'est, je crois, son projet; mais le mien est de quitter la ville le plus tôt possible. — Et vous retournez seule dans les tristes montagnes de Bréad-Alben? — Non, je ne vais pas si loin. — Il serait sans doute indiscret de vous en demander davantage? — Et sir Edmond doit éviter de l'être, » répondit-elle.

Alors, pour éviter de nouvelles questions, elle perça la foule, et fut rejoindre mistriss Birton.

## CHAPITRE XXII.

### EXPLICATION INTERROMPUE.

Le lendemain matin, Malvina se trouvant seule à déjeûner avec sa cousine, lui fit part du projet qu'elle avait de quitter Édimbourg pour aller passer quelque temps chez mistriss Clare. « Eh! quel est donc l'engouement qui vous a pris pour cette femme? lui demanda mistriss Birton, et par quelle malheureuse fantaisie ne vous trouvez-vous jamais bien que là où vous n'êtes pas? » Malvina ouvrait la bouche pour répondre, lorsque sir Edmond entra dans l'appartement. « Je suis venu avec lord Stafford pour vous demander à déjeûner, ma tante, dit-il à mistriss Birton; mais auparavant il voudrait vous dire deux mots, et il vous attend dans votre cabinet. » Aussitôt Malvina se leva pour se retirer; mais mistriss Birton ne lui en donna pas le temps, et la retint pour lui dire : « Au reste, vous n'êtes pas libre de partir encore : milord Stanholpe prépare une fête brillante, et vous ne pouvez, sous aucun prétexte, vous dispenser d'y paraître. — Je vous assure, madame, répliqua Malvina, qu'il m'est impossible d'y consentir; et, si vous saviez le peu de goût que j'ai pour tous ces plaisirs, vous ne me presseriez pas davantage. — Mais conçoit-on un pareil caprice? s'écria mistriss Birton en s'adressant à sir Edmond. Enfin vous avez pu remarquer, comme moi, les politesses très-distinguées dont milord Stanholpe a comblé ma cousine; et, d'après quelques demi-ouvertures qu'il m'a faites, je suis sûre qu'il ne tiendrait qu'à elle que cette préférence devînt plus sérieuse, et vous sentez tout ce que cela aurait d'honorable pour notre famille; mais, au lieu d'en être flattée et de chercher à fixer une pareille conquête en se montrant à une fête qui ne se prépare que pour elle, elle s'opiniâtre à partir, résiste à mes prières; et pour qui, encore? pour une femme ridicule, impolie, que je ne peux souffrir, pour mistriss Clare! — Mistriss Clare! s'écria sir Edmond avec un chagrin qu'il ne put déguiser : c'est chez mistriss Clare que vous allez? vous êtes liée avec elle? — Non, reprit Malvina, je la connais fort peu, mais son caractère me convient; et d'ailleurs, il n'est pas nécessaire que sa société me plaise beaucoup pour me sembler préférable à toutes les dissipations qu'on trouve ici. — Ainsi, ajouta mistriss Birton avec humeur, toutes les raisons que je viens d'alléguer sont sans effet sur vous? — S'il était possible qu'elles eussent une apparence de fondement, repartit Malvina, j'y trouverais une raison de plus pour m'éloigner. — Quoi! s'écria mistriss Birton, l'idée de fixer milord Stanholpe, de l'enchaîner à vos pieds et de porter son nom, n'élève pas votre ame à la hauteur d'une pareille espérance? — Je n'ai point d'ambition, et si j'étais libre de me donner, ce ne serait pas l'éclat d'un titre qui m'obtiendrait; mais, ayant consacré mes jours à l'enfant de mon amie, le seul désir que je forme est de pouvoir remplir ce devoir sacré loin du monde et des hommes. — Je n'y tiens plus, reprit impatiemment mistriss Birton, et cette affectation de singularité me paraît ce qu'il y a de plus pitoyable. Je vais rejoindre milord Stafford; je vous laisse avec sir Edmond : puisse-t-il vous persuader combien sont absurdes des délicatesses aussi romanesques qu'exagérées! Je le charge de ce soin, et lui saurai beaucoup de gré de s'en acquitter. » En achevant ces mots, elle sortit.

« Je ne pense pas, dit Malvina aussitôt qu'elle se trouva seule avec sir Edmond, que vous vous croyiez le droit de me parler sur un pareil sujet; d'ailleurs, je ne connaîtrais rien de plus inutile : des caractères aussi opposés que les nôtres ne peuvent se concilier sur aucune opinion, ni s'entendre sur aucun point. — Sur aucun, reprit-il, en la regardant fixement. Hélas ! il fut un instant de ma vie où je crus que vous pourriez penser autrement. » A ces mots, Malvina rougit si prodigieusement, qu'il vit bien qu'elle l'avait compris ; et, se rapprochant d'elle, il ajouta : « Quand je suis déterminé à rejeter la main de lady Sumerhill, malgré toutes les sollicitations de ma famille, quand une union que le cœur n'a pas formée me paraît la plus effrayante de toutes les chaînes, ce n'est pas moi qui trouverai des raisons en faveur des mariages de convenance, et sur ce sujet je crois donc que nous pourrions être d'accord ; mais il en est d'autres bien plus chers, plus précieux..... — Quoi ! sir Edmond, interrompit alors Malvina, est-il possible que vous refusiez la main de lady Sumerhill ? Eh ! bon Dieu ! que va dire mistriss Birton, qui n'était venue à Édimbourg que pour conclure votre mariage ? — Avez-vous cru sérieusement à cette nouvelle ? lui demanda-t-il avec inquiétude. — Eh ! pourquoi en aurais-je douté ? répondit-elle en rougissant ; tant de probabilités paraissent la confirmer ! — Mais, peut-être, répliqua-t-il, que sur ce sujet il fallait mille raisons pour persuader, et une seule pour les détruire. » Malvina, embarrassée de la tournure que prenait la conversation, se leva pour se retirer, lorsque sir Edmond, lui prenant les mains avec vivacité, s'écria : « Ah ! je vous en conjure, ne vous éloignez pas, écoutez-moi un seul instant ; en recevant l'aveu de mes torts, accordez votre pitié aux tourments que j'endure, et ne refusez pas de vous expliquer sur l'indigne accusation dont on ose vous noircir. — Ah ! mon Dieu ! s'écria-t-elle un peu émue, je ne croyais pas que la peine pût jamais vous atteindre, ni que personne songeât à vous parler de moi. — Tout, tout m'en parle, s'écria-t-il avec feu, dans le monde comme dans la solitude ; tout prend une voix pour me parler de vous, tout s'anime de votre image ; partout mes yeux troublés cherchent à reconnaître la forme de ce que j'aime, et il me semble que l'univers entier ne vit plus que de la vie qui remplit mon cœur. Oh ! pardonnez, continua-t-il en la voyant se détourner pour cacher sa tête dans ses mains, cet aveu ne peut vous offenser ; jamais il n'en fut un plus vrai ni plus involontaire ; je ne sais point résister à l'ascendant terrible que vous exercez sur moi ; il rompt tous mes projets, il dissipe tous mes soupçons, il force la vérité à sortir de mon cœur : oui, Malvina, oui, femme aussi chère que révérée, la calomnie a osé vous atteindre, et l'homme que vous voyez devant vos yeux a conçu un doute injurieux contre vous ; mais le ciel m'est témoin qu'à l'instant où je vous ai vue il a été effacé, et maintenant je rougirais de vous l'expliquer. Qu'une bouche aussi pure ne s'ouvre donc pas pour le demander ; Malvina n'a pas besoin d'être justifiée ; elle peut être insensible, et non coupable ; et la candeur de sa physionomie répond de celle de son cœur. »

A cet instant mistriss Fenwich entra d'un air léger, et remit à Malvina une lettre qui venait d'arriver pour elle. L'effet de la foudre n'est pas plus prompt que ne le fut la vue de cette écriture sur sir Edmond : c'était celle de M. Prior, de cet homme que Malvina honorait de son amitié, malgré les ordres de sa cousine et les propos du monde. Outre de cette obstination, il lui attribua les plus odieux motifs ; le désir de la vengeance se ralluma avec furie dans son sein, et, pour le satisfaire à l'instant, il se rapprocha de mistriss Fenwich, et lui débita à demi-voix, mais de manière pourtant à être entendu, les choses les plus tendres et les plus flatteuses. Malvina, la tête penchée sur ses mains, lisait ou feignait de lire. Encore émue des expressions passionnées de sir Edmond, elle écoutait avec un inconcevable étonnement sa conversation avec mistriss Fenwich, et l'excès de la surprise la dérobait seul à celui de la douleur : une pareille légèreté lui paraissait au-dessus de toute conception ; elle la voyait sans la comprendre, et en était accablée sans pouvoir se résoudre à y croire.

Sir Edmond, témoin des profondes méditations où elle paraissait plongée, et les attribuant à la lettre qu'elle tenait entre ses mains, sentait sa colère s'accroître avec la rêverie de Malvina, et s'excitait pour fixer son attention, au risque de l'offenser, à accabler mistriss Fenwich de marques de préférence. Mais plus il s'animait, plus Malvina devenait immobile; et tandis qu'il la croyait toute à un autre, elle manquait de facultés pour la peine qu'il lui causait.

Mistriss Melmor, mistriss Fenwich et plusieurs autres personnes entrèrent et sortirent alternativement de la chambre, mais aucun bruit, aucun mouvement ne purent éveiller Malvina de sa préoccupation; enfin son silence, en se prolongeant, prit un caractère si singulier, que sir Edmond ne put contenir plus long-temps le désir de l'en arracher, et, profitant d'un instant où personne ne le remarquait, il se pencha derrière la chaise de Malvina, et lui dit : « Cette lettre paraît vous occuper beaucoup? — Ah! mon Dieu! s'écria-t-elle comme sortant d'un profond sommeil, vous m'y faites songer; je l'avais oubliée. » En effet sir Edmond vit alors que la lettre n'était pas ouverte, et il continua en disant : « Eh! quel est l'heureux, le fortuné objet qui captivait ainsi toute votre attention? — Frappée, répondit-elle en le regardant, d'avoir vu, par je ne sais quel prodige, la fausseté la plus exercée unie à tout l'abandon de la franchise, et la véhémence du sentiment à la plus méprisable légèreté, je méditais sur ce mélange inouï de tous les contraires dont l'incompréhensible assemblage confond mon intelligence. — Ah! madame, s'écria tristement sir Edmond, combien votre sévérité me fait cruellement expier les torts dont je me suis rendu coupable envers vous! — Je ne prétends ni vous accuser ni vous punir, répondit-elle dédaigneusement. — Vous ne me trouvez pas même digne de votre colère : cependant, s'il m'était permis de m'expliquer et de faire connaître les motifs..... — Je vous en dispense, interrompit-elle en se levant, je ne suis pas curieuse de les savoir; ce que j'ai vu de vous me suffit, et de ce moment je renonce pour jamais à vous comprendre. » En parlant ainsi, elle sortit de l'appartement et remonta dans sa chambre. A peine fut-elle seule, qu'elle fondit en larmes. Plus sir Edmond avait mis d'énergie dans son langage, moins elle lui pardonnait d'avoir su le feindre; et, en supposant même qu'il ne l'eût pas trompée, et que sa conduite n'eût été l'effet que d'une inconcevable légèreté, elle sentait qu'il lui devenait désormais impossible de donner la moindre portion de confiance à un homme dont les sentiments n'avaient pas la durée de la minute; et peut-être le reproche le plus amer qu'elle lui adressait au fond de son cœur était de lui avoir ôté tout moyen de croire à ses protestations. Cependant, honteuse d'une impression dont elle ne pouvait pas se dissimuler la profondeur, elle s'avoua que tous les torts de sir Edmond la diminuaient bien moins que sa vue ne l'augmentait, et qu'ainsi, pour la détruire sans retour, il était nécessaire de s'éloigner de lui : alors, se raffermissant dans sa résolution, elle se décida à partir dans deux jours pour Clare-Seat, quelles que fussent les instances de mistriss Birton pour la retenir. Le soir, lorsqu'elle monta dans sa chambre, elle trouva sur sa cheminée une lettre dont l'écriture lui était inconnue : elle appela miss Tomkins pour savoir d'où elle venait; miss Tomkins lui répondit qu'un homme étranger l'avait apportée, en la chargeant de la remettre elle-même à sa maîtresse. Malvina, intriguée de ce message, cherchait à en deviner l'auteur et à en découvrir le nom par-dessus le cachet : le papier, qui tenait à peine, s'ouvrit, et elle aperçut le nom d'*Edmond Seymour* au bas de la quatrième page. Oh! comme ses joues devinrent brûlantes! comme son cœur fut agité! Incertaine si elle devait lire, elle en avait déja parcouru la première page, et était parvenue à la fin de la lettre avant de s'être permis de la commencer.

## CHAPITRE XXIII.

UNE LETTRE.

SIR EDMOND SEYMOUR A MADAME DE SORCY.

« Vous m'avez laissé accablé de votre « indignation et déchiré par mon repen- « tir. Je dirais mal ce que j'ai souffert « depuis ce moment. L'existence que « vous m'avez créée m'est trop nouvelle « pour que je puisse la décrire. Jusqu'à « ce jour, j'avais ignoré qu'il était des « peines et un bonheur au-dessus des « forces humaines : il n'appartenait qu'à « vous, sans doute, de me faire sentir « les unes, et concevoir l'espoir de l'au- « tre ; mais cet espoir, que mes torts et « votre sévérité semblent éloigner cha- « que jour, cet espoir qui devient le plus « affreux des supplices pour celui qui a « osé y croire et à qui il échappe, quand « vous saurez que c'est la violence même « de ma passion qui m'a rendu coupable, « ô Malvina ! cet espoir ne me sera-t-il « pas rendu ?

« Ne pensez pas qu'en désirant votre « tendresse, je me croie digne d'un pa- « reil bien ; mais, s'il fallait vous valoir « pour vous obtenir, quel mortel oserait « aspirer à vous ? Malvina, je reconnais « tout ce que vous êtes et je vois ce que « je suis : la distance est immense ; mais « je vous aime, et ce mot me rapproche « de vous. Guidez-moi dans la route que « vous parcourez ; faites de moi un nou- « vel être qui réunisse tout ce qu'il faut « pour vous plaire, comme il a déjà tout « ce qu'il faut pour vous chérir : il n'est « point d'efforts que je ne tente, point « d'épreuves que je ne veuille subir pour « vous mériter : mes erreurs furent in- « nombrables, je le sais ; mille fois des « feux coupables ont profané mon cœur ; « mais l'image de Malvina l'épurera ; « qu'elle daigne seulement l'accepter ce « cœur tout à elle, et dès lors, pour être « digne de lui appartenir, il tentera de « lui ressembler. Un mot de Malvina « peut faire de moi un nouvel être : elle « peut transformer en vertus jusqu'à « mes défauts mêmes : qu'elle ordonne, « je puis tout pour lui obéir, oui tout, « excepté de cesser de l'aimer. O Mal- « vina ! femme adorée, ne rejetez pas « mes vœux : je suis indigne de vous, je « le sais ; mais croyez pourtant qu'avec « une passion comme la mienne, et une « idole comme vous, on est plus près de « l'héroïsme que tous ces hommes froi- « dement vertueux qui se traînent vers « la sagesse. Malvina, pardonnez à un « téméraire qui, avant d'avoir acquis le « moindre droit sur votre cœur, a osé « être jaloux ; mais l'image de M. Prior, « de cet homme à qui vous conservez une « si tendre et si inaltérable amitié, me « poursuit et me déchire : c'est déjà trop « de vous être indifférent ; voir un autre « préféré par vous, est un tourment que « je ne supporterais pas. A cette seule « idée je deviens insensé, furieux, et je « ne sais où je poserais les bornes de « mon emportement et de ma vengeance. « Vous, Malvina, sensible ! et sensible « pour un autre ! Oh ! que l'intolérable « angoisse dont une telle crainte a tor- « turé mon cœur m'obtienne mon par- « don de la généreuse Malvina ! Ah ! sans « doute la pitié l'emporterait sur la co- « lère, s'il m'était donné de vous peindre « tout ce que j'ai souffert en apprenant « de mistriss Melmor elle-même que « M. Prior n'avait été renvoyé de Bir- « ton-Hall que parce qu'il était aimé de « vous.....Aimé de vous ! lui, M. Prior..... « ô Malvina ! sans doute je n'aurais pas « dû le croire. La veille de mon départ, « lorsque j'osai vous montrer la peine « que j'éprouvais de votre liaison avec « lui, ne me répondîtes-vous pas, avec « cet accent pénétrant qui n'appartient « qu'à vous, ces mots qui s'étaient écrits « dans mon cœur : *Ah ! je ne veux ja- « mais vous affliger ?* Ne devaient-ils pas « me suffire pour repousser toutes les « calomnieuses instigations dont on ten- « tait de vous noircir ? Mais, Malvina, « est-on toujours juste et de sang-froid, « quand on est atteint dans la partie la

« plus sensible de son cœur? et ne fut-il « pas expié par une triste habitude de « méfiance, le crime d'avoir trompé sou« vent? O Malvina! le repentant Ed« mond n'est digne de vous que par des « remords : si vous saviez que de ser« ments il a trahis! Mais le passé ne fait « plus partie de mon existence; je n'ai « commencé à vivre qu'en vous aimant; « vous m'avez éclairé d'un nouveau jour; « vous avez tout changé autour de moi; « ce que je nommais plaisir, amour, ne « me paraît plus qu'ennui et que men« songe, et je crois sentir mon ame s'éle« ver et s'agrandir depuis qu'un ange « est le but où j'aspire; et c'est de cet « ange que j'ai osé douter! O Malvina! « quels que soient mes torts et votre « vengeance, vous saurez tout; vous « saurez qu'en ajoutant foi aux discours « de mistriss Melmor, je jurai de renon« cer à vous, que je tâchai même de vous « haïr, que j'aurais trouvé une secrète « jouissance à vous le faire savoir, si « j'avais cru vous affliger; mais vous « parûtes, et toutes mes résolutions s'é« vanouirent : je voulus combattre en« core et vous braver; je ne fis qu'ag« graver mes torts; mon amour sem« blait s'accroître par les sacrifices que « je lui imposais, et, pour vous croire « innocente, je n'eus besoin que de vous « voir. Mais, ce matin, lorsque cette « terrible lettre est venue épouvanter « mes yeux et glacer l'ardeur dont mon « ame était embrasée, je n'ai pas été « maître de ma jalousie; une aveugle et « stupide vengeance m'a fait recourir, « pour me soulager, au moyen qui de« vait combler mon désespoir. Ne distin« guant plus dans ce moment Malvina « de tout son sexe, j'ai cru l'offenser « en affectant un ton enjoué et frivole « auprès d'une autre femme : hélas! « qu'ai-je gagné à ce pénible artifice? « une réponse qui, toute dure qu'elle « était, peignait moins encore votre mé« pris que le regard dont elle était ac« compagnée. Malvina me méprise et me « hait! Malvina croit peut-être que je « l'ai trompée! ah! qu'elle m'accable de « sa colère, qu'elle me repousse, me fuie « et me déteste, je ne me plaindrai pas, « je l'ai trop mérité; mais, du moins, « qu'elle ne doute pas de mon amour; « mon amour est toute ma consolation « et mon unique vertu, et c'est lui seul « qui, m'attachant toujours à l'espoir « d'attendrir celle que j'aime, me retient « encore à la vie.

« Edmond Seymour. »

En finissant cette lettre, Malvina s'abandonna quelques instants aux plus *séduisantes idées : il lui semblait en effet* que sir Edmond, dépouillé de ses anciens goûts, renonçant pour jamais aux pernicieuses erreurs qui l'avaient égaré, recommençait pour elle une existence dont il lui devrait tout le bonheur. Combien elle lui pardonnait les emportements de sa jalousie! Quelle femme ne voudrait pas trouver de pareils torts à l'objet qu'elle aime? « Oh! quel charme, s'écria-t-elle, de pouvoir arracher au vice une ame comme la sienne! de faire tourner au profit du bien tout le feu dont elle paraît consumée! de lui apprendre à connaître cette volupté exquise qui naît d'un sentiment tendre et délicat, et de la pratique constante de la vertu! Quoi! c'est moi qui me trouverais appelée à remporter un pareil triomphe! un triomphe dont la récompense serait d'être aimée d'Edmond, et d'oser me livrer sans rougir à ce sentiment qui m'entraîne, me domine malgré moi, et dont, jusqu'à présent, je n'ai recueilli que douleur et que honte! O Dieu! que ne suis-je libre! mais, hélas! mon ame se glace au souvenir de mes devoirs et de mes serments. Clara, ce ne fut point à une femme soumise à une passion tyrannique que tu confias ta fille; il m'en souvient de cet instant affreux où, la remettant dans mes bras, tu me dis : Deviens sa mère, Malvina; qu'elle vive toujours près de toi : étrangère à tout autre pouvoir, je t'impose des devoirs rigoureux, je le sais; mais ce n'est pas à toi que je demanderais un sacrifice ordinaire. Clara, je la tiendrai cette terrible promesse; je rejetterai tous les liens qui pourraient atteindre ta fille en me ravissant mon indépendance; et, pour ne pas partager mon cœur, je le fermerai aux plus doux sentiments..... O Edmond! est-ce au moment où vous vous montrez le plus digne de mon estime qu'il faut vous dire un éternel adieu? Mais, si je voulais fuir quand je vous croyais léger et perfide, je veux vous fuir bien davantage quand vous êtes tendre et sincère: si je ne résistai pas alors, que deviendrais-je à présent? Ah! éloignons-nous sans tarder davantage, et surtout taisons-lui un secret qui ne servirait qu'à augmenter sa douleur et ma faiblesse. »

Ainsi Malvina, déterminée à partir le surlendemain sans avoir même revu sir Edmond, se rendait victime d'une délicatesse outrée, et que son amie eût été bien loin d'exiger d'elle; mais elle croyait que son devoir l'ordonnait ainsi; dès lors elle n'hésita pas; et tous ceux qui croiront devoir blâmer son erreur, penseront peut-être qu'il n'est pas donné à tout le monde d'en avoir de pareilles, et de ne s'égarer que par trop de vertu.

## CHAPITRE XXIV.

### SURPRISE.

Le lendemain matin, sachant que sir Edmond était dans la maison, elle ne se montra point; mais, comme elle se préparait à descendre aussitôt qu'elle l'eut entendu partir, mistriss Birton entra dans sa chambre, le visage enflammé, et tous les traits violemment altérés par la colère. « J'ignore, lui dit-elle, à quoi je dois attribuer l'étrange conduite d'Edmond; mais, s'il est vrai, comme me l'assure mistriss Fenwich, que sa désobéissance soit un effet de vos artifices, je me repentirai long-temps d'avoir ouvert ma maison à une parente ingrate, qui n'a cessé, depuis qu'elle y est, de me nuire et de m'affliger de la manière la plus sensible, et qui vient aujourd'hui de me porter le dernier coup, en engageant mon neveu à refuser l'honorable établissement que je lui avais préparé: il est dur, bien dur pour moi de m'être flattée d'une aussi noble alliance, d'avoir mis tous mes soins à en assurer le succès, et de voir mes projets déjoués par les insinuations d'une femme qui, sous le voile de la candeur, use de tout l'artifice de la coquetterie..... — Eh! bon Dieu, madame! interrompit Malvina, de quoi suis-je accusée? et comment vous laissez-vous entraîner à m'accabler de ce torrent de reproches, avant d'être sûre que je les mérite? — N'espérez pas que je sois aussi votre dupe, reprit vivement mistriss Birton; je vous connais maintenant, et votre manége est découvert. Ce n'était point assez d'avoir entraîné M. Prior dans vos piéges, il fallait qu'Edmond y tombât aussi: on vous a vue, au bal, chercher adroitement à l'emporter sur lady Sumerhill; on vous a vue, hier matin, par une feinte rêverie, quelques mots entrecoupés et des regards furtifs, jeter dans l'ame d'Edmond cet esprit de rébellion que je viens d'y découvrir tout-à-l'heure. Tous les préliminaires étaient d'accord; lord Stafford allait obtenir, pour ma terre, le titre que j'ambitionne; lady Sumerhill n'attendait qu'un mot pour donner son consentement: en conséquence, je fais venir ce matin Edmond dans mon cabinet, je lui dicte ce qu'il faut qu'il fasse; et, au lieu de l'empressement que j'attendais, il rejette toutes mes propositions, il refuse absolument la main de lady Sumerhill. Il ne peut l'aimer, dit-il, il ne peut former une union où son cœur n'entre pas..... Lui, Edmond, parler d'amour! lui, qui se joua toujours d'un pareil sentiment, y sacrifier maintenant tout ce que la fortune a de brillant et l'ambition de glorieux! Comment ne pas reconnaître là l'influence de la femme romanesque qui, hier encore, dédaignait avec une superbe indifférence les égards marqués d'un homme comme le duc de Stanholpe? Au reste, continua-t-elle en interrompant Malvina, qui faisait un mouvement pour répondre, si j'échoue dans mes projets, je réussirai dans ma vengeance, et Edmond recevra le prix de son refus. De ce moment, je fais passer sur une autre tête la fortune que je lui réservais, et vous, madame, vous quitterez une maison où, pour récompense des bontés dont je vous ai comblée, vous avez répandu le désordre, la douleur et la révolte. — Je comptais partir demain, madame, lui répondit froidement Malvina; mon projet est toujours le même, et, quelles que soient les bontés dont vous parlez, l'instant de mon départ sera sans doute le plus doux de tous ceux que j'aurai passés chez vous. Au reste, si je dédaigne, pour mon propre compte, de me justifier des calomnies répandues contre moi, l'intérêt de sir Edmond m'engage à déclarer que mon intention, en m'éloignant d'ici, est de ne plus le revoir. Ainsi, madame, si le sentiment que vous lui supposez le rendait coupable à vos yeux, du moment qu'il en perd l'objet, vous devez renoncer à le punir. — Oui, Madame, répliqua mistriss Birton en lui lançant un regard irrité et en sortant de la chambre, je vois à merveille, par votre empressement à le défendre, et votre négligence à vous justifier, combien il vous est cher, et à quel point vous vous croyez sûre de votre pouvoir sur lui; mais ne triomphez pas encore, la vérité peut arriver jusqu'à lui, et, en l'éclairant sur ce que vous êtes, vous faire estimer ce que vous valez. »

« Hélas ! s'écria Malvina aussitôt qu'elle fut seule, que me veut cette femme? Quoi! n'est-ce point assez de renoncer à sir Edmond? faudra-t-il qu'on me ravisse son estime? Ah! qu'il sera facile d'y réussir! Dans mon absence, mes ennemis vont l'entourer, le séduire et conjurer ma perte : qui me défendra alors? Son cœur ne lui répondra pas du mien; il ne croit point encore à la vertu..... O cruelle, cruelle mistriss Birton! pourquoi vous ai-je connue? et que vous ai-je donc fait pour exciter dans votre ame une si terrible haine? »

Ce qu'elle lui avait fait? Elle réunissait tous les genres de supériorité; elle frappait également par les charmes de sa figure et ceux de son esprit; elle emportait tous les suffrages, et ne laissait à aucune autre femme le moyen de briller près d'elle; et c'était avec une simplicité si vraie, une modestie si touchante qu'elle repoussait les éloges, et se refusait aux triomphes, que mistriss Birton elle-même ne pouvait se dérober au sentiment d'une si visible supériorité; et forcée à lui rendre hommage, elle sentait sa haine pour Malvina s'accroître avec l'impossibilité de lui trouver un tort. Sans analyser autant ce qu'elle éprouvait, mistriss Fenwich avait aussi un instinct qui lui faisait haïr Malvina; elle cherchait toutes les occasions de lui nuire, et se trouvait aidée dans son penchant par les conseils de son mari; celui-ci combinait depuis long-temps les moyens de perdre Malvina, et surtout sir Edmond, dans l'esprit de mistriss Birton, afin de s'emparer seul de sa fortune et de sa confiance. Par ses artifices, il était parvenu à prendre une sorte d'ascendant dans la maison, et guidée par lui, mistriss Fenwich avait déterminé mistriss Birton à éloigner Malvina, et espérait, avant peu, influer assez sur le sort de sir Edmond, pour le faire vivement repentir de l'avoir abandonnée. Tandis que tous ces plans se combinaient autour d'elle, Malvina faisait les préparatifs de son départ. Incertaine encore du lieu où elle se fixerait, elle persista dans le projet d'aller d'abord chez mistriss Clare, afin de se donner le temps de réfléchir sur ce qu'il lui conviendrait de faire dans la suite.

Elle ne parut point au dîner; à peine eut-elle entendu toute la société partir pour le spectacle, qu'elle descendit dans le jardin. Il était vaste et solitaire; elle s'enfonça dans les bosquets, pour y réfléchir sur sa position; mais, en dépit d'elle, l'image d'Edmond se mêlait à toutes ses pensées : elle pleurait sur leur séparation, et soupirait de regret en se figurant tous les reproches qu'il lui adresserait lorsqu'il la saurait partie; et relisant la lettre qu'il lui avait écrite,

« Ce n'était pas là, s'écria-t-elle en la baignant de ses larmes, la réponse qu'elle méritait; et quel que soit le jugement défavorable qu'il portera de moi dans la suite, en me montrant insensible et dure, ne l'aurai-je pas mérité? O sir Edmond, continua-t-elle, en mettant son mouchoir sur ses yeux, et posant son front contre un arbre, que ne pouvez-vous lire dans mon âme! ou plutôt, que ne puis-je cacher à moi-même les douloureux combats qu'il me faut rendre pour renoncer à vous! » Comme elle achevait ces mots, un léger bruit la fit tressaillir; elle se retourne, et aperçoit à l'entrée du bosquet sir Edmond à genoux, les bras élevés vers le ciel. En le voyant, elle laisse échapper un cri, et craignant d'avoir été entendue, elle veut fuir. Au premier mouvement qu'elle fait, la lettre de sir Edmond tombe; elle se baisse pour la ramasser, mais le vent la faisant voler jusqu'à lui, il s'en saisit pour la lui rendre, et la trouvant encore tout humide des pleurs dont elle l'avait arrosée, « O Dieu! s'écria-t-il, n'est-ce point une illusion? est-ce Malvina que je vois? est-ce elle que j'ai entendue? Malvina est sensible! Malvina aime! et l'objet qu'elle préfère est devant ses yeux! » Ébloui d'un bonheur aussi inespéré, il la regarde, il la contemple, et ne peut trouver un mot pour exprimer ce qu'il éprouve, ni une idée pour rendre l'excès d'une félicité sous laquelle il est près de succomber. « Ah! je suis perdue, interrompit vivement Malvina: où fuir? où cacher ma honte et ma faiblesse? — Qu'as-tu dit, Malvina? répliqua impétueusement sir Edmond: toi te cacher! toi me fuir! le crois-tu possible? Quand je t'adore, quand tu m'aimes, quelle puissance pourrait t'arracher à moi? Avant même de te croire sensible, je t'aurais disputée à tout l'univers; et quand ton tendre cœur est touché, que j'en ai entendu l'aveu de ta bouche, que, malgré toi-même la douce émotion qui t'agite me le confirme encore, tu ne m'appartiendrais pas? Non, Malvina, non: désormais tu es à moi; je m'attache à ton sort, à tes pas; je ne te quitte plus; fuis, si tu veux, au bout du monde, tu m'y retrouveras; partout je te suivrai, partout je te réclamerai, partout tu me verras à tes pieds comme j'y suis maintenant, t'idolâtrant avec la même ardeur, te dire, te répéter encore: Malvina m'aime! Malvina est à moi! » Et en parlant ainsi, il se trouvait à genoux auprès d'elle, il l'entourait de ses bras; mais respectueux jusque dans son délire, il n'osait porter ses lèvres que sur sa robe, et par une timidité qu'il n'avait point connue encore, il prouvait mieux que par ses discours, qu'il aimait pour la première fois de sa vie. Malvina pleurait en silence. Qu'aurait-elle dit? qu'aurait-elle ajouté? Elle n'avait plus rien à cacher ni à apprendre: sir Edmond ne venait-il pas de surprendre l'aveu de sa tendresse? Sans doute il l'avait surpris malgré elle; mais quand elle lui devait et la certitude d'être adorée, et des moments dont il faut avoir connu les délices pour les comprendre, et enfin cette promesse passionnée de ne jamais la quitter, tout en rougissant d'avoir dit son secret, aurait-elle voulu le reprendre?

Sir Edmond, enivré d'un sentiment qui lui avait toujours été étranger, tenant entre ses bras la femme charmante qui en était l'objet, et sûr d'être aimé d'elle, venait de recueillir en peu d'instants le plus doux plaisir qu'une seule vie offre à peine dans son cours. Étonné de sentir ses yeux mouillés de pleurs quand il était si heureux, il connut, pour la première fois, combien sont doux ceux de la tendresse; et pressant la main de Malvina contre son cœur: « Ah! lui dit-il, je sens bien que si dans la vie il est mille plaisirs, il n'y a qu'un bonheur, et celui que je goûte en ce moment est si vif, si délicieux, que peut-être n'appartient-il pas même à vous de pouvoir l'augmenter. O ma bien-aimée Malvina! daignez le fixer à jamais entre nous, et, en consentant à unir nos destinées, confirmez un aveu que mon amour n'ose redemander à votre modestie. » Malvina, interdite par une si prompte proposition, que son cœur accueillait peut-être, mais qui lui semblait inconciliable avec son devoir, hésitait à répondre, quand quelqu'un toussa auprès d'eux : elle crut reconnaître M. Fenwich; et, ce bruit la rappelant au monde qu'elle oubliait, elle se vit avec effroi au milieu de l'obscurité, dans un bosquet solitaire, presque entre les bras de sir Edmond; et s'arrachant d'auprès de lui : « Laissez-moi, lui dit-elle, ne me retenez plus, je n'ai que trop resté; ma coupable imprudence, en autorisant tous les soupçons, vient de couronner l'œuvre de la méchanceté, et d'empoisonner peut-être le repos de ma vie entière. — Eh! pourquoi, interrompit vivement sir Edmond, vous affecter de l'opinion d'un monde ridicule qui n'est pas fait pour vous juger? Quand je vous aime, que je ne veux vivre que pour vous, que vous importent les vains propos de la calomnie? Malvina, à la face du ciel qui nous voit et nous juge, jurez que cette main chérie sera éternellement à moi; et laissez gronder l'orage; il ne vous atteindra pas. — Ah! lui répondit-elle en marchant précipitamment vers la maison, dans le trouble où je suis, n'exigez de moi aucune promesse : sais-je seulement si je m'appartiens? l'enfant de Clara ne me réclame-t-il pas tout entière? et, sur le lit de mort de ma déplorable amie, n'ai-je pas fait le vœu sacré de ne jamais m'engager? Sir Edmond, laissez-moi fuir, laissez-moi vous oublier; ne me forcez pas à accuser la mémoire de mon amie d'être la barrière qui me sépare de vous. — Chère, chère Malvina, reprit-il en l'arrêtant malgré elle, de pareilles considérations ne l'emporteront pas toujours; l'amour qui m'embrase saura les renverser et vous attendrir. Mais il faut que je vous voie, que je vous parle, et cependant vous me quittez! vous partez demain, et c'est chez mistriss Clare que vous allez! chez mistriss Clare, dont la maison m'est à jamais fermée! Au nom du ciel, changez des projets qui me mettent au désespoir. — Mais qu'exigez-vous? répliqua-t-elle très-agitée et en s'efforçant de continuer son chemin; je ne puis rester davantage ici, je ne puis passer un jour de plus chez mistriss Birton, et je n'ai, dans ce moment, aucun autre asile que la maison de mistriss Clare; c'est la seule femme que je connaisse. — Eh bien! Malvina, répondit-il en la suivant toujours, je ne m'oppose plus à votre dessein, et quelque affreuse que me soit votre absence, si vous vivez en paix, je ne murmurerai pas; mais, du moins, que je vous voie encore une fois, que je puisse déposer dans votre cœur tous les désirs, toutes les craintes qui agitent le mien : consentez à vous arrêter demain quelques heures à Falkirk, j'irai vous y joindre; là je pourrai m'expliquer davantage, dissiper vos doutes, détruire vos scrupules, et, en me séparant de vous, obtenir, peut-être, l'espérance que ce ne sera pas pour toujours..... Ne me refusez pas, ajouta-t-il impérieusement en la retenant une seconde fois, dans la crainte d'être interrompu par quelques personnes dont les voix confuses se faisaient entendre au loin : si vous rejetez une demande si modérée, je jure de ne plus rien ménager, et d'employer la force, la violence même, pour parvenir à vous voir..... Mais que dis-je? Malvina, pardonnez, je m'égare; j'abjure un téméraire emportement; vous êtes libre, je me soumets; mais, si mes jours vous sont chers, ne prononcez pas un refus auquel je ne survivrais pas. » Malvina, tremblante, effrayée, vaincue par des sollicitations que son cœur secondait si fortement, promit à sir Edmond de l'attendre le lendemain à Falkirk; et, s'enfuyant aussitôt après avec la rapidité de l'éclair, elle passa sur l'escalier auprès de mistriss Birton et de mistriss Fenwich, qui rentraient, accompagnées de milord Weymouth, sans les saluer ni les voir.

---

## CHAPITRE XXV.

### UN COMBAT.

Ces dames, étonnées de sa brusque apparition, cherchaient à en deviner la cause, lorsqu'au bout d'un quart d'heure elles virent entrer M. Fenwich, pâle et agité. Il venait de rencontrer sir Edmond dans le jardin, et celui-ci, craignant qu'il ne répandît sur Malvina les traits acérés de la malignité, l'avait saisi par le bras en lui jurant sur son ame que, s'il s'élevait un soupçon, s'il se disait un mot contre madame de Sorcy, il ferait retomber sur lui seul tout le poids de son ressentiment; et M. Fenwich, effrayé de cette menace, s'était hâté de promettre de se taire, afin de s'éloigner au plus vite d'un homme dont le seul regard le faisait trembler.

En vain mistriss Birton et sa femme l'interrogèrent sur la cause de l'état où elles le voyaient : encore saisi d'effroi, et retenu bien plus par sa frayeur que par sa promesse, on ne lui aurait pas arraché un mot tant qu'il soupçonnait sir Edmond dans la maison, et il attendait, pour s'expliquer, de le savoir dehors, lorsque tout-à-coup la voix de ce dernier se fit entendre au bas de l'escalier. La porte d'entrée se trouvant fermée, il avait cherché inutilement à l'ouvrir, et disputait dans ce moment contre les domestiques de mistriss Birton, qui l'engageaient à monter pour voir leur maîtresse qui venait de rentrer. Mistriss Birton, aussi prompte à concevoir des soupçons que facile à s'en irriter, sortit sur-le-champ de l'appartement, et s'appuyant sur la rampe de l'escalier : « Par quel hasard, Edmond, lui dit-elle en élevant la voix, êtes-vous dans ma maison à cette heure-ci ? quelle cause vous y amène en mon absence? et quel motif vous en éloigne sans me voir ? — Gardez-vous de m'accuser d'aucune indiscrétion, sir Edmond, s'écria M. Fenwich en accourant précipitamment; ces dames sont témoins que je n'ai pas ouvert la bouche sur ce qui s'est passé entre nous. — Et, pour votre propre sûreté, vous auriez bien fait de la fermer encore, lui répondit sir Edmond en montant l'escalier et en lui lançant un regard furieux. — Que veut dire ce mystère ? demanda mistriss Birton : que s'est-il donc passé ? et de quel droit sir Edmond vient-il menacer quelqu'un dans ma maison, et y imposer des lois ? — Écoutez donc, s'écria mistriss Fenwich en arrivant de son côté, suivie de milord Weymouth, écoutez donc, chère mistriss Birton, ce que je viens d'apprendre par Jenny ; cela vous éclaircira le trouble de madame de Sorcy et la colère de sir Edmond : elle les a vus se réunir tous deux dans le jardin ; mon mari y est venu se promener aussi, il les aura rencontrés par hasard, aura interrompu un doux tête-à-tête...... — Ah ! quel trait de lumière ! interrompit vivement mistriss Birton : il n'en faut pas douter, mon indigne parente a déshonoré ma maison, et je vais à l'instant même...... — Arrêtez, s'écria sir Edmond en la retenant avec force ; que nul ici ne soit assez téméraire pour oser troubler la retraite de madame de Sorcy, ni la noircir d'un soupçon. — Quelle insolence ! repartit mistriss Birton en se débattant : est-ce bien vous qui, dans ma propre maison, osez me retenir et me braver ? Laissez-moi passer, monsieur, laissez-moi éloigner d'ici celle dont la honteuse licence vous encourage à un tel excès d'audace. — Ni vous, ni personne au monde, n'êtes dignes du moindre de ses regards, reprit aussitôt sir Edmond. Sachez que, tant qu'un souffle de vie m'animera, je saurai la défendre de vos outrages et rendre la rage de la calomnie impuissante. — Souffrirez-vous, milord Weymouth, qu'on traite ainsi une femme à vos yeux ? dit alors mistriss Birton en s'adressant à lui ; et ne viendrez-vous pas m'arracher des mains d'un furieux ? — N'avancez pas, milord, lui cria sir Edmond ; sur votre tête, n'avancez pas, ou je vous ferai vivement repentir d'un mouvement indiscret.—Je n'ai jamais supporté une menace, reprit fièrement lord Weymouth, et je ne suis pas d'humeur à endurer la vôtre. — Me voici prêt à la soutenir, » répliqua sir Edmond en tirant son épée d'une main, retenant mistriss Birton de l'autre, et ravi de pouvoir combattre un homme qu'il regardait presque comme un rival. Milord Weymouth para le coup de son adversaire, lui en porta un à son tour, et chacun, en silence, regardait avec effroi cette terrible scène, lorsque la porte de Malvina s'ouvrit tout-à-coup, et qu'en un instant on la vit, en désordre, pâle, échevelée, voler sur l'escalier et se précipiter entre les deux adversaires : « Arrêtez ! leur dit-elle éperdue ; qu'il ne soit pas dit que le sang d'un homme ait été répandu pour moi : sauvez-moi de l'horreur d'un pareil remords ; et, si mes cris, si mes larmes ne peuvent vous attendrir, que je tombe la première sous vos coups. » En disant ces mots, elle retint le bras de sir Edmond, et, s'avançant devant lui pour le défendre, se présentait seule aux coups de milord Weymouth. Celui-ci, frappé de son courage, surpris de son action, subjugué par une beauté dont l'agitation et le désordre augmentaient encore la toute-puissance, laissa tomber son fer à ses pieds en s'écriant : « Eh ! qui pourrait vous résister, madame ? qui pourrait vous voir et ne pas vous obéir ? C'est à vous qu'appartient de calmer la colère, d'enchaîner les passions, et de réunir tout ce que l'univers peut offrir d'amour, d'admiration et d'hommages. — Malvina, dit sir Edmond partagé entre la jalousie et l'attendrissement, est-ce ici votre place ? deviez-vous venir profaner votre angélique pureté par l'approche de ces êtres dont l'impiété veut souiller votre gloire ? — La mienne n'est pas à leur portée, reprit-elle fièrement ; et, quand mon cœur ne me fait aucun reproche, je ne crains ceux de personne. — N'affectez pas ici un si superbe orgueil, interrompit mistriss Birton, qui commençait à se remettre de sa frayeur..... — Et vous, madame, interrompit à son tour Malvina avec force et dignité, n'outragez pas plus long-temps celle que l'hospitalité seule vous ordonnait de respecter : votre conduite envers moi est odieuse ; vous m'avez déchirée quand vous deviez me protéger ; et, si je dédaigne de vous accuser, c'est pour vous livrer tout entière aux tourments de votre conscience. Je vous ai entendue, madame, et ne croyez pas que je veuille rester un moment de plus avec vous ; je vous quitte à l'heure même, et, seule, sans asile, errante au milieu de la nuit, je me croirai plus en sûreté que dans votre maison. Pierre, ajouta-t-elle en élevant la voix, sur-le-champ faites-moi avancer une voiture, et avertissez miss Tomkins de m'amener Fanny. — Mais quel est votre dessein, Malvina ? lui demanda sir Edmond effrayé : à cette heure-ci où pouvez-vous aller ? qu'allez-vous devenir ? — Je l'ignore, dit-elle ; mais ma volonté bien déterminée est de partir sans délai ; le ciel ordonnera du reste. — Chère Malvina ! je ne saurais souffrir que vous vous exposiez ainsi : permettez-moi du moins de vous accompagner. — Non, monsieur, ni vous, ni personne, ne me suivrez ; je n'ai pas besoin de votre secours ; je veux fuir ces lieux détestés, et nul ici n'a le droit de s'opposer à ma résolution. — Refuseriez-vous, madame, lui dit milord Weymouth, de vous faire conduire chez ma mère ? vous y serez reçue comme vous devez l'être ; et, si vous l'exigez, je jure de ne pas mettre le pied dans la maison tant que vous y serez. — Mille graces, milord, répondit-elle ; mais, je vous l'avoue, si je devais choisir ici un protecteur, ce n'est pas sur vous que mon choix tomberait. — Il faut pourtant avoir pitié d'elle, dit M. Fenwich à mistriss Birton ; sa situation est embarrassante, et vous êtes si bonne !..... — Eh bien, répliqua celle-ci, en faveur de votre intercession et du sang qui coule dans ses veines, je consens à lui laisser passer la nuit ici. — Jugez-vous mon ame sur la vôtre ? lui dit dédaigneusement Malvina, et me croyez-vous capable d'accepter comme grace ce que je rejetterais même comme prière? Allez, madame, répandez vos faveurs sur ceux qui ne rougissent pas de plier devant vous; mais apprenez qu'il est des caractères que rien ne peut abaisser. Et vous, sir Edmond, et vous, milord, ajouta-t elle avec énergie et en leur prenant la main à tous deux, si ma situation vous touche, épargnez-moi l'unique peine que je ne supporterais pas, et jurez de ne pas renouveler un combat dont la seule idée porte la mort dans mon sein. » Malvina avait quelque chose de si touchant dans l'accent, de si expressif dans le regard, qu'il était impossible de résister à ses prières. De quelque colère que sir Edmond et milord Weymouth fussent encore enflammés, ils cédèrent au premier mot qu'elle leur adressa, et tous deux lui promirent d'exécuter ponctuellement sa volonté. Alors, libre de toute crainte à cet égard, et voyant que miss Tomkins avait déja descendu Fanny dans la voiture, elle fut la joindre, laissant mistriss Birton confondue, et chacun surpris de l'empire que la timide innocence sait prendre quelquefois sur l'arrogante présomption. Sir Edmond obtint pourtant de Malvina de lui donner la main jusqu'à la voiture, et profita de cet instant pour savoir où elle allait, s'il la trouverait toujours le lendemain à Falkirk, ainsi qu'ils en étaient convenus. « Je vais tâcher de m'y rendre à présent, lui dit-elle, et je vous promets de vous y attendre. »

Alors ils se quittèrent. Sir Edmond, par égard pour elle et pour éviter tous les soupçons, ne sortit de chez mistriss Birton que quelques heures après son départ. Il fut témoin de toutes les injures dont une vanité humiliée accabla cette douce créature; mais milord Weymouth n'y étant plus, et ne pouvant faire tomber son ressentiment que sur des femmes, ou sur un homme qu'il méprisait plus qu'elles, il sut contenir son indignation, et garder le silence jusqu'à l'instant où il crut que la délicatesse lui permettait de sortir de cette odieuse maison.

## CHAPITRE XXVI.

### UN JOUR DE BONHEUR.

A l'aide de quelques guinées, Malvina obtint aisément du cocher qui la conduisait, de la mener sur-le-champ à Falkirk. Elle y arriva au milieu de la nuit, descendit à la meilleure auberge, et aussitôt qu'elle eut couché son enfant, sentant bien que les souvenirs de la veille et l'attente du lendemain éloigneraient tout-à-fait le sommeil de ses yeux, elle ouvrit une fenêtre qui donnait sur la campagne; et là, s'abandonnant à toutes ses réflexions, elle vit naître le jour qui allait décider sans doute du sort de toute sa vie.

Il était plus de onze heures, la petite Fanny dormait encore. Malvina, émue, agitée, prêtait l'oreille au moindre bruit, craignant plus encore de ne pas l'entendre, contemplait en soupirant le paisible sommeil de son enfant, et enviait un repos qu'elle était si loin de partager, lorsque sir Edmond se présenta tout-à-coup devant elle. « J'arrive bien tard, lui dit-il; mais la crainte de vous compromettre m'ayant engagé à venir seul ici, j'ai fait une partie de la route à pied; et, quoique j'aie marché très-vite, je vois avec douleur que j'ai perdu plusieurs heures de l'inestimable jour que vous avez consenti à me donner. — Il est loin d'être fini, répliqua-t-elle, attendrie de voir sir Edmond couvert de sueur et de poussière, et plus encore du motif qui en était cause; nous avons le temps d'être ensemble : cette course a dû vous fatiguer beaucoup; vous devriez aller prendre quelques instants de repos, je vous reverrai après. — Malvina, lui dit-il en s'asseyant près d'elle et pressant sa main entre les siennes, quand je vous vois, quand je suis avec vous, non par l'effet du hasard, mais par votre consentement; quand je ne crains point que des méchants ni des importuns viennent troubler de si doux instants, croyez-vous qu'il soit possible que j'en veuille perdre un seul? Ah! laissez-moi jouir sans interruption de l'inexprimable plaisir de contempler la maîtresse de mon cœur, la confidente de mes pensées, l'arbitre de mon destin, celle dont la douce pitié s'est émue en ma faveur, et dont la généreuse bonté me formera aux vertus qui peuvent lui plaire. — Arrêtez, sir Edmond, interrompit Malvina en détournant la tête pour cacher son émotion, ces titres ne peuvent m'appartenir : le respect dû aux mânes de mon amie, les dernières promesses qu'elle reçut de moi, me font un devoir de renoncer à vous ; n'espérez pas me la faire oublier : d'ailleurs, est-ce là le seul obstacle qui nous sépare ? Ne sais-je pas qu'ayant disposé généreusement de votre fortune en faveur de votre sœur, celle de mistriss Birton vous est réservée ? et voudrais-je consentir à être la cause qui vous en prive ? — Écoutez, Malvina, reprit-il avec une vivacité qu'il tâchait de modérer, lorsqu'il s'agit du bonheur de toute notre vie, écartons les superstitions, les exaltations et les fausses délicatesses : tâchons de n'écouter que la vérité, et de ne pas aller au-delà des devoirs. Il est vrai, j'ai cédé une partie de ma fortune à ma sœur, et ce sacrifice, dont je me suis toujours félicité, puisqu'il avait fait son bonheur, je m'en glorifie, je m'en enorgueillis maintenant, si je lui dois une partie de votre estime. Cependant ne l'appréciez pas plus qu'il ne faut ; il m'a été moins pénible qu'à tout autre, par le peu de prix que j'ai toujours attaché à la fortune. Quant à celle de mistriss Birton, je n'ai jamais dû y compter ; car, lorsqu'il fallait, pour l'obtenir, flatter ses goûts et s'asservir à ses lois, j'espère que Malvina m'estime assez pour croire que je n'avais pas besoin de l'amour qu'elle m'inspire pour avoir renoncé, depuis long-temps, à des avantages qui ne pouvaient s'acquérir qu'aux dépens de la vérité et de l'honneur. — Ah ! sir Edmond, répondit Malvina, pénétrée de ce qu'elle entendait, je voulais aussi vous parler des erreurs d'une jeunesse trop ardente, de ces volages amours dont le souvenir doit effrayer toute femme qui oserait vous aimer ; mais quelles fautes ne sont pas effacées par les nobles sentiments que vous avez su conserver dans le monde ! Cependant, sans leur porter atteinte, vous pourriez, sans moi, conserver la faveur de mistriss Birton ; elle vous aime, vous craint, entend de vous la vérité sans s'en offenser, et ne demande, pour prix de ses bontés, que de vous unir à une femme belle, opulente, et dont les puissantes protections vous élèveraient aux premières dignités du royaume. — Ce n'est pas vous qui parlez, Malvina, repartit gravement sir Edmond ; ce n'est pas vous qui me conseillez de sacrifier la femme que j'aime à celle que je n'aime pas, pour un peu d'or et quelques vains honneurs. Osez le dire : à ma place, de pareils motifs vous détermineraient-ils ? et, si votre cœur les repoussait avec dédain, pourquoi ai-je mérité que vous croyiez le mien capable d'y céder ?— J'ai tort, sir Edmond ; j'ai tort d'avoir voulu vous convaincre par les arguments qui conviennent aux hommes ordinaires, répondit Malvina. Hélas ! pourquoi ai-je songé à eux ? il en est d'autres si puissants !.... — Il n'en est point, interrompit-il avec ardeur, qui puissent me séparer de ma bien-aimée Malvina ; il n'en est aucun qui puisse l'engager à éloigner d'elle un homme dont elle est adorée. Écoutez mes projets, Malvina, et souriez à l'image de bonheur qu'ils me présentent. Je possède, à quelques lieues de Glascow, sur le bord de la Clyd, dans la situation la plus riante et la plus fertile, un château que je tiens de mes pères ; il est vaste, commode, et d'un revenu suffisant à tous les besoins de la vie : venez l'habiter avec moi, Malvina, venez y unir votre sort au mien ; devenez ma femme, mon amie, la souveraine de mon existence : c'est là qu'oublié du monde, et ne regrettant point de vains plaisirs dont j'ai trop connu le vide, je n'aurai plus de désir que pour vous plaire, d'ambition que pour vous imiter, de sentiment que pour vous chérir : c'est là que, guidé par vous, la vertu me deviendra facile; que, visitant ensemble la chaumière du pauvre, nous ne nous disputerons que le plaisir de leur faire plus de bien, nous ne rivaliserons que de vertus, afin de nous aimer davantage; c'est là qu'absorbé par mon amour, enivré par mon bonheur, ne connaissant, ne voyant, n'adorant que vous seule au monde, trouvant en vous la source de mes affections, le mobile de mes pensées et le but de toutes mes actions, vous deviendrez pour moi la cause d'où tout part, comme le centre où tout aboutit. O Malvina! ne rejetez pas mes vœux, ayez pitié de mes larmes : il n'est plus de bonheur pour moi que dans celui que je tiendrai de vous, plus de vie que dans celle que vous partagerez. » En parlant ainsi, sa voix était émue, des pleurs d'amour inondaient son visage, et le feu de sa passion prêtait à ses discours et à ses regards une éloquence qui allait subjuguer Malvina, lorsque, s'arrachant d'auprès de lui, elle s'élança vers le berceau de Fanny, et la prenant dans ses bras : « Viens, mon enfant, lui dit-elle, viens me défendre contre la plus puissante des séductions; viens, que ta vue raffermisse mon courage, rappelle-moi ce que je promis à ta mère, ferme mon cœur à mes propres désirs, et endurcis-le, s'il est possible, contre les instances d'un objet trop aimé. — Non, Fanny, non, s'écria sir Edmond; viens plutôt me prêter ton innocente voix, et m'aider à toucher cette femme insensible : dis-lui que sa conscience l'égare et la trompe; dis-lui qu'elle ne promit à ta mère de rester libre, qu'afin de te rendre heureuse, et que, si tu dois l'être davantage entre nous deux, son devoir même lui prescrit de me donner sa main; dis-lui que tu deviendras l'objet de tous mes soins, l'enfant de mon cœur et de mon adoption, et que tous mes jours te seront consacrés comme à elle. Et vous, milady Sheridan, ajouta-t-il en mettant un genou en terre et élevant ses mains vers le ciel, si du haut des régions éthérées vous pouvez lire dans les cœurs, soyez témoin de la sincérité de mes serments; déposez en leur faveur auprès de votre amie, et, si jamais elle vous fut chère, inspirez-lui de se rendre à des vœux dont le bonheur de votre enfant sera le gage; et puisse votre ombre sacrée, en les marquant du sceau de votre céleste puissance, poursuivre et tourmenter à jamais celui de nous qui serait assez lâche pour les trahir!.... — O ma bonne maman, s'écria la petite Fanny, qu'a-t-il donc à pleurer ainsi? est-ce que tu l'as grondé? Mais, vois comme il a l'air fâché! vois donc comme il te prie! Je t'en prie, oh! je t'en prie aussi, toi qui es si bonne, donne-lui bien vite ce qu'il demande! — Ah! qu'ai-je entendu? s'écria Malvina hors d'elle-même : Clara, ma tendre Clara! ta fille est-elle ton organe? et suis-je libre en effet de me donner? Et vous, ajouta-t-elle en abandonnant sa main à sir Edmond, vous, dont le pouvoir sur moi est sans bornes, je ne sais si l'illusion m'entoure, si une aveugle superstition m'égare, ou si mon cœur m'abuse, mais je ne résiste plus; et dussé-je être coupable en vous cédant, je consens à l'être pour vous. — Elle est donc à moi, s'écria-t-il avec transport, cette femme idolâtrée, dont le premier regard me subjugua, et la rendit l'arbitre de mon sort! elle est donc à moi cette divinité révérée, doux objet de mon culte, et qui seule m'apprit à connaître l'amour! Je la vois, je la presse sur mon cœur; elle m'aime, elle m'appartient, et je n'expire pas sous le poids d'un tel bonheur! » Et, tout en parlant ainsi, la tête de Malvina reposait sur son épaule; il voyait son sein agité de la même passion qui embrasait son ame, et tous deux, unissant leurs larmes, ne trouvaient plus d'expressions pour ce qu'ils éprouvaient.

Il est une volupté que tous les êtres de la nature sont appelés à connaître; mais celle-là, toujours mêlée de honte et souvent de regrets, n'est point le terme du plus haut période de bonheur où l'homme puisse atteindre : il ne doit ce bonheur suprême que goûtaient alors sir Edmond et Malvina qu'à cette volupté de l'ame, chef-d'œuvre d'amour et d'intelligence, fruit de l'union intime de deux cœurs qui s'aiment, s'entendent et se répondent; à cette volupté divine, que nulle langue ne peut décrire, nulle pensée concevoir, que ceux-là même qui l'ont sentie s'étonnent d'avoir connue; à cette volupté enfin que l'homme semble avoir dérobée aux anges, ou que la Divinité jeta plutôt sur la terre pour donner une idée de la félicité qu'elle réserve à la vertu dans le ciel.

Sir Edmond ne voulait plus quitter Malvina, il la suppliait de nommer le jour, l'instant où elle se donnerait à lui; mais elle résista d'un ton qui marquait qu'elle voulait être obéie. « J'exige, lui dit-elle, que pendant un mois encore, vous vous livriez à tous les plaisirs, à toutes les jouissances que le monde peut offrir; s'ils ne vous laissent pas un regret, si vous n'êtes pas effrayé de l'idée de les fuir pour toujours, vous me le direz, Edmond, et Malvina vous croira; elle sait que vous n'abuserez pas de sa confiance, et que la facilité que vous auriez à la tromper sera un motif de plus pour vous en détourner; mais ce n'est qu'après cette épreuve qu'elle osera se donner à vous : autant pour l'intérêt de votre bonheur que pour le sien, elle ne veut pas devoir le sacrifice que vous voulez lui faire à l'émotion du moment, mais à votre détermination mûrie par le temps, et éprouvée par l'absence. — Je me rends, Malvina, répondit Edmond, non que je doute de penser dans tous les moments comme dans celui-ci, mais pour acheter par un sacrifice l'inexprimable prix auquel j'aspire : sans doute je n'en suis pas digne encore, et j'en jouirai mieux quand je l'aurai plus mérité; mais pendant ce mois éternel, déjà si pénible par votre absence, vous allez être auprès de mistriss Clare, qui me hait, qui vous inspirera contre moi les plus odieuses préventions.....— Et pourquoi vous hait-elle? demanda Malvina, comment avez-vous mérité un pareil sentiment de cette femme intéressante? — Hélas! ma Malvina, reprit sir Edmond, il ne m'est pas permis de vous le dire : mes torts avec elle furent grands, non pas inexcusables; mais ils le deviendraient sans doute si je dévoilais un secret que j'ai juré de garder, et dont mistriss Clare seule a droit de disposer. Cependant, Malvina, comme elle ignore tous les motifs qui atténuent ma faute, en vous révélant ce mystère elle me perdra dans votre esprit, au lieu qu'en vous l'apprenant *moi-même*, je pourrais compter sur votre indulgence..... Mais n'importe, je me tairai; et l'amant de Malvina saura préférer la crainte d'être jugé coupable à la honte de l'être en effet. — Ne craignez rien, Edmond, reprit Malvina, je ne donne point ma confiance à demi, et je m'engage à écarter tous les éclaircissements que mistriss Clare voudrait me donner sur vos rapports avec elle, afin de ne *les jamais connaître* que par vous. — Bonne, excellente Malvina, reprit-il avec attendrissement, quel être assez méprisable pourrait abuser d'une confiance dont l'abandon ne tient point à la faiblesse, mais à la pureté de ton cœur? C'est là que tu puises la certitude que je n'oserais user d'aucun artifice envers toi, même pour t'obtenir; mais va, sois tranquille, elle ne sera pas trompée : en m'élevant jusqu'à toi, Malvina, tu m'as placé à une hauteur dont je ne saurais plus descendre sans m'avilir, et sur cet autel que je t'élève dans mon cœur, je jure de te communiquer toutes mes pensées, afin de n'en former jamais aucune dont je puisse avoir à rougir. Mais, Malvina, ajouta-t-il avec un peu d'embarras, puisque je vous ouvre ainsi toute mon ame, vous cacherai-je qu'il est encore une chose que je crains de vous demander, quoique je brûle de l'obtenir? Vous cacherai-je que votre correspondance avec M. Prior m'inquiète, me tourmente, et que je n'aurai pas un moment de pure joie jusqu'à ce que vous l'ayez rompue entièrement? » Cet aveu parut surprendre Malvina; mais, tirant une lettre de sa poche, et regardant fixement sir Edmond : « Voyons, lui dit-elle, si je vous ai bien connu. » Et, ouvrant le papier, elle lut l'article qui suit :

« Ma situation devient de plus en plus affreuse; la détresse qui pèse sur mes parents déchire mon cœur : en vain j'ai employé tous les moyens pour les soulager, rien de ce que j'entreprends ne me réussit; il n'y a que les impies qui prospèrent, ils augmentent en richesses; et cependant j'ai gardé mon cœur pur en vain; en vain j'ai lavé mes mains parmi les innocents, je me sens agité de trouble et d'angoisses, mes jours glissent comme la navette d'un tisserand, et passent sans espérances, car mes yeux ne verront plus de bonheur. Hélas! je veille seul comme le passereau solitaire [1], tandis que le désespoir et la misère semblent se disputer notre asile; et je succomberais bientôt sous leurs efforts réunis, si les lettres de Malvina ne venaient par moments me rattacher à la vie..... — Ainsi, interrompit sir Edmond en s'animant à mesure qu'il parlait, cet homme ne tient que de vous le bonheur dont il jouit, seule vous faites sa destinée; il reçoit vos lettres avec émotion, il vous appelle sa chère Malvina : peut-être, tout pur qu'il se croit, son cœur forme-t-il des désirs, conçoit-il des espérances que les marques de votre amitié ne peuvent qu'entretenir, et cependant vous les donnez toujours!..... — Arrêtez, sir Edmond, reprit vivement Malvina, et revenez à vous : voyez cet infortuné; dans sa misère, il n'a que le cœur de ses amis pour asile, et on l'en chasserait!..... O vous qui êtes désormais ma loi, ma volonté et mon ame, ne me rendez pas ingrate et dure! usez généreusement de votre pouvoir; dites que je vous satisfais en adressant des expressions amicales aux malheureux qu'elles consolent; et n'outragez ni moi, ni vous-même, en supposant qu'elles puissent avoir quelque rapport avec ce que vous inspirez. — Malvina, répondit aussitôt sir Edmond, ce n'est pas de vous que je doute, un tel soupçon ne peut arriver jusqu'à moi; mais savoir qu'un homme au monde ose vous aimer, que son imagination le transporte peut-être auprès de vous, qu'elle dévore vos charmes, s'enflamme à leur aspect, et que, néanmoins, vous ne l'écartez pas loin de vous..... Malvina, pardonnez, mais je vous tromperais en vous taisant que cette affreuse idée me poursuit, m'empoisonne et me tue. — Peut-être, répondit Malvina, ai-je été imprudente en acceptant l'amitié de M. Prior; peut-être aurais-je dû penser que, malgré sa religion, son état et ses vertus, il suffisait de son sexe seul pour m'interdire toute liaison avec lui; mais à présent est-ce le moment de la rompre, Edmond? dans le déplorable état où il est, peut-être ne faut-il qu'une peine de plus pour le porter aux dernières extrémités : en cessant de lui écrire tout-à-coup, je persuade à ce malheureux qu'il est tout-à-fait effacé de mon souvenir; et peut-être deviendrons-nous responsables tous deux de la plus funeste catastrophe..... — Vous me faites frémir, Malvina, s'écria sir Edmond, et je ne voudrais pas, assurément, réduire cet honnête homme au désespoir..... mais dès demain, à Édimbourg, je vais m'occuper de lui trouver une place, un emploi qui le mette, ainsi que sa famille, à l'abri du besoin, et quand il y sera, Malvina..... — Je vous entends, interrompit-elle, et je vous promets que, dès cet instant, je romprai toutes mes relations avec lui; mais, en attendant, voyez, lisez toutes mes lettres et les siennes. — Non, répondit-il, si j'avais des soupçons, je le ferais; mais ma seule peine étant causée par les expressions tendres qu'il ose vous adresser, en les remettant sans cesse sous mes yeux, je ne ferais qu'irriter mon inquiétude. Malvina, je ne vous demande plus rien; je me repose sur votre seule tendresse du soin de m'épargner, aussitôt que vous le croirez possible, une image que ni la raison ni la pitié ne peuvent me faire supporter.

Croyez, Edmond, reprit-elle, que

[1] Ps. CI, v. 8.

cette généreuse confiance me rendra bien pénible chaque ligne, chaque mot que l'humanité me forcera encore à écrire à M. Prior, et me fera hâter, de tous mes vœux, l'instant où je me croirai libre de garder le silence avec lui. »

Ce fut dans ces dispositions qu'ils se séparèrent; mais Malvina ne prit le chemin de chez mistriss Clare, et sir Edmond celui d'Édimbourg, qu'après s'être promis mutuellement de s'écrire et même de se voir, si quelque circonstance imprévue rendait un entretien nécessaire au repos de tous deux.

---

## CHAPITRE XXVII.

### COMME IL FAUT COMPTER SUR LE BONHEUR.

Mistriss Clare fut aussi surprise qu'enchantée de revoir Malvina; et après l'avoir comblée des marques du plus touchant intérêt : « Me flatterais-je trop, lui demanda-t-elle, en espérant que l'ennui seul du monde ne vous a pas ramenée auprès de moi, et que le penchant y est entré pour quelque chose? — Je voudrais pouvoir répondre à vos bontés, lui dit Malvina, en vous assurant que mon prompt retour n'a été déterminé que par le goût qui me porte vers vous; mais ce ne serait pas la vérité, car je n'avais pas le choix des asiles, et, dans la position où je me trouvais, celui que vous m'avez si obligeamment offert était le seul qui me restât. — Que voulez-vous dire? la maison de mistriss Birton, et celles de ses nombreuses connaissances ne vous sont-elles pas ouvertes? — J'ai quitté mistriss Birton pour toujours, et je désire ne me trouver jamais là où je pourrais la rencontrer. — Vous avez quitté mistriss Birton! reprit mistriss Clare étonnée; et quel motif a pu vous porter à une si étrange démarche? — Chère mistriss Clare, répondit affectueusement Malvina, ne me le demandez pas; il m'est bien pénible de répondre par le silence à l'intérêt que vous me témoignez; mais j'ai promis de le garder, et quoiqu'il en coûte à mon cœur, et qu'il me fût bien doux de vous l'ouvrir..... — C'en est assez, interrompit mistriss Clare, mon expérience m'a souvent appris combien les situations les plus simples dans le fond s'entourent quelquefois forcément d'apparences bizarres et mystérieuses; et du moment que j'ai vu dans votre ame un désir en ma faveur et un regret sur votre silence, je ne vous demande plus rien, et je suis satisfaite. » Les jours qui suivirent passèrent assez rapidement. Le père de mistriss Clare ayant été appelé à Londres pour ses *affaires*, sa fille en était restée d'autant plus libre chez elle; et Malvina y disposait de tout son temps sans rencontrer jamais ces regards observateurs qui vous en demandent compte, ni ces attentions gênantes qui vous font sentir la nécessité d'y répondre. Mistriss Clare passait une partie de la journée dans son appartement, tandis que Malvina l'employait à s'occuper de son enfant, à lire, et plus souvent encore à s'abandonner à de douces rêveries dans les délicieux jardins de Clare-Seat. Il ne faut pas croire que Malvina eût tout-à-fait oublié les égarements de sir Edmond; elle se rappelait souvent ce qui s'était passé à Birton-Hall; et, quoiqu'il ne lui eût pas précisément avoué son intrigue avec miss Melmor, il en avait assez fait entendre pour qu'elle ne doutât pas que la discrétion et la probité seules l'avaient empêché de s'expliquer davantage : mais le sentiment qui la dominait plaçait son prisme devant ses yeux, et elle ne voyait plus les torts de sir Edmond que comme de légères faiblesses, dont, par moments, elle croyait presque devoir se féliciter; car, pensait-elle, ceux qui ont connu le vide des erreurs auxquelles ils se livrèrent en sont plus à l'abri que ceux qui n'y tombèrent jamais. Mais, si, au milieu de ces réflexions, elle eût appris que la jeunesse de sir Edmond avait été sage et réservée, sans doute alors elle eût dit que le droit de ne point faillir n'appartient qu'à l'honnête homme, parce que seul il reçut du ciel cette élévation d'ame qui repousse tout ce qui dégrade, et qui ne sait goûter le plaisir que là où se trouve la vertu.

Depuis plus de quinze jours, Malvina osant enfin se livrer à la tendresse, sans la contraindre et sans en rougir, éprouve un charme qu'elle avait ignoré jusqu'alors. Sans être tout-à-fait heureuse, elle aperçoit l'instant où elle va l'être, et son présent s'embellit de tous les biens que l'avenir lui présente : ce n'est pas encore la sérénité du bonheur qui jouit, mais la douce agitation du cœur qui l'attend; tantôt sa pensée s'attache à la certitude d'être aimée de sir Edmond, tantôt lui laisse entrevoir le moment de leur réunion, et la fait passer ainsi d'un calme enchanteur à un trouble délicieux. Chaque soir elle bénit le ciel d'avoir mis un jour de moins entre elle et son amant, et le remercie chaque matin de lui en donner un de plus pour l'aimer. Souvent, laissant errer son imagination, elle se reporte vers ces instants où les accents passionnés de sir Edmond l'avaient embrasée d'un feu si doux : alors elle se dit qu'elle est aimée, et, à ce mot, une harmonie délicieuse retentit dans son cœur. Durant le calme de la nuit, elle se le répète encore; elle y pense au milieu du jour, et aussitôt elle éprouve quelque chose dont elle ignore le nom, mais qui cause un plaisir si doux, si excessivement doux, qu'elle ne sait plus comment on peut appeler vivre tout ce qui n'est pas cela; souvent aussi, se repliant sur elle-même, elle oublie qu'elle est aimée, pour ne songer qu'à aimer, et alors elle se sent heureuse de sa seule tendresse, car ce sentiment généreux et délicat n'a pas toujours besoin, pour se répandre, de calculer ce qu'il reçoit. Oh! après ces heures de solitude, où de si inexprimables ravissements avaient rempli son ame, Malvina, quoiqu'en apparence loin encore du bonheur, pouvait mourir pourtant; elle n'aurait point cessé de vivre sans l'avoir connu.

Déja le mois d'épreuve approchait de sa fin, et Malvina voyait avec satisfaction qu'il n'avait servi qu'à raffermir sir Edmond dans la résolution de tout quitter pour elle. Déja elle calculait l'instant où il allait réclamer sa promesse, et plus d'une fois cette tendre pensée colora son visage d'un vermillon plus vif, lorsqu'un matin, étant à déjeûner avec mistriss Clare, on lui remit deux lettres; l'une, que son cœur ému reconnut bientôt pour être de sir Edmond; l'autre, de milord Sheridan. Comme celui-ci ne lui écrivait jamais que quelques lignes de pure bienséance, et plutôt pour répondre à ce qu'on lui disait de sa fille que pour s'en informer, elle mit sa lettre de côté pour ouvrir celle de sir Edmond.

« Quoique depuis mon retour, lui écrivait-il, je n'aie point laissé ignorer à mistriss Birton que vous étiez l'unique objet de mes plus chères affections, cependant c'est hier seulement qu'ayant fait un dernier effort pour me ramener à lady Sumerhill, en m'annonçant que sa fortune était à ce prix, j'ai pu déclarer à cette femme hautaine que je renonçais à ses bienfaits, que la main de Malvina me suffisait, et que tous deux nous rougirions de rien recevoir d'elle. Ces mots l'ont irritée à l'excès. — Et tous deux, a-t-elle interrompu, je vous verrais mendier à ma porte, que je n'avancerais pas la main pour vous secourir. Allez, insensé, allez retrouver l'artificieuse créature à laquelle vous sacrifiez mon amitié et mes bienfaits; allez entendre de sa bouche des assurances de tendresse que M. Prior reçut avant vous; mais, même au pied des autels, ne la croyez pas si entièrement à vous, que je ne puisse encore vous arracher l'un à l'autre : je saurai vous punir de vos insolents mépris, et, tout en vous séparant d'elle, vous rejeter à jamais loin de moi. — Ah! je n'en serai jamais assez loin, ai-je dit en fuyant cette odieuse furie, qui, non contente de vouloir m'arracher celle que j'aime, cherche encore à empoisonner mon bonheur en me rappelant sans cesse votre attachement pour M. Prior, et cet instant où elle vous surprit tous deux émus, troublés, et vos adieux si déchirants, et vos regrets amers, et votre active correspondance.....

« Cruelle, affreuse femme! c'était du fiel qu'elle versait dans mon ame, et sa perfide malice jouissait de pouvoir m'en abreuver. O ma douce, ma chère Malvina! venez donc, par votre présence, écarter ces funestes images; et, quand j'ai rempli tous vos ordres, que je sens que vous êtes tout pour moi, que l'instant marqué par vous-même est arrivé, et que mistriss Birton va employer toutes les ruses de la méchanceté pour nous désunir, s'il est vrai que vous m'aimiez, et si mon repos vous est cher, ne tardez plus, Malvina, et que le don de votre main soit la seule réponse à ma lettre.

« Je suis à présent à Kinross, à douze milles de chez mistriss Clare: c'est là où je vous attends, c'est là où l'exprès que je vous envoie me remettra sans doute, dans quelques heures, une ligne que Malvina n'aura point tracée sans émotion; car j'y trouverai l'assurance qu'elle consent à fixer demain le jour fortuné qui doit nous réunir..... Si Malvina pouvait hésiter! mais non, elle me connaît; et, puisque je lui suis cher, elle n'hésitera pas. C'est demain que je la verrai; c'est demain que, m'engageant sa foi, elle recevra de moi le serment solennel de ne jamais aimer qu'elle, afin d'être heureux toujours. O Malvina! au nom de mon amour, hâtez-vous. J'arrive à l'instant d'Édimbourg; j'écris au milieu de la nuit, pour que mon exprès puisse partir aux premiers rayons du jour, et j'attendrai son retour, en proie à ces agitations tumultueuses qui épuisent la vie par la force des sensations, et auxquelles on ne résisterait pas si l'espérance qui les fait naître devait être trompée. »

Malvina relisait cette lettre pour la troisième fois, sans pouvoir se décider à tracer la réponse positive que sir Edmond semblait exiger, lorsqu'elle fut interrompue par l'homme même qui l'attendait. Il vint lui dire qu'il fallait qu'elle se hâtât de répondre, afin qu'il pût repartir sur-le-champ, parce que le lord qui l'avait envoyé était si pressé, qu'il lui avait fait les plus terribles menaces dans le cas où il ne serait pas revenu à l'heure prescrite, comme il lui avait promis les plus grandes récompenses s'il y était exact.

Ces mots surprirent mistriss Clare; elle fixa ses yeux sur Malvina, qui baissa aussitôt les siens en rougissant; et, troublée par les sollicitudes de sir Edmond, l'impatience de son exprès et les regards observateurs de mistriss Clare, elle prit le premier papier qui lui tomba sous la main, y traça un consentement qu'elle aurait trouvé injuste de refuser; et cependant, confuse de l'avoir donné, elle remit son billet à l'homme qui l'attendait, sans que sa voix tremblante pût articuler un mot.

A peine fut-il parti, que son embarras redoubla en se trouvant seule avec mistriss Clare: assurément cette scène demandait une explication; mais comment la donner sans manquer à la promesse qu'elle avait faite à sir Edmond de ne point parler de leur situation mutuelle? Cependant elle voyait mistriss Clare la considérer attentivement, et se taire, comme dans l'attente d'une ouverture. Craignant de la désobliger en entamant tout autre sujet, et n'osant pourtant lui annoncer son départ, de peur de provoquer des questions, elle continuait à garder le silence; plus il se prolongeait, plus le tête-à-tête devenait gênant. Malvina, oppressée par cette situation, restait immobile, respirant à peine, les yeux attachés à la terre, lorsqu'enfin mistriss Clare, touchée de la gêne où elle la voyait, crut devoir la mettre à son aise en la prévenant par quelques caresses; et sa main s'avançait pour prendre celle de Malvina, lorsque celle-ci, qui prévit ce mouvement, ainsi que l'attendrissement qui pouvait le suivre, chercha promptement un moyen de l'éviter; et, apercevant la lettre de milord Sheridan, qu'elle avait oubliée sur la table, elle se hâta de l'ouvrir, heureuse de cacher, sous cette feinte occupation, le désordre de son ame; mais à peine en eut-elle lu quelques lignes, que toute autre pensée fut bientôt écartée : une pâleur soudaine couvrit son visage, une sueur froide se glissa dans tout son corps ; elle sentit que ses forces l'abandonnaient ; cependant, faisant un effort sur elle-même, elle parcourut jusqu'au bout le cruel arrêt qu'elle tenait entre ses mains ; mais, en le finissant, son courage s'abattit, et, fléchissant sous le poids de la douleur, elle tomba sans connaissance entre les bras de mistriss Clare, en s'écriant : « Ah ! c'en est fait, Edmond, nous sommes perdus pour jamais. »

## CHAPITRE XXVIII.

### EXPLICATION DU CHAPITRE PRÉCÉDENT.

MISTRISS Clare, vivement affectée de l'état de sa charmante compagne, lui donna les plus prompts secours : elle la fit transporter dans son appartement, mettre sur son lit, et, aussitôt qu'elle eut réussi à lui faire reprendre ses sens, elle la serra dans ses bras en pleurant : « Calmez-vous, ma chère Malvina, lui dit-elle, tâchez de prendre un peu de repos : je me retire, pour vous laisser à vous-même quelques instants ; mais rappelez-moi bientôt, j'ai besoin de vous ouvrir mon cœur ; et vous, n'aurez-vous rien à me dire ? Ah ! Malvina, si je vous ai devinée, combien vous êtes à plaindre, et comme je sens mon amitié s'augmenter par votre malheur ! » Mistriss Clare était très-émue en parlant ; et, comme elle vit que Malvina l'était aussi, elle craignit de lui faire mal en continuant, et se retira.

Dès que Malvina fut seule, elle regarda tristement autour d'elle, et, apercevant la lettre de milord Sheridan, elle frémit, la repoussa, et, la reprenant aussitôt, elle la relut encore, dans l'idée sans doute d'y trouver quelques lueurs d'espérance qui avaient pu lui échapper à une première lecture.

MILORD SHERIDAN A MADAME DE SORCY.

« J'apprends, madame, que vous êtes « au moment de vous marier ; et, sans « vouloir pénétrer les motifs qui ont pu « vous porter à cette résolution, ni « vous demander compte du silence que « vous avez gardé avec moi à cet égard, « ni vous reprocher l'imprudent éclat « avec lequel vous vous êtes séparée de « la respectable parente qui vous avait « reçue chez elle, et qui gémit de vos « écarts, je me contenterai de vous ob- « server que, puisque vous vous croyez « le droit de manquer à la promesse que « vous fîtes à votre amie, j'ai sans doute « celui de rétracter la mienne : ainsi je « vous déclare que je n'entends point « que ma fille soit élevée chez votre « mari, ni qu'elle reste sous la direction « d'un homme que je ne connais pas ; « c'est à vous seule que milady Sheridan « avait confié son enfant ; du moment « que vous aliénez votre liberté, il ne « vous appartient plus, et je reprends « tous mes droits sur lui.

« Veuillez donc, madame, aussitôt « que vous aurez contracté votre union, « remettre ma fille entre les mains de « votre respectable parente mistriss « Birton, qui consent à s'en charger, « jusqu'à ce que mes affaires me per- « mettent de la venir chercher : sans « vous faire aucun reproche, vous me « permettrez de vous dire pourtant, « madame, qu'il ne faut pas toujours « s'en fier aux apparences, et que votre « amie sur son lit de mort, baignée de vos « larmes, confiante en votre seule ami- « tié, et se plaignant de ma tendresse, « ne s'attendait sûrement pas que je « fusse plus exact que vous à remplir « les vœux qu'elle formait.

« Je suis avec respect, madame,

« AUG. SHERIDAN.

« Londres, Hanover square, ce 22 mai.

*P. S.* « Il est inutile que vous vous « donniez la peine de me répondre, « parce que je suis au moment d'aller « faire un tour en Irlande, qui me re- « tiendra au moins tout l'été. »

Combien Malvina était loin de penser qu'un homme comme milord Sheridan, qui répondait à peine quelques lignes de loin en loin aux détails qu'elle croyait devoir lui donner sur Fanny, et qui poussait même la négligence à cet égard jusqu'à la plus extrême froideur, s'alarmât tout-à-coup d'un mariage qu'elle croyait lui devoir être assez indifférent pour n'avoir pas même jugé nécessaire de l'en informer! L'article de la lettre où il était question de mistriss Birton lui apprit clairement d'où partait le coup, et elle ne se trompait pas; car à peine avait-elle quitté la maison de mistriss Birton, que celle-ci s'était hâtée d'écrire à milord Sheridan pour le mettre dans ses intérêts; elle chercha à le prévenir contre Malvina en la lui peignant, sous le voile de l'amitié, comme une femme imprudente, obstinée et facile à s'égarer : « Vous seul, lui disait-elle dans un article de sa lettre, pouvez empêcher un grand malheur : ma cousine tient beaucoup, je crois, à l'enfant qui lui fut confié par milady Sheridan; en lui annonçant que vous le lui retirerez si elle persiste dans l'indigne union qu'elle projette, vous sauverez l'amie de votre femme de sa ruine, et la première famille d'Écosse du désespoir. D'ailleurs, il est une autre considération qui doit vous engager à cette démarche, et, comme père, l'intérêt de votre enfant vous la commande. Si ma cousine, honteuse de ses écarts, efface par une conduite régulière, le scandale qu'elle a causé en provoquant un duel et en me quittant avec éclat, je lui laisserai une partie de ma fortune, qui, réunie au peu qu'elle possède, deviendra, si elle ne se marie point, le patrimoine de votre enfant, etc., etc..... »

Milord Sheridan, quoique possesseur naguère d'une immense fortune, l'avait tellement dissipée par l'excès de ses débauches, qu'il ne lui restait plus de son ancienne opulence que des dettes et des regrets : souvent l'idée d'avoir ruiné sa fille venait alarmer sa conscience jusqu'au sein de ses honteux plaisirs; de sorte que, dans cette situation, il adopta vivement un espoir qui faisait taire ses remords; et, pour conserver à sa fille l'héritage de Malvina, et peut-être celui de mistriss Birton, il n'hésita pas à suivre le conseil de celle-ci, et à écrire, dans les termes mêmes qu'elle lui avait dictés, la cruelle lettre qui était venue déchirer le cœur de Malvina.

« Ah! s'écriait cette femme infortunée en versant un torrent de larmes, ne crains pas, ma Clara, que ton enfant soit jamais remise aux indignes mains de mistriss Birton : si son inflexible père persiste à l'arracher à l'épouse d'Edmond, jamais la triste Malvina ne prendra ce titre, et elle aura le cruel courage de renoncer à ce qu'elle aime, plutôt que de manquer à ce qu'elle te doit. O Edmond! cher et bien-aimé Edmond! une éternelle séparation va donc remplacer le lien qui devait nous unir, et, au lieu du bonheur dont mon amour voulait t'accabler, c'est la mort qu'il faut porter dans ton sein. Pauvre Malvina! malheureux Edmond! comme ils passent vite les jours d'espérance et de joie! Adieu, chimères flatteuses dont je berçais mon avenir; adieu, félicité que je croyais toucher déja; tu m'abandonnes donc pour toujours : je savais pourtant t'apprécier!..... »

« Comment se trouve ma chère Malvina? demanda mistriss Clare en entr'ouvrant la porte : m'est-il permis d'entrer? ma présence ne la gênera-t-elle pas? » Malvina fit un signe, et mistriss Clare, s'approchant aussitôt, lui prit la main et dit : « Ne craignez point que je vous interroge sur la cause de l'état où je vous ai vue ce matin, je sais qu'il est des cordes sensibles qu'on ne doit toucher qu'en tremblant; et je respecte trop votre douleur pour chercher à l'approfondir; mais laissez-moi espérer, mon aimable amie, que j'obtiendrai du temps cette confiance que je ne veux point surprendre à votre faiblesse aujourd'hui. — Ah! que dites-vous? interrompit Malvina; que parlez-vous de temps? c'est demain que je vous quitte, c'est demain qu'il m'attend. — Vous me quitter! on vous attend! s'écrie mistriss Clare; et où allez-vous? et quand vous reverrai-je? — Hélas! je l'ignore moi-même, reprit Malvina en pleurant. Long-temps je me flattai qu'en m'éloignant d'ici une retraite enchantée me ferait oublier celle de ma chère mistriss Clare; mais je n'ai plus d'espoir, plus de bonheur, plus de retraite, un instant m'a tout enlevé; mon sort est affreux : errante, sans asile, sans protecteur, je ne sais où je dois porter mes pas; je ne sais si je m'ensevelirai loin de vous, ou si je viendrai mourir sur votre sein. — Mais demain, où allez-vous? lui demanda mistriss Clare avec une extrême vivacité; pourquoi ne vous accompagnerais-je pas? — Ah! reprit Malvina, voulez-vous qu'il croie que j'ai voulu insulter à sa douleur en vous en rendant témoin? — Qui? lui répliqua mistriss Clare; au nom du ciel, de qui me parlez-vous?—De celui qui possède toute ma tendresse, s'écria Malvina éperdue, de celui qui règne seul sur mon cœur, à qui il me serait doux de donner mon sang et ma vie, qui renonce pour moi aux dignités, aux richesses, au monde, et qui, pour prix de ce sacrifice, quand il m'attend pour recevoir ma main, va entendre de ma bouche cet arrêt du désespoir, cet éternel adieu qui n'a de terme que la vie. — Vous me faites frémir, Malvina, repartit mistriss Clare de plus en plus agitée: hâtez-vous de me rassurer; dites-moi, ah! je vous en conjure, dites-moi que l'heureux possesseur de toutes vos affections n'est pas Edmond Seymour..... — Et quel autre que lui en serait digne? interrompit Malvina avec une sorte d'enthousiasme : pourquoi cacherais-je un sentiment dont je me glorifie? Oui, j'aime Edmond Seymour; oui, c'est lui seul que j'aime, c'est à lui seul que je veux appartenir; consacrée à lui, mon existence devient un bienfait; mais, s'il faut la passer loin de lui, puisse la tombe me sauver de la douleur de ne plus le voir!..... — Ah! qu'as-tu dit, malheureuse! s'écria mistriss Clare en fondant en larmes : c'est donc à cet homme affreux que s'est donnée la douce, la tendre Malvina! c'est donc à cette ame perfide qu'elle a uni son ame toute céleste! et c'est auprès d'Edmond Seymour qu'elle veut aller demain! Non, Malvina, vous n'irez point : le devoir vous commanderait en vain de vous éloigner de lui; vous ne savez pas que cette horrible créature sait employer la séduction pour subjuguer la vertu; une fois auprès de lui, je ne vous verrais plus, vous seriez perdue, Malvina. O mon innocente amie! laissez-moi vous éclairer, s'il en est temps encore : vous seule pénétrerez un terrible secret; vous verrez les ombres de la mort entourer l'asile des vivants; vous verrez ce cercueil où vit encore la douce compagne de mes premiers ans, et où l'odieuse main d'Edmond Seymour la précipita à l'aurore de sa vie..... — Je ne veux rien savoir, je ne veux rien entendre, interrompit Malvina en s'éloignant précipitamment de mistriss Clare; je lui ai promis de n'écouter que lui, de ne croire que lui; je ne parjurerai pas ma foi : je repousse avec horreur toutes vos accusations. Non, Edmond n'est pas coupable, jamais son noble cœur ne s'est souillé d'un crime; en vain tout l'univers s'élèverait contre lui, un mot, un regard d'Edmond l'emporterait sur l'univers. Ne pensez pas m'empêcher de le joindre demain; j'irai, par l'excès de ma tendresse, adoucir, s'il se peut, le parti que l'inflexible devoir me commande de prendre; mais ne m'attendez plus; en me séparant d'Edmond, je ne reviendrai point près de celle qui le hait et le calomnie..... — O cruel Edmond! interrompit mistriss Clare tout en pleurs, es-tu donc né pour mon supplice? Par quel art funeste ta main sait-elle toujours frapper l'endroit le plus sensible de mon cœur? N'était-ce point assez de la perte de ma sœur, sans y joindre encore la haine de Malvina? » Ces mots furent dits avec un accent si plaintif, qu'ils allèrent à l'ame de Malvina. Elle se sentit attendrie, et courut se précipiter dans les bras de mistriss Clare : celle-ci la pressa vivement contre son cœur, et toutes deux confondirent leurs larmes en silence, comme craignant de dire un mot qui pût les désunir encore.

Cependant mistriss Clare, effrayée de l'espèce de fanatisme que la passion inspirait à Malvina, sentit bien que des raisonnements ne le détruiraient pas; et la connaissance qu'elle avait de sir Edmond lui faisant regarder Malvina comme une victime, elle se crut tout permis pour la sauver, et résolut, pour y réussir, d'employer ces moyens violents qui ne guérissent qu'en frappant l'imagination par la terreur, et en déchirant l'ame par la pitié. En conséquence, elle ne tenta plus de dissuader Malvina, mais lui demanda seulement la permission de l'accompagner le lendemain une partie du chemin. « Un devoir sacré, lui dit-elle, m'appelle dans une maison qui est sur cette route; j'y descendrai pendant que ma voiture vous conduira à Kinross; et, puisque vous êtes déterminée à vous séparer de sir Edmond, vous pouvez me confier votre enfant; nous attendrons toutes deux votre retour au même lieu où vous nous aurez laissées. » Malvina, ne voyant aucun inconvénient à cet arrangement, y consentit, et il fut convenu qu'elles partiraient ensemble le lendemain à huit heures.

## CHAPITRE XXIX.

### RENCONTRE IMPRÉVUE.

Mistriss Clare, quoique satisfaite du projet qu'elle avait conçu, ne laissait pas d'être alarmée de l'effet qu'il pouvait produire. Cette inquiétude la tint éveillée une partie de la nuit, et, se levant avec l'aurore, elle descendit dans le jardin pour consulter encore sa conscience si le louable motif de sa résolution pouvait justifier la responsabilité dont elle se chargeait. Toutes ses réflexions n'ayant servi qu'à l'affermir dans son projet, elle ne s'occupa plus que de hâter le moment du départ. Il approchait : déja l'horloge allait sonner huit heures, et cependant Malvina n'avait pas paru. Mistriss Clare inquiète monta dans sa chambre, et la trouva assise près de son lit, dans la même toilette que la veille, immobile et les yeux éteints. Ce n'était plus cette douce mélancolie qui ajoutait au charme de sa figure, mais un morne abattement qui la rendait presque méconnaissable, car les déchirements des passions changent autrement que les regrets de l'amitié; et celui qui en est atteint en porte toute sa vie l'ineffaçable empreinte. Semblables à ces feux souterrains qui ébranlent le monde, ils creusent dans l'ame un volcan qui la consume tant qu'il brûle, et qui y laisse, avec un vide effrayant, le froid de la mort quand il s'éteint.

Malvina avait passé la nuit à prévoir tous les douloureux combats qu'elle aurait à soutenir dans le jour. Ainsi son imagination lui avait déja fait souffrir comme réels tous les maux qu'elle présageait, tandis que le destin lui en préparait d'autres plus vifs et plus poignants encore. Oh! que n'était-elle un de ces êtres dont l'inactive prévoyance ne plonge jamais dans l'avenir, et qui, dans la journée qui commence, n'aperçoivent pas le soir qui va la terminer!

Mistriss Clare prit le bras de Malvina, la conduisit à la voiture, et plaça Fanny sur ses genoux. L'enfant dormait. Mistriss Clare, tantôt se reprochant de tromper Malvina, tantôt s'applaudissant de la sauver, restait plongée dans la rêverie, tandis que sa triste compagne, poursuivie par l'image d'Edmond, voyant déja son désespoir, croyant entendre ses cris, perdue dans sa douleur, ne songeait ni aux personnes qui étaient près d'elle, ni à la route qu'elle parcourait. Cependant, au bout de quelques heures, elle crut s'apercevoir qu'elle n'était plus dans le même chemin qui l'avait conduite chez mistriss Clare. De hautes montagnes s'élevaient de tous côtés, et la voiture s'enfonçait dans une gorge sombre et solitaire. « Où allons-nous donc? demanda-t-elle aussitôt à mistriss Clare. — Dans la maison dont je vous ai parlé, répondit celle-ci un peu émue; comme elle n'est pas sur la grande route, il a fallu prendre un chemin de traverse pour y arriver. — J'ai peur que cela ne me retarde beaucoup, lui dit Malvina avec inquiétude : Edmond m'attend sans doute..... — Ah ! reprit mistriss Clare amèrement, ne le plaignez pas ; quand il souffrirait aujourd'hui un peu de ces tourments qu'il a épuisés sur d'innocentes victimes, le juste ciel ne lui enverrait que ce qu'il lui doit. — Je ne veux pas aller plus loin, s'écria vivement Malvina ; je veux descendre de cette voiture, madame : dussé-je aller à pied, sans guide, sans soutien, nulle puissance ne m'empêchera de rejoindre l'infortuné qui m'attend. — Tranquillisez-vous, ma chère Malvina, répliqua mistriss Clare en contenant son agitation ; cette route écarte moins que vous ne pensez, et, de la maison où je vais descendre, il ne vous faudra pas plus d'une heure pour vous rendre à Kinross. » Malvina le crut, et attendit. Au bout d'un quart d'heure, la voiture s'arrêta devant une ferme isolée. « Pendant que les chevaux vont se reposer quelques instants, dit mistriss Clare, venez, ma chère Malvina, reconnaître la maison où vous nous trouverez à votre retour. » Et, prenant son bras sans attendre sa réponse, elle s'avança vers une roche assez élevée, d'où pendaient en festons et en guirlandes des touffes de ronces et de plantes sauvages qui cachaient en partie une petite porte fabriquée avec art dans le rocher même ; elle enfonça sa main sous une pierre qui s'avançait en saillie, pour prendre un cordon qui tira une petite sonnette, et aussitôt un enfant de sept ans environ vint ouvrir. « Ah ! bonne Cécile, lui dit-il, que tu fais bien de venir ! ma pauvre maman est si malade qu'on croit qu'elle va mourir. — Ah ! Dieu, allons vite la secourir, s'écria mistriss Clare en entrant si précipitamment qu'elle ne songea point à refermer la porte. » Elle fut bientôt jointe par une femme d'un moyen âge, qui lui dit en élevant les mains vers le ciel : « Béni soit le hasard qui vous envoie, madame ! ma pauvre maîtresse a été bien mal cette nuit ; elle a eu une faiblesse si longue, que nous avons cru qu'elle allait mourir, et elle a exigé qu'on fût lui chercher un prêtre catholique pour l'assister dans ses derniers moments : nous en avons trouvé un à Kinross ; il est à présent auprès d'elle ; mais elle est beaucoup mieux, et je vais la préparer à la joie que lui causera votre arrivée. — C'est bien, Mary, répondit mistriss Clare émue au point de ne pouvoir parler, je vais attendre dans la salle ; vous viendrez m'avertir quand je pourrai entrer. » Mary sortit aussitôt, et mistriss Clare prenant brusquement le bras de Malvina et la conduisant à la croisée : « Vois-tu, lui dit-elle, cet horrible séjour, cette solitude sombre et lugubre, mais moins que l'ame de celle qui l'habite ? Sens-tu que tout ici est humide de larmes, et que l'air même est imprégné de douleur ? Entends-tu les gémissements de l'infortunée qui expire peut-être à présent ? Sais-tu qui elle est cette mourante victime ? c'est ma sœur, mon amie, celle que je portais dans mon cœur. Sais-tu qui est son assassin et le père de cet enfant ? c'est Edmond Seymour !..... — Oh ! que n'ai-je expiré avant de le savoir ! » interrompit Malvina avec un cri aigu et en tombant presque sans mouvement sur sa chaise. A ce bruit, une porte s'ouvrit tout-à-coup, et un homme se précipita dans la salle en s'écriant : « Est-ce bien elle que j'ai entendue ? puis-je le croire ? est-ce elle ? est-ce Malvina que je vois ? Par quel inconcevable événement la retrouvé-je dans cette maison de deuil ?.....— Edmond ! Edmond ! qu'avez-vous fait ? interrompit Malvina en sanglotant, et comme ne s'apercevant pas de l'entrée de M. Prior : hélas ! vous m'avez donc trompée ? — Quel nom prononcez-vous ? répliqua M. Prior : un homme si perfide pourrait-il vous être cher encore ? Ah ! il n'en faut pas douter, c'est l'invisible main du Très-Haut qui vous a conduite près de celle dont la terrible agonie va vous éclairer sur le caractère d'un homme.....— Ah ! M. Prior, il n'est plus temps, s'écria Malvina ; tel que soit Edmond, mon sort est de l'aimer toujours; ses crimes même ne pourraient l'arracher de mon cœur, car plus je le vois coupable, plus il me devient cher : l'infortuné! que de maux il amasse sur sa tête! où trouver assez de tendresse pour les lui adoucir? — Monsieur, dit alors mistriss Clare à M. Prior, qui paraissait consterné de ce qui venait d'échapper à Malvina, puisqu'un hasard inattendu me fait rencontrer ici l'homme estimable qui possède une partie de la confiance et de l'amitié de cette intéressante créature, restez auprès d'elle; soyez l'ange de paix qui ramène le calme dans son ame; fermez, s'il se peut, l'abîme où elle se perd; rendez-lui le courage de haïr le vice, en réveillant en elle cet amour noble et pur de la vertu, qu'une fatale passion est prête à anéantir. Je vais passer dans la chambre voisine; je vais essuyer d'autres larmes. Puisse, du moins, ma chère Malvina n'en verser jamais de pareilles, et ignorer toujours combien sont amères celles du repentir! »

M. Prior laissa sortir mistriss Clare sans lui répondre, et, regardant fixement Malvina, qui paraissait absorbée dans sa douleur, il s'écria après un long silence : « Était-ce dans cet état, ô ciel! que je devais la revoir? livrée à un amour désordonné, ne rougissant plus de son choix, osant l'avouer hautement, n'ayant pas un regard, pas un mot à donner à son ami exilé loin d'elle depuis trois mois! Eh quoi! Malvina, vous vous taisez? la pitié même vous est-elle devenue étrangère? Hélas! je ne soutenais ma pénible existence que dans l'espoir de vous revoir, et je ne vous revois que pour être plus malheureux encore! — Que voulez-vous de moi? lui dit-elle avec une sombre tranquillité; je n'ai rien à vous donner, je n'ai plus d'amitié, je ne crois plus à l'amitié, je ne crois plus à rien : ne voyez-vous pas que tout est détruit? Edmond m'a trompée! — Quoi! reprit-il vivement, parce qu'il y a des sentiments faux, s'ensuit-il qu'il n'y en ait pas de vrais, et qu'on ne puisse plus connaître l'ami sincère, parce qu'on est environné de trompeurs? — Ah! quand je perds le seul bien que j'aimais au monde, M. Prior, que me fait la réalité de tous les autres? — Qu'avez-vous dit, Malvina? Ainsi mon amitié vous est désormais indifférente; vous n'y attachez plus aucun prix, vous avez cessé de m'aimer : et maintenant quelle sera mon espérance? continua-t-il en élevant ses mains vers le ciel; je la trouverai donc en toi seul, ô mon Dieu! tourne tes regards vers moi, et aies-en pitié, car je suis dans le *dénûment et l'affliction*. — Ah! M. Prior, pardonnez si je vous afflige; mais, ajouta-t-elle en pressant ses deux mains contre son cœur, il n'y a plus là de confiance pour rien croire, ni de place pour rien aimer. — O chère Malvina! interrompit-il en s'emparant d'une de ses mains et la couvrant de larmes, jusques à quand tourmenterez-vous le mien et le déchirerez-vous par vos paroles?..... Mais, non, non, je refuse de vous croire; votre malheureux ami ne vous est pas devenu tout-à-fait étranger; le juste ciel proportionne à nos forces les peines qu'il nous envoie, et nous ne devons craindre que celles que nous pouvons supporter. — Eh! comment ne craindrait-on pas celles qui sont insupportables? reprit-elle douloureusement; il en est pourtant..... » Elle n'avait pas achevé ces mots, qu'une marche précipitée se fit entendre, que la porte s'ouvrit avec violence, et que sir Edmond parut à ses yeux.

---

## CHAPITRE XXX.

### ORAGE DES PASSIONS.

En voyant Malvina avec M. Prior, sir Edmond recule avec effroi; et après s'être arrêté quelques moments, immobile : « O ciel! s'écrie-t-il, si je ne suis pas sous la puissance d'un songe affreux, si ce que je vois n'est pas une illusion, s'il est possible que Malvina me trahisse.... » Edmond! vous! vous ici! voulait-elle dire; mais il ne lui donna pas le temps d'achever, et l'interrompant avec violence : « Gardez-vous, Malvina, de prononcer un mot, de faire un mouvement qui me rappelle à moi-même et m'apprenne que je veille; ma vengeance serait aussi affreuse que les tortures qui me déchirent. — Et sur qui votre rage la ferait-elle tomber? lui demanda M. Prior en s'avançant fièrement vers lui. — Sur toi, répondit-il en frémissant, sur toi qui m'arraches l'amour de Malvina, et ta vie expiera son parjure. Viens, suis-moi, ajouta-t-il en mettant un pistolet entre ses mains; c'est du sang qu'il faut à mon désespoir..... — Qu'allez-vous faire, cruel Edmond? s'écria Malvina en s'élançant auprès de lui et l'entourant de ses deux bras : qu'osez-vous soupçonner? qu'osez-vous dire? Moi parjure? homme violent et barbare, regarde où tu es, rougis sur toi-même, et cesse de juger le cœur de Malvina d'après le tien. » Le bruit de cette scène attira bientôt mistriss Clare; elle parut, et apercevant sir Edmond : « O Providence! s'écria-t-elle, est-ce donc pour le punir de son forfait que tu envoies ici le meurtrier de Louise, et le rends témoin des derniers soupirs de sa victime? — C'est ici qu'est Louise! s'écria sir Edmond d'un air égaré; je suis sous le toit de Louise! et c'est ici que Malvina est venue, sans respect pour la promesse qu'elle me fit de ne jamais connaître ce secret que par moi! Quand je l'attends, le jour même qui doit nous unir, elle oublie ses vœux! elle méprise ses engagements! elle trahit sa foi! Quand je l'attends, et que, voyant l'heure passée, je parcours en vain le chemin qui doit me la rendre, que j'interroge tous les passants, que, guidé par eux, je parviens à la rejoindre, c'est ici que je la trouve, sous le toit de Louise, tête à tête avec un odieux rival!..... O supplices de l'enfer! je vous porte tous dans mon cœur! — Edmond! cher et malheureux Edmond! s'écria Malvina, le plus horrible de tous est sans doute d'être accusée par toi : arrête ces déchirants reproches : va, je n'ai point cessé de t'aimer; mais ne me regarde pas ainsi; mon sang se glace, mon cœur s'oppresse, et ma vie elle-même ne résisterait pas à ta colère. Ah! demande-leur, ajouta-t-elle en fondant en larmes et montrant mistriss Clare et M. Prior, homme injuste et mille fois trop cher, demande-leur si je t'ai trahi! — Malvina, irrésistible Malvina! reprit-il aussitôt, vous l'emportez. Eh bien! quelles que soient les apparences, je ne demande point d'explication, et je ne veux croire que vous; je penserai que vous fûtes amenée ici sans votre aveu, et que le hasard seul y fit rencontrer M. Prior; mais, pour prix d'une confiance sans exemple, et que vous seule pouviez obtenir de moi, jurez à l'instant de m'appartenir, et, de ce pas, suivez-moi à l'autel. — O Dieu! Dieu! que me demande-t-il! s'écria Malvina en s'éloignant et jetant des cris douloureux. — Vous me fuyez, Malvina! vous hésitez! reprit-il avec une sombre fureur. — Au nom du ciel! Edmond, écoutez-moi, lui dit-elle, laissez-moi vous parler; vous saurez quels puissants motifs me retiennent; vous verrez si les menaces de milord Sheridan ne me forcent pas à rétracter ma promesse..... — Je ne veux rien entendre, interrompit-il; je ne croirai à votre amour qu'en recevant votre main; si vous m'aimez, nulle considération ne doit vous retenir, nulle puissance ne doit l'emporter sur moi..... Ah! ne résiste plus, femme adorée, poursuivit-il en se jetant à ses pieds; prends pitié de l'état où je suis; je sens que l'idée de te perdre aliène ma raison, et que je ne suis plus maître de mes transports. Je ne sais jusqu'où ils peuvent me conduire, ni de quels excès je ne serais pas capable pour te ravir au reste du monde et te posséder seul..... Pardonne, Malvina; sans doute la violence de mon emportement te fait horreur, mais songe que c'est l'amour seul qui m'égare; que ce soit lui qui m'obtienne mon pardon, ô la bien-aimée de mon cœur! que ce soit à lui que je te doive. Viens donc, ma Malvina! ne tarde plus, donne-moi ta foi, et consens à recevoir la mienne. » En parlant ainsi il la tenait dans ses bras; il l'entraînait sans qu'elle eût la force d'y consentir ni de se défendre; mais M. Prior, qui crut voir de la violence dans ce mouvement, trop heureux de trouver un prétexte de s'y opposer, vint se placer devant sir Edmond, et lui fermant le passage : « De quel droit, lui dit-il, enlevez-vous cette femme? — Et de quel droit vous-même vous y opposez-vous? repartit sir Edmond en frémissant de colère. — De celui que Dieu donne aux hommes pour se secourir l'un l'autre et protéger la faiblesse, répondit M. Prior : cette femme n'est pas à vous, elle refuse de vous suivre; ne vient-elle pas de le dire?..... — Est-il vrai, interrompit Edmond, est-il vrai, Malvina, que vous refusiez de me suivre? Ne m'appartenez-vous pas? ne sommes-nous pas enchaînés l'un à l'autre? n'avouez-vous pas, à la face du ciel et des hommes, que vous êtes mon épouse, ma femme, l'éternelle compagne de ma vie? — Non, non, je ne le puis, reprit faiblement Malvina..... — Tu ne le peux, Malvina! et il la pressa fortement contre sa poitrine : tu ne le peux! et hier encore tu y consentais! Ah! par pitié pour toi-même, ne me pousse pas au désespoir; j'envisage un avenir affreux!..... — Tenez, interrompit-elle en sortant de son sein la lettre de milord Sheridan, lisez ce funeste papier, et voyez s'il me permet d'être encore à vous..... — Je ne veux rien voir, s'écria-t-il en déchirant la lettre en mille morceaux et repoussant Malvina si brusquement, que mistriss Clare eut à peine le temps de la recevoir dans ses bras; je ne veux rien voir, rien entendre, rien croire : tout en vous n'est que trahison et perfidie : je vous envoyai hier cette lettre en même temps que la mienne, et elle ne vous arrêta pas, car je reçus votre promesse; mais vous voyez cet homme aujourd'hui, et vous refusez de la remplir : c'en est assez; que me faut-il de plus? Cependant, subjugué par votre ascendant, je consentais à tout oublier; mais vous avez refusé de me suivre. Eh bien! Malvina, tu le veux, je cours à la vengeance; elle sera horrible comme mes tourments : tu t'en repentiras un jour; mais il sera trop tard, le sang sera versé. Et toi, poursuivit-il en entraînant violemment M. Prior par le bras, viens recevoir le prix de tes artifices, ou m'arracher une vie que le parjure de cette femme m'a rendue odieuse. » En les voyant sortir Malvina s'élança après eux en jetant des cris affreux; mais, quoique le désespoir lui rendît toutes ses forces, elle n'en avait point assez pour arrêter deux hommes que la colère et la jalousie entraînaient. Pâle, échevelée, elle les suivait de loin, et les aurait atteints peut-être s'ils n'eussent refermé sur eux la porte du rocher. Elle se précipite pour l'ouvrir; ses efforts sont inutiles; un ressort secret l'en empêche : elle appelle à haute voix tous les gens de la maison; mistriss Clare arrive la première; et Fanny, qui, pendant cette scène, jouait tranquillement dans un coin du jardin avec le petit Édouard, accourt aux cris de sa mère, et, la voyant prête à sortir, s'attache à sa robe, et dit qu'elle veut s'en aller avec elle. « Au nom du ciel! éloignez cette enfant, s'écria Malvina en la remettant entre les bras de mistriss Clare; empêchez-la de me retenir; elle me coûte déjà assez cher..... » Malvina finissait à peine sa phrase, que deux coups de pistolet se firent entendre à une certaine distance; elle s'arrêta en frémissant d'horreur, et tomba aussitôt sans connaissance en s'écriant : « C'en est donc fait! »

## CHAPITRE XXXI.

### ATTENDRISSEMENT.

Mistriss Clare, agitée d'effroi, confia Malvina aux soins de Mary, et courut à la ferme pour pouvoir envoyer du secours vers le lieu où le bruit des armes à feu s'était fait entendre. En avançant elle aperçut de loin des hommes qui en rapportaient un entre leurs bras; et, voyant en même temps M. Prior venir vers elle, elle frémit et lui cria : « Il est mort! et par vous! Homme de Dieu! vos mains ont-elles donc trempé dans le sang humain? — Il n'est que légèrement blessé, répliqua-t-il; mais, n'importe, je porterai toute ma vie le poids d'un homicide : déjà je crois voir un précipice sous mes pieds; la terreur m'environne, ma force m'est ôtée, la destruction se tient à mes côtés, et il me semble que toute la terre s'élève contre moi pour dévoiler mon iniquité. — Où conduit-on maintenant sir Edmond? interrompit vivement mistriss Clare. — A sa voiture, qui est à un quart de lieue d'ici; il a exigé qu'on l'y transportât sur-le-champ. — N'y a-t-il pas lieu de craindre que le mouvement lui fasse mal? — Non, le coup n'a fait qu'effleurer l'épaule, et le sang a été arrêté sur-le-champ. — Qui est auprès de lui maintenant? — Son domestique, qui l'attendait à la ferme, et qui, étant un peu chirurgien, a déclaré que sa blessure serait guérie en moins de deux jours. — Non, non, il ne faut pas qu'il parte; je cours le conjurer de rester à la ferme tout le temps nécessaire à son *rétablissement*. — Ce sera en vain; toutes nos prières, à cet égard, n'ont servi qu'à l'irriter, et le ton dont il a déclaré qu'il voulait partir n'a pas permis à ses gens de lui résister. — Mais où va-t-il? — A Édimbourg. — Si loin? — Jamais il ne le sera assez de Malvina, dit-il, et encore est-ce chez mistriss Birton qu'il veut être transporté, afin d'accroître la haine qu'il porte à Malvina, en s'entourant de celle de ses ennemis. — O quel funeste présent le ciel fit aux hommes en leur envoyant de si violentes passions! s'écria mistriss Clare. Mais laissons ce furieux suivre sa destinée, et tâchons de rappeler à la vie ses deux innocentes victimes. Et vous, M. Prior, ne vous montrez pas aux yeux de Malvina; après un pareil combat, elle ne vous verrait qu'avec horreur. — Ah! je le sais, s'écria-t-il en gémissant; Malvina me hait, j'ai trop vécu. O Dieu! qui as fait mes jours misérables, et devant qui ma substance n'est rien, ne plongeras-tu pas dans la tombe le malheureux qui se voit l'objet de la haine de Malvina! — M. Prior, reprit gravement mistriss Clare, peut-être avez-vous mérité de la perdre cette amitié qui vous est si chère : osez sonder votre cœur; il vous dira qu'il ne coule point d'eaux amères d'une source pure, et que celui qui n'eût été que l'ami de Malvina aurait su éviter cet affreux combat. — Arrêtez, mistriss Clare, interrompit-il : ne savez-vous pas que le temps de l'affliction est celui des miséricordes? Ne me faites donc pas repasser mes iniquités dans le cœur, et laissez-moi en paix, afin que je puisse reprendre un peu de courage avant d'aller dans ce séjour dont on ne revient pas, dans les ténèbres de la terre et les ombres de la mort. — Non, M. Prior, répondit mistriss Clare, il n'est pas permis de mourir tant qu'on peut être utile à quelques malheureux : passez chez Louise maintenant; les deux femmes qui sont auprès d'elle ont dû la tromper sur la cause du bruit qu'elle entendait : confirmez-la dans son erreur; qu'elle ignore toujours qu'Edmond ait été si près d'elle; ne la quittez point; que vos pieuses exhortations la rappellent à la vie et à la résignation; moi, je cours auprès de Malvina. »

Elle la retrouva ainsi qu'elle l'avait laissée, pâle et inanimée; la petite Fanny était à genoux près d'elle, et pleurait en disant : « Ma bonne maman! te voilà froide comme mon autre maman : vas-tu donc t'en aller aussi? Ah! je te prie, ne va pas la retrouver sans moi; amène-lui sa petite Fanny; elle sera bien aise de la revoir, et moi, maman, je ne te quitterai pas. » Mistriss Clare ne put retenir ses larmes à la vue de cette innocente petite créature, dont l'existence avait causé en partie les malheurs de Malvina; mais, voulant éviter à sa jeune ame le triste spectacle de l'état de sa mère, elle dit à Mary de l'emmener jouer avec le petit Édouard; lorsque Fanny, fondant en larmes, s'entoura dans les rideaux du lit en s'écriant : « Non, non, je ne veux pas qu'on m'emmène, je veux rester; si je m'en vais, elle s'en ira tout-à-fait : je me souviens aussi quand on m'emporta d'auprès de mon autre maman..... je ne l'ai jamais revue depuis. Ah ! laissez-moi ici, je vous prie; je me mettrai dans un coin, je ne ferai pas de bruit, je ne pleurerai plus. » En effet la pauvre enfant sécha bien vite ses larmes, osant à peine respirer, de peur qu'on la renvoyât, de sorte que mistriss Clare ne pensa plus à elle et ne s'occupa que de Malvina, qu'elle parvint enfin à ranimer à force de soins et de temps; mais à peine eut-elle repris ses sens, que se levant brusquement sur son séant, elle regarda autour d'elle d'un air égaré, en s'écriant : « Où est-il ? où est-il donc ? — Je vous jure, ma chère, lui répondit mistriss Clare, qu'il ne court aucun danger, vous pouvez m'en croire; au prix de votre propre vie, je ne voudrais pas vous tromper. — Pourquoi ne vient-il pas ? répliqua-t-elle avec un accent vif et précipité. — Il n'est plus ici : il a désiré retourner à Édimbourg. — Ah ! sans doute c'est pour me fuir. — Ma chère Malvina, il vous fuit parce qu'il vous suppose coupable ; mais il vous sera bien facile de lui ôter son erreur ; laissez à sa colère le temps de se calmer ; donnez-vous celui de prendre un peu de repos..... — Moi, que j'attende ! moi, que je prenne du repos, quand il me croit coupable ! non, madame, je veux partir, je veux le suivre. — Mais, ma chère, voici plus de deux heures qu'il est en route, vous ne pourriez le rejoindre qu'à Édimbourg; et savez-vous où vous le trouveriez ? chez mistriss Birton. — Pourquoi chez mistriss Birton ? ce n'est point là qu'il habite. — C'est là qu'il a ordonné qu'on le transportât. — Qu'on le transportât ? il est donc blessé ? — Très-légèrement..... — Il est blessé ! interrompit-elle avec terreur : Edmond est blessé ! et c'est chez mistriss Birton qu'il veut aller mourir ! — Il ne mourra point, ma chère Malvina; à peine les chairs sont-elles endommagées. — N'importe, je veux partir : dans quelque état qu'il soit, dans quelque lieu qu'il habite, rien ne peut m'empêcher de le voir. — Eh bien ! ma chère, vous irez, lui répondit mistriss Clare, qui sentit combien il était inutile de combattre sa résolution; mais vous voyez qu'il fait déja nuit, les chemins de ces montagnes sont presque impraticables dans l'obscurité, et un accident qui briserait la voiture retarderait beaucoup votre marche. Attendez donc à demain ; dès la petite pointe du jour, mes chevaux seront prêts à vous mener à Kinross, où vous en prendrez d'autres pour vous conduire à Édimbourg. Je vous accompagnerais moi-même, si l'infortunée qui est ici ne réclamait mon secours ; mais je garderai du moins votre enfant, qui ne pourrait vous être que très à charge pendant un pareil voyage. » A ces mots, Fanny sortit tout-à-coup de derrière le rideau où elle se tenait cachée, et baisant la main de Malvina : « Maman, lui dit-elle, ne t'en va pas sans moi ; on voulait aussi que je te quitte tout-à-l'heure, quand tu ne remuais plus comme mon autre maman. Eh bien ! tu vois que cela t'a empêchée de mourir, que je sois restée : oh ! je t'en prie, maman, garde-moi toujours auprès de toi. » Attendrie par cette voix, Malvina regarda l'enfant, et, apercevant dans ses yeux cette même expression qui animait jadis ceux de sa mère, elle retrouva des larmes au souvenir de l'amitié. « Clara ! s'écria-t-elle, chère Clara ! oh ! quel instant sera jamais plus funeste que celui qui nous sépara ! Hélas ! en te perdant, je croyais n'avoir à pleurer que ta mort, et j'ignorais que dans ce seul malheur je trouverais un jour la source de toutes les calamités. Ah ! Clara, le ciel, qui nous avait formées pour vivre ensemble, m'a écrasée de sa colère quand j'ai osé tenter d'être heureuse sans toi; mais, puisqu'il m'interdit un bonheur que tu ne peux plus partager, implore-le avec moi pour qu'il m'appelle à lui, et qu'il nous réunisse là où on a cessé de compter les heures, de mesurer les jours, et où l'éternelle paix a remplacé les tourments de la vie. » Mistriss Clare se taisait : soulagée par les larmes qu'elle voyait répandre à Malvina, elle aurait craint d'en interrompre le cours en détournant sa pensée du souvenir de son amie ; elle avait vu trop de douleurs pour ignorer que toutes ont leur instant de calme, et que c'est toujours les larmes qui l'amènent. En effet, celles que Malvina versait abondamment la soulagèrent et la rappelèrent à elle-même ; alors elle redevint la douce, la tendre Malvina, et jetant ses bras autour de mistriss Clare : « Que je vous ai fait de mal ! lui dit-elle. — Je vous en ai fait moi-même beaucoup, répondit son amie, et j'ai trop appris aujourd'hui qu'il est des destinées contre lesquelles on ne doit pas lutter, et des sentiments qu'on ne peut pas combattre. O chère Malvina ! pardonnez-moi de vous avoir amenée ici ; je croyais vous guérir..... — Et vous avez vu, interrompit-elle, que le trait était trop avant dans mon cœur, et qu'on ne pouvait l'en arracher qu'avec la vie. » Le reste de la nuit se passa assez tranquillement : Malvina n'ayant demandé aucune explication sur les aventures de Louise, mistriss Clare jugea d'autant moins à propos d'entamer ce sujet, que, la faculté d'être ému ayant ses bornes, Malvina avait été trop épuisée par les agitations du jour pour qu'il lui restât rien à donner à de nouveaux malheurs.

---

## CHAPITRE XXXII.

### ROUTE D'ÉDIMBOURG.

L'AURORE commençait à peine à paraître, lorsque Malvina demanda la voiture de son amie pour se rendre à Kinross ; et mistriss Clare lui promit que, dans le cas où elle prolongerait son séjour à Édimbourg, elle irait l'y joindre avec Fanny, aussitôt que les forces de sa sœur lui permettraient de la quitter. A ce nom, Malvina la regarda fixement, et lui serrant la main : « Ne pensez pas, lui dit-elle, que j'oublie jamais que vous avez une sœur, et moins encore les droits qu'elle a sur l'homme que je vais rejoindre. Je vais à lui pour justifier ma conduite ; mais à peine en aura-t-il reconnu l'innocence, que je m'en sépare pour jamais. — Vous le croyez à présent, répliqua mistriss Clare, vous le voulez peut-être ; mais quand il sera là, devant vos yeux, que vous le verrez suppliant à vos pieds, toutes vos résolutions seront changées. Au reste, ma chère Malvina, si je désire que vous ayez le courage de renoncer à lui, c'est pour l'intérêt seul de votre propre bonheur, et non pour celui de Louise : ma triste sœur est morte pour le monde ; le secret de son existence n'est connu que de vous, d'Edmond et de moi ; ceux même qui la servent ignorent qui elle est. — Et pourquoi s'ensevelit-elle ainsi ? Edmond refuserait-il de lui donner sa main ? — Edmond ne le peut pas ; ma sœur était mariée ; son époux existe encore ; s'il la savait vivante, il reprendrait tous ses droits sur elle, et ce serait pour la jeter dans une ignominieuse et sombre prison ; sa seule consolation, son enfant, son Édouard lui serait ôté. — Eh quoi ! votre père ne défendrait pas sa fille infortunée ? — Mon père est bon, mais sévère et inflexible ; il sait que Louise est coupable, il a béni l'heure de sa mort ; s'il savait qu'on l'eût trompé, il ne la sauverait pas de la vengeance de son époux. Au reste, la justice me force a dire qu'Edmond n'est plus le même que je l'ai vu jadis ; son orgueil est terrassé ; il ne rougit plus d'être soumis à une femme, il aime enfin : tout en détestant la frénésie de sa passion, je crois à sa sincérité ; on ne joue pas ce qu'il exprime. Malvina, si vous ne craignez pas d'être malheureuse avec lui..... — Eh ! que me fait d'être malheureuse, interrompit-elle, pourvu qu'il m'aime ? — Pauvre créature ! reprit mistriss Clare en la regardant avec tendresse et sollicitude ; quelle terrible passion que celle qui t'a dicté ce que tu viens de dire ! — Mais cet enfant, mistriss Clare, cet enfant d'Edmond, son existence est-elle ignorée aussi? — Il subit le même sort que sa mère : lorsque ma coupable sœur le mit au jour, son époux n'ignorait pas qu'il n'en était pas le père, et tous deux seraient devenus les victimes de sa rage, si, par un artifice qui serait trop long à vous raconter, je n'avais réussi à les y soustraire. Mais je veux laisser à Edmond le moyen d'expier sa faute en s'en confessant lui-même à vos pieds. Puisse ce tragique récit, en réveillant tous ses remords, le faire rougir de sa conduite, lui donner l'horreur du vice, et le rendre digne de votre amour! Je le désire, Malvina, car sa tendresse pour vous a presque effacé la haine que je lui portais. » Malvina pénétrée se précipita une seconde fois dans les bras de mistriss Clare; mais s'en arrachant au même instant, elle lui donna un baiser d'adieu, et se jeta dans la voiture, qui partit aussitôt pour Kinross.

En y arrivant elle prit une chaise et des chevaux, et, le lendemain au soir, elle arriva à Falkirk, dans la même auberge où, un mois auparavant, elle s'était réunie à Edmond. Craignant et désirant d'y retourner, elle n'avait donné aucun ordre au postillon qui la conduisait; mais le Lion-Rouge étant le meilleur gîte de Falkirk, c'était toujours là où on menait les voyageurs, à moins qu'ils n'en désignassent un autre. En y entrant, elle était si tremblante, qu'elle aurait eu peine à monter l'escalier, si la fille d'auberge, la voyant pâle et faible, ne lui eût donné le bras pour la soutenir. « Milady a l'air bien souffrante, lui dit-elle : quelle pitié, que les gens les plus beaux et les plus riches soient toujours ou tristes ou malades! — En voyez-vous donc beaucoup ici? lui demanda négligemment Malvina.—Pardonnez-moi, milady, je ne peux pas l'assurer; car, depuis quinze jours que je suis à Falkirk, je n'ai pas eu le temps d'en voir beaucoup; mais je pensais à présent à un jeune lord qui est passé hier..... charmant comme vous, milady, mais si triste, si triste, et faisant des soupirs qui me fendaient le cœur! — Était-il blessé? interrompit vivement Malvina. — Eh! mon Dieu, oui; mais comment milady peut-elle le savoir? — N'importe; dites-moi seulement comment il était. — Mais, milady, le chirurgien qui est venu le voir, a dit qu'il croyait qu'il n'en mourrait pas.—Comment? qu'il n'en mourrait pas! répliqua-t-elle avec effroi. — Oui, milady, il le croit, à moins que la fièvre n'augmente beaucoup, car alors..... — Eh bien, alors? interrompit Malvina en frémissant. — Oh! milady, c'est un homme bien habile que le docteur Sanwich! et pourtant il dit que, malgré tout son talent, il ne saurait comment sauver ce jeune homme si le délire continuait. — Comment! était-il donc dans le délire?—Oui, milady; il disait comme ça des choses qu'on ne comprenait pas; il se parlait à lui-même tout haut, et était dans une grande colère contre une femme qu'il accusait d'avoir voulu le tuer; il l'appelait ingrate, perfide, et puis de bien d'autres vilains noms encore; ensuite il disait qu'il l'aimait; il la conjurait de venir, assurant qu'il mourrait content s'il la voyait encore une fois..... — Je veux partir sur-le-champ, s'écria Malvina. — Ah! mon Dieu, à cette heure-ci? reprit Peggy étonnée: je croyais que milady devait coucher ici.—Non, je veux aller tout de suite à Édimbourg.—Mais, milady, vous arriverez au milieu de la nuit; toutes les auberges seront fermées. — N'importe, je serai plus près de lui. — Milady connaît donc ce jeune homme? — Que vous importe? occupez-vous seulement de me faire préparer une chaise tout de suite. — Mais, milady ne veut-elle pas du moins se reposer un instant? voici la chambre qu'on lui a préparée; c'est la même où ce jeune lord a couché.—Voyons, » reprit-elle en y entrant précipitamment, dans l'espoir d'y trouver quelques traces d'Edmond; et aussitôt elle revit cette même chambre où, un mois avant, ils avaient passé les plus heureux moments de leur vie.

L'impression que ce souvenir lui causa fut telle, qu'elle se sentit défaillir, et posant sa tête sur le lit, elle fit signe de de la main, à Peggy, de lui apporter un verre d'eau; elle le prit après y avoir jeté quelques gouttes d'éther, et se trouvant mieux, elle persista à se rendre la nuit à Édimbourg, et réitéra à Peggy l'ordre de lui faire préparer une chaise.

A peine Peggy l'eut-elle laissée seule, qu'elle chercha soigneusement dans tous les coins s'il n'était pas échappé quelque papier, quelque vestige d'Edmond; elle regarda sur la boiserie, sur les vitres, s'il n'aurait pas tracé quelques mots qui peignissent sa douleur ou son ressentiment : si elle en eût trouvé, ils lui eussent déchiré le cœur; n'en trouvant pas, elle se persuada qu'Edmond était trop mal pour avoir essayé d'écrire, et son inquiétude augmentant de minute en minute, sa tête s'exalta, la chambre où elle était se remplit de fantômes; et, si sa raison la défendait encore contre le trouble de son imagination, son cœur lui persuadait que ce trouble même était un pressentiment de malheur. La tendresse, comme on sait, est superstitieuse, et tous les malheurs qu'elle entrevoit comme possibles lui paraissent des malheurs certains. La terreur de Malvina semblait s'accroître avec la noire obscurité qui enveloppait la nature; elle croyait entendre partout le cri de la mort, les frémissements lointains du vent, le cri sinistre d'un oiseau, le sourd retentissement d'une cloche, jusqu'aux échos, restes vains d'une voix qui n'est plus; tout devenait pour elle des spectres effrayants qui lui parlaient du tombeau. Incapable de soutenir plus long-temps l'horreur de sa situation, elle sortit précipitamment de sa chambre, baignée d'une froide sueur, et descendit pour s'informer elle-même si sa voiture serait bientôt prête; mais tous ses efforts furent inutiles; le maître de l'auberge buvait, sa femme grondait, les domestiques couraient, en disputant, d'un côté et d'autre; de sorte qu'au milieu de ce tumulte, Malvina, pouvant à peine faire entendre sa faible voix, fut obligée d'attendre au jour pour partir, et ne put arriver à Édimbourg que le lendemain vers onze heures du matin.

## CHAPITRE XXXIII.

### MALADIE.

Malvina descendit chez mistriss Moody, dont la maison n'était pas très-éloignée de celle de mistriss Birton. Cette bonne femme, qui n'avait point oublié le service essentiel que lui avait rendu Malvina, fit une exclamation de surprise et de joie en apercevant sa bienfaitrice; mais celle-ci, réprimant aussitôt l'expansion de son plaisir, mit le doigt sur la bouche pour lui recommander le silence, et montant avec elle dans un appartement vide, elle exigea expressément le plus profond secret sur son arrivée à Édimbourg. « Ah! mon Dieu, madame, lui dit mistriss Moody, mon devoir est assurément de vous obéir, et je vous promets de n'ouvrir la bouche à personne sur votre retour; mais ne pourrai-je savoir, du moins..... — La cause qui m'amène chez vous, n'est-ce pas, mistriss Moody? Eh bien! vous la saurez; j'aurai même besoin de vos services; je puis y compter, j'espère? — Ah! madame, reprit l'honnête hôtesse, que je m'estimerais heureuse de pouvoir vous être utile! — Asseyez-vous près de moi, ma chère Moody, lui dit affectueusement Malvina: sans doute vous avez eu connaissance de ma rupture avec ma cousine? — Oui, madame, j'ai tout appris par les domestiques, par Anna surtout, qui était parente de mon pauvre mari; et comme votre facile bonté vous concilie autant l'affection des subalternes que l'orgueil de mistriss Birton la repousse, tous les rapports ont été faits à votre avantage; et Anna, en me faisant le récit de ce qui s'est passé, pleurait de regret de votre absence. — Je suis sensible à ces témoignages d'intérêt, ma chère Moody; mais puisque vous avez été si bien informée, on ne vous aura pas laissé ignorer que sir Edmond Seymour m'est cher. » Mistriss Moody fit un signe approbatif, et Malvina continua. « Je ne chercherai point à le cacher, Moody, il n'est que trop vrai que sir Edmond m'est extrêmement cher : libres tous deux de nos volontés, nous étions au moment de nous unir, lorsqu'un événement affreux nous a séparés sans doute pour jamais ; depuis il a été blessé..... peut-être est-il fort mal..... — Eh bien! madame, demanda mistriss Moody, voyant que les sanglots empêchaient Malvina de pouvoir continuer, que faut-il faire? Disposez de moi, je suis prête à tout. — Il faudrait, ma chère amie, que vous vous informassiez s'il n'est pas chez mistriss Birton. — Il y est arrivé hier matin, madame. Je sais que mistriss Birton a été si surprise de le voir revenir en cet état, qu'après vous avoir accablée d'injures, elle s'est trouvée mal très-long-temps, et a occupé d'elle, toute la matinée, le médecin qu'on avait appelé pour son neveu. — Mais avez-vous su ce qu'il a dit de l'état de sir Edmond? sa blessure est-elle dangereuse? — Non, madame, elle ne le serait point, s'il ne s'y était joint une fièvre ardente qu'on attribue à l'excessive agitation de son esprit. — Ah! Dieu! Dieu! s'écria Malvina; c'est donc moi qui le conduis au tombeau! Ma chère Moody, au nom du ciel! allez chercher de ses nouvelles; ayez-en tous les jours, ayez-en à toutes les minutes; que je sache ce qu'il éprouve, ce qu'il veut, ce qu'il désire; surtout informez-vous s'il me demande; pour le satisfaire, je suis prête à braver..... que dis-je? à supplier mistriss Birton; j'oserai rentrer chez elle, je l'implorerai. Oh! laissez, laissez-moi le voir une dernière fois! lui dirai-je..... — Ma chère dame, ne vous affligez pas ainsi, répliqua mistriss Moody; je vais aller tout de suite chez votre cousine; j'interrogerai Anna, et dans moins d'une heure vous saurez tout ce qui s'est fait et dit dans la maison depuis hier. — Ah! reprit vivement Malvina, ne vous informez que de lui : que me fait le reste du monde! » Mistriss Moody lui répondit, d'un air de confiance, qu'elle pouvait se reposer sur son zèle et sa pénétration, du soin de bien conduire cette affaire, et sortit pour s'en occuper, aussi fière de son emploi qu'un ambassadeur chargé de la plus importante négociation.

On se figure assez l'état de Malvina en l'attendant. D'abord, elle pensait qu'un prompt retour serait un mauvais présage; mais quand mistriss Moody eut tardé un peu long-temps, elle trouva que ce retard était la chose du monde la plus alarmante. Elle allait, venait, regardait par la croisée, respirait à peine, et comptait tant de sensations dans une minute, qu'il lui semblait que le temps faisait une pause, et qu'immobile, il avait replié ses ailes.

Enfin, mistriss Moody rentra. Elle monta lentement l'escalier, au haut duquel Malvina l'attendait dans une anxiété inexprimable. « Eh bien! mistriss Moody, comment est-il? lui demanda-t-elle précipitamment. — Je vais vous le dire, madame, lui répondit celle-ci; mais n'allons-nous pas entrer chez vous? ici on pourrait nous entendre. — Oh! mistriss Moody, un mot, un mot tout de suite : comment est-il? — Bon Dieu! madame, vous êtes toute tremblante : faut-il donc vous rendre malade aussi? — Eh! Moody, reprit-elle impatiemment, il ne s'agit pas de moi, mais de lui, de lui seul au monde : dites, répondez, je vous en conjure, comment est-il? — Madame, Anna dit comme ça que le médecin, ce matin, après lui avoir tâté le pouls pendant long-temps, examiné ses yeux, visité sa blessure, a secoué la tête, et n'a rien dit du tout. — Il n'a rien dit! il a secoué la tête, Moody! Mais quoi! ne lui a-t-on fait aucune question? — Quant à cela, madame, je ne le sais pas; Anna n'a pas suivi le docteur dans le salon. — Mais que savez-vous donc? — Je vais vous le dire, madame : d'abord Anna ne quitte presque point la chambre de sir Edmond Seymour, car, quoiqu'il ait une garde, c'est Anna qui va et vient auprès de lui, et lui apporte tout ce dont il a besoin:

elle est bien triste, je vous assure, de le voir si malade : c'est un si bon jeune homme! me disait-elle; il n'y a que madame de Sorcy qui soit encore meilleure que lui! Aussi comme cette pauvre Anna était contente d'imaginer que vous deviez vous marier tous deux! elle voulait aller vous trouver pour vous conjurer de la prendre à votre service; et si vous y eussiez consenti, elle n'aurait pas changé son sort contre celui de la femme d'un alderman..... — Mon Dieu! mistriss Moody, interrompit Malvina, si vous êtes sensible à ma peine, laissez Anna et ses projets, et ne me parlez que de sir Edmond. — Pardon, madame, je reviens à lui, repartit l'hôtesse. Eh bien! ce matin il a eu un accès de fièvre si fort, qu'il déraisonnait, du moins Anna l'assure; car elle ne croit pas possible que vous ayez jamais prié M. Prior de tuer sir Edmond, comme celui-ci vous en accuse, d'autant plus que, dans d'autres moments, il appelle Malvina, sa chère Malvina! il la conjure de ne pas rejeter sa prière; il dit que l'autel est prêt, et puis tout-à-coup il déchire l'appareil de sa blessure, en s'écriant que sa mort seule peut vous satisfaire. Cependant, hier au soir, il a eu un moment de calme, dont mistriss Birton a profité pour venir le voir, et Anna a écouté toute leur conversation, cachée derrière le paravent, d'où on ne pouvait pas l'apercevoir. Mistriss Birton s'est assise auprès du lit de son neveu, et après s'être légèrement informée de son état : J'espère, lui a-t-elle dit, qu'à présent nous serons d'accord, et que, convaincu enfin de l'esprit d'intrigue et de coquetterie de madame de Sorcy, vous l'oublierez entièrement, pour ne songer qu'aux engagements que j'ai pris pour vous avec lord Stafford : c'est à cette seule condition que je puis vous pardonner. — Ne me pardonnez donc point, a repris sir Edmond d'une voix altérée, car jamais je ne donnerai ma main à aucune autre femme. — Quoi! a répliqué mistriss Birton avec plus d'impatience qu'elle n'en voulait montrer, vous renoncez à toutes les femmes, parce que vous en avez rencontré une dont les indignes artifices..... — Madame, a-t-il interrompu, madame de Sorcy m'a trompé, je le sais : sans doute je dois la détester; et c'est pour me venger d'elle que, dans le premier mouvement de ma colère, j'ai demandé à être transporté chez vous; j'espérais que cette nouvelle l'affligerait, je n'ai pensé qu'à cela; que n'eussé-je pas fait alors pour la désespérer! si mon sang eût pu lui coûter une larme, j'aurais versé tout mon sang. Mais, ajouta-t-il après s'être reposé un instant, quels que soient ma haine et ses torts, je ne permettrai jamais qu'aucune bouche s'ouvre pour la blâmer, seul j'en ai le droit; elle n'a été coupable qu'envers moi, tout le reste du monde doit la révérer, et tant qu'un souffle de vie m'animera, nul ne portera atteinte aux respects qu'elle mérite..... — O cher Edmond! interrompit Malvina en fondant en larmes, c'est quand tu me crois coupable de la plus noire trahison que tu me défends avec tant de chaleur! et tu es prêt à exposer ta vie pour moi, quand tu penses que j'ai voulu ta mort! Comment pourrai-je jamais payer la générosité de ton noble cœur, et faire rougir les impies qui osent douter de tes vertus? Mais continuez, Moody; qu'a répondu mistriss Birton? — Mistriss Birton paraissait très en colère, madame; mais elle a cherché à se calmer, et s'est contentée de dire à son neveu qu'elle espérait que la raison lui reviendrait avec la santé, et qu'elle attendrait ce moment-là pour prendre un parti décisif. Ensuite elle a pris congé de lui, en l'engageant assez froidement à écarter toutes les idées qui pourraient, en l'affectant trop vivement, retarder sa guérison. Anna, l'ayant vue faire un geste menaçant en sortant, l'a suivie sur la pointe du pied, et a aperçu mistriss Fenwich qui accourait joindre mistriss Birton sur l'escalier. Eh bien! lui a-t-elle demandé, que dit-il? — Plus fou que jamais, Kitty. — Quoi! il faudra donc renoncer à le détacher d'elle? — Peut-être bien; mais je suis sûre de les séparer, et alors que m'importe qu'ils s'aiment encore? — Mais comment le ramènerez-vous à lady Sumerhill, si madame de Sorcy lui est toujours chère?— Ne vous inquiétez pas, Kitty, j'ai des moyens....—Alors, comme elles s'éloignaient toujours en parlant, Anna n'a pu entendre la suite de la conversation. Moi je lui ai demandé pourquoi mistriss Fenwich paraissait si animée contre vous. — Ma chère Moody, m'a-t-elle répondu, ils cherchent tous ici à se tromper les uns les autres, et celle qui se croit le plus d'esprit est celle à qui on en fait le plus accroire. Mistriss Fenwich avait espéré autrefois que sir Edmond l'épouserait, et peut-être l'aurait-il fait s'il n'eût pas trouvé madame de Sorcy à son goût, et assurément tout le monde aurait pensé comme lui; mais elle est toujours si fâchée de la perte de son amant, que c'est pour cela qu'elle anime la colère de mistriss Birton, et lui vante sans cesse lady Sumerhill, qu'elle déteste dans le fond..... — C'est assez, Moody, je n'en veux pas savoir davantage, et quant à ce que vous dites de mistriss Fenwich, je ne puis croire qu'elle mette un intérêt de vengeance dans tout ceci, du moment qu'elle est mariée..... — Eh! madame, qu'est-ce que cela fait donc? Je vous certifie qu'Anna est bien sûre de ce qu'elle dit, car elle le tient de Jenny, à qui mistriss Fenwich ne cache rien de ce qu'elle pense. — Au reste, que m'importe, reprit Malvina; je n'ai nulle curiosité sur ce point, et à l'exception de la santé de sir Edmond, je ne demande aucun autre détail sur ce qui se passe dans cette maison. Laissez-moi à présent, Moody; j'ai besoin d'être seule; je ne sortirai pas d'ici; ne parlez de moi à personne; mais n'oubliez pas, au moindre mot que vous entendrez dire sur l'état de sir Edmond, de venir m'en instruire sur-le-champ. »

Le reste de la journée se passa non dans la paix, mais dans l'ignorance de toute nouvelle. La nuit fut agitée par des rêves affreux; car, s'il n'est pas de plaisir que le sommeil ne suspende, il est des peines qu'il n'apaise point; elles sont une partie de nous-mêmes, et déchirent, et dévorent jusqu'à notre dernier souffle: si on dort, la pensée ne sait plus dire d'où vient le mal; mais le cœur, tant qu'il bat, le sent toujours, il ne peut cesser de souffrir, il peut seulement cesser de vivre.

## CHAPITRE XXXIV.

### NOUVELLES ALARMES.

Malvina, fatiguée d'un si pénible repos, venait à peine de se lever, lorsque mistriss Moody entra chez elle pour lui apporter son thé. « Eh bien! madame, lui dit-elle d'un air satisfait, j'étais bien sûre hier de ne pas vous en imposer..... — Comment! serait-il mieux, Moody? serait-il hors de danger? Edmond, mon Edmond serait-il sauvé? s'écria vivement Malvina. — Pour ce qui est de cela, madame, je n'ai rien d'heureux à vous dire; au contraire, il paraît que la fièvre prend un caractère plus alarmant; le docteur pense qu'elle pourrait devenir maligne, ce qui fâche beaucoup mistriss Birton, attendu qu'elle craint que cela ne répande un mauvais air dans sa maison. — Une fièvre maligne! répéta Malvina avec terreur; et qui est auprès de lui? qui le soigne? qui donc recueille toutes ses souffrances?— Oh! madame, il a une très-bonne garde; je la connais beaucoup. —Vous la connaissez, Moody! reprit Malvina en rêvant; ne pourrais-je pas la voir, lui parler? — Quant à cela, madame, je ne le crois pas; sir Edmond est trop mal pour qu'on puisse le quitter un moment, et je pense même qu'on va prendre une autre garde pour soulager celle qu'il a. — Moody, interrompit précipitamment Malvina, assurez-vous qu'on la demande, je me chargerai de la procurer. — Vous, madame! répliqua l'autre surprise. — Oui; informez-vous seulement si mistriss Birton vient souvent auprès de son neveu. — Elle, madame! oh! mon Dieu, non; depuis qu'on a parlé de malignité, elle a bien déclaré qu'elle se garderait d'en approcher. — Tant mieux. Et vous dites qu'Anna est la seule personne de la maison qui entre dans cet appartement? — Oui, madame, et c'est tout au plus si on le lui permettra à présent, mistriss Birton est si alarmée de la contagion! — C'est bon. Eh bien, Moody, retournez-y sur-le-champ; dites à la garde que vous connaissez une personne pleine de zèle, qui se chargera de veiller toutes les nuits, et se fera un plaisir de lui épargner ce que le service a de plus pénible, et la communication de plus dangereux. — Oui, madame, reprit mistriss Moody en hésitant; mais je ne connais pas cette personne. — Ne vous inquiétez pas, elle sera prête aussitôt qu'on la demandera : ainsi, Moody, pour votre intérêt comme pour mon repos, ne manquez pas d'exécuter ponctuellement mes ordres. » Mistriss Moody le promit : alors Malvina se leva et fit plusieurs tours dans sa chambre : elle ne pleurait pas, sa respiration était gênée, et sa démarche brusque et désordonnée. Mistriss Moody, qui croyait que les larmes étaient le dernier terme de la douleur, et qui ne la reconnaissait plus quand elle ressemblait au désespoir, n'aperçut dans l'état de Malvina qu'une légère agitation dont il fallait essayer de la distraire. Pour y réussir, elle revint à la première idée qu'elle avait eue en entrant, et souriant à Malvina : « Une autre fois madame me croira, j'espère; car ce matin, ayant manifesté quelques doutes à Anna sur ce qu'elle m'avait rapporté de mistriss Fenwich, pour me convaincre elle m'a emmenée dans la chambre de Jenny, qui touche à celle de sa maîtresse, et, à travers la cloison, j'ai entendu tout ce qui s'y disait. Mistriss Fenwich était encore au lit; elle a demandé à Jenny des nouvelles de sir Edmond. « Il va fort mal, a répondu celle-ci; le docteur en désespère. » A ce mot, Malvina tressaillit, et, s'approchant de la chaise de mistriss Moody, elle s'appuya dessus avec l'air d'écouter attentivement. Mistriss Moody, flattée de l'attention que Malvina semblait lui prêter, continua en ces termes : « Eh bien! Jenny, a dit mistriss Fenwich, vous ne croiriez pas que, malgré les torts d'Edmond envers moi, ce que vous m'annoncez là me fait beaucoup de peine : il a été ma première inclination, et je suis sûre de n'aimer jamais personne autant que lui — Cependant, madame, a repris sa suivante, vous paraissiez si contente l'autre jour quand M. Fenwich vous assurait qu'il était presque sûr de le faire déshériter par mistriss Birton? — Assurément, Jenny, je désire fort posséder moi-même toute la fortune qui lui était destinée; mais cela ne m'empêche pas de regretter sa conquête, ni d'employer tous les moyens de le ramener à moi. — Pourquoi madame est-elle donc toujours la première à vanter à mistriss Birton les avantages d'une alliance avec lady Sumerhill? — Sotte que tu es! ne vois-tu pas que c'est pour la tromper que j'agis ainsi! En paraissant admirer son idole, j'écarte les soupçons qui pourraient lui rester sur le goût que j'ai eu pour Edmond; j'augmente son aversion pour madame de Sorcy, et je ne crains point de me donner une rivale; car, avec son air prude, ses minauderies affectées et sa monotone beauté, lady Sumerhill ne l'emportera jamais sur moi. — Il est certain que madame embellit tous les jours, a repris Jenny d'un ton doucereux, et si sir Edmond était en état de vous considérer, il penserait assurément que, si les charmes de miss Melmor ont pu le séduire, ceux de mistriss Fenwich doivent le fixer. — Écoute donc, Jenny, je n'en désespère pas encore, et s'il peut revenir de cette maladie..... Oh! quel plaisir de pouvoir l'enlever à cette odieuse madame de Sorcy! — Vous la détestez donc bien? lui a demandé Jenny; eh bien! je m'étonne que quelqu'un puisse lui en vouloir. — Comment, Jenny, si je lui en veux! Edmond ne l'aime-t-il pas? N'est-elle pas cause qu'il m'a délaissée? Oui, oui, je la hais, car tous les hommes l'admirent, et tout le monde en dit du bien. — Mais, madame, a répliqué Jenny, c'est qu'elle est si bonne ! si charitable ! on croirait qu'elle n'est jamais occupée que des autres, tant elle est prompte à saisir ce qui peut plaire à chacun. Je ne sais comment il se fait que, sans sortir de sa chambre, elle connaissait tous les malheureux ; enfin, en arrivant à Édimbourg, elle a d'abord trouvé le moyen de secourir cette pauvre mistriss Moody.....—Jenny, a interrompu séchement mistriss Fenwich, finissez votre panégyrique, et que ce soit le dernier, si vous voulez rester auprès de moi. — Jenny, confuse de son étourderie, l'a réparée en comblant sa maîtresse d'éloges : celle-ci s'est adoucie..... — Croyez-vous qu'on soit décidé à la prendre ? interrompit Malvina, qui, tombée depuis long-temps dans une profonde rêverie, n'écoutait plus mistriss Moody. — Qui donc, madame ? demanda celle-ci. — La garde dont vous me parliez tout-à-l'heure. — Mon Dieu ! madame, excusez-moi, je n'y pensais plus. — Et à quoi donc pensiez-vous ? — Mais il me semblait que madame écoutait avec intérêt la conversation de mistriss Fenwich. — J'ai assez de mistriss Fenwich, dit Malvina en s'asseyant et appuyant sa tête sur ses mains, comme ne pouvant plus soutenir le poids de sa douleur ; je n'entends plus ce que vous me dites ; je ne sais plus où je suis ; tout s'efface à mes yeux. O Dieu ! Dieu ! me faudra-t-il manquer de forces au moment où elles me sont le plus nécessaires ? — Mais madame devrait prendre quelque chose qui la soutînt et la fortifiât, lui dit mistriss Moody avec inquiétude. — Oui, répliqua Malvina sans changer de position ; hâtez-vous de m'apporter quelque chose qui me soutienne et me fortifie. » Mistriss Moody courut aussitôt lui chercher un consommé : Malvina essaya d'en avaler quelques gouttes ; mais, le repoussant bientôt, elle se leva, fut à la croisée, l'ouvrit, et regardant du côté de mistriss Birton : « C'est donc là qu'il est ! s'écria-t-elle ; c'est là qu'il souffre ! c'est là où j'avais juré de ne jamais rentrer, et où j'espère pourtant être demain ! — Vous, madame ! s'écria mistriss Moody ; quel est donc votre projet ? — Pourquoi m'écoutez-vous quand je ne vous parle pas ? reprit Malvina : je ne veux point que vous sachiez encore ce qui m'occupe ; ne dites à personne que vous m'ayez entendue. Allez, laissez-moi seule, j'ai besoin de repos..... Apportez-moi de quoi écrire. — Mais madame est si faible ! cela ne la fatiguera-t-il pas ? — Moody, poursuivit Malvina sans l'écouter, apportez-moi aussi une de vos coiffures et une de vos robes, ce que vous aurez de plus commun. — A vous, madame ! répliqua l'autre, saisie d'étonnement. — Oui, je voudrais les essayer tout de suite. — Mais madame plaisante sans doute, » reprit mistriss Moody tout interdite. A ces mots, Malvina la regarda fixement avec un sourire amer, lui prit la main, la serra avec violence, et lui dit : « Moody, il est des situations où il est plus aisé de mourir que de plaisanter..... Allez, ne tardez plus à m'apporter ce que je vous demande. » Mistriss Moody, effrayée du ton de Malvina, obéit en silence, et, lorsqu'elle rentra avec les habits, les plumes et le papier, Malvina lui fit un signe de tête de poser ce qu'elle apportait et de se retirer.

Elle tenta vainement d'écrire dans le courant de la journée, il lui fut impossible de tracer une ligne. Vers le soir, elle se vêtit de la robe de mistriss Moody, s'enveloppa dans son épaisse coiffure, et se regardant devant une glace : « Assurément, se dit-elle, sous ce déguisement Edmond ne reconnaîtra pas sa Malvina : je pourrai le voir, le servir ; j'éviterai ses regards, je contiendrai ma douleur ; il ignorera quelle main le soigne ; car l'émotion pourrait épuiser ses forces, et il doit avoir plus besoin de repos que de plaisir..... Mais que dis-je ? malheureuse ! dans l'état où il est, puis-je craindre d'en être reconnue ? Ses yeux se fixeront sur Malvina et ne la distingueront pas. » Comme elle parlait, mistriss Moody frappa à sa porte. « Que voulez-vous ? lui demanda Malvina ; entrez. » En la voyant ainsi vêtue, la bonne hôtesse fit un cri de surprise : « Je venais..... je venais..... lui dit-elle en la considérant..... Mais, en vérité, j'ai peine à reconnaître madame. — Que voulez-vous ? lui demanda Malvina. — Je venais dire à madame que, tout-à-l'heure, étant devant ma porte, j'ai vu de loin Anna qui marchait très-vite : je l'ai appelée pour lui demander où elle allait..... Mais, mon Dieu, que madame est singulièrement déguisée ! — Vous lui avez demandé où elle allait ? poursuivit impatiemment Malvina. — Oui, madame, et elle m'a dit qu'on l'envoyait chercher une garde pour cette nuit, parce que le docteur venait de déclarer la fièvre de l'espèce la plus maligne ; c'est aujourd'hui le troisième jour, par conséquent un des plus dangereux, et il est essentiel qu'on puisse passer la nuit entière auprès du malade, pour lui donner à toute minute une potion ; et comme l'autre garde est très-fatiguée..... — Eh bien ! Moody, me voilà prête à la remplacer, s'écria Malvina en rappelant toutes ses forces pour contenir l'excès de son désespoir. — Ah ! madame, jamais je ne souffrirai que vous vous exposiez ainsi, lui dit mistriss Moody ; je ne peux pas vous cacher que la maladie de sir Edmond est mortelle, elle est même contagieuse ; tout le monde le fuit ; il n'y a pas jusqu'à sa garde qui craint le danger en restant plus long-temps auprès de lui, et on doute fort d'en trouver une autre. — Ne répliquez pas un mot, et ne perdons pas un instant, repartit impérieusement Malvina ; assurez Anna que, d'ici à une heure, vous vous chargez d'amener une garde, et préparez-vous à me présenter ce soir même, comme une femme dont vous répondez. » Mistriss Moody voulait balbutier encore quelques excuses ; mais Malvina ne lui en donna pas le temps, et, n'étant plus maîtresse de la douleur qui l'agitait, elle la poussa hors de la chambre en s'écriant : « Cours donc ! cours, malheureuse ! songe que le délai d'un instant peut te rendre responsable de sa mort et de la mienne. Que parles-tu de danger ? que fait la contagion à celle qui est au désespoir ? Va, cours, ouvre-moi le chemin ; que je recueille du moins son dernier soupir. » Mistriss Moody, éperdue du ton dont elle lui parlait, ne résista point à de pareils ordres, et ils furent si ponctuellement exécutés, que le soir l'horloge n'avait pas encore sonné neuf heures, qu'elles étaient déja toutes deux à la porte de mistriss Birton.

## CHAPITRE XXXV.

### TÊTE-A-TÊTE NOCTURNE.

Le domestique qui vint leur ouvrir les conduisit aussitôt dans l'appartement d'Edmond. En montant l'escalier Malvina s'appuya sur le bras de mistriss Moody, afin de pouvoir se soutenir ; mais, en entrant dans la chambre du malade, qu'une faible lampe éclairait à peine, en apercevant ce lit de douleur où languissait celui qu'elle aimait uniquement, elle devint si tremblante, que, sans le secours de mistriss Moody, elle fût tombée sur le parquet. La garde, qui s'aperçut de son trouble, s'approcha, et s'adressant à mistriss Moody : « Cette femme me paraît bien faible, lui dit-elle, je doute qu'elle puisse supporter la fatigue de la nuit : le jeune homme est très-mal ; peut-être n'ira-t-il pas jusqu'à demain..... Au reste, continua-t-elle en regardant Malvina, vous n'aurez autre chose à faire qu'à lui donner à boire exactement tous les quarts d'heure ; et, comme il est presque sans connaissance, et qu'il ne peut pas avaler seul, il faut lui donner la potion que voici dans une cuiller : tenez, venez avec moi, je vais vous montrer comment il faut s'y prendre. » Malvina s'approcha avec une morne tranquillité ; son sang s'était glacé, et il lui semblait déja que son ame s'éteignait avec celle d'Edmond. « Et, si les symptômes devenaient plus alarmants, continua la garde en mettant ses lunettes sur son nez pour lire l'étiquette des fioles qui étaient sur la cheminée, et, que vous vous trouvassiez embarrassée, vous n'aurez qu'à m'appeler un peu fort, car j'ai le sommeil dur, et voici trois nuits que je ne dors pas; je serai dans ce cabinet à côté. » Malvina, hors d'état de prononcer un mot, fit un signe de tête, et voulut prendre la cuiller pour la porter à Edmond; mais la garde, la retirant, lui dit : « Est-ce que vous êtes muette donc? Eh! Seigneur, comme vous tremblez! on dirait que vous n'avez jamais vu mourir personne. » Ce mot, cette chambre, ce lugubre appareil, rappelèrent à Malvina les derniers moments de son amie, et, en s'appuyant sur le dossier du lit d'Edmond : « Personne, dit-elle avec un sourd gémissement, n'a vu mourir autant que moi. — Ma foi, on ne le dirait guère à vous voir, reprit la garde : alors pourquoi donc êtes-vous si grave? Il faut se faire à ça dans notre état : si on s'affligeait de toutes les morts qu'on voit, on ne vivrait pas soi-même. Mais, tenez, continua-t-elle en s'approchant du lit, ouvrez le rideau, soulevez la tête du malade, tandis que je vais le faire boire.» Malvina obéit, et alors seulement elle aperçut Edmond, les yeux fermés, sans mouvement, pâle et défiguré; une respiration courte et oppressée était tout ce qui lui restait de vie. Elle le vit, et sentit son courage s'accroître avec le danger de son amant. Passant un bras sous la tête d'Edmond, elle la posa sur son sein, et, prenant de l'autre main la cuiller que tenait la garde, elle fit avaler au malade tout ce qu'elle contenait. « C'est bien, très-bien, lui dit mistriss Goodwin; vous n'êtes pas si novice que je l'ai cru d'abord; en vérité, je ne ferais pas mieux. Adieu donc, je vous laisse; voici assez long-temps que je suis sur pied, et je sens le sommeil qui me gagne. Vous trouverez du vinaigre dans cette bouteille; il faudra en brûler de temps en temps..... Eh quoi! mistriss Moody, vous êtes encore là? et vite, vite, sortez d'ici : ne savez-vous pas que cet air est empesté? » Alors les deux femmes sortirent, et Malvina resta seule dans la chambre d'Edmond.

Quel instant que celui-là! quelle situation que la sienne? Elle le revoit enfin cet objet tant aimé; mais comment le retrouve-t-elle? dans une chambre éclairée d'une lueur sépulcrale! inanimé, ne distinguant personne, ne reconnaissant plus Malvina, expirant enfin..... Elle s'approche de son lit, entr'ouvre le rideau, prend sa main et la trouve glacée; elle pose la sienne sur le front de son amant; il est baigné d'une froide sueur; ses lèvres décolorées sont sèches et entr'ouvertes, et son haleine exhale à peine un reste de chaleur. Elle croit l'entendre articuler quelques mots; elle ne respire plus, elle écoute. Elle ne s'est pas trompée. « *Malvina!* dit-il d'une voix mourante, *Malvina!* » A ce nom, l'infortunée ne peut contenir ses sanglots; pour qu'ils ne soient pas entendus, elle enveloppe sa tête sous les rideaux; elle tremble que le cri de sa douleur n'aille apprendre à Edmond qu'elle est là; et, pour pouvoir le mieux servir, elle se condamne à ne plus se plaindre. Ses yeux n'ont plus de larmes; son cœur a cessé de gémir; le regard fixé sur une montre, elle compte les minutes, et, à mesure que chacune passe, elle frémit sur celle qui va suivre. Bientôt elle n'a plus besoin d'aiguille pour calculer le temps, elle le marque par les battements de son cœur : à genoux devant le lit d'Edmond, la tête penchée sur cette main froide et pâle, elle la réchauffe entre les siennes, et, au milieu du silence du monde, implore le Dieu des miséricordes en faveur de celui qu'elle adore. Oh que sa foi était sincère! que ses prières étaient ardentes! Elle sentait, elle était sûre que quelqu'un là-haut l'écoutait : car la confiance que Dieu inspire s'augmente avec le besoin qu'on a de lui. Eh! qui n'a pas connu ces terribles moments où l'excès du malheur donne une voix si puissante à la religion, et où, la terre n'offrant plus de ressource contre le désespoir, on a besoin de tout attendre du ciel pour pouvoir supporter la vie!

Il était à peine jour, et sir Edmond

était exactement dans le même état où Malvina l'avait trouvé la veille, lorsqu'elle entendit quelqu'un frapper doucement à la porte ; elle fut ouvrir : c'était Anna qui venait avertir que le docteur Potwel était là ; il entra aussitôt en rajustant sa perruque, et dit : « Hé bien ! Goodwin, comment va votre malade ? — Mistriss Goodwin dort encore, monsieur, répondit Malvina ; je l'ai remplacée cette nuit. » Le docteur, la regardant alors plus attentivement, démêla fort bien, malgré son épaisse coiffure, qu'en effet elle ne ressemblait pas du tout à mistriss Goodwin, et lui prenant la main amicalement : « Voilà bien, dit-il, la main la plus blanche, la plus délicate et la plus propre à soigner les malades sans les blesser. — Ne vous approchez-vous pas de sir Edmond ? répondit-elle en se reculant. — Si, si, nous allons le voir; mais auparavant, ma belle enfant, dites-moi donc depuis quand vous exercez votre état? Dieu merci, le docteur Potwel est assez connu dans Édimbourg, aussi il n'est point de garde-malade qui ne lui demande sa pratique pour être placée ; et jamais vous ne vous êtes adressée à moi. — Hé, monsieur, reprit-elle, presque désespérée de voir Edmond entre des *mains* si indifférentes, quand sir Edmond se meurt, avez-vous le temps de penser à autre chose? Au nom de Dieu, ne vous occupez que de lui. » Alors elle lui raconta avec la plus exacte précision tout ce que sir Edmond avait éprouvé depuis la veille, et mit dans son récit tant de chaleur, de détail et d'intelligence, que le docteur Potwel la regarda avec surprise en s'écriant : « Ma foi, si tous les malades avaient des femmes comme vous pour les servir, je pense qu'il n'en mourrait aucun, et je ne désespère plus de sir Edmond depuis que vous êtes auprès de lui ; voyons donc comment il est. » Alors il lui prit le bras, et, appuyant ses doigts sur le pouls, il parut réfléchir avec attention. Malvina ne le perdait pas de vue ; elle cherchait à deviner sa pensée dans ses yeux, et retenait son haleine, de peur que le moindre bruit ne le troublât dans ses réflexions; enfin, après un long silence, il posa le bras d'Edmond, en disant : « Il y a du mieux dans ce pouls-là. — En vérité, monsieur? reprit Malvina en contraignant son émotion ; et pensez-vous ?.... croyez-vous que le danger ?.... continua-t-elle en hésitant, comme n'osant exprimer son espoir, de peur de le voir détruit. » Le docteur Potwel, qui était loin d'imaginer qu'il fût nécessaire de mettre des ménagements dans ce qu'il avait à apprendre, dit assez indifféremment : « Ah ! je n'en réponds point, je n'en réponds point encore : il faut voir ; je ne puis rien décider avant le neuvième jour, c'est le plus dangereux ; mais, s'il se passe sans accident, je crois bien qu'alors..... Mais, ma belle enfant, vous paraissez bien jeune et bien délicate pour passer ainsi les nuits, surtout dans une maladie presque mortelle comme celle-ci : c'est conscience que de vous exposer, et je me charge de vous procurer une autre place. — A moi, monsieur, interrompit Malvina : non, non, je suis ici à la mienne, et je n'en changerai point ; mais n'ordonnez-vous rien? ne prescrivez-vous aucun remède? — L'accès est sur son déclin, répliqua le docteur en examinant encore le pouls de sir Edmond, la connaissance va revenir; je vais écrire la note de ce qu'il faut faire, afin qu'elle soit plus exactement suivie. » Pendant qu'il écrivait, Malvina, palpitante, incertaine, hésitait sur le parti qu'elle devait prendre : sir Edmond allait reprendre ses sens, n'était-il pas à craindre qu'il ne la reconnût, et que cette émotion ne lui fît grand mal ? « Tenez, ma belle enfant, lui dit le docteur en se levant, lisez ce papier avec attention, et exécutez ponctuellement ce qu'il prescrit ; je reviendrai ce soir ; mais, si vous m'en croyez, n'exposez pas auprès des mourants une jolie petite mine dont les vivants sauraient faire un si bon usage. » Et, fort content de son compliment, le docteur sortit de la chambre en se frottant les mains. Dès que Malvina fut seule, elle s'assit auprès du lit pour épier le premier mouvement d'Edmond; elle ferma soigneusement tous les rideaux pour augmenter l'obscurité de la chambre, et attendit en silence l'instant où la voix chérie de son amant frapperait encore son oreille. Au bout d'une heure, il ouvrit les yeux, et portant la main à son front : « Ah! mon Dieu, dit-il d'une voix oppressée, combien j'ai souffert! ma poitrine est en feu; Goodwin, donnez-moi de quoi apaiser l'ardeur dévorante qui me consume. » Malvina lui présenta sur-le-champ une potion rafraîchissante; mais il était si faible, que, pour la lui faire prendre, elle fut obligée de le soulever dans ses bras, et de s'asseoir sur le bord du lit, afin d'appuyer cette tête adorée contre son cœur. « Restez ainsi, lui dit-il, je suis mieux; ce changement de position me soulage. » Malvina, heureuse de lui obéir, ne remua plus, ne proféra pas un mot, et renfonça des larmes qui auraient pu la trahir. Et cependant elle tenait embrassé celui qu'elle aimait : il la croyait coupable, et elle n'osait se faire connaître; peut-être allait-il expirer dans ses bras sans qu'elle eût pu lui dire : « Juge-moi, Edmond, je suis ici. » Hélas! pensait-elle en le pressant doucement, que tu es loin d'imaginer que cette Malvina dont tu crois n'être pas aimé, cachée sous tes rideaux, te portant sur son sein, partageant ton agonie, jure à cet instant de ne pas te survivre, et ne demande au ciel de lui conserver des forces que jusqu'à l'instant affreux où tu n'en auras plus besoin! Ces funestes pensées brisaient son ame, et ce n'était qu'avec effort qu'elle étouffait ses sanglots; mais, jusque dans sa contrainte, il y avait quelque chose de Malvina, et Edmond, jusque dans sa faiblesse, se sentait ému par une sensation extraordinaire qu'il ne savait pas expliquer.

Il était grand jour lorsque mistriss Goodwin entra; aussitôt qu'elle parut, Malvina lui remit son cher fardeau; car, s'étant aperçue que le son de sa voix, quoique bas et étouffé, avait fait impression sur Edmond, elle craignit qu'il ne lui suffît d'un regard pour la reconnaître, malgré l'habit qui la déguisait; et, redoutant pour lui une émotion aussi vive, et pour elle le danger de voir son secret répandu dans la maison, elle se retira au pied du lit, de manière à tout entendre sans être vue. « N'allez-vous pas dormir? lui dit mistriss Goodwin. — Non, j'ai perdu le sommeil depuis long-temps, répondit-elle fort bas; d'ailleurs, je me reposerai aussi bien sur ce fauteuil. »

Après un assez long intervalle, mistriss Goodwin, fatiguée de soutenir la tête d'Edmond, la posa sur l'oreiller; ce mouvement le ranimant un peu, il demanda d'une voix faible : « Êtes-vous là, Goodwin? — Oui, monsieur, répondit-elle en se rapprochant : désirez-vous quelque chose? — Est-ce vous qui avez toujours été près de moi? — Non, monsieur. — Qui donc m'a donné à boire? — La femme qui vous a veillé cette nuit. — Aussi n'ai-je pas reconnu votre voix; elle a une voix, cette femme!.... je croyais qu'il n'y en avait qu'une comme cela. Où est-elle à présent, Goodwin? — Je crois qu'elle dort, monsieur, répondit celle-ci en s'apercevant que Malvina avait fermé les yeux comme ensevelie dans un profond sommeil. — C'est bon, répondit Edmond, laissez-la, il ne faut pas l'interrompre. » Et il ne dit plus rien.

## CHAPITRE XXXVI.

### LE NEUVIÈME JOUR.

Plusieurs jours se passèrent ainsi : Malvina, veillant toutes les nuits, et se cachant aussitôt que la lumière paraissait, ne fut reconnue de personne; et sir Edmond eut bientôt oublié l'impression que sa voix lui avait causée.

Enfin le neuvième jour, ce terrible neuvième jour, si annoncé et si redouté, parut : il était midi; Malvina, la tête cachée dans ses mains, paraissait dormir, et cependant, attentive à tous les mouvements d'Edmond, elle s'apercevait, en frémissant, que sa respiration devenait de plus en plus fréquente et gênée. Ce n'est pas de l'inquiétude, des craintes, des alarmes, qu'elle éprouvait, mais cette douleur poignante qui glace le sang, brise le cœur, et est moins effrayante encore dans sa frénésie que dans son immobilité, parce qu'alors elle a atteint le terme où tout espoir s'éteint.

Cependant la fièvre venait de reprendre assez violemment, et donnait à Edmond une force passagère, lorsque le docteur entra. Le malade le reconnut, et, lui faisant signe d'approcher, il lui dit : « Docteur, je me sens bien mal ; si vous croyez que ma mort approche, je vous en conjure, ne me le cachez pas. — Allons, allons, il ne faut pas vous inquiéter ainsi, répondit le docteur ; vous êtes jeune, d'une forte constitution, nous vous sauverons. — Je vous en prie, docteur, ne me trompez pas ; il est important, plus que vous ne le pensez peut-être, que je sois instruit de mon état. — Mais, repartit le docteur, si vous avez quelques dispositions à faire, je ne vois pas qu'il y ait aucun inconvénient, quoique pourtant cela puisse se remettre. — Je vous entends, docteur, et je vous remercie : croyez que je n'ai pas une ame si faible, que je ne sache pas me soumettre à mon sort : sans doute de grandes fautes pèsent sur ma conscience ; mais Malvina priera pour moi, j'en suis sûr, et, à cause d'elle, Dieu me pardonnera. » Alors il s'arrêta en levant ses faibles mains vers le ciel, et, après un moment de silence, il dit : « O Malvina ! puisqu'il me faut mourir loin de toi, et que ta présence ne peut pas adoucir ma pénible agonie, du moins mes dernières pensées te seront consacrées ! et, si ma main est trop faible pour t'adresser l'éternel adieu, une main secourable me prêtera sa force. Goodwin, vous allez écrire pour moi, préparez tout ce qu'il faut. — Je ne sais point écrire, répondit celle-ci en se retournant avec embarras, et feignant d'aller chercher ce qu'il demandait. — N'importe, lui dit très-bas Malvina, faites semblant, j'écrirai pour vous. Mais, continua-t-elle en s'adressant du même ton au docteur, ne craignez-vous point que cela ne le fatigue ? — Ma foi, répondit-il, dans l'état où il est, on peut tout lui permettre ; d'ailleurs, cette Malvina paraît l'occuper tellement, que je ne serais pas étonné qu'il éprouvât un grand soulagement en déchargeant son cœur..... Au fond, il est trop bon de penser encore à elle, car il faut que ce soit une bien méchante femme pour s'être fait un jeu de réduire ce pauvre jeune homme dans l'état où il est. — Ah ! docteur, repartit-elle avec un cri qu'elle n'eut pas la force de retenir, si on pouvait lire dans son cœur !..... — Qui donc a crié ainsi ? demanda Edmond avec un peu d'émotion. — Ce n'est rien, répondit le docteur ; c'est que je disais à votre garde que vous feriez mieux d'oublier une créature qui vous a fait autant de mal que cette Malvina. — O docteur ! gardez-vous d'outrager cette femme angélique, gardez-vous de croire à rien de ce qu'on vous dira contre elle ; c'est moi seul qui ai été injuste et barbare, c'est moi seul..... Mais n'épuisons pas mes forces à la défendre ; il m'en reste à peine pour lui écrire. Êtes-vous prête, Goodwin ? — Me voici, monsieur, » répondit-elle. Et Malvina se glissant doucement au chevet du lit, à moitié cachée par le rideau, écrivit ce qui suit sous la dictée de son amant :

EDMOND SEYMOUR A MALVINA DE SORCY.

« Je vais mourir, Malvina ; mais, « quoique mon amour pour vous en soit « cause, gardez-vous de vous accuser de « ma mort : c'est moi qui, par la vio- « lence de mon emportement, ai allumé « dans mon sein le mal qui me conduit « au tombeau. J'entends encore les cris « de votre douleur lorsque je vous quit- « tai ; ils vous justifient, Malvina ; ils « m'assurent que vous n'avez point « cessé de m'aimer, et que vos larmes

« couleront sur mon cercueil. Malvina, « je le confesse, je regrette la vie, puis« que j'aurais pu vivre pour vous; je re« grette un monde où je vous laisse; « mais surtout j'emporte le profond « repentir d'avoir douté de vous un « moment, et d'être venu, dans ma cri« minelle colère, mourir au milieu de « vos indignes ennemis. O Malvina! par« donnez cette coupable erreur ! hélas! « combien j'en suis puni! sans elle j'au« rais pu vous appeler auprès de moi, « serrer votre main encore une fois, « attacher sur vous mon dernier regard, « et vous dire que je vous aime, que ja« mais je n'aimerai que vous, que je « meurs en vous adorant. Dis-le, dis, « Malvina, tu serais venue, n'est-ce « pas? tu n'aurais pas résisté à la mou« rante prière de ton amant; tu serais « à présent auprès de moi, je te verrais, « je t'entendrais, je serais consolé..... » « Qui donc pleure ainsi? dit-il en s'interrompant : partout je suis frappé de son accent; partout je crois reconnaître sa démarche; cette main qui me touche, il me semble toujours que c'est la sienne; cette voix que j'entends murmurer est encore la sienne; ces gémissements étouffés semblent partir de son cœur. O Malvina! si c'est ton ame qui respire autour de moi et qui vient s'unir à la mienne pour s'envoler avec elle, pressetoi sur mon sein, et exhalons ensemble notre dernier souffle. » A cette tendre appellation Malvina éperdue se précipitait dans les bras d'Edmond, lorsque, le délire le saisissant tout-à-coup, il s'écria avec fureur : « Non, non, éloigne-toi, femme perfide! veux-tu verser mon sang une seconde fois? Pourquoi armer la main de mon rival de ce poignard sanglant? pourquoi lui ordonner de le plonger dans mon sein? pourquoi te servir de son odieux secours? Que ne me dis-tu de mourir? je t'aurais obéi..... — O mon Dieu! mon Dieu! s'écria Malvina en frappant sa tête contre le mur dans une inexprimable angoisse, quand donc mettrez-vous un terme à mes tourments? ils ne peuvent plus augmenter. — Il y a là-dessous quelque chose de fort extraordinaire, dit le docteur. — Bah! lui répondit mistriss Goodwin à demi-voix, je parierais que cette femme n'est autre chose qu'une de ces folles que sir Edmond a trompées. — Fi donc! mistriss Goodwin, reprit le docteur; elle a l'air, au contraire, d'une très-belle et très-sage personne; mais il est des femmes dont les nerfs sont irritables, et qui pleurent seulement de voir pleurer les autres. — Au reste, répliqua mistriss Goodwin, peu m'importe qui elle est; il me suffit que, depuis qu'elle est ici, j'ai dormi toutes les nuits, et que le jour encore elle m'épargne la moitié de mon ouvrage. »

Le délire de sir Edmond dura jusqu'au soir. Ce que souffrit Malvina dans cette journée est au-dessus de ce qu'on pourrait exprimer; et, pour avoir trouvé assez de force pour y résister, il fallait que l'idée de la terrible nuit qui s'avançait lui en eût donné de surnaturelles.

A minuit Edmond cessa de parler; et le docteur Potwel, ayant tâté son bras, dit à Malvina : « Voici la crise qui approche; s'il n'est pas mort dans six heures, je réponds de lui : veillez avec soin; je ne quitterai pas la maison; et, si la connaissance revient, accompagnée d'une légère sueur, si l'oppression diminue, faites-moi appeler, il est sauvé. »

« Voici donc l'heure qui va décider mon sort! » s'écria Malvina aussitôt qu'elle fut seule; et elle se promena autour de la chambre, les yeux fixés sur la terre, dans un morne silence; puis, s'arrêtant avec terreur, elle dit : « Encore quelques instants peut-être, et tout sera fini! Encore quelques instants.....» Elle ne put achever, l'affreuse idée de son amant couché dans la tombe l'arrête; il lui semble qu'elle le voit dans la fosse profonde, et le drap mortuaire étendu sur lui. Elle s'agite pour fuir ces horribles images; c'est en vain : la mort d'Edmond la poursuit, l'entoure, l'accable, arrache toute espérance de son cœur. Alors, ne pouvant plus espérer, elle veut mourir aussi..... « Mon Dieu!

s'écrie-t-elle, ce n'est plus sa vie que j'ose vous demander, c'est la mienne que je vous rends. Ah! pardonnez-moi de n'avoir point la force de vivre sans lui. » Elle se rapproche du lit, ouvre les rideaux : un effroi mortel la saisit; Edmond est expirant, il ne respire plus, ses mains froides sont immobiles; Malvina jette des cris de douleur. « Edmond, dit-elle, Edmond, attends-moi, je vais te suivre; attends ta pauvre Malvina : c'est elle qui te parle, qui t'implore; ne veux-tu pas l'entendre encore une fois, mon Dieu ! une seule fois encore?.....» Mais Dieu ne l'exauce point; Edmond va mourir sans la reconnaître. L'infortunée n'a point de force contre cette dernière douleur, elle pâlit et tombe inanimée sur le lit de son amant.

Cependant Edmond vivait encore; une nature forte et vigoureuse, après avoir lutté quelques instants contre la mort, venait de l'emporter sur elle : déja le feu de la vie se rallume dans son sein, et le sang recommence à circuler dans ses veines; épuisé de souffrance, il entr'ouvre les yeux, soulève sa tête, et, à la lueur de la lampe qui frappait sur son lit, il aperçoit une femme étendue près de lui; étonné, il regarde : la coiffure de Malvina s'était détachée, et ses cheveux épars flottaient sur son cou; il ne peut s'y méprendre, ce sont là les traits de Malvina : « Où suis-je? s'écrie-t-il, est-ce elle que je vois? » A cet accent, elle se ranime, et, regardant son amant dans une muette extase, elle étend les bras vers le ciel sans avoir la force de proférer un seul mot. « Malvina près de moi!..... est-ce un songe trompeur? puis-je le croire? est-ce bien toi, Malvina? — O mon Edmond, s'écria-t-elle, m'es-tu rendu? — Malvina, répond-il d'une voix languissante, j'ai cessé de souffrir, puisque je te vois; mais, dis, par quel prodige m'apparais-tu? est-ce donc que nous aurions quitté la terre, et sommes-nous déja réunis pour l'éternité.....? » En finissant ces mots, ses idées fugitives s'évanouirent, et ses yeux se refermèrent; mais le libre mouvement de sa poitrine et l'humide chaleur de ses mains rassurent Malvina; elle voit ses lèvres flétries reprendre une ombre de couleur, les nuages de la mort s'écartent, un doux sommeil succède à l'épuisement de la souffrance, et, ivre de reconnaissance, elle tombe à genoux, et offre au Dieu qui le sauve le torrent de ses larmes et de sa joie.

Cependant elle demande à tout ce qui l'entoure de respecter le sommeil d'Edmond : ce vaste et solennel silence, dont la sombre horreur l'épouvantait quelques heures auparavant, ne lui paraît plus assez profond; un bruit lointain l'inquiète, l'agitation de l'air lui fait peur, elle-même craint de respirer; elle voudrait que la vie du monde fût suspendue, et que la nature ne se réveillât qu'avec son amant.

## CHAPITRE XXXVII.

### DE LA JOIE APRÈS LA DOULEUR.

Mais déja l'aurore commence à blanchir l'horizon, et Edmond n'a point cessé de dormir; Malvina, les yeux attachés sur lui, à genoux devant son lit, est toujours dans la même position, lorsqu'elle entend de loin la pesante démarche du docteur Potwel : aussitôt elle se lève, et, effleurant à peine le plancher, ouvre la porte d'une main légère, et court au-devant de lui. « Docteur, s'écria-t-elle, il dort du sommeil le plus calme. — Il dort, répliqua-t-il; en êtes-vous sûre? — Ah! docteur, croyez-vous que je puisse m'y tromper? — Ma foi, ce ne serait pas la première fois qu'on s'y serait mépris : entrons cependant; s'il dort, je réponds de lui. » Malvina, légère comme un oiseau, le guide silencieusement auprès du lit; le docteur examine le malade avec son recueillement ordinaire, et puis regardant Malvina d'un air surpris : « Cet homme-là est hors de danger, » lui dit-il. A ces mots, moins maîtresse de sa joie qu'elle ne l'avait été de sa douleur, elle ne peut la contenir, et se précipite hors de la chambre, pour laisser éclater la violence de son agitation et les cris de son bonheur. Le docteur, étonné de cette fuite soudaine, appelle mistriss Goodwin pour qu'elle vienne auprès du malade, et se hâte de joindre Malvina, qu'il trouve dans la première antichambre, inondée de larmes et comme égarée par tout ce que la joie a de plus tumultueux : en le voyant, elle s'approche de lui, et pressant ses mains entre les siennes : « C'est donc vous qui l'avez sauvé, lui dit-elle, ange du ciel, homme bienfaisant, qui, après Dieu, avez toute ma reconnaissance! il est hors de danger, dites-vous? Oh ! répétez-les ces mots qui, de l'abîme du désespoir, viennent de m'élever dans les cieux. — Assurément, vous êtes une femme très-extraordinaire, répliqua le docteur en essuyant une larme qui venait de mouiller sa paupière. — Sans doute, docteur, je dois vous paraître telle; mais taisez-le à tout le monde, je vous en conjure, ne me décelez pas. Dites-moi cependant, poursuivit-elle avec une agitation qui lui permettait à peine de respirer, croyez-vous qu'en s'éveillant il reconnaisse tous ceux qui l'entourent? — N'en doutez pas : la fièvre a cédé, il n'aura plus de délire; l'instant de la convalescence approche, et je ne vois plus en lui d'autre mal que la faiblesse. — Mais avec cette faiblesse, docteur, une forte émotion ne serait-elle pas du plus grand danger? — Très-certainement; ses organes sont trop épuisés pour la soutenir, et je ne répondrais pas qu'il y résistât : mais pourquoi toutes ces questions? quel intérêt vous excite à les faire? — Quel intérêt, docteur ! interrompit-elle avec véhémence; est-il des expressions pour le peindre ! Mais, encore une fois, je vous en conjure, ne me décelez pas; je suis une bien faible créature de n'avoir pas su me contraindre; mais j'ai tant souffert ! Prenez pitié de moi, docteur; ce passage inattendu de la mort à la vie anéantit toutes mes facultés. — Je devine, répondit-il avec finesse, que vous n'êtes pas ce que vous paraissez être, et qu'un motif très-particulier vous a conduite ici; sir Edmond ne vous est rien moins qu'indifférent, et il y a quelque chose que vous ne dites pas. — Peut-être ne vous trompez-vous pas, docteur, lui dit-elle en souriant du contentement où il paraissait être de sa pénétration. Mais rentrons auprès de lui : cachée dans un coin de la chambre, j'attendrai son réveil, j'écouterai ses premiers accents; gardez-vous de lui dire que je suis là; surtout ne prononcez pas mon nom. — Ma foi, je serais bien en peine; est-ce que vous me l'avez dit? — Mon Dieu ! il me semble que j'entends du bruit, s'écria Malvina en prêtant l'oreille : n'est-ce pas Edmond qui s'éveille? Je ne me trompe pas, c'est lui; entrez seul, docteur, je craindrais qu'il ne me vît; j'écouterai à travers la porte. » Et, le cou tendu, la jambe en avant, retenant son haleine, elle ne perdit pas une des paroles d'Edmond. « Ah! mon Dieu, dit-il en voyant entrer le docteur, que m'est-il donc arrivé? un calme rafraîchissant a remplacé cette ardeur qui me dévorait; dans quel doux sommeil j'ai été plongé! quelles délicieuses illusions l'ont embelli ! j'ai vu, j'ai touché Malvina, j'entends encore sa voix. — Chut, chut, interrompit le docteur, je vous défends de vous occuper d'elle : cette tourmentante idée pourrait vous rendre au danger dont je vous ai sauvé. — Non, docteur, vous vous trompez, c'est elle seule qui m'a sauvé : cette nuit j'allais mourir souffrant dans tout mon être, la douleur dévorait tous les liens de ma vie, et ils allaient être brisés, lorsqu'une voix bien chère a retenti; il semblait qu'elle vînt me disputer à la mort et m'arracher au tombeau : Edmond! Edmond! disait-elle : à cet accent j'ai reconnu Malvina, j'ai ouvert les yeux; elle était là, elle me pressait sur son sein, et j'ai senti dans tout mon être ce doux frémissement que son approche m'a toujours causé; mais, à peine ai-je voulu faire un mouvement pour l'embrasser, qu'elle a disparu comme une ombre; tout a fui..... — Eh! monsieur, interrompit mistriss Goodwin, de pareils rêves ne sont bons qu'à vous donner la fièvre. — Elle a raison, ajouta le docteur, ce sont là les fantômes d'une imagination délirante; voilà votre pouls qui s'agite, et, si vous parlez encore, la fièvre reviendra. »

Sir Edmond n'avait pas besoin des ordres du docteur pour se taire, car il était si faible, que, quoique l'image de Malvina fût bien empreinte dans son cœur, elle échappait à sa pensée, et peu à peu le souvenir de la nuit s'effaça de sa mémoire, comme l'ombre fugitive disparaît aux premiers rayons du jour.

Malvina profita d'un moment où sir Edmond était assoupi pour rentrer furtivement dans sa chambre, et, cachée derrière les rideaux, elle employa toute son adresse à échapper à ses regards. Cependant Anna avait répandu dans la maison le bruit de la guérison de sir Edmond. Mistriss Fenwich, dont le cœur n'avait jamais été ému que par lui, en éprouva une véritable joie, et mistriss Birton, dont le cœur n'avait jamais été ému pour personne, se répandit en vives démonstrations de sensibilité.

Vers le soir l'obscurité commençait à couvrir tous les objets; sir Edmond dormait, et Malvina, courbée près de la fenêtre, s'occupait à préparer quelques potions, lorsque quelqu'un frappa à la porte. « Voyez ce que c'est, » lui dit mistriss Goodwin, qui était à moitié assoupie sur son fauteuil. Malvina se lève : « Qui est là? demanda-t-elle à voix basse. — Puis-je voir Edmond? reprit quelqu'un, qu'elle reconnut aussitôt pour mistriss Birton. — Non, non, répliqua Malvina, si déconcertée qu'à peine pouvait-elle rassembler une idée, il dort. — Sortez donc pour parler à madame! lui dit mistriss Goodwin. — Tout-à-l'heure, mistriss Goodwin, reprit-elle toute tremblante. — Comment, tout-à-l'heure! quand madame a la bonté de venir elle-même, vous vous aviseriez de la faire attendre! Mais allez donc! — En vérité, je ne saurais, reprit Malvina éperdue. — Oh! la sotte créature! repartit mistriss Goodwin en grondant, elle ne saurait!.... et qui donc vous en empêche? vous verrez qu'il faudra que je me dérange. » Et, comme elle vit que Malvina, bien loin d'ouvrir, se reculait dans le lieu le plus obscur de la chambre, elle se leva, secoua la tête, raccommoda son bonnet, et passa dans l'antichambre pour rendre compte à mistriss Birton de l'état de son neveu. Malvina la suivit doucement, et, excitée par une curiosité bien pardonnable, prêta l'oreille à leur conversation. « Je reviendrai demain, disait mistriss Birton : ayez soin de purifier l'air avec du vinaigre; et, je vous prie, une autre fois, ne me faites pas attendre si long-temps. — Madame m'excusera, répondit mistriss Goodwin, mais c'est la faute de cette autre garde, qui est si craintive qu'elle n'a jamais osé venir parler à madame. — Mais ne pouvait-elle pas ouvrir, du moins? — Sauf le respect que je dois à madame, je lui dirai que cette femme a comme des vertiges par moments, et alors..... — Et pourquoi a-t-on mis une pareille folle auprès de mon neveu? — C'est mistriss Moody qui l'avait recommandée, madame; et, dans le vrai, je dois convenir qu'elle entend fort bien son état; je n'y mets pas moi-même plus de zèle et d'activité; mais elle est si sérieuse, si larmoyante, qu'il n'y a jamais le mot pour rire avec elle. — Cela est bizarre, reprit mistriss Birton : Anna l'avait déja dit à mistriss Tap, et le docteur lui-même paraît tout surpris de son excessive sensibilité; ce n'est pas le défaut des femmes de votre état : je suis curieuse de la voir; n'est-elle pas là-dedans? — Oui, madame; mais sir Edmond dort, et nous n'avons pas de lumière. — Eh bien! je reviendrai demain, » répondit-elle en s'en allant. Ces mots alarmèrent vivement Malvina; un coup d'œil suffisait à mistriss Birton pour la reconnaître : ne fallait-il pas éviter cet éclat? Edmond était hors de danger, ses soins lui devenaient inutiles; son parti fut pris sur-le-champ.

Elle passa encore la nuit entière auprès de lui ; le sommeil fut calme ; au point du jour, surtout, il dormait si paisiblement, qu'elle se hasarda d'entr'ouvrir les rideaux, et, posant légèrement ses lèvres sur la main qui pendait hors du lit : « Adieu, lui dit-elle bien bas, voici le jour, il faut te quitter. Un Dieu bienfaisant t'a sauvé, tu n'as plus besoin de mes soins. Elle s'éloigne, ta Malvina, sans te laisser d'autre trace des instants qu'elle a passés près de toi, qu'une image confuse qui se perdra dans le vague des songes, et bientôt s'effacera tout-à-fait : adieu, mon Edmond ! J'ignore si nous nous reverrons sur cette terre misérable : avec ta santé je retrouve le souvenir des devoirs qui me sont imposés ; mais, quand l'âge des passions sera passé, que le temps aura blanchi nos têtes, ne me sera-t-il pas permis de presser ta main de ma main flétrie, et de te dire : Edmond, te souvient-il de cette nuit d'agonie, de cet instant terrible où ton tombeau entr'ouvert menaçait de nous dévorer tous deux ? ton oreille a-t-elle oublié cet accent qui repoussait le trépas, et te ranima dans ta mortelle léthargie ? A la lueur d'une lampe funèbre, tu pensas avoir vu Malvina ; mais, tes yeux fatigués se refermant aussitôt, tu crus qu'une ombre fantastique, enfant du délire et de la nuit, avait pris sa forme et sa voix..... Oh ! non, mon Edmond, ce n'était pas une ombre ; quelle autre que Malvina eût voulu mourir avec toi ? et ces cris du désespoir pouvaient-ils ne pas partir de son cœur ?.... Mais déjà le jour s'avance, il faut te fuir sans avoir vu un seul de tes regards tomber sur moi ; bientôt ils vont se porter sur tous les objets de cette chambre ; Malvina alors n'y sera plus : adieu, Edmond, mon bien-aimé Edmond ; mon cœur se déchire en te quittant, mais n'importe, ton repos me commande de m'arracher d'ici. » Alors, appuyant plus fortement sa bouche sur la main de son amant, elle se leva pour aller avertir mistriss Goodwin de venir prendre sa place ; mais son mouvement avait réveillé Edmond. « Qui est là ? » demanda-t-il faiblement. Interdite, elle s'arrête ; elle ne sait si elle doit parler ou se taire ; elle attend. « Hélas ! continua-t-il, serai-je donc toujours poursuivi par ce fantôme enchanteur ? Ombre de Malvina, je ne puis t'échapper ; je croyais entendre ta douce voix murmurer des paroles plaintives, je croyais toucher au bonheur ; mais tout a fui avec le sommeil. O songe bienheureux, je t'implore ! viens fermer mes paupières et me rendre Malvina ! » En finissant ces mots, sa voix s'éteignit et il se rendormit. Malvina demeura quelques minutes immobile, en proie au plus violent combat : combien son cœur répondait aux désirs de son amant ! qu'il lui eût été doux de pouvoir se précipiter dans ses bras ! ce n'était point la crainte de mistriss Birton qui l'arrêtait ; mais Edmond était si faible encore, son état exigeait du calme, et non du plaisir ; elle sentit qu'elle lui devait encore ce sacrifice ; étendant les deux bras vers lui, elle articula un dernier adieu, et, s'arrachant de la chambre, elle fut éveiller mistriss Goodwin, descendit doucement l'escalier, trouva la porte d'entrée ouverte, sortit sans que personne la vît, et se rendit à l'instant chez mistriss Moody.

## CHAPITRE XXXVIII.

### ACCUSATION DE MAGIE.

« Dieu soit loué ! s'écria cette bonne femme aussitôt qu'elle l'aperçut, vous voilà de retour. Ah ! madame, je n'ai pas eu un moment de tranquillité tout le temps que vous avez été dans la maison de mistriss Birton..... Mais, Seigneur, comme vous êtes changée !.... — Je me porte à merveille, ma chère Moody, Edmond est sauvé. — Ah ! ma chère dame, reprit l'hôtesse en secouant la tête, que je crains de vous voir avant peu atteinte du même mal que lui ; et qui sait si vous vous en retirerez aussi bien ? — Ne craignez rien, Moody ; Edmond est sauvé, comment pourrais-je mourir? Mais, tandis que je vais me reposer, allez chez mistriss Birton, imaginez quelque moyen pour excuser mon absence. Dites que j'ai été atteinte d'un mal subit, que ma tête est dérangée; en un mot, dites ce que vous voudrez, je ne vous demande que de taire absolument mon nom; c'est un secret, ma chère Moody, qui doit toujours rester entre nous deux. — Je crois que vous pouvez vous confier à ma discrétion, madame; et la manière dont j'ai su détourner les soupçons..... — Est-ce qu'on en a conçu quelques-uns, Moody? — Quant à cela, madame, je ne puis pas vous cacher que votre air, votre langage, et surtout le chagrin où vous paraissiez plongée, n'ont pas permis de croire que vous fussiez une garde ordinaire; et Anna m'a raconté..... — Ah! mon Dieu! m'aurait-elle reconnue? — Non, madame, mais elle m'a raconté que vous ne mangiez ni ne dormiez, que vous pleuriez toujours, et que, par conséquent, elle était bien sûre que vous étiez folle, et qu'elle ne concevait pas comment une personne aussi raisonnable que moi..... — En voilà assez, Moody, interrompit Malvina, je vous écouterai dans un autre moment; à présent j'ai besoin de repos. » Et, en parlant ainsi, elle fléchissait, car, n'étant plus soutenue par la nécessité de servir son amant, elle sentait l'excès de sa faiblesse et l'épuisement où l'avaient réduite onze nuits d'angoisses et de veilles assidues.

Pendant qu'elle repose, mistriss Goodwin la cherche, la fait demander dans toute la maison; personne ne peut la lui indiquer, on ne sait où elle est; Anna alors raconte, exagère, compose, assure qu'elle l'a vue une nuit, au travers de la serrure, faire des gestes de désespérée, se tordre les bras, tracer des cercles; sans doute elle invoquait le diable [1]. Bientôt tous les autres domestiques l'écoutent et s'effraient, les imaginations se montent, et il demeure certain, parmi eux, que Malvina est une sorcière, et que ce sont ses sortiléges qui ont guéri si promptement sir Edmond d'une maladie que le docteur Potwel avait déclarée incurable. Mistriss Moody arrive sur ces entrefaites, on lui raconte tout ce qu'on croit avant de la questionner sur ce qu'elle sait, et elle se hâte d'adopter une erreur qui éloigne si bien la vérité; sa feinte crédulité confirme chacun dans son opinion, et Jenny se hâte d'aller instruire sa maîtresse de cette nouvelle. Mistriss Fenwich s'étonne, interroge; pour mieux la persuader, Jenny joint de nouveaux détails à ceux qu'elle savait déjà : ce n'est plus un doute, mais une certitude; ce n'est pas seulement Anna, mais toute la maison, qui a été témoin de ce qu'elle raconte. Mistriss Melmor, aussi superstitieuse que le moindre domestique, vient augmenter l'effroi de sa fille, en se plaignant d'avoir habité si long-temps avec une sorcière. Enfin ce mouvement tumultueux se porte jusqu'aux oreilles de mistriss Birton, qui l'arrête aussitôt; elle n'est pas dupe d'un conte absurde, mais elle conçoit des soupçons; elle repousse avec ironie toute supposition de magie, mais elle recommande très-sévèrement que, si cette femme reparaît jamais dans la maison, on la lui mène sur-le-champ. « Quelle force d'ame! quelle pénétration d'esprit! s'écrie M. Fenwich en l'écoutant, et comme pénétré d'admiration : quelle autre qu'une femme supérieure à son sexe aurait su démêler si vite la vérité de l'erreur, et unir ainsi une prudence si consommée aux lumières de la philosophie? Mais aussi il n'y a qu'une mistriss Birton au monde. »

Malvina apprit tous ces détails par mistriss Moody; elle les écouta avec indifférence; il lui suffisait de savoir qu'elle n'avait point été reconnue, et qu'Edmond se rétablissait de jour en jour. Bientôt une douce espérance renaît dans ame : sans trop savoir encore ce qu'elle espère, elle jette des regards furtifs vers l'avenir, incertaine encore

[1] Presque tout le bas peuple d'Écosse croît fermement à la magie, et l'état de sorcier est encore en grand crédit dans ce pays-là.

de ce qu'il lui prépare. *Ainsi le limpide ruisseau que la pluie, l'orage et les rapides torrents avaient forcé de déborder, reprend bientôt son premier cours, redevient calme par degrés, réfléchit encore chaque fleur qui naît sur ses bords, et montre un nouveau ciel dans le miroir flottant de ses eaux*[1]. Cependant, lorsque sir Edmond fut mieux, et que ses forces lui permirent de s'occuper avec suite d'une pensée, son premier soin fut de demander à toutes les personnes de la maison si madame de Sorcy avait envoyé s'informer de son état tandis qu'il était malade, ou si, du moins, on était venu de la part de mistriss Clare. On n'avait vu personne, on n'avait entendu parler ni de madame de Sorcy ni de mistriss Clare. Cette froideur, cet oubli apparents froissèrent amèrement l'ame d'Edmond, et ranimèrent toute sa colère contre Malvina. « Quoi ! se disait-il, je la quitte, blessé de la main de M. Prior, et elle ne daigne point s'embarrasser de ce que je deviens ! je meurs, et elle l'ignore ! Elle, si bonne, si humaine pour tout ce qui souffre, reste indifférente à mes douleurs ! Comment ne pas reconnaître dans cette conduite l'influence d'un sentiment étranger ?..... Il se pourrait donc que M. Prior..... Mais, non ; n'avait-elle pas consenti à s'unir à moi ? n'a-t-elle pas avoué qu'elle m'aimait ? puis-je douter de la sincérité de Malvina ?.... Cependant je mourais, et pas un mot d'elle n'est venu me parler de ses regrets !.... M'a-t-elle seulement répondu ? car, si je ne me trompe, au moment où mes yeux se fermaient au jour, ils se sont tournés vers Malvina pour lui adresser un éternel adieu..... Mais cette lettre lui serait-elle parvenue ? qui s'est chargé de l'envoyer ? » Dans ce doute, il sonna avec violence. « Allez me chercher mistriss Goodwin, dit-il à son domestique ; j'ai besoin de lui parler sur-le-champ. — Monsieur sait qu'elle n'est plus ici. — N'importe, elle est quelque part, sans doute ; trouvez-la, et amenez-la moi sans délai. »

[1] Addison.

Il fut assez difficile de découvrir mistriss Goodwin, parce qu'en sortant d'auprès d'Edmond elle avait été appelée à la campagne pour soigner un malade, et il se passa plusieurs jours avant qu'elle pût se rendre aux ordres de sir Edmond. Enfin elle vint pourtant. « Goodwin, lui dit-il très-vivement, ne vous ai-je pas dicté une lettre tandis que j'étais malade ? qu'en avez-vous fait ? — Excusez, monsieur, répondit-elle en se troublant, mais j'ignore, en vérité..... Dans le vrai, ce n'est pas ma faute ; je ne sais point écrire, et j'ai bien de la peine à signer mon nom. — Qui donc a écrit ? interrompit brusquement Edmond. — Monsieur, c'est cette malheureuse femme, le bon Dieu ait pitié de son ame ! — Quelle femme ? reprit-il impatiemment ; de qui me parlez-vous ? — Mistriss Birton a défendu qu'on vous en entretienne, monsieur ; elle craint apparemment que vous imaginiez n'être pas bien guéri si vous veniez à savoir que c'est par l'effet d'un sortilége..... — Qu'est-ce donc que cet absurde bavardage ? — Ah ! monsieur, repartit la garde, qui brûlait de raconter ce qu'elle savait, si j'étais bien sûre que madame ignorât toujours que je vous aie parlé, je vous apprendrais des choses si extraordinaires..... — Je ne suis pas disposé à les entendre, Goodwin ; dites-moi seulement si ma lettre a été envoyée. — Monsieur, cette femme s'en est chargée, mais je n'oserais répondre de ce qu'elle en a fait. — Où est cette femme ? où peut-on la trouver ? — Sainte Vierge ! reprit-elle en faisant un signe de croix, au sabbat, sans doute, et ce n'est pas moi qui irai l'y chercher. — Dites-moi, du moins, qui pourrait me l'indiquer. — Ma foi, monsieur, le diable seul peut le savoir. — Mais qui l'a envoyée ici ? ajouta-t-il avec emportement. — Mistriss Moody. — Eh bien ! Goodwin, allez de ce pas prier mistriss Moody de venir me parler. »

Mistriss Moody vint : glorieuse d'être dans la confidence de Malvina, cela lui donnait tant d'importance à ses propres yeux, qu'elle ne crut pas nécessaire de lui faire part que sir Edmond la demandait, ni de la consulter sur ce qu'il fallait lui répondre. Elle se contenta de ne donner aucune explication satisfaisante, et d'assurer simplement Edmond qu'elle ne savait point où demeurait la femme dont il lui parlait, et qu'elle n'avait aucun moyen pour la trouver. Le voilà donc retombé dans l'incertitude sur le sort de sa lettre; mais, comme cette ame ardente ne pouvait souffrir ce qui l'arrêtait, et que le doute était chez lui un état violent, il se décida, quoique faible encore, à aller s'informer par lui-même de ce qu'était devenue Malvina, et des motifs du silence qu'elle gardait.

En conséquence, sans faire part de son projet à personne, il descendit un matin chez mistriss Birton, et, après lui avoir fait des excuses polies et froides sur l'embarras et l'inquiétude que sa maladie lui avaient causés, il la prévint qu'il allait passer quelques jours chez un de ses amis, à quelques lieues d'Édimbourg, espérant que l'air de la campagne lui ferait du bien. Mistriss Birton, toujours ombrageuse, crut voir quelque mystère sous ce projet de voyage, et fit plusieurs tentatives pour s'y opposer. Mais, c'était déja beaucoup, pour un caractère aussi entier que celui de sir Edmond, de s'être réduit à instruire sa tante de son départ, et il n'était pas d'humeur à lui céder. Il partit donc le lendemain, et ne s'arrêta qu'à Abernethy, comme le lieu le plus proche de Clare-Seat : c'était là où s'adressaient les lettres pour les personnes qui habitaient le château, et, afin de s'assurer si Malvina y était, Edmond demanda au maître de poste s'il avait reçu depuis long-temps des lettres pour madame de Sorcy, adressées chez mistriss Clare. « Pour madame de Sorcy? répondit le vieux bon homme en mettant ses lunettes et examinant un registre ouvert devant lui : oui, en voici une encore que je lui ai envoyée hier à Clare-Seat. — Elle y est donc? s'écria sir Edmond en s'enfuyant et sans répondre au vieux maître de poste, que ce brusque départ laissa muet d'étonnement; elle y est donc calme et paisible, sans doute, tandis que moi.....! Mais ne la jugeons pas encore, craignons de la condamner sans l'avoir entendue : pour oser douter de Malvina, ce n'est pas trop de l'évidence. » Tout en parlant ainsi, il arrivait au coin du parc de mistriss Clare : alors il descend de cheval, l'attache à un arbre, et côtoie à pied le mur qui conduit au château. Sur son chemin il trouve une grille à travers laquelle il découvre tous les jardins; il s'arrête, il croit voir..... Non, son œil ne l'a point trompé; cette enfant est Fanny, il a reconnu ses accents; sans doute Malvina n'est pas loin. Le cœur palpitant, il s'assied sur une large borne, regarde furtivement, et attend, dans une inexprimable anxiété, le sort que le destin lui réserve. En folâtrant sur le gazon, Fanny s'avance du côté où il est, elle s'amuse à cueillir des fleurs sur le bord d'une rivière qui coulait près de la grille : tout-à-coup une voix la rappelle..... le sang d'Edmond est bouleversé..... Cette voix est celle de M. Prior; bientôt il n'en doute plus; il le voit, il l'entend dire très-distinctement à Fanny : « Pourquoi vous écarter de ce côté, mon enfant? avez-vous oublié combien vous fâchez votre mère en restant seule au bord de la rivière? — Oh! ma bonne maman, où est-elle donc? s'écria la petite. — Venez avec moi, mon enfant, vous ne tarderez pas à la voir..... Je l'ai trouvée, continua-t-il en élevant la voix, et s'adressant à une femme dont le vêtement blanc se distinguait à travers le feuillage, et qui paraissait venir au devant d'eux. »

Fanny l'ayant aperçue, se mit à courir; cette femme qui, par sa taille et sa tournure, ressemblait à Malvina, prit l'enfant dans ses bras, rebroussa chemin, et, s'appuyant sur M. Prior, reprit avec lui le chemin du château.

A cette vue, il n'échappa à Edmond ni un mot, ni un cri, ni un geste. Un froid mortel court dans ses veines et glace jusqu'à sa colère; il fuit, il fuit égaré vers la ville qu'il vient de quitter; il ne réfléchit point, il n'ose penser; peu à peu son cœur s'oppresse, ses idées se confondent, un voile épais se répand sur la nature, tous les objets se dérobent à ses yeux, et la faiblesse de son corps ne pouvant supporter plus long-temps la violence de sa douleur, ses genoux fléchissent, il perd connaissance, et tombe sans mouvement sur le pavé à l'entrée de la ville.

Plusieurs personnes s'assemblent autour de lui; on le transporte dans la première auberge, on lui donne des secours, il revient à lui; mais, quoique accablé de ce qu'il éprouve, à peine peut-il se rappeler ce qu'il a vu, il en a le sentiment et non le souvenir; silencieux, farouche, il fait signe qu'il veut rester seul : on le laisse : immobile contre sa fenêtre, il ne se débat plus contre le mal qui le tue; absorbé sous le poids qu'il porte dans son cœur, le reste du monde lui devient étranger, et il ne s'aperçoit pas qu'un sombre orage commence à obscurcir le ciel; les heures se passent, la nuit vient, il ne la voit pas; la foudre éclate, il ne l'entend pas; le bouleversement des éléments ne peut l'arracher à sa douleur, il reste toujours à la même place : sans changer d'attitude, et tandis qu'on eût dit que la vie l'avait abandonné, il appuyait sa tête avec tant de violence contre les barreaux de fer de sa fenêtre, que son front était tout en sang, et sa main, fortement attachée contre son sein, le déchirait sans qu'il ressentît aucune douleur.

Cependant un accent détesté vient frapper son oreille, il s'élance vers la porte; en vain le tonnerre retentissait-il depuis long-temps, il ne l'entendait pas; mais il a reconnu à l'instant la voix de M. Prior; il l'entend demander un asile pour la nuit, parce qu'étant venu chercher les lettres de mistriss Clare et de madame de Sorcy, l'orage l'a surpris en chemin, et qu'il ne peut retourner le soir auprès d'elle; on le fait monter dans une chambre haute. Edmond, indécis sur ce qu'il veut faire, en proie à la plus jalouse rage, marche à grands pas dans sa chambre..... « M. Prior est venu chercher les lettres de Malvina, se disait-il, peut-être va-t-il lui porter celle que je lui écrivais en mourant, elle la recevra des mains de M. Prior..... Daignera-t-elle seulement la lire? pensera-t-elle même si j'existe?.... Peut-être que dans cet instant elle n'est occupée que du retard de M. Prior, elle n'est inquiète que pour lui..... » Comme il finissait ces mots, ses yeux se fixent sur ses pistolets, il les saisit avec une joie féroce, il les charge avec avidité, sans savoir précisément encore si c'est contre lui ou contre son rival qu'il les dirigera; n'importe, l'image du sang qu'il va répandre lui rit, et calme un peu sa douleur : cependant tout entier à ses noirs projets, il n'a point entendu que le tonnerre vient de tomber en éclats sur la maison; que déja il embrase le toit, et menace de dévorer toute l'habitation. On accourt à sa porte, on lui dit de se sauver; mais insensible à tout ce qui ne tient pas à son amour, il ne voit point le danger, il ne songe qu'à la vengeance, il ne sort de chez lui que pour chercher M. Prior..... A cet instant des cris étouffés se font entendre..... un malheureux va périr; il demande d'où viennent ces cris. « Sans doute, lui dit-on, c'est l'homme de là-haut; le feu est tombé dans le grenier à foin auprès duquel il couchait, la fumée l'étouffe; mais l'escalier est en feu, qui osera y monter? — De quel côté est-il? demande vivement Edmond en jetant ses armes loin de lui. — Le voici, lui dit l'hôte : ah! s'il en est temps encore, sauvez ce bon M. Prior. — Hé bien oui, M. Prior, lui répond Edmond en le regardant avec colère, croit-on que ce nom m'arrêtera?..... » Et sans balancer plus long-temps, il s'élance vers l'escalier. Dans ce moment ce n'est point la générosité qui l'excite, il ne sent plus sa haine, Malvina même est oubliée, tout autre sentiment que celui de l'humanité est suspendu dans son cœur; à peine est-il au haut de l'escalier, qu'il le voit s'écrouler derrière lui; mais rien ne peut arrêter cette ame intrépide, il voit le danger sans perdre son sang-froid ; il enfonce la porte, et à travers des torrents d'une épaisse fumée, il aperçoit M. Prior sans mouvement sur le plancher, il le charge sur ses épaules, et pliant presque sous ce fardeau, il cherche une issue pour se sauver ; mais il n'en trouve point, toutes sont interceptées par les flammes : cependant il court vers une fenêtre qui donne sur la rue ; plusieurs personnes l'aperçoivent, et se hâtent d'avancer des matelas pour les recevoir ; mais dans l'état où est M. Prior, il ne peut pas se jeter avec lui sans risquer de l'écraser, et pourtant tout s'ébranle autour de lui, les poutres tombent embrasées ; un moment encore, il ne sera plus temps peut-être. N'importe, Edmond n'hésite pas ; il s'avance hors de la croisée, et mesurant adroitement la place où doit tomber M. Prior, il l'y jette le plus doucement possible, et attend tranquillement de pouvoir se précipiter à son tour. Cependant on n'avait pas eu le temps encore de faire place à sir Edmond, lorsque l'incendie, redoublant de violence, l'enveloppe entièrement : il est en équilibre sur une poutre qui tremble sous ses pieds, une seconde va l'engloutir ; il prend son parti et s'élance sur le pavé ; heureusement un long crochet de fer en saillie attrape le bas de son habit et amortit sa chute ; il se relève vivement, court vers M. Prior, que le grand air commence à rendre à la vie. Mais, pour l'avoir sauvé, Edmond ne l'en hait pas moins, il le hait peut-être davantage ; car il sent bien qu'en lui conservant la vie il s'est ôté le droit de lui donner la mort, et l'impossibilité de se venger le lui rend plus odieux encore ; mais du moins veut-il laisser à jamais ignorer à M. Prior quelle main l'a sauvé, afin de se soustraire à sa reconnaissance, et ensevelir ainsi un bienfait qui le lierait malgré lui à l'homme qu'il déteste. Aussi, à peine a-t-il donné un billet de vingt-cinq livres au malheureux propriétaire de la maison, qu'il s'éloigne sans vouloir se nommer, et se retrouve le lendemain au soir chez mistriss Birton, sans avoir pensé à y retourner, ni à prendre un moment de repos, ni vu un seul des endroits où il avait passé.

Il entra tout en désordre dans le salon ; il y avait une société nombreuse, les plus célèbres beautés d'Édimbourg s'y trouvaient réunies ; lady Sumerhill les surpassait toutes par la régularité de ses traits et la majesté de son port ; loin de Malvina, elle ne pouvait trouver de rivale qu'auprès de la jolie et séduisante mistriss Fenwich, et mistriss Fenwich n'était plus en Écosse : elle n'avait pas même vu Edmond depuis son rétablissement, ayant été obligée de partir précipitamment pour l'Irlande, où des affaires de commerce appelaient M. Fenwich. En se présentant chez sa tante, Edmond y fut reçu avec des exclamations de joie ; ce bruit, ces objets, le rappelèrent un peu à lui-même, et dans l'amertume de sa peine, il jeta un regard presque satisfait sur toutes les femmes qui l'entouraient, jurant et espérant, dans son ame, d'en faire autant de victimes de la haine que la perfidie de Malvina venait de lui donner pour tout ce sexe. Rempli de cette idée, il s'abandonna à l'emportement de son imagination ; une gaieté forcée échauffa ses discours et ses manières, et le rendit aussi aimable que brillant ; il répondit avec vivacité aux agaceries d'une jeune comtesse française ; il parut vouloir animer lady Sumerhill ; chaque femme eut un hommage, toutes crurent avoir eu une préférence : sans regarder celles à qui il parlait, il leur disait qu'elles étaient adorables ; et, ravies de l'entendre, elles se croyaient adorées : de son côté lady Sumerhill s'applaudissait de l'avoir enfin ramené à ses pieds ; mais croyait devoir le punir de ses fréquentes infidélités en lui montrant une feinte rigueur qui lui coûtait beaucoup, qu'elle croyait devoir faire un grand effet, et dont il ne s'apercevait seulement pas. C'est ainsi que chacune s'imaginait toucher au terme de ses espérances, tandis qu'il n'avait jamais été si reculé. Les jours suivants, loin de détruire leur illusion, la confirmèrent; car, comme je l'ai déja dit, sir Edmond, en proie à une rage secrète, ne se nourrissait que de fiel et de projets de perfidie et de séduction contre les femmes; il aurait voulu pouvoir réunir tous les cœurs en un seul, afin de se donner le barbare plaisir de le déchirer à son aise, et de se venger ainsi, d'un seul coup, de tous les tourments dont il était dévoré lui-même.

## CHAPITRE XXXIX.

### RÉSOLUTIONS MUTUELLES.

Tandis qu'Edmond s'abandonnait à tant de violence, combien l'ame de Malvina était autrement agitée! Elle restait à Édimbourg, non-seulement pour avoir chaque jour des nouvelles d'Edmond, mais encore pour attendre l'instant favorable de le voir ou de lui écrire, sans risquer de compromettre sa santé par une émotion prématurée, et alors son projet était de lui donner une explication sur leur dernière rencontre, de lui rendre compte de la lettre de milord Sheridan, de lui parler avec force du respect inviolable qu'elle devait aux dernières volontés d'une amie, et d'en appeler à sa justice et à son honneur sur l'indispensable nécessité où elle se trouvait de se séparer de lui pour jamais.

Mais tout-à-coup elle apprend que sir Edmond est parti : étonnée de cette absence subite, elle l'est plus encore de son prompt retour. Bientôt elle sait que, plus frivole que jamais, il se livre avec excès à toutes ses anciennes dissipations : on assure même que mistriss Birton nomme déja le jour où il va s'unir à lady Sumerhill. Alors cette infortunée abandonne tous ses projets; elle renferme sa douleur, ne se plaint point, et n'accuse personne. Sir Edmond l'a jugée coupable, il s'est détaché d'elle; en se justifiant elle le ramènerait peut-être; mais, puisqu'il a surmonté sa tendresse, et qu'elle est irrévocablement décidée à garder les serments qui la séparent de lui, pourquoi risquer de ranimer un sentiment qui ne peut que le rendre malheureux? D'ailleurs, elle le sent, il reviendrait en vain : Edmond, susceptible d'une passion violente, et non d'un attachement durable, ne mérite plus sa confiance; elle pourrait croire encore à la vivacité de son amour, mais non plus à sa constance; et dès lors, fût-elle libre envers son amie, elle ne recevrait plus qu'en frémissant les sacrifices de son amour. Son parti est pris, elle se taira; elle fera plus, elle va s'éloigner, et consacrant ses jours à son enfant dans une profonde retraite, dire à ce monde trompeur, dont elle n'a connu que les peines, un lugubre, un éternel adieu; mais avant de le quitter, elle jette un dernier regard sur l'homme qui lui fut si cher. « O toi! dit-elle, que j'aimai comme tu ne le seras jamais, même par moi (car ce premier abandon d'un sentiment qui s'attend à recevoir tout ce qu'il donne ne se retrouve pas deux fois), sois heureux, puisque tu peux l'être sans Malvina! Hélas! en m'éloignant de toi, je renonce pour toujours au bonheur; mais quand, à mon âge, le cœur a été déchiré par autant de douleurs, on n'a pas trop du reste de sa vie pour se reposer de ce qu'on a souffert. » Mais en renonçant à Edmond, elle est déterminée à ne plus voir M. Prior. Ce n'est pas que, dans tout autre moment, elle n'eût rougi de sacrifier ainsi l'amitié à un soupçon outrageant; mais, dans la position où elle se trouve, elle n'est sensible qu'à la secrète douceur de prouver à Edmond que, ne tenant au monde que par lui, elle s'en est détachée aussitôt que s'était rompu le dernier fil qui les unissait. Dans cette disposition, elle écrit à mistriss Clare : « Je pars demain, je vais vous rejoindre, reprendre mon enfant, que je suis peut-être coupable d'avoir abandonné si long-temps; vous lirez dans mon cœur, vous connaîtrez ma peine et le plan auquel je me suis invariablement fixée, vous m'aiderez à l'exécuter; mais, au nom de ce touchant intérêt que vous m'avez témoigné, je vous conjure d'être seule, absolument seule, quand j'arriverai chez vous. »

Cependant, à ce même instant où Malvina, isolée dans son appartement, en proie à ce dégoût amer qui empoisonne la vie, élevait l'indestructible barrière qui allait la séparer du monde, la joie et les bruyants plaisirs régnaient chez mistriss Birton. Un dîner splendide, où tout ce qu'Édimbourg contenait de plus noble et de plus brillant avait été invité, allait se terminer par une superbe fête; les jardins devaient être illuminés, et toute la compagnie, dispersée par groupes, en parcourait en riant les bosquets fleuris. Sir Edmond, content d'avoir prodigué son encens à toutes les femmes et réussi auprès de chacune, enivré de ses succès, étourdi de sa propre gaieté, commençait à émouvoir enfin la froide lady Sumerhill, et en entrant avec elle dans un bosquet écarté, il allait feindre sans doute des sentiments qu'il n'éprouvait pas, lorsqu'il le reconnut à l'instant pour le même où il avait surpris le premier aveu de Malvina. Ce souvenir, en rappelant une image si chère, le fit tressaillir; sa gaieté empruntée l'abandonna, il s'appuya tristement contre un arbre, et lady Sumerhill, quoique toujours auprès de lui, se sentit seule tout-à-coup; piquée de ce changement subit, dont elle ne pouvait deviner la cause, elle alla au-devant du docteur Potwel, qui se promenait à quelque distance, et lui dit d'un ton ironique : « Hé vite, vite, docteur, accourez auprès de votre malade! il vous reste encore beaucoup à faire, et vous devriez songer sérieusement à le guérir de ces accès de bizarrerie auxquels il me semble sujet. — Qu'est-ce que cela signifie? s'écria le docteur en joignant sir Edmond; seriez-vous réellement indisposé? Ma foi, entre nous, vous seriez bien dupe. Lorsque toutes les beautés se disputent votre cœur et n'ont d'yeux que pour vous, ce n'est pas le moment d'être malade : il est vrai que même alors vous savez encore les attirer; le plaisir d'être auprès de vous les rassure contre les dangers de la contagion; et, en vérité, je vous dirai que, de toutes ces belles dames ornées de leurs brillants atours, aucune ne vaut la jolie garde qui s'intéressait si vivement à votre sort. — Mais, docteur, interrompit sir Edmond un peu ému, donnez-moi, je vous prie, des détails sur cette femme. — Non, non, je ne le ferai point, mistriss Birton a expressément défendu qu'on vous en entretînt. — Mistriss Birton! reprit-il avec surprise; et de quel droit prétend-elle enchaîner ma curiosité? Mistriss Birton, docteur, est étrangère à ce qui me regarde, et ne doit point vous empêcher de me répondre; ainsi, hâtez-vous de m'expliquer qui était cette femme sur laquelle on m'a fait de si étranges histoires. — Quoi! vous ne l'avez pas vue? — Non. — Et vous ne vous doutez pas qui elle peut être? — Non. — Allons donc, sir Edmond, vous voulez rire; cette femme vous aime trop pour que vous ne la connaissiez point, et elle n'a point une de ces figures qu'on oublie. — Réellement, docteur, vous excitez vivement ma curiosité : mais, dites-moi, du moins a-t-on su son nom? — Oui, celui qu'elle a dit, mais non le véritable. — Est-ce qu'elle le cachait? — Moi seul j'ai été dans sa confidence. « Cher docteur, me disait-elle avec sa voix douce et sa mine séduisante, ne me décelez pas, ne me nommez pas..... » Quant à cela, elle doit être contente, j'ai bien gardé son secret. — Ainsi, vous savez donc qui elle est? — Non, elle m'a prié de ne pas le lui demander; et qui aurait pu vouloir la chagriner, surtout lorsqu'elle était déja si affligée. — Mais de quoi donc s'affligeait-elle? — Comment! vous l'ignorez aussi! Mais elle pleurait sur vos souffrances, sur la crainte de vous voir mourir. Que de larmes la pauvre enfant a versées! Quoique jeune et délicate, savez-vous qu'elle n'a jamais voulu souffrir qu'une autre veillât les nuits auprès de vous? — Cela est inconcevable, repartit Edmond très-agité; et je n'aurai aucun moyen de la découvrir? Et vous ne savez pas ce qu'elle est devenue, docteur? — Ah! mon Dieu, non; aussitôt que vous avez été hors de danger, elle est disparue un beau matin, sans le dire à personne, sans demander de paiement, et depuis, on n'en a plus entendu parler. — Mais sans doute elle s'est laissé voir dans la maison : personne ne l'a-t-il reconnue? — Non, car elle ne quittait point votre appartement, et personne n'y entrait que moi et mistriss Goodwin; cependant Anna prétend l'avoir aperçue, à travers la serrure, faire des gestes de désespérée; aussi a-t-elle assuré depuis que c'était une sorcière; mais moi, je ne le crois pas; jamais on ne fut au sabbat avec ce joli visage, ces yeux si doux et si tendres...... — Il faut absolument que j'éclaircisse ce mystère, interrompit Edmond en se parlant à lui-même; une femme qui se cache..... qui se désole..... se pourrait-il?..... Mais quelle image revient m'obséder? quelle espérance se rallume? N'ai-je pas appris à Abernethy qu'elle n'avait pas quitté le château de mistriss Clare? Ne l'ai-je pas vue moi-même se promenant seule sous des berceaux avec cet odieux?..... — Mais, quand vous dictâtes votre lettre à cette dame Malvina, dont vous parliez toujours, continua le docteur, c'est alors que ses sanglots redoublèrent; je parierais qu'il y avait de la jalousie dans son fait, car jamais elle ne pleurait davantage que quand vous adressiez des expressions amoureuses à cette Malvina. — Ce nom me poursuivra toujours, répliqua Edmond en se levant et reprenant le chemin de la maison; partout je l'entends, partout il retentit; toujours ce souvenir de Malvina revient se placer entre moi et tous les plaisirs. Ah! malheureux insensé! comment le fuirais-tu? ne sens-tu pas que, malgré tous tes efforts, tu le portes toujours dans ton cœur? Mais il faut que sur-le-champ j'approfondisse un mystère qui cache assurément quelque chose de très-extraordinaire..... Cependant quel intérêt puis-je y mettre? ce n'est pas elle qu'il cache..... N'importe, j'en serai sûr, du moins. » En finissant ces mots, il entrait dans la salle du bal, et la traversait en silence pour sortir, lorsqu'une jeune et jolie personne l'arrêta vivement. « Où allez-vous donc? lui demanda-t-elle avec un souris passionné; reviendrez-vous bientôt? — Assurément, répliqua-t-il préoccupé et sans penser à ce qu'il disait; ne devons-nous pas danser ensemble? — Je ne demande pas mieux, » lui répondit-elle. Mistriss Birton s'approcha à son tour pour lui rappeler un peu sévèrement que lady Sumerhill comptait sur lui pour toute la soirée. « Présentez-lui mes hommages, reprit-il toujours en distraction; je serai à elle dans un moment. » Et sortant aussitôt, il descendit précipitamment; et en moins de cinq minutes il fut chez mistriss Moody.

## CHAPITRE XL.

### LE PLUS COURT ET LE PLUS HEUREUX.

« Je voudrais parler tout de suite à votre maîtresse, dit sir Edmond à la servante qui vint lui ouvrir la porte. — Je vais l'avertir, milord, répondit celle-ci respectueusement; voulez-vous entrer dans la salle? — Y trouverai-je mistriss Moody? — Non, milord; elle est en haut, répliqua-t-elle en le considérant attentivement, et comme plus occupée de le regarder que de ce qu'il demandait; mais je vais l'aller chercher, elle sera bientôt descendue. — Je l'aurai plus tôt trouvée que vous, » interrompit-il, impatienté de sa lenteur; et montant rapidement l'escalier, il ouvre la première porte qui se présente : la plus profonde obscurité régnait dans cet appartement; mais cependant à la lueur de la lampe qui éclairait l'escalier, il distingue une femme qui, assise près de la fenêtre, le dos tourné et le coude appuyé sur une table, paraissait dans la plus profonde rêverie. « Mistriss Moody est-elle là? » demanda-t-il doucement. A sa voix, cette femme jette un cri perçant, se lève, renverse la table, et, tombant aussitôt à genoux, s'écrie, en élevant ses bras vers le ciel : « Ah! Dieu! Dieu! j'ai cru que c'était lui. » A cet accent si cher, Edmond éperdu a reconnu Malvina; il se précipite à ses pieds, il la serre avec transport contre son cœur en répétant mille fois : « C'est elle! c'est Malvina! ma tendre, ma bien-aimée Malvina! » Elle ne s'arrache point à ses caresses, un même sentiment les entraîne; soupçons, reproches, chagrins, tout est éclairci, tout est oublié; sans s'être parlé, ils se sont entendus : qu'ont-ils besoin de s'expliquer? ils s'aiment, ils en sont sûrs, et cela leur suffit; leurs larmes se confondent, l'amour les enveloppe, le bonheur les enivre, et l'univers s'anéantit.

Je n'entreprendrai pas de peindre ces instants; ceux même qui en jouissent le pourraient-ils? N'est-ce pas là une de ces émotions si vives, qu'elle se refuse au langage, et que c'est pour l'ame qui l'éprouve une sorte de tourment de ne point trouver d'expressions pour la rendre? Ce sont les grandes passions, sans doute, qui ont enfanté l'énergie de l'éloquence; mais poussées à un certain point, elles la dépassent, et se taisent quand elles touchent aux cieux.

On imagine facilement qu'auprès de Malvina Edmond oublia bientôt qu'il était attendu chez mistriss Birton; il ne pouvait se lasser de contempler cette femme chérie dont la généreuse tendresse n'avait pas craint de rentrer dans une maison dont on l'avait chassée, ni de braver pour lui, mistriss Birton et la mort. Quand le premier délire de leur joie fut un peu calmé, ils épanchèrent mutuellement leur cœur oppressé; ils se plurent à rappeler les instants où Edmond avait été sur le point de reconnaître son attentive garde; elle expliquait les motifs de son silence; son amant les approuvait tous; elle-même applaudissait aux différents mouvements qu'il avait éprouvés. Dans cet instant ils n'auraient su rien blâmer : tout leur paraissait bien; ils se trouvaient si heureux, qu'il leur semblait qu'aucun autre enchaînement de circonstances n'aurait pu leur donner un si grand bonheur.

Ils se quittèrent cependant, mais c'était pour se revoir : sans se l'être dit, ils sentaient qu'ils ne pouvaient plus vivre séparés. Mille obstacles s'opposaient sans doute encore à leur union; mais ils étaient sûrs de les renverser, car il n'y avait plus pour eux d'impossible que de vivre l'un sans l'autre. En rentrant, sir Edmond eut à essuyer les reproches hautains de mistriss Birton, les tendres plaintes de plusieurs femmes, et le silence dédaigneux de lady Sumerhill; mais il ne fit attention à rien; il ne répondit à personne; tout lui semblait indifférent : il avait fini de vivre pour ce jour-là; il ne devait voir Malvina que le lendemain.

Chaque jour il revient auprès d'elle, et le charme d'être ensemble s'est tellement augmenté par les peines qu'ils ont endurées, qu'ils ne pensent plus à rien qu'à en jouir. Heureux de se voir, de s'aimer, de se le dire, dans cette douce occupation le temps passe pour eux sans qu'ils y songent; et, ravis de la félicité dont ils jouissent, ils ne pensent même pas aux moyens de la rendre durable.

Cependant, tout absorbée qu'était Malvina par son amour, l'image de Louise la poursuivait souvent, elle ne pouvait oublier l'étonnante situation de cette femme infortunée, et plus d'une fois ce pénible souvenir vint altérer le plaisir qu'elle prenait aux discours passionnés d'Edmond : enfin, ne pouvant pas lui cacher plus long-temps combien cette idée l'occupait, elle se résolut un jour à lui en parler. En l'écoutant, il rougit, il hésita; puis, tenant les deux mains de son amie contre son cœur : « Vous saurez tout, lui dit-il; ce n'est pas à vous que je veux rien cacher désormais; mais, Malvina, en me voyant tel que je fus jadis, n'oubliez pas ce que vous m'avez fait maintenant; n'oubliez pas qu'Edmond, épris de Malvina, n'est plus ce volage, ce parjure, cet insensible Edmond que vous allez retrouver dans le passé. O ma Malvina! grace, grace, d'avance pour des torts dont vous m'avez si bien guéri! — Que me demandez-vous, et que pouvez-vous craindre, Edmond? répondit-elle en soupirant : ne savez-vous pas jusqu'où va la faiblesse de ce cœur tout à vous? Hélas! quels que soient les torts que vous allez m'avouer, ils pourront m'affliger beaucoup, sans doute, mais non pas m'empêcher de vous aimer. — Songez encore, Malvina, continua-t-il, que c'est aux yeux de celle dont l'estime m'est la plus précieuse que je vais avoir le courage de me montrer coupable; que, pour satisfaire la vérité, je me résous à encourir votre mépris, et qu'enfin c'est pour vous mériter davantage que je m'expose peut-être à vous perdre pour toujours. — Edmond, interrompit-elle en souriant, qu'avez-vous besoin de chercher à séduire votre juge? Ah! fiez-vous à ma tendresse du soin de vous défendre; c'est elle qui saura atténuer toutes vos fautes, excuser toutes vos erreurs : qui sera plus ingénieux que moi à vous justifier et à découvrir les moyens de vous croire innocent? qui désire davantage de vous trouver tel? Personne, pas même vous-même. »

Alors Edmond, sûr de son pouvoir, s'assit aux pieds de Malvina, et, les yeux fixés sur les siens, afin de pénétrer jusqu'aux moindres sensations qu'allait faire naître son récit, il commença en ces termes :

## CHAPITRE XLI.

### HISTOIRE DE LOUISE.

« Il y a sept ans à peu près que mistriss Birton partit pour faire un voyage à Londres. Comme je n'avais qu'elle pour veiller sur ma conduite, et que déjà les égarements auxquels je me livrais (quoique j'eusse à peine dix-neuf ans) la faisaient trembler pour la suite, elle voulut m'emmener avec elle. J'y aurais consenti avec plaisir, si M. Clare, un de mes amis, ne m'avait conjuré de rester à Édimbourg pour être témoin de son mariage. Je laissai donc partir mistriss Birton, et, au bout de quelques jours, mon ami me présenta à sa jeune épouse. Mistriss Clare était alors du même âge que moi, et dans tout l'éclat de la fraîcheur et de la beauté; elle me plut, et je formai aussitôt le projet de m'en faire aimer..... Ne vous récriez pas, Malvina : alors je ne croyais pas à la vertu des femmes; je pensais que la plus honnête de toutes était celle qui avait le moins d'amants; et avec l'idée qu'aucune ne pouvait s'en passer, il me semblait fort indifférent, pour mon ami, que ce fût moi ou un autre qui fût celui de sa femme. Cependant mistriss Clare résista à mes premières attaques; je lui trouvai dans l'ame une sorte de fanatisme pour l'honnêteté, que je taxai de préjugé, et auquel je pensai qu'il me serait facile de la faire renoncer; mais, d'un autre côté, je m'aperçus qu'elle aimait tendrement son mari, et qu'ainsi, loin de gagner dans son cœur, elle me tenait de jour en jour dans un plus grand éloignement. Comme je n'étais pas amoureux d'elle, cette découverte m'affligea médiocrement : d'ailleurs j'étais intimement persuadé alors qu'il n'y avait pas de femme qui n'eût ses moments de faiblesse, ni de vertu qui ne cédât à la persévérance et à l'occasion, et je ne doutais pas, si je voulais m'en donner la peine, de finir par triompher de mistriss Clare. Aucun succès n'avait cependant encore couronné mes efforts, lorsqu'un nouvel objet vint allumer de nouveaux désirs dans mon sein. Mistriss Clare appela sa sœur auprès d'elle : je vis Louise; elle n'avait que seize ans, elle était belle, fraîche, innocente et tendre; ses grands yeux bleus peignaient la volupté que sa pensée ignorait encore. Je n'eus qu'un mot à dire pour obtenir son amour, et elle ne me laissa pas même la peine de lui en demander l'aveu; elle m'aima avec tant de promptitude et d'abandon, que cette facilité aurait peut-être refroidi mes désirs, si mistriss Clare, inquiète de mon assiduité auprès de sa sœur, et croyant avoir de justes sujets de se défier de mes mœurs, ne l'avait comme forcée de ne me plus parler. Cet obstacle ranima à l'instant toute ma tendresse; je parlai, je pressai, je me plaignis, et Louise fut bientôt à moi : sa possession éteignit, au bout de peu de temps, cette irritation des sens, cette inquiétude d'imagination que j'avais prise pour de l'amour, et je sentis clairement que je n'avais jamais aimé Louise. Je la vis moins souvent, elle s'en alarma, et me fit part de ses craintes : ses reproches me fatiguèrent; je ne la vis plus du tout. Alors, en proie au désespoir, elle déposa dans le sein de sa sœur et le repentir de sa faiblesse, et le malheur qu'elle soupçonnait en être la suite. A la première nouvelle de cet événement, mistriss Clare m'écrivit avec toute l'indignation de l'honneur outragé, pour me faire rougir de mes torts et me prescrire le seul moyen que j'avais de les réparer. Lors même que le ton absolu de mistriss Clare ne m'aurait pas offensé, j'étais bien résolu à ne point me marier encore, et surtout avec une fille qui s'était donnée à moi avec si peu de résistance. Cependant je voulais la sauver du déshonneur, et je ne trouvai d'autre moyen que de la marier à un autre. La lettre de mistriss Clare m'arriva chez un de mes parents où j'avais été passer quelques jours : milord Derby était un célibataire de soixante ans à peu près, très-riche, qui me destinait toute sa fortune, et qui ne s'était jamais marié, parce que son caractère changeant et capricieux ne lui avait pas permis de trouver une femme qui lui convînt deux jours de suite. L'idée me vint de lui faire épouser Louise. Je commençai par lui parler d'elle avec éloge; j'appuyai sur les qualités que je savais être le plus dans le goût de milord Derby, et je finis par lui peindre si vivement le bonheur qu'un pareil bien répandrait sur sa vie, que, malgré son caractère contrariant et fantasque, il fut touché du tableau que je lui présentais, et surtout d'une proposition qui était, selon lui, la plus grande preuve d'amitié possible, puisqu'en lui donnant une femme je me dépouillais moi-même de l'immense héritage dont il m'avait fait don. Ce qu'il appelait ma générosité fut précisément ce qui le détermina : il pensa qu'il fallait que je fusse si sûr de son bonheur, puisque j'y sacrifiais toute sa fortune, qu'il devint plus empressé que moi-même de voir et de connaître miss Louise Transwley. Il voulut partir sur-le-champ pour Édimbourg, et, à peine arrivés, que j'allasse aussitôt chez mistriss Clare pour savoir quand il pourrait y être présenté. Je la trouvai seule; Louise était partie le jour même pour la terre de son père, où mistriss Clare devait aller la joindre avant peu : je profitai du tête-à-tête où je me trouvai avec celle-ci pour lui dire le plus poliment possible que je ne prendrais jamais Louise pour ma femme, et pour lui faire part des propositions de milord Derby. Elle les rejeta avec indignation; elle me dit que moi seul j'avais perdu Louise, et que moi seul je pouvais couvrir sa faute; que les raisons que je donnais pour m'en excuser, ainsi que la réparation que j'osais lui offrir, n'étaient que des bassesses indignes d'un homme d'honneur, et que, pour elle, jamais on ne la ferait consentir à voir sa sœur passer dans les bras d'un homme, tandis qu'elle portait dans son sein un gage de la perfidie d'un autre. Irrité de son refus, ainsi que de la véhémence qu'elle y mettait, je lui répondis que je n'aimais plus Louise, que je l'estimais peu, et que je ne l'épouserais jamais, et qu'ainsi, pour l'honneur de sa sœur, elle devait la presser elle-même d'accepter la seule ressource qui lui restât; que d'ailleurs j'en parlerais moi-même à Louise, et que j'étais sûr de l'y faire consentir. A ces mots, mistriss Clare me regarda d'un air de mépris, et me dit : « Si je n'ai pu prévenir la honte de ma sœur, si tous mes efforts n'ont pu la sauver de votre fatale séduction, et ne peuvent vous engager à lui rendre la justice qui lui est due, croyez, du moins, que je la préserverai de l'ignominie que vous lui destinez, et que je saurai l'empêcher de couvrir sa faiblesse par un vil parjure. Je vais partir, je vais l'entourer de tout mon courage; nous verrons si vous saurez me l'enlever une seconde fois. » Voyant mistriss Clare si déterminée, je ne songeai plus à la persuader; et, comme, dans les principes que j'avais alors, les siens ne me paraissaient qu'une exaltation romanesque, je ne me fis aucun scrupule de la tromper, et, pour prévenir l'influence de ses conseils sur sa sœur, j'engageai milord Derby à partir, le soir même, pour la terre de M. Transwley : nous courûmes toute la nuit, afin d'arriver de bonne heure le lendemain. Heureusement Louise était encore dans son appartement lorsqu'on nous introduisit auprès de son pere, et elle eut le temps de se remettre de sa première surprise avant de paraître devant nous : cependant, quoiqu'elle ne descendît que quelques heures après notre arrivée, elle était si émue, si étonnée de me voir, qu'elle n'osait ni lever les yeux ni ouvrir la bouche. Sa timidité, que milord Derby prit pour une sage réserve, sa coupable rougeur, qui lui parut le modeste incarnat de l'innocence, enfin l'embarras de sa contenance et la froideur qu'elle me témoignait, l'enflammèrent au point qu'il put à peine retarder jusqu'au lendemain à demander cette charmante fille à son père; mais le point important était de la déterminer, et, pour y réussir, il fallait que je fusse seul avec elle : un billet adroitement glissé entre ses mains lui apprit qu'il était essentiel au bonheur de tous deux que je l'entretinsse une partie de la nuit, et un signe approbatif fut sa réponse. A minuit je me rendis chez elle : après les plus tendres caresses, je lui expliquai et les motifs qui m'empêchaient de l'épouser, et mes vues en amenant milord Derby chez elle. A cette ouverture, elle se récria et versa un torrent de larmes; mais bientôt je parvins à calmer sa douleur, et elle finit par se rendre à mes raisons, surtout à mes prières, et plus encore, peut-être, à l'assurance que je lui donnai de la voir plus souvent lorsqu'elle serait mariée; de sorte que, le lendemain, quand M. Transwley, ébloui de la fortune et du rang de milord Derby, appela sa fille pour lui commander de donner sa main à ce nouvel hôte, il la trouva toute prête à obéir : cependant il voulait attendre mistriss Clare, et ne pouvait se résoudre à terminer cette affaire sans lui en avoir parlé; mais, comme je craignais beaucoup que la fermeté de cette jeune et vertueuse femme ne vînt détruire mon ouvrage, je pressai vivement milord Derby, qui était très-disposé à hâter la conclusion de son mariage; et, d'un autre côté, prenant M. Transwley en particulier, je lui dis que, d'après le caractère connu de milord Derby, il serait très-imprudent de lui laisser le temps de réfléchir, parce que, peut-être, ne voudrait-il plus demain ce qu'il désirait fort aujourd'hui; qu'il devait bien voir que, dans toute cette affaire, je n'étais conduit que par l'amitié sincère et désintéressée qui m'attachait à sa famille, puisque le mariage de milord Derby me frustrait de tout son héritage; que je le connaissais assez pour être sûr que, s'il n'épousait pas miss Transwley, il ne se marierait jamais, et pour craindre que, malgré le goût qu'elle lui avait inspiré, par un de ces caprices auxquels il était si sujet, il ne renonçât aussi vite à elle qu'il avait été prompt à la demander, si on ne le fixait pas sur-le-champ. Ces considérations déterminèrent absolument M. Transwley, et, cédant à mes conseils et aux désirs de milord Derby, il envoya chercher son notaire; le contrat fut passé le soir même, et le lendemain matin, à huit heures, milord Derby reçut la main de Louise dans la chapelle du château.

## CHAPITRE XLII.

### CONTINUATION.

« La cérémonie était à peine achevée lorsque mistriss Clare arriva. Je ne peindrai ni son étonnement ni sa douleur en trouvant sa sœur mariée; le regard terrible qu'elle me lança me fit assez connaître ce qui se passait dans son ame : cependant la chose était sans remède; elle sut contenir son chagrin, et affecta tout le jour un air assez tranquille. Vers le soir, elle monta dans sa chambre avec Louise, et, après un assez long entretien, elle me fit prier d'aller les joindre. J'y fus : je trouvai Louise pâle, abattue, l'œil éteint, et comme quelqu'un qui vient de perdre ses dernières espérances. Mistriss Clare, le visage animé, la physionomie en désordre, et les yeux baignés de larmes, me prit brusquement par la main aussitôt qu'elle me vit, et me plaçant devant Louise : « Contemplez votre victime, s'écria-t-elle; repaissez vos yeux cruels du spectacle de sa douleur; voyez-la se débattre dans le violent combat de l'amour et du devoir, et restez insensible, si vous pouvez, à des maux dont vous êtes l'auteur. Edmond, ma sœur était innocente, et vous l'avez déshonorée; elle était ingénue et vraie, et, grace à vos perfides conseils, la voilà soumise à l'affreuse nécessité de tromper toute sa vie l'homme qui a reçu ses serments ce matin. Cependant ce n'est point encore assez pour vous : profitant de l'amour désordonné que vos dangereuses séductions lui ont inspiré, vous voulez empoisonner le reste de sa vie en l'engageant dans toutes les horreurs d'un commerce adultère. La malheureuse, aveuglée par sa passion, ne voyait plus son crime! ou plutôt vous le lui faisiez chérir, et elle se précipitait avec transport dans un abîme, croyant que vous y tomberiez avec elle; mais, quand je lui ai dit que, loin d'être disposé à vous perdre pour elle, vous-même m'aviez fait l'aveu que vous ne l'aimiez pas; quand je lui ai prouvé que, si elle vous eût été chère, rien ne vous empêchait de l'épouser; enfin, quand elle a vu que c'était de sang-froid que vous l'entraîniez au crime, elle a frémi de l'énormité du sien, et la vertu éteinte s'est réveillée dans son cœur. La voyez-vous gémir, déchirée sous le poids du remords? la voyez-vous relevée de sa faiblesse, par le vœu qu'elle vient de faire de renoncer pour jamais à un amour coupable? Edmond, tenterez-vous de le combattre? Et, après avoir flétri les plus beaux jours de cette infortunée, ne consentirez-vous pas à lui laisser parcourir en paix le reste de sa carrière? Hélas! je sais trop que ni mes conseils, ni son devoir, ni la vertu même ne la sauveront pas de votre séduction, et que, si vous le voulez, vous pouvez la perdre encore : ce n'est donc plus des menaces que je vous fais, mais des prières que je vous adresse; je ne réclame point votre justice, j'implore votre pitié. O Edmond! ce n'est pas à un amant passionné, ce n'est pas à un homme d'honneur que je demande grace pour ma sœur, vous ne vous êtes montré ni l'un ni l'autre envers elle; mais, si toute humanité n'est pas éteinte dans votre cœur, ne vous laisserez-vous pas toucher par le désespoir où vous la voyez, et par l'humiliation où je me réduis à cause d'elle? » En finissant ces mots, mistris Clare était presque à mes genoux; je la relevai avec émotion et respect, quoique je fusse un peu blessé de l'entendre m'accuser d'avoir manqué d'honneur; et, m'approchant de Louise, je lui dis : Vous m'aviez paru convaincue, mon aimable amie, de la solidité des raisons qui m'empêchent de vous épouser, et des grands avantages attachés à votre mariage avec milord Derby; j'ignore comment mistriss Clare a pu changer votre opinion à cet égard : quoi qu'il en soit, vous me croyez coupable, je ne me défends point; votre repos exige que je ne vous voie plus; je vous quitte à l'instant, et demain je serai loin d'ici..... Avez-vous encore quelque chose à exiger de moi? demandai-je à mistriss Clare. — Oui, répondit-elle : il faut que vous juriez et d'éviter avec soin tous les lieux où vous pourriez rencontrer ma sœur, et que jamais un mot, un regard indiscret ne fassent soupçonner la fatale liaison qui exista entre vous. — Je ne vois pas, répliquai-je fièrement, pourquoi vous jugez nécessaire de m'adresser cette recommandation, car je défie aucune des femmes qui m'ont aimé d'avoir jamais eu à se plaindre de ma probité et de mon honneur..... — Et c'est ici qu'il ose le dire! interrompit mistriss Clare en joignant ses mains avec indignation. — O ma sœur! s'écria la tendre Louise en sanglotant, ne méprisez pas ainsi mon Edmond, et souvenez-vous que, s'il ne m'a pas jugée digne du sacrifice de sa liberté, du moins a-t-il fait celui d'une immense fortune. — Je le sais, reprit mistriss Clare; je sais que l'ame d'Emond est, sous quelques points, grande et généreuse. Eh! comment vous aurait-il séduite s'il n'avait eu aucunes vertus? Mais elles sont chez lui plus pernicieuses que le vice même, et le dangereux emploi qu'il en fait porterait presque à les haïr. Au reste, toute dispute à cet égard est désormais inutile: nous n'avons plus rien à nous dire, Edmond, hâtez-vous donc de vous éloigner. Courez, volez vers ce monde brillant dont les plaisirs trompeurs auront bientôt effacé de votre souvenir l'image de nos douleurs, mais qui n'auront pas toujours, j'espère, le pouvoir d'étouffer vos remords. Adieu, et que cet instant soit le dernier qui nous voie réunis. »

« Je les quittai aussitôt, et le lendemain, après avoir pris congé de M. Transwley et de milord Derby, je partis pour Londres, où je fus joindre mistriss Birton. J'y passai plusieurs mois au sein des sociétés les plus brillantes, et accueilli par les femmes les plus aimables, de sorte que j'eus bientôt oublié jusqu'à l'existence de Louise.

« Vers la fin de l'automne, ma tante me proposa de l'accompagner aux eaux de Bath: c'était la saison où tout ce que l'Angleterre a de plus brillant et de plus magnifique s'y rend en foule; aussi acceptai-je cette offre avec empressement; car, dans ce temps de réprobation, ma chère Malvina, tout ce qui m'offrait de nouvelles distractions me semblait le seul bien véritable. Je ne savais pas alors que, si la dissipation est partout, la félicité n'a qu'une place: mon cœur était encore étranger à l'amour; il devait l'être, je n'avais pas vu Malvina. — O Edmond! s'écria-t-elle, que vous lisez bien dans ce faible cœur! que vous y voyez aisément combien cet amour que Malvina seule a su vous inspirer vous absout, malgré elle, de tous vos torts!..... Mais continuez votre récit; apprenez-moi par quelle étrange aventure cette intéressante Louise s'est vue obligée de se cacher à tous les yeux.

« En arrivant à Bath, continua Edmond, j'appris que milord Derby y était depuis peu avec sa jeune épouse. Cette nouvelle m'affligea; je ne crus pas néanmoins que leur présence m'obligeât à quitter les eaux; mais, pour ne pas enfreindre tout-à-fait ma promesse, je résolus de voir Louise le plus rarement possible, et même pas du tout, si la politesse le permettait. Je ne fus pas maître d'exécuter mon projet; mistriss Birton, qui ignorait mes liaisons avec lady Derby, me demanda mon bras pour l'accompagner chez cette dame; et, n'ayant aucun prétexte plausible pour la refuser, j'y fus.

« Comme Louise n'ignorait pas mon arrivée à Bath, elle s'attendait bien à me voir: cependant l'émotion qu'elle éprouva lorsque j'entrai anima son teint des plus vives couleurs, et donna à toutes ses manières une vivacité que je ne lui avais jamais vue, et qui me parut d'autant plus piquante, qu'elle évita constamment de me parler, et affecta de me traiter avec une froideur marquée. Cependant je n'eus pas de peine à voir qu'elle n'agissait qu'avec effort, et que je n'avais rien perdu dans son cœur. Je la considérai plus attentivement; jamais elle ne m'avait semblé si charmante: elle était grandie, son maintien avait pris plus d'assurance, sa physionomie plus de finesse, son teint plus d'éclat et de fraîcheur; d'ailleurs, sa grossesse, qui était déja assez avancée, jetait sur elle un voile d'intérêt dont je ne pouvais me défendre. Je la rencontrais toujours dans les bals et les assemblées, où elle remportait tous les suffrages ; je la vis souvent chez elle; plusieurs fois je la trouvai seule..... Malvina, je n'entrerai point dans l'inutile détail de tout ce qui contribua à nous rapprocher l'un de l'autre; qu'il vous suffise de savoir que Louise, plus tendre, plus faible que jamais, oublia tous ses devoirs pour moi, et me rendit tous les droits que son hymen m'avait fait perdre. Vous me condamnez, Malvina ; je lis aisément dans vos yeux l'indignation que ma conduite vous inspire; mais combien me blâmerez-vous plus encore quand vous saurez que ce ne fut ni l'amour qu'éprouvait Louise, ni l'intérêt qu'elle m'inspirait, mais la vanité seule qui me poussa à enfreindre mes serments ! J'aurais pu, sans doute, résister aux désirs que les charmes de Louise avaient fait renaître, mais toutes les femmes de Bath lui cédaient la palme de la beauté : tous les hommes vantaient sa sagesse et se plaignaient de sa froideur : c'en fut assez pour moi, et l'orgueil de triompher d'elle aux yeux de tous effaça toute autre considération.

« Notre liaison dura long-temps ; et, comme la sécurité de milord Derby ne mettait aucun obstacle à nos rendez-vous, je commençais à m'en dégoûter sérieusement, lorsqu'un amant rebuté de milady Derby épia sa conduite, devina notre intrigue, et se hâta d'en aller instruire milord Derby. Celui-ci feignit de n'en rien croire ; cependant il voulut s'en assurer ; et, comme son extrême confiance nous faisait négliger toute précaution, il lui fut aisé de nous surprendre. Je ne peindrai pas l'excès de sa furie : plus il était loin de soupçonner son malheur, plus il lui sembla impossible de le supporter sans en tirer une vengeance éclatante : mais, par une suite de cette bizarrerie capricieuse qui faisait l'essence de son caractère, sa colère se tourna beaucoup plus contre sa femme que contre moi ; et, renfermant sa rage au fond de son cœur, il vint me trouver chez moi, et me dit que, « si je consentais à l'aider à obtenir le divorce avec lady Derby, en soutenant devant les tribunaux que j'étais le père de l'enfant qu'elle portait dans son sein, il me rendrait son ancienne amitié, ainsi que tous mes droits à son héritage. » — Je rejetai sa proposition avec mépris ; et je cherchai à détourner toute sa colère sur moi, en l'assurant que milady Derby avait long-temps résisté à mes poursuites ; que j'avais employé auprès d'elle tout ce que l'art de la séduction a de plus insinuant ; qu'elle serait encore innocente si je n'avais, pour ainsi dire, usé de violence pour triompher d'elle ; que je pouvais d'autant moins affirmer ce qu'il exigeait de moi, que le moment de faiblesse qu'il avait surpris étant le seul qu'elle avait à se reprocher, l'enfant qu'elle allait mettre au jour était bien à lui, et, par conséquent, devait être son unique héritier. Il ne me donna pas le temps d'achever ; et, m'interrompant avec une fureur concentrée, il me dit : — Puisque vous vouliez me tromper encore, il fallait mieux instruire votre infâme complice ; et, puisqu'elle ne pouvait me nier son honteux adultère, lui ordonner, du moins, de me taire qu'elle était déshonorée lorsque vous eûtes la perfidie de m'engager à lui donner ma main. J'ai effrayé Louise par mes menaces, et la faible et lâche créature m'a tout avoué. Je sais à quelle époque remonte votre criminel commerce avec elle, et vous croyez bien que je ne regarderai jamais comme mon enfant le vil fruit de vos amours : mais, je vous le propose encore une fois, aidez-moi à me venger, et tout vous est pardonné ; je n'ai point de témoin du crime de Louise ; servez-m'en, accusez-la, et..... — Si tout autre que vous, interrompis-je brusquement, osait me faire une semblable proposition, c'est l'épée à la main que je lui aurais répondu ; mais, en faveur des torts que j'ai eus avec vous, surtout à cause de votre âge, je consens à ne point punir, comme je le devrais, l'insolence d'une demande qui semble me croire capable de me déshonorer pour de méprisables richesses. — Ne craignez pas que je la réitère une troisième fois, répliqua lord Derby avec une sombre tranquillité, j'ai fini avec vous; mais, puisque vos refus m'obligent à renoncer à une vengeance publique, promettez-moi, du moins, d'ensevelir dans l'oubli cette odieuse affaire. » Je m'y engageai par serment; mais, quand je voulus lui demander à mon tour de traiter sa femme avec douceur, et d'avoir pour elle de généreux procédés, il me serra la main avec une sorte d'agitation convulsive, et me dit d'un ton effrayant, mais moins encore que le sourire qui l'accompagnait, que je ne m'inquiétasse pas du sort de Louise; qu'il voyait assez, par l'immense sacrifice que je consentais à lui faire, à quel point elle m'était chère, et qu'avant peu je n'aurais plus rien à redouter pour elle. Je lui demandai ce qu'il voulait dire; il me répondit qu'il n'avait aucune explication à me donner; et, comme je m'aperçus que mes tendres sollicitudes pour Louise ne servaient qu'à l'irriter davantage, je me tus: alors il me quitta, et le lendemain j'appris qu'il était parti, dans la nuit, avec sa femme, pour une terre éloignée qu'il possédait dans le Northumberland.

« Cette aventure m'attrista pendant plusieurs jours, au point de me faire renoncer à tous les plaisirs. Mistriss Birton, qui avait entendu parler vaguement de mon intrigue avec lady Derby, crut que ma peine ne venait que de son départ; et, pour y faire diversion, elle me proposa de retourner à Londres. J'y consentis, et j'avoue, à ma honte, qu'il ne me fallut pas un long séjour dans cette capitale pour effacer presque entièrement le souvenir de Louise. Je renouai d'anciennes liaisons, j'en formai de nouvelles: aussi refusai-je d'accompagner mistriss Birton lorsqu'elle voulut retourner à Édimbourg; j'eus même une secrète joie à la voir partir; car, quoique je secouasse assez son joug, elle était le seul frein qui m'arrêtait; et, à peine fus-je délivré de sa surveillance, que je me livrai avez excès à tous ces plaisirs désordonnés qu'une jeunesse égarée croit être le bonheur, mais qu'un cœur vraiment touché regrette d'avoir connus, et ne regarde plus qu'avec mépris.

« O Malvina! daignez jeter un voile sur ce temps honteux de ma vie! que vos chastes regards s'en écartent, et que votre innocente pensée ne s'y arrête jamais! Surtout soyez bien sûre que les insensés qui consument leur vie dans les plaisirs d'une grossière volupté méritent plus encore la pitié que la colère: en donnant tout à leurs sens et rien à leur cœur, ils éprouvent un vide que la multiplicité de leurs jouissances ne peut jamais remplir; la débauche, en les dégradant, leur ôte le pouvoir d'aimer, sans leur en ôter le besoin. Intérieurement tourmentés par le sentiment de leur bassesse et celui de leur noble origine, ils voudraient cesser d'être hommes pour se délivrer de leur conscience et se plonger sans remords dans leurs vils excès; mais c'est en vain: ils ne peuvent étouffer cette ame qu'ils portent dans leur sein, et, jusqu'au dernier de leurs jours, ils la sentent au-dedans d'eux qui les poursuit, les condamne, les déchire, et leur reproche éternellement l'avilissement où ils l'ont réduite. O Malvina! ma bienfaitrice et mon amie! sans vous, tel eût été mon sort; sans vous, mon cœur, étranger à l'amour, n'aurait jamais connu cette félicité suprême, partage de la vertu et d'un sentiment mutuel, cette union intime et délicieuse de deux ames qui s'entendent et se répondent; c'est vous qui m'avez sauvé de ma perte; et, si je ne vous adorais pas comme l'objet du plus ardent amour, comme la plus parfaite des créatures, je vous adorerais encore comme celle à qui je dois plus qu'à la divinité même, puisqu'elle ne m'avait donné que la vie, et que vous m'avez donné le bonheur. »

En parlant ainsi Edmond, la tête penchée sur les mains de Malvina, les arrosait de ses larmes brûlantes; elle le regarda en silence: quel regard, quel discours en aurait dit autant?

Après un de ces silences où l'ame recueille en un instant des siècles de jouissances, Edmond continua en ces termes :

« J'avais été invité à une fête superbe chez la duchesse de Péterborough. Cette femme, si célèbre et si belle, avait aisément enflammé les désirs d'un homme qui en éprouvait autant qu'il voyait de beautés nouvelles. Le soir, au souper, placé près d'elle, je l'entretenais à voix basse ; je la voyais feindre de s'attendrir à la peinture d'un amour que je ne sentais pas, et déja je pouvais prévoir l'instant où sa coquetterie couronnerait mes désirs fugitifs, lorsque j'entendis quelqu'un auprès de moi nommer lady Derby. A ce nom, je me tournai involontairement, et je tressaillis d'effroi en entendant dire qu'elle était morte. Les détails qu'on donna sur cette funeste nouvelle ne me la confirmèrent que trop ; et dès lors je devins insensible aux plaisirs qui m'entouraient et aux prévenances marquées de la vive et tendre duchesse de Péterborough. Ce n'est pas que j'aimasse Louise ; mais l'idée d'avoir flétri cette jeune fleur à son aurore, et d'avoir contribué à sa mort prématurée, me causa un si violent remords, que Londres n'eut plus de plaisirs pour m'en distraire, et que je ne songeai plus qu'à le quitter.

« Comme il fallait traverser le Northumberland pour retourner en Écosse, le désir de savoir quelques détails sur la mort de l'infortunée Louise me détermina à passer près de la terre qu'elle avait habitée dans cette province, et où l'on m'avait assuré qu'elle était morte. Je me décidai même à m'y arrêter tout un jour, dans le cas où milord Derby n'y serait pas ; et, en conséquence, après avoir laissé ma chaise à Durham, qui était la ville la plus voisine de Derby-Hall, et où la mort de Louise était l'objet d'un deuil universel, je partis seul et à pied pour cette fatale terre. Le chemin qui y conduisait n'était pas facile ; il me fallait traverser de hautes et sombres montagnes, serpenter dans de stériles bruyères, lorsqu'un brouillard épais vint encore augmenter les difficultés de la route, au point que, ne pouvant plus la reconnaître, je m'égarai. Je marchai long-temps sans trouver vestige d'habitation humaine ; tout ce canton était inculte et sauvage : cependant, vers la chute du jour, le brouillard s'étant un peu dissipé, j'entrevis de loin un village, et je m'y acheminais, quand, à travers quelques genêts sauvages parsemés sur la montagne, j'aperçus une femme assez bien mise qui paraissait monter péniblement vers une chaumière isolée qui se distinguait dans le lointain. La tournure de cette femme m'agita singulièrement, parce qu'il me sembla reconnaître celle de mistriss Clare. Ne pouvant supporter cette incertitude, je m'élançai légèrement après elle ; je l'eus bientôt atteinte, et, le bruit de ma marche lui ayant fait tourner la tête, je n'eus plus aucun doute ; elle me reconnut aussi ; tout son corps trembla, et elle s'écria avec effroi : « O Dieu ! quelle est donc la fatale puissance qui attache cet homme infernal à tous mes pas ? — Mistriss Clare, lui dis-je avec une agitation qui me permettait à peine de lui parler, j'étais venu à Derby-Hall, en proie au plus poignant remords, pour répandre sur la tombe de Louise les larmes que je devais à sa perte : je me suis égaré dans ma route, et je ne saurais trop m'en féliciter, puisque je vous ai rencontrée ; je vous vois, un trait de lumière a pénétré mon ame ; sans doute, puisque vous êtes ici, Louise existe encore...... — Non, non, non, interrompit mistriss Clare précipitamment et regardant autour d'elle d'un air effrayé. — Ne me cachez rien, lui répliquai-je impétueusement ; ce secret m'appartient comme à vous, et je saurai le découvrir en dépit de tous vos efforts : je vois là-bas une cabane solitaire ; un pressentiment me crie que j'y trouverai les éclaircissements que vous me refusez, et j'y cours. — Arrêtez, arrêtez, s'écria-t-elle en s'efforçant de me retenir, ou plutôt allez, courez, homme barbare, détruisez tout mon ouvrage; mais n'espérez pas remettre votre victime sous la puissance du tyran auquel vous l'aviez unie; votre seule vue va la plonger dans ce tombeau dont je ne l'ai arrachée que par miracle, et où on voulait l'enfermer toute vivante. — Non, répliquai-je, non, je ne veux point la voir; il me suffit de savoir qu'elle existe. O chère mistriss Clare! c'est donc vous qui l'avez sauvée! c'est donc vous qui m'arrachez à l'affreux repentir qui me déchirait! que je bénisse mille fois cette main protectrice!.... — Laissez-moi, laissez-moi, interrompit-elle en se reculant, vos bénédictions me font horreur : je gémirai toute ma vie d'avoir été forcée de vous mettre dans une confidence qui soulage votre barbare cœur du remords dont il m'eût été doux de le voir dévoré. — Chère mistriss Clare! lui dis-je, pourquoi tant de violence dans votre colère? les faiblesses de l'amour sont-elles donc des crimes aux yeux de votre sévère vertu? — Non, répliqua-t-elle; aussi ma sœur infortunée est-elle l'objet de ma plus tendre indulgence; mais vous, qui, toujours insensible, l'avez conduite de sang-froid à l'oubli de ses devoirs, vous, qui, par un sordide et infâme intérêt dont on vous avait jugé incapable jusqu'à présent, avez dévoilé vous-même ses faiblesses à son mari..... — Quelle exécrable calomnie! interrompis-je vivement; qui a osé me taxer d'une si horrible lâcheté? — Milord Derby lui-même, répondit mistriss Clare; et, quelque éloigné qu'un pareil trait me parût être de votre caractère, je ne sais s'il est une méchanceté qu'on ne doive pas attendre de vous. » Je lui expliquai, en peu de mots, tout ce qui s'était passé entre milord Derby et moi. « Je conviens, dit-elle, que votre récit me paraît plus vraisemblable que celui qu'on m'avait fait; mais, que vous soyez coupable ou non de la bassesse qu'on vous impute, mon mépris peut s'en augmenter, mais non pas ma haine. Oui, je vous hais, Edmond; vous êtes le destructeur de Louise, vous avez empoisonné le bonheur de toute ma vie. — Je conviens, interrompis-je, que j'ai tellement mérité ces sentiments de votre part, que je ne tenterai même pas de les atténuer; je ne vous demande plus que quelques détails sur l'étrange résurrection de Louise, et à l'instant je m'exile pour jamais de vos yeux et des siens. »

## CHAPITRE XLIII.

### CONTINUATION.

« Aussitôt que milord Derby eut amené ici sa déplorable épouse, me dit mistriss Clare, en parlant très-vite et comme empressée d'abréger un récit qui me retenait près d'elle, il la renferma dans une tour isolée du château; et là il lui déclara qu'elle n'en sortirait de sa vie; qu'elle ne verrait jamais l'enfant dont elle allait devenir mère, et qu'elle serait éternellement privée des nouvelles de ses plus chers amis. Ces terribles menaces jetèrent Louise au désespoir, et elle tomba dans un sombre accablement qui la mit hors d'état de trouver les moyens de se soustraire à son sort et de me faire parvenir de ses nouvelles. Cependant je ne savais ce qu'elle était devenue : en vain j'écrivais à Bath, en vain je m'informais à Édimbourg à tous les gens de milord Derby; ils étaient dans la même ignorance que moi, et tout était muet quand je parlais de Louise. Pourtant, à la fin, à force de recherches et de soins, je parvins à découvrir sa retraite dans le Northumberland. J'y accourus aussitôt; milord Derby, surpris de me voir, me reçut fort mal; mais, peu sensible à ses injures, ne songeant qu'à Louise, ne voulant voir que Louise, je ne me laissai point effrayer par de vaines menaces, et, mon ardente amitié l'emportant à la fin, je fus introduite auprès de ma sœur. En entrant dans l'horrible appartement qu'elle habitait je tressaillis; lord Derby s'aperçut de mon effroi, et me fixant d'un air sombre : « Regardez bien cet asile, dit-il, c'est celui où doit vivre et mourir l'infâme créature qui m'a trahi. Si j'ai consenti à vous y laisser pénétrer, c'est pour que vos soins la sauvent d'une prompte mort qu'elle ne mérite pas : je veux prolonger sa vie, pour qu'elle expie longuement son crime. Restez auprès d'elle jusqu'après ses couches; je m'éloigne d'ici jusqu'à cette époque : alors je reviendrai, alors il faudra vous résoudre à ne la plus revoir; et le fruit impur de son déshonneur lui sera enlevé pour toujours; il vivra pour porter la peine de l'adultère de sa mère, mais ni l'une ni l'autre n'aurez jamais connaissance de son sort. » En finissant ces mots, il sortit, et je l'entendis qui refermait sur nous les portes épaisses de notre prison. Je me jetai dans les bras de ma sœur; nous confondîmes nos larmes; mais des larmes ne pouvaient apporter aucun soulagement à sa situation. Je rêvai aux moyens que je pouvais employer pour la sauver; il était inutile de recourir à mon père, je lui connaissais des principes si sévères et une ame si inflexible, que, s'il avait connu la fatale imprudence de ma sœur, il eût été plus disposé à animer la colère de milord Derby qu'à l'adoucir : d'un autre côté j'étais prisonnière, et n'avais aucune communication avec les gens du dehors. Enfin le hasard vint à mon secours : milord Derby étant parti au bout de quelques jours, la joie qu'en ressentit ma sœur, ainsi que celle qu'elle avait éprouvée en me voyant, avança le terme de sa grossesse; elle fut saisie de douleurs subites et prématurées; et, malgré les terribles recommandations de milord Derby pour nous tenir séquestrées du reste du monde, on ne put pas me refuser de faire venir un médecin. Je l'observai; il me parut honnête et sensible; je lui ouvris mon cœur, je lui fis part de la situation de Louise, et le conjurai de m'aider à la sauver. Touché jusqu'aux larmes de son malheur, il s'engagea à tout ce que je voulus. En conséquence, il commença par déclarer milady Derby dans le plus éminent danger; et cette nouvelle, en effrayant nos geôliers, les fit relâcher un peu de la surveillance qu'ils exerçaient sur nous. Je fus libre d'aller et de venir dans le château, et cette liberté me permit de prendre tous les arrangements nécessaires au plan que j'avais concerté. Je me procurai, comme garde, une bonne femme que je gagnai en secret, et qui est la propriétaire de la chaumière que vous voyez là-bas. Lorsque Louise fut assez bien remise de ses couches pour être en état de marcher, mon honnête docteur dit dans toute la maison qu'elle était sans ressource; et, passant la nuit auprès d'elle avec moi et la garde, comme pour ne pas la quitter, disait-il, durant son agonie, nous profitâmes de ce temps pour la faire évader avec son enfant. Une chaise, que le docteur avait eu soin de faire venir à une porte du parc, la conduisit dans l'asile où elle est maintenant, et une figure que nous habillâmes remplaça Louise dans son lit. Le lendemain matin, la nouvelle de la mort de ma sœur fut répandue dans toute la maison : je dis que je voulais me charger seule du soin de la placer dans son cercueil; j'enveloppai soigneusement la figure d'un linceul funèbre; je la fis enterrer avec appareil, sans que personne conçût le moindre soupçon de mon artifice; et, aussitôt que j'eus rendu les derniers devoirs aux restes supposés de ma sœur, je quittai promptement le château et me hâtai de venir joindre ma chère Louise, dont la faiblesse ne lui avait pas permis de venir plus loin que cette chaumière, distante tout au plus de six milles de Derby-Hall. Depuis trois semaines, elle y est malade et hors d'état d'être transportée ailleurs; j'espère cependant la rendre à la vie, et alors lui trouver un asile ignoré où elle puisse traîner ses déplorables jours, et jouir en paix des seules consolations qui lui restent, la vue de son fils et les visites de sa sœur. » En finissant ce récit, mistriss Clare fondit en larmes; je sentis les miennes couler à l'idée du sort de Louise et de l'existence de son fils, qui était aussi le mien. Je déclarai à mistriss Clare que j'entendais me charger seul de l'entretien de la mère et de l'enfant, et que ce serait à elle que je ferais passer, chaque année, la somme qu'elle jugerait à propos de prescrire pour cet objet, afin d'éviter à Louise un souvenir et une obligation qui lui paraîtraient peut-être pénibles. Mais mistriss Clare, loin d'accueillir ma proposition, s'écria « qu'elle seule avait sauvé sa sœur, et qu'elle seule jouirait du doux plaisir de la faire vivre. Et, si je pouvais jamais le partager, continua-t-elle, croyez-vous que ce fût avec le barbare auteur de sa destruction? » Je l'interrompis, et lui fis approuver du moins la résolution où j'étais de mettre en dépôt, chaque année, la somme que je destinais à Louise, afin d'en faire, par la suite, une ressource assurée pour son fils. Cet article réglé, nous jurâmes tous deux qu'aucune circonstance ne nous ferait révéler le terrible secret qu'elle venait de me confier, et nous nous séparâmes.

« Je revins à Édimbourg : quelques mois après mon retour, j'appris la mort de M. Clare; et je sus que sa veuve, ruinée par les mauvaises affaires de son mari, avait racheté de ses créanciers, avec le secours de M. Transwley, son père, la terre de Clare-Seat, qu'elle affectionnait beaucoup, et où elle s'était définitivement fixée. La crainte que sa situation dépendante ne lui permît plus de subvenir à l'entretien de Louise me décida à lui écrire pour la conjurer de me donner les moyens d'être utile à sa sœur. Au bout de quelques jours, ma lettre me fut renvoyée avec mépris; je trouvai seulement, sous l'adresse, deux lignes de la main de mistriss Clare, qui me disaient « que tous mes efforts n'avaient pas avili sa sœur au point de la faire consentir à recevoir des secours de la main de son suborneur; que j'étais le dernier des hommes duquel elle voulût en accepter; qu'elle me priait de ne plus la faire souvenir de mon existence, et de réserver la bonne volonté que je montrais pour le temps où mon fils pourrait avoir besoin de moi. »

« Depuis cette époque toute communication a été interrompue entre mistriss Clare et moi; elle a toujours laissé sans réponse les lettres que je lui écrivais pour m'informer de Louise. J'ai ignoré où et comment existait cette malheureuse victime; je n'ai pas revu milord Derby, qui, fixé dans une de ses terres, n'a plus reparu à Édimbourg, et cinq années d'intervalle commençaient à effacer cette triste histoire de mon souvenir, quand votre subite liaison avec mistriss Clare vint éveiller toutes mes craintes et rouvrir toutes mes plaies. Qu'ajouterai-je encore, Malvina? Vous savez ce qui s'est passé depuis; vous savez si la funeste entrevue que j'eus avec vous chez Louise a assez expié mes torts; vous n'avez pas oublié, sans doute, que le violent désespoir dont j'y fus saisi brisa mon ame et me conduisit aux portes du tombeau; vous m'avez vu mourant, Malvina, et vos soins m'ont sauvé; mais combien je gémirai de votre bienfait si le récit que je viens de vous faire vous semble si coupable que vous ne me jugiez plus digne de vous! O Malvina! idole de mon cœur, si je dois vivre pour perdre ta tendresse, que ne me laissais-tu mourir! — Edmond! s'écria-t-elle baignée de larmes, vous fûtes étrangement coupable, et sans doute je le suis beaucoup en continuant de vous aimer; mais tel que vous soyez, mon sort désormais est de vous chérir; je puis cesser de vous voir, renoncer à la vie, renoncer au bonheur, mais non pas à mon amour. Il est là, continua-t-elle en pressant la main d'Edmond contre son cœur; c'est là qu'il vit à jamais, et dont la mort seule pourra l'arracher, quels que soient vos torts, mes devoirs et ma volonté. » A cette réponse passionnée, Edmond transporté serra Malvina contre son sein; et, dans les bras d'un amant adoré, l'image du passé comme la crainte de l'avenir s'anéantirent devant la jouissance du bonheur présent; et son cœur, inondé d'amour, réunissant tout ce qu'il avait de sensations et de vie en faveur d'un seul objet, n'eut pas un souvenir à donner au reste du monde.

## CHAPITRE XLIV.

DÉCISION IMPORTANTE.

Cependant mistriss Clare s'inquiète et s'étonne de ne point voir revenir son amie. Elle écrit pour s'informer des motifs de son retard. Cette lettre réveille Malvina du doux songe où elle s'endormait, et lui rappelle que sir Edmond n'existe pas seul au monde. L'instant d'après, elle apprend par mistriss Moody, qui le tient d'Anna, que mistriss Birton, surprise des longues absences de sir Edmond, qu'elle ne pouvait pas attribuer à l'amour de la dissipation, puisqu'on ne le rencontrait plus dans aucune partie de plaisir, l'avait fait suivre par M. Fenwich, et s'était assurée qu'il passait toutes ses journées chez mistriss Moody; qu'en conséquence, elle avait chargé mistriss Tap d'y aller, pour s'informer avec adresse de toutes les personnes qui habitaient dans cette maison. Malvina, alarmée de l'inquiète perquisition de mistriss Birton, et rappelée à elle-même par la lettre de mistriss Clare, sentit que les jours de bonheur étaient passés, et qu'il était temps de partir. Elle attendit Edmond avec impatience, et aussitôt qu'il fut venu, elle lui fit part de ce qu'elle avait appris et du projet qu'elle avait formé. « Malvina, ma tendre amie, lui dit-il, se peut-il que vous ayez conçu la pensée de me quitter? Ne sommes-nous pas libres l'un et l'autre? Qui donc nous empêche de fixer pour jamais le bonheur auprès de nous? Enivré d'amour et du plaisir de vous voir chaque jour, j'oubliais qu'il est une félicité au-dessus de celle de vous aimer; mais le moment est venu de la connaître, et il faut que Malvina m'appartienne, non plus seulement par le don de son cœur, mais par celui de sa main et de sa foi..... Ne rougissez pas, ma charmante amie; votre délicate pudeur doit-elle s'effrayer du bonheur de votre amant? — Edmond! cher Edmond! lui dit-elle, je le sens, il m'est désormais impossible de vous résister; et, si vous l'exigiez, je vous suivrais demain à l'autel. Mais, quand mon courage m'abandonne, c'est à votre générosité que j'ai recours; c'est à elle que je demande de ne point abuser de votre empire, de soutenir ma faiblesse et de me rappeler des serments que vous pouvez me faire oublier. — Chère Malvina! répondit-il, qui pourrait abuser de votre angélique douceur? De quoi ne triompherait-elle pas? Non, non, dussé-je être la victime de ma franchise, je ne trahirai pas votre confiance, et rien ne vous sera caché: vous saurez donc que mistriss Birton a entre ses mains un ordre de milord Sheridan, qui lui permet de vous enlever votre enfant aussitôt qu'elle vous saura mariée. — Ah! Dieu! s'écria Malvina en pâlissant, Edmond, qu'avez-vous dit! C'en est donc fait! il faut renoncer à vous! — Y renoncer, Malvina! reprit-il en la fixant avec des yeux pleins d'amour et pressant ses deux mains contre sa poitrine; y renoncer! Qu'as-tu osé dire? Quel blasphème viens-tu de proférer? et comment ton cœur a-t-il permis à ta pensée de le concevoir? Nous séparer, Malvina! eh quoi! ne sens-tu pas que désormais nous ne pouvons plus que mourir ou vivre ensemble? — Edmond, reprit-elle en pleurant, j'ignore si je pourrai survivre au malheur de ne plus vous voir; mais, n'importe, ma vie dût-elle être le prix de notre séparation, je ne hasarderai pas de voir passer Fanny, ce précieux dépôt que me confia l'amitié, entre les mains de l'odieuse mistriss Birton. Ah! Dieu! à cette seule idée, je sens tout mon sang frémir; il me semble voir le ciel, la terre et Clara elle-même se révolter contre moi et me reprocher éternellement mon parjure; et vous-même, Edmond, vous, quelle foi pourriez-vous ajouter à mes serments, quand vous m'en auriez vu violer de si saints, de si irrévocables? Quelle confiance pourrait vous inspirer une femme en qui la passion l'aurait emporté sur le devoir? Quel bonheur pourrait vous donner une infortunée que sa conscience déchirerait jusque dans vos bras?.... — Malvina, interrompit-il, ah! vous m'êtes trop chère pour que mon bonheur me rendît heureux s'il ne faisait pas le vôtre! Non, non, ne croyez pas que, pour vous posséder, je veuille troubler la paix de votre ame céleste, et irriter les cendres de votre amie, en vous ôtant son enfant; mais, femme idolâtrée, tu pourrais, en m'appartenant, garder près de toi la fille de ta Clara; je jouirai des soins touchants que tu lui rendras, et te demanderai seulement de les partager quelquefois. — Ah! mon Edmond, quelle image ravissante! montrez-moi qu'elle est possible, et c'est avec délice, c'est avec transport que Malvina se donnera à vous. — Écoutez, Malvina, reprit-il très-vivement, après-demain matin, à la petite pointe du jour, vous vous rendrez à un mille d'Édimbourg, sur le bord de la mer; là est une église abandonnée, qui fut bâtie jadis par les rois d'Écosse, et qui sert maintenant à ceux qui professent votre religion; un prêtre catholique s'y trouvera, je vous y attendrai, et, au pied des saints autels, le ciel recevra nos vœux; mais le secret de notre union restera entre nous et lui: en sortant de l'église, je vous conduis dans une petite campagne solitaire, à quelques milles d'Édimbourg, qu'un de mes amis consent à me vendre en secret; je vous y laisse, et aussitôt je pars pour Londres; je vole chez milord Sheridan, je m'en fais connaître, estimer; il est touché de notre amour, il se rend à nos vœux; il nous laisse sa fille, j'en reçois la promesse de sa bouche, un écrit le confirme; je le pose sur mon sein, c'est le sceau de votre bonheur; je vole vers vous, Fanny vous reste, vous m'appartenez, la mort même ne nous sépare pas, et nous sommes heureux pendant l'éternité. » Malvina était si émue en l'écoutant, qu'elle fut quelques moments hors d'état de parler; la tête penchée sur ses deux mains, elle semblait méditer la réponse *qu'elle allait* faire. Edmond, craignant que ses réflexions ne lui fussent pas favorables, la conjurait de s'expliquer, dans les termes les plus pressants et les plus passionnés; et, tout en redoutant un refus, il ne pouvait en supposer la pensée; et l'impétueuse impatience qu'il retenait à peine était prête à éclater, lorsque, après un assez long silence, Malvina se tourna vers lui avec une grace inimitable, les yeux baissés et les joues couvertes du plus vif incarnat. « Cette main est à vous, dit-elle en la lui présentant; mais ce n'est qu'à votre retour de Londres que je puis consentir à vous la donner. Partez donc, Edmond, allez persuader milord Sheridan; cela vous sera facile; de faux rapports ont abusé sa crédulité, il suffira de l'éclairer pour nous le rendre favorable; montrez-lui vos généreuses dispositions en faveur de sa fille, et soyez sûr qu'il cédera; et alors, Edmond, revolez vers votre Malvina, et vous verrez, quand elle sera libre de pouvoir se donner à vous, si son cœur saura répondre au vôtre. » En la voyant résister à ses prières, Edmond, irrité d'être déçu dans ses espérances et s'abandonnant à tout l'emportement de tout son caractère et de sa passion, s'écria avec véhémence: « Non, non, non, n'espère pas que je te quitte ainsi, n'espère pas que je m'éloigne avant d'avoir acquis sur toi des droits aussi sacrés qu'inviolables; que je sois écrasé si je le fais! Malvina, il faut que tu m'appartiennes, dusses-tu en être la victime et moi aussi: oui, je le jure, tu seras à moi, en dépit du monde entier, de tes serments et de toi-même. — Edmond, reprit-elle avec une surprise mêlée de dignité, quel fruit espérez-vous de cet emportement? Croyez-vous faire céder par la crainte celle qui a su résister à l'amour? — Ne parle point d'amour, interrompit-il d'un ton farouche; je le vois trop maintenant, tu ne m'aimas jamais. — Il ose dire que je ne l'aime pas! s'écria-t-elle en joignant ses mains vers le ciel. — Non, tu ne m'aimes pas; si tu m'aimais, mon désespoir t'aurait touchée, mes instances t'auraient attendri; en vain l'image de ton amie aurait lutté contre mon amour, en vain seraitelle venue du fond de son tombeau te disputer à moi, elle ne l'aurait pas emporté; mais, toute morte qu'elle est, milady Sheridan conserve sur toi une puissance qu'aucune autre ne peut balancer, et ton paisible cœur ne connut jamais que l'amitié. — Il ose dire que je ne l'aime pas! répéta Malvina avec l'accent le plus douloureux. — Non, tu ne m'aimes pas comme je t'aime; l'amour ne règne point en tyran dans ton ame, tu sais le soumettre à la raison, aux convenances; il ne te fait rien oublier.— O Edmond! osez le dire, s'il l'emportait sur le devoir, m'estimeriez-vous encore? — Que parles-tu de mon estime? est-ce elle qui doit t'occuper? Ah! tu n'y songerais pas tant si tu pensais plus à mon amour. — Et la conscience, Edmond, est-il un bonheur que ses reproches n'empoisonneraient pas?—Malvina, quand l'amour n'est pas une flamme qui échauffe, mais un feu qui brûle, qui consume, qui dévore, il étouffe tout, tout, jusqu'à la conscience. — O Edmond! s'écria-t-elle en gémissant, si vous saviez le mal que vous me faites en paraissant douter de ma tendresse! — Mais dis, Malvina, dis, si tu m'aimais, pourquoi me laisserais-tu en proie à de si cruels tourments? Pourquoi ne comblerais-tu pas mes vœux? O ame de ma vie! continua-t-il en la pressant dans ses bras, si le saint engagement que je te propose ne t'effraie que par la crainte qu'il ne soit pas assez secret, fais plus encore, donne-toi à ton amant, et n'ayons d'autre témoin que le ciel de nos vœux et de notre bonheur. — Edmond! Edmond! répondit-elle éperdue et en s'éloignant avec effroi, peut-être serais-je moins coupable, je ne sacrifierais que moi. — Eh! pourquoi serais-tu coupable? reprit-il avec une ardeur qu'il ne pouvait plus modérer, n'es-tu pas libre? Ne t'appartiens-tu pas? A qui dois-tu compte de tes actions? Crains-tu l'opinion publique? Mais qu'est-elle devant le bonheur de ton amant? — O l'insensé! s'écria-t-elle en s'éloignant encore; l'insensé, qui, dans son étrange égarement, veut se dérober à lui-même le bien le plus précieux, celui qui peut seul répandre la paix sur sa vie, la vertu de sa femme! Dis-le, dis, homme aveuglé, comment ne rougirais-tu pas de recevoir ma main, si, en te la donnant, je n'avais plus qu'elle à t'offrir? — O ma Malvina, interrompit-il impétueusement, que fait à ton amour l'instant où les hommes y mettront leur sceau? en as-tu besoin pour te donner à moi, et accorderas-tu à une de leurs institutions ce que l'excès de mon amour n'aura pu obtenir? Non, Malvina, non, le bonheur de te posséder ne doit émaner que de ta seule volonté; c'est un bien qu'il n'appartient pas aux hommes de donner, et que l'amour seul doit recevoir de l'amour. O ma bien-aimée! rien que lui entre toi et moi, que lui seul nous unisse; n'est-ce pas, ma Malvina? tu le veux! Mais, non, non, ajouta-t-il vivement et en l'entourant de ses bras; ton doux silence a été entendu de ton amant, il ne veut pas d'autre réponse. — Arrêtez, Edmond, s'écria-t-elle en s'efforçant de s'arracher d'auprès de lui. » Ses efforts sont vains; en proie à son délire, il la retient contre son sein. « Arrêtez, dit-elle d'une voix faible. » Il n'écoute rien, ses lèvres ont touché celles de son amante, quelle force humaine pourrait enchaîner ses transports? l'univers entier s'écroulerait, qu'il ne l'entendrait pas. Dans cet instant, la voix seule de la vertu indignée pouvait arriver jusqu'à lui. « Laissez-moi, s'écrie Malvina avec cet accent qui commande et auquel la frénésie même ne résista jamais. » Edmond éperdu obéit; elle fuit sans qu'il songe à la retenir; elle cache sa rougeur brûlante derrière un rideau qu'elle inonde de ses larmes: en vain Edmond à ses pieds veut-il obtenir son pardon; elle résiste à ses prières; elle refuse même de jeter un regard sur lui. « Partez, lui dit-elle, partez; je ne vous reverrai qu'à votre retour. »

Dans le caractère indompté d'Edmond, l'orgueil l'emportait souvent sur la tendresse : il s'indigne à la fin de supplier si long-temps; et, d'une voix où la colère se mêlait au désespoir, il l'assure que, s'il sort sans avoir obtenu sa grâce, elle ne le reverra jamais. Cette menace révolte la fierté de Malvina, et, sans daigner lui parler, elle lui fait signe de la main de s'éloigner. Surpris d'un orgueil qui prétend s'égaler au sien, il ne conjure plus, il ne gémit plus, il sort désespéré; mais, en arrivant chez lui, il succombe accablé sous la violence des passions qui bouillonnent dans son sein, et une fièvre ardente le saisit. Malvina l'apprend, à l'instant elle est vaincue; toute autre considération disparaît; elle croit le voir mourant une seconde fois; une seconde fois elle s'accuse d'être la cause de sa mort; et dès lors il n'est plus de sacrifice qu'elle ne veuille faire, plus de devoirs qu'elle n'oublie, plus de preuve d'amour qu'elle ne soit prête à donner. « O mon Edmond! vis pour ta Malvina, lui écrit-elle; Malvina ne veut plus vivre que pour toi: marque le lieu, le temps, l'heure où tu veux recevoir sa foi, et elle vole aussitôt s'engager pour jamais. »

Sans doute, malgré les miracles d'amour, ce billet n'eût pas suffi pour guérir Edmond, si son indisposition avait été autre chose qu'un accès de fièvre violent, mais passager, et occasioné seulement par les agitations bouillantes et tumultueuses qu'il avait éprouvées. Dès le lendemain, Malvina le vit arriver chez elle, le cœur plein de joie et de reconnaissance, et quoique repentant de son emportement de la veille, et soumis en apparence, toujours constant néanmoins dans sa volonté, et ayant déjà pris toutes les mesures nécessaires pour obliger Malvina à se trouver le lendemain matin, de bonne heure, à l'église où ils devaient recevoir la bénédiction nuptiale. Elle se sentit interdite en voyant que le moment irrévocable était enfin arrivé : un désordre confus s'éleva dans son ame, et le souvenir de ses devoirs luttant contre le sentiment de l'amour, lui livra un cruel assaut, mais ce fut le dernier. Elle surmonta le trouble qui l'obsédait; et, quoi qu'il en pût arriver, elle déclara qu'elle ne rétracterait pas sa promesse, et qu'elle se rendrait le lendemain matin à l'église indiquée.

Le combat que venait d'éprouver Malvina n'avait pas échappé aux yeux d'Edmond, et il avait senti combien il eût été plus délicat à lui de ne point abuser d'un ascendant qui enchaînait Malvina, malgré elle, dans une démarche qu'elle se reprochait; mais l'amour d'Edmond, il faut en convenir, était plus ardent que généreux, et malgré ses scrupules, en proie à sa bouillante impatience, il ne sut pas faire au repos de son amie le sacrifice de ses propres désirs.

Il aurait bien voulu qu'il eût été possible que Malvina l'accompagnât à Londres; sans doute elle le désirait aussi; mais elle lui fit sentir combien il était important de ne pas divulguer leur mariage par une démarche imprudente, avant que milord Sheridan y eût donné son consentement. « Songez, Edmond, lui disait-elle, qu'il est possible qu'il se refuse à vos sollicitations, et que, dans cette terrible alternative, il est essentiel que notre union reste couverte des ombres du mystère, afin que mistriss Birton n'use pas de ses droits pour venir enlever ma Fanny à sa seconde mère. » Edmond, voyant qu'à cette pensée Malvina pouvait à peine retenir ses larmes, se hâta de changer de sujet, et lui dit que, comme il savait que mistriss Birton faisait épier toutes ses démarches, il avait chargé son ami, sir Charles Weymard, de découvrir un prêtre catholique qui consentît à sanctifier leur union; que ce même ami leur servirait de témoin avec mistriss Moody, et qu'il n'y aurait que ces deux seules personnes dans leur confidence, puisque c'était précisément sir Charles qui consentait à lui vendre sa campagne, sous le nom de Malvina. Il fut résolu entre eux qu'aux yeux du monde elle passerait pour la seule propriétaire de ce lieu, et qu'elle serait censée l'avoir achetée pour y vivre dans une profonde retraite, avec son enfant, loin du monde et des hommes, projet qui s'accordait fort bien avec son caractère connu. Si Edmond parvenait à toucher milord Sheridan, il publierait aussitôt son mariage, et amènerait Malvina en triomphe à sa terre près de Glascow; mais si le père de Fanny restait inflexible, alors Malvina ne quitterait point sa retraite, et son époux ne viendrait l'y visiter que par une porte dérobée de l'enclos, afin de ne mettre aucun domestique dans leur confidence.

Enfin il fallut se séparer; Edmond ne pouvait s'y résoudre : quoique certain de rejoindre Malvina dans quelques heures pour l'enchaîner à jamais, il craignait, en la quittant, qu'elle ne s'abandonnât à de tristes réflexions. L'idée qu'elle ne partageait pas tout son bonheur lui était insupportable, et il ne pouvait s'empêcher d'être jaloux du repentir qu'il lui supposait. Assurément la joie de Malvina n'était pas exempte de craintes et de remords; mais enfin elle n'avait plus le choix de son sort, il fallait se donner à Edmond; elle le connaissait ombrageux, et elle rappela tout son courage pour qu'il ne vît en elle aucune incertitude qui pût lui faire craindre qu'elle se donnât à regret.

## CHAPITRE XLV.

### MARIAGE.

Le jour parut enfin; Malvina avait passé toute la nuit sans repos, et, trop agitée pour être contente, elle se leva sans pouvoir fixer une idée : après avoir passé à la hâte une simple robe de mousseline, couvert sa tête d'un chapeau et d'un épais voile blanc, elle monta en voiture avec mistriss Moody, et se fit conduire à l'église. Sir Edmond l'attendait à la porte; il s'avança promptement pour l'aider à descendre; en la soutenant il s'aperçut qu'elle tremblait. « Ma bien-aimée, lui dit-il avec une tendre inquiétude, rassurez-vous; voici l'instant du bonheur, l'instant qui va me faire oublier toutes mes peines; c'est à votre amant, à l'homme que vous avez choisi, préféré entre tous les autres, que vous allez donner cette main adorée. Calmez donc votre effroi; venez, l'autel est prêt. » En parlant ainsi, il la conduisit dans l'église; mais en mettant le pied sur le seuil de ce vaste temple, Malvina se sentit plus agitée encore. Cet autel qui allait recevoir ses serments; ces flambeaux dont la clarté pâle et vacillante n'interrompait que faiblement les épaisses ténèbres des parties reculées de l'église; ces tombes qu'elle foulait aux pieds, et qui toutes lui parlaient de Clara; ce profond silence qui régnait autour d'elle; ce sourd retentissement de ses pas, qui, résonnant dans le vide, et montant par degrés, s'élevait jusqu'à la voûte et allait y mourir : tout portait dans son âme une sorte de terreur auguste dont elle avait peine à se défendre. Cependant elle avançait lentement, appuyée sur le bras d'Edmond, quand sir Charles Weymard vint les joindre; et, après avoir salué Malvina avec un profond respect, il dit à Edmond que le prêtre venait d'arriver, et qu'il était prêt à commencer la cérémonie. Malvina ne répondit rien; Edmond, alarmé de son silence, lui en demanda la cause. « Pourquoi ma tendre amie s'effraie-t-elle? lui dit-il; craint-elle de me voir trop heureux? n'est-ce pas le moment d'écarter tous les souvenirs, toutes les incertitudes? Chère Malvina! c'est pour moi que je vous implore, surmontez votre faiblesse..... — Je n'en ai point, interrompit-elle avec un doux sourire : sans doute la majesté de ce lieu, la solennité de nos engagements remplissent mon cœur d'une sainte émotion; mais il n'hésite pas. » Comme ils approchaient de l'autel, une petite porte s'ouvrit dans le chœur, et le prêtre parut, revêtu de ses habits et un livre de liturgie à la main. La lueur des flambeaux frappait sur son visage; Malvina, les yeux baissés, ne le regardait point; mais sir Edmond l'a reconnu, et s'écrie en frémissant : « Monsieur Prior! » A cette voix qui frappe son oreille, M. Prior soupçonne quelle femme est devant lui, et devine son malheur. Un froid mortel se glisse dans son cœur, le livre lui échappe des mains; il n'ose s'éclaircir, il n'ose approcher : mais Malvina, quoique frappée d'une violente surprise, a senti que ce moment est unique, peut-être, pour obtenir à jamais la confiance de son amant; et, surmontant son agitation, elle s'avance vers M. Prior et lui dit, avec une dignité affectueuse : « Sans doute, ce n'est point un hasard aveugle qui vous amène ici : je reconnais, dans cet événement inattendu, la bonté d'une Providence qui veut augmenter mon bonheur en me le faisant tenir de vous, et sa justice qui se sert, pour bénir l'union de sir Edmond, de la même main qui a versé son sang, comme pour vous offrir un moyen d'expier votre faute..... — Que dites-vous, Malvina? quoi! vous croyez que ma voix consacrera un lien!..... — Pourquoi en douterais-je? interrompit-elle vivement; je n'ai pas cessé de vous estimer. — M. Prior, s'écria sir Edmond en retenant à peine la colère qui commençait à bouillonner dans son sang, sur votre vie, vous ne sortirez pas d'ici sans y avoir achevé la cérémonie pour laquelle vous y fûtes appelé. — Arrêtez, sir Edmond, lui dit aussitôt Malvina avec une sorte d'élévation; songez que cette voûte céleste, où réside la majesté d'un Dieu, ne doit retentir que de paroles de paix, et déposez à ses pieds ce superbe orgueil qui ne supporte pas la moindre résistance : et vous, M. Prior, descendez dans votre conscience, osez en sonder tous les replis, assurez-vous du motif qui vous fait hésiter, et, s'il est condamnable, rougissez, et trouvez des forces pour épurer votre cœur, afin d'être digne de l'élever vers cet Être suprême que votre voix va implorer pour nous. — O mon Dieu! qu'a-t-elle dit? s'écria M. Prior éperdu; serait-il vrai que j'eusse souillé mon cœur d'un désir coupable? et ne puis-je l'expier qu'en sanctifiant moi-même l'abandon de Malvina à un autre? Dieu tout-puissant! Père céleste! détourne ce malheur; et, s'il est possible, que cette coupe passe loin de moi : cependant, non point ce que je veux, mais ce que tu veux; que ta volonté soit faite, et non la mienne. — Et moi, quelle que soit votre détermination, continua Malvina, j'atteste ici ce Dieu puissant, ce saint autel, ces lampes sacrées, ces tombeaux, vous tous présents devant mes yeux, que, sir Edmond Seymour étant celui que mon cœur a choisi, et que je demande au ciel pour époux, je renonce pour jamais à la vue et à l'amitié de l'homme qui refuserait de bénir nos nœuds. »

A cet accent, à cette imprécation, à ce vif enthousiasme qui animaient tous les traits de Malvina, M. Prior ne résista plus. « J'obéis, dit-il; que ce soit à votre voix, à celle du ciel ou de ma conscience, il n'importe, j'obéis; mais souvenez-vous, Malvina, que, quels que soient les torts que le passé me reproche et que l'avenir me prépare, cet instant les efface tous, et qu'il est telle action qui renferme en un seul jour la perfection d'une longue vie. Malvina de Sorcy, Edmond Seymour, unissez vos mains et approchez-vous. » Tous deux s'approchèrent et se mirent à genoux devant l'autel. Après un moment de recueillement, M. Prior commença l'auguste cérémonie; son accent devint impérieux et tonnant en demandant à sir Edmond : *Jurez-vous de protéger et d'aimer toujours cette femme?* Mais en adressant à Malvina cette question : *Jurez-vous d'aimer toujours cet homme?* l'inflexion de sa voix s'adoucit; les paroles sortaient avec lenteur de sa bouche; il semblait se refuser à articuler une phrase dont la réponse allait déchirer son cœur. Cependant les vœux sont prononcés, Malvina et Edmond sont époux, M. Prior appelle sur eux les bénédictions du ciel. « Soyez heureux, dit-il, et ses larmes coulaient, malgré lui, le long de ses joues; soyez heureux ensemble; qu'un

Dieu de bonté et de miséricorde veille sur votre bonheur, et vous rende chaque jour plus chers l'un à l'autre; vous voilà unis, unis jusqu'à l'éternité; allez *en paix*. Et il descendit de l'autel. « Digne et excellent homme, s'écria Edmond en serrant sa main avec amitié, pardonnez à mon emportement, à mes soupçons; devenez mon ami, comme vous serez toujours celui de cette femme, de ma femme, de ma Malvina. Voyez-la souvent, je ne m'y oppose plus : son amitié sera le prix du bien que je tiens de vous aujourd'hui. — M. Prior, lui dit à son tour Malvina avec cette grace touchante qui embellissait tous ses mouvements, rappelez-vous combien de fois vos vœux s'élevèrent vers le ciel pour me voir heureuse; eh bien! je le suis maintenant, et c'est à vous, mon cher, mon estimable ami, que je le dois. — Ah! leur répondit M. Prior en leur serrant les mains et les baignant de larmes, peut-être un jour serai-je appelé à jouir de la vue de votre bonheur et de votre mutuel amour; mais je ne le puis encore, mes forces sont épuisées : l'instant où je viens d'enchaîner Malvina est celui qui m'a révélé tout ce qu'elle était pour moi; j'ai eu horreur de moi-même, et dans la profonde humilité d'un cœur repentant, j'ai dû, comme Michée, donner l'objet de mon amour pour le péché de mon ame : peut-être n'y survivrai-je pas; mais qu'est-ce que ce peu de jours qui sont donnés à l'homme, pour qu'il ne foule pas aux pieds tous les biens de la terre en faveur d'une couronne immortelle? — Non, interrompit Malvina attendrie, vivez long-temps pour être la consolation des malheureux, l'exemple de vos semblables et le bonheur de vos amis. — O Malvina! lui dit-il, vous avez fait rougir mon front en me faisant sentir mon coupable égarement : laissez-moi donc subir mon sort; et, si le ciel juge à propos de me retirer à lui, bénissez avec moi sa miséricorde. En effet, pourquoi désirer une longue vie? qu'y recueille-t-on, si ce n'est d'épuiser jusqu'à la lie la coupe de l'existence, et de mesurer, dans toute son étendue, la misère qui est le partage de l'humanité? Mais vous, sir Edmond, vous, qui venez d'obtenir la seule félicité que le monde puisse offrir et dont il est si avare, une femme vertueuse et sensible, montrez-vous digne de ce bienfait en abjurant à jamais vos erreurs, pour ne vous occuper que du bonheur de cette angélique créature; que la sérénité réside toujours sur son front, comme la vertu dans son cœur; aimez-la comme elle mérite de l'être, et que jamais, jamais l'accent de sa douleur ne vienne retentir dans la profonde retraite où je cours m'ensevelir, et m'apprendre que les angoisses que j'éprouvai en vous unissant étaient un pressentiment funeste du malheur qui devait tomber sur elle. »

Alors, sans attendre de réponse, il les quitta brusquement, et disparut. Les derniers mots qu'il avait dits frappèrent tristement sur le cœur de Malvina : Edmond, transporté de joie, les avait à peine entendus : il ne sentait que son bonheur; il ne voyait que sa femme; il ne pouvait se rassasier de la ravissante harmonie dont ce nom faisait frémir tous ses sens. « Ma Malvina, ma femme! répétait-il hors de lui-même. » Et il la pressait dans ses bras, il la remerciait de sa complaisance, il bénissait son amour, et ne pouvait suffire aux violentes émotions dont il était agité. Malvina, moins ardente et plus tendre, n'aimant pas plus, mais aimant mieux, versait de douces larmes, contemplait son Edmond, et demandait tout bas au ciel de la retirer du monde à l'instant où un époux si cher aurait cessé de trouver tout son bonheur auprès d'elle.

Cependant le jour commençait à paraître. Malvina, après avoir fait, avec un présent considérable, les plus tendres remercîments à mistriss Moody sur ses bons offices, et mille recommandations de discrétion, monta en voiture avec son époux et sir Charles Weymard, pour se rendre à la campagne que celui-ci leur avait vendue.

---

## CHAPITRE XLVI.

BONHEUR CONJUGAL.

La maison était petite, mais élégante et commode; elle était située au milieu d'une vaste forêt qui rendait son abord difficile, et entourée d'un enclos considérable, bordé de haies vives et de larges fossés. Sir Charles, après avoir installé les deux époux dans leur nouveau domicile, et partagé avec eux un frugal repas, promit de protéger lady Malvina Seymour pendant l'absence de sir Edmond, leur souhaita une prompte réunion, et les quitta.

Sir Edmond ne devait rester que deux jours auprès de Malvina, et déja plus de huit s'étaient écoulés sans qu'il songeât à quitter sa charmante épouse, lorsqu'il reçut une lettre de sir Charles, qui lui apprenait que mistriss Birton, inquiète de son absence, le faisait chercher partout, et que, la veille, mistriss Moody lui avait montré une lettre qu'elle avait reçue de mistriss Clare, laquelle lui annonçait qu'alarmée du silence de son amie, elle allait venir elle-même à Édimbourg s'informer de son sort, si on ne lui en donnait promptement des nouvelles.

Alors les deux époux sentirent que le moment de la séparation était arrivé : sans se parler, ils s'entendirent, et, d'un mutuel accord, leurs lèvres s'ouvrirent pour articuler ce mot fatal : *demain*. « Demain ! répéta douloureusement Malvina. — Oui, demain, reprit Edmond avec vivacité; mais encore quelques jours, ma Malvina, et je serai de retour ici, près de toi, heureux comme à présent, ne voyant, ne demandant au ciel d'autre bien que de ne jamais quitter la femme idolâtrée qui remplit mon cœur. » Émue de ces tendres expressions, Malvina se jeta dans les bras de son époux; il la pressa étroitement sur son sein; et, tandis que l'amour les unissait si délicieusement, on eût dit que la nature entière cherchait à s'embellir pour eux. Caché dans les buissons, le rossignol modulait ces cadences touchantes qui semblent partir du cœur, et qui vont y mourir; une source d'eau pure murmurait en bouillonnant sur l'herbe épaisse; le soleil se couchait dans une mer de feu, et peu à peu les premières ombres, descendant lentement sur la terre, luttèrent long-temps contre ses derniers rayons, tant il semblait que, d'accord avec ces époux, le jour quittait à regret la nature.

En retournant à la maison, Malvina, tristement appuyée sur le bras d'Edmond, la tête penchée sur son épaule, fut saisie d'un léger frémissement en voyant quelques rameaux flétris se balancer dans l'air, et tomber pour jamais sur la terre : un rapprochement soudain entre elle et les objets qui l'entouraient la fit trembler pour son bonheur; et le souvenir de cette loi terrible et invariable qui régit toute la nature, et place toujours le moment de la décadence à côté de celui de la plus grande prospérité, remplit son cœur d'un invincible effroi, en lui annonçant qu'elle avait fini d'être heureuse.

Ce fut en vain que, durant toute la soirée, elle chercha à se dérober à l'impression de tristesse qu'elle avait reçue; ni ses efforts, ni les caresses d'Edmond ne purent y réussir. Quoique son époux fût devant ses yeux, déja il était parti pour elle; et, tandis qu'il ne lui parlait que de son retour, elle ne voyait que son départ.

Cependant le jour a reparu, la voiture est prête, l'instant fatal est arrivé. Edmond s'arrache des bras de son épouse; elle pleure et se tait; il la regarde et retombe à ses pieds : leurs larmes se confondent; mais Edmond, sentant ses forces défaillir, s'empresse d'user de celles qui lui restent, et, s'armant d'un cruel courage, il s'éloigne précipitamment. Malvina, éperdue, s'élance après lui. « Edmond, s'écrie-t-elle, encore un mot, encore un adieu, ce sera le dernier. » Mais c'est en vain qu'elle appelle; déja la voiture emportait son époux; il ne l'entendait plus : elle aperçoit la trace des roues fraîchement empreinte sur le sable, les entend rouler sur le pavé, entrevoit la voiture qui fuit à travers les arbres, et la main d'Edmond qui lui fait un signe d'adieu : frappée de l'affreux pressentiment qu'elle ne doit plus le revoir, elle lui crie un dernier adieu, et tombe sans connaissance sur le gazon.

Mais, en revenant à elle, elle se souvient et de l'inquiétude de mistriss Clare, et que plus de deux mois se sont écoulés depuis qu'elle est séparée de son enfant : repentante de son oubli, et sentant bien que la vue seule de Fanny pourra adoucir sa douleur et lui faire supporter l'absence de son époux, elle se hâte d'ordonner les apprêts de son départ, et le fixe au lendemain; mais, quoique son projet soit de revenir tout de suite dans sa retraite, elle ne peut s'en éloigner sans visiter encore tous les lieux qu'elle parcourut avec son époux : tantôt elle s'arrête pour les mieux voir; partout elle trouve un souvenir, des regrets et des larmes; elle leur adresse ses vœux, elle leur demande encore d'heureux jours; d'heureux jours! elle en avait eu, et elle en demandait encore!

Ce ne fut point sans une profonde émotion que Malvina se retrouva dans les bras de mistriss Clare, et serra Fanny dans les siens; mais ce plaisir ne put effacer l'impression douloureuse qu'elle avait reçue en se séparant d'Edmond. Hélas! comment son ame, livrée à toutes les agitations de l'amour, aurait-elle pu être distraite par les soins de l'amitié et les caresses de l'innocence? Ce n'est point dans un jour d'orage qu'on aperçoit l'azur des cieux.

Mais, tandis que le monde n'a rien qui puisse adoucir sa peine, Edmond est-il également occupé d'elle? n'a-t-il qu'une pensée? — Malvina. — Qu'un sentiment? — Aimer Malvina? — Qu'un désir? — Revoir Malvina. — Ah! pour douter de cet accord, est-il nécessaire de se rappeler que, dans son caractère plus ardent que tendre, la passion était plus violente que profonde? Ne suffit-il pas de se ressouvenir qu'il est homme?

Et cette différence qui existe entre la manière d'aimer des deux sexes n'est point rappelée ici comme un reproche, mais comme une simple observation des lois générales de la nature; car cette moitié du monde à qui elle dit : *sois homme*, reçut avec la sensibilité un mélange d'ambition et de gloire; mais celle à qui elle dit : *sois mère*, dut être formée toute d'amour.

Cependant mistriss Birton s'étonne de la disparition de son neveu; par son ordre, mistriss Tap interroge les servantes de la maison et celles du voisinage; elle est bientôt informée des fréquentes visites que sir Edmond rendait chez mistriss Moody à une jeune et jolie dame qui ne recevait que lui, ne sortait jamais, et qu'on n'avait aperçue à travers les croisées que lorsque le hasard lui avait fait négliger de tirer les rideaux qu'elle tenait constamment fermés. Mistriss Birton, en apprenant tous ces détails, entrevoit une partie de la vérité, et se promet bien de découvrir l'autre. En conséquence, elle envoie chercher mistriss Moody, la fait entrer dans son cabinet, la reçoit avec grace et affabilité, la questionne avec adresse, lui parle avec intérêt de son neveu et de Malvina, se plaint de ce qu'ils la négligent; assure que, s'ils lui confiaient leur tendresse, elle ne s'opposerait point à leur union, et affirme qu'elle ne voudrait savoir toute la vérité à cet égard que pour leur accorder leur pardon avant même qu'ils le demandent. Ensuite, s'adressant plus particulièrement à mistriss Moody, elle lui fit sentir de quelle importance deviendrait pour eux tous la personne qui contribuerait à un rapprochement si heureux, exalta la reconnaissance qu'on lui devrait; et ainsi, attaquant tour à tour la vanité et le cœur de cette bonne femme, parvint à lui arracher un secret que ni les menaces, ni les récompenses, n'auraient pu lui faire avouer, mais qu'elle ne put pas refuser à l'espoir de jouer un rôle important dans cette circonstance. Mistriss Birton fut donc instruite du jour et du lieu où Malvina avait été mariée, et, malgré la colère dont elle fut saisie à cette nouvelle, son visage ne changea point de couleur, et sa physionomie ne parut pas altérée; elle congédia mistriss Moody avec une feinte douceur, se contentant de la prier de garder le silence sur ce qui venait de se passer entre elles, afin de ne pas la priver du doux plaisir de surprendre son neveu et sa nouvelle nièce.

Mais à peine fut-elle seule que, n'écoutant plus que son ressentiment, elle combina tous les moyens dont elle pourrait user pour faire casser ce mariage; et, ne doutant point que lord Stafford, oncle et tuteur de lady Sumerhill, sensiblement affecté d'un pareil événement, ne fût disposé à s'en venger, elle se préparait à sortir pour aller réunir sa colère à la sienne, quand sir Edmond se présenta tout-à-coup devant elle en habit de voyage, et lui demanda ses ordres pour Londres.

## CHAPITRE XLVII.

### DANGER DU MONDE.

Sir Edmond avait calculé avec Malvina que la prudence exigeait qu'il passât chez mistriss Birton avant son départ, afin de lui faire part d'un voyage qu'elle ne pouvait pas ignorer, et qui pouvait servir à détourner ses soupçons; et peut-être eût-il produit cet effet si la confidence de mistriss Moody n'en eût pas précédé la nouvelle. En l'écoutant, mistriss Birton sut dissimuler sa colère, lui fit quelques questions sur sa dernière absence, feignit de croire tout ce qu'il lui disait, et, sans démêler le véritable motif de son départ, elle l'apprit avec plaisir; car, tout en se doutant que Malvina y entrait pour beaucoup, elle connaissait assez Edmond pour voir tout ce que cette séparation avait d'heureux pour les projets qu'elle méditait. Aussi, loin de faire la moindre objection, elle approuva son voyage, et lui dit : « Je vous sais gré de n'être point parti sans me voir; c'est un souvenir auquel je suis très-sensible; mais ne puis-je espérer que vous joindrez à cette attention la complaisance de vous arrêter quelques instants chez milady Dorset, dont le château se trouve sur votre route, pour remettre, de ma part, à mistriss Fenwich, qui y est depuis quinze jours, une lettre importante et pressée? » Edmond lui dit qu'il s'en chargerait, et elle passa dans son cabinet pour l'écrire.

« Ma jeune amie, lui disait-elle, j'ap-« prends à l'instant *qu'ils* sont mariés. « La lettre que je vous ai écrite der-« nièrement doit vous faire juger que « je ne supporterai pas patiemment de « me voir jouée de la sorte; mais, si ma « vengeance ne me trompe pas, dans peu « j'aurai rompu un lien qui m'outrage « sous tous les rapports. Vous pouvez « m'aider beaucoup en cela : il faut ab-« solument que vous ayez l'art de retenir « Edmond pendant quelques jours chez « milady Dorset; je ne dois pas suppo-« ser que cela puisse vous être difficile, « d'autant plus que je ne vous interdis « aucuns moyens; tous seront bons, « pourvu que vous réussissiez. Pendant « qu'il s'oubliera près de vous, je pro-« fiterai de ce temps pour présenter, de « concert avec milord Stafford, une pé-« tition au gouvernement, tendante à « lui présenter Edmond comme un ar-« dent zélateur des principes français, « comme un sujet qui peut déshonorer « sa famille, et qu'elle désire, en con-« séquence, faire embarquer pour les « Grandes-Indes. Quelque difficile que « paraisse le succès de ce projet, à l'aide « de nos nombreuses protections, je suis « presque sûre d'en venir à bout; lors-« que je le saurai à bord du navire prêt « à faire voile pour sa destination, je « capitulerai, pour ainsi dire, avec lui, « en m'engageant à lui faire rendre sa « liberté s'il consent à signer l'acte de « cassation de son mariage. D'un autre « côté, je ferai signifier à madame de « Sorcy l'ordre de remettre sur-le-champ « miss Fanny Sheridan entre mes mains,

« à moins qu'elle n'accepte aussi de re- « connaître la nullité de son union : s'ils « se soumettent à mes désirs, j'aurai « bientôt obtenu la dissolution d'un lien « qui a détruit toutes mes espérances; » s'ils me refusent, s'ils osent me braver « hautement, du moins leur désespoir « me vengera, et, en arrachant à Ed- « mond une femme chérie, et à l'odieuse « Malvina son enfant et son époux, je « les rendrai si malheureux, que je croi- « rai presque avoir réussi. Adieu, ma « jeune amie, je me recommande à votre « adresse; déployez tous vos charmes « pour retenir Edmond, afin que ma pé- « tition arrive avant lui à Londres, et « que les amis qu'il a sans doute dans « le gouvernement ne puissent pas avoir « le temps de le prévenir.

« Anna Birton. »

Elle rentra, et remit sa lettre à Edmond avec un air de bonté et de franchise qui aurait trompé la défiance même; mais cet artifice était plus qu'inutile, car elle savait bien qu'il ne pouvait avoir aucune inquiétude sur ce que sa lettre contenait, et que, lors même qu'il en aurait conçu, il avait sur ce point une probité trop sévère pour avoir à craindre de lui l'ombre d'une indiscrétion.

Il partit, et, selon sa promesse, il s'arrêta le lendemain au soir chez milady Dorset. Il donna la lettre de mistriss Birton à Williams, son domestique, pour qu'il la remît sur-le-champ à mistriss Fenwich; car son intention était de ne pas perdre un instant, et de continuer sa route sans même descendre de voiture. Mais mistriss Fenwich n'avait pas besoin des ordres de mistriss Birton pour mettre toute son adresse en usage afin de retenir Edmond près d'elle; elle l'avait réellement aimé : l'éclat des conquêtes, le tumulte du monde, la distraction d'un long voyage n'avaient pu le lui faire oublier. Occupée du désir de le revoir, elle avait laissé M. Fenwich à Dublin, et revenait auprès de mistriss Birton, s'attendant bien à y trouver sir Edmond, et se flattant de l'enchaîner de nouveau. Beaucoup de motifs pouvaient autoriser cette espérance; ses voyages avaient développé son esprit et même sa beauté : partout où elle s'était montrée elle avait été l'objet des hommages universels; et, quoiqu'ils l'enivrassent d'orgueil, elle sentait au fond de l'ame qu'elle les aurait tous sacrifiés à l'espoir d'obtenir ceux d'Edmond. Elle habitait depuis peu de jours le château de milady Dorset, et déjà elle avait attaché à son char tous les hommes de cette cour; mais rien ne pouvait la retenir, et l'image de sir Edmond allait l'emporter et la ramener à Édimboug, lorsqu'elle reçut la lettre de mistriss Birton. La nouvelle du mariage d'Edmond l'étonna, son cœur en fut troublé; mais il était séparé de Malvina, il était chez milady Dorset; elle allait le revoir : ces pensées adoucirent à l'instant sa douleur; elle connaissait Edmond, et elle commençait à connaître assez le monde pour juger la différence des dispositions de l'amant qui espère et de l'époux qui possède, et apprécier par là les obstacles que l'hymen met en général à l'infidélité.

Cependant, tandis qu'Edmond s'impatiente dans sa voiture, que Williams attend à la porte de mistriss Fenwich si elle n'a pas une réponse ou une commission pour son maître, cette jeune femme réfléchit comment elle doit s'y prendre pour arrêter sir Edmond et perdre Malvina : elle fait entrer Williams, elle l'examine, le questionne, croit s'apercevoir qu'il est d'un caractère à l'aider dans ses projets, et lui parle de la sorte :

« Williams, votre maître a encouru la disgrace de mistriss Birton; la plus imprudente démarche le prive à jamais de ses bontés : cependant, si vous aimez votre maître, vous pouvez m'aider à réparer son étourderie, et, en suivant exactement mes ordres, nous parviendrons peut-être à lui rendre l'héritage de sa tante; il y aura, de plus, cinquante guinées à gagner pour vous. »

Cette dernière considération était plus que suffisante pour déterminer Williams, et il fut convenu entre lui et mistriss Fenwich qu'il l'instruirait exactement de toutes les démarches de son maître, et ferait passer par ses mains toutes les lettres qu'il pourrait écrire ou recevoir.

Ceci conclu, mistriss Fenwich fait dire à Edmond que la lettre de mistriss Birton exige qu'elle en écrive une à Londres, très-importante, très-pressée, dont elle espère qu'il voudra bien se charger; et, en attendant qu'elle soit écrite, elle l'engage à descendre un moment dans le château. Milady Dorset ayant appris par elle que sir Edmond Seymour est à sa porte, va le joindre à sa voiture, lui fait de vifs reproches sur son impolitesse, et le force à monter dans le salon jusqu'à ce que la lettre de mistriss Fenwich soit prête. Il cède avec humeur, et va se réunir, malgré lui, à une nombreuse société, composée des hommes les plus gais et des femmes les plus jolies. Peu de temps après, mistriss Fenwich entre, un paquet à la main, et le lui remet, sans faire aucune instance pour le retenir : il la regarde à peine, et s'apprête à partir sur-le-champ. Mais l'officieux Williams a cru que son maître passerait la nuit au château; il vient de renvoyer les chevaux; il est trop tard pour en aller chercher d'autres. Mistriss Fenwich, inconsolable d'être cause de ce contre-temps, offre les siens pour conduire Edmond jusqu'à la poste prochaine; mais il y en a un de déferré, il ne pourra être prêt que le lendemain : milady Dorset et toute sa société se réjouissent de cet accident; mistriss Fenwich seule en paraît fâchée; elle s'excuse d'un ton si vrai, que sir Edmond ne doute point de sa bonne foi. L'obligation de rester près d'elle lui donne le temps de l'examiner davantage, et il est frappé du changement qui s'est fait en elle : chacun lui répète qu'elle est présentement la femme la plus à la mode; que le monde la compte parmi les beautés célèbres, et il trouve que le monde n'a pas tort. Ce n'est plus cette miss Melmor dont l'inexpérience ne savait tirer qu'un médiocre parti des avantages dont la nature l'avait pourvue; la coquetterie en a fait une autre femme, et chaque jour ajoute un charme à sa figure et un agrément à son esprit; peut-être n'a-t-elle rien de ce qui attache, mais elle a tout ce qui séduit; peut-être s'en lasserait-on dans la solitude, mais dans le monde il faut tout quitter pour elle; ses naïvetés sont si plaisantes! ses saillies si heureuses! son persiflage si piquant! d'ailleurs, comment échapper à ses yeux tendres et vifs qui semblent ne regarder que vous, qui vous poursuivent, vous enchaînent, et se baissent avec modestie aussitôt qu'ils sont parvenus à vous émouvoir? Et si je parle de ce souris touchant et fin qui a l'air de dire tant de choses, de ce regard languissant et voluptueux qui promet tant de plaisirs, de ces phrases entrecoupées qui allument l'imagination en excitant la curiosité, de ces réticences adroites qui laissent tout espérer sans rien promettre, de ces efforts affectés qui ne retiennent ce qu'on veut dire que pour doubler le prix de ce qui échappe; enfin, si j'ajoute à cela ces douces rêveries, ces distractions jouées, ce désordre enchanteur de la toilette qui laisse apercevoir, comme par hasard, ce qu'on rougirait de montrer, peut-être aurais-je peint une coquette, mais je n'aurais pas rendu encore mistriss Fenwich.

Avec tous ces avantages mistriss Fenwich tournait toutes les têtes, mais ne parlait pas au cœur; car, si la figure fait les conquêtes, le caractère seul fait les passions. Cependant, tout attrayante qu'elle est, l'amant, l'époux heureux de la tendre Malvina est bien éloigné de la craindre : peut-il douter de lui même? ne serait-ce pas se méfier de la sincérité de son amour? et la seule pensée qu'il peut être ému par une autre femme ne serait-elle pas un outrage pour sa Malvina, et un crime horrible à ses yeux? Sans doute, cette confiance est une preuve de sa profonde tendresse; mais cependant comment avait-il la présomption de se croire à l'abri d'un moment d'entraînement? de pareilles fautes n'ont-elles pas été reprochées aux plus tendres amants[1]? et pouvait-il oublier que la nature ayant permis aux hommes d'être infidèles sans cesser d'être constants, l'amour ne fut jamais chez eux un rempart contre la séduction des sens?

## CHAPITRE XLVIII.

### ESSAI SUR LA COQUETTERIE.

Mais, si l'usage du monde a développé les graces de mistriss Fenwich, il lui a donné une finesse d'observation, un tact pénétrant, qui lui indiquent toujours la nuance juste dont il faut colorer ses projets pour qu'ils puissent réussir : elle est sûre que sir Edmond a juré à sa femme d'être toujours fidèle, et qu'il veut tenir son serment; par conséquent des avances trop marquées seraient maladroites, en ce qu'elles le feraient penser à se tenir sur ses gardes; d'un autre côté, il serait dangereux de paraître l'oublier entièrement, parce que, de là au point où elle veut le mener, il y a un chemin immense, et qu'elle sait bien qu'il ne fera point le premier pas. Pour réussir, il faut donc le séduire sans qu'il s'en doute, être assez aimable pour qu'il le sente et non pas pour qu'il le remarque, et l'occuper si continuellement, qu'entraîné à son insu, hors de lui, respirant à peine, il se trouve entièrement subjugué, sans avoir eu le temps de donner un souvenir à ce qu'il oublie, ni une réflexion à ce qu'il éprouve. D'après ce plan, elle ne néglige aucune occasion de se trouver près de lui, et ne paraît jamais les chercher; elle se garde de lui parler la première; mais elle a l'art de l'obliger à lui adresser la parole, et l'art plus dangereux encore de répondre avec cette piquante réserve qui provoque les questions et prolonge avec intérêt la conversation la plus indifférente. Sir Edmond est d'autant plus aisément dupe de ses artifices, qu'il ne s'en méfie pas, et qu'il se repose sur la profonde connaissance qu'il pense avoir des femmes pour croire qu'aucune ne pourra jamais le tromper : il ignorait apparemment qu'un homme, tel clairvoyant qu'il soit, ne peut point acquérir dans une seule vie assez d'expérience et de sagacité pour pénétrer toute la variété et la profondeur de l'art de la coquetterie. Il croit voir dans l'apparente négligence de mistriss Fenwich la certitude qu'elle a perdu l'orgueilleux espoir de l'emporter sur Malvina, et il lui en sait gré; il jette un coup d'œil de dédain sur toutes les beautés qui semblent vouloir se disputer ses regards, et se rapproche de la seule qui ne paraît pas les chercher. Cette distinction n'échappe point à mistriss Fenwich; elle y aperçoit le commencement de son triomphe, et y puise une confiance qu'elle cache adroitement, mais dont l'effet est de la rendre plus aimable encore. Cependant ce n'est point avec sir Edmond qu'elle fait briller son esprit; non, elle réserve pour lui ces demi-mots touchants qui ont l'air d'échapper à la négligence : mais s'adresse-t-elle à d'autres? alors sa conversation pétille de traits charmants, ses lèvres fraîches et vermeilles s'embellissent du feu et de la grace de ses discours; et pourtant cette femme séduisante n'est autre chose que la jolie miss Melmor! et il se peut que miss Melmor ne fasse aucuns frais pour plaire à sir Edmond! Il le voit et s'en étonne. Cependant la joie règne autour d'eux, et mistriss Fenwich est la première à se prêter à la gaieté générale : on parle de danser; c'est le triomphe de mistriss Fenwich; c'est là que ses graces se déploient; si sa danse n'est pas noble et décente comme celle de Malvina, elle est légère et voluptueuse; ses mouvements, ses regards ne vont point à l'ame, mais troublent les sens; elle ne cause, il est vrai, qu'une impression momentanée, mais aussi est-il impossible d'y résister? Peu à peu la tête de sir Edmond se monte; mistriss Fenwich, attentive à toutes ses impressions, s'en aperçoit et profite de ce moment

[1] Saint-Preux, dans la *Nouvelle Héloïse;* milord d'Ossey, dans les *Lettres de Juliette Catesby.*

pour demander une walse; elle sent que le succès de ses premières tentatives lui permet d'en hasarder une autre; elle laisse voir à Edmond le désir de ne walser qu'avec lui, en lui disant à voix basse : « La walse va commencer, je l'aime avec passion; mais, parmi tous les hommes qui sont ici, le seul qui ne soit pas étranger pour Kitty est le seul avec qui elle voudrait la danser. » Ce nom de Kitty réveillait bien des souvenirs; il regarda mistriss Fenwich pour s'assurer si elle le rappelait avec intention : jamais Kitty n'avait été si jolie; et le regard le plus tendre lui apprit qu'elle était toujours sa Kitty. Il voit tous les hommes qui l'entourent remarquer avec envie et surprise la préférence dont il est l'objet; il ne résiste pas au désir de jouir de son triomphe à leurs yeux; et, bien décidé à quitter mistriss Fenwich après la walse, il s'avance, et commence avec elle cette danse dangereuse, que la volupté imagina pour éveiller le désir, amollir le courage et enflammer l'innocence. Bientôt toute cette brillante assemblée entoure une table couverte des mets les plus somptueux et des vins les plus exquis; on croirait voir un souper de Paris sur les confins de l'Écosse : les femmes sont animées de cette gaieté piquante qui n'appartient qu'aux Françaises; la main de mistriss Fenwich verse à tous les convives un vin pétillant et léger : c'est toujours par sir Edmond qu'elle commence; c'est toujours par lui qu'elle finit; on dirait que, ne se reposant pas sur elle seule du soin de l'émouvoir, elle veuille employer d'autres armes que celles de la beauté pour y réussir, et que tous les moyens lui sont bons, pourvu qu'elle le séduise. Mais déja la tête d'Edmond, que la walse avait commencé à enflammer, s'exalte et se perd; les ris bruyants, les fumées du vin, les regards d'une femme charmante, tout conspire contre sa sagesse et contre le bonheur de Malvina. L'insensé! il ne songe pas qu'il ne faut souvent qu'un seul instant pour détruire cette paix de l'ame que la plus longue vie ne nous rend pas! Mais il ne sait plus ce qu'il fait; et mistriss Fenwich, ne doutant plus de sa victoire, et s'abandonnant trop tôt à la confiance qu'elle lui inspire, croit pouvoir tout oser, et saisit ce moment pour exiger d'Edmond qu'il prolonge son séjour chez milady Dorset; mais cette indiscrète prière lui rappelle, avec son voyage, la cause qui en est l'objet, et il jure de ne pas le retarder d'un jour. Sans se rendre compte de l'état où il est, il se sent en danger; et, craignant de n'être pas toujours aussi sûr de lui, au lieu de répondre à mistriss Fenwich, il se retourne, appelle son domestique, et lui dit : « Williams, ayez soin de tenir ma chaise prête demain matin à six heures, sans faute. » Cet ordre perce le cœur de mistriss Fenwich; elle sent qu'elle s'est trop avancée; et, pour réparer son étourderie, elle feint de n'avoir pas entendu Edmond, ne parle plus de départ, conserve un visage riant, et ne s'occupe que de lui faire oublier ce qu'elle a eu la maladresse de lui rappeler. Sûre qu'auprès de lui elle ne peut compter sur le lendemain, et qu'il faut profiter du moment présent, ou risquer de le perdre pour jamais, son plan est formé, son parti est pris; elle saura bien l'empêcher de partir : alors elle se lève de table, après avoir versé encore quelques verres de punch, et donne le signal de ces jeux innocents que la liberté de la campagne autorise, mais que l'exaltation des têtes rend quelquefois si dangereux. Tantôt, un bandeau sur les yeux, elle court les bras étendus, et relevant avec adresse un coin du mouchoir, aperçoit sir Edmond, se dirige de son côté, et se précipitant avec un rire folâtre entre ses bras, feint de le méconnaître et nomme le vieux lord Chatam : un instant après, une pénitence qu'elle a su se ménager l'oblige de recevoir un baiser de sir Edmond; elle déclare qu'elle n'obéira pas; il veut, du moins, prendre ce qu'elle lui refuse; elle s'en défend avec cette mollesse qui ne résiste que pour accroître le prix de ce qu'on lui ravit;

et, dans ce combat où l'on ne repousse que pour attirer, et où chaque mouvement est une faveur, sous l'ombre de la réserve, elle sait accorder bien plus qu'on ne lui demande; et, feignant de détourner la tête au moment où il allait effleurer sa joue, ce sont ses lèvres qu'il rencontre : alors elle feint d'être fâchée, et, pour le punir de sa témérité, d'une main légère, en riant, elle lui donne un soufflet et s'enfuit; il court après elle pour se venger; toute la société se mêle à leurs débats, et parcourt le château en le faisant retentir de chants de gaieté et de cris de joie. Au milieu de ce tumulte, mistriss Fenwich ne perd pas de vue sir Edmond; elle l'entraîne, il la suit : bientôt chacun se retire; le bruit cesse, le silence succède, la nuit s'écoule; et le lendemain à six heures, lorsque Williams entra chez son maître pour l'avertir que sa chaise était prête, il ne le trouva pas dans son appartement.

## CHAPITRE XLIX.

### EFFETS D'UNE FAUTE.

Le soleil brillait depuis quelques heures sur l'horizon, lorsque sir Edmond en désordre, marchant précipitamment, appelle Williams à plusieurs reprises, et lui demande d'un ton brusque et chagrin pourquoi la chaise n'est pas prête. Williams répond, en souriant, que depuis plus de trois heures les chevaux étaient à la voiture, mais qu'il vient de les faire dételer, parce que, ne le trouvant pas chez lui, il avait supposé qu'il avait changé d'avis. Le sourire de Williams, ce jour déjà si avancé, le souvenir de Malvina, sont autant d'accusations qui s'élèvent dans le cœur d'Edmond pour lui reprocher sa faute. « Faites préparer ma chaise sur-le-champ, dit-il avec colère à Williams; avertissez-moi aussitôt qu'elle sera prête, et dorénavant ne vous avisez plus d'agir sans avoir reçu mes ordres. » Et, en attendant le moment du départ, il court s'enfermer dans sa chambre, et croit soulager ses tourments en essayant d'écrire à Malvina.

C'est alors qu'il éprouve combien il est affreux de s'être ôté le pouvoir d'être vrai avec ce qu'on aime; il n'ose risquer un aveu qui empoisonnerait la paix de Malvina, et le tourment d'avoir quelque chose à lui cacher, a pour jamais détruit la sienne. Sa plume se traîne avec effort; ces lettres, qui devaient être le bonheur de son absence, en sont devenues le supplice, et c'est ainsi que l'amour outragé se venge en mettant la plus horrible contrainte à la place du plus doux abandon. Edmond s'aperçoit de la gêne qui respire dans ses expressions; il en trouve l'empreinte dans chaque ligne; elle perce jusque dans les assurances de son amour, et pourtant jamais assurances ne furent plus vraies; mais le sentiment de sa coupable faiblesse leur a ôté cette abondance passionnée, cette énergie d'expression, cet enivrement unique d'un cœur qui ne voit qu'un seul objet dans la nature. S'il le sent, combien Malvina ne le sentira-t-elle pas plus encore? S'il n'écrit que quelques lignes, il se trahira moins, mais cette brièveté même ne le décèlera-t-elle pas? Elle n'est point naturelle; il ne l'aurait pas eue la veille. Un seul instant a-t-il donc détruit la confiance, et une seule faute, le bonheur? Oh! combien le tourment qu'il éprouve lui fait haïr mistriss Fenwich! combien il se promet que, dorénavant, son extrême froideur envers elle réparera l'offense qu'il a faite à Malvina! Ce serment, qui était le cri de son cœur, calme sa conscience, et lui permet de donner à son style plus d'ouverture et de facilité : alors il recommence une autre lettre, où il apprend à Malvina comment il a été obligé de s'arrêter quelques heures chez milady Dorset, et combien cette nécessité lui a été insupportable : il dit un mot de mistriss Fenwich; ce nom est accompagné d'un sentiment de dédain, et jamais il ne fut plus pénétré de ce qu'il disait.

« O ma Malvina, écrivait-il, je n'ai « plus d'autre pensée que celle de te re- « joindre : c'est pour moi, bien plus « que pour toi encore, que je cours ré- « parer, par la plus prompte célérité, « les heures que j'ai perdues ici, afin de « retrouver plus tôt ce bonheur dont le « passé m'offre la brûlante image, et « que mes vœux ardents redemandent à « l'avenir. »

Mais, tandis qu'il écrit, Williams instruit mistriss Fenwich que son maître s'apprête à partir, et cette dangereuse sirène va tenter de l'enlacer encore. Elle court dans la chambre d'Emond, se jette dans ses bras en pleurant, l'amour, les larmes l'embellissent; elle le presse, le conjure de ne pas la quitter si tôt; elle est presque à ses pieds; ses yeux sont remplis de langueur, ses lèvres exhalent la volupté; on dirait que le plaisir a répandu toutes ses roses sur son teint. Edmond la repousse. « Laissez-moi, lui dit-il, je n'ai déja que trop resté. — Edmond s'écria-t-elle, Kitty n'a-t-elle aucun droit à votre complaisance? Elle ne vous demande qu'un jour, et elle ne pourra pas l'obtenir! Ne saurez-vous donc être jamais qu'ingrat envers elle? — Kitty, répondit-il en dégageant sa main d'entre les siennes, un devoir indispensable m'appelle à Londres, et ce sera le malheur de toute ma vie de l'avoir oublié un instant. — Eh bien! répondit-elle vivement, si telle est votre situation, et que vous ne puissiez accorder un seul jour à celle qui vous a tout donné, m'empêcherez-vous de vous suivre? Je veux aller à Londres, Edmond, les affaires de mistriss Birton l'exigent; elle me saura gré de ce voyage, et du moins je ne quitterai pas le seul homme que j'aie aimé au monde. — Vous pouvez aller à Londres, Kitty, repartit Edmond; mais je vous déclare que ce ne sera point avec moi. — Ce ne sera point avec vous! s'écria-t-elle vivement; et comment éviterez-vous que je vous suive, que je m'attache à tous vos pas? Croyez-vous que je sois effrayée de l'opinion qu'on prendra de moi dans le château? Détrompez-vous; je vais de ce pas prévenir milady Dorset que des affaires imprévues et pressantes m'appellent à Londres, et que, sans égard pour mon âge et les preuves d'amour que je vous ai données, vous avez l'ingratitude de me repousser, et la barbarie de me laisser seule m'exposer au danger d'une si longue route. » Edmond, effrayé de l'intention de mistriss Fenwich, et craignant surtout que l'éclat qu'elle veut faire ne retentisse aux oreilles de Malvina, la retient, l'apaise, et cherche à la dissuader : c'est en vain; mistriss Fenwich est déterminée à partir avec lui ou à se plaindre hautement. Dans cette cruelle alternative, il lui promet de l'attendre; mais, tandis qu'elle s'éloigne, pour faire les préparatifs de son départ, il descend doucement dans l'écurie, fait seller un cheval, de peur que le bruit de la voiture ne le décèle, ordonne à Williams de venir le joindre à Londres avec sa chaise, lui remet sa lettre pour Malvina, afin qu'il trouve un exprès qui la lui porte sur-le-champ, trace avec son crayon un billet à la hâte pour mistriss Fenwich, et part à franc étrier.

Mistriss Fenwich est outrée en apprenant le départ d'Edmond; mais le billet que lui remet Williams lui donne l'espoir de se venger. Voici ce qu'il contenait :

EDMOND SEYMOUR A MISTRISS FENWICH.

« Je pars sans vous revoir, Kitty; « laissez-moi m'éloigner sans vous, je « dois vous craindre; vous m'avez en- « traîné, vous m'avez fait tout oublier, « tout... un ange! Je vous hais, Kitty, « mais moins encore que je ne me hais « moi-même; et jusqu'à la fin de ma « vie, je me reprocherai les coupables « heures que je viens de passer près de « vous. »

Mistriss Fenwich lit plusieurs fois ce billet, et n'en est que plus excitée à se venger; elle lit aussi la lettre qu'il écrit à Malvina, et que, selon leurs conventions, Williams a remise entre ses mains; elle médite long-temps ses desseins, et, quand elle a pris son parti, elle appelle Williams, et lui parle ainsi :

« Je partirai demain pour Londres, dans la voiture que votre maître a laissée ici : vous, allez dès aujourd'hui porter sa lettre à madame de Sorcy ; dites-lui qu'il attend la réponse chez milady Dorset ; que son projet était bien de se rendre tout de suite à Londres, mais que mistriss Fenwich l'ayant prié de l'attendre, il a souscrit tout de suite à son désir : que tout cela ne soit pas dit comme un récit qu'on fait, mais comme une indiscrétion qui échappe. En la quittant, ayez soin de laisser tomber ce billet que votre maître vient de m'écrire. » Mais avant, elle en déchire la fin, ne laisse subsister que les premières lignes, le chiffonne, afin que Malvina puisse croire que sir Edmond avait remis ce billet à Williams pour le donner à mistriss Fenwich lorsqu'il était décidé à partir ; mais que depuis, ayant cédé à ses tendres instances, son billet était devenu inutile, et qu'il avait oublié de le redemander à Williams. « Quand vous reviendrez à Londres, ajoute-t-elle, c'est à moi que vous apporterez la réponse de madame de Sorcy, et je vous dirai s'il est bon que votre maître la voie. Allez, prenez ces dix guinées pour boire à ma santé pendant la route ; et soyez sûr, si vous exécutez fidèlement mes ordres, d'être généreusement récompensé à votre retour. »

Williams, muni de ces instructions, partit ; et, dès le lendemain, mistriss Fenwich se mit en route pour Londres. Elle avait plus d'un motif pour y aller, car elle comptait bien se faire un mérite auprès de mistriss Birton, d'un voyage que son penchant seul l'aurait décidée à faire.

« Je crois remplir vos intentions, « lui écrivait-elle, en me décidant à « suivre votre neveu à Londres, car « j'ai lieu de penser que, lorsque vos « sollicitations auprès des ministres « seront appuyées par une femme à qui « la nature a donné quelques moyens « de plaire, elles seront plus favora- « blement écoutées ; et l'espérance de « vous être utile, dans une occasion « si importante, me fait passer aisé- « ment par-dessus la fatigue d'un « long voyage et les interprétations « malignes qu'on pourra y donner. »

Mistriss Fenwich était très-déterminée, dans le cas où elle ne parviendrait pas à séduire entièrement sir Edmond, à mettre en usage tout le crédit que ses charmes pourraient lui donner, pour assurer le succès des projets de mistriss Birton ; car l'amour et l'orgueil blessés lui donnaient une énergie de méchanceté qui n'était pas dans son caractère ; et elle sentait que, pour se venger de Malvina, il n'était aucune démarche qu'elle ne voulût faire, ni aucune vengeance qu'elle n'adoptât.

Ce fut dans ces dispositions qu'elle arriva à Londres, trois jours après sir Edmond. Elle descendit au même hôtel qu'il habitait, et demanda s'il était chez lui : on lui répondit qu'il venait de sortir, et que vraisemblablement il ne rentrerait que le soir. Elle se félicita presque d'une absence qui lui permettait de prendre certains arrangements analogues à ses vues ; et, après s'être établie dans un appartement voisin de celui d'Edmond, elle recommanda qu'aussitôt qu'il rentrerait on le fît monter chez elle, sans lui dire quelle était la personne qui le demandait.

Le premier soin de sir Edmond, en arrivant à Londres, avait été de courir chez milord Sheridan ; mais celui-ci était parti la veille, et ne devait revenir que le lendemain. En vain s'informa-t-il du lieu où il était allé, afin de courir sur ses traces ; personne ne put l'en instruire : cependant il passait chaque jour chez le père de Fanny, dans l'espérance que son retour serait plus prompt qu'on ne lui avait annoncé, et chaque jour, déçu dans son attente, il retournait à son hôtel, triste, découragé, sans avoir la force de faire part à Malvina de l'événement qui prolongeait son séjour à Londres, parce qu'il sentait bien qu'elle calculerait que les heures qu'il avait passées chez milady Dorset étaient la seule cause qui lui avait fait manquer milord Sheridan.

Mais pourtant, réfléchissait-il en rentrant chez lui, ne vaut-il pas mieux ouvrir mon cœur à Malvina, encourir ses reproches et obtenir ma grace, que de dissimuler toujours avec elle, et la laisser en proie à l'inquiétude? « Ah! ne tardons pas plus long-temps à lui avouer mes torts, dût-elle ne les jamais pardonner. » Et, plein de cette idée, il se préparait à monter dans sa chambre, lorsqu'on l'avertit qu'une dame, arrivée le jour même, demandait à lui parler sur-le-champ. Préoccupé par l'image de Malvina, il se figure que c'est elle qui est venue le joindre, et il court à l'appartement indiqué. Il entre précipitamment, la chambre était à peine éclairée: il aperçoit dans l'obscurité une femme à demi couchée sur un canapé; il s'élance auprès d'elle, il la serre dans ses bras; mais il a reconnu mistriss Fenwich, et la repousse en s'écriant : « Ah Dieu! ce n'est pas elle! » L'adroite Kitty ne se plaint point, mais elle gémit, et, forçant Edmond à s'asseoir auprès d'elle, elle prend ses deux mains entre les siennes, le regarde un moment en silence, et lui dit enfin : « Je le vois, Edmond, ce n'est pas moi que vous attendiez; mais, dis-le, homme ingrat! cette rivale que ton cœur préfère a-t-elle autant de droits que moi à ton amour? A-t-elle bravé, pour te revoir, le danger d'un long voyage, la colère de mistriss Birton, les reproches d'un époux offensé, et l'opinion publique? Est-elle ici enfin? — Présomptueuse Kitty, lui répondit Edmond, gardez-vous d'oser vous comparer à celle qui est au-dessus de toute comparaison, et ne pensez pas que j'attribue à l'amour une démarche qui n'est l'effet que de votre étourderie. » Kitty, offensée d'une pareille idée, chercha vainement à la détruire; ne pouvant y réussir, elle pensa qu'il serait peut-être plus facile de l'en distraire, et mit en usage tout ce qu'elle avait d'attraits et de séduction pour parvenir à son but.

Mais maintenant c'est en vain qu'elle s'efforce d'y réussir, l'image de Malvina ne quitte plus le cœur d'Edmond; toujours elle est présente à ses yeux, toujours il lui parle, s'accuse, gémit de son égarement, ne voit plus qu'avec un sentiment de répugnance et même d'aversion celle qui fut la cause et la complice de sa faute.

## CHAPITRE L.

### NOUVELLE FUNESTE.

La nuit enveloppait le monde depuis quelques heures, et le silence, plus que la paix, régnait dans l'asile de Malvina, lorsque mistriss Clare, qui avait quitté sa terre pour suivre son amie, lui proposa une lecture, dans l'espérance de la distraire des inquiétudes qui l'obsédaient. Malvina y consentit, et, sensible à l'intention de mistriss Clare, elle s'efforçait de l'écouter, quand Williams parut tout-à-coup devant elle. En le voyant, elle jette un cri, se lève, s'avance, et lui demande précipitamment si son maître le suit. « Lui, madame, répondit-il en souriant, non, vraiment; je l'ai laissé avec milady Dorset. — Comment? est-ce qu'il n'est pas à Londres? — Quant à cela, madame, il est vrai que son projet était d'y aller; mais..... — Mais quel obstacle imprévu s'y est donc opposé? — Aucun autre que sa volonté, madame; et, ma foi, ce n'est pas un miracle qu'une bonne société et de jolies femmes aient retenu mon maître. » A ces mots Malvina pâlit; mais, dédaignant d'interroger un valet sur la conduite de son époux, elle se contente de lui demander si sir Edmond ne l'a point chargé d'une lettre pour elle. « Pardonnez-moi, madame; en voici une, répondit-il en la lui remettant. » Elle la prit en silence, et se disposait à passer dans la chambre à côté pour la lire plus tranquillement, lorsque Williams l'arrêta pour lui dire « que, si elle avait une réponse à faire, elle voudrait bien la donner ce soir, parce que son maître l'attendait chez milady Dorset..... — Votre maître l'attend? interrompit-elle en retenant ses pleurs; » car elle venait d'être frappée de l'idée confuse que, puisque Edmond avait le temps d'attendre son domestique, il aurait eu celui de venir lui-même, et qu'il n'en avait pas profité. « Oui, madame, répliqua-t-il; et il m'a même recommandé de me hâter, afin de ne pas retarder son départ : cependant je pense bien que mistriss Fenwich obtiendra encore de lui de prolonger son séjour chez milady Dorset; c'est une femme à laquelle il ne peut rien refuser..... Il est vrai que, puisqu'elle part avec lui pour Londres..... — Mon Dieu! ma chère, s'écria mistriss Clare, effrayée de l'extrême altération qui se peignait sur le visage de Malvina, vous n'êtes pas bien, vous avez besoin de secours. — Je n'en puis trouver que là, répliqua Malvina d'une voix étouffée, et en montrant la lettre d'Edmond; laissez-moi la lire, je puis encore ne croire que lui. » Cette lecture, sans la satisfaire entièrement, la tranquillisa beaucoup. Edmond l'assurait qu'il était resté malgré lui; les raisons qu'il donnait à cet égard parurent assez bonnes à Malvina. Cependant, comme l'amour a un instinct qui ne se trompe guère, c'était en vain que sa raison cherchait à faire adopter à son cœur le délai d'Edmond; quelque chose en elle lui criait qu'il avait tort; mais, comme ce quelque chose le disait seul, elle hésita à laisser paraître, aux yeux d'Edmond, une affliction dont il ne comprendrait pas la cause, puisque elle-même ne la trouvait pas. Cependant, encore incertaine, elle se levait pour aller écrire, lorsqu'à travers la porte, qui était restée entr'ouverte, elle entendit la voix de Williams, qui disait à mistriss Clare : « Oui, madame, mon maître voulait bien partir; il m'avait même chargé d'un billet pour elle; mais, avant même que je l'eusse remis, elle est venue le prier de rester, et il est resté; il est vrai qu'elle est si jolie..... — Et ils vont partir ensemble pour Londres? interrompit mistriss Clare! vous en êtes sûr? — Mon maître est ensorcelé, madame, il ne peut plus quitter mistriss Fenwich. — Mistriss Clare, s'écria Malvina dans l'autre chambre, mistriss Clare! — Que voulez-vous, ma chère? répondit celle-ci en accourant à elle, et la voyant pâle, défaite, et se soutenant à peine. Vous avez tout entendu? lui demanda-t-elle avec effroi. — Par pitié, reprit Malvina, éloignez cet homme affreux; sa présence me fait mourir. — Sortez, Williams, lui dit vivement mistriss Clare. » Et, prenant le bras de sa triste amie sous le sien, elles rentrèrent ensemble dans le salon. Malvina s'assit; elle ne pleurait pas. Après un moment de silence, elle regarda fixement mistriss Clare, et lui dit : « Éclairez-moi, car, dans le désordre de mes idées, mon cœur ne se fait plus entendre : qui dois-je croire, Williams ou mon époux? Lisez la lettre d'Edmond; apprenez-moi ce qu'il faut que je pense. » Mistriss Clare la lut; elle en fut plus contente que Malvina : l'instinct de l'amour ne lui parlait pas, mais, comme, d'un autre côté, elle nourrissait depuis long-temps une profonde défiance contre Edmond, elle était incertaine et n'osait porter un jugement, quand Malvina, après s'être recueillie quelques instants, dit, avec un accent plus tranquille : « Je n'hésite plus, mistriss Clare, et cette lettre me suffit : je n'outragerai pas davantage mon époux ni moi-même en supposant non seulement qu'il m'ait oubliée, mais qu'il ait voulu me tromper; il saura quels odieux soupçons on voulut élever dans mon esprit; mais en même temps il saura que, se fiant uniquement à sa foi, Malvina rejeta tout rapport étranger, comme injurieux à son honneur, et ne voulut croire que lui. »

Elle allait continuer, lorsqu'en baissant les yeux elle aperçoit un papier à ses pieds; elle croit reconnaître l'écriture d'Edmond; elle le ramasse, et lit le nom de mistriss Fenwich sur l'adresse à demi déchirée : ce billet peut tout éclaircir, et cependant elle n'ose y jeter les yeux; elle le montre en silence à mistriss Clare, puis, le laissant retomber aussitôt, elle couvre son visage de ses deux mains, comme pour se cacher un monde où elle n'a rencontré que douleur et trahison. Cependant mistriss Clare a ouvert le billet; elle a vu *que* Kitty *l'a entraîné, lui a fait tout oublier*, TOUT..... Le papier est déchiré là. Elle frémit de ce que va éprouver Malvina à cette lecture, et voudrait lui soustraire ce fatal billet; mais il était écrit dans les destinées que Malvina épuiserait jusqu'à la lie la coupe de toutes les douleurs : elle s'aperçoit du dessein de mistriss Clare, et lui reprenant le billet : « Non, dit-elle, non, il faut connaître son arrêt : n'ai-je pas dit que c'était lui seul que je voulais croire? Eh bien! voyons ce qui me reste à espérer.» Alors elle lut le papier qu'elle tenait; elle le lut plusieurs fois sans donner le plus léger signe d'émotion, ni verser aucune larme; mais en le finissant elle posa la main sur son cœur : « Le coup est porté, dit-elle, et mon sort est rempli; je l'ai bien mérité! » Mistriss Clare, effrayée de sa résignation, s'approche, lui parle, l'embrasse : elle ne répond pas; ses joues sont pâles et glacées, son regard fixe et égaré. Cependant elle se lève, fait quelques pas en silence, puis revient, reprend le billet, et s'écrie : « Je ne voulais croire que toi, Edmond, et tu m'as trompée! J'avais mis en toi seul toute ma confiance, et tu l'as indignement trahie! Ton tort n'est pas celui du moment, puisque c'est avec celle qui t'a séduit que tu consens à partir : c'est en sortant des bras de ta Kitty que tu m'oses adresser les expressions de l'amour, et parler avec légèreté et dédain de *celle qui t'a fait tout oublier!* O Edmond! cruel Edmond! devais-tu être plus qu'infidèle et m'ôter le droit de lire dans ton cœur, quand j'avais perdu celui d'y régner? Malvina peut-être aurait pu supporter un oubli passager; mais comment pourrait-elle survivre à ta perfide fausseté? — Ma chère Malvina! lui dit mistriss Clare en la serrant dans ses bras et l'inondant de pleurs, peut-être n'est-il pas si coupable que vous l'imaginez : voulez-vous que nous l'allions rejoindre, soit à Londres, soit même chez milady Dorset? Peut-être ne faut-il qu'une explication pour ramener la paix dans votre ame. — Vous ne le pensez pas, mistriss Clare, reprit Malvina d'un air sombre; ce billet ne laisse plus rien à demander, plus rien à apprendre. Vous le voyez, c'est avec elle qu'il part; avec elle qui lui a fait tout oublier, TOUT! O douleur mortelle et non encore éprouvée! Tandis que je comptais chaque instant de son absence par mes angoisses, plongé dans les délices d'un nouvel amour, il oubliait et ses serments et ma douleur, et moi-même! — Williams voudrait savoir si la réponse de madame est prête? demande mistriss Tomkins, en se présentant à la porte du salon. — Tout-à-l'heure, tout-à-l'heure, reprit Malvina avec agitation; qu'il attende quelques moments encore, je n'ai qu'un adieu à dire; un adieu n'est pas long.» Et, prenant la première feuille de papier qui lui tomba sous la main, elle écrivit ce qui suit :

MALVINA A EDMOND SEYMOUR.

« Edmond, vous avez oublié vos serments, vous m'avez trompée : déjà fuit devant moi ce monde où je ne dois plus vous aimer : quand vous vivez pour une autre, Malvina doit finir d'exister; et ce cœur, dont il faut qu'elle vous arrache, aura bientôt cessé de battre. Ah! dans ce douloureux instant, jetez du moins un regard de pitié sur l'infortunée qui vous aima! que, dans vos heures solitaires, elle ne soit point tout-à-fait oubliée! que son nom soit quelquefois sur vos lèvres, et que ses larmes retombent sur votre cœur! O Edmond! que la nouvelle de

« ma mort ne vous trouve pas indifférent! que la pensée de votre Kitty ne « vous suive pas sur mon tombeau! En « voyant la pierre qui couvrira ce cœur « dont vous fûtes l'idole, peut-être sen« tirez-vous quelques regrets; peut-être « direz-vous, en versant quelques pleurs: « *Dors, pauvre créature! à présent,* « *du moins, tu es tranquille*..... Adieu, « Edmond, adieu! je crois que je ne « vous aime plus : vous avez froissé « mon cœur par votre trahison, et, dès « cet instant, tout est rompu entre « nous..... Éloigne-toi, homme dur et « barbare, qui t'es joué de mon amour! « tu me rencontreras faible, abattue, « épuisée par la douleur. Que ne res« pectas-tu ma misère? quel horrible « plaisir trouvas-tu à l'accroître et à « tromper une femme malheureuse qui « se confiait à toi?..... Sais-tu que tu « m'as ravi la paix, l'innocence, le con« tentement de moi-même? Sais-tu qu'en « me forçant à t'aimer tu m'as écartée « de tous les devoirs que j'avais juré de « remplir, et que tu seras responsable « devant le ciel de mes fautes et de mon « malheur? Sais-tu que toutes les lar« mes que tu vas me coûter seront au« tant de témoins qui déposeront un jour « contre toi? Edmond, que t'avais-je « donc fait pour me conduire dans cet « affreux abîme? Jusqu'à l'heure fatale « où je t'aimai, mes pensées, pures « comme le ciel, osaient s'épancher de« vant l'ombre de Clara; mais ta feinte « passion et l'amour que tu m'inspirais « bouleversèrent mon ame; je n'eus plus « qu'un faible souvenir de mes serments, « je ne vécus que pour toi, je ne connus « plus de sentiment que celui dont tu « étais l'objet, et de devoir que celui « de te rendre heureux..... et cependant « tu m'as trompée! Edmond a oublié « Malvina! Soyez tranquille : le nœud « qui nous unissait sera rompu..... De« meurez auprès de celle qui vous a fait « tout oublier; Malvina n'ira point vous « disputer son amour : Malvina est à « jamais perdue pour vous. A l'instant « où vous la quittâtes, vous la vîtes pour « la dernière fois, et, après cette lettre-ci, « nulle autre ligne d'elle ne vous fera sou« venir qu'elle existe encore. Adieu! »

En finissant ces mots, la plume échappa des mains de Malvina; elle tourna ses regards vers mistriss Clare : « Mes forces sont épuisées, dit-elle; je sens que j'ai mis toute ma vie dans cet écrit : pliez cette lettre, et envoyez-la; je crois que je vais mourir. » En parlant ainsi, ses yeux se fermèrent; une pâleur mortelle couvrit son visage, et elle tomba inanimée dans les bras de mistriss Clare : celle-ci, effrayée, appelle du secours, lui prodigue tous les soins, et sa triste amitié la rappelle à la lumière. Hélas! que ne la laissait-elle mourir? Quel plus doux bienfait pourrait-on demander au ciel, que celui de perdre la vie au moment où le bonheur nous échappe?

## CHAPITRE LI.

### TROMPERIE DÉCOUVERTE ET PUNIE.

CEPENDANT, aussitôt que Williams a reçu la lettre de Malvina, il se hâte de reprendre le chemin de Londres. En repassant devant le château de milady Dorset, il apprend que mistriss Fenwich est partie depuis deux jours, et il continue sa route. Arrivé au logement que sir Edmond lui a indiqué, il s'informe, avant d'entrer, si mistriss Fenwich y demeure aussi, afin de pouvoir, selon leurs conventions, obtenir la récompense promise en lui remettant la lettre de Malvina avant d'en parler à son maître. Mais l'active mistriss Fenwich ne le laisse pas long-temps incertain; elle le guettait chaque jour, et, aussitôt qu'elle a reconnu sa voix, elle se hâte de venir lui parler à la porte. « Je vous attendais impatiemment, lui dit-elle; donnez-moi la lettre de madame de Sorcy, éloignez-vous de suite, et feignez de n'arriver que demain de très-bonne heure : sans doute vous trouverez votre maître chez lui; s'il vous demande pourquoi vous avez porté la lettre vous-même à madame de Sorcy, vous lui direz que, n'ayant trouvé aucun exprès assez sûr, et mistriss Fenwich s'étant chargée de lui amener sa chaise, vous avez rempli sa commission par excès de zèle. S'il s'étonne que madame de Sorcy ne lui ait pas écrit, vous lui direz, qu'ayant du monde chez elle (nommez même M. Prior), elle n'a pas eu le temps de lui répondre..... Ne craignez point la colère de votre maître lorsqu'il viendra à découvrir que vous l'avez trompé, mistriss Birton et moi vous en garantirons, et vous serez de plus généreusement récompensé; en attendant, voici vingt-cinq guinées. Allez, sortez vite d'ici; je tremble que sir Edmond ne rentre; s'il vous voyait avec moi, tous nos plans seraient détruits, et vous-même seriez perdu. » Alors elle le congédia, et remonta dans son appartement pour lire la lettre de Malvina.

Comme son cœur n'était pas encore absolument gâté, peut-être en aurait-elle été attendrie, si sa vanité ne s'était révoltée, en quelque sorte, contre l'impression d'une sensibilité dont elle était si loin. Ne voulant pas s'avouer inférieure à cet égard, elle taxa d'exagération la peinture d'un sentiment qu'elle ne pouvait pas comprendre, et se dispensa de la plaindre en s'efforçant à la tourner en ridicule. Ce n'est pas tout; ayant eu l'art, depuis qu'elle habitait le même hôtel qu'Edmond, d'intercepter toutes les lettres qu'il écrivait à Malvina, elle se décida à frapper un dernier coup, et écrivit de sa propre main à cette femme infortunée qu'Edmond, ennuyé, fatigué de ses plaintes pathétiques, venait de lui remettre à l'instant même, et sans prendre la peine de la lire, l'épître où elle exprimait un si beau désespoir; qu'elle l'avertissait, en amie, que ce n'était point avec des larmes qu'on pouvait fixer le cœur d'Edmond; et, au reste, lui promettait que, lorsqu'elle, mistriss Fenwich, ne se soucierait plus de son amour, elle aurait la charité de lui enseigner comment il fallait s'y prendre pour l'obtenir.

En agissant ainsi, mistriss Fenwich n'avait point songé aux terribles conséquences que pouvait avoir cette démarche; elle s'était laissé emporter par le plaisir de se venger, sans considérer qu'elle donnait des armes qui pourraient la perdre un jour; car son esprit léger et frivole ne perçait guère dans l'avenir: d'ailleurs, tout sentiment profond était trop peu à sa portée pour qu'elle pût avoir l'idée du mal qu'elle faisait à Malvina: la vanité blessée étant pour elle le dernier période de la douleur, elle n'imaginait pas que celle de sa rivale fût autre chose et pût aller au-delà.

Cependant Edmond ne comprend rien au silence de Malvina, et moins encore au prétexte que lui donne Williams. Dans sa position, quel peut être le monde qu'elle reçoit, et surtout quel monde peut l'empêcher d'écrire à son époux? Williams nomme M. Prior, et à l'instant Edmond conçoit mille doutes, non sur la fidélité de Malvina, mais sur ceux qui tentent de la noircir: ce n'est pas lui qui peut se défier de sa femme, il la connaît trop bien; et mistriss Fenwich, en la faisant calomnier, aurait dû penser que cette accusation même allait être la lumière qui éclairerait Edmond sur les complots qu'on ourdissait autour de lui, parce que l'époux de Malvina devait croire à la vertu. « Vous m'avez l'air d'un scélérat, dit Edmond d'une voix étouffée par la colère; et, si mes soupçons ne me trompent pas, il n'est aucune puissance qui puisse vous soustraire à ma vengeance. » Williams, effrayé de ces menaces, et sentant bien que, dans ce mouvement d'emportement, un aveu ne le sauverait pas, persiste dans son assertion, emploie tous les serments, jette un moment de doute dans l'esprit de son maître, et en profite pour s'évader. Le lendemain, Edmond le cherche pour le faire expliquer encore, il ne le trouve point, et cette prompte disparition confirme tous ses soupçons: il conçoit alors mille alarmes sur le silence de Malvina, et de sinistres pressentiments s'élèvent dans son sein;

il lui écrit une lettre où il exprime sa surprise et son inquiétude, et la porte lui-même à la poste, par la crainte vague d'être entouré de mains infidèles. L'image des tourments auxquels sa femme est sans doute en proie, lui rend plus poignants encore les torts qu'il a eus envers elle. Il erre sans cesse autour de l'hôtel de milord Sheridan, espérant avoir des nouvelles de son retour; mais chaque jour ce retour se remet, et pourtant Edmond ne reçoit aucune nouvelle de Malvina : il veut partir sur-le-champ pour s'assurer de son existence, pour ramener la paix dans son cœur en s'expliquant avec elle, mais comment se décider à quitter Londres sans lui apporter la permission de garder toujours Fanny auprès d'elle? Tandis qu'il demeure incertain sur le parti qu'il doit prendre, mistriss Fenwich a suivi avec un zèle infatigable le plan que lui a dicté mistriss Birton. Se méfiant un peu de la justice de sa cause, elle ne veut pas la soutenir dans des audiences publiques, mais elle en sollicite de particulières; et là elle déploie une éloquence à laquelle peu d'hommes savent résister. Ses graces, le nom de milord Stafford, les amis dont celui-ci s'appuie, tout concourt à la réussite des odieux projets de mistriss Birton : l'ordre est surpris plutôt qu'accordé; mais, n'importe, dans deux jours peut-être, sir Edmond voguera loin de sa femme, les vastes mers rouleront entre elle et lui; il croira la voir sur le rivage, pâle, échevelée, mourante, élevant vers lui des bras suppliants, murmurant un long, un éternel adieu, et il ne pourra pas aller recueillir son dernier soupir. Edmond ignorait les injustices qu'on tramait autour de lui et dont il allait être la victime : tout retour vers Malvina allait devenir impossible, lorsqu'il apprend enfin que milord Sheridan vient d'arriver à Londres; il ne perd pas un instant, il court chez lui, se fait annoncer, il entre. Au nom d'Edmond Seymour, un homme de bonne mine et d'un maintien noble, qui se trouvait avec milord Sheridan, le regarde avec curiosité, et lui demande très-civilement s'il n'est pas le neveu de mistriss Birton d'Édimbourg, et s'il connaît milord Stafford. Edmond s'incline, et répond affirmativement. Alors cet homme le regarde avec une douce compassion, et sort en faisant un geste de pitié; mais Edmond, tout entier à l'objet qui l'amène, n'a rien vu de ce qui vient de se passer; il n'est occupé que de la manière dont il entamera le sujet si délicat d'où dépend le bonheur de sa vie. L'espoir de réussir, la crainte d'échouer, le font hésiter long-temps; milord Sheridan aperçoit son embarras, et, sans en connaître la cause, cherche à le mettre à son aise en ouvrant ainsi la conversation : « Sans doute, monsieur, c'est mistriss Birton qui me procure l'honneur de vous voir, et je m'étonne qu'elle ne m'en ait pas dit un seul mot dans la lettre que j'ai trouvée ici en arrivant, et où elle m'annonce que, selon nos conventions, elle a retiré ma fille d'entre les mains de madame de Sorcy depuis le mariage de celle-ci. — Que dites-vous là, milord? interrompit Edmond éperdu : mistriss Birton est instruite de mon mariage? et sa cruauté a enlevé votre fille des bras de Malvina? — Votre mariage? reprit milord Sheridan étonné; mais, assurément, ce n'est pas vous qui êtes l'époux de madame de Sorcy? Celui qu'elle a choisi est, à ce qu'assure mistriss Birton, un homme obscur, misérable, qui déshonore s famille. — Quel odieux mensonge! répliqua impétueusement sir Edmond; et comment mistriss Birton a-t-elle pu espérer que vous ne seriez pas éclairé? Se flattait-elle donc, dans l'intervalle, d'avoir le temps de consommer ses affreux projets contre une femme innocente et chérie? Milord, c'est moi, moi, Edmond Seymour, neveu de mistriss Birton, qui suis l'époux de Malvina; c'est pour vous supplier de laisser votre fille entre les mains de la plus digne des femmes que j'ai fait le voyage de Londres; c'est pour vous jurer d'unir tous mes soins aux siens, afin de rendre votre fille digne du sang dont elle sort, que vous me voyez devant vous. O milord! quand vous avez la certitude qu'on a voulu vous tromper, qu'on a calomnié Malvina ; et que peut-être elle expire à cet instant de la douleur d'avoir été séparée de son enfant, rejetterez-vous ma prière? Hâtez-vous, milord, hâtez-vous de réparer le mal que vous avez fait involontairement à cette angélique créature; un mot, un mot, et je vole au secours de ma femme, de ma femme adorée..... — Assurément, sir Edmond, ce que vous me dites est très-surprenant, répliqua milord Sheridan, et je vois bien que madame de Sorcy n'a pas cessé de mériter ma confiance, puisque c'est vous qui êtes l'époux qu'elle a choisi : mais enfin, quoique sa douleur me touche, je suis père, et le sort de mon enfant doit m'intéresser davantage. Mistriss Birton paraît aimer vivement ma fille; et, comme je ne vous cacherai pas, continua-t-il en hésitant, que divers malheurs, trop longs à raconter, ont jeté ma fortune dans le plus grand désordre, si l'affection de mistris Birton pouvait dédommager Fanny..... Je suis père, sir Edmond, et vous devez comprendre tout ce que cette considération a de force pour moi. — Oui, milord, je vous comprends, reprit Edmond en rougissant pour milord Sheridan du motif qu'il n'avait pas craint d'alléguer; mais vous êtes dans l'erreur si vous comptez sur les promesses de mistriss Birton : lorsque son intérêt l'exige, il ne lui en coûte pas plus d'en faire que d'y manquer. D'après les lois existantes, je suis son unique héritier; mais, dût sa colère trouver les moyens de me frustrer de sa fortune, il m'en restera toujours assez pour faire plus qu'elle n'aurait fait, et ma parole est inviolable. Je m'engage donc à l'instant même, milord, à adopter en mon nom, et en celui de ma femme, Fanny Sheridan comme notre fille : si nous avons des enfants, elle partagera notre héritage avec eux; si nous n'en avons point, elle le possédera en entier. — Assurément, monsieur, répondit milord Sheridan, il est impossible de faire une proposition plus noble, plus généreuse; mais je ne voudrais point abuser de tant de grandeur d'ame, et j'ai si bien appris, à mes dépens, tout ce que la fortune a de précieux!..... — Au nom du ciel, milord, interrompit Edmond, songez qu'il n'y a ici de précieux que le temps que je perds; que, pour être une minute de plus auprès de Malvina, pour la réunir plus tôt à son enfant, il n'est rien que je ne voulusse sacrifier : ainsi, milord, puisque ma proposition ne vous déplaît pas, permettez-moi d'aller chercher sur-le-champ un homme de loi, devant lequel vous signerez l'ordre qui m'autorise à retirer Fanny Sheridan des mains de mistriss Birton, et moi l'acte par lequel je m'engage à l'adopter. » Et, sans attendre la réponse de milord Sheridan, rapide comme l'éclair, il traverse les appartements, vole dans les rues, entre chez un avocat qu'il connaît, l'amène avec lui. Ils pressent leur marche : les voilà de retour; milord Sheridan s'étonne de la promptitude d'Edmond, et lui dit : « Comme il me paraît, sir Edmond, que vous ne voulez pas perdre de temps, sans doute vous avez expliqué dans la route, à monsieur, les affaires que nous avons à régler; et, tandis qu'il va s'en occuper dans ce cabinet-ci, vous allez avoir la bonté de passer avec moi dans la chambre voisine, où vous trouverez quelqu'un qui désire vous parler. » Sir Edmond, surpris, s'empresse d'aller voir qui peut venir le chercher jusque chez milord Sheridan, et ne voit d'autre personne que l'homme qu'il avait trouvé une heure avant, et qui l'avait si attentivement regardé. Il s'avance vers lui; et, après l'avoir salué, lui demande s'il peut lui être bon à quelque chose. « C'est moi, monsieur, répondit l'autre avec un air plein de bonté, qui espère être assez heureux pour vous être utile: je n'ai point l'honneur de vous connaître, mais je hais l'injustice, et la certitude qu'on veut en commettre une envers vous m'a vivement intéressé à votre sort avant de vous avoir vu. Vous avez des ennemis puissants, monsieur, et vous ignorez sans doute qu'ils ont obtenu du gouvernement l'ordre de vous faire embarquer pour les Indes, sous prétexte que vous formiez un parti à Édimbourg en faveur des principes français; il doit être expédié demain : quoique je ne vous connaisse point, j'ai refusé de le signer, parce que, dans les accusations portées contre vous, je n'ai point trouvé de preuves assez graves pour excuser un acte aussi arbitraire. Mais, ce matin, quand le hasard nous a réunis ici, j'ai été si ému à votre aspect, que je n'ai pu me résoudre à quitter la maison de milord Sheridan sans avoir obtenu de lui quelques éclaircissements sur votre situation et votre caractère: il me les a donnés pendant votre absence; pardonnez-lui une indiscrétion qui me donne les moyens de vous être utile, et de vous armer contre la calomnie. Venez, suivez-moi : je ne doute pas que vous ne vous justifiiez aisément, et que nous ne fassions révoquer un ordre illégal que la faveur aura arraché à la faiblesse. — Ah, Dieu! milord, reprit sir Edmond, que la surprise avait pétrifié, l'indignation que mes ennemis m'inspirent, et la profonde reconnaissance que je vous dois, oppressent si puissamment mon âme, que je demeure sans voix et sans expressions. Par quelle barbarie m'a-t-on condamné sans m'avoir entendu? par quelle inconcevable générosité votre main me retient-elle sur le bord de l'abîme? Les infâmes! ils voulaient donc m'arracher à Malvina! Nommez, milord, nommez mes odieux accusateurs, que je les dévoile! que je les démasque! — La pétition était signée de mistriss Birton, de milord Stafford, de quelques autres personnes d'Édimbourg, jouissant du premier rang et de la plus haute considération, et appuyée ici par des hommes dont le crédit est tout-puissant..... — Et tout cela, interrompit Edmond avec un souris amer, pour déchirer le cœur d'une femme et me mettre au désespoir! O Dieu! tant de malice entre-t-elle dans le cœur humain? Venez, milord, venez; vous ne vous repentirez pas de m'avoir accordé votre généreuse protection : un simple récit vous fera juger si je suis innocent, et vous apprendra jusqu'où l'ambition et la vengeance peuvent porter la perversité. »

Ils sortirent ensemble ; milord duc de *** présenta sir Edmond au roi et aux ministres, et dès le jour même l'affaire fut éclaircie et l'ordre révoqué. Edmond, en considérant à quel danger il venait d'échapper, ne pouvait se lasser de rendre grâce à son protecteur; et, avant de le quitter, il lui prit la main, et lui dit d'un ton attendri : « Ce n'est pas moi seulement que vous avez sauvé, milord; ce n'est pas moi seulement qui vous bénirai; il est un cœur mille fois plus tendre, mille fois meilleur que le mien, qui portera ses vœux vers le ciel pour vous, et ils arriveront, milord, car c'est la voix de la vertu même qui les y fera entendre..... Adieu, homme bienfaisant; votre image sera toujours là, dans mon âme, éternellement gravée; et moi aussi, je vivrai dans votre mémoire, car, sans doute, la plus douce récompense de la bonté est de garder le souvenir des heureux qu'elle fait. » Alors ils se quittèrent; sir Edmond retourna chez milord Sheridan pour signer avec lui les deux actes que l'avocat avait rédigés le matin; et, décidé à partir sans retard pour l'Écosse, il se rendit chez lui pour faire, à cet égard, tous les apprêts nécessaires. Il était plus de minuit lorsqu'il rentra : on lui remit, à son arrivée, une lettre de mistriss Clare; elle ne contenait que ce peu de lignes :

« J'ignore par quel motif vous feignez
« d'être surpris de n'avoir point de let-
« tres de Malvina, car je ne suppose pas
« que vous ayez oublié celle que votre
« perfidie a remise entre les mains de
« mistriss Fenwich, et dans laquelle
« mon infortunée amie jurait de ne plus
« vous croire. Au reste, comme l'hor-
« reur de votre conduite est mille fois

« au-dessus de tout ce que j'ai pu connaître et supposer de vous, je résiste « à l'évidence, et ne puis croire encore « que vous ayez participé à l'enlèvement « de Fanny ni à l'odieuse lettre de mistriss Fenwich. Si je vous juge bien, « et qu'il vous reste dans l'ame un sentiment humain, frémissez de vous « voir entouré des meurtriers de votre « femme; et, si vous voulez la voir « encore une fois, ne perdez pas un « moment. »

En lisant cette lettre, Edmond devint pâle; tout son corps trembla, une sueur froide s'insinua dans ses veines, et, dans son cœur, se disputèrent toutes les tortures de l'enfer. Il ne profère pas un mot, il monte en silence à l'appartement de mistriss Fenwich; Jenny veut l'arrêter; il la repousse; il entre. Mistriss Fenwich est endormie plus belle que jamais; mais elle ne l'est pas pour lui, et la vue de cette femme perfide, dont la main sacrilége a osé attaquer la paix de Malvina, ne fait battre son cœur que d'indignation. N'écoutant que son ressentiment, il allait l'éveiller pour lui demander compte de toutes ses trahisons, lorsqu'en passant devant un secrétaire ouvert il aperçoit une lettre à demi pliée, et reconnaît l'écriture de Malvina : il s'en saisit en frémissant, il la lit. Oh! qui pourra dire ce qu'il éprouva en parcourant ces tristes pages, en voyant les déchirantes expressions de celle qu'il aime! Il cache contre ce papier son front pâle et humilié, il l'inonde de ses larmes, il suffoque de sanglots; son cœur repentant est prêt à se briser. A ce bruit, mistriss Fenwich s'éveille; effrayée de voir un homme dans sa chambre, elle s'élance hors du lit, et reconnaît Edmond. « Quoi! c'est vous, lui dit-elle; mais, s'apercevant aussitôt du papier qu'il tient entre ses mains, elle se fâche et s'écrie : Oh! ciel! Edmond, qu'avez-vous fait? — Je sais tout et je vous connais, répliqua-t-il d'un ton indigné et en la fixant avec le plus profond dédain. » Mistriss Fenwich, dont l'ame ne peut sentir ni ses torts, ni la situation d'Edmond, conserve l'espoir de l'apaiser et de se justifier; elle s'avoue coupable avec une feinte humilité, rejette sa faute sur l'excès de son amour; mais il la repousse avec horreur, et lui dit : « Vous êtes une vile, une méchante créature; je vous hais, mais moins encore que je ne vous méprise, et je n'aurai jamais assez de remords pour expier la honte de m'être oublié pour vous. Allez, méchante femme, baissez votre front coupable, et puisse le juste ciel faire éclater à tous les yeux l'ignominie de votre conduite et la perversité de votre cœur! » En disant ces mots, il s'éloigne, et la laisse en proie à une confusion et une douleur qui commencent le châtiment qu'elle a si bien mérité.

---

## CHAPITRE LII.

### OBJETS DOULOUREUX.

Tandis que mistriss Fenwich se désole, Edmond fait préparer sa chaise : il part, il ne s'arrête ni jour ni nuit; le sommeil ne ferme point ses yeux; l'image de Malvina, outragée et mourante, est toujours là pour le tenir éveillé et faire peser sur sa poitrine le poids insupportable du repentir. Il ne peut rester tranquille dans sa voiture; car, lorsque l'ame est bouleversée par de dévorantes inquiétudes, le repos du corps devient le plus insupportable des tourments : aussi, souvent se précipite-t-il dans les chemins; il court, il se débat, mais il ne peut se fuir : à le voir, on le prendrait pour un insensé; le désespoir est empreint dans tous ses traits; qu'a-t-il donc? La santé, la naissance, la fortune, tout lui rit : oui, mais que sont tous ces biens pour celui dont le remords ronge le cœur? Cependant il arrive, il aperçoit le mur du jardin, il s'arrête devant la petite porte dérobée dont il n'a pas perdu la clef; et, pendant que sa voiture fait le tour pour entrer dans les cours de la maison, il entre dans l'enclos. La lune jette une vive clarté sur tous les objets qui l'entourent : combien ils sont changés ! Depuis son départ, les arbres ont perdu leur parure, les fleurs ont disparu, les oiseaux ne chantent plus ; un froid piquant a succédé à l'air doux et embaumé qu'on y respirait. Dans son chemin, il aperçoit quelques cyprès religieux, quelques sombres sapins dont les tiges pyramidales conservent un reste de verdure ; du haut de leurs sommets le cri du hibou s'est fait entendre ; ce son a retenti dans le vaste silence de la nuit, l'écho l'a répété. Edmond frissonne ; ses jambes tremblantes se dérobent sous lui ; il approche, il est sous les arbres, il heurte une pierre ; un rayon de la lune perce le feuillage, et permet à son œil égaré de voir que cette pierre couvre un tombeau ; il jette un cri terrible, il tombe ; il presse contre son corps cette terre froide et silencieuse ; il ne sait point encore qui dort sous cette tombe, et, déjà la plus mortelle des douleurs a brisé son cœur. Dans son désespoir, il frappe sa tête contre la pierre en s'écriant : « Malvina ! Malvina !..... » Aussitôt une voix douce et faible, qui semble sortir du bosquet, répond et demande : « Qui m'appelle ? » A cet accent, Edmond égaré se lève, et cherche de l'œil d'où vient la voix qui l'a frappé et qu'il n'ose reconnaître : cependant il entend le bruit d'un vêtement à travers le feuillage, et aperçoit une femme dont un voile de crêpe noir couvre la tête et une partie des épaules. « Qui êtes-vous ? Qui cherchez-vous ? demande-t-elle : pourquoi venir troubler la cendre des morts, et empêcher que la paix du tombeau existe pour moi ? — Qu'ai-je entendu ! s'écrie-t-il ; quelles funestes paroles ! Malvina, est-ce toi que je vois ? est-ce toi que j'entends ? — Non, reprit-elle, je ne suis plus Malvina ; je la fus jadis, quand il m'aimait ; mais il s'est éloigné, et je suis tombée dans la détresse ; il m'a retiré son amour, et la douleur m'a rendue à la poussière. » A ces mots un froid mortel se glisse dans l'ame d'Edmond ; il pressent un malheur plus grand peut-être que la mort même ; il lève le voile de Malvina, il la presse dans ses bras : « Ma femme, mon amie, ma Malvina méconnaît-elle Edmond ? » s'écrie-t-il avec un accent passionné. Malvina le repousse et dit : « Paix, paix donc ! On ne prononce plus ici ce nom-là. Ne savez-vous pas qu'en vain je l'ai répété dans la nuit du désespoir ? Il ne m'a pas soulagée. — O Malvina ! reconnais-moi par pitié ! je suis Edmond, ton Edmond, ton époux, qui reviens pour ne plus te quitter ! » Malvina s'assit sur une pierre, et le regardant avec un sourire amer : « Pourquoi criez-vous ainsi je suis Edmond ? je suis Edmond ? Croyez-vous que j'ignore tout ce qui se passe ? En vain on a voulu me le cacher, je sais qu'Edmond ne reviendra plus ici ; depuis que l'étrangère est entrée dans son cœur, ce n'est plus qu'auprès d'elle qu'il revient ; il rejette, il hait Malvina. — Lui te rejeter ! interrompit vivement Edmond en pressant contre ses lèvres le visage pâle de sa femme ; lui te haïr ! Ah ! le ciel en est témoin, jamais, jamais il ne t'a tant aimée. — Il ne faut pas que vous disiez cela, interrompit-elle en s'éloignant vivement, il ne faut jamais me dire qu'il m'aime ; vous voyez bien que cela m'empêcherait de mourir..... — Et c'est ainsi que je devais la retrouver ! s'écria-t-il en tordant ses bras, dans l'angoisse du désespoir : je parle à Malvina, et Malvina ne m'entend plus ! je suis devant ses yeux, et ses yeux ne me voient plus ! La douleur a détruit son intelligence, et c'est moi, moi, le plus barbare des hommes, qui l'ai plongée dans cet état ! O ma Malvina ! la plus chère, la plus offensée de toutes les femmes, daigne sourire à ton époux ! Que ma voix arrive encore à ton cœur ! Que tes regards se tournent vers moi !..... Mais, non, non, interrompit-il, effrayé de l'air égaré empreint dans tous les traits de Malvina, cache-moi ces affreux regards ; ah ! que je n'en voie jamais de pareils ! je ne puis les supporter, ils m'accablent, me terrassent. » Et l'infortuné tombe aux pieds de Malvina :

dans sa douleur forcenée, il mord la terre, il pousse des cris, il déchire sa poitrine..... Malvina, muette, insensible, ne voit rien, n'entend rien; elle jette autour d'elle des regards vagues qui ne fixent aucun objet, puis, se levant doucement, elle s'approche du tombeau, et s'agenouillant dessus : « Voilà l'heure, dit-elle; elle a sonné, et j'existe! Il me faut donc encore attendre tout un jour? Encore le monde aujourd'hui, mais demain l'éternité! » Alors elle se lève et suspend son voile noir à une branche de cyprès; ses beaux cheveux blonds retombent épars sur son cou; elle les écarte, et fait quelques pas hors du bosquet : la lune frappe à plomb sur son visage, et c'est à sa pâle clarté qu'Edmond fixe sa femme chérie, et aperçoit tous ses traits altérés par la main du malheur qui détruit en silence. Elle passe auprès de lui, range sa robe pour ne pas le toucher, et continue son chemin : il marche lentement sur ses pas, sans avoir la force de lui parler davantage, entre avec elle dans la maison, et la suit jusque dans l'appartement où mistriss Clare l'attendait. « Me voilà encore! lui dit-elle; c'est long! bien long! Je ne croyais pas qu'il fût si difficile de mourir! » Mistriss Clare soupire, se lève, prend en silence le bras de son amie pour la conduire dans sa chambre, lorsqu'en approchant de la porte elle aperçoit sir Edmond. A cet aspect subit elle s'écrie : « Vous, vous ici! par quel prodige? Mais, dites, vous a-t-elle vu? lui avez-vous parlé? — Elle m'a vu, je lui ai parlé..... — Et elle est restée insensible? » De violents sanglots sont la seule réponse d'Edmond. Mistriss Clare ne l'a que trop comprise, et s'écrie en retombant sur sa chaise : « Ah! c'en est fait! il ne reste donc plus d'espoir! » Cependant les gémissements d'Edmond ont retenti aux oreilles de Malvina; elle s'approche de lui, et le regardant avec compassion : « Comme il pleure! dit-elle; il n'a pas versé toutes ses larmes, lui! Comme il souffre! Sans doute il a été trompé. Mais calme-toi, malheureux, bientôt tes douleurs cesseront : moi aussi, j'ai beaucoup souffert, et pourtant, tu le vois, je suis tranquille à présent; car il vient le jour des miséricordes! elle vient la nuit du repos! C'est eux qui guérissent les cœurs brisés et ferment toutes les blessures. » Mistriss Clare se lève, prend la main d'Edmond, la pose sur le cœur de Malvina, et, interrogeant son amie : « Ne sens-tu rien? dit-elle; regarde cet objet, Malvina : ne le reconnais-tu point? dis, ne sais-tu plus que c'est Edmond? — Est-ce que vous connaissez Edmond? reprit Malvina avec un accent précipité; et les regardant tous les deux d'un air égaré : « Ah! si vous savez où il existe, courez à lui, courez, dites-lui qu'il me rende mon enfant, dites-lui, surtout, qu'il ne le donne pas à Kitty, à sa Kitty : il est à moi, l'enfant de Clara; ne faut-il pas que j'en rende compte à sa mère? Comment oser la rejoindre là-haut quand j'ai perdu son enfant? comment soutenir sa voix menaçante quand elle me demandera : Qu'as-tu fait de mon enfant? Faudra-t-il lui répondre qu'il appartient à Kitty? Croyez-vous, ajouta-t-elle en serrant la main d'Edmond avec une agitation convulsive, croyez-vous qu'Edmond consente à me rendre mon enfant? — Demain il vous l'amènera lui-même, répondit-il; demain votre époux, votre enfant seront ici. — Vous l'entendez! juste ciel! interrompit vivement Malvina; vous l'entendez! il promet, il assure qu'Edmond, que Fanny seront demain ici!..... Mais ne me trompera-t-il pas aussi? n'est-ce pas là cette même voix qui jadis.....? N'entends-je pas Edmond?..... Edmond.....! ce nom est partout, continua-t-elle en portant la main à son front; il me brûle, il me dévore, ma tête est en feu! » Et, s'échappant aussitôt des mains de mistriss Clare et d'Edmond, elle courut en désordre dans la chambre en s'écriant : « Pourquoi, pourquoi m'empêche-t-on d'aller à lui? sans doute il aurait pitié de ma misère; je lui dirais : Mon Edmond, voici ta Malvina qui vient vers toi : si elle te déplaît, elle s'en ira; mais regarde-la une seule fois encore; qu'elle emporte un dernier regard, un regard de compassion de son époux! Dis-lui au moins que tu ne la hais pas; et alors, pour ne point troubler tes nouveaux plaisirs, elle dévorera ses larmes, elle étouffera ses plaintes; et, couchée sur la poussière, elle y mourra, puisque tu ne veux plus la voir. » En parlant ainsi, abattue par la violence de ses agitations, elle tomba sur le plancher; ses yeux fixes et ouverts ne remuaient plus, et son cœur oppressé semblait prêt à se rompre : mais son état, quelque affreux qu'il fût, l'était moins que celui d'Edmond. Mistriss Clare s'en aperçut, et, lui prenant la main avec un air de compassion : « Ne désespérons pas encore, dit-elle; peut-être la vue de Fanny, en calmant sa conscience, réveillera sa raison : à présent elle va être tranquille pendant quelques heures; il faut la transporter sur son lit, puisse-t-elle y trouver le repos dont des barbares l'ont privée!.....—Ah! mistriss Clare, interrompit Edmond, le crime fut horrible, mais la punition le surpasse.—Non, non, malheureux, je ne vous accuse pas, reprit-elle; ce n'est pas vous qui fûtes coupable; votre état me le dit assez. — Ah! nul ne le fut plus que moi, s'écria-t-il; j'étais aimé de Malvina! O Malvina! femme adorée! si, par une faiblesse impie, je parjurai mes serments, en te retrouvant ainsi, ne l'ai-je pas assez expié? »

## CHAPITRE LIII.

### ON RETROUVE MISTRISS BIRTON.

CEPENDANT Malvina, étrangère à tout ce qui se passait, a été portée dans sa chambre sans s'en apercevoir. Dans sa muette insensibilité, elle ne paraît plus distinguer aucun objet : Edmond, près de son lit, accablé, anéanti, ne peut détourner ses yeux de dessus elle; il contemple ce visage charmant qui fit jadis son bonheur, et qui fait maintenant son supplice; il épie, il attend, il espère un changement; c'est en vain. Cette physionomie si tendre, si mobile, ne varie plus, l'expression et le mouvement y sont suspendus; une morne stupeur les remplace et enchaîne ces traits que l'amour savait animer de tant de vie. Edmond ne peut plus soutenir ce spectacle; et, s'éloignant du lit avec une sorte de fureur, il s'avance vers mistriss Clare et lui dit : « Où sont ces barbares, ces monstres qui l'ont réduite dans cet état? Nommez-les, que j'assouvisse sur eux ma vengeance!..... Depuis quand sa raison est-elle égarée? Pourquoi me l'avoir caché? — Edmond, répliqua mistriss Clare, je satisferai à toutes vos questions; mais, auparavant, répondez aux miennes, et tremblez de souiller d'un mensonge l'air que respire encore cette déplorable victime. Voyez cette lettre que mistriss Fenwich écrivit à Malvina : avait-elle obtenu votre approbation? et lui avez-vous en effet sacrifié celle de votre femme? — O infernale méchanceté! s'écria Edmond en lisant ce qu'avait écrit mistriss Fenwich; monstre d'imposture! c'est donc toi dont l'odieuse main a porté la mort dans le sein de Malvina! Mistriss Clare, il est vrai, cette femme m'a séduit un instant, un seul instant, encore fus-je bien plus entraîné par l'occasion que par elle; mais j'atteste que, depuis, le mépris qu'elle m'inspirait était tel, qu'il ne m'a pas fallu d'effort pour résister à tous ses artifices; et c'est à elle que j'aurais sacrifié Malvina! Qui? moi, j'aurais souffert qu'elle outrageât ainsi la femme de mon cœur? Ah! loin d'être coupable d'un pareil crime, jamais je n'ai permis à sa bouche impure d'oser seulement prononcer devant moi le nom révéré de Malvina. Mais par quel inconcevable artifice, par quel mystère d'iniquité a-t-elle su soustraire mes lettres?..... — C'en est assez, interrompit mistriss Clare; je ne vous demande même pas s'il est vrai que vous avez donné les mains à l'enlèvement de Fanny; je rougirais de soupçonner d'une pareille barbarie l'époux faible, mais repentant de Malvina. — Je n'ai pu voir milord Sheridan que la veille de mon départ de Londres, répondit-il fort vite ; c'est lui qui m'a appris que mistriss Birton avait arraché Fanny de cet asile ; c'est de lui que j'ai obtenu, à l'instant même, l'ordre de l'y ramener : le voici, et dès demain Fanny sera rendue à sa mère. — O Edmond! malheureux Edmond! s'écria mistriss Clare en pressant ses deux mains entre les siennes, de quoi ne seront pas responsables ceux qui vous ont si perfidement calomnié? Et cette mistriss Birton, la terre porta-t-elle jamais une créature plus insensible et plus fausse? Elle vint ici, Edmond, peu de jours après celui où Williams avait apporté votre lettre ; elle était accompagnée du juge de paix du canton. En descendant de voiture, elle fit sommer lady Malvina Seymour de paraître. Je me présentai avec votre femme, en lui disant qu'il n'y avait personne de ce nom. — Il n'est plus temps de feindre, repartit-elle : voici la copie du registre de l'église où la célébration a eu lieu, qui constate le récit des faits ; je suis instruite de tout ; mais ce que madame ne sait peut-être pas, continua-t-elle en s'adressant à Malvina, c'est que sir Edmond Seymour, ou épris d'une autre beauté, ou reconnaissant l'étendue de son imprudence, désire de casser une union qu'il ne voit plus que comme un malheur, et à laquelle il déclare n'avoir été entraîné que par une artificieuse séduction. Voici, madame, l'acte que je suis chargée de vous présenter de sa part : si vous consentez à le signer, vos nœuds seront détruits, et miss Fanny Sheridan restera près de vous ; mais, si vous résistez, la volonté de son père est qu'elle soit remise entre mes mains : en voici l'ordre formel, et les constables qui m'entourent vont le faire exécuter sur-le-champ. — Madame, reprit votre femme avec plus d'assurance que je n'en espérais d'elle, je ne vois point sur cet acte le nom d'Edmond Seymour ; je l'attendrai pour y mettre le mien ; je céderai à son désir, sans doute, mais je ne céderai qu'à lui. — Ainsi, répondit mistriss Birton avec une ironie amère, pour faire durer quelques jours de plus un nœud que votre époux déteste, vous consentez à manquer aux serments faits à une amie que vous prétendiez vous être si chère! vous consentez à vous séparer de son enfant? — Non, madame, je n'y consens point, reprit Malvina avec force ; c'est malgré moi qu'elle me sera ravie ; je saurai réclamer contre cet attentat, et, si la violence me l'arrache, la justice me la rendra. Ne croyez pas l'emporter toujours : le jour de la vérité n'est pas loin ; le monde connaîtra votre cœur, et il en aura horreur. » Mistriss Birton, troublée intérieurement du ton solennel dont lui parlait Malvina, n'essaya point de lui répondre ; mais, se tournant vers le juge de paix : « Vous voyez, lui dit-elle, que madame se refuse à tout accommodement : la loi vous autorise à mettre à exécution les ordres dont je suis chargée : faites paraître ici mistriss Fanny Sheridan. — Monsieur, lui dis-je alors, prenez garde ; vous vous chargez là d'une odieuse affaire : moi, qui suis étrangère comme vous dans tout ceci, je vous préviens que vous pourriez avoir à vous repentir un jour d'avoir employé la force pour arracher miss Sheridan d'ici. — Mistriss Clare, interrompit alors mistriss Birton, monsieur n'a pas tant de temps à perdre, et je le somme de remplir son devoir. — En effet, reprit le juge de paix, je ne sais pas ce que j'aurais à craindre : l'ordre dont l'honorable mistriss Birton est chargée est positif et revêtu de toutes les formes qui peuvent le rendre légal aux yeux de la justice ; je ne fais donc qu'exécuter la loi. » Alors il sortit pour ordonner que miss Fanny Sheridan comparût devant lui. Aucun domestique n'osa résister : vous savez à quel point on respecte ici les ordres des magistrats du peuple. Malvina, voyant avec effroi qu'elle n'avait pas un moment à perdre, tenta un nouvel effort ; et, s'adressant à mistriss Birton : « Ne puis-je pas, lui dit-elle, offrir une caution, afin de garder Fanny jusqu'à l'instant où sir Edmond Seymour aura signé l'acte qui vient de m'être présenté? alors je m'engage ici, par le serment le plus solennel, à hâter de tout mon pouvoir la dissolution de mon mariage, ou à vous livrer mon enfant. — Non, répondit mistriss Birton, je n'accepte d'autre accommodement que celui que j'ai proposé en arrivant, et voyez à vous décider sans tarder davantage : il me faut votre signature ou votre enfant. — Clara ! s'écria alors Malvina en élevant ses mains vers le ciel, tu vois à quelle affreuse extrémité me réduit la méchanceté de cette femme ! dicte-moi mes devoirs; ombre sacrée, dis, à quels serments dois-je manquer? — Madame peut partir quand elle voudra, interrompit mistriss Tap en entrant dans le salon; la petite est dans la voiture. — Ils m'ont enlevé mon enfant ! s'écria Malvina éperdue et se précipitant hors de la chambre. — Maman ! maman ! appelait l'enfant en se débattant entre les bras de ceux qui l'emmenaient, est-ce que tu ne viens pas avec moi? — Non, je ne te quitterai pas, lui cria Malvina en se jetant sous les roues de la voiture; et ils m'écraseront, les barbares ! avant de t'enlever à ta mère. — Faites retirer madame, dit froidement mistriss Birton aux gens qui l'entouraient; vous voyez bien qu'elle perd l'esprit. — Eh quoi ! madame, lui dis-je alors, êtes-vous inaccessible à toute pitié? Qu'attendez-vous d'une conduite aussi inhumaine? Si votre intention n'est pas d'assassiner l'innocente créature que vous enlevez impitoyablement à sa mère, n'êtes-vous pas sûre qu'elle lui sera rendue? et alors que vous restera-t-il? le repentir d'une cruauté inutile. — Faites retirer madame, » répéta mistriss Birton avec une voix tremblante de colère et sans daigner me répondre. Malvina, s'apercevant qu'on se préparait à l'éloigner de force, se lève, tombe aux pieds de mistriss Birton, et s'écrie : « Au nom du ciel ! au nom de l'humanité ! au nom de votre propre repos ! ne m'ôtez pas mon enfant ! je ne survivrai pas à sa perte. Voulez-vous avoir ma mort à vous reprocher? voulez-vous que mon sang crie éternellement contre vous? — Vous êtes encore maîtresse de la garder, lui répondit mistriss Birton sans s'émouvoir; mais vous savez à quelle condition. Je suis inflexible là-dessus. — Va, pars, je ne te retiens plus, s'écria votre femme en s'éloignant avec horreur, je n'en doute plus maintenant, cet acte est une horrible trahison par laquelle tu espérais sans doute me tromper, tromper Edmond, et nous désunir à jamais; mais tes odieux projets seront déçus; Edmond va bientôt paraître, demain peut-être il sera ici, il y sera peut-être aujourd'hui, il me rendra mon enfant, tu seras dévoilée, tu seras punie..... Tu l'es déjà : ne sens-tu pas ta conscience qui te déchire, l'ombre de Clara qui te menace, et la justice céleste qui t'attend? » En finissant ces mots, votre femme, accablée par la douleur, perdit presque entièrement connaissance; et mistriss Birton, sur le visage de laquelle se peignait ce que la colère et l'effroi ont de plus hideux, se hâta de s'éloigner. Que vous dirai-je encore, infortuné Edmond? Le même soir de ce jour terrible, arriva la lettre que vous tenez entre les mains; Malvina crut y voir la confirmation de tout ce que lui avait dit mistriss Birton; elle crut que son époux était d'accord avec ses ennemis, qu'elle avait peut-être sacrifié l'enfant de Clara à un homme sans foi et sans honneur...... Depuis ce moment.....— Depuis ce moment? » demanda Edmond en tremblant. Mistriss Clare lui montra de la main Malvina, sans avoir la force d'articuler un mot. « J'entends, reprit-il avec un désespoir concentré; si je la perds avant qu'elle ait recouvré la raison, elle emportera dans la tombe l'idée que c'est ma main qui l'y précipite. » Cette crainte, qui n'était que trop fondée, avait quelque chose de si affreux, que mistriss Clare crut devoir tout tenter pour l'en distraire; et, en substituant à cette image mille détails douloureux sur l'état de Malvina, elle fit verser un torrent de larmes à Edmond, et pensa l'avoir beaucoup soulagé. « Votre femme a exigé, continua-t-elle, qu'on plaçât un cercueil dans le bosquet où vous l'avez trouvée ce soir : je m'y suis opposée quelque temps ; mais, voyant que cette contrariété irritait son mal, je ne me suis plus occupée que de satisfaire tous ses désirs. Son esprit est singulièrement frappé de l'idée qu'elle doit mourir chaque soir à dix heures, heure fatale à laquelle la lettre de mistriss Fenwich fut remise en ses mains. A cet instant, elle sort toujours de l'état d'insensibilité où vous la voyez maintenant ; sans avoir l'air de me reconnaître, elle me nomme : quelque temps qu'il fasse, elle descend dans le jardin, exige qu'on l'y laisse seule jusqu'à minuit, et alors revient tristement, me dit qu'elle ne mourra que le lendemain, et retombe dans sa froide stupidité. J'ai appelé plusieurs médecins, nul ne m'a donné d'espoir ; ils doivent revenir aujourd'hui encore..... » Edmond ne lui laisse pas le temps d'achever ; il se lève, va au lit de Malvina, se met à genoux devant elle, presse contre ses lèvres sa main décolorée, et s'écrie : « Sainte et douce victime ! tu seras vengée ; les monstres qui ont égaré ta raison et détruit ma félicité recevront le prix de leurs forfaits, aujourd'hui même leur supplice commencera : je pars, je vais arracher ton enfant aux mains détestées qui la retiennent ; je pars, Malvina, mais pour te rejoindre ce soir..... Je te retrouverai, ajouta-t-il avec un accent vif et pressant qui sollicitait une réponse, je te retrouverai, dis, réponds, Malvina, ma compagne, ma femme ? que j'obtienne un mot, un regard, un seul !..... Affreux silence ! oh ! qu'est donc devenue ma Malvina ? Autrefois je ne l'implorais pas en vain, son tendre cœur n'était pas muet aux prières de son époux ; mais maintenant tout est changé, elle n'a plus rien à me dire. Tu as donc cessé de m'aimer, Malvina ? ah ! dis-le moi, dis-moi du moins que tu ne m'aimes plus ; accable de ta haine l'infortuné qui t'adore et que ses remords déchirent ! du moins il entendra ta voix. Combien il préférerait tes reproches, tes imprécations, à cette horrible immobilité dont rien ne peut t'arracher ? » Alors il quitta la main de Malvina, et sa main retomba sans force ; il s'éloigna de ses yeux, et ses yeux ne le suivirent pas. Consterné de ce qu'il voit, accablé de ce qu'il craint et de ce qu'il se reproche, il se retire dans un coin de la chambre, et pousse douloureusement des sanglots étouffés, que le repentir et le désespoir lui arrachent également. Cependant à ces plaintifs accents, Malvina semble s'éveiller de sa morne stupeur, elle jette des regards vagues autour d'elle ; elle prête l'oreille, et une fugitive rougeur a coloré ses joues : Edmond voit ce mouvement, il s'approche ; elle lui prend la main, et, se penchant vers lui : « Avez-vous entendu ? lui demanda-t-elle bien bas ; c'est lui ! il est revenu ! il pleure, parce qu'il ne m'a plus retrouvée ! — Vous l'avez donc enfin reconnu, Malvina ? — Assurément, sa voix a percé les ombres de la mort ; il n'y a plus que celle-là que je pouvais entendre ; mais ne dites pas qu'il est ici, il ne faut pas qu'on le sache ; l'étrangère viendrait le reprendre, et, dans son superbe orgueil, foulerait aux pieds la pauvre Malvina !.....— O femme trop outragée ! s'écria Edmond en pleurant, que vous devez haïr celui qui vous fait souffrir tant de maux ! — Moi, le haïr ? interrompit-elle vivement ; je vois bien que vous ne le connaissez pas, vous sauriez que cela n'est pas possible..... Écoutez, ajouta-t-elle plus bas, si vous le rencontrez jamais, cachez-lui bien que c'est lui qui m'a fait mourir, cela l'affligerait peut-être, et je veux qu'il vive heureux, mon Edmond, dût-il pour cela oublier tout-à-fait sa pauvre Malvina ; et cependant je vais aller vers mon père qui est là-haut, je l'implorerai pour mon Edmond. « O mon père ! lui dirai-je, ne le punis pas ; mais, si tu es irrité contre lui, me voici à sa place : envoie-lui, mon père, tout le bonheur que tu voulais me donner. » O femme angélique! sainte innocence! s'écria Edmond; et c'est toi qui as pu trouver un monstre assez ingrat pour te trahir! — Mais croyez-vous, continua-t-elle, que Clara permette à mon père d'exaucer mes vœux? Elle est avec les anges, ma Clara, elle est digne d'y être : mais à peine me verra-t-elle, que, me traînant devant le tribunal suprême, elle me demandera ce que j'ai fait de son enfant; si je m'approche, elle me repoussera avec horreur en me demandant où est son enfant; si je l'implore, sa voix tonnante m'interrompra : Qu'as-tu fait de mon enfant? qu'as-tu fait de mon enfant? me dira-t-elle. » A cette terrible image, les forces de Malvina défaillirent, ses yeux se tournèrent, ses bras se raidirent; elle tomba sans connaissance, et goûta du moins quelques moments la douce paix du tombeau.

## CHAPITRE LIV.

### LUEUR D'ESPOIR.

« Il n'y a pas un moment à perdre, Edmond, dit alors mistriss Clare; il faut aller chercher Fanny. — Je pars, répondit-il; j'ose attendre beaucoup de la présence de cette enfant : il me semble que l'idée de l'avoir perdue est ce qui trouble le plus Malvina. Hélas! indulgente et tendre comme elle était, sans doute elle aurait pardonné la faute d'un autre; mais elle n'a pu supporter ce qu'elle se reprochait; du moment qu'elle s'est crue coupable, elle a dû succomber, et son ame était trop pure pour vivre avec un remords. »

Cependant le jour commençait à paraître; Edmond monte dans sa chaise, et avant midi il fut rendu chez mistriss Birton. L'aspect de cette odieuse maison le fait tressaillir; il monte, il entre sans se faire annoncer; il trouve sa tante déjeûnant, entourée d'un cercle brillant. En voyant paraître Edmond, pâle, échevelé, en habit de voyage, elle rougit et jette un cri de surprise : la petite Fanny, qui était tristement assise auprès d'elle, se lève avec une vive joie; et, se précipitant au cou d'Edmond : « Mon bon ami, lui dit-elle, que tu as été longtemps absent! tu me ramèneras auprès de ma bonne maman, n'est-ce pas? — Oui, oui, s'écria Edmond en la pressant fortement contre sa poitrine; malheureuse enfant! ce soir même tu seras rendue à ta mère. — Et de quel droit, Edmond, s'écria mistriss Birton, pâle de colère, venez-vous enlever le dépôt qui m'a été confié? — Du droit de la justice et de l'humanité, répondit-il en la regardant avec mépris : est-ce lui que vous invoquâtes lorsque votre perfide méchanceté ravit cette enfant à ma femme!» A ce nom qu'il donnait à Malvina, à cette accusation qu'il portait contre mistriss Birton, tous les convives embarrassés s'entre-regardèrent, et semblaient se demander ce qu'allait devenir une scène aussi vive qu'inattendue. Mistriss Birton, effrayée d'avoir autant de témoins des reproches dont elle sentait qu'Edmond pouvait l'accabler, lui dit d'un ton plus doux : « Si vous avez à me parler d'affaires, passez avec moi dans mon cabinet, nous nous expliquerons mieux. — Non, non, répondit-il avec un dédain mêlé de fureur, je n'ai rien de particulier à vous dire, et mistriss Birton ne saurait être trop connue : si j'ai un regret en ce moment, c'est que le monde entier ne soit pas là, afin de me rassasier du doux plaisir de dévoiler à tous les yeux la femme barbare qui put résister aux pathétiques prières de la plus douce créature, et parvint, à force d'insultes, de fausseté et de malice, à détruire l'intelligence du plus parfait ouvrage de la nature. Arrêtez, continua-t-il en voyant que mistriss Birton faisait un mouvement pour l'interrompre, je n'ai pas parlé encore de la plume calomniatrice qui, pour satisfaire un horrible désir d'ambition et de vengeance, n'a pas craint de m'accuser, moi son parent, moi Edmond Seymour, comme suspect auprès du gouvernement anglais : les mesures de cette femme étaient si bien prises, que, sans un hasard inattendu, j'étais embarqué pour les Indes, comme perturbateur du repos public..... Je vois, à votre surprise, poursuivit-il, que vous espériez qu'on vous garderait le secret, et sans doute votre vil complice que je vois près de vous, milord Stafford, l'espérait aussi; mais il est encore des ames franches et loyales; et, heureusement pour l'humanité, les plus rares sont celles qui ressemblent aux vôtres. »

Sir Edmond avait commencé à parler avec tant d'emportement et de véhémence, qu'il n'avait pas été possible de l'arrêter; à présent il n'était plus temps, tout était connu. Mistriss Birton, accablée d'humiliation, voit chacun frémir au récit d'Edmond, et s'éloigner d'elle avec horreur. Cette réputation de grandeur d'ame, élevée avec tant de soins, vient d'être détruite en un instant; elle le voit, et son supplice commence; Edmond le voit aussi, et sa vengeance est consommée; alors il ne songe plus qu'à s'éloigner; et, emportant Fanny dans ses bras, il se rend chez le docteur Potwel, le détermine à partir avec lui, et emploie tout le temps de la route à lui parler de Malvina. Cependant les chevaux volent, et l'horloge venait de sonner dix heures, lorsque la voiture s'arrêta devant la maison. Mistriss Clare parut aussitôt; elle attendait Edmond avec impatience. « Comment est-elle? où est-elle? demanda-t-il vivement. — Voici l'heure où elle descend dans le jardin, elle y est maintenant; son état..... — Son état? » interrompit-il, alarmé. Mistriss Clare secoua tristement la tête, et ajouta en soupirant: « Toujours le même! — Je vais aller la joindre, reprit-il; il ne peut rien y avoir à craindre, n'est-ce pas? — Hélas! répondit mistriss Clare, que voulez-vous qu'il y ait à craindre? » L'infortuné n'entendit que trop ce qu'elle voulait dire.

Il s'avance dans le jardin; il reprend le même chemin qu'il a fait la veille sur les traces de Malvina; il y retrouve les mêmes anxiétés, les mêmes angoisses, et enfin aperçoit celle qui en est l'objet, auprès du bosquet de cyprès: elle revenait; sa longue robe blanche, ses cheveux épars, sa démarche lente, ses yeux attachés vers la terre, tout en elle respire une funèbre mélancolie et ajoute à la douloureuse pitié que son état inspire. Le bruit de la marche d'Edmond paraît l'effrayer; elle fait un mouvement pour fuir. « N'ayez pas peur, lui dit-il, ce n'est que moi. — C'est vous, répliqua-t-elle aussitôt, et en se rapprochant pour le considérer davantage..... Oui, c'est vous, je me souviens que vous m'aviez promis de revenir: vous ne trompez donc pas, vous? — Jamais, jamais je ne tromperai ma chère Malvina. — Écoutez, répliqua-t-elle après un moment de silence où elle avait semblé réfléchir profondément, je crois vous avoir déja vu il y a long-temps! bien long-temps! ici tout était beau, ajouta-t-elle en étendant la main vers tout le jardin; là je cueillais des roses, elles étaient pour lui; ici j'entendais les oiseaux, ils chantaient pour lui; partout je respirais un air si doux! c'était encore pour lui; tout, tout pour lui..... — Mais il reviendra, lui répondit Edmond en la pressant doucement contre sa poitrine, et alors vous pourrez encore cueillir des roses, les oiseaux recommenceront à chanter, et l'air redeviendra doux.—Non, non, interrompit-elle avec un tremblement convulsif; non, non, jamais, jamais..... Il faut subir son sort, le mien est de lui obéir: il avait assez de Malvina, il l'a poussée vers le tombeau, elle y tombera..... Ne dois-je pas mourir demain?..... Oui, demain, quand la lettre de l'étrangère arrivera..... Mais je vois bien que vous ne savez pas ce que c'est que cette lettre..... c'est quelque chose qui détruit, qui tue, continua-t-elle en fixant Edmond d'un air farouche; c'est quelque chose qui brûle, qui dévore ici, là (en montrant successivement son cœur, sa tête et sa poitrine); c'est un feu qui consume toujours, un mal qui ne s'apaise jamais; il corrompt le sang, il ronge le cœur, il empêche de vivre, il ne permet pas de mourir : voyez-vous? ceux qui le souffrent n'existent plus, ils sont tous comme moi..... » Elle s'interrompit; l'effroyable tableau de ses souffrances venait d'anéantir toutes ses facultés; elle tomba sans force dans les bras de son époux; et lui, serrant contre son sein ce corps inanimé, appelle Malvina, sa chère Malvina : Malvina ne répond plus; il est seul, seul dans la nature avec sa femme expirante et le remords de l'avoir assassinée. Au milieu de tant de tourments, sa tête se perd; il ne songe plus à rentrer, il ne voit plus que Malvina qui se meurt, et qu'il jure de suivre au tombeau. Cependant mistriss Clare, inquiète de le voir tarder si long-temps, s'avance au-devant de lui avec le docteur Potwel; ils le trouvent à genoux, appuyé contre un arbre, tenant Malvina embrassée, et comptant avec effroi les faibles battements de son cœur. Mais, en voyant avancer le docteur Potwel, il s'écrie, sans changer de situation : « Docteur, c'est ma femme! c'est ma Malvina! il faut la sauver, il le faut; vous m'en répondez..... Ne me dites point qu'elle n'existe plus, je ne le supporterais pas; je ne veux pas perdre ma Malvina, entendez-vous, docteur? entendez-vous, mistriss Clare? je ne veux pas perdre ma Malvina! » Et, en parlant ainsi, il versait de ces larmes amères et brûlantes qui n'échappent jamais abondamment au désespoir, car alors il ne serait plus désespoir. Cependant le docteur s'approche, et après avoir touché le bras de Malvina : « Hâtez-vous, dit-il, de mettre cette femme à l'abri du froid rigoureux qu'il fait ici; vous lui avez fait beaucoup de mal en l'y laissant exposée si long-temps : ce n'est point avec cette négligence que je l'ai vue vous soigner jadis. » Edmond ne répond rien : docile aux ordres du docteur, il soulève Malvina, la prend dans ses bras et la transporte sur son lit. Alors le docteur l'examine attentivement : « Le plus grand mal est dans la tête, dit-il. — Ah! docteur, s'écria Edmond, elle pourra donc être sauvée! — Sauvée? reprit-il en le regardant d'un air significatif, si ce n'est que de sa vie que vous parlez, elle ne me paraît pas en danger maintenant, et, si nul accident ne vient augmenter sa faiblesse, je crois pouvoir en répondre. — O docteur! ne répondez-vous que de sa ve? — Il faut attendre, il faut voir, ne précipitons rien : qu'on prépare à l'instant un bain froid, nous en verrons l'effet; demain nous essaierons de la musique : des moyens doux, du temps, de la patience; j'en ai vu revenir de là. — Vous en avez vu revenir? interrompit Edmond hors de lui : ô docteur! cher docteur! vous me rendrez donc ma Malvina? » Et, dans l'excès de sa joie, il frappait des mains, il allait, il courait, il donnait mille ordres à la fois; et, comme s'il eût craint qu'on ne les exécutât pas assez vite, il aidait lui-même à préparer ce qu'il fallait; il encourage chacun à se hâter, il embrasse tous ceux qu'il voit, sans distinguer personne. « On peut la sauver! répète-t-il à ceux qui l'entourent; on peut la sauver! le docteur l'espère, l'assure. O mes amis! aidez-lui à sauver Malvina; c'est mon bien, ma vie, ma joie; je ne saurais exister sans elle; mais qui ici pourrait survivre à sa perte? N'est-ce pas d'elle que vous tenez tous vos plaisirs? Cette ame généreuse et compatissante ne fut-elle pas toujours l'amie de chacun de vous? Jamais se lassa-t-elle de faire le bien? Jamais ses propres peines lui firent-elles oublier celles des autres? Et, quand son cœur gémissait, accablé par la détresse, ne trouvait-elle pas encore une consolation partout où elle trouvait un heureux à faire?..... Et moi, moi, barbare! qui l'ai réduite en cet état, qu'en avais-je reçu? que des jours de bonheur; qu'en attendais-je? que des jours de bonheur; et, quand, pour prix d'un si touchant amour, ma lâche ingratitude a détruit sa paix et égaré sa raison; quand chacun me voit, que je me vois moi-même comme le plus coupable des hommes, tout indigne de pardon que je suis, que cette angélique créature revienne à elle, et je serai pardonné : loin de douter de sa miséricorde, ni de désespérer de sa clémence, vous la verrez plus prompte à m'accorder ma grâce que moi à la demander. O Malvina ! quand il te reste tant de bien à faire sur la terre, ton cœur, ton amour voudrait-il m'abandonner avant de m'avoir arraché au remords qui pèse sur ma tête criminelle ? » Et chacun pleurait en l'écoutant, et la bonne mistriss Tomkins, qui avait nourri Malvina de son lait, et le vieux Pierre, qui a abandonné son pays pour la suivre, et mistriss Clare, qui, s'étonnant de trouver en une seule femme toutes les vertus réunies, l'aime plus encore qu'elle ne l'admire, et le docteur Potwel, qui se souvient de l'état touchant où il l'a vue, mais moins encore que celui où il la retrouve ; enfin tous ceux qui ont approché d'elle, ne fût-ce qu'un seul jour, ne fût-ce qu'un instant, joignent leurs larmes à celles d'Edmond : elles attestent ce qu'était Malvina ; et jamais le panégyrique le plus éloquent, ni l'oraison la plus pathétique, entourés de l'appareil du trône et des regards de l'univers, n'élevèrent les puissances de la terre à la hauteur où, dans un obscur asile, cet assentiment unanime de bénédictions et de larmes vient d'élever la simple Malvina. O vertu ! telle est donc ta puissance ! Que l'orgueil, aidé de ses cent bras, construise, édifie, se redresse et porte sa tête jusqu'aux nues, tu seras toujours plus haut que lui ; devant ton immortelle lumière s'éteindra son impuissant éclat, et, tandis qu'après avoir brillé un instant, il s'écroulera, lui et ses superbes monuments, au sein de la poussière, éternelle et pure comme l'être qui t'a créée, tu vivras toujours au haut des cieux.

## CHAPITRE LV.

EFFETS DE LA MUSIQUE.

Le lendemain au soir, à l'instant où Malvina se préparait à descendre dans le jardin, le docteur demanda qu'on lui fît entendre quelques sons harmonieux. Mistriss Clare prélude sur un orgue..... Malvina tressaille, tourne la tête, s'arrête et paraît écouter attentivement : la mélodie cesse, alors elle retombe dans sa rêverie, et continue lentement son chemin. « Il faudrait, dit le docteur, chanter un air qu'elle connût beaucoup. » Edmond s'avançait. « Non, pas vous encore, continua-t-il ; il ne faut plus qu'elle entende cette voix que quand elle sera en état de la reconnaître ; alors seulement je lui présenterai Fanny : n'épuisons pas nos moyens ; pour qu'ils réussissent, il faut savoir les économiser. » Pendant qu'il parlait, mistriss Clare avait pris sa harpe, cachée derrière un rideau ; elle pose ses doigts sur les cordes, et leur vibration arrête Malvina une seconde fois : mistriss Clare, qui s'en aperçoit, continue ; et, après quelques modulations mélancoliques, elle chante cette romance que Malvina avait composée peu de jours avant l'arrivée de mistriss Birton.

ROMANCE.

Depuis qu'une autre a su te plaire,
Chaque jour me voit dépérir ;
Quand Malvina ne t'est plus chère,
Malvina ne veut que mourir.
Pourtant sa faible voix t'implore,
Non pour réclamer ton amour,
Mais, avant de perdre le jour,
Pour te voir une fois encore.

Hâte-toi, le trépas s'avance ;
Viens voir celle qui t'adorait
Mourir, sur un lit de souffrance,
D'amour, de honte et de regret !
Mais ce n'est point son agonie,
Ni la mort empreinte en ses traits,
Qui te diront que pour jamais
Malvina va perdre la vie.

Mais si, languissante, abattue,
Je ne sais plus compter tes pas ;
Quand tu paraîtras à ma vue,
Si tout mon corps ne frémit pas :
Si mon regard ne peut te suivre,
Si ma voix ne peut te nommer,
Si mon cœur a cessé d'aimer,
Alors j'aurai cessé de vivre.

Pendant tous le temps que mistriss Clare avait chanté, l'attention de Malvina avait été entièrement captivée : ses regards errants autour d'elle semblaient chercher la voix qui frappait ses oreilles. Quand elle eut cessé de l'entendre, elle se considéra en silence, et se dit ensuite avec une sorte de surprise : « Ce n'est pas moi! non, ce n'est pas moi!.... » Et elle appuyait son front sur sa main, comme pour tâcher d'éclaircir ses idées; on voyait les efforts qu'elle faisait pour rappeler des souvenirs vagues et fugitifs. Edmond, en silence, l'œil constamment appuyé sur elle, suivait tous ses mouvements, et en attendait un qui vînt rallumer l'espérance dans son sein. Cependant Malvina, toujours remplie de son idée, fait quelques pas la tête baissée, paraît réfléchir, et s'interrompt tout-à-coup en disant : « Ce n'est pas moi! et pourquoi n'est-ce pas moi? » Alors, comme frappée d'une nouvelle idée, elle élève la voix et recommence la même romance que mistriss Clare vient de chanter : que dis-je? la même? ah! ce ne l'était plus! son expression a quelque chose de si plaintif, qu'elle fait pleurer chacun de sa peine; mais en même temps son accent est si doux et si tendre, qu'il pénètre toute l'âme et y suspend la douleur. Chacun accourt, l'entoure, et, surpris et enchanté, l'écoute, et ne pense plus qu'à l'écouter; mais, tandis que toutes les personnes de la maison sont réunies autour d'elle, la petite Fanny a profité de ce moment pour s'échapper de la chambre où on la retenait; elle s'avance à petits pas vers le lieu où elle entend du bruit, et, reconnaissant la voix de Malvina, elle s'élance de toutes ses forces et va tomber à ses pieds en s'écriant : « Maman! maman! je t'ai donc retrouvée! » A cette voix, Malvina frissonne, jette un cri aigu, prend l'enfant dans ses bras, et la regardant long-temps avec un mélange de surprise et de joie : « Les barbares ne t'ont donc pas tuée? lui dit-elle; oui, c'est toi, oui, je te reconnais; elle vit donc encore, l'enfant de Clara? Ah! continua-t-elle en pressant sa main sur sa poitrine, comme je respire à mon aise! je peux mourir en paix maintenant, je peux rejoindre Clara, et elle ne me demandera plus avec sa voix menaçante : Qu'as-tu fait de mon enfant? qu'as-tu fait de mon enfant?..... Et cette idée parut l'effrayer encore. Cependant Fanny baisait ses mains, sa robe, et élevait ses petits bras pour tâcher d'atteindre à son cou. « Maman, lui disait-elle, pourquoi es-tu si pâle? Pourquoi me regardes-tu comme cela? Est-ce que je t'ai fâchée? Est-ce que tu n'aimes plus ta petite Fanny? O maman! maman! pourquoi ne me caresses-tu pas comme autrefois?....—Autrefois! interrompit Malvina; tout le monde se souvient d'autrefois, moi seule je ne peux plus y penser : il y a là (en montrant sa tête) quelque chose d'obscur qui me le cache! — Maman! pourquoi parles-tu donc toute seule? que tu es changée! Sais-tu que les méchants qui m'ont emportée me disaient que c'était toi qui le voulais, que tu ne te souciais plus de moi? Je ne l'ai pas cru, maman; je leur disais : Vous êtes des méchants, des menteurs qui voulez la faire mourir et moi aussi.....: Mais pourquoi ne me dis-tu rien, maman? O mon Dieu! si c'était vrai que tu ne m'aimasses plus! » En disant cela, la petite fille se mit à pleurer amèrement. Quoique le docteur Potwel eût été très-fâché que Fanny fût entrée sans son ordre, parce qu'il voyait bien que Malvina était trop faible pour soutenir de longues et vives émotions, néanmoins il crut devoir profiter de l'événement pour faire quelques tentatives, et, s'approchant de Malvina, il lui dit : « Autrefois vous étiez bonne, vous n'affligiez personne; et à présent vous faites pleurer votre enfant, l'enfant de Clara! — Je ne veux faire de peine à personne, répliqua Malvina en le regardant avec surprise; je ne veux pas faire pleurer l'enfant de Clara; mais que puis-je pour lui, à présent? vous voyez, je ne sais plus penser; je ne sais plus rien, ils m'ont détruite! — Et depuis quand êtes-vous ainsi? demanda le docteur; savez-vous qui vous a fait tant de mal? — Il y a long-temps! bien long-temps! répliqua-t-elle en faisant un geste en arrière avec la main, je parcourais en paix la vie; mais un homme s'est rencontré, mes forces ont été rompues, et j'ai penché vers le tombeau. » A ces mots, Edmond fit un mouvement pour s'avancer; un coup d'œil du docteur le retint à sa place. Celui-ci continua, emporté par l'espoir de rappeler la raison de Malvina, et oubliant trop tôt que sa santé n'était pas en état d'en supporter l'usage: « Où allez-vous? lui demanda-t-il en voyant qu'elle s'avançait vers le jardin. — Mourir: vous savez bien que c'est l'heure. — Vous vous trompez; c'est au contraire aujourd'hui qu'il revient, vous le trouverez là-bas. — Il revient! je le trouverai! reprit-elle en tremblant de tout son corps. — Oui, il n'y a plus de tombeau, il n'y a plus de cercueil, vous ne devez plus mourir, vous l'allez revoir: des méchants avaient emmené votre enfant et votre époux, tous deux vous sont rendus; voici Fanny près de vous, et Edmond est dans le jardin à la place du tombeau; il vous attend..... — Edmond m'attend? s'écria-t-elle en frappant des mains; ne me trompez pas, cela fait tant de mal! — Je ne vous trompe pas, allez vous en assurer; je vais vous accompagner, si vous voulez. — Oui, oui, dit-elle vivement, venez avec moi; car, lorsque j'y vais seule, je ne le trouve jamais. » Edmond, ayant compris l'intention du docteur, sortit doucement de la chambre sans être vu de Malvina. Mistriss Clare le suivit avec Fanny, et la douce malade, s'appuyant sur le bras du docteur, se traîna lentement vers le jardin, en disant: « Vous êtes un bon homme, vous, je m'en souviens bien; vous ne voulez pas qu'Edmond me quitte; et, quand il le veut, lui, vous venez pour l'en empêcher et me le rendre. — Je vois, répondit-il, que votre cœur conserve de la mémoire quand votre esprit n'en a plus: vous ne reconnaissez pas les traits de mon visage, et le nom du docteur Potwel ne vous paraît qu'un vain son? mais vous avez quelque chose en vous qui se souvient que, jadis, votre amant allait mourir, et que ce fut moi, moi le docteur Potwel, qui le sauvai..... — Oui, oui, en effet, interrompit-elle en se parlant à elle-même, il a raison: un jour, Edmond allait mourir, je pleurais auprès de son lit; mais le docteur Potwel vint, et je fus soulagée; il me dit de ne plus pleurer, et je ne pleurai plus..... Comment se peut-il que j'eusse oublié tout cela? Mais vous, continua-t-elle en regardant le docteur, comment le savez-vous? » Le pauvre docteur avait espéré un moment qu'elle allait le reconnaître, et, quoique le souvenir qu'elle conservait fût déjà une lueur de raison, la peine d'être déçu dans son espérance lui fit presque perdre courage. « Vous ne me connaissez donc pas? lui dit-il tristement. — Moi? non: comment vous connaîtrais-je? vous savez bien que depuis que Clara est au ciel et Edmond à l'étrangère, je ne connais plus que la douleur..... » A cet instant, elle fut interrompue par le son lointain d'une flûte, et aussitôt ses joues pâles devinrent incarnates et brûlantes, le violent battement de son cœur se distinguait à travers sa robe, ses jambes tremblèrent, et son agitation fut si vive, qu'à peine pouvait-elle se soutenir. Le docteur s'en aperçut avec effroi, et commença à se repentir d'avoir accumulé trop d'émotions en un jour; mais il n'était plus temps de reculer. « Entendez-vous, dit-elle d'une voix basse et tremblante, entendez-vous cette ravissante harmonie? c'est lui qui la cause; de même elle le précéda lorsqu'il m'apparut pour la première fois..... Oh! je vous en conjure, ne parlez pas, continua-t-elle en voyant que le docteur ouvrait la bouche pour répondre, qu'aucun autre son ne se mêle à ces sons harmonieux: si vous saviez le bien qu'ils me font! comme ils rafraîchissent mon sang, calment mon esprit et attendrissent mon cœur! » En parlant ainsi, elle approchait; cependant, à l'entrée du bosquet, elle s'arrête tout-à-coup en disant: « Je n'ose point entrer, non, je n'ose point entrer; si j'allais ne l'y pas trouver ! si c'était un ange que Clara m'eût envoyé pour m'emmener vers elle, et qui m'attendît sur mon tombeau ! O Clara ! je veux bien aller à toi ; mais laisse-moi, ah ! laisse-moi le revoir encore une fois !..... » La flûte alors reprit ses doux accents. Le docteur, qui examinait attentivement Malvina, voyait ses traits s'éclaircir, ses yeux s'animer, sa physionomie renaître, et cependant un pressentiment triste et confus l'empêchait de se livrer à l'espérance. A ce moment la lune, au haut d'un ciel pur, éclairait tous les objets de ses rayons vifs et argentés : Edmond se tait, Malvina fait un pas vers le bosquet, il en sort, elle le voit, le reconnaît, et s'écrie en se précipitant dans ses bras : « Oh ! c'est lui ! c'est bien lui ! mes yeux ne me trompent point, et mon Edmond est revenu..... Tu as donc voulu revoir ta pauvre Malvina ? Ah ! ne la quitte plus, ne la quitte jamais ! presse-toi sur son cœur, son dernier battement sera pour toi !..... » Alors, sa voix s'affaiblissant tout-à-coup, elle tomba sans mouvement dans les bras de son époux.

## CHAPITRE LVI.

### L'INNOCENCE TROUVE ENFIN LA PAIX.

« MALVINA ! s'écria Edmond effrayé, ma Malvina ! Eh quoi ! ne t'ai-je retrouvée que pour te perdre si tôt ? — Calmez-vous, lui dit le docteur avec une inquiétude qu'il cherchait à dissimuler ; après de si violentes secousses, la nature a besoin de repos ; ce n'est peut-être qu'un sommeil. » En effet, à peine Malvina eut-elle été transportée dans son lit, qu'on s'aperçut qu'elle reposait. Edmond, troublé de l'air inquiet du docteur, cherchait à lire dans ses yeux si cet assoupissement devait être regardé comme un signe favorable ; mais celui-ci évitait de s'expliquer, recommandait le plus grand silence, et, assis auprès du lit de Malvina, touchait fréquemment son bras, et attendait l'instant du réveil. L'état de la malade resta le même toute la nuit et une partie du jour suivant. Vers le soir, Edmond s'étant éloigné un instant, le docteur se tourna vers mistriss Clare, et lui dit : « La crise approche, voici l'heure où elle va s'éveiller ; je ne vous cacherai pas que sa faiblesse est excessive, que son pouls s'éteint, que sa poitrine s'oppresse, et que nous avons tout à craindre..... » Edmond rentra alors dans la chambre, ce qui ne permit pas au docteur d'achever. Mistriss Clare, consternée de ce qu'elle venait d'entendre, resta immobile, comme si la foudre l'eût frappée. Cependant Edmond s'approcha d'elle et lui dit tout bas : « Le docteur vous parlait quand je suis entré ; que vous disait-il ? Espère-t-il beaucoup ? Au nom du ciel ! ne me cachez rien. » Mistriss Clare, hors d'état de répondre, lui prit la main, la serra fortement, et se tut. « Expliquez-vous, mistriss Clare ? reprit-il en pâlissant ; ce silence est plus affreux que tout ce que je puis entendre ; il ne met point de bornes à mes craintes..... — Ne parlez donc pas si vivement ? interrompit le docteur, afin de sauver à mistriss Clare le tourment de répondre ; le moindre bruit peut arracher votre femme à un repos qui lui est si nécessaire ; passez même derrière les rideaux ; car, si elle s'éveillait tout-à-coup, il serait très-dangereux qu'elle vous vît. » Edmond obéit, et chacun, dans un profond et morne silence, prêtait l'oreille à la respiration de Malvina, qui devenait de plus en plus fréquente. Au bout de quelques instants, une ombre de chaleur colora son visage ; elle s'agita dans son lit et articula quelques mots à voix basse. Le docteur, croyant qu'Edmond, caché derrière le rideau, ne le voyait pas, se pencha vers mistris Clare, et lui dit : « Tout est perdu, la fièvre se déclare. — Tout est perdu ! » répéta vivement Edmond qui, trop attentif, surveillait chaque mouvement du docteur. Mais, à ce cri que la douleur lui avait arraché, Malvina s'éveilla en sursaut. « Qu'ai-je entendu ? dit-elle ; quelle voix m'a frappée ?..... Il m'a semblé qu'Edmond..... mais, non; si c'était Edmond, il me répondrait..... » A ce tendre reproche, ni les signes du docteur, ni le danger d'une trop vive émotion, ne purent retenir Edmond; il tomba à genoux près du lit, et, saisissant la main pâle de sa femme, qui pendait languissamment, il la couvrit d'un torrent de larmes, sans avoir la force de prononcer un seul mot. A cette vue, Malvina, recueillant toutes ses forces, se souleva sur son séant; elle entoura la tête d'Edmond entre ses deux bras, et la pressant doucement : « C'est lui, dit-elle, c'est bien lui! Je le revois! Il m'aime encore! Le ciel n'a pas voulu me faire mourir désespérée! — Si je t'aime encore! reprit-il impétueusement; ah! ne pense jamais que j'aie cessé de t'aimer; je n'en puis soutenir l'horrible accusation. O toi qui fus toujours l'objet de mon idolâtrie, ton image n'a point cessé de régner uniquement dans mon cœur! Et qui donc aurait pu te disputer mon amour?.....— Votre malheureux époux a été bien indignement calomnié, dit alors mistriss Clare à Malvina, et quand vos forces vous permettront d'entendre le récit..... — Je n'en ai pas besoin, mistriss Clare : voyez donc ses larmes! elles m'ont tout dit..... O Edmond! ajouta-t-elle en retombant sur son oreiller, pose ta main sur mon cœur, rappelles-y la vie, pour que je puisse t'aimer encore; je la sens qui m'abandonne! — Retirez-vous, sir Edmond, dit le docteur vivement alarmé, retirez-vous, un plus long entretien pourrait l'épuiser tout-à-fait. — O docteur! interrompit-elle d'une voix éteinte et en étendant faiblement sa main vers son époux, ne l'éloignez pas; il me reste si peu d'instants!..... s'il sort, je ne le reverrai plus. » Le docteur n'insista pas : que devait-il faire maintenant? qu'adoucir les derniers instants d'une vie qu'il ne pouvait plus prolonger. Edmond, le cœur brisé par les paroles de Malvina, ne pleurait plus, n'osait former une pensée, et restait toujours à genoux, les lèvres collées sur le bras inanimé de sa femme, tandis que mistriss Clare, de l'autre côté, appuyée sur le dossier du lit, laissait échapper un déluge de pleurs. Après une courte pause, Malvina regardant son amie avec tendresse, lui dit : « Chère mistriss Clare, n'est-il pas vrai qu'il m'a ramené Fanny? Si un doux songe ne m'égare pas, il me semble l'avoir vue; qu'elle vienne, que je l'embrasse encore une fois avant d'aller rejoindre sa mère! » Mistriss Clare fut la chercher; elle la trouva couchée, reposant dans son berceau. « Malheureuse enfant! ta mère meurt, et tu dors! » pensa mistriss Clare, frappée du contraste de sa douce tranquillité avec la scène déchirante qui se passait à quelques pas. Cependant elle la prit dans ses bras, et la porta tout endormie sur le lit de sa mère. Malvina la considéra long-temps avec attendrissement, et élevant les mains vers elle : « Pauvre enfant! innocente créature! Quel paisible sommeil! Ainsi tu dormais quand ta mère me fut enlevée : ah! puissent toujours les maux passer de même près de toi sans que tu les sentes!...... Tu dors, Fanny! bientôt je dormirai aussi..... Mais reçois avant mes regrets de n'avoir pu vivre pour toi, mon repentir de t'avoir oubliée, mes plus tendres bénédictions et mon dernier adieu!..... Mon Edmond! je te la lègue; tu veilleras sur son b nheur : nous serons deux là-haut qui déposerons, auprès de Dieu, de tout le bien qu'elle recevra de toi..... Mistriss Clare, que son éducation vous soit confiée; ce devait être l'emploi de ma vie; il m'était bien doux; je n'ai rien de plus précieux à vous laisser pour tout le bien que vous m'avez fait..... Que M. Prior partage ce soin avec vous; je le connais bien mal, si l'espoir de me remplacer après ma mort ne lui adoucit pas ma perte : dites-lui que je meurs en l'aimant..... Et vous, mistriss Clare, apprenez surtout à Fanny à ne jamais sacrifier le devoir à l'amour. O vous! qui en remplissez un si sacré auprès d'une infortunée, qu'il vous sera facile de la guider dans la route de la vertu! — Ah! Malvina, qu'as-tu dit? s'écria

Edmond ; que, dans ce moment, un pareil souvenir est un affreux reproche ! — En est-ce un, mon Edmond ? pardonne à ta Malvina, elle ne veut point t'affliger : eh ! que te reprocherais-je, à toi, mon bien suprême ? à toi à qui j'ai dû la plus douce félicité que le monde peut offrir ? à toi qui, dans ce moment, m'entoures de ton amour, et dont les regrets me suivront dans la tombe ?..... — O Malvina ! ne parle pas ainsi ! tes doux accents me déchirent le cœur ; et, quand je te perds par ma faute, l'excès de ta haine même me serait un moindre supplice que l'expression de ton amour. Je l'ai méritée, continua-t-il dans un affreux désordre : n'est-ce pas ma lâche ingratitude qui a empoisonné tes jours ? n'est-ce pas moi qui te plonge au tombeau ? — Arrête, mon Edmond, arrête ! Oh ! sauve-moi l'image de ton désespoir ! Non, tu ne fus point coupable, puisque tu m'aimas toujours, et je ne suis point malheureuse, puisque je vécus aimée de toi, et que je meurs sans remords. O Edmond ! si tu savais combien mon ame est tranquille ! calme comme la nature, au moment où le jour s'éteint..... Dieu tout-puissant ! continua-t-elle en posant ses deux mains sur la tête de son époux, protége-le ; que sa vie soit exempte des chagrins qui ont tourmenté la mienne, et que son dernier jour ressemble au mien ! » Elle ne put en dire davantage, et la chaleur qu'elle venait de mettre à sa touchante prière lui occasiona une faiblesse qui dura quelques heures. Le triste Edmond la regarde en silence, son impétuosité est éteinte, il ne questionne plus, il n'a rien à dire. Ah ! que ne peut-on donner des paroles à la douleur ! Le chagrin qui se tait refoule vers le cœur et le force à se rompre. Oh ! que dans ce moment une larme, une seule larme soulagerait sa misère ! Cependant on s'empresse autour de Malvina ; mais les soins qu'on lui rend ont quelque chose de sombre et de lugubre ; l'air du docteur ne permet de former aucun espoir : bientôt elle ne sera plus ; la main glacée de la mort aura éteint sa jeunesse ; ses lèvres seront tout-à-fait fermées ; jamais, jamais le doux souffle de la vie ne les ranimera ; son ame lutte encore ; un moment de plus, et elle va fuir, hélas ! pour toujours.

Malvina rouvre une paupière languissante, et son premier regard se porte sur son époux. « Cher Edmond ! dit-elle, sans ta peine, que ce moment aurait de douceur ! Il m'a semblé tout-à-l'heure voir Clara m'apparaître dans toute sa gloire ; un doux contentement rayonnait dans sa contenance ; elle m'appelait : Viens à moi, viens te réjouir parmi les anges : un jour ton époux viendra ; mais il doit être enchaîné sur la terre pour protéger ma fille que tu abandonnes..... Tel est l'ordre du Très-Haut..... Edmond, tu l'entends, ce n'est point une vision ! subis ta destinée, répare mes torts, ne me suis point, c'est la dernière prière de Malvina..... — Je te le jure, s'écria-t-il, tu seras obéie ; je vivrai pour souffrir, je veux, je dois souffrir ; il faut une longue douleur pour expier ta mort..... — Edmond, dit-elle, pleure Malvina, tu le dois : qui t'aimera jamais comme elle ! Mais qu'aucun repentir n'entre dans ton cœur ; car c'est au nom de ce ciel ouvert devant moi, auprès duquel il y a miséricorde, et qui a pardonné toutes mes erreurs, que Malvina t'absout des tiennes..... — O ange céleste ! ne t'envole pas encore, s'écria Edmond avec transport ; encore un moment à ton époux, et puis une séparation éternelle..... — Non, Edmond, pas éternelle, reprit-elle avec un accent plus vif, et en agitant ses bras pour lui montrer le ciel, car je vais vers mon père, qui est ton père, vers mon Dieu, qui est ton Dieu : il y a plusieurs demeures dans sa vaste maison ; je vais t'y préparer une place pour qu'il t'y reçoive avec moi, afin que là où je serai tu y sois aussi..... » Un doux sourire éclaircit alors son visage ; elle tenta de serrer encore une fois la main de son époux ; mais, n'en ayant pas la force, elle lui fit un léger signe, et, fermant les yeux, poussa un profond soupir.

Edmond s'avança pour recevoir son souffle, il n'était plus temps; elle venait d'exhaler le dernier : Malvina avait vécu.

## CHAPITRE LVII.

DEUX MALHEUREUX PLEURENT ENSEMBLE.

Je tire le rideau sur les tristes scènes qui suivirent : il faut avoir perdu ce qu'on aime pour savoir ce qu'est cette douleur; mais ce n'est pas assez pour la peindre, les moyens humains ne peuvent atteindre jusque là. Qu'est-ce donc quand il s'y joint celle, plus vive, s'il est possible, de trouver en soi la cause de ce qu'on souffre, et d'être poursuivi nuit et jour par cette voix intérieure qui crie que nous avons nous-mêmes attiré notre malheur ! Cependant Edmond ne se regardait pas comme le seul auteur de cette funeste mort; dans sa douleur forcenée, il en accusait la nature entière, il accablait d'imprécations les deux femmes dont l'odieux accord avait trompé Malvina; et, la première fois qu'on lui présenta Fanny, dans l'espérance que cette vue calmerait sa frénésie, il détourna ses yeux avec horreur, ses bras se roidirent pour la repousser, et il s'écria en frissonnant qu'on ôtât de devant lui celle dont la funeste influence avait entraîné sa femme au tombeau.

Cet infortuné était devenu l'objet de tous les soins, de toute la pitié de mistriss Clare; elle lui prodiguait ce que l'amitié a de plus tendre, ce que la commisération a de plus touchant; elle ne le quittait pas; elle saisissait chaque occasion de rappeler ce qui pouvait adoucir sa peine, d'écarter ce qui pouvait l'aigrir, et de verser un baume consolateur sur sa blessure : elle ne voyait plus dans Edmond le séducteur de Louise, l'époux volage de Malvina, mais une créature désolée, en proie au repentir, et trop malheureuse pour ne pas faire oublier qu'elle eût été coupable.

Cependant, comme un des principaux soins de mistriss Clare était de le rattacher à la vie et de le ramener à la raison par le souvenir des devoirs que Malvina lui avait laissés à remplir, ils ne furent point sans effet. Edmond, sentant bien que de long-temps, peut-être, il ne lui serait possible de vivre auprès de Fanny, fut le premier à engager mistriss Clare à partir avec elle. « Allez, lui dit-il, éloignez-vous; ne prodiguez plus vos bontés à un malheureux qui n'en est pas digne, et n'est plus en état de les sentir..... ne vous occupez que de Fanny..... Malvina l'ordonna..... Pour moi, je ne puis pas voir cette enfant, non, je ne le puis pas, Malvina ne l'exigea point; si elle l'eût exigé, je n'aurais pu lui obéir..... Cependant, afin de veiller sur ce dépôt que sa main me confia, je vous accompagnerai jusque chez vous..... et puis je reviendrai ici seul..... et, à ce mot, ses traits s'altérèrent et son regard s'égara..... seul, dans cet asile qui fut choisi par l'amour, que Malvina devait habiter avec moi, où elle m'a rendu heureux, et où je l'ai perdue, seul ici avec son tombeau, ma mémoire et mon amour. »

Mistriss Clare aquiesça promptement à la proposition d'Edmond, dans l'espoir, sans doute, de le retenir quelque temps éloigné du lieu funèbre dont il consentait à s'éloigner en faveur de Fanny : peut-être avait-elle compté parvenir à le distraire par le souvenir du caractère vif, mais léger, qu'elle lui avait connu jadis; mais sa supposition fut entièrement déçue : Edmond n'était plus le même; sa vivacité s'était éteinte dans les larmes, le profond repentir avait détruit sa légèreté, et désormais l'univers se bornait, pour lui, à l'étroite pierre qui couvrait les cendres de Malvina.

A peine eut-il conduit Fanny en sûreté chez mistriss Clare, que, sans prendre congé de personne, il revint sur ses pas, marcha toute la nuit, et arriva chez lui au petit jour. Son premier mouvement le guide sur la tombe de sa femme; il l'avait fait entourer d'une balustrade élevée, dont lui seul et mistriss Clare avaient une clef, afin qu'aucun pied profane ne vînt souiller cette terre sacrée. Cependant, en approchant, il entend du bruit dans cette enceinte..... il frissonne..... il frémit; ses artères battent avec une telle violence, qu'il ne peut plus avancer..... Assurément il ne croit pas aux miracles, il n'en espère aucun..... il a vu Malvina sans vie entre ses bras, il l'a placée dans ce cercueil qui repose à quelques pas de lui...., il se le dit, et pourtant son imagination égarée le transporte à cet instant où, dans ce même lieu, il entendit sa voix lorsqu'il la croyait morte..... Il approche, il entend distinctement des sanglots..... Cependant il est impossible d'escalader la balustrade, la porte est soigneusement fermée, et mistriss Clare est absente..... Son agitation n'a plus de bornes, sa tête troublée conçoit tout possible; il entre précipitamment; et, à la faible lueur d'un jour naissant, il aperçoit un homme prosterné sur la terre, les habits en désordre, et les cheveux trempés de la froide rosée de la nuit..... A l'instant toutes ces fantastiques illusions se dissipent, il est frappé comme s'il venait de perdre Malvina une seconde fois, sa voix gémissante ne peut laisser échapper que ces mots : « M. Prior? » A ce nom celui-ci se retourne avec effroi..... « Lui, lui ici! s'écria-t-il; le destructeur de Malvina près de moi! O mistriss Clare, vous m'avez trompé! vous m'aviez dit qu'il ne viendrait pas. — Tu as raison, reprit Edmond avec un froid désespoir, tu as raison de me nommer le destructeur de Malvina, j'ai parjuré mes serments, et j'ai porté la mort au sein de cette femme céleste que ta main m'avait donnée..... Cependant elle m'a béni, elle m'a pardonné; mais puis-je me pardonner moi-même?..... Non, non, continua-t-il en se précipitant sur la tombe et cachant son visage contre la terre, je ne suis pas digne de voir le jour : toi, qui fus son ami, accable-moi de tes reproches, de tes malédictions, tu m'en diras toujours moins que mon propre cœur. » A la vue d'une si profonde douleur, M. Prior se sent ému de pitié; il se repent de l'horreur qu'il vient de manifester, et élevant ses mains vers le ciel : « O Malvina! pardonne, s'écrie-t-il, si j'ai maudit dans mon cœur l'homme que tu bénissais dans le tien! c'est sur ta tombe que je rétracte la réprobation que j'avais appelée sur sa tête. Et toi, homme malheureux, puisque Malvina t'est encore si chère, puisque tu la pleures si amèrement, calme ton désespoir, vos nœuds ne sont pas rompus; un jour tu la retrouveras dans ces régions éthérées où elle t'attend, et vous goûterez, pendant l'éternité, les pures délices de cette union dont ma main vous avait enchaînés sur la terre. — Non, non, s'écria Edmond, tout espoir à venir est éteint dans mon cœur : le barbare qui a brisé cette fleur au matin de sa vie, qui a détruit les jours de bonheur que le ciel lui destinait sans doute, doit être à jamais rejeté loin d'elle, et ce n'est point à l'assassin que Dieu réunira la victime. — Dieu n'a point mis de bornes à sa miséricorde, répliqua M. Prior, il a voulu que l'homme n'en désespérât jamais; perdez-vous dans la pensée de cette bonté infinie, c'est le seul moyen de la comprendre. Je ne cherche point à vous consoler, mais à vous apprendre à courber la tête sous les décrets d'une Providence dont nous ne pouvons sonder la profondeur. A Dieu ne plaise que je veuille détruire votre douleur! c'est ce qui vous reste de plus estimable; gardez-la toujours, mais ne vous en laissez point accabler, afin d'avoir la force de remplacer vos erreurs par des actions vertueuses qui vous rendent digne de l'ange qui vous aima. Bientôt l'éternité viendra, et ne laissera d'autre vestige de l'existence actuelle, sinon qu'elle est bonne à jamais pour le juste, et fâcheuse pour le méchant : mettez-vous en état de l'attendre sans crainte. — Ah! quand je perds Malvina, que me fait mon sort, la vertu et l'univers entier! Mon cœur est mort à toute consolation, je n'en puis, je n'en veux recevoir aucune; mes pleurs, quand je peux en verser, sont le seul soulagement qui me reste; mais, quelles que soient mes angoisses, je ne veux point mourir..... non, pas encore; les mânes irrités de Malvina demandent une plus longue expiation. — Je ne vous quitterai point, sir Edmond, reprit M. Prior attendri, je veux consacrer tous mes soins, tout mon temps à ramener la paix dans votre ame abattue: Malvina me saura gré de ce pieux office, et aimera à voir son ami servir de consolateur à son époux. — Non, M. Prior, non; elle m'a laissé seul, et je veux rester seul: éloignez-vous, votre générosité me pèse; toute créature vivante m'est odieuse; je ne veux voir que les ténèbres, je ne veux vivre qu'avec les tombeaux et les ombres..... Allez, c'est auprès de Fanny que Malvina vous appelle; prodiguez-lui vos soins, consacrez-vous à elle, formez-la à l'image de celle dont elle a causé la mort..... Je ne veux point la voir; non, non, qu'elle s'éloigne de moi, que jamais elle ne paraisse à mes yeux, je ne peux point la voir..... Dites-lui pourtant qu'elle m'est bien chère, que je sacrifierais mille fois ma vie pour elle..... Allez, éloignez-vous promptement, continua-t-il en désordre; pourquoi êtes-vous ici? Nul que moi n'a le droit de contempler cette tombe..... Je l'ai payée assez cher! Cette insensible et froide poussière n'appartient qu'à moi; je n'ai plus d'autre bien sur la terre, je veux en jouir seul..... N'espérez pas qu'il vous soit permis de venir encore pleurer ici; mistriss Clare elle-même n'y viendra plus; j'ai laissé votre amitié payer un dernier tribut, c'est assez: désormais cet asile sacré ne s'ouvrira plus que pour moi; et l'époux de Malvina, jaloux de tout ce qui lui reste d'elle, ne veut partager avec personne l'horrible plaisir de contempler son tombeau. »

M. Prior s'éloigna en silence, le cœur surchargé de douleur et de pitié. Il se rendit chez mistriss Clare, et entendit de sa bouche les derniers vœux que Malvina avait faits pour qu'il partageât avec elle les soins qu'exigeait l'éducation de Fanny. Heureux de pouvoir lui obéir après sa mort, il jura de veiller sans cesse sur cette enfant, et, fidèle à ce devoir, il ne la quitta point jusqu'à son dernier jour.

Les tristes détails de la mort de Malvina et le profond désespoir d'Edmond firent du bruit à Édimbourg. Toutes les larmes qu'on versait sur eux étaient autant de reproches poignants et indirects qu'on adressait à mistriss Birton: elle crut les éviter en retournant dans ses montagnes; mais, en arrivant, le premier cri des pauvres et des malheureux fut de lui demander Edmond et Malvina. Les bénédictions dont on couvrait leurs noms blessaient sa vanité, troublaient son ame: en vain fuyait-elle, sa conscience la suivait; elle n'avait plus ni repos ni tranquillité; elle était dans l'effroi, et la nuit et le jour; elle croyait lire sur le visage de chacun le mépris et la haine, entendre toutes les bouches lui répéter que le triomphe du méchant est de courte durée, et que la joie de l'hypocrite n'a qu'un moment; et son ame la tourmentait en dedans de toutes les choses que ses yeux apercevaient autour d'elle. Enfin la certitude d'avoir perdu cette haute réputation qu'elle s'était acquise, le dégoût de ne plus se voir entourée que de bas flatteurs qui l'adulaient en la méprisant, la plongèrent dans une sombre mélancolie qui la consuma peu à peu et la conduisit au tombeau. Alors, sentant sa fin approcher, elle regarde autour d'elle, et ne voit, dans le passé, que des regrets accablants, dans l'avenir, que des craintes effrayantes, et ne trouve aucune consolation dans les réflexions qu'elle fait, ni dans le sort qui l'attend: entre un monde qui s'évanouit et une éternité qui commence, elle frémit, pressée par tous deux, et voudrait fuir dans le néant et le monde qui la méprise et celui qui va la juger. Tyrannisée par le besoin d'obtenir la miséricorde d'Edmond, elle s'indigne pourtant encore à la seule pensée de s'humilier devant lui; et la vanité, dont elle fit son idole, la rend sa victime à ce dernier moment, et la laisse mourir sans lui permettre de demander un pardon qui pouvait seul ramener quelque tranquillité dans son ame.

Mistriss Fenwich continua de briller avec tant d'éclat dans le monde, et de s'enivrer si impunément de tous ses plaisirs, qu'on eût dit que la vengeance divine l'avait oubliée; mais, pour l'éviter long-temps, on n'y échappe pas toujours, et ce que la justice du ciel croit devoir suspendre, lorsque le moment est arrivé, n'en tombe pas moins sûrement. Un jour sans doute elle sera punie, et si le monde n'est pas témoin de son châtiment, c'est que son châtiment sera ailleurs.

En vain les séductions du monde et les sollicitations de l'amitié tentèrent-elles d'arracher Edmond de sa retraite, rien ne put le déterminer à perdre de vue le tombeau de sa femme. Sans doute, dans la suite, ses regrets devinrent moins amers, une longue douleur supportée avec constance, une longue vie consacrée au devoir, lui acquirent le droit de croire à un heureux avenir : les consolantes espérances descendent presque toujours dans le cœur quand le cœur est pur et droit; et à la pratique des vertus est attaché le sentiment de leur récompense. Pendant les premières années de ses regrets, Edmond rappelait sans cesse Malvina auprès de lui; bientôt ce fut Malvina qui l'appela auprès d'elle; il la suivait dans le ciel, il l'y voyait heureuse, ne se plaignait plus; et, sûr de la rejoindre un jour, il attendit avec soumission l'instant où Dieu lui permit d'aller se réunir à la seule femme qu'il eût aimée sur la terre.

FIN DE MALVINA

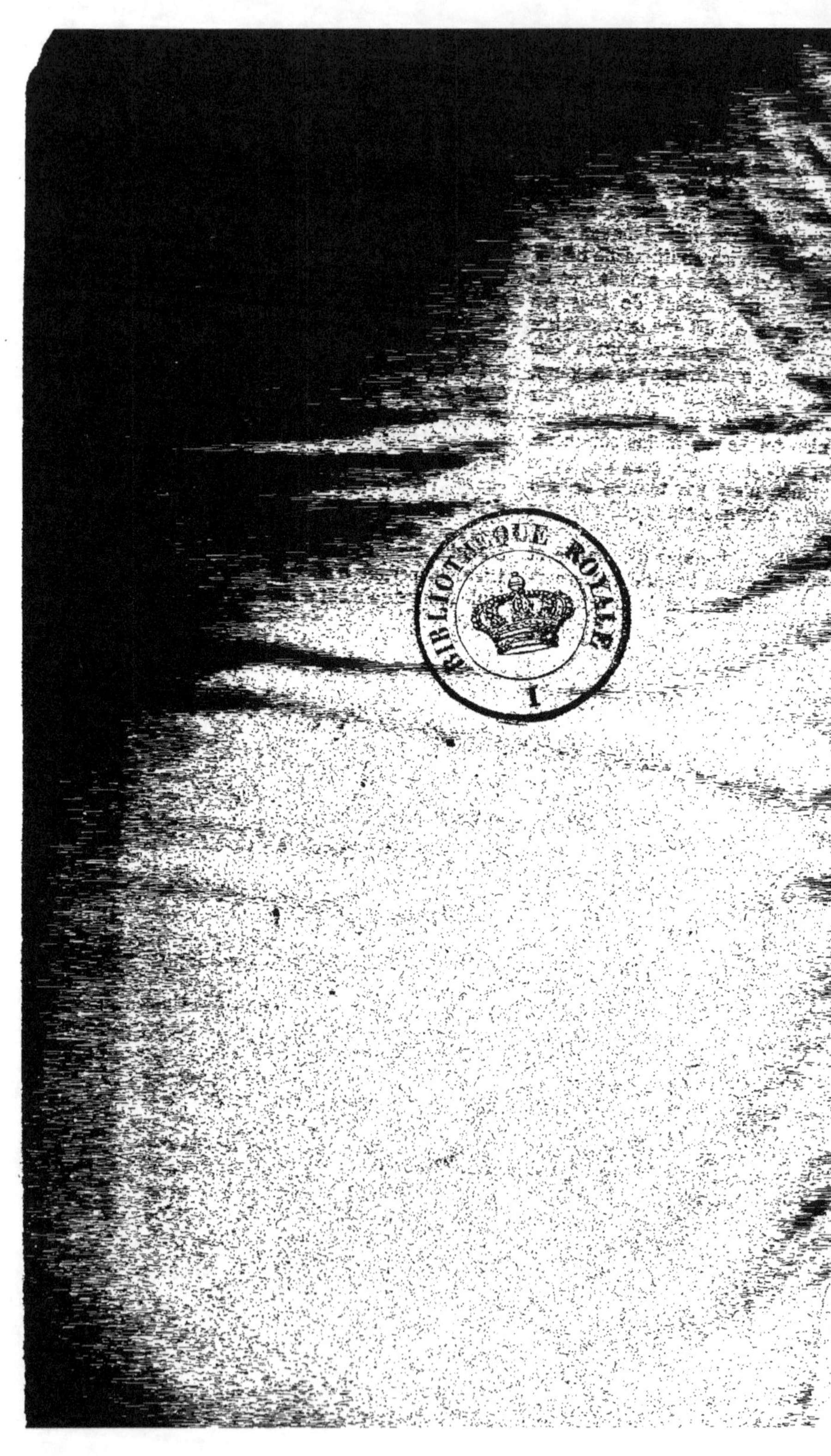

www.ingramcontent.com/pod-product-compliance
Lightning Source LLC
Chambersburg PA
CBHW070502030726
47503CB00004B/1142

* 9 7 8 2 0 1 3 7 5 1 6 1 2 *